The Story of Achilles
by Homeros, W.H.D.Rouse

The Story of Achilles

by Homeros, W.H.D.Rouse

r.Book

차 례

에필로그

일러두기

· 본문 중의 작은 숫자 표시는 독자의 이해를 돕기위해 편집자 주를 달아 두었음을 의미합니다.

· 고유명사의 표기는 희랍어 발음을 바탕으로 하여 '외래어 표기법'에 따라 표기하였습니다.

· 독자의 이해를 위하여 일부 고유명사나 문장은 생략하거나 알기 쉽게 재정리하였습니다.

· 원작에 특별한 표기 없이 등장하는 동명이인(同名異人) 중 내용상 크게 중요하지 않은 인물은 주석을 달지 않고 그대로 옮겼습니다.

· 트로이 전쟁 이야기를 모두 망라했다는 '트로이 서사시권(epikos kyklos)'을 이루는 전체 8편 중 온전한 형태로 전해진 것은 이 책의 원전이 되는 '일리아드'(2편)와 '오디세이아'(7편) 뿐입니다.
따라서 트로이 전쟁의 전후 이야기는 여러 신화들이 저마다 조금씩 다른 이야기를 전하고 있으므로 원작에서는 생략되어 있지만, 이 책에서는 전체적인 흐름을 알고자하는 독자들을 위해 편집자가 '프롤로그'와 '에필로그'를 덧붙여 놓았습니다.

등장인물

아킬레우스 : 프티아 왕 펠레우스와 바다의 여신 테티스의 아들.
            트로이 전쟁 최대 영웅.

아가멤논 : 미케네의 왕. 메넬라오스의 형. 그리스 연합군의 총사령관.

메넬라오스 : 스파르타의 왕이며 헬레네의 원래 남편.

파트로클로스 : 어린 시절부터 아킬레우스와 함께 자란, 아킬레우스의
              둘도 없는 친구이자 부하.

오디세우스 : 이타카의 왕. 지성과 인내를 겸비한 영웅.

네스토르 : 필로스의 왕. 온화한 성격과 뛰어난 언변으로 존경을 받는 노인.

디오메데스 : 아킬레우스에 버금가는 전사.

큰 아이아스 : 거구에 장사로서, 헥토르와 대결할 정도로 뛰어난 전사.

작은 아이아스 : 빠른 다리를 자랑하는 용사.

프리아모스 : 트로이의 왕. 헥토르와 파리스의 아버지.

헤카베 : 트로이의 왕비, 프리아모스의 아내. 헥토르와 파리스의 어머니.

헥토르 : 트로이 최고의 전사. 파리스의 형.

헬레네 : 트로이 전쟁이 원인이 되는 절세의 미녀.

파리스 : 헬레네를 유혹하여 트로이 멸망의 씨앗이 되는 트로이의 왕자.

아이네이아스 : 여신 아프로디테의 아들. 다르다니에 족의 지휘자.

사르페돈 : 제우스의 아들. 리키아 족을 이끄는 장수.

제우스 : 최고신. 올림포스 신들의 지배자.

헤라 : 최고의 여신. 결혼과 출산을 관리하며 기혼 여성의 수호신.
　　　 제우스의 아내로, 헤파이스토스, 아레스, 에일레이투이아, 헤베 등을
　　　 낳았다.

아테나 : 지혜 · 공예 · 전쟁의 여신.

포세이돈 : 바다의 신 또는 지진 · 하천 · 말을 관장하는 신.
　　　　 제우스와는 형제 사이.

헤파이스토스 : 불 · 대장간의 신.　절름발이에다 추남이지만 아프로디테의
　　　　　　 정식 남편이다.

헤르메스 : 부와 행운의 신이며, 여행자의 신. 또한 통역 · 상업 · 도적의 신.

아폴론 : 광명 · 의술 · 궁술 · 시가 · 음악 · 예언 · 가축의 신.
　　　 아르테미스와는 쌍둥이.

아르테미스 : 처녀신. 사냥을 좋아하고 활을 잘 쏜다.

아레스 : 전쟁의 신이며, 살인의 신. 아프로디테의 애인.

아프로디테 : 사랑 · 미 · 풍요의 여신.

디오니소스 : 포도와 포도주의 신. 한때는 미치광이었넌 석도 있는
　　　　　 종잡을 수 없는 성격의 소유자.

하데스 : 죽은 자의 나라를 지배하는 신. 제우스와 포세이돈의 형제.

프롤로그

한때, 신들에 견줄 만한 영웅들의 시대가 있었다.

그러한 시대에 유난히 올림포스 신들의 사랑을 받았던 미르미돈의 왕 펠레우스는 은의 발을 가졌다는 아름다운 바다의 여신 테티스를 아내로 맞이하는 영광을 얻는다.

두 사람의 혼인 잔치에는 많은 사람들은 물론이고 불멸의 신들 또한 초대되었다. 연회가 무르익어 모두가 부족함 없이 음식을 즐기고 있을 즈음, 불만에 가득 찬 여신이 불쑥 나타났다. 불화와 싸움의 여신인 에리스였다. 경사로운 자리에 혹시 다툼이 일어날까봐 일부러 초대하지 않았던 것이다. 다른 신들과는 달리 초대에서 제외당한 에리스는 그 모욕을 앙갚음하겠다고 모든 사람들 앞에서 선언한다.

인간과 신 모두가 그 말에 긴장하였지만, 에리스의 복수란 것은 고작 잔칫상에 던진 황금 사과 1개뿐이었다. 다만, 그 사과에는 이런 글귀가 새겨져 있었다.

"가장 아름다운 여인에게."

그 몇 마디의 글이 모든 불화와 전쟁의 씨앗이 될 줄을 누가 알았겠는가. 연회에 참석한 고귀한 세 여신은 바로 그 사과를 받을 자는 자신이라고 주장했다. 신들의 제왕 제우스의 아내이자 모든 여신 중의 으뜸인 헤라는 당연히 자기가 황금 사과를 가져야 한다고 말했고, 지혜와 전쟁의 여신인 아테나는 자신이 지닌 지혜와 힘의 아름다움이야말로 어떤 신들의 그것보다 뛰어나므로 마땅히 사과를 받을 만하다고 주장했다. 여기에 사랑과 아름다움의 여신인 아프로디테가 부드러운 미소를 띠며 아름다움의 여신인 자신 외에 달리 누가 그 사과의 주인이 될 수 있겠느냐고 되물었다.

세 여신은 조금도 양보할 생각이 없었다. 그들의 말다툼은 시간이 흐를수록 치열해졌고, 결국에는 그곳에 모인 손님들에게 사과의 임자를 정해달라고 부탁하기에 이른다. 그러나 여신들 앞에서 판정을 내리겠다고 나서는 사람은 아무도 없었다. 어느 한 여신을 선택한다면 필시 나머지 두 여신에게서 원한을 살 것이 뻔했기 때문이다.

이 문제는 급기야 올림포스까지 올라갔다. 신들마저 편이 갈려 맹렬하고도 긴 설전이 이어졌다. 신들이 말싸움으로 보낸 시간은 인간의 아이가 장정으로 자라 전사나 양치기가 될 수 있을 정도로 긴 시간이었지만, 불멸의 신들에게 그런 시간 정도는 아무 문제도 되지 않았다.

한편, 에게 해 북동쪽에는 트로이라는 나라가 번성하고 있었다. 트로이는 바닷가 언덕 위에 요새와도 같은 성벽으로 둘러싸인 거대한 도시 국가로서, 인근 해협을 오가는 상선들에게서 통행세를 걷어 막대한 부를 쌓을 수 있었다. 이 트로이의 왕은 프리아모스로서, 넓은 영토와 훌륭한 말, 그리고 많은 아들을 자랑하는 사람이었다.

신들이 황금 사과에 대한 말다툼을 시작했을 즈음, 프리아모스 왕은 왕비 헤카베에게서 아들을 낳아 파리스라고 이름 붙인다. 그런데 아이는 이미 예언자들로부터 트로이를 멸망시킬 자로 점지된 불행을 안고 있었다. 그 예언이 너무나 두려웠던 왕은 갓 태어난 아기를 시종으로 하여금 들판에 버리라고 지시한다. 시종은 왕의 명령에 충실히 따랐지만, 운명을 벗어날 수는 없었다. 마침 달아난 새끼 양을 찾아 들판을 헤매던 한 양치기가 우연히 아기를 발견하여, 아이는 일찌감치 저승으로 가는 대신에 양치기의 손에 의해 길러졌던 것이다.

파리스는 키 크고 잘생긴 청년으로 자라났다. 또한 달리기와 활 솜씨에서는 부근에서 그를 따를 자가 없을 정도였다.

양을 치던 파리스는 이다 산 기슭의 떡갈나무 숲이나 고원 지대에서 청년 시절을 보냈는데, 그곳에서 숲의 요정 오이노네와 만나 사랑을 나누게 된다. 오이노네는 아름답기도 하였거니와, 사람의 상처를 깨끗이 고칠 수 있는 능력도 지니고 있었다. 파리스와 오이노네는 숲속에서 행복하게 살았다. 제우스가 참견하기 전까지는……

올림포스에서는 결론이 나지 않는 논쟁에 신들이 슬슬 싫증을 내고 있었다. 그때 제우스가 그 황금 사과 문제에 대한 해결책을 제시했다. 인간에게 그 판정을 맡기자는 것이었다. 자신들의 정체를 모른다면 보복을 두려워할 것 없이 공평한 판정을 할 수 있으리라고 생각한 여신들은 제우스의 제안에 찬성하고, 황금 사과는 산기슭에서 양을 돌보던 파리스 앞에 던져진다.

느닷없이 하늘에서 떨어진 황금 사과를 받아든 파리스 앞에 헤라와 아테나, 그리고 아프로디테가 나타나 세 여신 중에 누가 가장 아름다우냐고 묻는다. 신들조차 긴 시간을 두고 다툼을 벌일 정도로 어려운 그 선택을 앞에 두고 파리스가 망설이자, 세 여신은 그의 환심을 사기 위해 저마다 선물을 약속한다. 먼저 여신 중의 여신다운 차림으로 나타난 헤라는 엄청난 보물과 아시아를 지배할 수 있는 권력을 주겠다고 약속하고, 눈부신 갑옷 차림으로 나타난 아테나는 어떤 싸움과 어떤 전쟁에서든 이길 수 있는 지혜와 힘을 주겠다고 한다. 마지막으로 아름다운 머리칼과 달콤한 미소를 지으며 아프로디테가 다가와 약속했다.

"나에게 그 황금 사과를 건네주기만 하면 나만큼 아름다운, 세상에서 가장 아름다운 여인과 맺어지도록 해주겠어요."

젊은 파리스는 눈앞에 서 있는 아름다움의 여신만큼 아름다운 여자를 얻을 수 있다는 말에 재물과 권력, 지혜와 힘 같은 선물은 순식간에 잊어버리고 말았다. 이제까지 정답게 사랑을 나누었던 숲 속의 오이노네마저 이미 머릿속에서 사라진 뒤였다. 파리스는 주저 없이 그 황금 사과를 아프로디테에게 내밀었고, 그로써 오랜 다툼의 결론이 났다.

그러나 사과를 놓친 헤라와 아테나는 황금 사과를 다른 여신에게 줘버린 파리스에게 앙심을 품게 되었다. 처음 그 사과가 떨어졌던 날 모든 손님들이 두려워하던 그대로였다. 또한 자신들을 제친 아프로디테에게도 원한을 갖게 되었다. 다른 여신들의 속마음이야 어떻든, 아프로디테는 자신의 승리에 만족스러워하며 파리스에게 한 약속을 꼭 지키겠노라 다짐하고 하늘로 돌아갔다.

아프로디테는 우선 양치기 파리스를 다시 왕자로 되돌려놓기 위한 계획을 세웠다. 그리하여 그가 잃어버린 양을 찾아 트로이 성에 들어오게 이끌었고, 어머니인 헤카베와 마주치게 꾸몄다. 파리스를 보자마자 빼앗겨 죽은 줄로만 알았던 아들임을 본능적으로 알아차린 왕비는 기쁨의 눈물을 흘리면서 아들을 왕 앞으로 데리고 갔다. 프리아모스 왕마저 자신의 혈육이 훤칠한 대장부로 자란 것을 보고서 그에 대한 예언을 잊고 만다. 그리하여 파리스는 여느 왕자들과 같은 지위를 되찾아 왕궁에서 살게 되었다.

바다 건너편에서는 스파르타의 왕 틴다레오스의 딸인 헬레네의 사위를 고르는 문제로 고민하고 있었다. 실제로는 왕비 레다를 제우스가 유혹하여 낳게 만들었다고 알려진 헬레나의 미모는 그리스 전 지역에 모르는 사람이 없을 정도로 소문이 자자했는데, 그녀와 결혼하게 된다면 절세의 미모와 더불어 스파르타의 왕좌에도 앉을 수 있었으므로 여러 왕과 왕자, 제후들이 청혼을 하러 몰려왔다. 그 중에는 미케네의 왕자 메넬라오스와 이타가의 왕 오니세우스도 있었다.

그런 쟁쟁한 사윗감 가운데에서 틴다레오스 왕은 쉽게 고를 수가 없었다. 사위로 선택되지 못한 나머지 사람들의 앙갚음이 두려웠기 때문이다. 이때 지혜롭기로 유명한 오디세우스가 나서서 제안했다.

"왕께서 우리 중 누구를 고르든 승복합시다. 그리고 만약 헬레네와 그의 남편에게 무슨 일이 생기면 여기 모인 모두가 힘을 합하여 돕기로 맹세합시다!"

그 제안에 모두가 찬성하자, 그들의 맹세를 바탕으로 메넬라오스가 스파르타 왕의 사위로 선택된다.

헬레네의 소문은 그리스 지역을 넘어 바다 건너 트로이에까지 알려졌다. 그 소문을 들은 파리스는 아프로디테의 약속을 떠올리고서, 직접 그 모습을 보기로 마음먹었다. 눈물을 흘리며 매달리는 오이노네는 이미 관심 밖이었다. 파리스는 작별인사도 없이 오이노네를 버리고 아버지 프리아모스 왕의 배를 1척 빌려 바다를 넘었다.

순조로운 여정 끝에 스파르타에 도착한 파리스에게 메넬라오스 왕은 왕궁의 손님에 걸맞은 후한 대접을 베푸는데, 그 자리에서 처음 만난 헬레네와 파리스의 눈길이 은밀하게 오고간다. 파리스의 눈에 들어온 헬레네는 이미 딸까지 낳았지만 소문보다 더 아름다웠다. 또한 아프로디테가 헬레네의 마음을 설레게 만들기도 했지만, 애초에 헬레네에게 메넬라오스는 아버지가 고른 남자였다. 불행한 결혼 생활은 아니었지만, 그렇다고 해서 젊은 파리스의 미모를 외면할 정도로 행복한 것도 아니었다.

파리스와 그 일행은 여러 날 메넬라오스 왕의 손님으로 궁전에 머물렀다. 오래지 않아 파리스는 헬레네를 바라보는 것만으로는 도저히 만족할 수 없게 되었다. 헬레네의 마음도 서서히 금발의 파리스에게 기울었다.

어느 날 기회가 왔다. 메넬라오스 왕은 사냥을 떠났고, 파리스는 핑계를 대고 궁전에 남았다. 왕이 없는 궁전에 남은 왕비 헬레네와 파리스는 단 둘이 서늘해지기 시작한 올리브 나무 그늘을 거닐었다. 파리스는 기회를 놓치지 않고 사랑을 고백하며 함께 떠나자고 헬레네를 유혹했다. 왕비로서의 명예와 딸과 남편을 저버리기는 힘들었지만 한나절에 걸쳐 끈질기게 애원하는 파리스를 보는 가운데 헬레네의 가슴에서도 욕정이 점점 더 커져갔다.

결국 헬레네는 울며 매달리는 시녀들과 딸을 버리고 파리스의 배에 오른다. 그리하여 아프로디테의 약속은 지켜지지만, 그로 인하여 파리스가 트로이 멸망의 씨앗이 될 것이라는 예언의 바퀴가 구르기 시작한다.

사냥에서 돌아와 도망친 왕비의 소식을 들은 메넬라오스 왕은 슬픔과 분노에 휩싸여 형 아가멤논에게 도움을 구한다. 이에 정복욕에 불타던 아가멤논은 스파르타에서 헬레네의 결혼을 앞두고 이루어진 맹세를 바탕으로 전 그리스 지역의 왕들에게 전쟁에 필요한 지원을 요청한다. 그리하여 대규모 그리스 연합군이 형성되고, 함대가 트로이 공략에 나선다.

바다를 건너는 대함대에는, 그러나 당연히 있어야 할 영웅이 한 사람 빠져 있었다. 그는 펠레우스와 여신 테티스의 아들 아킬레우스였다. 아킬레우스는 어려서부터 가슴 위쪽은 사람이고 아래쪽은 말인 켄타우로스 족 중에서도 가장 현명한 케이론에게서 칼과 창과 활 쓰는 법은 물론 하프 연주까지 배워 손색없는 영웅으로 자랐다. 그러나 전장에 나서면 명예롭지만 짧은 삶을 살아야 한다는 아들의 운명을 알고 있었던 여신 테티스는 아킬레우스를 스키로스 섬에 숨겨 전쟁터에 보내지 않으려고 했다.

그렇지만 아들의 대한 사랑도 운명을 거스를 수는 없었다. 바다를 건너던 함대는 물을 보충하기 위해 스키로스 섬에 배를 대게 되었는데, 그곳에서 아킬레우스 왕자가 숨어 있다는 소문을 듣고 마는 것이다. 그곳의 왕은 물론 아킬레우스를 숨기지 않았다고 거짓말을 했지만, 영리한 오디세우스까지 속일 수는 없었다. 그는 꾀를 내어 아킬레우스를 찾아냈고, 눈물 어린 어머니의 부탁 때문에 참고 숨어 있던 아킬레우스는 끝내 짧아도 명예로운 삶은 선택하겠노라 선언하고 나중에 함대를 이끌고 전우 파트로클로스와 함께 전쟁에 합류하겠다고 약속하기에 이른다.

이후의 그리스 선단의 항해가 순조롭기만 한 것은 아니었다. 폭풍을 만나기도 했으며, 길을 막는 적의 함대와도 싸워야 했다. 물을 긷기 위해 상륙한 렘노스 섬에서는 독을 가진 거대한 구렁이를 만나 위협을 당하기도 한다. 용사 필록테테스가 나서서 그 구렁이를 처치하기는 하지만, 자신도 발을 물려 고통 속에 울부짖게 된다. 그 처참한 꼴에 병사들이 겁을 먹고, 배에 나쁜 병이 퍼질지도 모른다고 염려한 아가멤논 왕은 애걸하는 필록테테스를 약간의 식량과 함께 섬에 버리고 가버리는 등등의 사건이 있었던 것이다.

그렇게 힘겨운 항해 끝에 마침내 그리스 연합군의 선단은 트로이 성이 보이는 해안에 이르른다. 해안에 상륙한 그리스 군은 지체 없이 배를 끌어올려 진지를 구축하고, 곧이어 합류한 최고의 전사인 아킬레우스의 지휘 아래 트로이 주변의 도시와 나라들을 차례로 함락시킨다. 전쟁에 승리하려면 아킬레우스가 반드시 필요하다는 확신을 가지고 그를 참전으로 이끈 오디세우스의 판단이 옳았던 것이다.

그러나 주변 나라들의 지원을 모아 최적의 요새이기도 한 트로이 성을 중심으로 뭉친 트로이 연합군 또한 헥토르의 지휘하에 강력한 저항으로 맞선다.

그리하여 트로이 성을 앞에 두고 9년이나 전쟁이 계속되었으나, 그 끝은 보이지 않는 나날이 이어진다.

I

여기 펠레우스 왕의 아들 아킬레우스를 몹시도 분노케 하여 결국은 그리스 인들에게 온갖 시련을 안겨다 주었던 이야기가 있다.

불굴의 정신을 지닌 용사들은 저승으로 끌려갔으며, 영웅들은 개나 썩은 고기를 먹는 새들의 먹이가 되어버렸다. 신들의 계획은 그렇게 착실히 실행에 옮겨졌던 것이다.

신의 계획은 아가멤논 왕과 아킬레우스 왕자의 다툼에서 시작되었다. 그때 이 둘을 싸움에 붙인 것은 바로 아폴론이었다.

어느 날, 사제 크리세스가 잡혀간 딸의 몸값으로 보물들을 잔뜩 들고 그리스 군의 함대로 찾아왔다. 크리세스는 궁술의 신 아폴론의 사제들이 지닌다는, 성스러운 화환을 꼬아 두른 황금 지팡이를 손에 들고 모든 그리스 인들 앞에서 간청했다. 그 간청은 실제로는 아트레우스의 두 후손[1]을 향한 것이었다.

"왕들이시여, 그리고 신하들이시여. 올림포스에 거주하는 신들이 당신들로 하여금 트로이의 도시를 정복하고 또 무사히 귀환하게 해주시기를 기원하옵나이다! 다만 원하옵건대, 제 딸은 놓아주십시오. 이 몸값을 받아주시어 제우스의 아들이자 궁술의 신인 아폴론에 경의를 표해주소서!"

이에 사람들은 늙은 사제에 대한 존경을 표시하면서 그가 가져온

1) 아가멤논 왕과 메넬라오스 왕.

몸값을 받아들이자고 하였다. 그러나 아가멤논은 내키지 않았다. 그는 사제에게 꺼져버리라고 하면서 거칠게 내뱉었다.

"더 이상 이 주위에 얼씬거리지 마라. 여기 있지도 말고 다시 오지도 말란 말이다. 다시 나타나면 성스러운 화환이나 지팡이를 들었다고 해서 널 봐주지 않을 테다. 여자는 풀어주지 않겠다! 멀리 아르고스에 있는 내 집으로 데려가 늙을 때까지 함께 살 것이다. 거기서 베도 짜고 나와 침실을 같이 쓸 것이니라. 어서 가라! 더 이상 날 자극하면 네게 결코 이롭지 못할 것이다."

노인은 그만 두려워져서 왕의 말에 따라 물러났다. 침묵을 지키며 파도가 술렁이는 해안을 따라 집으로 돌아간 그는 아폴론께 충심으로 기도를 드렸다.

"제 기도에 귀 기울여주소서, 은으로 만든 활의 신이시여! 크리세와 성스러운 킬라를 지배하시며 테네도스의 강력한 주인이신 아폴론이여! 저는 당신을 기쁘게 하기 위하여 신전을 짓고 황소와 염소의 살진 고기를 바쳤나이다. 제게 은혜를 허락하소서. 당신의 활로 다나오스 인[2]들에게 고통을 주셔서 제 눈에 흐르는 눈물을 갚아주시옵소서!"

태양의 신 아폴론이 그 기도를 들었다. 아가멤논에 대해 분노한 그는 활과 화살통을 챙겨 올림포스에서 성큼성큼 걸어 내려왔다. 이 노한 신이 마치 밤처럼 어두운 표정으로 한 걸음 한 걸음 움직일 때마다 어깨에 매달린 화살통에서는 화살들이 덜그럭거리며 소리를 냈다. 그는 아가멤논 왕의 함대에서 멀리 떨어지지 않은 곳에 자리잡고 앉아 화살 하나를 쏘았다. 은의 활이 내는 소리는 무시무시했다. 처음에는 노새나 개들을 공격했고, 이어서 사람들에게도 쏘았는데 한 발도 빗나가는 일이 없었다. 역병이 돌고, 이내 여기저기에서 시체들이 타오르기 시작하여 연기가 그칠 줄을 몰랐다.

2) 그리스의 아르고스 인, 넓게는 그리스 인 전체를 의미.

그리하여 왕의 병사들이 진을 치고 있는 야영지에 9일 동안 아폴론의 화살이 쏟아져 내리게 되었다.

10일째 되던 날, 아킬레우스는 모두를 불러들여 회의를 열었다. 그리스 사람들이 몰살되는 것을 참을 수 없었던 여신 헤라가 아킬레우스의 마음을 움직였던 것이다.

모두 모이자, 아킬레우스가 자리에서 일어나 말했다.

"왕이시여. 이러다가는 고국으로 돌아가봤자 우리를 그저 실패한 모험가로 밖에 보지 않을 것 같습니다. 그나마 우리가 목숨을 건질 수 있다면 말입니다. 지금은 전쟁과 병마가 함께 우리를 괴롭히고 있습니다. 그러니 선지자나 예언자를 부르도록 하십시오. 아니면 꿈을 해몽할 점쟁이라도 좋습니다. 신께서는 꿈을 통해 우리에게 뜻을 전하기도 하니 말입니다. 그래서 무엇이 아폴론을 그리 화나게 했는지 알아봅시다. 우리가 올리는 기도나 제물이 마음에 안 드셨던 건지, 흠 없는 양이나 염소 고기를 올린다면 우리에게서 이 역병을 거두어 가실지를 알아봐주십시오."

아킬레우스는 말을 다하고 자리에 앉았다. 그러자 해몽을 가장 잘 한다는 예언자 칼카스가 일어섰다. 그는 현재와 미래를 꿰뚫고 있었으며, 과거에 무슨 일이 일어났는지도 잘 알고 있는 사람이었다. 그는 빛의 신 아폴론이 내려준 신탁에 의해 그리스 함대를 트로이로 인도한 바 있었다. 그는 성심을 다하여 말했다.

"제우스의 영광을 받은 아킬레우스 왕자시여! 제게 아폴론이 진노하신 이유를 설명하라 명하셨으니, 그에 답하겠습니다. 부디 제 말을 유념하시되, 특별히 이 이후로 말과 행동으로써 온힘을 다해 저를 지켜주시겠다고 맹세해주십시오. 이유인즉, 제 말이 우리 백성을 통치하시는 분, 모든 백성이 복종하는 그분을 화나게 만들리라 여겨지기 때문입니다. 왕의 분노란, 보통 사람으로서는 항상 감당키 어려운 법입니다. 오늘 하루는 노여움을 누를 수 있다 하더라도, 그에 대한 대가를 받기 전까지는 계속 앙심을 품게 마련입니다. 그러니 저를 안전히 지켜주실 수 있을지를 먼저 판단해주십시오."

요구를 들은 아킬레우스는 대답했다.

"아무것도 두려워 마시오. 당신이 알고 있는 신의 뜻을 말해주시오. 제우스께서 높이시며 당신이 섬기는 아폴론 앞에 맹세하건대, 신탁을 밝히는 당신을 해할 자는 내 육중한 두 손이 있는 한 이 함대에는 없을 것이며, 나아가 나라 전체에서도 없을 것이오. 당신의 말이 우리 중 으뜸이요 최고인 아가멤논 왕을 지목하는 것이라고 해도 말이오."

이 말에 예언자는 용기를 내어 말했다.

"아폴론께서는 기도나 제물이 부족하다고 우리를 벌하시는 게 아닙니다. 아가멤논 왕께서 모욕하신 그분의 사제 때문이옵니다. 왕께서 몸값을 수락지 않으시고 사제의 딸을 풀어주지 않았기 때문이지요. 자신의 사제를 위해 아폴론께서는 우리에게 고난을 보낸 것이고, 또 보내실 것입니다. 왕이 그 노사제의 아름다운 딸을 재물이나 몸값을 받지 않고 아비에게 돌려보내시고 크리세에 정결한 제물을 보내기 전에는 우리 군사들 가운데 도는 이 해로운 역병은 떠나지 않을 것입니다. 그렇게 한 뒤라면 신께서 기꺼워하시리라는 건 장담할 수 있습니다."

그가 말을 마치고 앉자마자 아가멤논이 일어섰다. 가슴 깊은 곳은 분노로 가득 찼고, 두 눈에서는 불꽃이 튀는 듯했다. 왕은 칼카스를 꾸짖는 것으로 말문을 열었다.

"이 악마 같은 점쟁이야, 네가 나에 대해 좋은 말을 하는 건 여태껏 한 번도 들어본 적이 없다! 네 즐거움이란 항상 악한 신탁들을 늘어놓는 것이었다. 좋은 말이나 도움될 일은 결코 한 적이 없었다! 그러더니 이제는 내 백성들에게 헛소리를 지껄이다니! 그래, 그게 아폴론이 우리에게 재앙을 보내는 이유였단 말이냐! 그 크리세이스라는 여자애 때문에, 내가 몸값을 수락하지 않았기 때문이었다는 거냐! 그러나 난 그 아이를 고향까지 데려갈 생각이다! 내 아내 클리타임네스트라보다 그 애가 더 마음에 든단 말이다. 얼굴과 몸매가 아름답고, 머리가 좋으며 솜씨 또한 좋은 아이다.

아니, 그런 건 아무래도 좋다. 보내는 게 좋다면 그 애를 돌려보내마. 내 병사들이 시체가 되는 것보다는 살아있는 게 나으니 말이다. 대신 내게 줄 전리품을 당장 준비해놓거라. 안 그러면 우리 군에서 빈손인 사람은 나 혼자가 되지 않느냐. 그건 말도 안 되는 일이다! 모두들 여기를 보아라. 내 전리품이 사라지려 하고 있지 않느냐!"

그러자 아킬레우스가 대답했다.

"왕이시여, 왕께서 우리가 얻은 모든 것을 소유해야 하시는 분이라는 건 분명한 사실입니다. 하지만 우리 병사들이 이제와서 어떻게 전리품을 대령할 수 있겠습니까? 전리품이 곳곳마다 쌓여 있는 것도 아니지 않습니까? 우리가 시내에서 얻은 것들은 모두 나누어 가진 뒤입니다. 병사들이 자기들 것을 도로 거둬 쌓아놓을 거라는 기대는 하지 마십시오. 그러니 일단은 여자를 신께 돌려드리십시오. 제우스께서 이 튼튼한 트로이의 함락을 허락하신다면 우리는 3배, 아니 4배로 당신께 바치겠습니다."

이에 아가멤논이 대꾸했다.

"그렇지 않다, 아킬레우스. 네가 위대한 인간일지는 모르지만, 사람을 속이려 들지는 마라. 넌 나를 부추길 수도 없고 설득할 수도 없다. 나에게는 전리품을 포기하고 빈손으로 멍청하게 앉아 있으라고 하면서 네 것은 지키겠단 이 말 아니냐? 그냥 그 애를 돌려주라고?! 어차피 내가 내놓은 것 이상의 전리품을 내 앞에 바쳐 날 만족시켜주지 못하겠다면, 난 너나 아이아스나 오디세우스의 것을 요구하겠다. 내가 그런 식으로 내 몫을 챙긴다면 또 다른 빼앗긴 자가 화를 내게 되겠지. 하지만 그건 나중 문제다. 지금은 우선 좋은 배에 사공을 붙여 크리세이스를 태우도록 하자. 그리고 우리 왕들 중 1 명에게 책임을 맡기자. 아이아스나 이도메네우스, 혹은 오디세우스, 아니면 내젊은 동지 - 온 세상이 두려워 벌벌 떠는 장수, 너 아킬레우스라도좋다. 네가 제물을 바쳐 신의 진노를 누그러뜨릴 수 있다면 말이다."

그 말을 들은 아킬레우스는 얼굴을 잔뜩 찌푸렸다.

"왕의 복장을 한 탐욕스럽고 부끄러움을 모르는 사람이여! 하찮은심부름이든 전쟁터에서든 간에 누가 당신과 같은 왕에게 복종하려들겠습니까?

난 전투를 하러 트로이에 왔지만, 내게 해코지 한 적이 없는 이곳백성들에게는 아무 감정이 없습니다. 내 소나 말을 훔쳐간 적도 없고멀리 바다와 숲, 수많은 언덕으로 가로막힌 우리 나라의 곡식이나 열매를 불태운 적도 없는 사람들입니다. 난 그저 뻔뻔스러운 당신을 따라왔을 따름입니다! 당신에게 기쁨을 주려고, 또 메넬라오스 왕이나당신처럼 따르는 자 없는 이의 복수를 위해, 트로이 인들이 저지른잘못 때문에 따라왔던 것입니다! 당신이야 그 따위는 아무래도 좋다고 하겠지만 말입니다!

그런데 이제 와서 애써 얻은 내 전리품을, 그것도 군대가 선사한선물을 뺏어 가겠다고 으름장을 놓다니! 병사들이 전리품을 가져와도 난 결코 당신 것 이상으로 훌륭한 물건은 가져본 적이 없습니다.그 모든 힘겨운 싸움은 다 내 손으로 끝내놓고도 말입니다. 전리품을나눌 때면 당신은 언제나 최고의 것을 차지했고, 난 그리 많지 않은찌꺼기로 만족해야 했습니다. 전투를 치르고 쓰러질 정도로 지쳐 돌아온 내가 얻을 수 있는 것은 그게 전부였단 말입니다!

아무래도 배를 타고 내 나라로 돌아가버리는 게 상책일 것 같소이다. 멸시를 받아가며 여기 머무른다고 한들 내 배에 담을 재물은 없을 것 같으니 말이오."

아가멤논이 대답했다.

"갈 테면 가라. 남아달라고 빌지 않겠다. 날 호위해줄 인물은 얼마든지 있다. 가장 위대하고 또 가장 지혜로우신 제우스께서 계시지 않느냐. 다른 어떤 왕들보다도 네가 가장 증오스럽구나. 넌 언제나 싸움을 걸고 논쟁을 벌였다. 네가 그렇게 뛰어난 장수라면, 그건 신이 준 재능이라고 생각한다. 네 함대와 병사를 이끌고 가서 네 나라 백성들이나 잘 다스려라. 설사 네가 화가 났다 하더라도 내가 알 바 아니다.

경고하건대, 아폴론께서 내 크리세이스를 원하시고 나 또한 그 때문에 배와 심복들을 보내게 되었으니 나는 네 아름다운 전리품 브리세이스를 갖겠다! 네 막사로 가 나의 전리품을 챙기겠다! 그래서 내가 너보다 얼마나 월등한지를 보여주겠다. 그리하면 다른 그 누구도 내게 대적하려 들지 않을 것이고, 감히 저희들과 내가 동등하다고 말하려 들지도 못하리라!"

왕의 말은 날카로운 비수가 되어 아킬레우스의 가슴을 찔렀다. 그는 갈등에 빠졌다. 차고 있는 칼을 당장 빼들어 눈앞의 아가멤논을 쳐 고꾸라뜨릴 것인가, 아니면 혀를 깨무는 인내로 평정을 유지해야 할 것인가. 이런 생각들에 휩싸여 그가 칼집에서 검을 빼어들 찰나, 아테나가 하늘에서 내려왔다. 헤라 여신이 그들을 아끼는 마음에서, 또 동시에 걱정이 되어 아테나를 내려보낸 것이었다. 여신은 그의 뒤에 서서 그의 긴 머리를 잡아당겼다. 아킬레우스를 제외한 다른 사람들에게는 여신의 모습이 보이지 않았지만 놀라 뒤를 돌아본 아킬레우스는 그녀가 아테나 여신임을 한눈에 알아보았다. 놀라 커진 그의 눈이 빛났다. 그는 과녁을 향해 날아가는 화살처럼 빠르게 말했다.

"막강한 제우스의 따님이시여, 어찌 이곳에 다시 오셨습니까? 이 몸이 아가멤논에게 당하는 수모를 구경코자 하심입니까? 그러나 나 또한 똑같이 갚아주겠습니다. 그의 교만은 언젠가 그의 죽음을 부를 터입니다!"

아테나 여신이 눈을 밝게 빛내며 대답했다.

"난 그대를 말리려고 왔다. 그대를 아끼시며 걱정하시는 헤라 여신의 명으로 온 것이다. 자, 어서 싸움을 멈추고 칼에서 손을 떼어라. 왕을 꾸짖고, 앞일을 경고하는 데에서 그치도록 하라.

내가 앞으로 일어날 일을 말해주겠다. 그대는 굉장한 보상을 받게 될 것이다. 지금 당한 이 치욕을 씻고도 남을 많은 대가를 받을 기회가 3번 주어질 것이니, 지금은 물러나 내 말대로 하라."

"아무리 화가 나더라도 두 여신님의 요구에는 복종해야겠죠. 신들의 명령에 따르면 신들도 나의 말을 들어주시리니!"

은으로 만든 칼자루에 손을 대고 서 있던 아킬레우스는 아테나의 명대로 칼을 도로 칼집에 집어넣었다. 그러자 여신은 제우스가 신들과 함께 있는 올림포스로 돌아갔다.

그러나 여전히 화가 나 있었던 아킬레우스는 다시 한 번 왕에게 비난을 퍼부었다.

"암캐처럼 음흉한 눈에 새끼 사슴보다 못한 심장을 지닌 주정뱅이여! 당신은 전투를 위해 부하들과 더불어 스스로 무장을 해본 적도, 병사들을 이끌고 적을 공격해본 경험도 없는 위인이다! 그럴 만한 용기가 당신에겐 없다. 그러면 아마 죽고 말 거라고 겁먹고 있을 테니 말이다! 막사에 남아 당신 앞에서 진실을 말한다는 이유로 누군가를 짓밟는 게 훨씬 재미있겠지! 미천하다고 하는 백성들 덕분에 살아가는 왕이여! 그렇지 않다 해도, 당신이 무례를 범하는 것은 이번이 마지막이 될 것이다.

내 한 가지 말해둘 게 있고, 또 맹세해둘 게 있다. 여기 이 홀[3]은 제우스 신상(神像)을 지키는 재판관들에게 주어지는 것이다. 이 홀이 저 숲 속에 있는 나무에서 잘려 나와 잎과 껍질이 도끼질당한 이후로 다시는 잎을 내고 가지를 키우지 못함과 같이 거짓 없는 맹세를 하겠

---

3) 笏. 신분이나 권위를 나타내는 작은 봉.

다. 당신에게 하는 내 엄숙한 맹세를 들어보라. 그리스와 그 백성들이 이 아킬레우스를 그리워할 날이 반드시 온다. 수많은 부하들이 잔혹한 헥토르 앞에서 쓰러져 죽어가고, 당신이 아무리 통탄해도 그들을 도울 수가 없을 것이다. 그때가 되면 가장 용맹한 장수를 알아보지 못하고 내쳤던 당신의 그 오만한 심장이 갈가리 찢어지리라!"

아킬레우스는 이 말을 하면서 황금이 박힌 홀을 땅에 내동댕이쳐버렸다. 그리고는 자리에 도로 앉았다. 맞은편에 있던 아가멤논은 더더욱 화가 치밀었다. 그러자 왕을 대신하여 네스토르가 일어섰다. 그는 꿀보다 더 달콤한 목소리를 가진 사람으로, 뛰어난 웅변가이자 정중한 연설자였다. 필로스의 왕인 그는 보통 사람들의 3대에 걸치는 긴 세월 동안 통치자의 자리를 지키고 있었다. 그는 마음에서 우러나온 말을 정직하게 토로하였다.

"경들은 부끄러워하시오! 이건 그리스에 있어 커다란 불행이오! 지혜를 발휘하고 전장을 이끄는 데 최고인 두 지도자가 이토록 서로 헐뜯는 소리를 듣는다면, 트로이의 왕과 그 자손과 백성들이 얼마나 기뻐하겠소?

내 말을 새겨들으시오. 그대들은 나보다 젊소. 아니, 아주 많이 젊소. 난 그대들보다 훨씬 뛰어난 인물들을 만난 적도 있으나, 그래도 그들은 나를 무시하지 않았소. 페이리토오스[4]나 위대한 통치자 드리아스, 카이네우스[5], 엑사디오스, 고귀하신 폴리페모스 왕[6] 같은 사람들은 결코 본 적이 없고 또 앞으로도 보기 어려울 거라고 생각하오. 내 말하건대, 이들은 분명 인류 역사상 가장 강력한 존재였고, 가장 강한 적이었던 켄타우르 족[7]을 물리친 사람들이었소. 그렇소. 나는

---

4) 테살리아의 왕으로 켄타우르 족과 영토 문제로 싸움.
5) 원래는 여자였으나 포세이돈에게 남자로 만들어달라고 부탁하여 막강한 전사가 된 다음 신들에게 정면 도전함.
6) 오디세우스를 괴롭히는 외눈박이 괴물과는 다른 이.
7) 반인반마(半人半馬)의 괴물족.

그런 인물들과도 잘 아는 사이였소이다. 그들의 요청에 따라 필로스에서부터 먼 여행을 마다 않고 찾아가 자진해서 그들 편이 되어 싸웠소. 그들은 지금 이 시대에 존재하는 그 어떤 강력한 이도 대적할 수 없을 사람들이오! 그런 위대한 이들도 내 충고를 받아들였고, 거기에 따랐소. 그러니 그대들도 내 말을 들어주길 바라오. 그러면 더 나은 방법을 찾을 수 있을 것이오.

아가멤논 왕께 말씀드리겠소. 그대가 아무리 강하더라도 아킬레우스의 여자를 빼앗지 마시오. 그 여자는 애초에 군대가 그에게 바친 특별한 전리품이오.

그대 아킬레우스는 아가멤논 왕을 노하게 만들고 힘으로 맞서서는 안 되오. 왕권은 제우스께서 그에게 권위를 내려주심으로 더욱 위대한 영광을 지닌 것이오. 그대가 아무리 용감하고, 여신을 모친으로 두었다고 해도 왕은 더 위대한 통치권을 가지고 있기에 그대 위에 존재하오.

아가멤논 왕이여, 그대는 자신의 분노를 잊으시오. 간청하건대, 아킬레우스는 그의 분노를 문제 삼지 마시오. 왜냐하면 왕이란 전쟁의 공포로부터 아군의 전력을 지탱해주는 강한 요새이기 때문이오."

이에 아가멤논의 대답이 이어졌다.

"경의 말씀은 정말 모두 옳고, 또 타당하오. 그러나 아킬레우스는 우리 모두의 위에 서고 싶어 하며, 모두를 다스리고, 명령하려 들고 있소. 물론 그에게 복종할 사람은 아무도 없으리라 생각하오. 불멸의 신들께서 이자를 전사로 세우셨다 할지라도, 그토록 불경한 언사를 지껄여도 좋다고 허락하신 건 아니잖소?"

그러자 아킬레우스가 끼어들어 말했다.

"당신이 하는 말들을 내가 모두 받아들인다면, 사람들이 날 겁쟁이나 부랑자로 불러도 할 말이 없을 것이오. 그 따위 명령일랑 내가 아닌 다른 신하에게나 하시오. 난 더 이상 당신 말에 복종할 수 없을 것 같으니 말이오.

　한 가지 해둘 말이 있는데, 기억해두시는 게 이로우실 거요. 나 아킬레우스는 여자 하나를 놓고 싸우는 데 손을 쓰지는 않을 것이오. 주었다가도 다시 빼앗아 가는 그런 당신이나 다른 누구와는 싸우지 않겠소. 하지만 그 외에 내가 소유한 어떤 것도 마음대로 가져가지 못할 것이오. 원한다면 어떻게 되나 한번 시도해봐도 좋소. 그랬다가는 여기 모인 모두가 알게 될 것이오. 이 창 끝이 얼마나 빨리 피로 물들 수 있는지를!"

　그들은 험악한 설전을 끝내고 회합을 해산시켰다. 아킬레우스는 함께 있던 파트로클로스와 동지들을 데리고 자기 막사로 돌아갔다.

　자신이 말한 대로 아가멤논은 좋은 배를 1척 띄워 20명의 사공과 함께 신께 바칠 제물을 싣고 크리세이스도 태웠다. 오디세우스가 그 일의 책임을 맡아 항해하기로 되었다. 준비가 끝나자 아가멤논 왕은 모든 이들에게 몸을 정갈히 하라고 명했고 이에 사람들은 희생 제물을 바다에 던지고, 황소와 염소는 해변에서 잡아 아폴론께 제물로 올렸다. 바쳐진 고기를 불에 태우는 향기는 둥그렇게 피어오르는 연기를 타고 하늘에까지 닿았다.

　이러한 의식이 진행되고 있는 동안에도 아가멤논의 머릿속은 아킬레우스와의 언쟁을 떨쳐버리지 못하고 있었다. 그가 내뱉었던 위협적인 말들이 떠올랐다. 왕은 충직한 심복이자 전령인 탈티비오스와 에우리바테스를 불러 지시를 내렸다.

　"아킬레우스의 막사로 가서 어여쁜 브리세이스의 손목을 끌고 이리 데려와라. 그가 계집을 포기하지 않으려 하면 내가 직접 더 많은 부하를 데리고 가서 데려오겠다. 만일 그렇게 된다면 아킬레우스는 더욱 비참한 꼴이 될 테지."

　왕은 엄히 일러 전령들을 보냈다. 그들은 그 임무가 마음에 들지 않았지만 해변을 따라 아킬레우스의 함대가 있는 곳으로 갔다. 그리고 자신의 막사 앞에 앉아 있는 아킬레우스와 마주쳤다. 그들을 본 아킬레우스는 불쾌하기 짝이 없었다. 그 젊은 왕자 앞에서 강한 두려움과 수치심을 느낀 전령들은 아무 말도 하지 못하고, 또 아무것도 묻지 못한 채 그저 서 있기만 할 따름이었다.

아킬레우스가 먼저 그들의 목적을 눈치 채고는 말했다.

"어서 오게 전령들이여. 무릇 전령이란 신과 인간 모두에게 신성한 존재이지. 가까이 오게나. 자네들을 탓하지는 않겠네. 잘못이라면 브리세이스를 데려오라고 자네들을 이리로 보낸 아가멤논 왕에게 있는 거지.

나의 벗 파트로클로스여, 여자를 데리고 나와 이들에게 넘겨주게나. 그래서 사람들이 나로 하여금 파멸에서 구해주길 바라는 때가 오면 축복 받은 신과 유한한 생명을 지닌 인간들, 그리고 무자비한 아가멤논 왕 앞에서 이 전령들이 오늘의 일을 증언할 수 있도록 해주게. 정말이지 왕은 분노로 미쳐버린 모양이네. 저렇게 앞뒤 분간을 못하고 날뛰니, 그의 군대는 우리보다 먼저 죽을 것이야."

파트로클로스는 아킬레우스 말에 따라 아름다운 브리세이스를 데리고 나와 전령들에게 넘겼다. 여자는 마지못해 전령들의 뒤를 따랐다. 아킬레우스는 눈물을 흘리며 친구의 곁을 떠나 홀로 잿빛 바닷가로 나가 앉아 손길 닿지 않는 저 너머를 하염없이 응시하였다. 그리고는 크게 소리쳤다.

"오, 어머니! 제가 길지 않는 생명을 타고났다는 건 잘 압니다. 그러나 올림포스의 높은 곳에 계시며 천둥을 내리시는 제우스 신이 주기로 한 영광은 어찌 되었습니까! 그분은 한 조각의 영광조차 내려주지 않고 계시지 않습니까! 아트레우스의 아들 아가멤논이 저를 모욕하고 저의 명예로운 전리품을 약탈해 갔습니다!"

심해에서 늙은 아버지 곁에 앉아 있던 성스러운 그의 어머니에게도 아들의 슬픈 울부짖음이 들렸다. 아킬레우스의 어머니 테티스는 바다 위 안개처럼 빠르게 떠올라 울고 있는 아들 곁으로 다가가 앉았다. 그리고 아들의 등을 토닥여주며 물었다.

"아들아. 무엇 때문에 울고 있는 거냐? 무슨 문제라도 있느냐? 숨기지 말고 얘기해다오. 우리 함께 알자꾸나."

아킬레우스는 깊은 한숨을 내쉬며 말했다.

"어머니께서는 다 알고 계시지 않습니까! 모든 것을 아시는데, 제가 말해 무엇합니까?

우리 군은 에에티온 왕의 번화한 도시 테베를 정복했습니다. 그곳을 정복하여 모든 것을 가져왔습니다. 물건들은 모두가 나눠 가졌고, 병사들은 왕의 몫으로 아리따운 크리세이스를 골라 바쳤습니다. 그런데 아폴론의 사제인 크리세스가 몸값으로 보물을 산더미처럼 싸들고 와서는 자기 딸인 크리세이스를 풀어달라고 특별히 그리스의 왕손들에게 청했던 겁니다. 사람들은 왕들로 하여금 사제에게 존경을 표하고 그 몸값을 받아들이자고 했지만, 이에 불만을 품은 아가멤논 왕은 그에게 무례하게 굴었습니다.

화가 난 채 가버린 노사제는 아폴론에게 기원했습니다. 사제를 몹시 아끼는 아폴론은 그 기원을 들으시고 우리에게 활을 쏘아댔는데, 그 무서운 화살들이 우리 진영 위로 떨어져 병사들의 시체가 산을 이루었습니다.

나중에 예언자를 통해 아폴론의 뜻을 알게 된 저는 신의 화를 달래야 한다고 충고했지만, 아가멤논 왕은 격분하여 오히려 저를 위협하더니 그 위협을 실행에 옮겼던 겁니다.

저들은 지금 신께 바칠 제물을 배에 실어 크리세로 보내고 있고, 왕이 보낸 전령들이 방금 제 막사를 찾아와 병사들이 제게 올린 브리세이스를 데려가버렸습니다.

하실 수 있으시다면 당신의 아들을 도와주십시오. 어머니께서 그간 제우스를 말과 행동으로 섬기고 기쁘게 해드렸다면 올림포스로 가셔서 그분께 간청해주십시오. 제가 집에 머물 때, 하늘에서 반역 음모가 일어날 때마다 어머니 혼자 힘으로 천둥구름의 신 제우스를 곤경과 모독에서 구하셨다고 할아버님께 자랑하시는 것을 제가 얼마나 많이 들었습니까? 헤라와 포세이돈, 아테나 같은 다른 올림포스의 신들이 그를 묶어두려 할 때 어머니께서 그를 구하셨다고 하셨습니다. 100개의 팔이 달린, 신들은 브리아레우스라 부르고 사람들은 아이가이온이라는 자를 부르셔서 말입니다. 그 괴물은 자신의 아버지[8]보다 강했다고 하셨죠. 그가 의기양양한 모습으로 들어와 제우스 곁에 앉으니 역모를 꾀하던 신들은 그만 공포에 질려 감히 그를 묶을 수 없었다고 얘기하셨습니다. 제우스께 그 일을 떠올려주면서 엎드려 그의 무릎을 잡고 애원해보십시오. 그리하면 신께서 트로이 군을 도우시고 그리스 인들을 바다로 몰아 죽이기로 마음먹으실 겁니다. 그렇게 해서 사람들로 하여금 아가멤논이 어떤 자인지 깨닫게 만들어주십시오. 아가멤논이 어떤 잘못을 저질렀는지 깨닫게 해주십시오! 그리스 최고의 장수를 욕보였다는 걸 말입니다."

테티스가 눈물을 흘리면서 대답하였다.

"오, 나의 가엾은 아들. 내가 어쩌자고 불운한 운명을 지닌 너를 낳았단 말이냐. 왜 너는 순순히 물러나 있지 못했느냐? 안 그래도 길지 않은 삶인데, 눈물과 고통이 그런 너를 비껴가지 않더란 말이냐! 넌 그 누구보다도 깊은 슬픔과 짧은 생을 지녔구나. 참으로 잔인한 운명을 안고 태어났구나.

그래, 내 너의 사연을 제우스께 전하련다. 눈 덮인 올림포스에 직접 올라가 그를 설득해보마. 너는 함대를 떠나지 말거라. 그들을 맘껏 미워하되 싸움은 절대 멀리하거라. 지금 제우스께서는 그 신심 깊은 아이티오피아 인들의 잔치에 참석하러 모든 신들을 이끌고 오케아노스[9]에 갔는데, 12번째 날에는 오실 거다. 그가 돌아오면 곧바로

8) 포세이돈.

내가 제우스의 궁전으로 가 청원을 올리마."

그렇게 말한 테티스는 아들 곁을 떠났다. 그리스 인들이 강제로 떼어놓은 아름다운 브리세이스와 아들을 염려하면서.

신성한 제물을 싣고 떠난 오디세우스는 무사히 크리세에 다다랐다. 오디세우스 일행은 항구 깊숙이 들어가 돛을 접고 돛대를 내린 다음 천천히 노를 저어 정박할 곳으로 배를 움직여갔다. 그리고 돌로된 닻을 내리고 밧줄로 단단히 고정시켰다. 그런 다음 뭍으로 올라가 아폴론에게 바칠 제물들을 실어 날랐다. 크리세이스 또한 배에서 내렸고, 오디세우스는 그녀를 제단으로 데려가 아버지의 품에 돌려보내주면서 말했다.

"크리세스. 아가멤논 왕께서 그대의 딸을 돌려주라 나를 보내셨소. 태양신께 바칠 성스러운 제물들도 가지고 왔소. 우리에게 비탄과 고난을 주신 신께 화해를 청하기 위해서요."

오디세우스가 데려온 딸을 노사제는 기쁘게 맞았다. 사람들은 서둘러 제대 위에 제물을 차려놓고 손을 씻은 후 보릿가루를 집었다. 크리세스가 두 팔을 들어 큰소리로 기도를 올렸다.

"은 활의 신이여, 제 기도를 들으소서! 크리세와 성스러운 킬라를 지배하시는 분, 테네도스의 왕이시여! 어서 제 청원을 들어주소서. 저의 영광을 위하여 그리스 인들에게 고난을 내리셨듯이 다시 한 번 제게 은혜를 베푸셔서 이제 그들을 끔찍한 역병에서 구해주소서."

사제는 그처럼 기도를 올렸고, 빛의 신 아폴론은 그의 기도를 들었다. 그들은 신에게 빌면서 보릿가루를 뿌린 후, 제물로 바쳐진 짐승의 머리를 자르고 껍질을 벗겼다. 허벅지 살을 베어내 비계로 감싼다음, 그 위에 날고기를 얹어놓았다. 젊은이들이 오지(五枝)창을 들고 지키는 동안 크리세스는 그것을 장작 위에 올려 태우며 그 위에 포도주를 뿌렸다. 이윽고 제물의 허벅지 부분이 다 타자 내장은 나누

---

9) 대지를 에워싼 내하. 세상 모든 하천과 샘은 여기에 연결되어 있다.

어놓고 나머지 부분은 적당한 크기로 썰어 꼬챙이에 끼워 잘 구운 다음 불에서 내렸다. 이렇게 제사가 끝난 다음 식사를 준비하여 한 사람도 모자람 없이 맛있게 즐겼다. 모두들 배불리 먹은 뒤에는 시종들이 각각의 술잔에다 술을 조금 부어주었고, 사람들은 기도를 드리면서 그것을 땅바닥에 부었다. 그리고 시종들이 다시 사람들의 잔을 채워주었다.

그렇게 그리스의 젊은이들은 그날 하루 종일 달콤한 음악과 위로의 노래와 찬가를 바쳤고 신은 그것을 듣고 기뻐했다. 해가 기울고 날이 어두워지자 오디세우스 일행은 쉬기 위해 배를 정박시켜 둔 곳으로 돌아가 자리를 잡고 누웠다.

이윽고 새벽이 장밋빛 손가락으로 안개를 걷기 시작할 즈음에 일어난 그들은 배를 돌려 자신들의 진영으로 향했다. 항해를 위해 아폴론은 순풍을 보내주었다. 그들이 돛대를 올려 흰 돛을 펼치자 바람이 한가득 불어왔고, 아침해를 받은 자줏빛 파도는 선체에 부딪쳐 철썩철썩 소리를 내었다. 배는 바닷물 위를 거침없이 달렸다. 그렇게 진영에 돌아온 뒤에 배를 모래사장으로 끌어올려 기다란 버팀목을 받쳐놓은 다음 자신의 막사나 함대로 각자 흩어졌다.

그러는 동안에도 아킬레우스는 여전히 분노를 끓이면서 자신의 함대에서 꼼짝도 하지 않고 있었다. 회의에도 나가지 않았고, 전투에는 더더욱 참여하지 않았다. 전투를 갈망하고 있었음에도 불구하고 그는 함대 안에서 속앓이만 하고 있었다.

열흘하고도 이틀째 날이 밝자 신들이 제우스의 뒤를 따라 무리 지어 올림포스로 돌아왔다. 여신 테티스는 아들의 요청을 잊지 않고 바다 속에서 나와 아침 일찍 올림포스에서도 가장 높은 곳으로 올랐다. 거기서 여신은 다른 신들의 무리와 거리를 두고 험준한 올림포스 봉우리에 앉아 있는 제우스를 찾아냈다. 여신은 그 앞에서 무릎을 꿇고 왼팔로 제우스의 다리를 껴안고 오른손을 그의 턱에 대고 간청했다.

"오, 하늘의 주인이신 제우스여! 제가 말과 행동으로 당신을 섬긴 적이 있거든 은혜를 내려 제 아들에게 영광을 베풀어주십시오. 일찍 죽을 운명을 지니고 태어난 그를 아가멤논이 어떻게 모욕했는지 보십시오. 그가 아들의 전리품을 가로채 갔습니다. 내 아들의 재산을 약탈했단 말입니다!

가장 지혜로우신 제우스여, 제 아들의 숙원을 이뤄주십시오. 그리스 인들이 내 아들을 명예롭게 하고 찬미할 때까지 트로이 군이 승리하게 해주세요!"

구름을 모으는 신 제우스는 아무 대답 없이 침묵을 지키며 앉아 있을 따름이었다. 그러자 테티스는 그의 무릎을 잡고 매달리면서 다시 한 번 애원했다.

"그렇게 해주겠다고 지금 말씀해주세요. 신실한 약속을 해주세요! 그러지 않으시겠다면 차라리 거절해주세요. 어차피 당신은 두려울 게 아무것도 없잖아요? 그냥 이 자리에서 하늘의 어떤 신보다 저를 하찮게 여기신다는 걸 보여주란 말이에요!"

제우스는 무척이나 갈등하면서 대답했다.

"참으로 나를 괴롭히는도다! 그대는 나를 헤라와 다투게 만들고, 헤라로 하여금 나를 또다시 질책하게 만들 것이오. 안 그래도 그녀는 다른 신들 앞에서 내게 화를 내면서 내가 트로이가 이기게 돕고 있다고 비난하고 있단 말이오. 그대가 원하는 대로 애써 볼 테니, 그대는 지금 당장 돌아가 헤라의 눈에 뜨이지 않게 하시오. 그대가 나를 믿을 수 있도록 내가 고개를 끄덕여 보이겠소. 이는 신과 내가 약속했음을 뜻하는 분명한 표시요. 내가 머리를 끄덕인 이상, 내 언약은 결코 번복되지 않을 것이며 속임수나 실패도 없을 것이오."

이렇게 말한 제우스는 그의 검은 눈썹을 아래로 숙였다. 그러자 신성한 그의 머리채가 불멸의 이마 앞으로 흘러내렸고 드높은 올림포스가 뒤흔들렸다.

의논을 마친 둘은 헤어졌다. 테티스는 광채를 발하는 올림포스에서 바다로 훌쩍 뛰어내렸고 제우스는 자신의 궁전으로 들어갔다. 자신의 주인을 맞은 신들은 그 누구도 감히 자리에 그대로 앉아 있지 못하고 일어나 그에게 인사를 하였다. 그렇게 제우스는 자신의 권좌에 앉았다.

그러나 헤라는, 바다 노인의 딸이자 은의 발을 지닌 여신 테티스가 찾아와 남편과 밀담을 나누었다는 사실을 알고 있었다. 헤라는 이내 제우스를 몰아세웠다.

"이번엔 누구죠?" 헤라가 말문을 열었다.

"속임수의 명수 제우스시여, 누구와 이야기를 나누셨나요? 내 등 뒤에서 몰래 계략을 꾸미고 맘대로 결정을 내리는 걸 좋아하시죠? 자기 생각은 절대로 저에게 털어놓지 않으시는 분이잖아요!"

신과 인간의 아버지인 제우스가 대답했다.

"헤라, 내가 모든 걸 말해주리라 기대하지 마시오. 그대가 내 아내라고 해도 너무 많은 것을 기대해서는 안 되오. 당신이 알아야 할 일이라면 천상과 지상에 있는 그 누구보다도 가장 먼저 당신에게 알려 줄 것이오. 허나 나 혼자 생각할 일에 대하여 이것저것 따지거나 캐묻지 마시오!"

여신 헤라는 아름다운 눈을 부릅뜨고 바로 받아쳤다.

"지독한 분이시군요. 제게 그런 말씀을 하시다니! 내가 따진다고요? 꼬치꼬치 캐묻는다고요? 난 평생 그런 짓을 한 적이 없어요! 난 항상 당신 혼자 계시게 했고 당신 멋대로 결정하게 내버려두었어요. 하지만 이번만은 정말 두려워요. 그 테티스가 당신을 어떻게 구워삶았는지 모른다는 생각을 떨칠 수가 없단 말예요. 그 바다 노인의 딸이 이렇게 이른 아침에 무릎을 꿇고 당신의 무릎을 잡고 있더란 말이에요. 당신, 머리를 끄덕여 아킬레우스에게 영광을 내리고 전장에서 병사들을 몰살시키겠다고 약속한 거죠?!"

구름을 모으는 신 제우스가 대답했다.

"당신은 참으로 이해할 수 없는 존재요. 날 항상 의심하고 감시하고 있으니 말이오. 그래서 얻을 게 무엇이오? 그건 내가 당신을 멀리하게 만들 따름이고, 당신은 더욱 비참해질 뿐이오. 일이 당신이 말한 대로 된다면 그건 바로 내가 바라던 바요. 제발 입 다물고 앉아 내가 시키는 대로 하시오. 내가 나의 육중한 손을 당신에게 뻗치는 날엔 올림포스의 모든 신들이 나선다 해도 당신을 도울 수 없을 거요."

이 말에 겁을 먹은 헤라는 잠자코 자리에 앉았다. 그러나 다른 신들이 어찌할 바를 모르고 있는 가운데 제일 먼저 솜씨 좋은 대장장이 헤파이스토스가 입을 열었다. 그는 어머니인 헤라를 달래느라 이렇게 말했다.

"그만들 하세요! 두 분이 인간 때문에 다른 신들 앞에서 언쟁하시는 건 정말 못 봐드리겠습니다. 노상 그렇게 고약한 모습을 보이시면 우리 또한 좋은 음식을 앞에 둔들 뭐가 즐겁겠습니까?

아들이 어머니께 충고를 드리겠습니다. 어머니께서도 무엇이 옳은지 아실 테니 말씀드리는 겁니다. 어머님이 양보하셔서 아버님의 호통으로 인해 저희 아침 식탁이 엉망 되는 일이 없도록 해주십시오. 천둥의 신인 올림포스의 제왕께서 저희 모두를 내쫓아버리면 어쩌시렵니까? 저희보다 훨씬 강한 분이십니다. 이리로 오셔서 정답고 부드럽게 말을 거시면 아버지께서도 금세 화를 푸실 겁니다."

말을 마친 헤파이스토스는 벌떡 일어나 손잡이가 둘 달린 잔을 헤라의 손에 쥐어 주고는 말을 이었다.

"참으세요, 어머니. 괴롭더라도 끈기 있게 참으세요. 당신을 사랑하는 이 아들은 어머니가 아버지께 맞는 걸 보고 싶지 않습니다. 아버지에게는 맞설 도리가 없어요. 아무리 슬퍼도 저로서는 도와드릴 수가 없단 말입니다. 전에 어머니를 도우려 나섰더니 제 다리를 잡아 하늘 문 밖으로 던져버리셨던 분이세요. 그때 전 하루 종일 떨어지다가 해가 질 무렵에야 렘노스에 떨어졌지요. 거의 숨이 끊어질 판이었는데, 거기 떨어져 있던 저를 신티아 사람들이 돌보아주었지요."

헤라는 아들의 말에 미소지었다. 그러면서 웃음 띤 얼굴로 그가 내민 잔을 받아들었다. 그러자 헤파이스토스는 동이에서 달콤한 넥타[10]를 가져와 오른쪽으로 돌며[11] 신들에게 나눠주었고, 집사인 양 홀을 바삐 돌아다니는 절름발이 헤파이스토스의 모습을 본 신들은 왁자하게 웃음을 터뜨렸다.

그리해서 그들은 해질녘까지 부족함 없는 연회를 즐겼다. 먹고 마실 것이 넘쳐 났고, 아폴론은 훌륭한 하프 연주를 곁들였으며, 감미로운 목소리의 뮤즈들은 차례로 노래를 불렀다. 그러다가 태양빛이 사그라들자 모두 잠을 자러 자신들만의 집으로 물러갔다. 그 집들은 헤파이스토스가 절묘한 솜씨로 지어준 것이었다. 제우스 또한 자신의 침실로 갔다. 그는 늘 달콤한 잠을 이루었던 자신의 침상으로 올라가 헤라와 함께 누워 잠이 들었다.

---

10) 영생과 젊음을 가져다주는 신들의 음료.
11) 오른쪽으로 도는 것을 상서롭게 여김.

II

풀밭 위에 서로 엉키어 풀을 뜯고 있는 양떼들 중에서 실속 있는 양들만 손쉽게 솎아내는 양치기의 재주처럼, 지휘관들도 군사들을 적재적소에 배치시켜 전투를 준비했다.

신과 인간이 모두 잠든 밤, 그러나 제우스는 그리스 병사들을 죽여 아킬레우스에게 영광을 안겨줄 방법을 궁리하느라 깊은 잠을 이룰 수가 없었다. 그리고 마침내 아가멤논에게 거짓 꿈으로 메시지를 전달하는 것이 최선이라는 결론을 얻었다. 제우스는 거짓 꿈을 하나 불러 알기 쉽게 일렀다.

"떠나라 거짓 꿈아, 그리스의 진영으로 가라. 아가멤논 왕의 막사로 들어가 내 말을 그대로 전하거라. 이제 트로이를 점령할 수 있게 되었으니 서둘러 군대를 무장시키라고 일러라. 헤라가 담판을 지어 올림포스의 신들은 이제 더 이상 분열되어 있지 않으니 트로이는 위험에 처했다고 말하거라."

거짓 꿈은 그리스 진영으로 재빨리 날아가 아가멤논의 막사로 향했다. 거기서 달게 자고 있는 왕을 발견한 꿈은, 원로 중에서 아가멤논 왕이 가장 존경해 마지않는 네스토르로 변하여 그의 머리 쪽으로 몸을 기울여 이렇게 말을 전했다.

"아트레우스의 아들이며 많은 말들의 주인이시여, 주무시고 계십니까? 위대한 왕이란 온갖 근심과 나라 걱정으로 밤새 단잠을 이루지 못하는 법입니다. 어서 제 말을 들으십시오. 저는 제우스의 전령입니다. 신은 멀리서 당신을 굽어보며 동정하고 계십니다.

제우스께서는 최대한 신속하게 그리스 군을 무장시키라 명하셨는데, 지금 트로이를 손에 넣을 수도 있기 때문이라 하십니다. 헤라 여신의 탄원에 모든 올림포스의 신들이 뜻을 굽혀 신들의 뜻이 이제 하나가 되었으니, 제우스의 재앙이 트로이에 떨어질 거라고 하십니다. 이 말을 명심하십시오. 달콤한 잠에서 깨어난 뒤에도 잊으시면 안 됩니다."

그러고 나서 꿈은 떠나갔다, 이루어지지 않을 일을 믿게 된 그를 남겨두고. 이로써 아가멤논은 어리석게도 그날 안에 트로이를 손에 넣을 수 있으리라고 믿었다. 제우스의 진짜 의도는 알 턱이 없었던 것이다. 그도 그럴 것이, 여전히 긴 전쟁을 남겨놓은 제우스는 트로이 인과 그리스 인 모두에게 줄 슬픔과 고통을 다 풀어놓지 않은 상태였다.

잠에서 깨어난 아가멤논은 간밤의 꿈에서 들은 성스러운 목소리의 여운이 아직 귀에 남아 있는 듯했다. 그는 등을 곧추 세우고 앉아 가장 좋은 옷을 입고 망토를 걸쳤다. 장식이 달린 장화를 신고 은이 박힌 칼은 어깨에 멨다. 그리고는 조상 대대로 전해 내려와 선왕들이 지녔던 홀을 들고 그리스의 함대가 모여 있는 가운데로 향했다.

새벽 여신이 올림포스 신전으로 올라가 제우스와 신들에게 동이 트고 있음을 전할 무렵, 아가멤논은 목청 좋은 전령으로 하여금 큰소리로 병사들을 불러모으라고 명령했다. 전령들이 우렁찬 목소리로 회의 소집을 알리자 모두들 신속히 모여들었다. 아가멤논 왕은 먼저 네스토르의 함대 옆에서 원로들과의 회의를 주관하였다. 원로들이 다 모이자 왕은 자신의 교묘한 계획을 공개했다.

"그대들은 들으시오. 지난 밤 내게 하늘로부터 꿈이 내려왔소. 목소리와 그 모습이 네스토르와 너무나 닮은 노인의 모습을 하고 내 머리 쪽에 서더니 말하기를, '제우스 신은 최대한 신속하게 그리스 군을 무장시키라 명하셨는데, 지금 트로이를 손에 넣을 수도 있기 때문이다. 헤라 여신의 탄원에 모든 올림포스의 신들이 뜻을 굽혀 신들의 뜻이 이제 하나가 되었으니, 제우스의 재앙이 트로이에 떨어질 것이다.' 라고 하는 거 아니겠소. 그가 말을 마치고 사라진 뒤에 나는 잠이 깨었소. 그러니 어서 군대를 무장시키도록 합시다. 그러나 그에 앞서 관례대로 먼저 군사들의 인내를 시험해볼 것이오. 내가 그들에게 고향으로 돌아가라고 이를 테니, 그대들은 이곳저곳에서 자리를 지키고 있다가 가서는 안 된다고 그들을 막으시오."

그러자 필로스의 왕 네스토르가 일어서더니 말했다.

"내 조국의 왕자들과 모든 영주들이여! 만일 다른 누군가가 이 계획을 말했다면 우리는 거짓이라 여기고 무시해버렸을 줄 아오. 허나 우리 중에 가장 높으신 분께서 꿈을 꾸셨다고 하니 우리 병사들을 무장시키도록 합시다."

네스토르가 앞장을 서자 다른 왕들도 그 뒤를 따랐다. 그러는 동안 병사들은 굴 안팎을 들락거리며 봄꽃들 위로 떼지어 날아다니는 벌들처럼 모여들었다. 벌들이 여기저기에서 끝도 없이 날아오는 것 마냥 병사들도 막사나 깊은 모래펄에 끌어다 고정시켜 놓은 함대에서 나와 무리를 지어 회의장에 속속 도착하였다. 신의 심부름꾼인 소문[1]이 그들 사이를 누비며 말을 퍼뜨려 병사들의 발길을 재촉했다. 회의장은 북새통을 이루었고, 병사들이 소란을 떨며 앉자 땅이 신음소리를 냈다. 9명의 전령들이 고함을 질러대면서 난리통이 되어버린 회의장의 질서를 잡으려 애를 썼고 좌중을 진정시켜 왕들의 말에 주위를 집중시키려 했다.

마침내 병사들이 열을 맞추어 자리를 잡고 앉자 모든 시끄러운 소음이 가라앉았다. 그러자 홀을 든 아가멤논 왕이 일어났다. 원래 그 홀은 헤파이스토스가 만든 것으로, 제우스에게 바쳐진 물건이었다. 제우스는 그것을 자신의 전령인 헤르메스[2]에게 주었고, 헤르메스는

---

1) Rumor.
2) 제우스의 아들. 부와 행운, 여행자와 도둑의 신.

펠롭스[3])에게, 펠롭스는 다시 아트레우스 왕에게 선물했고, 아트레우스는 임종하면서 그것을 티에스테스[4])에게 남겼고, 그를 거쳐 아가멤논 왕의 손에까지 들어오게 된 것이었다. 그것은 아르고스 전체와 바다의 무수한 섬을 통치하는 그의 권력의 상징이기도 했다. 홀에 몸을 기댄 채로 아가멤논 왕은 회의장에 모인 군중을 향해 말했다.

"동지들, 그리스의 영웅이자 아레스의 시종이여! 크로노스의 아들 제우스께서 잔인하게도 그대들의 왕을 속였도다! 처음에는 고개를 끄덕여 나로 하여금 트로이의 성들을 점령케 하고 무사귀환을 약속했으나, 그 맹세는 헛되고 거짓이었다. 이제 신은 수많은 병사를 잃은 지금의 내게 불명예스럽게도 아르고스로 돌아가라고 명하고 있다. 그래야만 강하고 지고한 제우스가 만족할 것 같다. 그는 번영일로를 달리는 수많은 도시를 파괴했고, 앞으로도 그렇게 하실 것이다. 힘으로는 그를 따를 자가 없으니 거스를 수 없다.

그러나 후손들이 듣기에 이 얼마나 부끄러운 일이 되겠는가! 아직 그 결말은 알 수 없으나, 그리스의 이 많은 군사들이 그렇게 오랜 전투를 벌이고도 아무것도 얻지 못하고 이렇게 패배하다니! 더군다나 약소한 트로이 병력에 맞서 싸운 결과가 이렇다니! 생각해보라. 우리가 휴전 협정을 맺고 서로의 머릿수를 헤아린다고 가정해보자. 트로이의 집집마다 한 사람씩을 뽑아 모이게 하고, 아군은 10명씩 무리를 지어 그 10명의 무리에 트로이 사람 1명을 붙여 술 따르는 데 부려먹는다고 해도, 우리에게 술 따를 트로이 인이 부족할 터이다! 그만큼 우리는 수적으로 우세하다. 그러나 그들에게는 훌륭한 병력을 갖춘 동맹군이 있어 이 도시를 점령하려는 내 소원을 방해해왔다. 너희들도 알다시피 우리는 제우스 신 덕분에 이미 9년을 낭비해버리고 말았다. 우리의 배를 만든 나무는 썩어가고 있으며 장비들은 쓸모없

3) 제우스의 손자.
4) 아트레우스의 동생.

어졌다. 너희의 아내와 자식들이 집에서 기다리고 있으련만, 우리는 이처럼 임무를 달성하지 못하고 있는 것이다!

이제 내가 너희에게 너희 할 바를 일러주려 하니, 어서 배에 올라 고향을 향해 노를 저어라. 트로이 정복은 정녕 이룰 수 없으리라!"

왕의 연설은 앞서 가진 원로들과의 회의에는 없었던 많은 병사들의 마음을 뒤흔들어놓았다. 동쪽 혹은 남쪽 하늘 어딘가에서 갑작스러운 돌풍이 일어 하늘의 구름을 흩어놓으면 이카리아 해[5]에서 높은 파도가 솟구쳐 오르는 것처럼 사람들이 술렁거렸다. 이어 강한 서풍이 옥수수밭을 깊은 곳까지 휘저어 옥수수들이 마구 흔들리고 수숫대가 구부러지는 것처럼 동요하더니, 요란한 갑옷소리를 내며 자신들의 함선이 있는 쪽으로 달음질치기 시작했다. 그들의 발밑에서 일은 먼지구름이 그들을 뒤덮을 정도였다. 병사들은 서로 고함을 쳐가며 함선을 끌어내려 바다로 밀고 내려갔고, 방해가 되는 버팀기둥들도 던져버렸다. 고향으로 돌아가려는 무수한 병사들의 소음은 하늘까지 닿았다.

헤라가 그 광경을 발견하지 못했다면, 숙명이든 아니든 간에 병사들은 그대로 그리스로 도망가버리고 말았으리라. 여신은 바로 아테나를 불러 말했다.

"이런 낭패가 있나. 아테나, 저기 좀 보렴. 전능한 제우스의 딸아, 일이 이렇게 마무리되어야 하겠느냐? 저렇게 바다 건너 고향으로 도망가는 꼴을 보여 트로이의 왕과 백성들이 거들먹거리게 해줘야 하는 거냐? 같은 고향 사람인 헬레네는 그냥 두고 가겠다고? 그녀를 되찾기 위해 먼 타국에서 온 그토록 많은 목숨이 스러졌는데도? 지금 네가 그리스의 진영으로 가 병사들에게 다정하게 속삭여주거라. 그들을 붙잡아 출항을 막아야 한다."

아테나 여신은 올림포스 봉우리에서 쏜살같이 아래로 내려가 함선

5) 그리스 남동부의 바다.

들로부터 그리 멀지 않은 곳에서 있던 오디세우스를 찾아냈다. 그는 슬프고 낙담한 나머지 출항 준비에 나서지 않고 있었다. 여신은 그에게 다가가 맑은 눈동자를 빛내며 말을 걸었다.

"라에르테스의 아들 오디세우스 왕이여, 도무지 어쩔 도리가 없는가. 이렇게 끝나는 것인가. 저들은 그냥 저렇게 허둥지둥 배에 올라 고향을 향해 노를 젓게 되는가. 그래서 트로이 사람들의 자랑거리를 만들어줄 건가 보구나. 헬레네를 되찾기 위해 낯선 이국에서 치른 참혹한 희생을 헛되게 하고, 이제 그녀를 남겨두고 떠날 거란 말이냐. 이렇게 가만히 있어서는 안 돼! 부하들 속으로 들어가 하나씩 붙잡고 친절하게 설득하여 그들의 출항을 막아야 한다!"

오디세우스는 그것이 여신의 목소리임을 알아들었다. 그는 망토를 벗어던지고 달려갔다. 고국 이타카에서부터 오디세우스를 따라온 장수 에우리바테스가 그의 뒤를 따랐다. 그 길로 오디세우스는 아가멤논 왕을 찾아가 그에게서 대대로 내려오는 왕의 홀을 받았다. 오디세우스는 그것을 들고 진영으로 향했다.

오디세우스는 왕족이나 중요 인물들과 마주칠 때마다 바짝 다가가 좋은 말로 충고를 해주었다.

"경이여, 이런 방법은 어떠하오? 나는 경이 비겁자라도 되는 양 협박할 생각은 없소. 이제 자리를 뜨지 말고 다른 병사들도 제 위치를 지키라고 하십시오. 아가멤논 왕이 어떤 의중을 숨기고 있는지 정확히 모르지 않소. 우리는 왕이 원로들에게 털어놓은 이야기를 듣지 않았소이까? 아가멤논 왕은 지금 병사들을 시험하고 계신 것이오. 금세 부하들을 호통을 치실 거요. 그분이 분노로 미쳐 날뛰고, 병사들이 그 화를 고스란히 입는 사태가 일어난다 해도 놀랄 일이 아니라는 거요. 왕의 고약한 성질을 아시지 않소. 그러나 그의 영광은 가장 지혜로우신 제우스에게서 온 것이고, 가장 현명한 그 신이 왕을 돌보고 계신 거요."

고함을 지르고 소란을 피우는 병사를 만날 때면 오디세우스는 왕의 홀로 그 병사의 등을 쳐가며 꾸짖었다.

"무슨 짓이냐? 넌 싸움이 무서운 겁쟁이에 지나지 않는다! 똑바로 앉아 네 상관의 말을 들어라. 네 근육과 혀는 도무지 쓸모가 없구나! 누구나 다 왕이 될 수는 없다. 우두머리가 너무 많으면 나라를 망치게 되는 법! 나는 한 분의 왕을 섬기는 것으로 족하다. 그 이유를 아는가? 높은 데 계신 신께서 그에게 권위를 주시기 때문이다!"

그는 이렇게 지시를 내리며 돌아다녔다. 군사들은 웅성거리면서 함선과 막사를 뒤로하고 다시 한 번 회의장으로 모여들었는데, 그 모습은 깊숙이 끓어오르다 천둥 같은 소리를 내며 해변에 부서져 내리는 파도와도 같았다.

이제 그들은 길게 열을 지어 질서정연하게 앉아 있었다. 그러나 여전히 고래고래 소리를 지르며 불평하는 한 사람이 있었으니, 바로 테르시테스였다. 그는 엄청나게 말이 많아 시도때도 없이 떠들고 다니는 자로, 예의나 상식이라고는 찾아 볼 수 없어서 입을 열 때마다 왕들의 화를 돋우는 말을 내뱉었을 뿐 아니라 어딜 가나 좌중을 웃기려 들었다. 그는 또한 트로이에 온 그리스 인들 중에 가장 추한 생김새를 지니고 있었다. 안짱다리에 한쪽 다리를 절었고, 꼽추에, 잔뜩 졸아든 두 어깨는 가슴팍으로 꺼져 들어갈 것처럼 찌부러져 있었으며, 고깔의 형상을 하고 있는 머리통에는 머리칼이 없다시피 했다. 아킬레우스와 오디세우스는 그를 무척이나 혐오했는데, 그가 항시 그들을 귀찮게 만들었기 때문이다. 그가 이번에는 아가멤논 왕을 표적으로 삼아 정곡을 찌르는 말로 항의하였다. 모든 그리스 인들은 테르시테스에게 몹시 화가 나 있었고, 자신들을 욕되게 하는 존재로 여기고 있었지만, 그런 사실에는 아랑곳하지 않고 그는 아가멤논 왕을 모욕하는 데 목청을 돋우었다.

"폐하! 무슨 문제라도 있으신 겁니까? 폐하의 진영에는 보물이 수

북하고, 여자들이 넘쳐나는데 무엇을 더 바라는 겁니까? 그녀들은 우리가 한 도시를 정복할 때마다 직접 골라 바친 최고의 계집입니다. 혹, 저나 다른 병사가 꽁꽁 묶어 포로로 잡아온 아들을 풀어달라고 트로이 사람들이 몸값으로 가져올 황금이 탐나는 겁니까? 그것도 아니면 옆에 끼고 주무실 아리따운 처녀를 바칠까요? 백성들을 난관으로 몰아넣는 것은 통치자가 할 바가 아닙니다.

그리고 자네들도 그러네, 모두들 약해 빠져 계집애 같단 말이다! 사내라고 할 수도 없을 위인들아! 자, 저 왕은 여기서 전리품이나 챙기라고 하고 우리는 집으로 돌아가세. 우리가 있으나마나 한 존재인지 아닌지는 왕께서 스스로 판단하라고 하세나. 왕이 전에 아킬레우스를 어떻게 뭉갰는지를 봤지? 자신보다 월등한 전사의 여자를 가로채지 않았나. 그의 재산을 빼앗은 셈이지. 그런데도 아킬레우스는 화도 내지 않고 있네. 왜냐하면 그는 점잖은 사람이거든. 만일 아킬레우스가 그런 사람이 아니었다면 왕이 그를 모욕하는 것도 그때가 마지막이 되었을걸!"

그것은 아가멤논 왕을 겨냥한 지독한 독설이었다. 오디세우스가 단숨에 테르시테스에게 다가가 일그러진 표정으로 그를 매몰차게 질책하였다.

"테르시테스, 자네가 말을 잘한다는 건 우리 모두 알고 있다. 뭐든 잘 지껄이지. 그러나 지금은 그 입을 닫아두게. 그렇게 혼자 나서서 왕들을 모욕하지 말란 말이다! 내 공언하건대, 자넨 왕들이 트로이로 데려온 이들 중에서 가장 사악한 자이다. 그렇게 함부로 왕의 이름을 들먹거리거나 욕보이면서 집으로 돌아가겠다고 설쳐댈 수 있는 처지가 아니란 말이다! 아직은 일이 어떻게 될지 확실히는 알 수 없다. 승리를 거두어 돌아갈 수 있을지, 아니면 그 반대가 될지 모른다. 그런데 우리 병사들이 왕에게 전리품을 바쳤다고 해서 자네가 여기 앉아 아가멤논 국왕을 욕하고 경박한 야유를 보내다니!

내 말을 잘 들어두어라. 그리고 앞으로는 실수를 저지르지 않도록 하라. 이번 같은 짓거리가 또다시 눈에 뜨이면 자네 알몸을 가려주고 있는 망토며 옷을 모두 벗겨 흠씬 두들겨 팬 뒤에 고통에 신음하며 함대로 도망치게 해주겠다. 내가 이 말을 실천하지 않는다면 내 목은 더 이상 어깨 위에 붙어 있지 않을 것이며, 텔레마코스[6]의 아비라 불리지도 않을 것이다!"

이렇게 말하면서 그는 왕의 홀로 테르시테스의 등을 후려쳤다. 홀로 맞은 등짝에서 피가 스며 나오자 테르시테스는 눈에서 굵은 눈물방울을 흘리며 몸을 웅크렸다. 그리고 공포에 질려 자리에 주저앉더니 아픔을 못 이기겠는지 넋 나간 꼴로 연신 눈물을 훔쳤다. 그러자 모두들 상심을 잊어버리고 통쾌한 웃음을 터뜨렸다. 누군가가 옆 사람에게 이런 말을 하는 소리가 들렸다.

"하핫! 오디세우스가 시원하게 해치웠군. 그는 회의에서는 좋은 지도자이고 전장에서는 훌륭한 지휘관이지. 그렇지만 그중에서도 가장 훌륭한 업적은 저 망할 수다쟁이의 입을 틀어막은 일일 거야. 저 녀석도 다시는 왕들에 맞서 그 천한 주둥이를 놀릴 용기가 없을걸."

그런 말이 오가는 가운데 오디세우스가 홀을 들고 일어서자, 전령의 모습으로 오디세우스의 곁을 지키고 있던 아테나 여신이 멀리 뒤에 있는 자들도 그의 말을 알아들을 수 있도록 좌중을 조용히 시켰다. 오디세우스는 말했다.

"아가멤논 대왕이시여, 왕께서 보시다시피 당신의 백성들은 당신을 가장 경멸받아 마땅한 웃음거리로 만들려고 합니다. 저들은 고향을 떠나올 때 스스로에게 한 약속도 지키려 들지 않을 것입니다. 왕을 도와 트로이를 정복한 뒤에 돌아오겠다고 한 맹세 말입니다. 저들은 마치 어린아이나 과부처럼 눈물을 찔끔거리기 일쑤고 모이기만 하면 집에 가고 싶다고 신세한탄이나 합니다. 정말이지 이곳은 환멸

6) 오디세우스의 아들.

을 느끼고 고향으로 돌아가고 싶을 만큼 어려운 상황입니다. 만일 아내와 자식과 떨어져 겨울에 폭풍이 몰아치는 바다 위의 배에서 한 달만이라도 지내본다면 누구든 조바심을 치게 될 터입니다. 그런데 우리는 이미 9년 동안이나 여기를 떠나지 못하고 있는 것입니다. 그러니 저들이 인내심을 잃었다고 해도 탓할 수는 없습니다."

이어 병사들에게 충고했다.

"그러나 그토록 오래 머물고도 빈손으로 돌아간다는 것 또한 치욕 아니겠나! 그러니 동지들이여, 참으라! 좀 더 기다리면서 칼카스의 예언이 진정인지 알아보도록 하자.

우리가 잘 알고 있는 한 가지가 있다. 아직 운명이 데려가지 않은 그대들 모두가 증인이다. 불과 얼마 전, 그리스의 함대가 아울리스에 집결하여 트로이의 왕과 그 백성들을 위협하던 때의 일이다. 우리는 신성한 제단 근처에 있는 샘물가에 둘러앉아 시원스럽게 뻗은 플라타너스 나무 아래에서 신들에게 정갈한 제물을 올렸는데, 나무 뿌리 근처에서는 맑은 물이 솟아 나오고 있었다. 큰 징조가 보인 것은 바로 그때였다. 등에 얼룩무늬가 있는 뱀 1마리가 제단 아래에서 번개처럼 올라와 플라타너스 나무를 덮쳤다. 올림포스의 신께서 직접 밝은 세상으로 내보내신 그 끔찍한 창조물 말이다. 그 나무에는 아주 어린 참새 새끼들이 높은 가지에 붙은 나뭇잎들 아래서 오밀조밀 모여 있었다. 모두 8마리로, 어미새까지 합치면 전부 9마리였다. 뱀이 짹짹거리는 그 불쌍한 새끼들을 삼켜버리는 동안 어미 참새는 새끼들을 찾아 애타게 울부짖으며 나무 주위를 퍼덕이며 날아다녔는데, 뱀은 끝내 몸을 흔들더니 어미새의 날개까지 덥석 물었던 것이다. 어미새는 날카롭게 울어댔다. 뱀이 그렇게 어미와 새끼를 모두 삼켜버렸을 때, 신께서는 그 뱀을 나타나게 했던 것처럼 그것을 사라지게 만들었다. 뱀을 돌로 만들어버렸던 것이다. 우리 모두는 그 기적을 보고 놀라 멍하니 서 있었다.

그 기묘한 조짐은 우리가 제물을 바칠 때 일어난 일이어서, 칼카스가 즉시 그 의미를 우리에게 풀이해주었다. 그가 말하길, '그리스 인들이여, 어찌하여 침묵하며 서 있는가? 가장 지혜로우신 제우스의 위대한 기적을 보지 않았는가. 늦게 보여졌고, 또 늦게 실현될 것이지만, 이것은 두고두고 전해질 이야기다. 뱀이 8마리의 참새 새끼와 어미 1마리까지, 아홉을 잡아먹은 것은 그리스 인이 아홉 해에 걸쳐 트로이에서 전쟁을 해야하지만 10년째가 되면 도시를 손에 넣을 수 있다는 걸 의미한다.' 라고 하지 않았는가.

그것이 우리가 칼카스에게서 들은 말이다. 그 예언이 이제 실현될 것이다. 자, 그리스 군이여, 트로이의 강철 같은 요새를 무너뜨릴 때까지 함께 버티자!"

군중들은 그 호소에 환호성을 올렸고, 감격에 차 부르짖는 그들의 목소리는 함대가 있는 곳까지 메아리쳤다.

게레니아의 네스토르도 한마디 하였다.

"단언컨대, 너희들은 말장난을 일삼는 어린애나 다름없다! 실제 전투에 온힘을 쏟아야 마땅하다. 우리의 맹세와 서약은 어떻게 되었는가. 모든 전략과 계획들, 그리고 우리가 신에게 바친 술과 손을 맞잡고 다짐했던 우리의 믿음들은 깡그리 불 속에 던져버릴 텐가! 말로만 하는 싸움은 그만하면 됐다. 아무리 오래 머무른들 말만으로는 아무 것도 얻을 수 없다.

그대 왕이시여, 예전과 같이 불굴의 의지로 병사들을 전장으로 이끌어주시오. 겁쟁이들은 스스로 파멸토록 내버려두시오. 그들은 결코 아무것도 할 수 없을 것이오. 그들의 계획이란 게 무엇이오. 전지전능한 신의 약속이 진실인지 거짓인지 밝혀지기도 진에 빨리 고향으로 돌아가자는 거 아니오?

신께서는 아르고스에서 함선을 출범시키던 그날에 트로이의 파멸과 죽음을 다짐코자 그분의 고귀한 머리를 끄덕여 맹세하셨소. 바로 그날, 우리의 오른편에 번개의 섬광이 비쳐 상서로운 전조를 보여주지 않았소. 그러니 고향 생각일랑 떨쳐버리시오! 트로이의 아낙들을 침실로 끌어들이기 전에, 헬레네를 위해 바친 우리의 투쟁과 고통을 보상받기 전까지는 말이오! 이래도 끝까지 귀향을 고집하는 자가 있다면, 그런 자는 배에 묶어 우리보다 먼저 목숨이 시들게 만들어야 하오.

대왕이시여! 만사가 폐하의 결정에 달렸으나, 좋은 충고라면 들으셔야 할 것이오. 내 조언을 저버리지 마시오. 군사들을 종족과 부족별로 편성하시오. 그리하면 대왕의 지휘관이나 부하들 중에 누가 용감하고 누가 겁쟁이인지 바로 알 수 있을 것이오. 같은 종족끼리 뭉쳐 싸운다면 그 결과를 남의 탓으로 돌리지 못할 터이기 때문이오. 이렇게 한다면 전투의 실패가 신의 뜻인지, 전투를 치르는 인간의 비굴함과 우둔함 때문인지도 알게 될 것이오.”

아가멤논이 대답했다.

“네스토르 왕이여, 경은 최고의 웅변가임을 우리 앞에서 또다시 입증하였소.

오, 하늘의 주인이신 제우스여, 아테나와 아폴론이여! 내 나라에 이 같은 인물을 열만 더 내리소서! 그리하면 곧 트로이가 머리를 조아리고, 우리 손에 들어올 것이옵니다.

그러나 모든 괴로움과 슬픔은 내 차지요. 전능하신 제우스께서는 나로 하여금 무익한 논쟁과 다툼을 감수하게 하셨오. 나와 아킬레우스는 여자 하나를 놓고 다투었고, 그 싸움은 내가 시작한 것이오. 우리가 화해할 수만 있다면 한시의 지체도 없이 트로이는 종말을 맞을 것이오!

자, 제군들이여! 이제 흩어져 요기를 하고 전투를 준비하라. 각자 창의 날을 세우고 방패를 손질하라. 말 여물을 든든히 주고 전차들을 점검하라. 전투에 나서자! 온 하루를 다 바쳐 치열하게 싸울 것이다!

밤이 찾아와 양쪽 군사들을 갈라놓을 때까지 휴전이란 없다. 단 한 순간도 쉬지 않으리라. 방패를 멘 끈 밑으로 가슴이 땀으로 젖고, 창을 잡은 손아귀가 지쳐 풀릴 때까지, 전차를 끄는 말의 옆구리가 땀으로 번들거릴 때까지 싸우리라. 책임을 회피하거나 함대에서 게으름을 일삼는 자가 내 눈에 보이면, 개나 독수리의 밥이 될 운명을 피하지 못하리라!"

왕의 열변에 무수한 병사들이 커다란 함성을 올렸다. 그것은 갖은 바람에 끊임없이 물결의 시달림을 받아온 해안 절벽으로 거센 남풍에 밀린 파도가 부딪쳐 부서지는 소리와도 같았다. 그들은 자리에서 일어나 서둘러 자신의 함대로 흩어졌다. 이어 불을 지피고 식사를 준비하였으며, 각각 자신이 모시는 신들에게 제물을 올리며 전투에서 목숨을 건지게 해달라고 기원했다.

아가멤논은 제우스를 위하여 5살 난 살진 소 한 마리를 제물로 준비한 뒤에 원로와 지휘관을 소집했다. 네스토르가 제일 먼저 왔고, 이도메네우스, 큰 아이아스와 작은 아이아스, 다음으로 디오메데스의 뒤를 이어 제우스만큼 현명한 오디세우스가 도착했다. 억센 투사 메넬라오스 왕은 달리 부를 필요가 없었다. 말하지 않아도 형인 아가멤논의 마음을 잘 알고 있었기 때문이다. 그들은 제물로 바쳐질 소를 둘러싸고 서서 보릿가루를 집어들었고, 아가멤논 왕이 청원을 드렸다.

"가장 고귀하시고 영광된 제우스여, 천둥을 몰고 다니시는 천상의 옥좌여! 트로이의 요새가 화염에 불타 무너지고 성문은 활활 타오를 때까지, 헥토르의 갑옷이 누더기가 되기 전까지는 태양이 지는 일이 없도록 하여주시고 어둠을 부르지 말아주소서! 또한 그의 군사들이 땅에 고꾸라져 흙을 깨물고 죽게 하소서!"

그러나 제우스는 그 기도를 듣지 않았다. 신은 제물을 받았으면서도 오히려 그에게 더 많은 고난과 불행을 준비했다.

기도를 마친 모두는 보릿가루를 뿌렸다. 그리고는 소의 머리통을 쳐들어 숨통을 끊은 다음 가죽을 벗겼다. 이어 정해진 절차대로 제사를 마친 뒤에는 그 고기를 서로 배불리 나눠 먹었다. 모두의 식사가 끝났을 때, 네스토르가 입을 열었다.

"왕이시여, 우리는 이곳에 있을 만큼 있었소. 부디 신께서 우리 손에 맡기신 사명을 하루라도 더 미루는 일이 없도록 합시다. 서둘러 전령을 보내 사기충천해 있는 군사들을 한데 모아 전장으로 출발해야 할 것이오."

아가멤논은 그 말에 따라 전령들로 하여금 당장 병사들의 소집을 소리내어 알리라고 명령했다. 그리하여 병사들이 모여들자 아가멤논 왕을 비롯한 다른 왕들은 자신의 휘하에 있는 진영을 정비하느라 바빠졌다. 여신 아테나도 군대와 함께 움직였다. 여신은 썩지도 닳지도 않는 염소가죽으로 된 진귀한 방패를 들고 있었는데, 거기에는 하나에 수소 100마리의 가치와 맞먹는, 금으로 만든 100개의 정교한 술장식이 달려 있었다. 여신이 병사들 사이를 누비면서 그들에게 환상을 보여주기도 하고 무자비하고 끊일 줄 모르는 전투를 치를 용기를 불어넣어주니, 병사들은 고향으로 돌아가는 것보다 전투에 더 마음이 쏠리게 되었다.

멀리 산속의 광대한 삼림 위로 불이 올라 춤추듯 너울거리면 그 산불의 빛을 멀리에서도 볼 수 있듯이, 수풀과도 같은 병사들의 청동 무장이 행진하면서 뿜어내는 번뜩임은 저 높은 하늘 위까지 올라갔다.

야생조나 거위, 두루미 혹은 목이 긴 백조 떼들은 날개를 펴고 강한 날개 힘을 자랑하면서 아시아스의 초원 위나 카이스트리오스 강줄기 위를 날아다니는데, 그 새들이 연신 울어대며 아래로 내려앉다 보면 끝내는 초원이 온통 새들의 울음소리로 가득 차기 마련이다. 마치 그런 모습처럼 병사들의 무리가 진영에서 쏟아져 나와 스카만드로스 평원을 향해 나아가고 있었다. 군사와 말이 땅을 디딛는 소리가 천둥처럼 지축을 울렸다. 엄청난 숫자의 군사들이 꽃으로 뒤덮인 평원 위에 있었던 것이다. 1년 중 가장 푸른 계절에 평원 위로 만발한 꽃과 풀의 숫자만큼이나 많은 군대였다.

　마치 봄철에 파리떼들이 들통에 부어놓은 우유 냄새를 맡고 외양간 주위를 맴도는 것처럼, 병사들은 그토록 많았으며 트로이 인들을 맞아 그들을 갈가리 찢어놓겠다는 열정에 불타고 있었다.

　풀밭 위에 서로 엉키어 풀을 뜯고 있는 양떼들 중에서 실속 있는 양들만 손쉽게 솎아내는 양치기의 재주처럼, 지휘관들도 군사들을 적재적소에 배치시켜 전투를 준비했다. 그 가운데 눈과 머리는 천둥을 내리는 제우스를 닮고, 아레스와 같은 허리에, 가슴은 포세이돈을 닮은 그들의 왕 아가멤논이 있었다. 소의 무리 속에서 크고 힘센 황소가 다른 소들 위에 군림하듯, 그날 제우스는 이 대왕을 무리 속에서 가장 훌륭하게 만들어 모든 영웅들 중에서도 특히 두드러지게 만들어보였던 것이다.

　올림포스에 거하는 뮤즈들은 모든 것을 알고 있으나, 소문밖에 들을 길 없는 보잘것없는 인간을 위해 신들의 허락을 받아 거기에 모인 지도자와 왕들의 이름을 감히 부른다면 다음과 같다.

　베오티아 인을 이끄는 것은 페넬레오스, 레이토스, 아르케실라오스, 프로토에노르 그리고 클로니오스였다. 이들은 히리아와 산악지대인 아울리스, 스코이노스, 스콜로스, 고원지인 에테오노스, 테스페리아, 그라이아, 광활한 토지의 미칼레소스, 하르마 부근 지방, 에일레시온, 에리트라이, 엘레온, 힐라에, 페테온, 오칼레아, 그리고 철옹성의 요새를 자랑하는 메데온, 코파이, 에우트레시스, 비둘기의 땅 티스베, 코로네이아, 목초지대 할리아르토스, 플라타이아, 글리사스, 역시 강한 요새로 유명한 히포테바이, 성스러운 온케스토스, 과수원이 많은 포세이돈 산지, 포도가 흔한 아르네, 미데아, 니사 성지, 해안지역 안테돈 등지에서 왔다. 이들은 50척의 배를 갖고 왔으며 각각의 배마다 120명의 베오티아 인이 타고 있었다.

아스플레돈과 미네이아 인의 도시 오르코메노스 출신들은 아레스의 아들인 아스칼라포스와 이알메노스가 이끌었다. 귀족인 아스티오케가 이 두 지휘관의 어머니였다. 아레스가 비밀리에 아제오스의 아들 악토르[7]의 집 위층에 살고 있는 그녀의 침실에 들어가 동침함으로써 아스티오케는 이 아들들을 임신하게 된 것이었다. 그들은 30척의 함선을 지휘하였다.

포키아 인은 나우볼리오스의 아들이자 자부심 강한 이피토스의 두 아들인 스케디오스와 에피스트로포스가 맡았다. 그들 중에는 키파리소스와 산악지대인 피톤, 성역인 크리사와 다울리스, 파노페우스에서 온 이도 있었다. 또 다른 이들은 아네모레이아, 히암폴리스에서 왔거나 웅장한 케피소스 강 유역과 그 부근의 릴라이아에서 살던 사람들이었다. 그들은 40척의 검은 함선을 보유하고 있었고, 그들의 지휘관은 군사들을 베오티아 인 왼편 가까이에 배치해놓았다.

로크리아 족은 오일레우스 왕의 아들인 동시에 빠른 다리를 자랑하는 작은 아이아스가 이끌었다. 그는 텔라몬의 아들 큰 아이아스처럼 크지 않았다. 오히려 보통 사람보다 작은 편이었다. 작은 키에 아마로 짠 갑옷을 입는 그는 창 쓰는 솜씨로는 헬레네와 그리스의 다른 병사들을 훨씬 능가하였다. 키노스, 오포에이스, 칼리아로스, 베사, 스카르페, 아름다운 경관을 지닌 아우게이아이, 타르페, 그리고 보아그리오스 강 유역의 트로니온에서 온 자들로 이루어진 로크니아 족의 지휘관은 검은 함선을 40척 보유하고 있었다.

유보이아에서 온 난폭하기로 이름 난 아반테스 족도 끼어 있었는데 그들은 칼키스, 에레트리아, 포도농사로 이름난 히스티아이아, 바다와 접한 케린도스, 가파른 성벽의 디오스 성 등에서 모였다. 카리스토스, 스티라 족도 이 진영에 포함되어 아레스의 진정한 후손이자

---

7) 보이오티아의 오르코메노스 사람으로 뒤에 나오는 엘리스의 악토르와는 다른 인물.

아반테스 족의 자랑스런 지휘관인 칼코돈티오스의 아들 엘레페노르의 명령에 따라 움직였다. 그를 따르는 부하들은 민첩했고, 머리를 뒤로 길게 길렀으며, 언제라도 회색 빛 창 끝을 들이밀어 적들의 옷을 찢어발길 태세를 갖추고 있었다. 그들의 함선은 40척이었다.

튼튼한 성채를 가진 아테나이에서 출전한 병사들도 있었다. 그들은 고결한 에레크테우스의 백성이었다. 에레크테우스는 고대의 대지에서 태어났으나, 제우스의 딸인 아테나가 자신의 호화로운 신전이 있는 아테나이에서 길러주었고, 그가 장성하자 아테나이의 젊은이들은 수소와 염소를 그에게 바쳐 섬기었다. 아테나이 인들은 페테오스의 아들 메네스테우스의 휘하에 있었다. 말이나 창을 다루는 데 있어서는 그를 능가할 군인이 없었다. 그보다 나이가 많았던 네스토르만이 그를 상대할 수 있었는데, 50척의 함선이 그의 명령 아래 움직였다.

살라미스에서 온 큰 아이아스는 12척의 배를 가져와 아테나이 진영 근처에서 대기하였다.

아르고스와 거대한 성벽을 지닌 티린스에서도 병사들이 왔다. 깊숙한 만을 끼고 있는 헤르미오네와 아시네, 트로이젠, 에이오나이, 포도 경작지 에피다우로스에서도 왔다. 그리스 인들은 아이기나와 마세스에서 파견된 병사들이었다. 이들은 강건한 장수 디오메데스와 그 유명한 카파네우스의 아들 스테넬로스가 지휘했다. 그들을 이은 3번째 서열로는 신처럼 고매하며 탈라오스의 손자이자 메키스테우스의 아들인 에우리알로스가 있었으나, 최고 우두머리는 디오메데스였다. 그들의 검은 함대는 80척이었다.

역시 난공불락의 요새를 지닌 미케네에서 온 병사들도 있었다. 그들은 부유한 도시 코린트, 지형이 고른 클레오나이, 오르네아이, 자연 경관이 유려한 아라이티레아, 아드라스토스가 초대 왕을 지낸 시키온, 히페레시아, 그리고 이들과 더불어 고지대인 고노에사, 펠레네, 아이기온, 아이기알로스, 넓은 영토를 자랑하는 헬리케에서 왔다. 이들은 아트레우스의 아들 아가멤논 왕이 직접 인솔하였고 100척의 함대를 거느렸다. 아가멤논의 부하들이 가장 많았으며, 또 가장 뛰어났다. 청동 갑옷을 입고 그들 한가운데 자리한 왕의 모습은 당당하고 두드러졌다. 그도 그럴 것이, 그 자신이 최고의 영웅들을 거느리는 위치에 서 있었던 것이다.

광활한 협곡과 긴 계곡의 땅 라케다이몬에서도 병사들이 왔다. 파리스와 스파르타 그리고 비둘기의 천국 메세, 브리세이아이, 아름다운 아우게이아이, 아미클라이, 해안에 자리한 헬로스 성, 라아스, 오이틸로스에서도 왔다. 그들은 아가멤논 왕의 아우인 당당한 풍채의 메넬라오스 왕이 이끌었고 배는 60척이었는데, 그들은 단독으로 행동했다. 메넬라오스는 무장을 한 채 자신감과 확신에 찬 태도로 부하들을 독려하였는데, 그의 염원은 잃어버린 열정과 헬레네를 빼앗긴 채 보냈던 번민의 나날을 보상받는 것이었다.

필로스와 아레네, 알페이오스 강 하구 지역인 트리온, 번화한 아이피, 키파리세에이스와 암피게네이아, 프텔레오스, 헬로스와 도리온에서도 군사들이 왔다. 이중 도리온은 트라키아 인 다미리스가 영원히 노래의 영혼을 빼앗긴 사건이 일어난 곳이었다. 그가 오이칼리아에 있는 에우리토스의 집을 방문했다가 집으로 돌아가던 중 뮤즈 여신들을 만났는데, 그는 일전에 허풍떨기를, 제우스의 아홉 따님인 뮤즈들을 노래로 제압할 수 있다고 말했던 바 있었다. 화가 난 여신들은 그를 불구로 만들어버리고, 노래의 영혼을 몰아냈으며, 하프를 켜는 법까지 잊게 만들었다. 이 병사들은 게레니아의 네스토르 왕이 지휘했다. 말을 애지중지 하는 왕의 배는 90척이었다.

백병전에 능한 아킬레네 출신 병사들도 합류했다. 페네오스와 양떼들의 천국 오르코메노스, 립페, 스타라티아, 바람 많은 에니스페, 테게아, 아름다운 만티네아, 스팀펠로스, 파라시아에서도 병사들이 왔다. 이들의 지휘자는 안카이오스의 아들 아가페노르 왕이었고, 60대의 함선을 거느렸다. 각각의 배에는 전투에 능한 아르카디아 족이 많이 타고 있었다. 이들의 함선은 아가멤논 왕의 선물로서, 항해에 익숙하지 않은 그들을 위해 거친 파도를 헤쳐 나갈 수 있도록 튼튼하게 만들어진 것이었다.

버프라시온과 양지바른 곳에 위치한 엘리스의 군사들도 빠지지 않았다. 그곳은 해안지대인 히르미나와 연안지역 미르시노스, 그리고 바위가 많은 올레니아와 알리시온에 둘러싸인 지대였다. 이들 병사들은 4명의 지휘관을 모셨는데, 저마다 10척씩의 성능 좋은 함선을 보유했고, 그 안에는 다수의 에페이아 인이 승선해 있었다. 지휘관들 중 둘은 악토르의 혈통을 이은 크테아토스의 아들 암피마코스와 에우리토스의 아들 탈피오스였다. 나머지는 막강한 아마린케우스의 아들 디오레스와 아우게아스의 손자이자 아가스테네스 왕의 아들인 폴리크세이노스였다.

바다를 사이에 두고 엘리스와 마주보는 두 섬인 둘리키온과 성스러운 에키나이의 병사들도 도착했다. 이들은 마치 새로 등장한 전쟁의 신 같은 필레우스의 아들 메게스의 명령에 복종했다. 필레우스는 제우스의 총애를 받는 말 조련의 달인으로, 부친과의 불화로 둘리키온으로 망명한 사람이었다. 메게스는 40척의 배를 소유하였다.

한편, 오디세우스는 저 유명한 케팔레니아 병사들을 이끌었다. 그들은 이타카와 삼림지역인 네리톤, 크로킬레이아, 험준한 아이길립스, 자킨토스, 사모스 주변에 정착하고 있는 족속이었으며 이들 섬 맞은편에는 그들의 본토가 있었다. 이들 모두 오디세우스의 휘하에 있었고, 그는 제우스의 지혜를 닮은 현명한 지휘관이었다. 측면을 주황색으로 칠한 함선을 12척 보유하고 있었다.

아이톨리아 인은 안드라이몬의 아들 토아스의 지휘를 따랐다. 이들은 플레우론, 올레노스, 필레네, 해안지대인 칼키스, 험준한 바위로 둘러싸인 칼리돈에서 온 병사들이었다. 위대한 오이네우스가 자손 없이 죽고, 아이톨리아 족을 다스리게 되어 있던 붉은 머리의 멜레아그로스도 세상을 떴기 때문이었다. 토아스는 40척의 검은 함선을 가지고 있었다.

크레타 병사들은 창의 명수 이도메네우스를 따랐다. 그들은 크노소스와 성벽도시 고르티스, 릭토스, 밀레토스 그리고 백색 땅인 리카스토스, 번창한 파이스토스와 리티온에서 왔고 또 다른 이들은 크레테의 수많은 도시에서 온 자들이었다. 그들은 이도메네우스와 죽음의 신 아레스의 분신과도 같은 메리오네스의 휘하에 있었다. 검은 함선은 60척이었다.

헤라클레스의 아들이자 걸출한 용모를 지닌 틀레폴레모스는 강인한 로도스 족 병사들을 태운 9척의 배를 이끌고 왔는데, 이들 병사들은 로도스의 세 구역, 린도스, 이알리소스 그리고 백색대지 카메이라에 거주하는 자들이었다. 그들을 이끄는 틀레폴레모스도 창을 아주 잘 썼다. 그의 모친은 아스티오케이아였는데, 헤라클레스가 용감한 전사들의 수많은 도시를 정복한 뒤에 셀레이스 강 부근의 에피라에서 데려온 여성이었다. 그러나 틀레폴레모스는 아레스의 후손이자 아버지 헤라클레스의 외삼촌인 리킴니오스를 죽였는데[8], 리킴니오스는 이미 늙어가고 있는 나이였다. 그로 인해 헤라클레스의 다른 아들들과 손자들이 그에게 위협을 가해왔기 때문에 그는 서둘러 배를 만들고 추종자들을 모아 바다를 건너야만 했다. 그 항해에서 그는 모진 고난을 당했지만 가까스로 로도스에 당도할 수 있었다. 그리고 그의 부하들은 세 부족으로 나뉘어 서로 다른 지역에 정착했으며, 신과 인간의 제왕인 제우스는 이들을 아껴 그들에게 넘치는 부의 은총을 내렸다.

니레우스도 심메에서 3척의 함선을 이끌고 도착했다. 그는 아름다

8) 노예를 학대하는 자신을 말리는 리킴니오스를 실수로 죽임.

운 남성 아글라이아와 품위가 넘치는 카로포스의 자랑스러운 자손으로, 트로이에 모인 지휘관 중에서는 아킬레우스 다음으로 그 미모가 뛰어났다. 그러나 유약해서 따르는 자는 적었다.

니시로스와 크라파도스, 카소스, 에우리필로스의 도시 코스, 칼리드니아의 섬들에서도 병사들이 도착했다. 헤라클레스의 아들인 테살로스 왕의 두 아들 페이디포스와 안티포스가 이들을 지휘하였다. 배는 모두 30척이었다.

펠라스기 족의 땅 아르고스, 알로스, 알로페, 트레키스, 프티아, 미녀들의 땅 헬라스에서도 병사들이 왔다. 이들은 미르미돈 인, 헬레네 인, 아카이아 인들이었다. 50척의 배를 보유한 이들은 아킬레우스의 휘하였으나, 자신들을 이끌어줄 지도자가 나서지 않았던 탓에 전의를 상실한 상태였다. 그들을 지휘해야 할 아킬레우스는 브리세이스를 잃은 슬픔에 빠져 함선 주변을 어슬렁거리며 시간을 보내고 있다. 브리세이스는 격렬한 전투 끝에 리르네소스와 테베의 성벽을 무너뜨리고 셀레피오스의 아들 에우에노스 왕의 전쟁광 아들인 미네스와 에피스트로포스의 목을 벤 뒤에 리르네소스에서 획득한 그의 전리품이었다. 상심해 있는 그는, 그러나 오래 가지 않아 다시 합류할 장수였다.

필라케와 데메테르 관할구역인 꽃의 땅 피라소스, 양떼의 땅 이톤, 해안지대 안트론, 초원에 자리잡은 프텔레오스에서도 병사들이 도착했다. 이들은 용사 프로테실라오스가 살아 있을 때는 그의 지시를 따랐지만 그는 이미 죽어 지하에 있었다. 그리하여 그의 아내는 아이도 얻지 못하고 홀로 남겨져 눈물만 흘리는 신세가 되었다. 프로테실라오스는 그리스 인들 중에서 가장 앞장서 해안으로 뛰어내렸던 탓[9]에 다르다니아의 용사[10]에 의해 죽었던 것이다. 옛 지도자를 잃긴 했지

---

9) 트로이에 도착하여 가장 먼저 땅을 밟는 그리스 인은 죽는다는 신탁이 있다고 전해짐.
10) 헥토르.

만 지도자가 없는 것은 아니었다. 바로 아레스의 진정한 후손이자 많은 양떼들의 아버지라 불리는 필라코스의 손자이자 이피코스의 아들인 포다르케스가 지휘를 맡게 되었다. 포다르케스는 자랑스러운 프로테실라오스의 동생이었는데, 형만큼 훌륭한 전사는 아니기 때문에 병사들은 죽은 상관을 그리워하고 있었다. 포다르케스는 모두 40척의 검은 배를 거느렸다.

보이베이아 호수 부근 페라이, 보이베와 글라피라이, 견고한 이아올코스에서도 군사들이 와주었다. 이들은 11척의 함선을 끌고 왔고, 아데메토스가 사랑하는 아들 에우멜로스가 지휘하였다. 그의 모친은 고매한 알케스티스였는데 펠리아스의 딸들 중에서 가장 사랑스러운 여인이었다.

메토네, 타우마키아, 멜리보이아, 험준한 올리존 병사들은 7척의 함선에 승선하고 있었고, 지휘관은 활솜씨로 유명한 필록테테스였다. 각각의 함선에는 50명의 사공이 배치됐는데, 모두 활쏘기에 능했다. 그러나 필록테테스는 극심한 고통을 받으며 렘노스 섬에 버려진 상태였다. 그러나 부하들은 얼마 지나지 않아 그들의 왕 필록테테스를 떠올릴 터였다. 그들은 지도자를 그리워하긴 했지만 지도자가 없는 것은 아니었다. 오일레우스와 레네의 사생아 메돈의 책임하에 들어갔던 것이다.

트리카, 고산지역 중앙에 위치한 이토메, 에우리토스의 도시인 오이칼리아에서도 병사들이 왔다. 이 군사들은 아스클레피오스의 두 아들 포달레이리오스와 마카온이 지휘했다. 이 둘은 의술이 매우 뛰어났으며 30척의 함대를 보유하고 있었다.

오르메니오스와 히페레이아 샘 부근, 아스테리온, 백암석 도시 티타노스에서 온 병사들은 에우아이몬의 뛰어난 아들 에우리필로스의 휘하에 있었고 40척의 검은 함선을 가지고 있었다.

아르기사, 기르토네, 오르테, 엘로네, 백색 대지 올로오손의 병사들은 믿음직한 용사 폴리포이테스의 휘하에 있었는데 그는 제우스의 자손 페이리토오스의 아들이었다. 그의 모친 히포다메이아는 페이리토오스가 털북숭이 야만인[11]에게 일격을 가하고 그들을 펠리오에서 끌어내 멀리 아이티케스로 추방하던 날 그를 배었던 것이다.

그는 단독이 아니라 레온테우스와 함께 공동으로 책임을 맡았는데, 레온테우스는 아레스의 진정한 후손이자 카이네오스의 아들인 자랑스런 코로노스의 아들이었다. 이들은 검은 함선을 40척 보유하고 있었다.

키포스에서 온 구네우스도 40척의 검은 함대를 끌고 도착하였다. 그는 에리에네 족과 믿음직스러운 페라이보이 족을 이끌었는데, 페라이보이 족은 혹한의 기후인 도도나에 살거나 시원스런 물줄기가 흐르는 티타레시오스 강 부근에서 농사를 지었다. 티타레시오스 강은 페네이오스 강으로 흘러 들어가는데, 그 물줄기는 페네이오스의 은빛 소용돌이와 섞이지 않고 마치 올리브기름처럼 떠서 흘러내렸다. 이 같은 현상은 페네이오스가 무시무시한 맹세의 강인 스틱스[12]의 지류이기 때문에 일어나는 것이었다.

마그네시아 인들은 테우트레돈의 아들이자 달리기를 잘하는 프로도스가 지휘했다. 그들은 페네이오스 강기슭이나 바람이 많이 부는 펠리온 산에서 온 사람들이었고 40척의 검은 함선을 보유하고 있었다.

이상 열거된 이들이 그리스 연합군의 지휘자요 주인들이었다. 그러나 이들, 그리스의 모든 지도자들 중에서도 가장 뛰어난 자는 누구였으며, 누구의 말이 가장 날랬을까?

이제까지는 에우멜로스가 모는 말들이 최상이었는데, 마치 새가 나는 듯이 달리는 그 말들은 페레티오스의 아들 아드메토스의 것이

11) 켄타우르 족.
12) 저승의 강, 혹은 그 여신. 신들의 맹세는 이 여신의 이름으로 세워진다.

었다. 털 색깔이 모두 같고, 거의 같은 시기에 태어난 그 말들은 마치 건축가가 말들의 등을 자로 재어놓은 것처럼 체구가 비슷비슷하였다. 아폴론이 페레이아에서 기른 그 말들은 둘 다 암컷으로, 무시무시한 분위기를 풍기고 다녔다. 또한 병사들 중 최고의 전사는 텔라몬의 아들 큰 아이아스였다.

그러나 그것도 아킬레우스가 두문불출해 있는 동안에 한해서였다. 왜냐하면 아킬레우스는 모든 이들 중에서 제일 뛰어난 자였고, 이 존경할 만한 전사 아킬레우스가 가진 말들 또한 최고였기 때문이었다. 그렇지만 아킬레우스는 여전히 함선 부근에서 아가멤논에 대한 분노를 삭이고 있었고, 그의 부하들 또한 해안에서 고리나 창, 화살 같은 것을 던지며 시간을 보내고 있었다. 그러는 동안 말들은 주인들이 덮개로 잘 덮어놓은 전차의 주변에서 한가롭게 풀을 뜯었다. 말의 주인들은 전투에서 빠진 채로 진영 주위를 어슬렁거리며 지도자가 어서 와주기만을 애타게 기다리고 있었다.

모든 지휘관들이 마치 커다란 불기둥처럼 땅 위를 뒤덮으며 나아갔다. 땅은 진군하는 그들 밑에서 신음했는데, 천둥의 신 제우스가 화가 나 대지를 뒤흔들 때의 소리와도 같았다. 쿵쿵 소리를 내며 땅을 짓밟을 때마다 땅은 더 크게 신음했고, 병사들은 신속하게 평원을 가로질러 건넜다.

그때, 전능한 제우스의 명을 받은 이리스가 트로이 인들에게 이 유감스러운 소식을 전했다. 그들은 트로이의 성문가에서 나이를 불문하고 모두 모여 비밀 회의를 열고 있는 중이었다. 거기에 이리스가 다가가 프리아모스 왕에게 그의 아들 폴리테스의 목소리를 빌어 속삭였다. 폴리테스는 아이시에테스의 무덤 위에 올라가 망을 보다가 적군이 눈에 띄면 재빨리 달려와 알리는 역할을 맡고 있었다. 이리스는 그의 목소리로 프리아모스 왕에게 말했다.

"아버님. 아직도 저희가 안전한 것처럼 말씀하고 계십니까! 전쟁이

코앞에 다가왔습니다. 두렵습니다! 수없는 전투에 참여했지만 이번 같은 대군은 처음입니다. 이제껏 본 적이 없는 대군이 몰려오고 있습니다. 무성한 삼림을 이룬 나무 이파리들보다 많고, 마치 바다의 모래알과도 같습니다. 그들이 평원을 넘어 이 도시를 공격하기 위해 진군하고 있습니다.

헥토르! 그대는 우리의 지휘관이니 다음과 같이 해주십시오. 우리의 성벽 주변에는 각지에서 모여든 동맹들이 있고, 그들은 저마다 독립된 다른 말을 쓰고 있습니다. 각 동맹군마다 한 사람씩 배치하여 그들에게 전투를 벌일 장소를 알려주도록 해야 합니다."

헥토르는 즉시 회의를 해산시켰고, 모여 있던 사람들은 서둘러 무기를 챙겼다. 성의 문이란 문은 활짝 열려 병사들이 쏟아져 나왔다. 기마병과 보병들이 내는 발소리는 엄청난 것이었다.

평원 저 멀리에는 가파르지만 주변이 확 트인 언덕이 하나 자리하고 있었다. 사람들은 바티에이아라고 불렀고 신들은 '춤추는 미리네[13] 무덤' 이라고 부르는 곳이었다. 그곳에서 트로이 군과 그 동맹군은 전열을 가다듬었다.

프리아모스 왕의 아들 헥토르가 트로이 군을 지휘했다. 무장한 창기병과 최고의 전력을 갖춘 대부대가 그의 명령을 기다리고 있었다.

다르다니아 족들은 안키세스의 후손 아이네이아스가 이끌었다. 아프로디테가 그의 모친이었는데, 여신인 그녀가 이다 산 언덕에서 인간인 안키세스와 동침하여 낳은 아들이었다. 아이네이아스는 흠잡을 데 없는 용사인 아르켈로코스와 아카마스와 함께였는데, 안테노르가 이들의 부친이었다.

이다 산 가장 아래쪽 기슭에 있는 젤레이아에서 온 병사들은 아이세포스 강의 물을 마시는 부유한 자들로 트로이 족속이었다. 리카온의 아들 판다로스가 이들의 지휘를 맡았는데, 아폴론에게서 직접 활

13) 여인족 아마조네스의 한 사람.

을 얻은 바 있었다.

아드레스테이아와 아파이소스, 피티에이아, 가파른 고산지대 테레이아에서 소집된 군사들은 메롭스의 두 아들인 아드레스토스와 아마로 만든 갑옷을 입은 암피오스가 지휘했다. 다른 이들보다 뛰어난 예지력을 지닌 메롭스는 아들들의 출전을 막았지만, 아들들은 그 말을 듣지 않았다. 암흑 같은 죽음의 운명이 그들을 이끌었기 때문이었다.

페르코테와 프락티온, 세스토스, 아비도스, 양지 아리스베에서 출전한 병사들은 히르타코스의 아들 아시오스 휘하로 들어왔다. 아시오스는 셀레이스 강 유역 아리스베로부터 커다란 밤색 말들을 몰고 왔다.

히포토오스는 펠라스기 족인 창잡이 병사를 끌었는데 그들은 풍요의 땅 라리사에 정착하고 있던 이들이었다. 아레스의 충실한 후계자 히포토오스와 필라이오스는 펠라스기 족이자 테우타모스의 자손인 레토스의 아들들이었다.

트라키아 인은 아카마스와 페이로오스가 맡았다. 그들 병사들은 물살이 센 헬레스폰트 해협으로 둘러싸인 지역 출신이었다.

케오스의 손자이자 트로이제노스 왕의 아들 에우페모스는 키코니아 족 창잡이들을 지휘하였다.

피라이크메스는 파에오니아 족 궁사들을 맡았다. 그는 지상에서 가장 맑은 물이 흐른다는 악시오스 강 유역의 먼 아미돈에서부터 이들을 데리고 왔다.

파플라고니아 인들은 야생 나귀가 많다는 에네타이에서 온 털북숭이 필라이메네 족이 지휘했다. 이들 병사들은 키토로스와 파르테니오스 강변의 세사모스와 크롬나, 아이기알로스, 높은 고지대 에리티노이에 정착하고 있었다.

알리조네 인들은 멀리 은이 많이 나는 알리베에서 온 오디오스와 에피스트로포스가 지휘하였다.

미시아 족을 이끈 것은 크로미니스와 에우노모스였다. 에우노모스는 새를 가지고 점을 치는 예언자였는데, 새점도 그의 목숨을 구해줄 수는 없었다. 나중에 강가에서 아킬레우스에게 목숨을 잃는 것이다.

포르키스와 고매한 아스카니오스는 멀리 떨어진 아스카니아에서부터 온 피리기아 족을 지휘하였다. 이들은 난폭하고 열정적이었다.

메이오니아 병사들은 메스틀레스와 안티포스 휘하에 있었다. 이들은 기가이아 호수 근방에서 태어난 탈라이메네스의 두 아들이었다. 이들은 메이오니아 족 병사들을 그들의 고향인 트몰로스 산 아래에서 데려왔다.

또한 미개한 언어를 사용하는 카리아 족 병사들은 나스테스가 이끌었다. 그들은 밀레토스 출신으로, 울창한 프티라 산, 마이안드로스 강, 미칼레 산 정상 등지에서 모여든 것이었다. 암피마코스와 나스테스가 함께 그들을 이끌었는데, 두 사람 모두 노미온의 뛰어난 아들이었다. 노미온 자신도 여자처럼 온통 금으로 장식을 하고 전투에 참가했다. 어리석기 짝이 없는 그 모습은 잔인한 죽음으로부터 그를 구하는 데는 아무 도움도 되지 못했다. 그는 강가에서 죽었는데, 그를 쓰러뜨린 아킬레우스에게 금까지 모두 빼앗겨버리고 만다.

사르페돈과 뛰어난 전사 글라우코스는 멀리 떨어진 리키아에서도 소용돌이치는 크산토스 강에서 온 리키아 족을 지휘하였다.

III

파리스라 하는 그 왕자는 어깨에 표범 가죽을 걸치고 활과 검을 메고 있었다.
그가 2자루의 날카로운 창을 휘두르면서 누구든 좋으니 1 대 1로 겨뤄보자고 도전해왔다

두 진영의 군대가 각 지휘관의 지시에 따라 전열을 갖추어 나아 갔다. 트로이 병사들은 마치 거대한 새떼처럼 괴성을 올렸다. 폭풍을 몰고 올 비구름의 낌새를 알아챈 학이 오케아노스의 물줄기를 향해 날아가면서 피그미족에게 죽음과 파멸을 안겨다 준다는 엄청난 울음 소리와도 같은 소리였다. 그러나 그 소리에도 불구하고 그리스 병사 들은 조용하게, 결의에 찬 모습으로 가쁜 숨을 몰아쉬며 어깨를 맞대 고 행진했다. 그들이 평원 위를 지날 때, 흙먼지가 일어 구름처럼 그 들의 발치를 에워쌌는데, 마치 남풍이 산맥 위에 뿌려놓고 간 안개만 큼이나 자욱했다. 양치기와는 반대로 도둑은 깊은 밤보다 안개를 더 욱 반기는데, 그런 짙은 안개 같은 먼지 때문에 장정이 돌을 던지면 날아가 떨어질 만한 거리가 시야의 한계였다.

선두에 있는 두 진영의 군대가 다가서자마자 트로이의 장수가 전 열에서 걸어 나왔다. 파리스라 하는 그 왕자는 어깨에 표범 가죽을 걸치고 활과 검을 메고 있었다. 그가 2자루의 날카로운 창을 휘두르 면서 누구든 좋으니 1 대 1로 겨뤄보자고 도전해왔다. 그가 성큼 앞 으로 걸어 나오자 메넬라오스는 마치 먹이를 노리던 굶주린 사자가 수사슴이나 야생 염소를 본 것처럼 좋아라 반겼다. 배고픈 사자는 사 냥개나 장정들이 달려든다 하더라도 아랑곳하지 않고 눈앞에 놓인 먹이를 게걸스럽게 먹는 법. 반드시 원수를 죽여 없애겠다는 일념을

지닌 메넬라오스도 그처럼 기뻐하면서 무장을 한 채로 냉큼 전차에
서 뛰어내렸다.

 그러나 그가 앞으로 나서는 것을 본 파리스는 가슴이 덜컥 내려앉
아 목숨을 보존하려고 다시 군대 속으로 숨어들었다. 숲 속을 걷던
사람이 갑자기 나타난 뱀을 보고서는 기겁하여 얼굴이 파랗게 질려
떨면서 몸을 돌려 달아나는 꼴이었다. 그렇게 파리스는 뛰듯이 도망
쳐 숨어버리고 말았다.

 그러자 형인 헥토르가 경멸적인 비난을 퍼부었다.

 "망할 녀석 같으니라구! 멀끔한 얼굴로 여자들 꽁무니만 쫓는 녀석
아! 차라리 태어나지 말 것을. 아니, 하다 못해 장가들기 전에는 죽었
어야 했다. 그 편이 이렇게 백성들에게 피해를 주고 망신거리나 되는
것보다 훨씬 나았을 거다. 그렇게 잘생겼으니 너를 최고의 장수라고
여겼을 터인 적들이 얼마나 비웃겠느냐! 너에겐 배짱이 없다! 너 따
위에게 전쟁이 다 무엇이냐 말이다!

 네가 바다를 건너 무수한 타국 땅을 지나 그 아름다운 여인을 데리
고 올 때에도 이렇게 비겁했더냐! 그 여자는 장차 전쟁이 벌어질 나
라로 시집와서 네 아버지와 모든 백성에게 파멸을 안겨주고 적들에
게는 기쁨을 주며 네게는 치욕이 될 운명이었던 것이다! 그런데도 메
넬라오스와 대적하지 않겠다는 거냐? 네가 데리고 있는 여자의 전
남편이 어떤 사람인지는 알아봐야 할 것 아니더냐? 이 전장의 먼지
속에 쓰러진다면 네 하프나 아프로디테의 선물인 부드러운 머리칼과
잘생긴 외모가 무슨 도움이 되겠느냐.

 트로이 병사들은 모두 비겁자들인 게 틀림없다. 그렇지 않았다면
너는 너의 그 사악한 죄로 인해 벌써 돌에 맞아 죽었을 것이다!"

 파리스는 대답했다.

 "헥토르, 그만하면 충분합니다. 형님의 심장은 강철만큼이나 단단
하시군요. 배 만드는 이들이 온힘을 실어 나무를 찍어낼 때의 도끼처

럼 참으로 견고한 심장입니다! 여신의 소중한 선물에 대해서는 날 비난치 마십시오. 아무리 형님이라도, 얻고 싶어도 얻을 수 없을 것을 신에게서 거저 받는다면 그 선물을 내던지진 못하실 겁니다.

좋습니다. 내가 싸우길 원한다면 양쪽 군사 모두를 앉히고 메넬라오스와 나만 그 가운데 서게 해주십시오. 승자로 판명 나는 쪽이 헬레네와 그녀 재산 모두를 차지하는 것으로 합시다. 그리고 그 대결 다음에는 양쪽 모두 우정과 평화를 맹세하도록 합시다. 우리는 트로이에 남고 저들은 아름다운 여인들이 많은 그리스로 돌아가기로!"

파리스의 대답이 마음에 든 헥토르는 양 진영 사이로 나가 창 자루의 중간을 잡고 흔들어 병사들을 뒤로 물러나게 하였다. 트로이 군은 질서 정연하게 자리에 앉았다. 그러나 그리스 인들은 아가멤논 왕이 우레와 같은 목소리로 제지할 때까지 헥토르를 향해 돌을 던지고 창을 날렸다.

"제군들이여, 멈춰라! 그만! 헥토르가 말하게 두라."

병사들은 동작을 멈추고 일순 조용해졌다. 그러자 헥토르가 양 군대 사이에서 말했다.

"트로이와 그리스 병사들은 들어라. 내 입을 빌어 이 전쟁의 발단인 파리스의 말을 전하겠다. 그는 양쪽이 무기를 내려놓고 헬레네와 그녀의 재산을 놓고 메넬라오스 왕과 단독으로 결투를 벌이자고 제안했다. 이기는 자가 재산과 여자를 모두 차지하여 집으로 돌아갈 것이다. 그 뒤, 양쪽은 평화와 동맹을 맹세하도록 하자!"

모두 숨을 죽이고 그 말을 들었다. 그러다 메넬라오스가 외쳤다.

"또한 내 말도 들으라! 매우 감동적인 제안이다. 난 지금 당장 양쪽이 화해하기를 제안한다. 파리스가 촉발시킨 이 전쟁으로 병사들은 충분한 고난을 겪었다. 우리 중 누가 죽든 간에 상관하지 말고 지금 당장 함께 우애를 다지도록 하자.

자, 그쪽이 흰 숫양과 검은 암양을 태양과 대지를 위해 바치면, 우리는 또 다른 양을 가져와 제우스신께 바치겠다. 그러나 오만방자한 두 아들은 믿을 수가 없으니, 프리아모스 국왕이 직접 맹세하라. 또한 우리는 이 엄숙한 서약을 깰 어떤 일도 일어나지 않길 바란다. 젊은이들이란 항상 변덕을 부리는 법이니, 프리아모스 왕이 처음부터 끝까지 함께 하여 양 진영 모두에게 이로운 최선의 일이 이루어지는 것을 지켜봐야 할 것이다."

그리스와 트로이 인들 모두 이 불행한 전쟁이 끝나는 기미가 보이나 싶어 좋아하며 전차를 질서정연하게 정렬시켰다. 그리고는 전차에서 내려 무장을 벗어 가지런히 모아두었다. 그리고 양 진영은 틈을 벌려 섰다. 헥토르는 전령 둘을 도시로 보내어 제물과 프리아모스 왕을 불러오라고 명령했다. 아가멤논 왕은 양을 잡아오라고 탈티비오스를 진영으로 보냈다.

그러는 사이, 신의 전령 이리스는 헬레네에게 갔다. 여신은 헬레네의 다정한 시누이 라오디케의 모습으로 변하였는데, 라오디케는 프리아모스 왕의 가장 아름다운 딸이자 원로 안테노르의 아들 헬리카온의 아내였다.

이리스가 들어갔을 때, 헬레네는 방안에서 자줏빛 실로 널찍한 천을 짜고 있었다. 자신으로 인해 전쟁을 벌이고 있는 양쪽 군대의 전투 광경을 짜 넣고 있었던 것이다. 이리스가 그녀에게 다가가 이렇게 말했다.

"언니, 이리 와서 저 이상한 광경 좀 보세요! 들판에서 그렇게 맹렬하게 싸우던 사람들이 이제 와서 갑자기 얌전하게 앉아 있어요. 싸우는 소리는 전혀 들리지 않네요. 모두들 방패에 기대고 앉아 창은 땅에 꽂아놓았어요! 근데 파리스 왕자와 메넬라오스 왕이 언니를 놓고 싸우려나 보네요. 언니가 승자의 아내가 될 거래요!"

헬레네는 시누이의 말이 가슴에 사무쳤다. 옛 남편이 그리웠고, 고국과 가족이 그리웠다. 그녀는 흰 베일을 쓰고 울면서 재빨리 궁에서 빠져나왔다. 아이트라와 유난히 큰 눈의 클리메네, 두 하녀가 시중을 들었다. 그녀들은 함께 스카이아 문으로 향했다.

프리아모스 왕은 성문 위 다락에서 판토오스, 티모이테스, 람포스와 클리티오스, 한때 전장에서 용맹을 떨쳤던 히케타온, 경험과 연륜이 풍부한 유칼레곤, 안테노르 같은 트로이의 원로들 사이에 서 있었다. 젊은 병사였던 그들은 세월이 흘러 이제 늙은이가 되어 있었지만 말솜씨만은 여전히 훌륭했다. 모두들 망루에 앉아 나무 위에서 귀뚜라미들이 울어대는 것 같은 가느다란 목소리로 말을 주고받았다. 헬레네가 올라오는 것을 본 그들은 나직한 소리로 속삭였다.

"그리스와 트로이가 그 오랜 세월 동안 싸우는 걸 이해할 수도 있을 거 같군! 하늘에서 내려온 여신 같지 않나. 그러나 바다 건너 가버렸으면 좋겠네. 여기 남아서 우리와 아들들을 죽게 만들지 않았으면 좋겠단 말일세."

하지만 프리아모스 왕은 헬레네를 자기 쪽으로 불러들였다.

"이리 오너라, 와서 내 옆에 앉아 네 남편이었으며 친구와 가족이었던 저들을 보거라. 적들로 인해 우리가 흘린 눈물은 네 탓이 아니다. 그것은 오히려 신의 탓이다.

저기 있는 비범한 사내는 이름이 무엇이냐? 저 잘생기고 건장한 자 말이다. 다른 이보다 머리 하나가 더 작은 것 같지만, 내 저토록 품위 있고 고귀한 이는 본적이 없도다. 왕족의 기품이 풍기는구나!"

헬레네가 대답했다.

"영광이옵니다, 아버님. 제가 집을 떠나 가족과 사랑하는 딸과 벗들을 두고 아드님을 따라 이곳으로 오기 전에 차라리 죽었더라면 좋았을 것 같습니다. 하오나 죽을 운명이 아니었던 저는 슬픔에 잠겨 시들어가고 있습니다. 그래도 대답해드려야겠지요. 저쪽은 아트레우스 왕의 아들이자 국왕인 아가멤논으로, 성군이시자 강한 용사이옵니다. 부끄럽지만 저분은 저의 시아주버님이 되시나이다."

늙은 왕은 감탄의 눈길로 며느리가 말한 그를 응시하더니 이렇게 말했다.

"아트레우스의 후손이라! 그는 진정 운명의 축복을 받았도다! 참으로 위대한 국가가 그의 통치 아래 있도다!

내 일찍이 포도로 유명한 프리기아까지 원정을 갔을 때, 얼룩말 무리와 함께 있는 오트레우스와 위대한 미그돈의 백성인 프리기아 족들을 보았는데, 그들은 산가리오스 강둑으로 출정해 있었지. 그날, 사내처럼 용감하기 그지없는 아마존 족 여자들이 왔을 때, 나는 자발적으로 그들 사이에 끼어 참전하였다. 그러나 그때조차 지금 여기 모인 그리스 인들보다 많은 숫자는 아니었다."

왕은 다시 오디세우스에 관해 질문하였다.

"대답해다오, 저자는 누구냐? 아가멤논 왕보다 머리 하나는 작지만 가슴이 떡 벌어지고 어깨가 넓은 저자는 누구이냐? 무기를 내려놓고 병사들 사이를 돌고 있는, 마치 길들인 숫양 같은 저 사람 말이다. 마치 흰 암양의 무리 속을 왔다갔다하는 건강한 숫양처럼 보이는구나."

헬레네가 대답했다.

"라에르테스의 아들 오디세우스라 하옵니다. 실패를 모르는 현명한 자이며 험준한 산악지대인 이타카에서 자랐습니다. 그는 세상에서 모르는 방책이라고는 도무지 없는 사람이지요."

이때 안테노르가 끼어들어 말했다.

"지당하십니다, 여인이여. 모두 옳으신 말씀입니다. 오디세우스는 이곳에도 온 적이 있습니다. 당신에 관한 임무를 띠고 메넬라오스와 함께 왔었지요.

저는 제 집에 두 분을 모셔 대접을 하면서 저분들의 생긴 모습이며 어떤 작전들을 세우시는지 가까운 곳에서 보고 들을 수 있었습니다. 저분들이 저희 집에서 열린 회의에 참석했을 때 보니, 서 있을 때는 메넬라오스의 어깨와 머리가 오디세우스를 압도했지만 자리에 앉고 보니 품위는 오디세우스가 더 뛰어나더군요. 그들이 우리 앞에서 자기 뜻과 계획을 밝힐 때, 메넬라오스는 막힘 없이 요점을 말하면서도 많은 말은 하지 않는 편이었습니다. 많지 않은 나이에도 불구하고 말만 많거나 정작 중요한 말을 빼먹는 사람은 아니었습니다. 그 다음으로 어떤 난관도 헤치고 나온다는 오디세우스가 일어났는데, 시선은 땅 아래로 고정시키고 서서 굼뜬 사람처럼 꼼짝 않고 서서 홀을 꼭 붙들고 말하는 것이었습니다. 무뚝뚝하고 미련스럽다고 볼 수도 있는 모습이었습니다. 그러나 일단 가슴 깊은 곳에서 울려 나오는 목소리로 마치 겨울에 부드러운 눈송이가 쏟아져 내리는 것처럼 말을 풀기 시작하면 누구도 따를 자가 없었습니다. 그렇지만 우리는 그때 그를 대수롭게 여기지 않았었지요."

이번에는 왕이 아이아스를 가리키며 물었다.

"저 그리스 인들 중에 어깨와 머리가 보통 사람보다 월등히 크고, 생김이 준수한 저자는 누구냐?"

헬레네가 대답했다.

"저 거구의 남자는 아이아스로 엄청난 힘을 지닌 장사입니다. 그리고 반대편 크레타 족 지휘관들 사이에 마치 신처럼 앉아 있는 이가 이도메네우스이옵니다. 메넬라오스 왕은 그가 크레타에서 올 때마다 집에 초대하여 대접하곤 하였습니다. 다들 제가 이름도 알며 안면이 있는 자들이옵니다.

그런데 그 어떤 말이라도 잘 길들이는 카스토르 왕자와 강한 주먹을 갖고 있는 폴리데우케스 왕자는 제 친형제들이온데, 지금은 보이지 않는군요. 라케다이몬에서 오지 않은 걸까요? 아니면, 누이가 이 모든 소동의 장본인이니 모습을 드러내지 않는 것인지도 모르겠나이다."

헬레네는 모르고 있었다. 이미 그들은 멀리 고국 라케다이몬의 대지에 묻혀 있었던 것이다.

그 무렵, 트로이의 전령들은 제물로 쓸 양들과 진한 포도주를 양가죽부대에 담아 나르고 있었다. 이다이오스는 커다란 그릇과 황금 잔들을 들고 왕에게 와 말했다.

"라오메돈[1]의 아드님이시여, 일어나십시오! 무장한 트로이와 그리스의 지휘관이 모시고 오라 하옵니다. 평원으로 내려가셔서 동맹의 서약을 맺어주셔야 하옵니다. 파리스와 메넬라오스가 부인을 놓고 장창으로 대결할 것이옵니다. 승자가 부인과 부인의 재산을 모두 차지한다고 하는데, 그 전에 평화와 화해를 결의하는 조약을 맺을 것이라 하옵니다. 그렇게 되면 저희는 풍요로운 조국을 지키고, 그들은 좋은 말과 아름다운 여자들이 있는 본국으로 돌아가게 될 것이옵니다."

왕은 몸을 부르르 떨며 부하에게 전차를 준비하라고 지시하였고, 그들은 명을 받들었다. 직접 고삐를 잡은 프리아모스 왕은 안테노르를 옆에 태우고 스카이아 성문을 지나 빠르게 전차를 몰았다.

평원에 다다른 그들이 양 진영 사이에 말을 세우고 전차에서 내리자 아가멤논 왕이 자리에서 일어섰다. 오디세우스도 따라 일어섰다. 전령들이 엄숙한 태도로 제물들을 가져왔고, 그릇에 담긴 포도주를 준비하고, 두 진영의 왕들의 손에 물을 부었다.

아가멤논 왕이 어깨에 멘 칼집에서 커다란 검을 뽑아 양의 머리 쪽 털을 잘랐고, 전령들이 그것을 각 진영의 지휘관에게 조금씩 나누어 주었다. 그런 다음 아가멤논 왕은 손을 들어올리고 우렁찬 목소리로 기도를 올렸다.

"주인이신 제우스여, 전능하시고 가장 영광된 왕이시여! 오, 모든 것을 보고 들으시는 태양이시여! 강의 신과 대지의 여신이여! 지하에 계시면서 거짓 맹세자는 죽음 이후에도 벌하시는 신이시여! 파리스

---

1) 트로이의 전설적인 왕. 프리아모스 왕의 아버지.

가 메넬라오스를 죽인다면 그로 하여금 헬레네와 그의 재산을 차지하게 하시고, 그리스 인들은 함대에 올라 귀향케 하소서. 그러나 만일 메넬라오스가 승리한다면 트로이 인들로 하여금 헬레네와 보물들을 포기하게 하시고 우리에게 후세까지 자랑할 만한 합당한 보상을 치르게 하소서. 파리스가 쓰러졌음에도 프리아모스와 그 아들들이 충분히 보상치 않는다면 나는 만족할 때까지 싸울 것이며, 이 전쟁을 내 손으로 끝낼 때까지 이 땅에 머무르겠나이다."

말을 마친 왕은 양의 목을 따고 땅 위에 던져놓았다. 칼을 맞았지만 아직 숨통이 끊어지지 않은 양은 할딱거리며 사지를 버둥거렸다. 그릇에 담긴 포도주를 황금 잔에 붓고, 그들은 죽지 않는 신들에게 청원을 올렸다. 트로이 군이나 그리스 군이나 그 기도의 내용은 비슷했다.

"오, 전능하고 가장 영광스러운 제우스와 불멸의 신들이시여! 어느 족속이든 간에 이 서약을 어기고 상대편을 해친 자는 자신은 물론 그 후손들의 머리에서도 골수가 이 붉은 포도주같이 쏟아져 나오게 하시고, 그들의 아내는 적의 종이 되게 하소서!"

그러나 제우스는 기도를 들어주지 않았다.

이제 프리아모스 왕이 입을 열었다.

"트로이와 그리스 용사들이여, 내 말을 들어라! 나는 내 아들이 메넬라오스와 싸우는 것을 참아낼 수 없을 듯하니 돌아가겠다. 어느 쪽이 최후를 맞을 것인지는 제우스와 신들이 아시리니!"

왕은 양들을 데리고 전차에 올라타 고삐를 잡았다. 그리고 안테노르와 함께 자리를 떠났다.

이제 헥토르와 오디세우스가 장소를 고르고 처음 창을 던질 이를 정하기 위해 투구 안에 제비를 넣고 흔들었다. 양 진영 병사들은 손을 치켜들고 기도하기 시작하였다.

"오, 주인이신 제우스여! 전능하시고 영광된 왕이시여! 둘 중 누가 자신의 백성들에게 재난을 가져왔든 간에 목숨을 내놓고 저승으로 가게 하시고, 남은 저희들은 친교를 맺어 서약을 지키게 하소서!"

헥토르가 고개를 뒤로 돌리고 투구를 흔들자 그곳에서 파리스의 제비가 튀어나왔다. 파리스가 먼저 무장을 하는 동안 모든 병사들은 말과 무기들이 놓인 옆에 줄지어 앉았다. 그는 은으로 만든 발목장식이 달린 정강이받이를 채우고 가슴팍에는 갑옷을 걸쳤는데, 그것은 그의 친형제 리카온의 물건으로 그에게 꼭 맞았다. 어깨에는 손잡이가 은으로 된 검을 걸고, 튼튼하고 널찍한 방패를 들고, 말갈기 털이 달린 멋진 투구를 썼는데, 그 털이 흔들리는 모양새는 가히 두려움을 자아낼만하였다. 마지막으로 손아귀에 알맞게 들어오는 창을 잡아들었다. 메넬라오스 또한 같은 방식으로 무장하였다.

두 용사가 중앙으로 성큼성큼 걸어오니, 그 살기 어린 표정은 보는 이를 두려움에 질리게 만들었다. 정해놓은 자리로 와 멈춰 선 그들은 방어태세를 갖추고 서로를 겨냥하여 창을 휘둘렀다. 파리스가 먼저 창을 던졌지만 메넬라오스는 방패로 가볍게 막아내었다. 방패를 뚫지 못한 창은 날이 꺾여버리고 말았다.

메넬라오스가 창을 날릴 차례였다. 그는 던지기 전에 먼저 제우스에게 기도를 올렸다.

"오, 제우스여! 마땅한 이유도 없이 저를 해친 파리스에게 복수케 하소서! 내 손으로 그를 죽이게 하여, 환대로 맞은 친구를 배신한 자의 말로를 떠올릴 때마다 후세 사람들이 두려움에 떨게 하소서!"

그리고는 자세를 잡아 창을 던졌다. 날아간 창은 파리스의 방패 가운데와 갑옷을 꿰뚫고 옆구리 부근의 옷가지를 찢었다. 하지만 목숨을 위협할 정도는 아니었다. 그러자 메넬라오스가 칼을 뽑아들고 달려들어 파리스의 머리를 쳤다. 하지만 칼은 투구에 달린 뿔을 치면서 세 조각, 네 조각으로 부러져 그의 손에서 떨어지고 말았다. 메넬라오스는 신음하면서 하늘을 우러러 울부짖었다.

"오, 제우스여! 언제나 그렇듯 참으로 야속하십니다! 모든 일을 망쳐버리는 신이여! 이 악당에게 철저히 복수해주려는 참에 내 창은 빗맞고 칼은 부러져 나가다니요!"

그래도 그는 포기하지 않고 달려들어 파리스의 투구 위에 달린 말갈기 장식을 휘어잡고는 그리스 군 쪽으로 질질 끌고 갔다. 투구를 졸라맨 끈이 파리스의 목을 파고들며 턱 아래를 마구 조여왔다. 메넬라오스는 거의 그를 해치울 판이었다. 만일 그렇게 되었다면 그 얼마나 영광된 승리였을까. 그러나 그 광경을 본 아프로디테가 끈을 잘라버린 탓에 메넬라오스의 손에는 투구만 남게 되었다. 투구를 동료에게 던져준 메넬라오스는 이번에야말로 창으로 파리스를 찔러 죽이려고 재차 달려들었다. 그러자 아프로디테는 어렵지 않게 짙은 안개를 일으켜 파리스를 그 속에 숨겼다가 향내 나는 헬레네의 방에 데려다 놓았다.

거기서 여신은 헬레네의 고향 옛집에서 그녀를 위해 털옷을 손질해주던 노인의 모습으로 변신했다. 그 노부인은 헬레네가 무척이나 좋아하던 사람이었다. 노인의 모습을 한 여신은 헬레네를 찾았다. 여신은 성 위에 쌓아놓은 낮은 담 위에서 여자들과 함께 있는 그녀를 발견하고 그녀의 옷자락을 잡아끌었다.

"이리 오시구려. 남편께서 당신을 찾으시우. 부인 방의 침상에 계시는데, 어쩌면 그렇게 곱고 말쑥한지! 막 싸우고 온 사람같아 보이지 않는구려. 잘 차려 입고 무도회에 나갈 참이거나 방금 춤을 추고 나서 잠시 앉아 있는 사람 같아요."

노부인의 말이 그녀의 신경을 휘저어놓았다. 헬레네는 부드러운 목소리와 아름다운 가슴, 그리고 빛나는 눈을 보고 노인이 여신임을 알아차렸다. 헬레네는 놀라서 외쳤다.

"정말 이상하군요! 여신님은 왜 저를 속이려 하시는거죠? 날 또다시 저 멀리 어디론가, 또 다른 여신님의 남자 친구들이 있는 프리기

아나 메이오니아 같은 곳으로 데려다 놓으실 작정인가요? 지금 메넬라오스가 파리스를 죽이고 자신이 증오하는 저는 집으로 데려가려고 하니까 더 많은 속임수와 술책을 부리려고 제게 온 것 아닌가요? 저는 그냥 내버려두고 여신님이나 파리스에게 가보세요. 올림포스일랑 잊어버리고 그냥 여기 머무르면서 그를 보살피세요. 그러면 언젠가 당신을 아내로 맞아 줄 거예요. 그게 안 되면 적어도 노예로는 삼겠지요.

전 그에게 절대 가지 않겠어요. 그건 치욕스러운 일이에요. 다시는 그의 잠자리 시중 따위는 들지 않겠어요! 그랬다가는 트로이의 여자들마저 저를 욕할 거예요. 그렇지 않아도 나는 괴롭기 그지없단 말이에요!"

그녀의 말에 화가 난 여신이 대꾸했다.

"몰인정한 여인이군요, 더 이상 내 인내를 시험하지 말아요. 내가 화를 품은 채 당신에게서 떠나면, 당신을 좋아했던 것만큼이나 당신을 지독하게 증오하게 될 거예요. 난 트로이와 그리스 사람들이 서로 죽도록 미워하게 만들어 당신이 그중간에서 비참한 운명을 맞게 만들 수도 있어요!"

그 말에 두려워진 헬레네는 입을 다물고 옷자락을 여미며 여신의 뒤를 따라갔다. 그러나 다른 여자들의 눈에는 아무것도 보이지 않았다. 성안으로 돌아온 후 하녀들은 각자 일터로 돌아갔고, 헬레네만 자기 방으로 올라갔다. 아프로디테가 만면에 웃음을 띠고 파리스 앞에 의자를 놓아주자 헬레네가 거기 앉았다. 그러나 눈길을 딴 곳으로 돌린 채 경멸 어린 투로 말했다.

"전장에서 돌아오셨군요. 거기서 죽어버렸으면 했는데, 용사가 당신을 죽였으면 하고 바랐는데, 당신에 앞서서 내 남편이었던 그의 손이 말이에요! 정정당당한 싸움에서 훌륭한 솜씨를 자랑하던 당신이라면 다시 가서 메넬라오스에게 결투를 신청하세요!

아니, 아녜요. 그러지 않는 게 좋겠네요. 메넬라오스와 싸우지 마세요. 웃음거리가 되고 싶지 않거든 그냥 그렇게 있도록 하세요. 안 그러면 당신은 그의 창에 쓰러지고 말 테니까요."

아내의 말에 파리스가 대답했다.

"헬레네, 날 그렇게 책망하지 말아요. 이번엔 아테나 여신의 도움을 받아 메넬라오스가 이긴 거라고. 다음 번엔 내 차례가 될 거야. 내게도 날 도와주는 여신이 있단 말이야. 이제 침대에 누워 정을 나누며 행복하게 지내자고. 당신에게 이처럼 깊은 애정을 느낀 적이 없어. 당신을 배에 태워 데려올 때, 그 섬에서 처음으로 사랑을 나누던 그때보다 더 말이야. 그 어느 때보다 당신을 사랑하고 있고 더 많이 원하고 있어!"

그렇게 말하고는 그는 침대에 누웠다. 헬레네도 그에게로 가서 같이 누웠다.

그들이 그렇게 누워 있는 동안, 메넬라오스는 성난 한 마리의 짐승처럼 거칠게 돌아다니며 파리스를 찾고 있었다. 그러나 트로이 군 중 그 누구도 메넬라오스에게 파리스를 내놓을 수는 없었다. 파리스에 대해 호의를 품고 있어서가 아니었다. 오히려 파리스를 죽도록 싫어했던 트로인 병사들이 그를 발견했더라면 숨겨주려 들지 않았을 것이다.

마침내 아가멤논 왕이 모두에게 말했다.

"잘 들어라. 트로이의 모든 병사와 그 동맹군들이여! 그대들이 본 바와 같이 메넬라오스가 승리하였다. 이제 그대들의 임무는 헬레네와 그녀의 재산들을 가져오고 후대까지 널리 전해질 만큼 합당하고 정당한 배상을 하는 것이다."

그러자 모든 그리스 병사들은 환호성을 올렸다.

IV

아가멤논 왕에게서 더 이상 낮잠을 잔다거나 빈둥거리며 전투를 회피하는 등의 모습은
찾아볼 수 없었다. 그와는 정반대로 왕은 영광스러운 전투에 몰두하고 있었다.

올림포스의 신들은 황금의 바닥 위에서 제우스와 함께 회의를 열고 있는 중이었다. 헤베[1]가 넥타를 들어 신들 사이를 돌며 따라주자 모든 신들이 트로이 시를 내려다보며 황금 잔을 치켜들어 서약을 하였다.

문득 제우스는 헤라를 곯려주고 싶은 생각이 들어 짐짓 놀리는 목소리로 그녀의 주의를 끌었다.

"존엄한 우리 중에 메넬라오스를 돕는 신이 둘 있지. 아르고스의 헤라[2]와 보이오티아의 아테나 말이다. 그런데 두 여신 모두 자기 할 일을 잊고 여기서 이 재미있는 구경거리를 즐기고 있군.

저기 적군이 있고, 미소 띤 아프로디테가 그 친구의 옆을 지키면서 공격에서 보호해주고 있지 않나! 저기를 좀 보게, 죽을 뻔한 순간에 여신이 그를 구해냈군. 분명 메넬라오스의 승리였는데 말이야.

이제 우리가 뭘 해야 할지 궁리해보도록 하자. 다시 전쟁을 시작해서 끝장을 봐야 할까? 아니면 화해를 시킬까? 화해에 모두들 찬성한다면 프리아모스 왕의 도시는 인간의 씨가 마르는 걸 피할 수 있을 테고, 메넬라오스는 헬레네를 데리고 아르고스로 돌아갈 수 있을 것이오."

---

1) 제우스와 헤라 사이에서 난 딸. 영원한 아름다움을 상징함.
2) 아르고스에 헤라의 신전이 있음.

붙어 앉아서 트로이를 방해할 계략을 짜고 있던 아테나와 헤라는 제우스의 그 말을 듣고는 화가 치밀어 올랐다. 그래도 아테나는 참아야만 했지만, 헤라는 치미는 화를 억누르지 못하고 끝내 떠트리고 말았다.

"대단하신 제우스여. 그게 무슨 소리인가요? 내 수고를 물거품으로 만들 셈이에요! 내가 얼마나 고생에 고생을 했는데! 프리아모스 왕과 그의 아들들을 없애려고 사람들을 끌어 모으느라 말들이 기진맥진할 정도로 뛰어다녔단 말이에요. 어디 하고 싶은 대로 해보시지요. 내 똑바로 말해두겠는데, 당신 뜻에 모든 신이 찬성하는 건 아니에요!"

구름을 모으는 신 제우스는 그만 기분이 상하여 이렇게 말했다.

"또 시작이군! 프리아모스와 그 아들들이 당신에게 무슨 해를 끼쳤길래 저 고상한 도시를 폐허로 만들려는 것이오! 차라리 트로이 요새로 내려가 원수처럼 여기는 그들과 백성들을 산 채로 우적우적 씹어 먹지 그러나. 그러면 당신의 분노도 풀릴 것 아닌가!

좋소, 당신 좋을 대로 해보시오. 이렇게 싸우다가 우리 사이에 원한이 생길까 두렵소. 그러나 한 가지만 말해둘 테니 유념하시오. 당신의 친구들이 있는 도시를 내가 파괴하겠다고 나섰을 때, 그때는 내 복수를 훼방하지 마시오.

싫은 일은 안 하는 성미를 지닌 게 비단 나뿐만이 아닐 것이오. 하늘의 별들 아래 세워진 인간들의 모든 도시 중에서도 가장 성스러운 트로이, 그곳의 통치자와 용맹스런 전사였던 그의 백성들을 나는 가장 사랑해왔소! 거기 있는 내 제단에서는 백성들의 연회가 끊인 적이 없고 태워 올린 고기 냄새가 진동을 하고 술이 떨어질 날이 없었소. 그것들을 즐기는 일이야말로 우리의 성스러운 권리가 아니겠소."

그러자 여신의 으뜸인 헤라가 눈을 치켜 뜨고 말하였다.

"내가 가장 사랑하는 세 도시도 말씀드리죠. 아르고스, 스파르타,

그리고 길이 시원스럽게 뚫린 미케네예요. 그들이 미워지면 언제든 파괴하세요. 도와줄 일도 없고 안달할 일도 없어요! 내가 불만을 품고 당신에게 애원한들 무슨 소용이 있겠어요? 당신은 나보다 훨씬 강하시니까 어쩔 도리가 없죠. 하지만 나도 내 수고를 헛되이 하지 않을 권리는 있어요. 나 또한 신이에요. 당신과 똑같은 아버지 크로노스의 맏딸이란 말예요. 맏딸로 태어났고, 신들의 제왕인 당신의 아내로 불리는 가장 큰 영예를 받고 있지요.

자, 그러니 서로 양보하도록 해요. 나는 당신에게, 또 당신은 나에게요. 나머지 신들은 모두 우리의 뜻을 따를 거예요. 그러니 지금 당장 아테나를 전장으로 내려보내 트로이 군이 맹세를 깨고 잔뜩 사기가 올라 있는 그리스 군을 선제 공격하게 만들라고 하세요."

제우스는 아내의 말을 거절하지 않았다. 아테나에게 자신이 원하는 바를 간단히 일렀다.

"빨리 전장으로 가서 트로이로 하여금 맹세를 깨뜨리게 만들 방책을 강구해라. 그리고 공격에 나서게 만들어라!"

아테나는 그 임무를 너무나 기쁘게 받아 올림포스 봉우리를 떠나 아래로 내려갔다. 신들의 제왕이 쏘아 내린 별이 온 천하에 밝은 별빛을 흩뿌리며 쏜살같이 떨어져 뱃사람이나 군사들의 진영에 어떤 징조를 알려주듯, 아테나도 혜성처럼 빠르게 내려가 인간 무리 속으로 뛰어내렸다. 트로이와 그리스 병사들이 그 모습에 어안이 벙벙해져 있는 가운데 누군가가 옆 사람에게 이렇게 말하는 소리가 들렸다.

"전쟁이 계속될 징조인가 봐. 전투가 더 심해지겠는걸."

"아냐, 제우스 신이 전쟁을 피하고 화해를 시키시려는 걸 거야."

아테나는 트로이의 용맹한 전사 라오도코스로 모습을 바꾸고는 판다로스를 찾아 돌아다니다 아이세포스 강에서부터 그를 따라온 병사들 속에 서 있는 그를 발견하였다. 여신은 그에게 다짜고짜 말했다.

"내 충고를 받아들여 그대의 능력을 보여주지 않겠는가. 과감하게 메넬라오스를 향해 화살을 날려라! 그러면 자네는 신임을 얻게 될 것이며, 트로이 군, 특히 파리스는 그대에게 감사할 것이다. 위대한 용사 메넬라오스가 너의 화살에 죽고, 그 시체가 장작더미에 올려져 불타는 걸 파리스가 보게 된다면 제일 먼저 그대에게 엄청난 보상을 내릴 것이다.

자, 메넬라오스를 겨눠라! 그리고 나서 성스러운 젤레이아 시로 돌아가게 되면 첫배로 난 양들을 신성한 제물로서 바치겠노라고 활의 신 아폴론께 맹세를 드려라.”

판다로스는 어리석게도 여신에 말에 넘어가 당장에 활을 챙겼다. 그 활은 사냥에서 잡은 야생 염소의 뿔을 세공하여 만든 것이었다. 바위 뒤에서 모습을 드러낸 것을 화살로 가슴을 꿰뚫어 잡은 그 염소는 두 뿔의 길이가 16뼘이나 되었다. 그 뿔을 뿔세공장이가 마르고 붙여 윤을 낸 다음 꼭대기에 황금 갈고리를 달아 만든 것이 그 활이었다.

판다로스가 활끝을 땅에 대고 활시위를 걸자, 그의 동료들이 방패를 들어 그 앞을 가렸다. 메넬라오스에게 화살을 날리기도 전에 그리스 군사들이 쳐들어올 것을 염려한 때문이었다.

판다로스는 화살 통을 열어 한 번도 쓴 적 없는 깃털 달린 화살을 꺼냈는데, 그것은 상대에게 치명적인 고통을 가하는 무기였다. 그는 지체 없이 화살을 활에 재워 성스러운 젤레이아 시로 돌아가면 아폴론 신께 제물을 올리겠노라 맹세한 다음, 활시위와 화살 끝을 한꺼번에 잡고서는 청동 화살촉이 활에 닿도록 끌어당겼다. 활시위를 한껏 잡아당긴 그 다음 순간, 화살이 쌩 하는 소리를 내며 튀어 나갔다. 화살이 목표를 향해 날카롭고도 맹렬한 속도로 허공을 날았다.

그러나 불멸의 신들은 메넬라오스를 잊고 있지 않고 있었다. 아테나가 누구보다 먼저 그의 앞을 가로막아 화살촉으로부터 그의 목숨을 구해주었다. 여신은, 마치 어머니가 잠자는 아이에게 달려드는 파리떼

를 쫓듯이 화살을 쳐서 메넬라오스의 몸통이 아닌 갑옷 허리에 찬 혁
대의 황금 잠그개를 향하게 만들었다. 화살은 황금 장식에 정통으로
맞고 갑옷을 꿰뚫었다. 메넬라오스는 창과 활을 막기 위해 허리에 보
호대를 착용하고 있었는데, 화살은 그것까지 뚫고 살로 파고들었다.
그리하여 상처에서 나온 붉은 피가 장딴지를 적시고 정강이와 발목
까지 흘러내렸다. 눈처럼 흰 그의 피부에 흘러내린 선혈은 마치 카리
아 족이나 메오니아 족의 솜씨 좋은 염색공 아낙들이 마구를 만들기
위해 상아에 물들인 주홍빛 염료같아 보였다.

아가멤논은 상처에서 흘러내리는 피를 보고 당황했고, 메넬라오스
자신도 전율했으나 화살촉이 깊이 들어가지 못한 것을 발견하고는
이내 다시 정신을 차렸다. 아가멤논 왕은 동생의 손을 잡고 괴로운
듯 신음했고, 부하들도 마찬가지였다. 그러다가 왕이 입을 열었다.

"아우야, 이것이 맹세에 따라 싸움에 나선 너에게 예비된 죽음이란
말이냐! 맹세를 짓밟고 너를 쏘다니! 맹세란 지키라고 있는 것. 제단
에 바친 양의 피나 포도주, 신의를 담은 악수 또한 지켜져야 한다. 올
림포스의 신들이 지금은 침묵을 지키실지라도, 결국은 맹세가 이루
어지게 하실 것이기 때문이다. 그때가 오면 그들은 값비싼 대가를 치
러야 할 것이다. 목을 내놓고, 처자는 물론 자식들까지 내놓아야 할
것이다. 성스러운 트로이와 위대한 프리아모스 왕과 그의 백성들이
멸망하는 날이 올 것임을 나는 분명히 알고 있다. 하늘의 옥좌를 차
지한 제우스께서 그들의 속임수에 분노하시고, 손수 그들 위에 어두
운 파멸을 내리실 것이니, 그 파멸은 분명히 실현될 것이며 실패 또
한 없으리라.

그러나 메넬라오스, 지금 네가 죽어 삶을 마친다면 너는 내게 끔찍
한 고통을 가져다주게 된다! 왜냐하면 당장에 고향을 그리워하는 병
사들 때문에 프리아모스와 트로이 군이 우리의 헬레네를 자랑하도록
남겨두고 깊은 불명예를 안고 고향으로 돌아가야 할 테니 말이다! 그

리고 너는 뜻을 이루지 못한 채 그 뼈만 적의 땅에 남아 썩을 것이다. 승리에 도취된 트로이 군은 네 무덤을 짓밟고 올라서서 이렇게 부르 짖겠지. '아가멤논이 그 오합지졸과 함께 여기서 당했던 것처럼 다른 곳에서 다른 적과 맞설 때도 같은 꼴이 되기를! 보라, 용감한 메넬라오스를 버리고 텅 빈 함대를 이끌고 가는 저 꼴을!' 하고 말이다.

그러나 정말 그렇게 된다면 차라리 땅더러 입을 열고 날 삼켜버리라고 하겠다!"

메넬라오스가 형을 위로하며 말했다.

"기운 내십시오, 죽을 만한 상처는 아니니 병사들을 놀라게 하지 마십시오. 허리띠와 그 안에 입은 옷과 갑옷장이의 보호대가 날 살렸습니다."

아가멤논이 대답했다.

"신의 가호가 있기를! 아우야, 하지만 상처를 보아야 한다. 의원에게 일러 통증을 줄일 만한 걸 바르라고 하자."

그리고는 소리쳤다.

"탈티비오스! 마카온을 가능한 한 빨리 이리로 데려오너라. 아스클레피오스의 아들인 마카온을 알겠지? 의원이자 훌륭한 친구이니, 그더러 메넬라오스 왕을 살피라고 해라. 누가 아우를 활로 쏘았다. 트로이 군이나 리키아 족 중에 하나이겠지. 그들은 실력 있는 궁사들이니 말이다. 상당한 활 솜씨인 건 인정하지만 우리로선 좋지 않은 일이다."

지시를 받자마자 자리를 뜬 탈티비오스는 마카온을 찾느라 전열 속을 여기저기를 뒤지다가 마침내 트리카 출신 병사들 속에 끼어 있는 그를 찾아냈다. 탈티비오스가 다가가 정황을 설명했다.

"서두르십시오. 아가멤논 왕께서 우리 군을 이끄는 메넬라오스 왕의 상태를 보라 하십니다. 누군가의 화살에 맞으셨습니다. 트로이나 리키아 출신 궁사의 소행일 거라 하는데 뛰어난 솜씨였다고 합니다.

그런데 우리에겐 좋지 않은 일이라고 하셨습니다."

놀란 마카온은 전령과 함께 병사들을 헤치고 달려가 메넬라오스가 상처를 입은 채 왕들에 둘러싸여 있는 자리에 당도하였다.

마카온이 박힌 화살을 잡아당기자 허리띠에 박혀 있던 활촉이 부러졌다. 그는 허리띠와 갑옷, 그리고 그 안에 입은 보호대를 느슨하게 한 뒤에 피로 범벅이 된 환부를 찾아내어 피를 빨아낸 다음 진통효과를 지닌 약 반죽을 붙였다. 그 약은 마카온 부자를 잘 아는 케이론[3]이 그의 부친에게 준 것이었다.

그들이 메넬라오스를 치료하는 사이에 트로이 병사들이 무장을 개시했다. 이에 응해 그리스 인들 또한 전투에 대비해 무장을 갖추었다. 아가멤논 왕에게서 더 이상 낮잠을 잔다거나 빈들거리며 전투를 회피하는 등의 모습은 찾아볼 수 없었다. 그와는 정반대로 왕은 영광스러운 전투에 몰두하고 있었다. 그는 전차와 거친 콧김을 뿜어대는 말을 부하 에우리메돈에게 맡기고 자신이 지쳐 쉬러 올 때까지 잘 간수하라 단단히 일렀다. 이어 병사들에게 명령을 내리기 위해 전열 속으로 걸어 들어갔다.

그는 사기 충천한 병사가 눈에 들어오면 간단한 말로 격려하였다.

"그 용기를 잃지 말라! 병사여, 온힘을 다하여라. 제우스께서는 거짓말쟁이들을 돕지 않으신다! 신성한 서약을 깬 놈들은 독수리의 성찬이 되리라! 그리고 우리는 이 도시를 차지하고 저들의 아내와 아이들을 뺏어 함대에 싣게 될 것이다!"

그러나 전쟁을 저주하며 게으른 병사들을 만나면 호되게 꾸짖었다.

"그러고도 투사라 할 수 있는가? 뒤에 숨어 활이나 쏘면 되는 것이냐! 너는 군의 수치다! 부끄럽지도 않은가! 어째서 그처럼 멍청하고 피로한 표정으로 멀뚱거리고 서 있는 것이냐? 멍하니 껑중거리는 사슴 꼴과 무엇이 다르더냐. 놀라고 싸우기가 겁이 나서 그렇게 서 있

---

3) 음악, 예언, 약초에 밝은 이로, 헤라클레스와 아킬레우스의 스승이기도 했다.

는 게로구나. 필시 적군이 네 좋은 함선들이 줄지어 서 있는 해변까
지 밀려 내려와주기를 기다릴 참이로구나. 진정 제우스께서 네 위로
손을 뻗쳐 널 구하실 것인지를 알고 싶은 것이냐!"

그는 그렇게 말하면서 병사들 사이를 돌아다녔다. 진영을 하나하
나 거쳐 이도메네우스의 지휘에 따라 무장을 하고 있는 크레타 병사
들에게 다가왔다.

이도메네우스는 전열의 맨 앞에서 멧돼지처럼 씩씩거리고 있었고
그의 전우 메리오네스는 후방을 맡아 병사들을 다그치고 있었는데,
왕이 보기에는 참으로 기꺼운 광경이 아닐 수 없었다. 그는 다정한
어조로 말해주었다.

"이도메네우스. 그대야말로 나의 진정한 신하다! 연회를 즐길 때나
전장에서 싸울 때나 으뜸 가는 인재로다! 장수들에게 연회를 열어 포
도주를 내놓았던 때가 언제였지? 그때 다른 이들은 주는 것만 받아
마셨지만 그대는 나처럼 잔을 항상 가득 채워놓고 성에 찰 때까지 마
셨지. 그런데 이 전쟁터에서도 이렇게 열심이군. 자, 힘껏 싸워 그 평
판을 잃지 말도록 하여라."

이도메네우스가 대답하였다.

"대왕을 실망시키지 않겠습니다. 왕의 충실한 신하가 되기로 한 맹
세를 지키겠습니다. 트로이가 약속을 어겼으니, 다른 지휘관들도 설
득하시어 신속하게 준비를 갖춰 가능한 한 빠른 시간 내에 전투를 개
시하도록 해주십시오. 맹세를 저버리고 전쟁을 택한 대가로 그들에
남겨진 것은 죽음과 재난뿐이리니!"

아가멤논 왕은 매우 만족하여 그 자리를 떴다. 그 다음으로는 구름
무리 같은 보병들 사이에서 무장을 갖추고 있는 큰 아이아스와 그와
이름이 같은 또 다른 아이아스에게 갔다.

강건한 젊은 병사의 시커먼 무리가 창과 방패를 부딪치며 전장을
향해 다가가고 있었는데, 그 무리는 마치 서풍에 밀린 짙은 먹구름

때문에 어둡게 변한 바다보다 더 까맣게 보였다. 멀리서 양과 함께 그 광경을 본 양치기가 무서워 떨면서 양떼를 동굴에 몰아넣을 정도 였다. 이 광경이 무척이나 마음에 든 아가멤논 왕이 그들에게 말했 다.

"용감한 두 지휘관이여. 알아서 병사들을 잘 지휘하고 있으니, 그 대들에게는 내가 할 말이 없다. 오, 제우스, 아폴론, 아테나 신이시 여! 다른 지휘관들도 이들과 같은 열정을 갖게 해주소서! 그리하여 프리아모스 왕의 요새가 곧 머리를 숙이게 하시고, 우리 손으로 그 성을 무너뜨리게 하소서!"

그는 그곳을 지나쳐 네스토르에게 가 필리아 인 속에서 또랑또랑 한 목소리로 지시를 내리고 있는 그를 보게 되었다. 부하들을 배치시 키고, 또 지휘관들 밑에 병사들을 배치하기도 했는데, 그 지휘관들이 란 펠라곤과 알라스토르, 크로미오스, 하이몬 그리고 비아스였다.

최전방에는 말들이 이끄는 전차와 마부들을 배치하고, 그 후방에 는 용맹한 보병을 마치 성벽과도 세워두었다. 그리고 겁쟁이들은 그 들이 원하든 원하지 않든 전투에 참가할 수 있도록 가운데 줄에 배열 시켰다. 네스토르는 먼저 전차병들에게 말들을 잘 붙잡아 정신없이 돌아다니는 일이 없도록 하라고 주의를 내렸다.

"용기나 말 모는 실력을 뽐내려 하지 말라. 아무도 앞으로 나가 홀 로 싸우지 말 것이며, 뒤로 물러나서도 안 된다. 대열을 이탈하면 제 대로 싸울 수가 없다. 그러나 누구든 적의 전차와 가까워지면 창 공 격을 시도하라. 그것이 전술이다. 많은 강력한 도시들이 이러한 전술 에 함락되었다."

많은 전투를 보아 온 이 노인은 전쟁에 관해 모르는 것이 없었다. 아가멤논은 기꺼워하며 그에게 이렇게 말했다.

"나이가 들어 늙었을지 모르겠으나 경의 사지가 그 강직한 성품처 럼 튼튼하기 이를 데 없고, 경의 힘 또한 왕성하기를 바라오. 사람은 나이가 들어가기 마련이지만, 경 대신에 다른 사람들이 나이를 먹고, 당신은 젊어졌으면 하고 바랄 뿐이오!"

이에 좋은 말을 사랑하는 늙은 영웅이 대답했다.

"대왕이시여! 나 또한 진정으로 에레우탈리온을 쓰러뜨렸을 때처럼 젊었으면 좋겠소이다! 그러나 신은 한꺼번에 많은 걸 주시지 않는 법. 젊었던 그때와는 달리 지금은 늙었지만, 나는 말들을 데리고 병사들을 지휘하겠소. 말이란 나이든 자의 특권이고, 창을 잡는 것은 젊은이들의 몫이오. 이들은 나보다 더 강하고 훨씬 젊소."

아가멤논 왕은 매우 만족해하면서 그의 진영을 지났다. 그리고 호전적인 아테나이 인 무리 속에 서 있는 메네스테우스를 발견하였다.

멀리 떨어지지 않은 곳에 오디세우스도 보였으며, 케팔레니아 족 부대도 그 근처에 있었다. 그들은 유약한 족속들은 아니었지만, 아직 무장하라는 소리를 듣지 못한 상태여서 다른 부대들이 먼저 출격하기만을 기다리고 있었다. 아가멤논은 그들을 엄하게 책망하며 자기 감정을 드러냈다.

"메네스테우스! 지금 이 꼴을 보면 자네 아버님이 뭐라 하겠는가? 자네, 조잡한 속임수를 쓰는 오디세우스여! 또 무슨 꿍꿍이를 품고 있는 것이냐. 왜 뒤에 숨어 다른 부대의 눈치를 보고 있는가. 지체 없이 선두로 나가 전쟁의 불길과 맞서야 할 것이 아니냔 말이다!

우리가 왕족들을 초대하여 연회를 베풀 적에 그대는 항상 제일 먼저 초대를 받는 사람이 아니었던가. 그때 그대는 양껏 고기를 즐기고 술을 들었다. 그런데 지금은 자네에 앞서 10개의 부대가 나가 싸우더라도 내 알 바 아니라고 할 모양이군!"

오디세우스가 얼굴을 찌푸리며 대답했다.

"아니, 말씀을 자제해주십시오. 어째서 저희가 게으르다고 하는 겁니까? 왕께서 원하시고, 전투에 진정으로 관심을 가지고 계신다면 제가 제일 앞에서 싸우는 모습을 언제라도 보실 수 있을 겁니다. 빈

말이 지나치십니다."

그가 화를 내자 아가멤논 왕은 미소를 지으며 말을 거두었다.

"아니다. 라에르테스의 아들 오디세우스. 그대가 용병술의 대가임을 안다. 나의 명령이나 꾸지람은 필요하지 않을 것이다. 나와 뜻을 같이 하는 그대의 충성을 내 모르는 바 아니다. 그대의 뜻을 받아들이겠으니, 나의 실수가 있었다면 지금 바로잡겠다. 부디 아까의 말은 없었던 것으로 하자."

아가멤논은 그곳을 지나 티데우스의 아들이자 자랑스러운 디오메데스를 발견하였다. 그는 스테넬로스와 함께 전차와 말들 가운데 서 있었다. 아가멤논은 그에게도 직설적으로 꾸짖었다.

"전쟁터에서 몸을 사리면서 눈알만 굴리고 있다니, 이 얼마나 부끄러운 일인가! 너의 고귀한 부친 티데우스는 뭐라고 하겠는가! 네 부친은 결코 몸을 사리는 일이 없는 사람이었다. 그를 보았던 병사들의 말에 따르면 항상 선봉에 서서 싸우곤 하셨다고 한다. 난 그를 직접 본 적이 없으나, 다들 그에 견줄 만한 용장이 없다고 했다.

일전에 그가 미케네에 왔던 적이 있다. 성스러운 테베스 성벽을 포위하고 있던 중인 그는 지원 병력을 요청하기 위해 폴리네이케스 왕과 함께 사절로서 찾아왔던 것이다. 그들은 병사 지원을 간절하게 간청했고 병사들도 떠날 준비가 되어 있었지만, 제우스께서 좋지 못한 징조를 보여주는 바람에 병사들의 마음이 돌아서고 말았다. 이에 미케네를 떠난 사절들은 협상을 위해 티데우스를 테베스로 보냈다.

티데우스는 거기서 잔치를 벌이고 있는 카드메이아 족 무리를 보게 되었는데, 혼자였음에도 불구하고 두려움을 몰랐던 그는 그들에게 결투를 신청하여 아테나의 도움으로 손쉽게 그들을 때려 눕혔다. 이에 분노한 카드메이아 인들이 그가 돌아가는 길에 50명의 장정에 2명의 우두머리를 붙여 매복시켰지만, 티데우스는 이들 또한 무찔러 버렸다. 그는 그들 모두 죽여버리고 우두머리 중 1명만 살려보냈는데, 그 이유는 하늘이 내린 전조에 복종하기 위해서였다고 한다.

너의 부친 티데우스는 그런 사람이었다. 그런데 그의 아들은 전장에서 그리 쓸 만한 용사가 못되는 것 같구나. 말은 잘 하는지 모르겠다만."

디오메데스는 왕의 질책을 존중했기 때문에 아무 대꾸도 하지 않았다. 그러나 스테넬로스는 가만히 있지 않았다.

"왕이시여, 진실을 알고 계신 바에는 거짓을 발설치 마십시오. 저희는 저희 아버지보다 뛰어나며, 그에 대한 자부심을 갖고 있습니다. 우리 병력은 강철 같은 성벽 앞에서는 미약하였지만 제우스의 도우심과 신들의 전조를 믿었기에 테베스 요새의 일곱 성문을 차지할 수 있었습니다. 그에 반해 저희 부친들은 분별없는 어리석음으로 죽음을 자초하였습니다. 그러하니 그들과 저희를 비교 마십시오."

그러자 디오메데스가 그에게 얼굴을 찌푸리며 말하였다.

"친구여, 입 다물고 내 말을 듣게. 왕께서 병사들을 독려하기 위해 하신 말씀이니, 나는 고깝게 받아들이지 않겠네. 그는 우리 군의 총사령관이시며, 우리는 그의 부하일세. 우리 군이 성스러운 도시 트로이를 쳐부수면 왕께 영광을 돌리는 일이 되겠지만, 만일 패하면 통탄하실 분도 이분일세. 자, 이제 전투에 합류하세나."

그는 이렇게 말하면서 전차에서 뛰어내렸다. 그때 갑옷에 무기가 부딪쳐 쇳소리가 났는데, 그 소리는 아무리 용감한 자라도 두려움을 느끼기에 충분했다.

그런 후에 그리스 군은 열에 열을 따라 전쟁터로 향했다. 마치 서풍이 불어 높아진 물결이 파도가 되어 해안에 잇따라 부서져 내릴 때, 먼바다까지 나가 한껏 기세를 모은 파도가 천둥소리를 내며 땅으로 밀려들어와 부글부글 끓어오르는 거품들을 사방팔방으로 튀겨내는 모습과도 같았다.

부대마다 지휘관의 지휘에 따라 그리스의 군대가 움직였다. 지휘관의 명령 소리는 들렸으나, 빛나는 갑옷으로 무장한 대군은 혹시 벙어리들로 이루어진 것이 아닐까 하는 생각이 들 정도로 병사들은 침묵 속에 행군했다.

한편, 트로이 군대 쪽에서는 시끄러운 함성이 울려 나왔다. 그들은 다른 많은 나라에서 모인 군대로, 언어가 통일되어 있지 않았으므로 의사 소통에 혼란이 있었던 것이다. 그들은 마치 농장에서 젖 짜는 시간을 기다리는 무수한 암양들이 숫양의 울음소리를 듣고는 쉬지 않고 매애매애 울어대는 것같이 요란스러웠다.

그들의 한쪽은 아레스 신이 부추겼고, 또 저쪽은 아테나가 공포의 신, 패배의 신, 그리고 끊임없이 설쳐대는 불화의 여신과 함께 들쑤셨다. 불화의 여신은 피에 굶주린 아레스의 동지이자 누이였다. 그녀는 처음에는 작았지만, 땅 위를 걷는 사이 점점 자라 마침내는 머리가 하늘을 찌를 정도였다. 이번에도 불화의 여신은 병사들 무리 속을 지나며 무서운 싸움을 일으키고 인간의 불행을 증폭시켰다.

이제, 두 나라의 군대가 대적하게 되었다. 방패와 방패, 창과 창이 부딪치며 갑옷으로 뒤덮인 양 전열이 분노의 불꽃을 튀기며 만났다. 그림이 돋을새김된 둥근 방패들이 충돌하며 내는 소리는 무시무시했다. 베고 베이는 살육이 자행될 때마다 승리의 외침이나 신음소리가 들렸고 대지는 피바다를 이루었다. 산에서 흘러내린 거대한 물결이 깊은 협곡에 이르러 부딪는 소리처럼 병사들의 아우성과 울부짖음이 멀리 언덕의 양치기들의 귀에까지 이르렀다.

먼저 아르킬로코스가 트로이의 선봉장인 에케폴로스의 말갈기 털이 달린 투구 위를 후려갈기고, 창을 날리자 그 끝이 이마를 뚫고 머리뼈를 관통했다. 검은 그늘이 에케폴로스의 눈자위를 덮어 내리더니, 마치 탑이 넘어지는 것처럼 쓰러지고 말았다. 에케폴로스가 쓰러지자 그리스 측 장수 엘레페노르가 그의 무장을 벗길 양으로 그의 다리를 잡아끌고 가려 들었다. 그러나 트로이 측의 아게노르가 달려와 시체를 끌고 가느라 드러난 엘레페노르의 옆구리에 창을 박아 넣었다. 그로써 엘레페노르가 쓰러져 숨을 거두자 이번에는 그의 시체를 두고 트로이와 그리스 군 사이에 맹렬한 쟁탈전이 벌어졌다. 그들은 마치 이리떼처럼 서로를 공격하고 쓰러뜨렸다.

큰 아이아스는 시모에이시오스를 맞아 싸웠다. 시모에이시오스라는 이름은 그의 모친이 처가에 가느라고 고향을 떠났다가 시모에이스 강가에서 그를 낳았다고 해서 붙여진 것이었다. 그가 전열의 앞쪽으로 나오자 왼쪽 가슴 한가운데를 노렸던 아이아스의 창이 그 어깨를 꿰뚫었다. 시모에이시오스는 목수가 수레바퀴를 만들기 위해 거대한 습지의 구멍에서 자란 매끈한 줄기의 포플러 나무를 도끼로 베어 구부려서 강둑에 널어놓은 것 같은 모양으로 쓰러졌다. 아이아스의 창에 죽음으로써 부모에게 은혜를 갚을 수 없는 운명이 되었던 것이다.

그때, 프리아모스 왕의 아들 중 하나인 안티포스가 큰 아이아스를 겨냥해 창을 던졌다. 그러나 창은 빗나갔고, 대신 시모에이시오스의 시체를 끌어가고 있었던 오디세우스의 동지 레우코스의 사타구니에 가 꽂혔다. 레우코스는 시체 위에 쓰러져 죽었다.

친구가 쓰러지는 걸 보고 화가 치민 오디세우스가 선두로 튀어나와 창을 들고 트로이 진영을 노려보자 트로이 병사들이 뒷걸음질을 쳤다.

오디세우스는 아비도스에서 말을 돌보다가 아버지의 호출로 전투에 참가한 프리아모스 왕의 사생아 데모코온을 향해 창을 던졌다. 동지의 죽음에 대한 복수였다. 창은 그의 관자놀이를 꿰뚫었고, 어둠의 그림자가 곧 그의 얼굴을 덮었다. 데모코온이 쓰러지면서 갑옷이 우르르 하고 소리내자 헥토르도 끼어 있던 전방의 병사들이 자리를 내주고 물러났다. 이에 그리스 병사들은 함성을 올리며 시체들을 끌어내고 큰 폭으로 전진하였다.

그 광경을 내려다보고 있던 아폴론은 화가 나 외쳤다.

"트로이 군이여, 전진하라! 그리스 군에게 길을 내주지 말란 말이다! 그들의 몸뚱이는 돌이나 강철처럼 단단하지 않다. 공격을 퍼부어 물리쳐라, 너희의 활촉이 그들의 살을 가를 것이다! 더구나 지금은 아킬레우스도 없지 않은가. 그는 저 먼 곳에 있는 배 주위나 맴돌며 불만과 쓸쓸함을 달래고 있지 않은가!"

아폴론의 고함소리가 도시에 성벽까지 쩌렁쩌렁 울리는 동안에도 영광의 아테나는 전장을 누비면서 그리스 군이 밀릴 때마다 왔다갔다하면서 도움을 주었다.

이즈음, 운명이 디오레스를 붙잡았다. 뻬죽뻬죽한 돌이 날아와 발목 근처 정강이를 정통으로 맞혔던 것이다. 트로이 측 장수 페이로스가 던진 돌이었다. 그 돌이 끔찍하게도 디오레스의 뼈를 쪼개고 힘줄을 끊자 전장의 먼지 속으로 자빠지면서 전우들을 향해 양손을 저었지만 이내 페이로스가 달려와 가슴에 창을 쑤셔 넣어 숨을 끊어놓았다. 디오레스의 창자가 뱃속에서 터져 나오면서 어둠이 그의 눈을 덮었다.

그를 죽인 페이로스가 몸을 돌려 자신의 진영으로 뛰어가려 할 때, 그리스 측의 토아스가 그의 가슴을 향해 창을 던졌고, 그 창 끝은 심장을 찔렀다. 이어 토아스가 달려들어 페이로스의 가슴에서 창을 뽑자마자 이번에는 칼을 빼어 복부를 갈라 즉사시켰다. 그렇지만 토아스는 그의 갑옷을 벗겨낼 틈은 없었다. 머리에 상투를 틀고 긴 창을 든 트라키아 병사들이 그를 에워쌌기 때문이었다. 거구의 체격에 강한 힘을 지닌 토아스였음에도 불구하고 그들에게 맞서지 못하고 휘청휘청 뒤로 물러날 수밖에 없었던 것이다. 이리하여 양측 두 용사의 시체가 나란히 놓이게 되었는데, 그 이외에도 많은 이들이 그 주변에서 쓰러져갔다.

이러한 모습을 보고 누가 전쟁을 가볍게 여기겠는가. 만일 아테나 여신이 손을 잡아 안전하게 보호해준 덕분에 어느 한 곳 다치지 않고 온전하게 살아남은 자라고 할지라도 말이다.

　이날 하루, 무수한 트로이와 그리스 병사들이 그렇게 쓰러져 서로의 옆자리를 지켜주며 땅 위에 누웠던 것이다.

V

여신들은 최고의 전사들과 함께 있는 디오메데스를 발견했는데,
으르렁대는 사자나 힘이 넘치는 멧돼지들처럼 사나운 병사들이 그를 바싹 에워싸고 있었다.

그리스 측의 디오메데스에게 기회가 찾아왔다. 아테나가 그에게 대담한 배짱과 용기를 불어넣어 선봉장으로 나서 싸우도록 영광을 한 몸에 내려주었던 것이다. 여신은 그의 투구와 방패를 늦은 여름 오케아노스에서 몸을 씻고 떠올라 가장 밝게 빛나는 별과 같은 광채로 번쩍이게 만들어주었다. 그 빛은 여신에게 이끌려 전투가 가장 치열하게 벌어지는 곳으로 나온 디오메데스의 머리와 어깨에서 이글거리며 뿜어져 나왔다.

트로이에 다레스라고 하는 사람이 있었다. 그는 헤파이스토스 신전의 사제이며 많은 재물을 지닌 부자였다. 그의 아들인 이다이오스와 페게우스는 모두 훌륭한 군인이었는데, 이 둘이 디오메데스와 맞선 자였다. 그들은 전열을 벗어나지 않은 채 전차에 타고 있었고 디오메데스는 땅에 서 있었다. 페게우스가 먼저 디오메데스를 향해 창을 날렸다. 창은 목표를 맞추지 못하고 디오메데스의 왼편 어깨만 살짝 스쳤다. 백발백중의 창 솜씨를 지닌 디오메데스도 이에 맞서 창을 던졌다. 그의 창은 상대의 가슴을 정통으로 맞추어 페게우스가 전차에서 굴러 떨어졌다. 이에 이다이오스가 전차에서 뛰어내리기는 했지만, 감히 형의 시체를 지켜줄 엄두는 내지 못했다. 헤파이스토스가 어둠 속으로 그를 숨겨 구해주지 않았다면 그는 결코 목숨을 부지하지 못했으리라. 이리하여 두 용사의 아버지는 홀로 남는 신세만은 면

할 수 있었고, 디오메데스는 그들의 말과 전차를 빼앗아 동지들에게 맡겼다.

한 사람은 주검이 되어 전차 옆에 쓰러지고, 다른 한 사람은 도망쳐버린 두 장수의 운명을 본 트로이 병사들은 모두 어찌할 바를 몰랐다. 그리고 아테나는 아레스의 손을 잡으며 말하였다.

"아레스, 인간에게 파멸을 안겨주는 이여! 피에 굶주린 성채의 파괴자여! 트로이와 그리스가 저대로 싸우게 내버려두어 아버지 제우스가 어느 편에 서는지 알아보지 않겠나? 자, 제우스의 진노가 내리기 전에 이제 그만 물러가도록 하자!"

이렇게 아테나는 트로이 편을 드는 아레스까지 스카만드로스[1]의 강기슭 위에 데려다 앉혔다. 이쯤 되자 그리스 병사들이 적들을 밀어내기 시작하였고, 지휘관들은 자신의 적수를 쓰러뜨렸다.

시작은 아가멤논 왕이었다. 할리조니아 족 지휘관 오디오스가 제일 먼저 등을 보이자 아가멤논 왕은 창을 어깨 사이에 깊숙이 찔러넣어 가슴까지 꿰뚫었다. 철커덩 소리를 내며 갑옷으로 무장한 몸뚱이가 땅에 쓰러졌다.

다음에는 이도메네우스가 타르네 출신의 파이스토스를 해치웠다. 이도메네우스가 전차에 오르고 있는 그의 오른 어깨를 뚫어버렸던 것이다. 그는 전차 밖으로 떨어졌고 어둠이 그를 데려갔다.

부하들이 파이스토스의 갑옷을 벗기고 있는 사이 메넬라오스 왕은 스카만드리오스를 죽였다. 활의 여신 아르테미스[2]에게서 직접 숲 속에서 들짐승 사냥하는 기술을 배웠던 스카만드리오스는 아주 유능한 사냥꾼이었지만 전장에선 여신의 도움을 받을 수 없었고, 유명한 그의 활 솜씨도 소용이 없었다. 메넬라오스는 도망치는 그를 잡아 어깨 사이의 등에 창을 꽂았고, 창 끝은 가슴을 뚫고 나왔다. 스카만드리

1) 트로이 부근을 흐르는 강. 혹은 강의 신.
2) 아폴론의 쌍둥이 누이.

오스는 갑옷 소리를 내면서 땅에 얼굴을 박은 채 숨이 끊어졌다.

　메리오네스는 페레클로스를 죽였는데, 그는 온갖 종류의 멋지고 귀한 수공품들을 만드는 손재주 뛰어난 장인이어서 아테나의 사랑을 받는 이였다. 파리스의 빼어난 함선들도 그의 손에 의해 건조된 것이었다. 결국 그것은 재앙의 시초[3]였으니, 그 자신은 물론 트로이 백성의 멸망을 가져왔다고 할 수 있지만 페레클로스로서는 신이 정해놓은 운명에 대해 도저히 알 도리가 없었다. 메리오네스가 그를 뒤쫓아가 붙잡고서는 오른편 엉덩이에 창을 쑤셔 박았고, 창 끝이 뼈를 지나 그 아래에 있는 오줌보를 관통하자 그는 신음하며 무릎을 꿇고 쓰러졌다. 이어 죽음이 그를 덮었다.

　메게스는 페다이오스를 베었다. 페다이오스는 안테노르[4]의 사생아였으나 고귀한 여인 테아노가 남편을 기쁘게 해주려고 친자식이나 다름없이 그를 키운 바 있었다. 메게스는 그 페다이오스의 뒷덜미 힘줄을 베었는데, 칼날이 그의 혀뿌리를 자르고 이빨 속까지 파고들어 갔다. 페다이오스는 그렇게 차가운 칼날을 입에 물고 땅에 쓰러졌다.

　에우리필로스는 힙세노르의 목숨을 빼앗았다. 그는 강의 신 스카만드로스의 사제로서 트로이 백성들로부터는 신처럼 존경받던 돌로피온의 아들이었다. 달려가는 힙세노르를 추격한 에우리필로스가 단칼에 어깨를 베자 피를 뚝뚝 흘리면서 그의 팔이 땅에 떨어졌다. 그리고 잔인한 운명, 어두운 죽음이 그의 두 눈을 덮었다.

　이토록 가혹한 전투가 끊임없이 이어졌다. 그 와중에 디오메데스는 트로이 편인지 그리스 편인지조차 구분하기 어려울 정도였다. 평원 전역을 폭풍처럼 휩쓸고 다니는 그로 인해 치밀한 전열을 갖추었던 그 어떤 부대도 갈팡질팡하며 흩어졌다. 위대한 전사들조차 그와 맞서려 하지 않았는데, 그 기세가 마치 어떠한 둑이나 과수원 담장으

3) 파리스가 그 배를 타고 헬레네를 데려와 트로이 전쟁의 씨앗을 뿌렸으므로.
4) 트로이의 원로.

로도 막을 수 없는, 억센 인간이 이뤄놓은 숭고한 업적들을 파괴해버리는 겨울 홍수의 물살과도 같았기 때문이다.

판다로스는 디오메데스가 평원을 폭풍처럼 휘젓고 다니면서 전방의 병사들을 때려눕히는 모습을 발견하고는 재빨리 활을 겨누었다. 그리고는 그가 돌진해 들어올 때를 노려 오른 어깨 쪽으로 화살을 쏘았다. 날카로운 화살촉이 어깨로 뚫고 들어갔고, 이내 갑옷 위로 피가 스며 나왔다. 그러자 판다로스가 소리쳤다.

"나아가라, 트로이 군이여! 나아가라, 나의 용맹한 기마 부대여! 내가 그리스 최고 명장을 쏘았노라! 리키아에서 이곳으로 나를 보내신 것이 아폴론 신이 확실하다면, 그는 그 화살을 맞고 오래 버티지 못하리라!"

그러나 그것은 판다로스의 허풍에 불과했다. 화살은 디오메데스를 쓰러뜨리지 못하였다. 디오메데스는 뒤로 물러나 자신의 말들 앞에 선 채로 스테넬로스에게 말했다.

"이보게, 빨리 전차에서 내려 내 어깨에 박힌 화살 좀 뽑아주게."

스테넬로스가 한 걸음에 뛰어내려 그의 옆으로 와서는 어깨에 제대로 박힌 화살을 잡아 뽑았다. 피가 뿜어져 나와 순식간에 웃옷에 스며들었다. 그러자 대담한 디오메데스는 큰소리를 내어 자신의 수호신께 기도를 올렸다.

"전능한 제우스의 따님 아테나여, 제 말을 들으소서! 일찍이 전장에서 내 부친의 편에 서서 호의를 베푸셨다면 지금 제게도 그 자비를 내려 주소서! 제게 몰래 활을 쏘고 다시는 내가 햇빛을 못 볼 거라고 떠들고 다니는 자가 있으니, 저로 하여금 내 창이 닿을 곳까지 다가가게 하여 그자를 죽이게 해주소서."

아테나가 그 기도를 들어주어 디오메데스의 사지를 민첩하게 만들어주었다. 그리고 과녁을 향해 바람을 가르는 화살처럼 말하였다.

"자, 힘을 내라 디오메데스. 싸워서 물리쳐라. 방패를 휘두르며 말을 몰았던 부친의 불굴의 용기를 그대 가슴속에 불어넣겠다. 그리고 그대의 눈을 가리웠던 안개를 걷어내었으니, 이제부터는 신을 구분할 수 있을 것이다. 설령 어떤 신이 찾아와 그대를 시험하려 들지라도 아프로디테를 제외한 신들에게는 반항하지 말도록 하여라. 그러나 아프로디테가 찾아온다면 창으로 찔러도 좋다."

아테나는 이 말을 마치고 그를 떠나갔고 디오메데스는 전선으로 돌아갔다. 안 그래도 미친 듯이 싸우던 전사인 그가 이제 3배는 더 사나워졌다. 그는 양떼를 따라 양우리로 뛰어든 사자와도 같았다. 부상을 입히긴 했지만 죽이지는 못한 목동이 사자를 더욱 난폭하게 만들어 양들을 버리고 오두막으로 도망친 꼴과 같았다. 공포에 질린 양들이 속수무책으로 이리저리 쫓기고 버둥거리는 가운데 발광한 맹수가 우리 밖으로 뛰쳐나온 것처럼 광폭해진 디오메데스는 무차별로 트로이 군을 공격했다.

그 와중에 아스티노오스와 히페리온이 살해당했다. 한 사람은 가슴을 찔려 죽었고, 또 한 사람은 쇄골에 칼을 맞고 어깨가 완전히 잘려나갔던 것이다. 디오메데스는 이들을 내버려두고 아바스와 폴리에이도스를 추격하였다. 꿈 해몽을 하는 늙은 에우리다마스의 두 아들인 그들이 디오메데스에게 목숨을 잃은 탓에 다시는 아버지에게 꿈을 풀이해달라고 조르는 일은 생기지 않게 되었다. 그 다음에는 파이놉스가 애지중지하던 아들 크산토스와 토온을 쫓았다. 그들은 모두 죽어 갑옷까지 벗겨지는 꼴을 당했고, 그 둘 외에 다른 아들이 없던 아버지에게는 슬픔과 한탄만을 남겼다. 물려받을 아들들이 전장에서 살아 돌아오지 못한 탓에 그의 재산은 친척들이 나눠 가지게 되었다.

그런 다음 디오메데스는 전차에 타고 있는 프리아모스 왕의 두 아들 에케몬과 크로미오스를 죽였다. 나무 아래서 풀을 뜯고 있는 소떼를 덮쳐 암소나 어린 송아지의 목을 물어뜯는 사자처럼, 이 불청객은 그들을 내려쳐 전차 바깥으로 끌어낸 다음 갑옷을 벗겨냈다. 전차와 말들은 부하들에게 몰고 가라고 주었다.

디오메데스가 미친 듯이 전장을 질주해 다니는 모습을 본 아이네이아스는 판다로스를 찾을 수 있을까 하여 난리통 속을 둘러보았다. 그리고 그 만만치 않은 용사를 찾아내자 말하였다.

"자네의 활은 어디 갔는가, 판다로스. 날개가 달렸다는 자네 화살은 어디 있나? 여기서나 리키아에서나 따를 자 없는 영웅이라는 평판은 어디로 갔나? 자, 이리와 제우스 신께 양손을 들어 기도를 올리고 전장을 장악하고 있는 저자를 쏘게. 그가 우리 군에 얼마나 큰 타격을 입혔는지 좀 보게나. 얼마나 많은 용사를 쓰러뜨렸는지를 말야. 나는 그가 우리에게 원한을 품고 희생물을 요구하는 신이 아닐까 하는 생각마저 든다네. 인간에게 내린 신의 진노가 저리 크단 말인가!"

판다로스가 대답했다.

"지혜로운 고문관 아이네이아스로군! 투구의 면갑이나 방패, 그리고 말들을 보니 저기 저자는 정말 디오메데스와 똑같군. 그렇지만 나는 그가 인간일 거라고 확신할 수 없네. 만일 그가 인간이라면, 신의 도움을 받지 않고서야 어떻게 저렇게 미친 듯이 달릴 수 있단 말인가. 눈에 보이지 않는 신이 옆에 있다가 화살 방향을 옆으로 틀어버리신 게 분명하네. 난 벌써 화살을 날려 그의 오른 어깨 위를 맞추었고, 그를 저승으로 보냈다고 믿었는데, 죽지 않았단 말인가. 분명 어떤 신이 우리에게 화를 내고 있는 것이야.

그렇지만 난 지금 말도 전차도 없다네. 허나 내 부친은 11대의 전차를 궁전 어딘가에 천을 덮어 보관하고 계셨지. 새로 완성된 전차 1대에 말 2필이 붙었는데, 마구간에서 호밀과 보리를 먹이로 주었네. 그 늙은 용사께서 내가 전장으로 나갈 때에 자주 이르시기를, 전차에 올라 말들을 끌면서 앞장서라고 하셨거늘! 나는 그 말을 듣지 않았던 걸세.

 그 말에 따랐다면 좋았을 것을! 배불리 먹이던 말들을 병사들이 북적이는 여기로 끌고 오면 여물이 부족할 것 같아서 나는 말을 놔두고 활과 화살만 가지고 보병으로 참전했네. 그런데 내 활이 그리 위력이 있어 보이지 않는군. 이미 메넬라오스와 디오메데스를 맞춰 피를 흘리게 만들기는 했지만 오히려 기만 펄펄 살게 만들지 않았나.

 결국 활을 꺼내들고 헥토르 왕자를 만족시키려고 병사들을 이끌고 이 도시에 온 것부터가 불운이었네. 고향으로 돌아가 고국의 땅과 아내, 나의 저택을 다시 보게 될 때 내가 이 쓸모없는 막대기들을 내 손으로 부러뜨려 불 속에 던져 넣지 못한다면, 낯선 이를 불러 차라리 내 머리를 쪼개놓으라고 할 걸세."

 그 말에 아이네이아스가 대답했다.

 "그런 말 말게나. 자네와 내가 저자와 대적하여 창을 써보지 않는다면 상황은 달라지지 않을 것이네. 내 전차에 오르게. 트로스[5]의 말들이 어떤 말들인지 보여주지! 전장의 이곳저곳을 참으로 빠르게 누비는 말들이네. 제우스가 디오메데스의 손을 들어주지 않는 한, 우리를 안전하게 도시로 데려가줄 거야. 자, 채찍과 고삐를 쥐게나. 나는 싸우겠네. 그게 싫다면 자네가 그와 맞붙게, 말은 내가 몰 테니."

 판다로스가 대답했다.

 "말고삐는 자네가 잡게. 자네가 말의 주인 아닌가. 우리가 어차피 싸움을 해야 하는 거라면 말은 주인이 다뤄야 더 잘 달릴 걸세. 자네 목소리가 안 들리면, 놀라서 날뛰면서 우리를 전장에서 끌고 나오지 않으려고 할지도 모르네. 그렇게 되면 적군이 달려들어 우리 둘의 목을 벤 후에 말들을 몰고 가버리겠지. 그건 안 될 일이야. 자네가 말들을 끌어야 하네. 그자와 창으로 맞서는 건 내가 하지."

 이리하여 그들은 전차에 올라 전속력으로 달려나갔다. 스테넬로스가 그들이 다가오는 것을 발견하고 똑똑히 외쳤다.

5) 트로이 왕가의 조상.

"디오메데스! 내 친구여! 자네를 노리는 두 용사가 저기 있다! 무적의 전사가 둘인데, 활의 명수 판다로스와 아프로디테의 아들 아이네이아스로군. 전차가 오고 있으니 빨리 자리를 뜨세. 지금처럼 앞으로 나가 날뛰지 말게나. 그러다가 목숨을 잃을 수도 있어!"

디오메데스는 인상을 찌푸리며 말하였다.

"도망치자는 말은 집어 치우게! 자네 말은 듣지 않겠네. 피하거나 숨는 따위는 내 피가 용납치 않네. 나는 겁쟁이가 아닐세. 전차도 필요 없네. 이대로 그들과 맞서겠네. 아테나께서는 내게 두려움을 금하셨다네. 저 두 사람에 대해 말하자면, 1명은 빠져나갈 수 있을지 몰라도 그들의 말이 두 사람을 다 구해주진 못할 것이네.

조금만 기다려보게, 할 말이 남았네. 아테나께서 넘치는 자비를 내려 내가 저 둘을 모두 해치우게 되면 우리 말들은 전차 난간에 고삐를 묶어 여기에 두고 재빨리 아이네이아스의 말들을 몰아와야 하네. 그 말들은 트로스가 아들 가니메데스를 바친 상으로 제우스께서 주신 말에서 종자를 낸 거라는 정도는 자네도 알고 있겠지? 그 말들은 세상에 둘도 없는 명마여서 안키세스 왕이 허락도 없이 자신의 암말들을 마구간에 넣어 씨를 훔쳤다고 하네. 그 암말들이 망아지 여섯을 낳았는데, 그중 넷은 자신의 마구간으로 거두고 둘은 아이네이아스에게 준 거네. 그 2마리를 우리 손에 넣을 수만 있다면 굉장한 성과가 될 걸세!"

이들이 이야기를 주고받는 사이에 가까이 다가온 판다로스와 아이네이아스 중에서 판다로스가 외쳤다.

"대담하고 영리한 장수여! 과연 티데우스의 아들이라 할 만하다! 내 화살이 너를 저승으로 보내지 않았음이 분명하구나. 그렇다면 이번엔 내 창이 더 나은 운을 가져올지 보겠다!"

이렇게 말하자마자 창을 날려 디오메데스의 방패를 맞추었다. 창 끝은 방패를 뚫고 들어가 갑옷을 찔렀다. 그러자 판다로스가 다시 외쳤다.

"명중! 정확히 옆구리에 맞았구나! 너는 이제 오래 버티지 못할 것이다! 승리는 내 것이야!"

그러나 디오메데스는 태연히 대꾸하였다.

"빗나갔네 그려, 명중이 아닐세. 그런데 너희는 둘 중 하나가 쓰러져 전쟁의 신 아레스의 배를 피로 불리기 전까지는 포기하지 않을 성싶구나!"

이어 그가 창을 던졌다. 아테나는 창 끝을 판다로스의 코로 유도하였다. 창은 날아가 판다로스의 이빨에 박혔고, 혀가 뿌리째 잘리면서 창날이 턱밑을 뚫고 나왔다. 전차 밖으로 쓰러진 판다로스의 번쩍이는 갑옷이 땅에 떨어지면서 햇빛 속에서 요란한 소리를 냈다. 말들은 뒷걸음질 쳤고, 그의 목숨과 용기는 그렇게 꺼져버렸다.

이번에는 아이네이아스가 방패와 창을 들고 전차에서 뛰어내렸다. 판다로스의 시체를 적들에게 뺏기지 않기 위해서였다. 그는 사자처럼 동지의 시신을 가로막고 방패와 창을 앞세워 도전하는 자는 누구든 죽일 태세를 보이면서 무시무시한 고함을 질렀다.

그러자 디오메데스가 요즘 장정 둘에게도 버거울 크기의 바위를 번쩍 들어 아이아네스의 허리를 향해 내리꽂았다. 거칠게 각이 진 바위는 그의 힘줄을 끊고 골반을 부수고 살을 찢어버렸다. 영웅은 무릎을 꿇고 한 손으로 땅을 짚으며 앞으로 쓰러졌다. 곧 그의 두 눈이 어두워졌다.

그렇게 아이네이아스는 최후를 맞았을 터였다. 그러나 그 모습을 고스란히 지켜보던 아이네이아스의 어머니 아프로디테가 젖빛 팔을 뻗어 빛나는 옷자락으로 덮어 죽이고자 하는 이의 공격으로부터 보호해줌으로써 죽음은 피할 수 있었다.

한편 스테넬로스는 디오메데스가 이른 말을 잊지 않고 있었다. 그는 자기 말과 전차를 안전한 곳에 두고, 재빨리 아이네이아스의 말에 올라 그것들을 자신의 진영으로 몰고 갔다. 그리고 그 말들을 친한 동지 데이필로스에게 맡겨두고 다시 자신의 전차에 올라 디오메데스를 따라 전속력으로 달렸다. 그때 디오메데스는 창을 들고 아프로디테를 뒤쫓고 있었다. 그는 아프로디테 여신이 인간의 전투를 손에 쥐고 있는 아테나나 도시의 정복자 에니오[6]와 같은 배짱을 지니지 못한 겁쟁이 신임을 알고 있었다. 오랜 추적 끝에 여신을 잡은 디오메데스는 바로 달려들어 창으로 그녀의 매끈한 손을 찔렀다. 미와 우아의 여신들이 만들어 결코 닳지 않는 옷자락을 뚫고 들어간 창은 그녀의 손목 피부를 찢었다.

피가 흘러나왔다. 여신의 살갗에서 흘러나오는 불멸의 피 ― 그것은 축복받은 혈맥 속을 흐르는 신묘한 액체였다. 불사의 신들은 빵을 먹지도, 포도주를 마시지도 않았기 때문에 사람과 같은 붉은 피는 흘리지 않았던 것이다.

여신은 날카롭게 비명을 지르며 아들을 떨어뜨렸다. 그러나 빛의 신 아폴론이 나서 그를 들어올림과 동시에 적들의 공격을 검은 구름으로 가려버림으로써 아이네이아스의 생명을 뺏어가지 못하게 하였다.

그러자 디오메데스가 여신을 향해 큰소리를 질렀다.

"제우스의 딸이여, 우리 인간의 전투에서 물러나시오! 나약한 여인들을 현혹하는 것으로 충분하지 않소? 이번 일로 인해 앞으로 당신은 멀리서 전쟁의 소음이 메아리치는 소리만 들어도 벌벌 떨게 될 것이오!"

여신은 괴로움에 비명을 지르며 황급히 달아났다. 이리스가 바람처럼 빠르게 인간들 틈에서 그녀를 꺼내 데리고 갔다. 여신은 심한 고통을 느끼고 있었고, 아름다운 피부는 더러워져 있었다. 아프로디테 여신은 창과 말들을 가지고 전장의 왼편에 있는 구름 위에 앉아

6) 전쟁의 신 아레스와 함께 다니는 싸움의 여신.

있던 아레스를 찾아 그에게 말을 빌려 달라고 무릎을 굻고 애원하였다.

"오라버니, 도와주세요. 저에게 말을 빌려주세요! 올림포스로 가야겠어요. 상처가 아파 견딜 수가 없어요! 인간인 디오메데스가 저에게 이런 짓을 저질렀습니다. 어쩌면 그자는 제우스 신에게도 덤빌지 몰라요!"

아레스는 말들을 빌려주었고 여신은 몹시 지친 몸을 이끌고 전차에 올라탔다. 이리스가 따라와 고삐를 쥐고 말을 몰아 힘차게 하늘로 날아오르니, 이내 안전한 집인 올림포스의 정상에 닿았다. 이리스는 고삐를 풀고 말들에게 신성한 먹이를 주었다.

아프로디테는 어머니의 무릎 위에 몸을 던졌다. 어머니 디오네가 팔로 딸을 안아 손을 쓸어주며 말했다.

"귀여운 내 딸! 하늘의 어느 아들이 네게 이런 짓을 한 거냐? 불쌍하고 순결한 내 딸. 무슨 나쁜 짓이라도 하다 들켰니?"

대답하는 아프로디테에게서는 미소를 찾아 볼 수가 없었다.

"상처 때문이에요. 디오메데스가 저를 쳤답니다! 눈에 넣어도 아프지 않을 내 아들 아이네이아스를 보호하려고 나선 저를 그 무례한 인간이 찌른 거예요! 트로이와 그리스의 전쟁이 이제는 그리스 족과 신들의 전투가 되어버렸어요!"

그러자 어머니 디오네가 말했다.

"사랑하는 딸아, 어떻게든 참아야 한다. 아프더라도 인내하거라. 올림포스의 우리 신들은 이제까지 인간들의 행동을 참아주었다. 또 우리들끼리 서로를 괴롭히기도 했지. 아레스도 오토스와 에피알테스가 묶어두지 않았니? 그자들이 13개월 동안이나 청동단지 안에 아레스를 잡아 가둬두었지. 그자들의 계모가 헤르메스에게 그 사실을 알려주지 않았다면 전쟁을 즐기는 아레스의 운명이 거기서 끝날 뻔한 거다. 헤르메스가 그를 구출해냈지만, 그때 이미 아레스는 고통스런 감금 생활 때문에 완전히 탈진해 있었단다.

헤라클레스가 헤라의 오른쪽 가슴을 갈고리 셋 달린 화살로 쏘아 견딜 수 없는 고통을 주었을 때도 헤라는 꾹 참았단다.

소름끼치는 하데스의 일도 마찬가지였다. 그자가, 너도 알다시피 전능한 제우스의 아들인 헤라클레스가 쏜 화살이 필로스에서 죽은 자들과 함께 있는 하데스를 맞춰서 몹시 고통스럽게 만들었단다. 화살이 어깨를 관통한 탓에 지독한 아픔을 느끼며 하데스는 올림포스로 올라갔는데, 거기서 의술의 신 아폴론이 진통 효과가 있는 약초를 개어 치료해주었지. 하데스는 인간과는 달리 죽을 운명을 지니지 않았으니까.

나쁜 인간들 같으니! 난폭한 화살로 올림포스의 신들에게 고통을 주다니! 그런데 너를 노리라고 그 인간을 부추긴 건 아테나란다. 어리석게도, 감히 불멸의 존재에게 싸움을 거는 자는 오래 살지 못한다는 걸 모르다니! 그 인간은 결코 전쟁터에서 집으로 돌아가 제 아비의 무릎으로 기어올라 아비를 부르는 아이를 만날 수 없을 것이다. 디오메데스는 조심해야 할 거다. 그가 얼마나 강한지는 모르지만, 필시 자신보다 더 강한 자를 만나게 될 테니까. 언젠가 그의 사랑스런 아내가 그리스 최고의 전사였던 남편을 그리워하며 온 집안이 떠나가도록 통곡할 날이 올 것이야!

디오네가 이렇게 말하면서 아프로디테의 손목에 난 상처에서 흐르는 신묘한 액체를 씻어냈다. 금세 손목은 다 나았고, 쑤시던 통증도 가라앉았다.

아테나와 헤라는 그 광경을 죽 지켜보고 있었다. 그러더니 농담으로 제우스를 자극하기 시작했다. 아테나가 먼저 말하였다.

"아버지 제우스시여, 이런 말을 한다고 화내시지는 않겠죠? 제 느낌으로는 아프로디테가 그리스 여자를 꼬드겨서 자기가 몹시도 아끼는 트로이 군들과 맺어주려고 했던 게 분명해요. 아프로디테가 그중 어떤 여인의 예쁜 옷에 반해 어루만지다가 거기 달린 황금 브로치에 그 예쁘장한 손을 긁힌 걸 거예요."

신과 인간의 제왕 제우스는 그 말에 미소를 지으면서 아프로디테를 가까이 불러 말했다.

"사랑스런 딸아. 전쟁은 네 소관이 아니다. 아레스와 아테나에게 맡기고 혼인이나 사랑에 신경을 쓰거라."

신들이 이렇게 담소를 나누는 동안에 대담무쌍한 디오메데스는 아폴론이 아이네이아스를 보호하고 있음을 알면서도 끝내 그에게 달려들었다. 그는 그 위대한 신의 존재를 완전히 무시한 채, 오로지 아이네이아스를 죽여 갑옷을 벗겨내겠다는 일념에 불타고 있었다. 그는 3번이나 그를 죽이려고 덤볐으나 아폴론이 3번 다 방패로 그를 쳐 막았다. 그래도 디오메데스가 악마처럼 4번째로 달려들자 아폴론이 큰소리로 호령했다.

"조심해라, 디오메데스! 그만두란 말이다! 신과 같은 위치에 서려 하지 말아라. 그것은 인간의 무모한 야심일 뿐이다! 불멸의 신과 땅 위의 인간은 같아질 수 없다!"

이 말을 듣고서야 디오메데스는 아폴론의 분노에 두려움을 느끼고 한 걸음 물러섰다. 아폴론은 아이네이아스를 전쟁터에서 건져 페르가모스에 있는 자신의 신전 안에 내려놓았다. 그러자 레토와 아르테미스가 위대한 성전 안에서 그를 치료해 회복시키고 다시 강하게 만들어주었다. 그러는 사이에 아폴론은 아이네이아스의 환영을 만들어내서 똑같이 무장을 시킨 뒤에 그리스와 트로이 군이 싸우는 사이에 놓아두었다.

태양의 신 아폴론이 아레스를 외쳐 불렀다.

"오, 아레스, 아레스! 인간의 파괴자! 피에 굶주린 요새여! 저리로 가 아버지 제우스에 대항하려 드는 저 디오메데스를 끌어내라. 그가 아프로디테를 쓰러뜨리고 그녀의 손목에 상처를 내었으며, 이제는 마치 악마처럼 내게 대들고 있다!"

그러고는 뒤로 물러나 자신의 신전 꼭대기에 앉았다. 그러자 사나운 아레스가 트로이 군 쪽으로 가서 싸움을 부추기면서 트라키아 족 지휘관인 아카마스로 변신해 프리아모스 왕의 아들들을 큰소리로 불러내었다.

"자, 기운찬 젊은 왕자들이여! 언제까지 그리스 인의 손에 병사들이 죽어 넘어지는 걸 보고 있을 작정입니까! 성문으로 쳐들어올 때까지 기다릴 작정입니까? 우리가 헥토르만큼이나 존경하는 인물, 아이네이아스가 저기 쓰러져 있으니 어서 데려와야 합니다!"

그러자 사르페돈도 나서서 외쳤다.

"헥토르여, 예전의 그 용기는 다 어디로 갔소? 애초에 동맹군이 없어도 형제들과 다른 혈육들의 힘만으로도 성을 사수할 수 있다고 장담한 것은 당신 아니오. 그런데 그들은 다 어디로 간 거요! 그들은 사자 앞에서 쪼그라든 개의 무리나 다를 바가 없소.

그래서 동맹군인 우리가 싸우고 있는 것이오! 나는 리키아에서 온 당신의 동맹군이고, 리키아는 회오리가 몰아치는 크산토스와 인접한 먼 곳이오. 그곳에 아내와 어린 아들, 그리고 내 소중한 재산을 남겨두고 이곳에 온 것이란 말이오. 그렇지만 얻어 가질 것이라곤 하나도 없는 이곳까지 내 병사들을 이끌고 온 나는 어떤 적과도 싸울 준비가 되어 있소. 그런데 막상 당신은 거기 선 채로 트로이 병사들에게 아내들을 보호하라는 말조차 하지 않고 있으니, 적들이 당신들을 그물에 걸린 물고기인 양 갖고 놀 것이오! 적이 곧 당신의 성스러운 도시까지 정복할 것이오. 당신이 이러한 일들을 밤낮으로 걱정하고 있다면 우리 동맹군 앞에 무릎을 꿇고 떠나지 말아달라고 간청이라도 해야 할 것이오. 그리 한다면 사람들은 당신을 탓하지 않을 거요."

그의 충고에 자극을 받아 전차에서 뛰어내린 헥토르는 병사들을 격려하기 위해 2자루의 창을 휘두르며 전장 속을 휘젓고 다녔다. 이에 병사들은 다시 적군과 마주하게 되었다. 그리고 그리스 군도 그에 단호히 맞섬으로써 전투가 다시 불붙었다. 그곳은 마치 농부들이 키질을 하여 겨들을 바람에 날려보내는 거대한 타작 마당 같았다. 황금 빛의 데메테르[7]가 곡물 중에서 쭉정이를 골라내면 그것들이 바람을 타고 날아가 수북히 쌓이듯이, 전장의 땅을 박차고 전차를 몰고 다니는 말발굽들은 자욱한 먼지구름을 일으켰고, 그 구름은 하늘까지 뒤덮었으며 그리스 병사들 위로 흠뻑 먼지를 내려 씌웠다. 이렇듯 병사들이 힘과 무기를 동원하여 싸우고 있는 와중에 아레스가 트로이 군을 돕기 위해 전장에 어둠을 내렸다. 그리스 군을 지원하던 아테나가 가버리는 것을 본 아레스는 아폴론이 이른 대로 전장을 누비며 힘껏 트로이 군을 뒷받침했다.

아폴론이 아이네이아스를 성전에서 데려다 다시 막강한 힘을 내려준 덕분에 아이네이아스는 동료들과 합류할 수 있었다. 그가 사지가 멀쩡하고 건강하게 살아있음을 본 지휘관들은 몹시 기뻐하기는 했지만, 아폴론과 잔혹한 아레스, 그리고 불화의 여신으로 인한 엄청난 혼전에 빠진 그들로서는 어떻게 된 일이냐고 물을 겨를조차 없었다.

큰 아이아스와 작은 아이아스, 오디세우스, 그리고 디오메데스는 병사들을 끊임없이 몰아붙였다. 그렇지만 이미 병사들은 사기가 왕성한 상태여서 사실상 이들 지휘관들의 독려가 필요하지 않았다. 트로이 군이 아무리 거세게 저항하고 공격해 와도 두려워하지 않았던 것이다. 그리스 병사들은 바람이 자고 보레아스[8]와 다른 바람의 신들[9]이 돌풍으로 먹구름을 흩어버려 날씨가 맑게 개었을 때 제우스가 산꼭대기에 몰아놓은 조용한 구름처럼 흔들림이 없었다. 병사들이 그렇게 동요하지 않고 적군을 대적하고 있는 곳에 아가멤논도 합류

7) 곡물의 성장과 농업 기술을 관장하는 대지의 여신.
8) 북풍의 신.
9) 보레아스의 형제들. 서풍의 신 제피로스와 남풍의 신 노토스.

하여 병사들을 격려하였다.

"그대들의 용감함을 보여라, 동지들이여! 각오를 단단히 하라! 병사들이 모두 그대들을 주시하고 있으니 명예를 지켜라. 비겁자가 되는 것은 치욕이다. 도망치지 않고 싸우는 자는 살 것이나 싸우지 않고 달아나는 자는 죽은 목숨이니, 그 행동에 따라 대우해주겠다!"

그는 재빨리 창을 하나 날려 앞으로 나선 적군 하나를 쓰러뜨렸다. 그는 아이네이아스 곁에 있던 데이코온이었다. 그는 항상 자진하여 선두에 섰기 때문에 프리아모스 왕의 아들들과 마찬가지로 트로이의 병사들이 존경하는 인물이었다. 창은 그의 방패를 찌르고 복부에 들어가 박혔다. 갑옷이 땅에 부딪는 요란한 소리와 함께 데이코온이 쓰러졌다.

한편 아이네이아스는 디오클레스의 두 아들 크레톤과 오르실리로코스를 쓰러뜨렸다. 페라에 살았던 그들의 부친 디오클레스는 알페이소스[10]의 손자로서, 많은 백성을 다스리는 부유한 왕이었다. 그의 쌍둥이 아들인 크레톤과 오르실리로코스는 한결같이 훌륭한 용사가 되었는데, 그 장성한 아들들이 아가멤논과 메넬라오스의 적에게 복수코자 함선을 이끌고 왔다가 죽음을 맞게 된 것이었다. 숲 속에서 자란 어린 한 쌍의 사자가 소떼나 양떼를 습격하기를 일삼다가 끝내 사람의 손에 죽게 되는 것같이, 트로이 땅에서 아이네이아스의 손에 살해되어 2그루의 전나무가 쓰러져 있는 것처럼 누워 있게 된 것이다.

그들의 모습을 본 메넬라오스는 애통해했다. 그는 곧 창을 휘두르며 무리를 뚫고 나아갔다. 그러자 아레스가 나서 메넬라오스를 더욱 격분케 만들었는데, 신은 메넬라오스가 아이네이아스의 손에 죽기를 내심 바랐던 것이다. 그런 메넬라오스를 발견한 안틸로코스[11]는 그

10) 강의 신.
11) 네스토르의 맏아들로, 아킬레우스의 친구.

가 죽어 이 오랜 전쟁이 헛수고가 될까봐 전전긍긍하였다. 그래서 메넬라오스와 아이네이아스가 1 대 1로 마주 서자마자 재빠르게 메넬라오스 곁에 섰다. 아이네이아스는 비겁한 장수가 아니었지만, 둘이 한꺼번에 덤비는 것을 보고서는 싸우려 들지 않았다. 대신 그는 크레톤과 오르실리로코스의 시체를 질질 끌고 가 트로이 병사들에게 넘기고 다시 전장으로 돌아왔다.

한편, 메넬라오스와 안틸로코스는 파플라고니아 족의 장수 필라이메네스를 죽였다. 메넬라오스는 그의 쇄골을 창으로 뚫었고, 안틸로코스는 전차를 모는 그의 심복 미돈을 향해 돌을 던졌다. 말을 돌리던 팔꿈치에 돌을 맞은 미돈은 고삐를 놓쳤고, 그 순간을 노려 안틸로코스가 칼을 빼어 그의 관자놀이를 찔렀다. 숨을 헐떡이며 굴러 떨어진 미돈은 구덩이에 처박혔는데, 구덩이가 깊었던 탓에 우왕좌왕하던 말들이 뒷발로 그를 차올리기 전까지 꽤 긴 시간을 그렇게 처박혀 있어야 했다. 그러는 사이에 안틸로코스는 채찍을 휘둘러서 그의 말들을 빼앗아 자신의 진영으로 몰고 갔다.

그 모습을 트로이 군의 전열 속에서 본 헥토르가 함성을 지르며 쫓아가자 힘센 부하들이 그의 뒤를 따랐다. 아레스와 여신 에니오가 앞장을 섰는데, 여신은 잔혹한 전쟁의 소음을 몰고 다녔고 아레스는 가공할 만한 창을 휘두르며 헥토르 앞뒤를 오갔다.

아레스를 보게 된 디오메데스는 몸을 떨었다. 고된 여행길을 가다 거품을 올리며 흘러 넘치는 강줄기를 발견하고 망연한 모습으로 발길을 멈추는 여행자처럼, 디오메데스는 흠칫 뒤로 물러났다. 그리고는 병사들에게 외쳤다.

"동지들이여, 과연 헥토르를 존경스러운 영웅이며 용사라 칭할 수 있겠는가! 그에게는 그를 보호하는 신이 있다. 자, 아레스가 인간의 형상으로 변해 달려왔으니 머리는 적군을 향하되 뒤로 후퇴하라. 인간이 신을 어찌 대적하랴!"

그가 말하는 동안에도 트로이 군은 가까이 진군해 들어왔다. 헥토르는 전차에 타고 있던 메네스테스와 안키알로스를 죽였다. 그러자 이번에는 보고만 있을 수 없었던 그리스 군의 큰 아이아스가 트로이 진영으로 달려가 암피오스에게 일격을 가했다. 암피오스는 파이소스가 고향인 대지주로, 소떼도 많이 갖고 있는 부자였으나 운명이 그를 이끌어 프리아모스 왕과 그 아들들을 위해 싸우게 된 자였다. 창에 하복부를 찔린 암피오스가 고꾸라지자 아이아스가 그에게로 달려갔다. 무수한 창들이 그에게 쏟아졌지만 창들 대부분은 그의 방패를 때릴 따름이었다. 아이아스는 한 발로 시체를 밟고 자신의 창을 뽑아낸 다음 갑옷을 벗기려 했지만 비처럼 쏟아지는 창 속에서는 불가능한 일이었다. 단단히 무장한 트로이 병사들에게 포위될까봐 두려워진 그는 결국 주춤주춤 물러날 수밖에 없었다.

그런 식으로 치열한 전투는 계속되었다. 헤라클레스의 아들이자 용감한 장수인 틀레폴레모스는 짓궂은 운명에 이끌려 사르페돈 왕과 대적하였다. 각각 제우스의 손자이고 아들인 두 장수가 얼굴을 맞대게 되자, 그리스 측의 틀레폴레모스가 먼저 입을 열었다.

"사르페돈, 당신은 당신 종족의 고매한 고문관이다. 그런데 당신 같이 전쟁을 피하고자 하는 사람이 왜 여기서 어슬렁거리고 있는 건가? 당신이 제우스의 아들이라는 건 거짓말이다. 다른 제우스의 자손들과 어떻게 그렇게 다를 수 있단 말인가. 거칠 것 없는 사자의 용기를 지닌 내 부친 헤라클레스가 당신과 얼마나 다른지 보라. 라오메돈의 말들 때문에 이곳에 오셨을 때, 그는 겨우 배 6척과 적은 군사만 가지고도 트로이를 정벌하여 가루로 만들었다.

그런데 마찬가지로 제우스의 자손이라는 당신의 심장은 약해 빠졌고 백성들은 죽어가고 있지 않은가. 당신이 강하다고 하는데, 트로이 군에 도움이 된 게 도대체 무엇이냐? 이제 너는 내 손에 죽어 저승문에 들어서게 될 것이다!"

이에 사르페돈이 대답하였다.

"틀레폴레모스, 너의 부친 헤라클레스가 트로이를 정복할 수 있었던 것은 은혜를 받고도 그를 조롱했던 라오메돈의 어리석음 때문이었다! 그는 각지를 돌아다니며 고생해서 얻은 말을 헤라클레스에게 주기를 거부했던 거다. 내가 이르노니, 넌 이 자리에서 죽음과 파멸을 맞을 것이다. 너는 내 창에 쓰러져 내게 영광을 바치게 될 것이고 네 영혼은 하데스에 바쳐질 것이다."

이때 틀레폴레모스가 물푸레 나무로 만든 창을 들었고, 둘이 동시에 창을 던졌다. 사르페돈의 창이 정확히 틀레폴레모스의 목줄기를 뚫었다. 그리고 틀레폴레모스가 날린 창은 사르페돈의 왼편 허벅지를 뚫어 뼈를 부수었지만 그의 부친인 제우스의 보살핌으로 죽음은 피할 수 있었다.

사르페돈의 동지들이 그를 전장 밖으로 옮겼다. 옮기는 도중에 다리에 박힌 창이 극심한 고통을 주었지만, 그 고통을 헤아리거나 그가 일어설 수 있도록 창을 뽑아내야겠다고 생각하는 사람은 한 사람도 없었다. 정신없이 서두르느라 경황이 없었기 때문이었다. 한편, 틀레폴레모스의 시체는 그리스 병사들에 의해 옮겼다.

침착하기로 이름난 오디세우스도 이 광경에는 분노를 감출 수 없었다. 그는 사르페돈을 쫓아갈지, 그의 병사들을 해치울지 잠시 고민하였다. 그러나 오디세우스는 제우스의 아들을 벨 운명이 아니었다. 아테나가 그의 마음을 다른 병사들에게 돌려놓았던 것이다. 그리하여 오디세우스는 코이라노스, 알라스토르, 크로미오스, 알칸드로스, 할리오스, 노에몬, 그리고 프리타니스를 해치웠다. 만일 헥토르가 그 모습을 보고 달려와 오디세우스를 위협하지 않았다면, 더 많은 병사들이 죽었으리라.

사르페돈은 헥토르가 다가오자 몹시 기뻐하며 애처로운 목소리로 외쳤다.

"프리아모스 왕의 자손, 나의 동지여! 저들이 나를 해치게 놔두지 마시오! 어차피 고향으로 돌아가 아내와 어린 아들을 기쁘게 할 수 없게 될 듯하니, 차라리 나를 당신의 도시 안에서 죽게 해주오!"

그러나 헥토르는 아무 대답 없이 그를 지나 적을 쫓아갔다. 그리고는 많은 적군을 쓰러뜨렸다. 사르페돈은 참나무 아래로 옮겨졌고, 동지 펠라곤이 허벅지에 박힌 창을 빼주었다. 사르페돈은 졸도하여 죽을 지경에 이르렀지만, 북풍이 불어와 그의 꺼져가는 영혼에 숨을 불어넣어주자 다시 정신을 차릴 수 있었다.

아레스와 헥토르 앞에 놓인 그리스 병사들은 등을 돌려 도망칠 수도, 그렇다고 자리를 지킬 수도 없는 상황에 처해 있었다. 그러다 아레스가 트로이 군에 있음을 발견한 병사들은 얼굴은 적군에게 돌린 채 뒷걸음을 쳐 물러났다.

그 이후, 헥토르와 아레스에 의해 누가 먼저 죽고 누가 나중에 죽었는지 알 수가 없을 정도로 많은 병사들이 죽었다. 테우트라스와 오레스테스, 트레코스, 오이노마오스, 그리고 오이놉스의 아들 헬레노스, 빛나는 허리띠를 두른 오레스비오스 등이 죽었다.

여신 헤라는 그리스 측 병사들이 살육당하는 모습을 보고서 아테나를 불러 일렀다.

"아테나야, 불쌍하지 않으냐? 넌 승승장구하는 제우스의 딸이 아니냐. 우리가 헛된 약속을 했더란 말이냐? 메넬라오스로 하여금 트로이를 짓밟게 해주겠다고 약속해놓고 아레스가 저렇게 미친 듯이 날뛰게 내버려두어서야 되겠느냐? 우리가 어서 도와주도록 하자."

아테나는 그 지시에 순순히 따랐다. 헤라는 이마를 황금으로 장식한 말들에게 마구를 채우러 달려갔다. 크로노스의 맏딸이자 하늘의 여왕이 몸소 나섰던 것이다.

헤베가 전차의 청동 축에 8개의 살이 달린 청동바퀴를 전차에 달았다. 절대 부서지지 않는 황금 테가 둘려져 있고, 그 언저리에 청동이 빙 둘러쳐져 있는 그 바퀴는 참으로 경이로운 것이었다. 각 바퀴에는 은으로 만든 바퀴통이 붙어 있었으며, 전차의 몸체는 황금과 은으로 된 띠로 튼튼하게 매놓았고, 그 양쪽에는 곡선형의 난간이 붙어 있었다. 전차 앞쪽에는 은으로 만든 채가 달렸는데, 헤베가 그 끝에다가 황금 멍에와 황금 목띠를 매달아두었다. 헤라는 멍에에 얹기 위해 말들을 끌고 가며 전의를 불태웠다.

아테나는 손수 수를 놓아 만든 하늘거리는 아마천 옷을 벗어 아버지 제우스의 집 바닥에 내려놓고 대신 구름을 모으는 제우스의 겉옷을 입고 전투에 참가할 준비를 갖추었다. 등에는 술이 달린 양가죽 방패를 멨는데, 그 방패의 가장자리는 공포의 신으로 둘렀고, 그 안에는 불화의 신, 용맹의 신, 피를 부르는 충격의 신이 있었다. 그리고 그 한가운데에는 전능한 제우스를 드러내는 고르곤[12]의 끔찍한 대가리가 달려 있었다. 아테나는 머리에 2개의 뿔과 4개의 돌기 장식이 달린 황금 투구를 썼는데, 거기에는 100개 도시의 영웅들이 새겨져 있었다.

그녀는 거대하고 묵직하며 더할 나위 없이 튼튼한 창을 들고 전차에 올랐다. 그 창은 전능한 제왕 제우스의 참 후손 아테나가 분노했을 때 전사들을 굴복시킬 때 쓰는 것이었다.

아테나가 전차에 오르자마자 헤라가 날카롭게 채찍을 휘두르니 하늘 문이 큰소리를 내며 열렸다. 하늘 문은 사계절의 여신들이 지켰는데, 그 여신들은 올림포스 신전과 하늘을 지키면서, 두꺼운 구름을 여닫는 임무를 지니고 있었다.

잘 훈련된 말들이 이끄는 전차를 탄 두 여신은 하늘 문을 지나 올림포스에서도 가장 높은 곳에 홀로 앉아 있는 제우스를 찾아갔다. 다가간 헤라가 말했다.

"제우스, 저토록 포악한 아레스에게 아무 말씀도 안 하실 건가요?

12) 머리카락이 뱀인 머리가 셋 달린 괴물.

얼마나 많은 사람을 죽였는지 아세요? 그리스 군을 몰살시키고 있다고요. 그런데도 아프로디테와 아폴론은 계율도 모르는 그 미치광이에게 모든 걸 맡긴 채 편안히 앉아 즐기고만 있어요. 당신은 내가 그를 후려쳐서 전장에서 쫓아내겠다면 화를 내실건가요?"

제우스가 대답했다.

"가서 마음대로 하시오. 아테나를 보내 쫓으라고 하면 되겠군. 그애는 아레스가 정신 차리게 하는 법을 잘 알고 있으니까 말이야."

헤라는 주저 없이 채찍질을 하여 결연한 의지로 별들이 빛나는 하늘과 대지 사이를 날아갔다. 전차의 종마들이 울음소리를 내며 한 걸음 내딛기만 해도 산 위에서 저 멀리 까마득하게 보이는 바다에 이르는 거리만큼을 내려갔다.

금방 트로이의 평원 위에 다다른 헤라는 말을 세워 두터운 구름 속에 보이지 않도록 숨겨놓고 말들이 먹을 암브로시아[13]가 돋아나게 해두었다. 그리고 나서 두 여신은 아껴 마지않는 그리스 병사들을 구하기 위해 마치 한 쌍의 비둘기처럼 황급히 달려갔다.

여신들은 최고의 전사들과 함께 있는 디오메데스를 발견했는데, 으르렁대는 사자나 힘이 넘치는 멧돼지들처럼 사나운 병사들이 그를 바싹 에워싸고 있었다. 헤라는 그 자리에 우뚝 서서 장정 50명의 목소리를 합친 것만큼의 우렁찬 목청을 가진 고결한 스텐토르로 변하여 외쳤다.

"그리스 인들이여, 부끄러운 줄 알라. 겉으로는 용감해 보이지만 사실은 수치스러운 자들이다. 잘난 용모에 걸맞게 행동하라! 아킬레우스가 전장에 모습을 드러냈을 때에는 성문 밖으로 나온 트로이 병사가 한 사람도 없었다. 아킬레우스의 막강한 창이 너무나 두려웠기 때문이다! 그랬던 자들이 성에서 멀리 떨어진 이곳까지 나와 우리의 배가 있는 곳에서 우리를 욕보이고 있지 않은가!"

13) 신들의 음식.

이렇게 헤라는 각각의 병사들에게 열정을 불러일으켰다.

그 사이, 아테나는 전차를 세우고 화살에 맞은 상처를 식히고 있는 디오메데스에게 뛰어갔다. 방패에 달린 폭 넓은 가죽띠를 들어올리고 팔에 난 상처에서 흐르는 피와 땀을 닦아내고 있었다. 여신이 그의 말들에 단 멍에를 잡으며 말을 걸었다.

"그대는 부친 티데우스와는 다르군. 그는 키는 작았지만 진정한 전사였지. 그가 홀로 테베스로 보내졌을 때, 싸움을 하지 말 것이며 또 용기를 자랑치 말라고 그에게 직접 당부할 정도였다. 그런데도 그는 젊은 용사들에게 도전하여 전부 물리쳤지. 그런데 그대는 어떤가! 내가 그대 편에 서서 보호해주겠으니 어서 나가 싸우도록 하라. 깊은 상처 때문에 많이 지쳤나? 아니면 두려워하고 있는 건가? 만일 그렇다면 티데우스의 자손이라 할 수 없다!"

그러자 디오메데스가 이렇게 대답했다.

"저는 당신이 전능하신 제우스의 성스러운 따님이시라는 걸 압니다! 그러니 진실로 말하건대, 난 두렵지 않습니다. 날 겁줄 것은 아무것도 없습니다. 그러나 저는 여신님의 명령을 기억하고 있습니다. 아프로디테 외에는 어떤 신과도 맞서지 말라고 하지 않았습니까. 그래서 이렇게 후퇴하여 병사들을 여기 모은 것입니다. 아레스 신이 싸움터를 장악하고 있다는 걸 알고 있기 때문입니다."

아테나가 말하였다.

"디오메데스, 내 뜻에 잘 따라주었다. 그러나 아레스나 다른 어떤 신도 두려워하지 말아라! 내가 함께 있다는 걸 기억해라. 아레스를 향해 똑바로 나아가 힘껏 쳐라. 용감한 자여! 저 미치광이처럼 날뛰는, 사악함으로 가득 찬 아레스에게 머리를 숙이지 말라. 어제 헤라와 내 앞에서 트로이 군에 맞서 싸우는 그리스 인을 돕겠다고 맹세했던 그가 그 맹세를 깡그리 잊고 트로이 편에 서 있지 않은가!"

말을 마친 여신은 전의에 달아올라 스테넬로스를 전차 밖으로 끌

118

어내리고 직접 디오메데스 옆자리에 올라탔다. 무시무시한 여신과 억센 장수를 실은 전차의 바퀴축이 그 무게 때문에 비명을 질렀다. 아테나는 채찍과 고삐를 쥐고 곧장 아레스를 향해 돌격했다. 그때 아레스는 피로 범벅이 된 오케시오스의 아들 페리파스의 갑옷을 벗기고 있는 중이었다. 거구의 페리파스는 아이톨리아 족 최고 지휘관이었다. 아테나는 아레스에게 자신의 모습을 숨기기 위해 하데스의 투구[14]를 썼다.

그래도 디오메데스는 볼 수 있었다. 그를 보자마자 아레스는 죽은 자를 놔두고 달려들었다. 가깝게 돌진해 온 아레스가 말의 멍에와 고삐를 향해 창을 던졌다. 그러나 아테나가 빠르게 날아오는 창을 잡아채 전차 위쪽으로 날려버렸다. 디오메데스도 창을 들고 아레스에게로 달려들었는데, 아테나가 그 창을 아레스의 배를 향하게 했다. 창 끝은 복대를 뚫고 들어가 살을 찢어놓았고, 디오메데스는 박혀 들어간 창을 다시 뽑았다. 아레스는 그 혼란한 전쟁터에 있는 9천, 아니 만 명의 장정이 함께 지르는 듯한 엄청난 괴성으로 고통스러운 비명을 질러댔다. 탐욕스러운 전투의 신이 내는 그 비명소리에 트로이 군이나 그리스 군은 한결같이 놀라 벌벌 떨었다.

디오메데스는 자기 눈을 의심했다. 찌는 더위가 가신 뒤에 한바탕 무서운 돌풍이 일어 거대한 검은 구름 덩어리를 위로 솟구치게 만드는 경우가 종종 있는데, 지금 디오메데스 앞에 보이는 광경이 바로 그러했다. 아레스가 구름을 뚫고 높은 하늘로 솟구쳐 올라가버렸던 것이다.

눈 깜짝할 새에 아레스는 신들의 거처인 올림포스에 올라와 있었다. 그는 비참한 꼴로 제우스 곁에 주저앉아 그에게 상처에서 흐르는 신묘한 액체를 보여주었다. 그리고는 침울하게 말했다.

"아버지 제우스여, 이 무참한 폭력에 대해 할 말이 없으십니까? 인

14) 이를 쓰면 눈에 보이지 않는다고 함.

간에게 좋은 일을 해줬다고 해서 다른 신들에게서 고통을 받아야 합니까? 우리 신 모두는 아버지께 불만을 품고 있습니다. 그 미친 딸을 낳으신 것에 대해서도 말입니다. 다른 가족들은 한사람도 빠짐없이 모두 당신께 복종하는데, 아테나만 항상 나쁜 짓을 하고 다니지 않습니까? 그런데도 아버지께서 아테나가 무슨 말을 하든 무슨 짓을 하든 개의치 않으실 뿐 아니라, 아버지의 자식이라는 이유로 꾸짖지도 말리시지도 않습니다.

지금 그 애가 무슨 일을 저질렀는지 보십시오. 물불을 가리지 않는 젊은 디오메데스를 부추겨 불멸의 신에게 덤벼들게 했단 말입니다! 처음에는 아프로디테의 손목에 상처를 내더니 이젠 마치 악마처럼 제게 맞섰습니다. 제가 발이 빨라 피할 수 있었기에 망정이지, 그렇지 않았다면 그 저주받은 시체들 속에 섞여 오랫동안 고통을 당해야 했을 겁니다. 아니면 창 때문에 불구가 되었을 거란 말입니다!"

구름을 모으는 신 제우스는 그를 향해 얼굴을 찌푸렸다. 그리고 대답했다.

"거기에 앉아 그렇게 투덜대지 말거라. 이 망나니 자식아, 더 이상 듣고 싶지 않다. 여러 신 중에서도 네가 가장 싫다. 넌 언제나 불화와 투쟁, 전투만을 꾀하지 않느냐. 너는 고집세고 밉살스러운 네 어머니 헤라의 성질을 쏙 빼 닮았다. 그 성질은 나도 간신히 다스릴 수 있을 정도로 고약하단 말이다. 확신컨대, 널 이 지경으로 만든 것도 네 어머니의 계략이다.

그래도 네가 더 이상 고통 받는 걸 그냥 놔두지는 않으마. 어쨌든 너는 내 아들이니까 말이다. 하지만 다른 신에게 너같은 골칫덩어리 아들이 있었다면 벌써 오래 전에 저승으로 보내버렸을 것이다."

제우스는 치유의 신 아폴론을 불렀다. 아폴론은 진통을 멎게 하는 고약을 가져와 발라 상처를 고쳐주었다. 아레스는 죽을 운명을 지닌 인간이 아니라 신이었으므로, 우유에 무화과즙 한 방울을 떨어뜨려 휘저으면 얼른 굳어버리는 것과 같이 그의 상처는 금세 나았다. 헤베가 그를 씻겨 말쑥하게 옷을 입혀 주었다. 생기를 찾은 아레스는 희색이 도는 얼굴로 제우스 옆에 앉았다.

그리스의 수호신 헤라와 고난의 시기마다 도움의 손을 내미는 여신 아테나도 얼마 지나지 않아 올림포스로 돌아왔다. 인류의 적 아레스의 살인 행위를 중지시키는 일을 끝내자마자 곧바로 돌아온 것이었다.

VI

헥토르는 투구를 벗어 번쩍거리는 그것을 땅에 내려놓고 나서 아들에게 입을 맞추고
그를 안아 얼렀다. 그리고는 이렇게 하늘을 향해 큰소리로 기도하였다.

트로이 군과 그리스 군의 전투는 대격전으로 커져갔다. 싸움은 시모에이스 강과 크산토스 강 사이의 평원 이곳저곳에서 벌어졌고, 양쪽 군사들은 서로 사력을 다해 싸웠다.

큰 아이아스가 제일 먼저 트로이 군의 부대를 뚫고 들어감으로써 그리스 군에게 희망을 보여주기 시작하였다. 그는 아카마스를 쓰러뜨렸는데, 아카마스는 트라키아 족 최고의 전사로서 가장 강력한 용사였다. 아이아스의 창이 그의 투구와 이마를 뚫고 뼛속 깊이 파고들어 목숨을 빼앗았던 것이다.

그 다음으로는 디오메데스가 테우트라노스의 아들 악실로스를 죽였다. 아리스베 출신으로, 부유했던 악실로스는 큰 길가에 살면서 찾아온 손님마다 환대했기에 여러 사람들에게서 사랑을 받던 사람이었다. 하지만 이날, 그의 대접을 받았던 사람 중에 어느 누구도 그의 방패가 되어 죽음을 막아줄 자는 한 사람도 없었다. 결국 악실로스는 전차를 몰던 그의 부하 칼레시오스와 함께 지하로 내려가게 되었다.

에우리알로스는 드레소스와 오펠티오스를 죽인 뒤에 아이세포스와 페다소스의 뒤를 쫓았다. 그 둘은 샘물의 요정 아바르바레와 부콜리온 사이에서 난 아들들이었다. 부콜리온은 라오메돈의 맏아들이긴 했지만 적자는 아니었다. 그는 양떼를 돌보다가 요정과 정을 통했고, 요정이 쌍둥이를 낳았는데, 바로 그들이 에우리알로스에게 살해당해 갑옷이 벗겨지게 된 것이다.

아스티알로스는 폴리포이테스를 죽이고, 오디세우스는 피디테스와 테우크로스, 아레타온을 쓰러뜨렸다. 네스토르의 아들 안틸로코스는 아블레로스를, 아가멤논 왕은 페다소스 출신인 엘라토스를 처치했다. 레이토스는 필라코스와 싸워 이겼고, 에우리필로스는 멜란티오스의 갑옷을 벗겼다.

그리고 메넬라오스는 아드레스토스를 산 채로 잡았다. 그의 말들이 허둥지둥 도망가다가 그만 가지가 낮은 나무 밑으로 뛰어드는 통에 전차의 지지대가 부러졌던 것이다. 전차에 타고 있는 주인은 굴러 떨어져 얼굴을 땅에 처박는 꼴을 당했지만, 말들은 그대로 병사들을 헤치면서 헐떡거리며 성을 향해 질주했다.

메넬라오스가 창을 들고 다가가자 아드레스토스는 무릎을 꿇고 살려달라고 호소하였다.

"왕이시여, 자비를 베푸십시오. 보상은 충분히 해드리겠습니다! 우리 아버지의 집에는 황금이며, 청동, 정교한 검들이 많으니, 제가 당신의 진영에서 살아있음을 아신다면 기뻐하며 왕께 풍족한 몸값을 바치실 것입니다!"

메넬라오스는 기꺼이 그 제안에 응했다. 그리하여 그를 막 자신의 진영으로 보내려는 순간, 아가멤논 왕이 달려와 벽력같은 소리로 외쳤다.

"그렇게 물렁하게 굴지 마라, 메넬라오스! 꽤나 그자를 걱정해주는구나. 트로이 군에게서 그런 대접을 받은 적이 있었더냐? 신세진 바가 없다면 아무도 살려두지 말아라. 어미 뱃속에 있는 아이 하나도 돌려보내서는 안 된단 말이다! 통곡하며 슬퍼해주는 자조차 없도록 전부 트로이 성 밖에서 죽게 해야 한다."

메넬라오스는 형의 말에 마음을 바꾸었다. 그의 말이 옳고도 타당했기 때문이다. 메넬라오스가 아드레스토스를 밀쳐버리자 아가멤논이 그의 옆구리에 창을 찔러 넣었다. 아드레스토스는 뒤로 나자빠졌고 아가멤논은 그 시체를 밟아 창을 다시 뽑아냈다.

그러자 네스토르가 그리스 병사들을 향해 외쳤다.

"전우들이여! 그대들은 아레스의 시종이다. 전리품이 탐나 우물쭈물하는 자가 한 사람도 있어서는 안 된다. 우리 임무는 전리품을 챙겨 함선으로 돌아가는 게 아니라 적을 죽이는 데 있다. 전부 죽인 뒤에 천천히 시체들에게서 갑옷들을 벗겨내 모두 차지하는 거다!"

그리하여 병사들은 치열한 싸움을 이어갔다. 만일 위대한 예언자이며 새로 점을 치는 헬레노스가 아니었다면 트로이 군은 겁을 먹고 후퇴했을지도 모른다. 헬레노스는 아이네이아스와 헥토르에게 이렇게 말하였다.

"헥토르와 아이네이아스, 지휘관으로서의 막중한 임무가 당신 두 사람에게 있소. 우리 병사들은 당신들에게 기대를 걸고 있소. 회의장이든 전쟁터이든 간에 큰일이 생길 때마다 당신들은 최고의 실력을 보여주었기 때문이오. 그러니 이곳에 병영을 세우고 병사들을 독려하여 전쟁터로 내밀으시오. 그렇게 하지 않으면 병사들은 성으로 후퇴하여 여자들 품에 안겨버리고, 승리를 적에게 양보해버리고 말 것이오. 일단 전열을 정비하고 나서, 지쳤으면 지친 대로 이곳에서 싸워야 하오.

그리고 헥토르는 성으로 들어가 왕비께 나이든 부녀자들을 모아 요새 위쪽에 있는 아테나 신전으로 보내라 하시오. 왕비께서 가장 아끼는 아름다운 옷을 골라 가지고 신전 문을 열어 여신의 무릎에 그 옷을 덮고서 기원하라고 전하시오. 여신께서 트로이와 아녀자, 그리고 아이들을 불쌍히 여기시어 티데우스의 아들인 디오메데스를 신성한 트로이에서 물리쳐주신다면 신전에 채찍을 맞은 적 없는 난 지 1년 된 어린 암소 12마리를 바치겠다고 맹세하라 하시오. 장담하건대, 그 사나운 정복자는 적장들 중에서도 최고로 강한 전사요! 사람들이 여신의 아들이라고 일컫는 아킬레우스조차도 그렇게 무시무시하지는 않을 것이오. 완전히 미쳐 날뛰고 있는 그자와는 누구도 대적할 수 없소."

헥토르는 형제의 요구에 따르기 위해 전차에서 내려 2자루의 창을 휘둘러 바삐 돌아다니며 병사들을 격려하여 전열을 재정비시켰다. 이리하여 트로이 군사들은 다시 몸을 돌려 적들과 맞서게 되었다. 적군이 정렬하는 것을 본 그리스 군 또한 하늘에서 신이 내려와 트로이군을 돕기라도 하나보다 하고 살육을 멈췄다. 이어서 헥토르의 외침이 들려왔다.

"트로이의 용사들이여! 고귀한 동맹군들이여! 두려워 말고 내가 성에 다녀오는 동안 각오를 다지고 자리를 지켜라. 나는 가서 원로와 고문들, 그리고 우리의 아내들에게 전능한 신께 기도를 올리고 정결한 제물을 바치겠다고 맹세하라 일러주고 되돌아오겠다."

그렇게 말하고는 검은 방패를 들고 뛰어갔다.

한편, 글라우코스와 디오메데스는 불타는 전의를 누르지 못하고 양 군대가 대치하고 있는 가운데로 나섰다. 서로 충분한 거리로 다가서자 두 사람 중 디오메데스가 먼저 입을 열었다.

"지상의 인간들 중에서 가장 고귀한 자네는 누구인가. 전장에서는 일찍이 그대를 본 적이 없으나, 이렇게 배짱 두둑하게도 선두로 나서 나의 창에 맞서다니! 내 분노에 맞서는 자를 자식으로 둔 부모는 불행할 것이다. 하지만 당신이 하늘에서 온 신이라고 한다면 얘기가 다르겠지.

드리아스의 아들 리쿠르고스 얘기를 아는가? 그가 미친 신 디오니소스[1]의 유모들을 황소 쫓는 막대기로 내리치는 바람에 유모들은 자신들의 성스러운 지팡이를 버렸고, 신은 겁에 질려 바다로 뛰어들었는데, 다행히 테티스가 그를 팔에 안아 구했다고 한다. 그 일로 화가

---

[1] 제우스의 아들로 술의 신. 날 때부터 질투에 눈이 먼 헤라의 박해를 받음.

난 제우스는 리쿠르고스를 장님으로 만들고 오래되지 않아 곧 죽었다. 그러니 나도 신과는 싸울 생각이 없다. 그러나 자네가 지상에서 나는 열매를 먹고 사는 인간이라면 이리로 나오라. 내가 곧 너를 파멸에 이르게 해주마."

그러나 글라우코스는 당황하는 기색 없이 대답하였다.

"티데우스의 자랑스런 아들이여, 왜 내 이름과 혈통에 대해 묻는 건가. 인간이란 종족은 숲 속에 있는 수많은 잎들과 다를 바가 없다. 찬바람이 불면 잎들이 떨어지고, 봄이 되면 다시 자라는 법. 땅 위에 사는 인간들도 그처럼 오기도 하고 또 가기도 하는 것이다. 그러나 굳이 내 집안의 혈통을 알고 싶다면 알려주겠다.

말들의 도시로 유명한 아르고스의 외진 곳에 에피레 시가 있다. 그곳엔 에피레의 왕이며 아이올로스의 아들인 시시포스라는, 인간 중에 가장 총명한 이가 살았고, 그는 글라우코스라는 아들을 두었다. 그 글라우코스는 벨레로폰테스라는 고귀한 인품에 잘생긴 외모를 지닌 아들을 신에게서 선물받았다.

그런데 제우스께서 아르고스의 통치자로 택한 프로이토스의 아내가 벨레로폰테스를 미치도록 원하게 되었다. 그렇지만 명예를 중시하는 점잖은 벨레로폰테스를 아무래도 유혹할 수 없자 여인이 남편에게 거짓말을 늘어놓았다. 벨레로폰테스가 자신을 겁탈하려 했다고 한 것이다.

그 말에 왕은 노발대발했지만 벨레로폰테스를 죽이려 들진 않았다. 그것이 불경스러운 일이라고 생각했기 때문이다. 대신 왕은 그를 죽음으로 몰 수도 있는 내용을 적은 서판을 들려 리키아의 장인에게 보냈다.

왕의 지시에 따라 리키아로 간 벨레로폰테스를 맞은 그곳의 왕은 9일 동안 9마리의 황소를 잡아 그를 후하게 대접했다고 한다. 그리고 10일째 되는 날 새벽이 되자, 리키아의 왕은 그에게 프로이토스

126

의 전갈을 새긴 서판을 보여달라고 했다.

그 치명적인 내용이 적힌 서판을 읽은 왕은 먼저 벨레로폰테스에게 탐욕스러운 키메라를 죽이라고 명령했다. 그것은 인간의 피라곤 섞이지 않은 신의 자손인데, 앞은 사자, 뒤는 뱀의 꼬리, 몸통은 염소의 형상을 하고 있으며 숨쉴 때마다 불을 내뿜는 괴물이었다. 하지만 벨레로폰테스는 하늘에서 받은 징조에 힘입어 키메라를 죽일 수 있었다. 그 다음으로는 무서운 솔리모 족과 싸웠는데, 그가 대적해본 인간들 중에 가장 어려운 상대였다고 한다. 3번째로 그는 남자처럼 용감한 아마존 족 여자들을 몰살시켰다. 왕은 여기에 그치지 않고 간교한 계략을 하나 더 생각해내어, 리키아에서 힘센 장정들을 선발해 그가 고국으로 돌아가는 길목에 잠복시켜 놓았다. 하지만 거꾸로 그 장정들이 살아 돌아갈 수 없었다. 벨레로폰테스가 모두 죽였던 것이다.

결국 그가 신의 진정한 자손임을 알아본 왕은 자신의 공주와 혼인을 시켜 자신이 누리고 있는 영광의 반을 주었다. 리키아의 영토 중에서 가장 비옥한 옥토와 과수원, 전답들을 그에게 나눠준 것이다. 그의 아내는 세 자녀를 낳았는데 그들이 이산드로스, 히폴로코스, 라오다메이아였다.

그런데 나중에 벨레로폰테스는 신들을 화나게 하여[2] 알레이온 평원을 떠도는 외로운 방랑자가 되어 인간 세상에서 멀어져 비탄 속에서 살게 된다. 또 그의 아들 이산드로스는 솔리모 족과 전투를 벌였다가 아레스의 손에 죽었고, 딸 라오다메이아는 제우스와 동침을 해서 왕이며 용사인 사르페돈을 낳았지만 아르테미스의 노여움을 사 죽고 만다. 마지막 남은 것이 내 아버지 히폴로코스이다. 그분은 나를 트로이로 보내셨고, 전장에서는 뛰어난 용사가 되어 언제나 최전선에서 싸우라 엄하게 훈계하셨다. 에피라와 광활한 리키아 지역 모

[2] 날개 달린 천마 페가수스를 타고 천계로 오르려 시도함.

두에서 최고요, 참된 용사로 인정받았던 조상들의 이름을 더럽히지 말라고도 하셨다.

이것이 우리 가문의 역사이고, 난 내 혈통을 자랑스럽게 여기고 있다."

디오메데스는 그의 말에 매우 유쾌해했다. 그리고는 다정한 목소리로 말하였다.

"거슬러 올라가니 내 집안과 친분이 있는 혈통이군. 오이네우스[3]께서 견줄 자가 없다는 용사 벨레로폰테스를 대접한 일이 있었다고 한다. 20일 동안 머물렀다는데, 헤어지는 날에 우정의 표시로 선물을 나누어 가지셨다더군. 오이네우스께서는 심홍색 허리띠를, 벨레로폰테스께서는 황금으로 된 커다란 잔을 서로 선물했는데, 그것은 지금도 우리집에 잘 보관되어 있지. 하지만 아버지인 티데우스에 대한 기억은 거의 없다. 왜냐하면 그분은 내가 어렸을 때 테베스에서 벌어진 전투에서 돌아가셨기 때문이다. 그러니 아르고스에서는 내가 당신의 주인이자 친구이다. 또 리키아에서는 당신이 나의 주인이자 벗이다!

우리, 앞으로 전장에서 우연히 만나게 되면 서로 피하도록 하자. 신께서 은총을 내리셔서 나와 자네가 많은 적군을 쓰러뜨리게 해주신다고 해도, 피차간에 죽일 적군은 많지 않은가 말이다.

자, 우리 서로 갑옷을 바꾸어 우리가 오랜 벗임을 병사들에게 알리도록 하자!"

이렇게 그들은 전차에서 내려 손을 마주잡고 우정을 맹세했다. 이때 제우스가 정신을 혼미하게 만든 탓에 글라우코스는 황소 100마리 값에 이르는 자신의 황금 갑옷을 황소 9마리 값어치밖에 안 되는 디오메데스의 청동 갑옷과 바꾸는 일을 저지르고 만다.

한편, 헥토르가 성문 근처 참나무 아래에 다다랐을 때, 여자들이

3) 칼리돈의 왕, 디오메데스의 조부.

128

그를 에워싸고 남편, 형제, 아들, 그리고 친구의 소식들을 물어왔다. 그는 하늘에 기도를 올리라고 말했지만, 그들의 얼굴에는 수심만이 가득했다.

헥토르는 으리으리한 정문과 윤이 나는 돌을 깔아 만든 복도가 있는 프리아모스 왕의 궁전에 이르렀다. 그곳에는 역시 돌로 지은 50개의 방이 나란히 붙어 있는데, 왕의 아들들이 아내들과 함께 쓰는 침실이었다. 왕의 딸들과 사위들은 궁 안뜰의 맞은편에 일렬로 늘어서 있는, 돌로 지은 12개의 방을 사용했다. 헥토르는 뜰에서 왕의 가장 아름다운 딸인 라오디케를 데리고 나오던 어머니를 만날 수 있었다. 어머니는 아들의 양손을 맞잡으며 물었다.

"아들아, 어째서 전장을 떠나온 거니? 저주받을 적군의 공격이 만만치 않았나 보구나. 그래서 우리 성으로 제우스께 두 팔을 들어 기도하러 온 모양이구나.

잠시 기다려라. 술을 가져다주마. 제우스와 모든 신들께 술을 올리도록 하여라. 그리고 너도 좀 마시는 게 좋겠다. 동지들을 지켜주느라 몹시 피로할 거 아니냐. 가엾은 아들아, 포도주가 피로를 씻어 줄 수 있을 거다."

그러자 헥토르가 대답하였다.

"어머니, 저를 위한 술은 필요 없습니다. 그걸 마셨다가는 무기력해져서 전장으로 돌아가는 것도 잊게 될 겁니다. 또한 감히 더럽혀진 손으로 제우스께 술을 바칠 수는 없습니다. 이렇게 피와 진흙탕에 뒹굴던 몸으로 천둥구름의 신인 제우스께 기도를 드려서는 안 됩니다. 어머니께서 아테나께 가십시오. 제물을 가지고 나이든 부인들과 여신의 신전으로 가셔서 갖고 계신 옷 중에 가장 아끼시고, 좋은 것으로 아테나의 무릎을 감싸십시오. 그리고 여신께서 트로이 여인들과 아이들에게 동정을 베푸셔서 그 미치광이 용사이자 정복자인 디오메데스를 이 성스러운 도시에서 물리쳐주신다면 채찍을 맞은 적 없는

1년 된 암소 12마리를 제물로 바치겠다고 서약하십시오.

저는 아테나 신전을 어머니께 맡겨두고 파리스를 찾아야 합니다. 들을 귀가 있어 내 말을 알아들을지 봐야겠습니다. 대지가 그를 삼켜 버렸으면 좋으련만! 올림포스 신들께서는 트로이와 영광된 프리아모스 왕과 그 아들들에게 크나큰 불행을 가져다 줄 씨앗으로 파리스를 보내셨던 겁니다! 녀석이 저승으로 떨어지는 걸 볼 수만 있다면 제 근심도 모두 날아가버릴 것 같습니다."

왕비는 하인들을 불러 시내로 나가 여자들을 불러모으라고 지시했다. 그리고 자신은 시돈 지방의 여자들이 수를 놓아 만든 옷가지들을 보관해놓은 아치형의 방으로 갔다. 그 옷들은 파리스가 바다를 건너 헬레네를 아내로 삼아 데리고 오는 도중에 시돈에서 가져온 옷들이었다. 그녀는 그중 하나를 아테나 여신의 것으로 골랐는데, 정교한 솜씨로 수를 놓은 그 옷은 마치 별처럼 빛났으며, 온몸을 가릴 수 있을 만큼 긴 옷이었다. 왕비가 아껴서 맨 밑에 보관해두었던 옷이었다.

옷과 함께 잔뜩 모인 여인들을 이끌고 왕비는 요새 위쪽에 자리한 아테나의 신전으로 갔다. 키세우스의 딸이자 안테노르의 아내인 아름다운 여사제 데아노가 신전 문을 열었다. 여자들은 모두 팔을 높이 치켜들고 부르짖었다. 데아노는 옷을 여신의 무릎 위에 올려놓고 기도와 맹세를 올렸다.

"아테나 여왕이시여, 성스러운 여신이여. 도시의 구원자여! 디오메데스의 창을 부러뜨려 스카이아 성문 앞에서 쓰러지게 하소서! 만일 당신께서 이곳 트로이와 아녀자들, 그리고 아이들을 어여삐 여겨 이 청원을 들어주신다면 이 신전에 채찍을 맞지 않은 1년 된 12마리의 암소를 바치겠나이다."

여사제는 그렇게 기도를 올렸지만 아테나는 들어주지 않았다.

그러는 동안 헥토르는 파리스의 저택으로 갔다. 그 집은 홀과 여자들의 침실, 그리고 뜰이 있는, 트로이에서 가장 유능한 건축가들이 지은 아름다운 궁이었다. 그것은 도시 위쪽에 자리하고 있었으며, 프리아모스 왕과 헥토르의 궁도 바로 그 옆에 있었다. 헥토르는 황금테를 튼튼히 두르고, 광채가 나는 청동 날에 11완척[4]이나 되는 긴 창을 들고 안으로 들어갔다. 그는 아내의 방에서 방패와 갑옷을 손질하면서 활을 만지작거리고 있는 파리스를 발견하였다. 헬레네는 하녀들과 함께 앉아 그들의 일을 감독하고 있었다.

"아우야. 여기서 혼자 토라져 있다니, 될 말이냐! 병사들은 성 밖에서 죽어가고 있고, 성 주변에서는 너로 인해 시작된 전투가 벌어지고 있다! 비겁한 자가 있으면 누구보다 먼저 처단하러 나서야 할 사람은 바로 네가 아니냐. 일어나라! 불길이 성을 덮치기 전에 말이다."

헥토르는 비난하자 파리스가 대답하였다.

"형님의 꾸지람은 마땅합니다. 형님 말씀이 옳습니다! 그러나 이 말만은 해야겠습니다. 저는 화가 난 게 아니라 슬픔에 젖어 있는 겁니다. 방금 제 아내가 출전하라고 저를 설득하고 있었습니다. 저도 그렇게 하는 것이 옳다고 생각합니다. 누가 승리할지는 아무도 모르는 거 아니겠습니까? 잠시 기다려주시면 무장을 하고 나오겠습니다. 먼저 가시겠다면 곧 뒤따르지요. 곧 따라잡을 수 있을 겁니다."

그러나 헥토르는 아무 대꾸도 하지 않았다. 대신에 헬레네가 부드럽게 말했다.

"아주버님. 부끄러운 것은 오히려 접니다. 제 자신이 끔찍합니다! 재앙을 가져오는 일 말고는 제가 할 수 있는 게 없는 것 같습니다. 제가 태어난 날, 돌풍이 저를 산으로 데려다 놓았으면 좋으련만, 아니면 파도 속에 던져버렸으면 좋았으련만! 이런 불상사가 생기기 전에 파도가 저를 쓸어가 버렸으면 좋으련만! 그러나 신께서 운명을 정하셨으니, 세상의 경멸과 분노를 느낄 줄 아는 사내와 짝을 맺기를 소망했습니다. 그러나 이이는 갈대처럼 흔들리기 일쑤고, 앞으로도 그

[4] 팔꿈치에서 가운뎃손가락까지의 길이. 11완척은 약 5미터.

럴 겁니다. 언젠가 그런 성품 탓에 대가를 치러야 할 날이 오겠지요. 아주버님, 그러나 지금은 이리로 앉으시지요. 저와 이이의 잘못으로 인한 끔찍한 재난 때문에 몹시 마음이 무거우시리라 생각됩니다. 제우스께서 우리에게 진실로 잔인한 운명을 내리셨습니다. 후세 사람들에게 좋은 본보기를 만드신 거죠."

이에 헥토르의 대답이 이어졌다.

"내게 쉬라고 권하지는 마시오, 헬레네. 말은 고맙지만, 머무를 수가 없소. 병사들이 나를 기다리고 있으니 가서 내 임무를 수행해야 하오. 아우로 하여금 할 일을 잊지 않게만 해주시오. 아우더러 내가 성문을 나서기 전에 서둘러 나를 따라오라 하시오. 나는 먼저 집으로 가서 아내와 아들을 보아야겠소. 언제 다시 그들을 볼 수 있게 될지 모르는 일이니까 말이오. 적의 손에 쓰러지는 것이 내 앞에 준비된 신의 뜻인지도 모르지 않소."

그는 파리스의 저택을 나와 자신의 집으로 갔다. 그러나 아내 안드로마케는 집에 없었다. 헥토르가 집에 들어설 무렵, 그녀는 이미 아들과 시종을 데리고 성문 보루에 올라가 슬피 울고 있었던 것이다.

헥토르는 하녀에게 물었다.

"네 안주인이 어디 갔는지 말해다오. 시누이나 동서에게 갔느냐? 아니면 아테나의 성전에서 다른 부인들과 기도를 드리고 있느냐?"

"아닙니다, 주인 어른. 기도를 올리는 성전에 가신 게 아닙니다. 사실대로 말씀드리면, 우리 병사들이 위기에 처하고 적군이 이기고 있다는 소식을 들으시고는 성벽 위로 올라가셨습니다. 마치 정신을 놓으신 것처럼 서둘러 나가셨어요. 도련님을 모시는 유모까지 데리고서요."

헥토르는 오던 길을 다시 돌아가 스카이아 성문에 도착했다. 그곳을 지나 평원으로 나갈 참이었다. 거기서 그의 소중한 아내가 그를 보고 달려 나왔다. 안드로마케는 킬리키아 족 왕인 에에티온[5]의 딸

5) 테베의 왕이기도 함.

로, 그녀의 집은 테베에 있었다. 유모도 그의 아들을 안고 따라 나왔다. 명랑하고 즐거운 표정의 어린 아들 – 그들의 자식이며 마치 작은 별처럼 빛나는 트로이의 꼬마 전사를 그들은 무척이나 사랑하였다. 헥토르는 그에게 스카만드리오스라는 이름을 붙여주었으나 다른 이들은 그를 아스티아낙스라고 불렀다. '자비로운 폐하' 라는 뜻이었다. 왜냐하면 헥토르만이 도시의 유일한 구원자였기 때문이다.

아버지는 아들을 보고 조용히 미소지었다. 그러나 곁에 선 안드로마케는 눈물을 그칠 줄 몰랐다. 그녀는 남편의 손을 꽉 쥐고 말했다.

"여보, 이러실 수는 없습니다. 당신은 그 용기 때문에 죽을 거예요! 어린 아들이 불쌍하지도 않으세요? 이제 과부가 될지도 모르는 가엾은 당신의 아내는 또 어떻고요! 적들이 달려들어 당신을 죽이고 말 거예요! 당신이 없다면 나 또한 무덤에 묻히는 게 나아요. 당신이 가버리면 내게 더 이상 평온은 없을 거예요. 오직 슬픔만 남겠죠.

저는 이미 부모님을 잃었습니다. 아킬레우스가 아버지를 죽이고 높은 탑들이 솟아 있는 테베의 내 집도 파괴해버렸어요. 그래도 약탈을 나쁜 일로 여겼기 때문에 아버지의 시체는 갑옷을 벗기지 않은 채 화장을 하여 무덤을 만들어주었는데, 성스러운 오레아스[6]들이 묘 주위에 느릅나무를 심어주었죠. 또 7명의 남자 형제가 있었는데 하루 만에 모두 저승에 보내졌어요. 그 무서운 아킬레우스가 양과 소떼를 돌보고 있는 그들을 모두 죽였던 거예요. 왕비셨던 어머니는 아킬레우스가 다른 전리품과 함께 포로로 잡아간 것을 막대한 몸값을 치르고 모셔왔는데, 그만 궁술의 여신 아르테미스가 궁에 돌아온 어머니를 활로 쏘아 죽였답니다.

그러니 당신은 내게 있어 아버지이고 어머니인 것이나 마찬가지예요. 또한 당신은 내 오빠이며 사랑하는 남편이기도 합니다. 그러니 나를 불쌍히 여겨 그냥 성벽 안에 머물러주세요. 당신 아들을 고아로

6) 산의 요정.

만들지 말고, 또 내가 과부가 되지 않게 해주세요! 부하들을 저 무화과 나무 근처에 세워두세요. 가장 쉽게 성벽으로 기어오를 수 있고 또 언제든 공격당할 수 있는 곳이니까요. 벌써 3번씩이나 강한 적군이 쳐들어왔었어요. 아이아스와 또 다른 아이아스, 그 후엔 이도메네우스, 디오메데스가 왔어요. 예언자가 저곳을 알려주었는지 자신들이 판단해낸 건지는 모르겠지만요."

아내의 말에 헥토르가 대답했다.

"부인, 나 역시 당신과 아이가 염려스럽소. 그러나 싸움터에서 빠져나와 숨어 있는다면 트로이 백성 앞에서 어떻게 얼굴을 들고 다닐 수 있겠소. 절대 그럴 수 없소. 나는 최전선에 나서서 장수로서의 소임을 다하여 내 아버지와 나 자신의 명예를 지켜야 하오.

내가 분명히 알고 있는 사실이 하나 있소. 그건 성스러운 트로이가 함락되고, 왕과 백성들이 전장의 이슬로 사라질 날이 오리라는 거요. 그렇지만 나는 백성들이나 어머니나 아버지, 혹은 내 형제들처럼 선량하고 진실된 사람들이 적군 앞에서 쓰러질 거라는 사실보다도 당신이 당할 일이 더욱 슬프다오. 그리스 병사들이 울고 있는 당신을 포로로 삼아 끌고 갈 일 말이오. 먼 타국에 가서 살아야 하고, 다른 여자들의 명령에 따라 베를 짜거나 낯선 샘터에서 물을 길어 나르고, 억지로 고된 일들을 하게 될 텐데, 그 얼마나 잔인한 일이오! 누군가가 눈물을 흘리고 있는 당신을 두고 말할 거요. '저기 헥토르의 아내가 있군. 용감한 트로이 군 중에서도 최고의 용사였어.' 아마 그 말은 당신 마음의 상처를 더욱 쑤셔놓을 거요. 당신을 노예의 처지에서 구해줄 남자가 없다는 것을 뜻하니 말이오. 당신이 울부짖으며 놈들에게 끌려가는 걸 보기 전에 차라리 내가 먼저 죽어 깊은 땅속에 묻힐 수 있기를 소원하오!"

그는 이렇게 말하면서 아들을 안으려고 두 팔을 벌렸다. 그러나 아이는 아버지를 보고 두려워 울면서 유모의 가슴속으로 파고들었다.

아이는 아버지의 번쩍거리는 청동 갑옷과 투구의 맨 위에서 무섭게 휘날리는 말갈기 장식에 겁을 먹었던 것이다. 그 모습에 아이의 부모는 함께 껄껄 웃었다. 헥토르는 투구를 벗어 번쩍거리는 그것을 땅에 내려놓고 나서 아들에게 입을 맞추고 그를 안아 얼렀다. 그리고는 이렇게 하늘을 향해 큰소리로 기도하였다.

"오, 제우스와 천상의 신들이시여! 제 아들이 저처럼 트로이 인들 사이에 이름을 남기는 인물이 되도록 축복해주소서. 아이를 저처럼 강하게 하시고, 그 자신의 용기로 트로이를 통치하게 하소서! 전쟁터에서는 병사들에게서 아비를 능가하는 용사라는 소리를 듣게 하소서! 적을 쓰러뜨려 얻은, 피로 얼룩진 전리품을 가져와 어미를 기쁘게 하도록 해주소서!"

그러고 나서 아이를 어머니의 품으로 돌려주자, 그녀는 눈물이 범벅이 된 채 웃으면서 향내나는 가슴으로 아이를 꼭 끌어안았다. 헥토르는 그런 아내의 모습이 가여워 손으로 쓰다듬으며 말했다.

"부인, 너무 슬퍼 마시오. 운명이 나를 부르기 전에는 누구도 날 저승으로 보내지 못할 것이오. 그러나 운명이란 비겁자든 용사든 간에 피할 수 없기는 마찬가지요. 그것은 태어날 때부터 정해진 이치요. 이제 돌아가서 베를 짜든 실을 잣든 간에 집안일을 돌보시오. 그리고 하인들을 잘 관리하시오. 전쟁은 사내들의 몫, 트로이에 있는 모든 사내들 중에서도 특히 내 몫인 게요."

헥토르는 말갈기 장식이 휘날리는 투구를 다시 집어들었고, 그의 아내는 저택으로 향했다. 눈물을 비오듯이 흘리며 그녀는 뒤돌아보고, 또 돌아보았다. 그녀는 집에 도착하자마자 모든 시녀들과 함께 통곡하였다. 그가 적들을 뿌리치고 무사히 집으로 돌아오지 못하리라는 생각에 그들의 주인을 위해 애통해했던 것이다.

파리스 또한 꾸물대지 않았다. 무장을 마치자마자 최대한 빠른 걸음으로 성을 나왔다. 마치 여물을 배불리 먹은 말이 줄을 끊고 뛰쳐나가 울음소리를 내며 평원 위를 달려가는 것 같았다. 목을 둥그렇게 수그리고 갈기를 휘날리는 당당한 모습으로 암말들이 풀을 뜯고 있는 평원을 향해 질주하는 말이 자신의 위용을 자랑하듯, 파리스도 태양처럼 빛나는 무장을 하고 만족스러운 미소를 보이며 빠르게 달려 내려갔다.

그는 곧 형을 따라 잡았다. 그는 부인과 아들을 만나 이야기했던 자리에서 막 떠나려던 참이었다. 파리스가 말했다.

"존경하는 형님, 제가 너무 늦어 형님을 기다리게 했군요. 형님께서 말씀하신 대로 빨리 따라오지 못했습니다!"

그러자 헥토르가 대답하였다.

"착한 아우야. 공정한 판단을 내리는 자라면, 전장에서 싸우는 너를 보고 멸시할 수 없을 것이다. 네가 될 수 있으면 싸움을 피하고 꽁무니를 빼려는 게 문제다. 너 때문에 고난당하는 백성들이 너를 헐뜯는 말을 듣게 되는 나는 마음이 아프다.

자, 전장으로 가자! 만일 제우스께서 우리가 트로이에서 적군을 몰아내고, 트로이 성의 궁에서 불멸의 신들에게 감사를 드리면서 해방을 선언하는 잔을 올릴 수 있는 은혜를 허락하신다면 그렇게 헐뜯던 자들의 마음 또한 만족시킬 수 있을 것이다."

VII

"헥토르! 그대와 내가 1 대 1로 붙어보면 사자와 같은 심장을 지닌 파괴자 아킬레우스 다음에는 어떤 장수가 있는지 그대도 알게 되리라."

헥토르와 그의 동생 파리스가 성문을 나와 전진하였다. 두 사람 모두 전의로 충만했다. 노젓기에 너무 지치고 피로해진 선원들이 신이 보내준 순풍에 감사하듯, 트로이 군에게는 그 광경이 더없이 반가웠다.

전장에 합류하자마자 파리스는 아르네 출신 메네스티오스를 죽였다. 헥토르는 에이오네우스를 투구 아래 목덜미를 쳐 죽였고, 글라우코스는 전차에 오르고 있던 이피노오스의 어깨를 창으로 찍어 땅에 떨어뜨렸다.

자신이 옹호하는 그리스 군들이 그렇게 쓰러지는 것을 본 아테나는 올림포스에서 황급히 내려왔다. 그녀가 오는 것을 본 아폴론 또한 트로이 군을 돕기 위해 자신의 신전에서 나왔다. 그러다가 두 신은 참나무 근처에서 마주쳤다. 아폴론이 그녀를 불렀다.

"제우스의 딸이여, 어째서 여기 다시 온 거요. 그것도 그리 흥분을 해서 말이오. 무엇이 당신의 급한 성미를 자극했기에 올림포스에서 여기까지 온 거요? 전세를 뒤집어 그리스 인들에게 승리를 안겨주고 싶소? 트로이 군이 죽을 때는 눈썹 하나 까딱 않으면서 말이오. 보아 하니 여신은 이 도시가 파괴되는 걸 원하고 있는 것 같군. 하지만 잘 들으시오. 그대가 해야 할 최선의 방도를 일러주겠소. 오늘의 싸움은 이쯤에서 멈추게 합시다. 다음 전투에서는 아마 트로이가 끝장나는 순간까지 싸우게 될 테니 말이오."

그러자 아테나가 대답하였다.

"활의 명수 아폴론, 그럼 그렇게 합시다. 여기로 내려오면서 나도 그런 생각을 했습니다. 그런데 어떻게 전투를 멈추게 할 겁니까?"

아폴론이 말했다.

"헥토르를 내세워 한 판 승부로 전쟁을 끝내자고 그리스 군에 제안하게 합시다. 그러면 그리스 병사들도 가만히 있지 못하고 누군가 강한 용사를 내보내 헥토르와 대결하게 할 거요."

아테나가 그 의견에 동의하자 이내 프리아모스 왕의 아들이자 예언가인 헬레노스가 두 신의 합의 내용을 알아차리고 헥토르에게 알렸다.

"헥토르 왕자. 그대는 제우스만큼이나 생각이 깊으니 잠시 내 말을 들으시오. 나는 그대의 형제이니, 내 말대로 혼자 적진으로 나가 모든 적들 앞에서 한 판 승부로 전투를 끝내자고 하시오. 그리고 양쪽 군사들을 모두 자리에 앉혀 전투를 보게 하시오. 그대는 지금 죽을 운명이 아니오. 불멸의 신이 내게 그렇게 말하는 소리를 들었소."

이 말을 들은 헥토르는 매우 기뻐하였다. 그는 창 한가운데를 잡고 양 진영 사이로 나아간 다음 트로이 군사들을 뒤로 후퇴시켰다. 그들이 모두 앉자, 아가멤논 왕 역시 자기의 병사들에게 같은 지시를 내렸다. 이때 아폴론 신과 아테나는 두 마리의 독수리로 변신하여 참나무 위에 앉아 사태를 흥미롭게 지켜보고 있었다. 병사들은 마치 서풍이 불어 잔물결이 일어나면 바다가 검은빛으로 굽이치듯이 방패와 투구와 창을 곧추세우고 바짝 다가붙어 앉아 있었다. 그들 모두를 향해 헥토르가 외쳤다.

"양쪽의 모든 병사들이여, 내 말을 잘 들으라! 그대들에게 내 생각한 바를 말하고자 한다. 천상 옥좌에 계신 제우스께서 우리가 맹세를 지키도록 허락하지 않으셨으니, 그대들이 트로이를 차지하거나 아니면 그대들의 배 옆에서 전멸하는 모습을 보일 때까지 치열한 전투를 예비하고 계신 모양이다. 여기에 모인 그대들은 그리스에서도 가장 위대한 병사들이다. 그러니 그대들 중 맞서보고자 하는 이가 있다면 앞으로 나와 이 헥토르와 싸우는 전사가 되어라.

이에 나는 제우스를 양측의 증인으로 모시기를 제안하는 바이다. 그대들의 전사가 나를 죽이거든 내 갑옷을 벗겨 전리품으로 삼아도 좋지만 내 시체는 집으로 돌려보내 백성들의 손에 의해 화장할 수 있도록 해주기 바란다. 그러나 아폴론께서 내게 승리를 허락하신다면, 그의 갑옷을 벗겨 성스러운 트로이로 가져가 아폴론 신전 앞에 매달아 놓으리라. 하지만 시체만은 그의 동지들이 가져갈 수 있게 해주겠으니, 장사를 치러 광활한 헬레스폰트 근방에 무덤을 세워도 좋다. 그러면 먼 훗날, 그 해협을 항해하는 후손들이 '저기, 오래 전에 그 유명한 헥토르에게 죽임을 당한 전사의 무덤이 있다'고 하게 되겠지. 그리하여 내 명성은 역사에 길이 남으리라."

그의 말에 모두가 입을 다물었다. 거절하자니 굴욕적이고, 받아들이자니 두려웠던 것이다. 그러나 마침내 메넬라오스가 우뚝 서더니 분노와 경멸에 가득 차 자신의 병사들을 향해 부르짖었다.

"자기 자랑만 일삼는 자여, 그대들은 그리스의 계집이란 말인가! 사내라 칭할 수도 없는 자들이로다! 헥토르와 맞붙을 자가 없다면, 그것은 우리 군에 있어 두고두고 잊지 못할 치욕으로 남을 것이다! 명예도 모르는 무력한 너희는 지금 앉은자리에서 썩어 흙탕물이 되는 게 차라리 나을 것이다! 내가 나서 저자와 싸우리라. 승리는 불멸의 신들께서 주시는 것이리니!"

메넬라오스가 갑옷을 입었다. 만일 이때 그리스의 지휘관들이 뛰쳐나와 메넬라오스를 말리지 않았더라면 그의 최후의 순간이 찾아왔을 것이다. 아가멤논 왕이 동생의 오른팔을 붙잡고 외쳤다.

"제 정신이냐, 메넬라오스! 저런 광기가 맞서서 대체 어쩌려는 것이냐? 어렵겠지만 물러서거라. 너보다 월등한 자에게 도전하지 마라! 헥토르를 두려워하지 않는 자가 어디 있느냐. 아킬레우스조차 그와 대적하기를 꺼린다. 그는 너보다 훨씬 강하다. 동지들과 함께 앉아 있다 보면 우리 군에서 다른 전사가 나설 것이다. 내 확신하건대, 아무리 대담무쌍하고 전투에 목마른 자라도 그와의 대결을 피할 수만 있다면 기꺼이 무릎을 꿇을 것이다."

그의 말이 옳았으므로 아우는 생각을 돌렸다. 이어 부하들이 그의 무장을 풀었다. 이번에는 네스토르가 일어나 이렇게 말하였다.

"저기를 보시오, 재난이 우리 조국과 백성에게 닥쳐왔소! 현명한 왕이었던 펠레우스가 이 꼴을 보면 얼마나 괴로워하겠소. 그가 위대한 우리 병사들의 가문에 관해 내게 묻기를 즐겼던 걸 기억하고 있소. 그런데 그 백성이 헥토르 앞에서 벌벌 떨고 있는 걸 안다면 그는 차라리 죽어 저승에 가는 게 좋겠다고 손을 들어 빌 것이오!

오, 제우스여, 아테나여! 아폴론이여! 필리아 족과 아르카디아 족이 이아르다노스 강가 페이아 성벽 아래에서 켈라돈 강의 급류를 옆에 두고 전투를 벌였을 때처럼 내가 젊고 강하다면 얼마나 좋겠소! 우리 맞은 편엔 전사 에레우탈리온이 서 있었소. 대단한 사람이었지. 그는 그 아레이토오스 왕의 갑옷을 입고 있었소.

갑옷의 원래 주인인 아레이토오스는 남녀를 불문한 모든 이들이 몽둥이 용사라고 불렸는데, 그가 창이나 활이 아닌 쇠몽둥이를 가지고 적군들을 묵사발을 만들었기 때문이오. 그렇지만 리쿠르고스는 쇠몽둥이가 아무 위력도 발휘할 수 없는 좁은 길에 그를 몰아넣은 뒤에 창으로 몸 한가운데를 꿰뚫어 쓰러뜨렸던 것이오. 승리자는 아레스의 선물이었던 그의 갑옷을 벗겼고, 이후로 리쿠르고스는 전쟁에 참전할 때마다 그 갑옷을 입었소. 그리고 늙어서는 그것을 충직한 부하 에레우탈리온에게 물려주었는데, 그가 그 갑옷을 입고 우리 전사들에게 도전했던 것이오.

에레우탈리온 앞에서 우리 군은 모두 공포에 떨었고, 한 사람도 감히 나서질 못했소. 그런데 앞뒤 가리지 않는 대담함에 이끌린 내가 나서 그와 싸우게 되었소. 병사들 중에 가장 어렸던 내가 그와 맞붙었던 거요. 그리고 아테나는 내 손을 들어줬소. 이전에 내가 죽였던 어느 전사보다도 큰 몸집이었던 에레우탈리온은 그만큼 많은 땅을 차지하면서 대자로 뻗어 누웠던 것이오.

내가 그때처럼 젊었더라면, 그 옛날의 혈기가 남아 있더라면 지금 당장 헥토르와 싸웠을 거요. 그러나 그대들 중에는 자진해서 헥토르에 대적할 만한 용사가 없는 듯하오!"

그의 힐책에 9명의 병사가 일어섰다. 첫 번째로 아가멤논 왕이 뚜벅뚜벅 앞으로 걸어 나왔다. 디오메데스가 그 뒤를 따랐고, 큰 아이아스와 작은 아이아스, 그리고 그 뒤로 이도메네우스와 그의 동지 메리오네스, 에우리필로스, 토아스, 그리고 오디세우스가 나섰다. 모두가 헥토르와 싸울 준비가 되어 있는 용사들이었다. 네스토르가 그들에게 말했다.

"그대들 중 제비를 뽑아 한 사람을 고릅시다. 그 용사가 이 위험천만의 전투에서 살아남는다면 그리스 병사들에게는 물론 자신의 영혼도 영광을 얻을 것이오."

그러자 각자 본인임을 증명해줄 표시를 한 물건을 아가멤논 왕의 투구에 던져 넣었다. 그때 모든 병사들은 하늘을 향해 손을 하늘로 들고 이렇게 기도했다.

"오, 제우스여! 큰 아이아스나 디오메데스, 아니면 미케네의 위대한 왕[1]이 뽑히게 하소서!"

네스토르가 투구를 흔들었더니 병사들이 기도해 마지않던 용사의 것이 튀어나왔다. 전령이 그것을 왼쪽에서 오른쪽으로 가지고 다니며 전사들에게 보여주니 모두들 자기 것이 아니라고 고개를 저었다.

1) 아가멤논.

마침내 큰 아이아스 앞에 가져갔을 때, 자신이 해둔 표시를 알아본 그는 몹시 기뻐하였다. 그는 제비를 발 아래 던지고 큰소리로 외쳤다.

"동지들, 바로 내 것이오! 나는 진정으로 기쁘오! 헥토르 왕자를 내가 쓰러뜨리리라 믿기 때문이오. 이리 와서 무장을 도와주시오. 그리고 모두 제우스께 기도해주시오. 그러나 저들이 듣지 못하게 마음속으로 해주시오. 아니, 큰소리로 하면 또 어떻겠소. 우리가 거리낄 것이 무엇이겠소. 우리는 그 누구도 두려워하지 않소. 나보다 강한 자가 없으니, 내가 원하지 않는 것은 그 누구도 내게 강요할 수 없소. 나는 아둔하지도 않고, 풋내기도 아니오."

그리해서 모두는 제우스에게 기도를 올렸다.

"오, 왕좌에 계신 제우스여, 가장 영광스럽고 위대한 제왕이여! 아이아스가 이겨 명성을 드높이게 하소서! 만일 신께서 헥토르를 사랑하고 보호하고자 하신다고 해도 둘 모두에게 동일한 영광과 힘을 부어주소서!"

무장을 마친 아이아스는 제우스가 붙여놓은 인간 간의 전투에 나선 전쟁의 신처럼 나아갔다. 잔인한 미소를 머금은 채 창을 휘두르며 저벅저벅 행진하는 그리스 인의 수호자이자, 비범한 전사의 모습은 아군에게는 참으로 뿌듯한 광경이었으며 적군에게는 사지가 떨리도록 두려운 것이었다.

헥토르의 심장도 점점 더 빨리 뛰었다. 그러나 이제 와서 대결을 물리거나 병사들 틈에 숨어버릴 수는 없는 일이었다. 그 자신이 도전을 자청했기 때문이다. 아이아스가 마치 탑처럼 거대한 방패를 앞세우고 다가왔다. 무두질한 7겹의 최상품 황소 가죽에 청동을 한 겹 더 입혀 만든 그것은, 갑옷과 투구 제작의 최고 명인 티키오스가 그에게 만들어준 방패였다. 아이아스가 그 방패로 가슴을 가리고 헥토르가 서 있는 곳 가까이 다가와 위협적으로 내뱉었다.

"자, 헥토르! 그대와 내가 1 대 1로 붙어보면 사자와 같은 심장을 지닌 파괴자 아킬레우스 다음에는 어떤 장수가 있는지 그대도 알게 되리라. 아킬레우스는 아가멤논 왕에게 원한을 품고 전투를 멀리하고 있다. 그러나 그대와 대결할 우리가 남아 있다. 그리고 우리는 결코 적은 수가 아니다. 시작하라, 먼저 치란 말이다!"

그러자 헥토르가 대답하였다.

"텔라몬의 아들 아이아스, 유능한 군주여! 나를 전투를 모르는 약해 빠진 아이나 계집 다루듯 모욕하지 말라. 진정한 싸움이 무엇이고, 적을 어떻게 베야 할지 나는 잘 알고 있다. 내 믿음직한 방패를 휘두르는 법이나 말들이 미친 듯이 질주하는 전장에서 전차를 어떻게 다뤄야 하는지도 훤히 꿰뚫고 있다는 말이다! 접전이 벌어졌을 때 신을 위해 어떤 춤을 추어야 하는지도 잘 알고 있다! 그러나 그대를 상대로 비겁한 수는 쓰지 않겠다. 내가 그대를 치는 광경을 만천하에 보여주겠다!"

이 말과 함께 그는 창을 던질 자세를 갖추고 무기를 날렸다. 그 창은 방패의 청동면을 뚫고 6번째 겹까지 뚫고 들어오다가 7번째 가죽면에서 멈추었다. 그러자 이번에는 아이아스가 장창을 날려 헥토르의 둥근 방패를 맞추었다. 그것은 방패를 뚫고 갑옷까지 파고 들어갔다. 창날이 옆구리께의 옷가지를 찢었지만 헥토르가 몸을 돌려 피하는 바람에 목숨은 건질 수 있었다. 이어 두 전사는 모두 짧은 창을 뽑아 들고 서로를 향해 사자나 멧돼지처럼 달려들었다. 헥토르가 아이아스의 정교한 방패 가운데를 찔렀지만 청동 표면을 뚫지 못하고 창 끝만 구부러졌다. 이에 아이아스는 펄쩍 뛰어오르면서 창을 지르니, 그 창날이 헥토르의 방패를 뚫고 목줄기를 베었다. 붉은 선혈이 목에서 콸콸 쏟아져 헥토르는 비틀거리며 뒤로 물러났다.

그게 끝이 아니었다. 몇 걸음 물러선 헥토르가 땅에서 시커멓고 울퉁불퉁한 큰 돌덩이를 하나 들어 내던졌다. 돌이 아이아스의 방패 한

가운데를 때리자 청동 돌기에서 뗑 하는 소리가 났다. 그러자 아이아스는 그보다 더 큰 돌멩이를 찾아 빙빙 돌리더니 힘껏 상대에게 날렸다. 그 거대한 돌덩이는 헥토르의 방패를 완전히 찌부러뜨렸고, 그 여세에 밀려 헥토르도 뒤로 나가떨어졌다. 그러나 아폴론 신께서 그를 다시 일으켜 세웠다.

이리하여 싸움은 더욱 거칠어져 검을 빼어 들어 쑤시고 베고 했을 터이지만, 느닷없이 전령 둘이 나서는 바람에 싸움이 중지되었다. 그 둘은 그리스 쪽의 탈티비오스와 트로이 쪽의 이다이오스였는데, 인간과 신의 뜻을 전하는 자로서 자신들이 해야 할 임무를 잘 알고 있는 사람들이었다. 그들은 홀을 들이밀어 둘 사이를 떼어놓았다. 그리고는 이다이오스가 엄숙한 목소리로 말했다.

"이제 됐습니다. 싸움을 멈추십시오. 제우스께서 두 용사 모두를 사랑하신다는 사실과, 그대들이 모두 위대한 전사들임을 이제 보아 알았습니다. 밤이 다가왔으니 밤의 여신에게 모든 것을 맡기는 것이 좋을 듯합니다."

아이아스가 대답하였다.

"그렇다면, 우리에게 도전을 해온 것은 헥토르였으니 그의 말을 먼저 들어봅시다. 그의 말에 따르리라."

이에 헥토르가 말하였다.

"아이아스, 그대는 신에게서 힘과 체격, 그리고 병술을 받은 용사다. 그대의 창 솜씨는 그리스 인 중에서 가장 탁월하다. 그러니 오늘은 여기서 그치도록 하자. 나중에 다시 싸우게 되면 그때는 죽음이 둘 중 하나를 고를 때까지, 누구 하나가 승리할 때까지 싸우게 될 테지만, 오늘은 밤이 되었으니 밤의 여신의 처분에 맡기자. 이제 돌아가 그대는 병사들, 특히 그대의 동지와 친구들을 위로하고 나는 트로이로 가 내 병사들과 신전에 모여 나를 위해 기도하고 있을 여인들을 위로해야 할 것이다. 그리고 선물을 주고받도록 하자. 그리하면 세상

사람들은 그대와 내가 진정 처절한 대결을 벌였으나 나중에는 우정을 맺고 헤어졌다고 말하게 될 것이다."

헥토르는 앞으로 나와 칼집에 꽂힌 손잡이에 은을 박은 검과 훌륭한 어깨띠를 주었다. 이에 아이아스는 심홍색의 빛나는 허리띠를 선물했다.

이렇게 그들은 헤어져 각자의 동지들에게로 갔다. 트로이 군은 무서운 아이아스의 손에서 안전하게 살아남아 어디 한 군데 다치지 않고 돌아오는 자신들의 대표를 보고 기뻐했다. 그리스 인들 또한 즐거워하며 아이아스를 승리감으로 우쭐해 있는 아가멤논 왕에게 인도하였다.

아가멤논 왕은 자신의 막사에서 잔치를 베풀었다. 제우스 신의 제단에 난 지 5년 된 소 한 마리를 바치고 그 고기로 모두들 마음껏 먹었다. 특히 아이아스에게는 등심 부위가 주어졌는데, 아가멤논 왕이 손수 하사한 것이었다.

모인 이들이 고기와 술을 마음껏 먹고 마시고 난 뒤에 언제나 최선의 묘안을 내놓기로 유명한 원로 네스토르의 말을 들어야 할 차례가 왔다. 그는 일어서서 이렇게 조언하였다.

"대왕이시여, 그리고 용감한 전사인 그대들이여. 많은 병사들이 전장에서 죽어갔소. 스카만드로스 강은 그들의 피로 붉게 흐르고 있소. 그러니 내일 날이 밝으면 싸움을 잠시 멈추도록 합시다. 소와 노새를 모아 죽은 자들을 실어와 우리 함대에서 조금 떨어진 곳에서 화장시켜야 하오. 우리가 귀향할 때, 그들의 아들들에게 가져갈 수 있도록 뼈들을 수습하시오. 전선에서 시체들을 가져와 함께 묻어 큰 무덤을 세우고, 또 우리 진지와 함선을 방어할 방어벽도 지어야 하오. 방어벽에는 말과 전차가 통과할 문을 만들고, 트로이 군의 거센 공격에 대비하여 방어벽을 따라 참호를 파 말과 병사를 막도록 합시다."

그 말에 모두들 동의했다.

트로이 인들도 회의를 소집하였다. 왕궁 옆 요새에 모인 그들은 걱정과 의견 충돌로 술렁였다. 안테노르가 맨 먼저 입을 열었다.

"트로이의 병사들과 은혜로운 동맹군과 모든 원조자들이여! 그대들에게 제안할 게 하나 있소. 헬레네와 그녀의 재산을 그리스 쪽에 넘겨주자는 데 동의해주시오. 우리는 최근의 대결에서 양 진영의 맹세를 깨뜨린 바 있으며, 그건 우리에게 아무 이득도 되지 않소."

그러자 헬레네의 남편인 파리스가 일어나 반박했다.

"안테노르. 당신의 의견은 마음에 들지 않소. 그보다는 더 나은 의견을 낼 수 있을 사람이, 그런 제안을 진지하게 고려하고 있다니! 신께서 당신의 분별력을 망쳐놓으신 거라고 생각할 수밖에 없소. 내가 용감한 트로이의 용사들에게 말하리다. 분명히 해두건대 나는 내 아내를 포기하지 않을 것이오. 대신, 아르고스에서 가져온 그녀의 모든 재산은 기쁘게 돌려줄 것이며 내 재산의 일부도 내놓겠소."

그가 말을 마치자, 프리아모스 왕이 일어나 분별 있는 의견을 내놓았다.

"내 병사들과 동맹군이여, 내 생각을 밝히겠노라. 평소대로 식사를 마치고 경비병을 세워 계속 망을 보게 하라. 날이 밝으면 이다이오스를 아가멤논과 메넬라오스에게 보내 이 전쟁의 원인인 파리스가 내놓은 제안을 전하도록 하여라. 그리고 죽은 병사들의 화장을 위하여 휴전을 하자고 제의하여라. 어느 한 편이 승리할 때까지 싸울 기회는 앞으로도 많다."

다음날, 이다이오스는 적진으로 들어갔다. 그리스 측은 아가멤논 왕의 함대 근처에 모여 회의 중이었다. 이다이오스는 그들 한 가운데 서서 큰소리로 프리아모스 왕의 전갈을 전했다.

"아르고스의 왕들이여, 그리스의 군주들이시여! 프리아모스 왕과 트로이 백성들의 명령을 받잡고 왔습니다. 이 전쟁의 뿌리인 파리스의 제안이 왕들의 심중에 기꺼울 것인지를 알아보라 하셨습니다. 이

전에 죽었으면 좋았을 파리스 왕자가 트로이로 가져온 재산을 내놓고, 거기에 자기의 재산 일부를 더하겠다고 합니다. 그렇지만 메넬라오스 왕의 적법한 아내이셨던 헬레네는 포기하지 않겠다고 합니다. 트로이 병사들이 마땅히 포기해야 한다고 여길지라도 말입니다. 또한 죽은 병사들을 화장하기 위하여 휴전을 제의하셨습니다."

그들은 잠자코 전령의 전갈을 듣기만 했다. 한참 후에 디오메데스가 침묵을 깼다.

"재산이고 헬레네고 간에 파리스의 이번 제안은 받아들여서는 안 됩니다. 어떤 얼간이라도 이미 트로이가 패배로 기울고 있음은 다 아는 사실 아닙니까!"

모두 이 말에 함성을 올리며 디오메데스의 말에 찬성하였다. 그러자 아가멤논 왕은 전령에게 이런 대답을 주었다.

"이다이오스, 너의 전갈에 대해 그리스 인들이 어찌 대답하였는지 들었을 것이다. 그리고 그들의 뜻이 곧 나의 뜻이다. 죽은 병사들을 처리하는 문제에 대해서는 이의를 달지 않겠다. 그러니 그들을 화장시켜 넋을 달래자는 데는 아무도 반대하지 않는다. 헤라의 주인이신 천둥의 신 제우스께서 우리 맹세의 증인이 되실 것이다!"

이 말을 하면서 아가멤논 왕은 홀을 하늘의 모든 신들을 향해 치켜들었다.

트로이 측은 회의장에서 전령이 오기를 기다리고 있었다. 그리고 이다이오스가 그들의 한가운데에 서서 그리스 측의 대답을 전함으로써 휴전이 이루어졌다.

고요하게 흐르는 오케아노스의 심연에서 해가 솟아올라 전장을 비추기 시작할 무렵, 양쪽의 병사들이 마주쳤다. 누가 누구인지 분간할 수 없을 정도였지만, 쌍방은 시체의 피를 닦아내고 눈물을 흘리면서 수레에 옮겨 실었다. 프리아모스 왕이 크게 울지 말라고 명령해두었기 때문에 트로이 인들은 침묵 가운데 슬퍼하며 장작더미 위에 시체들을 쌓아 올려 화장을 시킨 뒤에 도시로 돌아왔다. 마찬가지로 그리스 인들 또한 슬픔에 잠겨 전우들의 시체를 불태우고 함대로 귀환하였다.

그 다음날이었다. 동이 틀 무렵, 그리스 측 장정들이 평원에서 가져온 시체들을 올려놓고 태웠던 장작더미 주위에 모여들었다. 그리고 그곳에 흙을 모아 큰 무덤을 만들어준 다음에 그 무덤에 이어 함대와 병영을 방어할 방어벽과 출입구를 세웠으며, 그 둘레에는 깊고 넓은 참호를 파고 그 안에 말뚝을 박아놓았다.

이렇게 그리스 측이 방어벽 세우는 일에 열중하고 있을 무렵, 하늘의 신들은 제우스가 함께 자리한 가운데 그 모습을 내려다보고 있었다. 지진을 일으키는 포세이돈이 말했다.

"제우스여, 이제 인간들이 자기 할 바를 신들에게 고하지도 않고 멋대로 하는 것 같군요. 그리스 인들이 우리 신들에게 아무 제물도 바치지 않고 함선 주변에 벽을 세우고 거대한 참호를 파고 있는 게 보이지 않습니까? 이런 소문이 세상으로 퍼지면 인간들은 저와 태양신 아폴론이 라오메돈을 위해 힘들여 쌓아놓은 성벽은 잊고 말 것[2]입니다!"

제우스는 포세이돈의 말에 발끈하여 이렇게 말했다.

"아니, 포세이돈이여, 무슨 말을 하는 것인가! 다른 신이라면 그런 일에 펄쩍 뛸지 몰라도, 그대같이 막강한 신이 무슨 소리인가. 그대의 명성은 태양이 온 천하를 비추듯 세상 곳곳에 퍼져 있소. 저들이 고국으로 돌아간 다음에 저 벽을 무너뜨리고 바다에 쓸어 넣어 아무도 모르게 그 위를 모래로 덮어버리면 끝나는 거 아니오."

그러는 동안에 해가 졌고, 병사들도 일을 마쳤다. 그리고 그들은 황소를 잡아 병영에서 식사를 하였다. 그러던 중에 렘노스에서 포도

2) 트로이 성을 쌓을 때 포세이돈과 아폴론의 도움을 받았으면서도 제물을 바치지 않아 트로이가 황폐화되고 역병이 돌게 되는 보복을 당함.

주를 잔뜩 실은 배가 도착했다. 에우네오스가 왕족 지휘관들을 위해 특별히 1천 메트론³⁾의 술을 실어 보냈던 것이다. 그리스 인들은 술을 받고 청동이나 쇠붙이, 또 어떤 이들은 쇠가죽, 살아 있는 수소나 노예를 답례로 주었다. 그들은 성대한 잔치를 마련하여 밤이 새도록 즐겼고, 그것은 트로이 편에서도 마찬가지였다.

그러는 동안에도 세상에서 가장 지혜로운 자인 제우스는 그들을 곯려줄 방법을 궁리하면서 군사들이 즐기고 있는 밤 내내 천둥이 치게 했다. 사람들은 새파랗게 겁에 질려 술을 바닥에 쏟았고, 제우스에게 술을 바치기 전에는 아무도 술을 손에 대려 하지 않았다.

그렇게 먹고 마시다가 사람들은 하나 둘 잠자리에 들어 단잠의 축복을 누렸다.

---

3) 현재는 그 용량을 정확히 알 수 없음.

VIII

방패와 창들이 서로 맞부딪치며 내는 엄청난 소음 속에서 처절한 싸움이 벌어졌다.
병사들이 베고 베일 때마다 비명과 승리자의 외침이 한데 엉켜 메아리치고 대지는 피로 물들어갔다.

새벽의 여신이 노르스름한 옷자락을 대지 위에 펼치고 있을 때, 올림포스의 신들을 한자리에 모아 회의를 소집한 제우스가 말했다.

"신들이여, 이제 내 생각을 말하겠으니 잘 들으라. 누구든 내 말을 가로막거나 뒤집으려는 자가 있어서는 안 된다. 한 사람도 빠짐없이 찬성하고 내 뜻이 조속히 이루어지도록 노력하라.

어느 신이든 간에 트로이나 그리스를 돕다가 들키면 벼락으로 때려 부상을 입고 돌아오게 만들든지, 타르타로스[1]에 던져 넣을 것이다! 그곳이 땅 밑 지하에서도 한없이 더 내려가야 하는 구덩이라는 건 모두들 잘 알 것이다. 입구는 청동으로 되어 있으며 문은 철로 만들어져 있다. 저승에서도 하늘과 땅이 떨어진 거리만큼 내려가야 한다. 그러한 본보기를 통해 내가 그대들보다 얼마나 강한지 깨닫게 해주겠다!

자, 어디 도전해보겠는가? 하늘에 황금 사슬을 묶어서 모두가 있는 힘을 다해 당겨보거라. 아무리 애를 쓴다 해도 그대들은 나를 땅으로 끌어내리지 못할 것이다. 그러나 난 단번에 여기 있는 그대들 옆으로 대지와 바다를 끌어올 수 있다. 그런 뒤에 올림포스 정상에 사슬을 감아놓아 인간과 신 모두를 공중에 매달아놓을 수도 있단 말이다. 나는 그대들 모두의 힘을 합쳐놓은 것보다 훨씬 강하다!"

1) 천지를 만들 때 생긴 지하 가장 깊은 곳으로, 극악한 중죄인이 떨어진다.

신들은 잠자코 그의 말을 들었다. 엄청나게 큰 그의 목소리와 위협적인 말투에 완전히 기가 눌렸기 때문이다. 그러던 중 마침내 아테나가 용기를 내어 말했다.

"크로노스의 아드님이신 아버지여, 왕 중의 왕이자 주인 중에 주인이신 이여! 저희들 모두는 아버지의 위대하신 능력을 당해낼 자가 없음을 잘 알고 있습니다. 그렇지만 저희는 아직도 용감한 그리스 인들이 멸망이라는 잔인한 운명을 맞아야 한다는 게 가슴 아픕니다. 아버지의 명령에 따라 절대로 어느 편을 돕는 일은 하지 않겠지만, 적절한 조언 정도는 해주겠습니다. 그러지 않으면 아버지의 분노로 인해 그들이 완전히 몰살당할지도 모르니까요."

제우스는 딸의 말에 미소를 지으며 말했다.

"내 딸아, 풀 죽을 필요 없다. 나의 트리토게네이아[2]야, 너를 두고 그렇게 말한 것이 아니다. 나는 너에게는 항상 다정한 아버지이다."

그리고 나서 제우스는 전차와 말을 준비시켰다. 황금 갈기에 청동 말굽을 지닌, 아주 날랜 말들이었다. 그는 황금 갑옷을 입고 역시 황금으로 된 채찍을 들고 전차에 올랐다. 그가 채찍을 휘두르자 말들이 힘차게 지상과 하늘 사이의 공간을 날아 트로이에서 멀지 않은 이다 산의 샘터에 도착했다. 그곳에는 그의 신전이 자리하고 있었다. 거기서 제우스는 말들을 풀어 구름 속에 숨겨두고 만족스러운 얼굴로 산꼭대기에 앉아 도시와 그리스 인들의 함대를 내려다보았다.

그때 그리스 측은 막사에서 급히 요기를 마치고 무장을 하고 있는 중이었다. 트로이 측도 자신의 도시에서 전투를 준비하고 있었다. 수적으로 열세인 그들이었지만 처자식을 보호해야 하는 만큼 전의는 활활 타올랐다. 도시의 성문들이 모두 활짝 열리고, 기마병과 보병들이 어마어마한 소음을 내며 쏟아져 나왔다.

드디어 양 진영의 병사들이 다시 대적하게 되었다. 방패와 창들이

---

2) 아테나의 별명으로 '트리토 강둑에서 태어난 이' 라는 뜻

서로 맞부딪치며 내는 엄청난 소음 속에서 처절한 싸움이 벌어졌다. 병사들이 베고 베일 때마다 비명과 승리자의 외침이 한데 엉켜 메아리치고 대지는 피로 물들어갔다.

아침이 밝고, 시간이 흘러갈수록 전투는 치열해져 더 많은 병사들이 쓰러져갔다. 그리고 한낮이 되자 제우스는 황금 저울을 가지고 트로이와 그리스 중에 어느 쪽이 슬픈 운명을 맞을지 달아보았다. 저울의 가운데를 잡고 들어올리니 그리스 쪽이 내려가고 트로이 쪽이 올라갔다. 이다 산의 제우스는 그리스 진영 쪽으로 번쩍이는 천둥번개를 내렸다. 두려움에 떨며 그 광경을 본 그리스 병사들의 얼굴이 공포로 하얗게 질렸다.

용감하기 이를 데 없는 이도메네우스나 아가멤논, 큰 아이아스나 작은 아이아스도 감히 참고 서 있지 못할 정도였다. 네스토르만이 버티고 있기는 했는데, 파리스가 쏜 화살이 말머리에서 말갈기로 이어지는 부분에 맞으면서 화살촉이 골로 들어가 깊이 박혀 고통을 이기지 못한 말이 몸부림치며 높이 뛰어오르는 통에 전차에 묶인 다른 말까지 놀라게 만들었다. 그리하여 네스토르가 칼로 말고삐를 끊어버리려는 때에 대담무쌍한 헥토르의 전차가 맹렬한 기세로 달려왔다. 다행히 그 모습을 디오메데스가 보고 소리쳤다.

"오디세우스! 이 난리통에 겁쟁이처럼 등을 보이고 어딜 가려는 건가? 그러다가 누가 자네 어깨에 창을 박을지도 모를 일이네. 도망치지 말게! 네스토르가 잔혹하게 당하지 않도록 막아야 하네!"

그러나 그의 말을 듣지 못한 오디세우스는 계속 말을 몰아 달아나버렸다. 결국 디오메데스가 직접 앞으로 나서 네스토르의 말들을 가로막고 큰소리로 외쳤다.

"경은 이제 늙었습니다. 당신의 힘은 다했고, 강하고 젊은 병사들의 공격을 받고 있습니다. 많은 나이가 이제는 당신의 무거운 짐이 되었습니다. 마부는 무력하고 말들은 느리니, 내 전차로 옮겨 타십시오. 트로스의 말이 어떤지 보여드리겠습니다! 바람처럼 빠르게 전장 속을 누빌 수 있는 말들입니다. 이 좋은 말들은 아이네이아스에게서 빼앗은 겁니다. 당신의 말들은 부하에게 맡기고, 당신과 나는 곧장 트로이로 달려가십시다. 내 창도 헥토르의 것만큼이나 미쳐 날뛸 수 있다는 걸 그에게 보여줄 것입니다!"

네스토르는 부하인 스테넬로스와 에우리메돈에게 말들을 건네고 디오메데스의 전차에 타 고삐를 잡았다. 그리고 말을 몰아 헥토르에게 달려갔다. 디오메데스는 헥토르를 향해 창을 던졌으나 헥토르가 아니라 그 옆에서 말을 몰던 에니오페우스의 가슴에 박혔다. 마부가 전차에서 떨어져 나가 죽자, 말들이 뒷걸음질을 쳤다. 헥토르는 동지의 죽음에 격노했지만 우선은 빨리 다른 마부를 구해야 했다. 그는 곧 아르케프톨로메스를 찾았고, 그가 전차에 오르자 고삐를 넘겨주었다.

그 후, 혼란과 재앙 앞에서 아무런 도움을 기대할 수 없는 트로이 병사들은 양떼처럼 성에 갇힐 판이었으나, 그 모습을 본 인간과 신들의 제왕이 천지를 뒤흔들 만한 뇌성벽력을 일으켜 디오메데스의 말들 앞에 번개를 내리꽂았다. 번쩍 하는 섬광이 일자 공포에 질린 말들이 움츠러들고 네스토르도 놀라서 쥐고 있던 고삐를 떨어뜨렸다. 그리고는 말했다.

"디오메데스, 말들을 돌려 우리 목숨을 건져야 해! 신께서 자네의 승리를 허락지 않으시는 모양이다. 제우스의 뜻이 저자의 손을 들어줬다. 하지만 그분께서 원하시기만 한다면 다음엔 우리가 이길 것이야. 인간의 힘이란 천상의 신에 비하면 하찮은 것이지. 제우스는 그대나 나보다 훨씬 전능하신 분이다."

이에 디오메데스가 수긍했다.

"경의 말씀이 옳습니다. 그렇지만 미칠 듯이 괴롭습니다. 헥토르가 백성들 앞에서 얼마나 잘난 척을 할지 생각해보십시오. '내가 나서

자 디오메데스는 자기 진영으로 꽁무니를 **뺐다**' 고 할 거 아닙니까! 그런 말을 듣느니, 차라리 땅더러 나를 삼켜버리라 하십시오!"

그러자 네스토르가 이렇게 달랬다.

"참으로 티데우스의 아들다운 말이군. 허나 헥토르가 자네를 비겁하고 무능하다 욕한다고 한들 아무도 믿지 않을 것이다. 트로이의 병사들은 물론이고 그대가 쓰러뜨린 병사들의 아내들조차 그런 말은 믿지 않을 터이다."

그리해서 그는 헥토르와 트로이 군이 함성을 올리며 빗발치듯 창을 퍼붓는 것을 뒤로하여 전장 한복판으로 내달렸다. 그러자 헥토르가 큰소리로 외쳤다.

"디오메데스! 너는 항상 높은 자리에 앉아 고기와 술을 즐기는 성찬의 영광을 차지해왔다. 그렇지만 그런 영광은 더 이상 너의 것이 아니다. 결국 넌 계집보다 못한 인간이었다. 꺼지거라, 비겁한 꼭두각시야! 네가 우리 성벽을 기어올라와 우리 여인들을 데려가는 일 따위는 절대 일어나지 않을 것이다. 그 전에 내가 네 목숨을 **빼앗아버**릴 테니 말이다."

그 말을 들은 디오메데스는 말을 되돌려 그와 맞붙을까 말까 하고 망설였다. 3번이나 갈등하는 중에, 모든 것을 보는 신 제우스가 이다 산 꼭대기에서 앉아 있다가 천둥을 3번 내려쳤다. 그것은 트로이 군의 승리를 의미하는 제우스의 징조였다. 헥토르가 우레와 같은 소리로 외쳤다.

"트로이와 리키아, 그리고 다르다니아의 군사들이여! 자신이 대장부임을 증명하라! 동지들이여, 싸워 이겨라! 자비의 제우스가 내게는 승리와 영광을, 적군에게는 재앙을 약속하셨음을 난 알고 있다. 어리석은 자들이 쌓아놓은, 쓰레기만도 못한 방어벽의 비참한 꼴을 보라! 저 따위는 나에게 아무 걸림돌이 되지 못한다. 말은 저들의 참호를 어렵잖게 뛰어넘을 것이다! 적들의 배에 다가가게 되면 불지르는 걸 잊지 말도록 하라. 내 저들의 군함을 모두 불사르고 적들을 쳐 죽이리라!"

그는 말을 마치고 자신의 말들을 외쳐 불렀다.

"아름다운 밤색 털 크산토스와 흰 발 포다르고스, 갈색마 아이톤과 윤기 나는 람포스야. 이제 너희들을 먹여 기른 보답을 해다오! 네 여주인 안드로마케가 여물통에 담아 성심껏 마련한 밀과 목마를 때마다 물통에 채워주던 포도주를 기억해라. 그녀에겐 남편인 나보다 너희들이 먼저였지 않았느냐.

자, 달려라! 곧 하늘에서부터 땅까지 그 명성이 자자한, 네스토르의 견고한 황금 방패를 얻게 될 것이다! 또한 디오메데스의 어깨에서 헤파이스토스가 만들어준 영예에 빛나는 갑옷을 벗겨 빼앗을 수 있을 것이다! 그 2가지만 손에 넣을 수 있다면 그날 밤 안에 그리스 병사들은 짐을 싸 배를 띄울 것이다!"

헥토르의 호언장담에 헤라 여신은 그만 화를 터뜨렸다. 그래서 옥좌를 박차고 나와 올림포스를 뒤흔들며 포세이돈을 외쳐 불렀다.

"지진의 신이여, 부끄럽지도 않습니까? 그렇게 힘이 세면서도 그리스 인들의 몰락에는 상관하지도 않는군요! 헬리케나 아이가이 해[3]에서 그대에게 진귀한 제물을 무수히 바쳤던 그들입니다. 그대가 그들에게 승리를 기원해주세요. 우리가 힘을 합쳐 트로이 인들을 몰아내고 제우스를 막으려고 마음만 먹는다면, 제우스도 어쩔 수 없이 산위에 홀로 앉아 분을 달랠 수밖에 없을 것 아닌가요!"

지진의 신은 버럭 화를 내며 대답했다.

"수다쟁이 같은 분이여, 당치 않은 소리오. 난 제우스와 싸울 생각따위는 가지고 있지 않소. 그분은 우리 모든 신들을 합한 것보다도 강한 분이 아니오이까!"

그러는 사이에 그리스 군의 함대와 참호 주변을 트로이의 병사와

---

3) 포세이돈의 신전이 있는 곳.

말들이 온통 에워싸게 되었다. 제우스에게서 능력을 받은 헥토르가 그리스 병사들을 거기까지 몰아넣게 만들었던 것이다. 아마 헤라 여신만 없었다면 헥토르는 적의 배들을 모조리 불살라버릴 수 있었으리라.

헤라는 직접 아가멤논 왕의 마음을 움직여 병사들을 독려하고 용기를 북돋우게 하였다. 그러자 아가멤논은 커다란 자줏빛 옷자락으로 몸을 감싸고 진지와 배들을 지나 진영 한가운데 우뚝 솟은 오디세우스의 커다란 배에 올랐다. 그곳은 양쪽에 자리한 모든 병사들에게 자신의 목소리를 전달할 수 있을 만한 위치였다. 그는 우렁찬 소리로 말했다.

"병사들이여, 부끄럽지도 않은가! 너희의 멀쩡한 생김새가 오히려 수치스럽다! 원대한 민족임을 자처하던 그 자신만만한 모습은 다 어디로 갔느냐. 푸짐한 고기를 먹어치우고 술통을 비우면서 한 사람이 100명, 200명의 트로이 군을 상대하겠다고 호언장담하지 않았는가. 그런데 지금 고작 한 사람을 겁내고 있다. 그 헥토르가 이제 우리 배들에 불을 지르려 하고 있다.

오, 제우스여! 어째서 위대한 왕의 눈을 분노의 광기로 멀게 하여 승리의 영광을 빼앗으려 하시는 것입니까! 확신하건대, 그 저주받은 항해를 하면서도 나는 신전의 제단을 그냥 지나친 적이 없었습니다. 매번 제단에 짐승의 살과 기름을 태워 올렸습니다. 모두 다 트로이 성의 함락을 기원하는 뜻에서였습니다. 제우스여, 지금 제게 은혜를 하나 허락해주소서. 우리가 목숨을 보존하여 도망칠 수 있게 하시고, 트로이 군에게 완전히 패배치 않도록 해주소서!"

기도를 올리는 왕의 볼에서 눈물이 흘러내렸다. 제우스는 그를 불쌍히 여겨 병사들의 목숨은 구해주겠다고 약속하였다. 그리고는 날짐승들 중에 가장 믿을 만한 새인 독수리를 보내 바로 그의 뜻을 드러내 보였다. 발톱에 새끼 사슴을 매단 그 독수리는 제우스에게 제물을 바치던 신전 가까이에 그 사슴을 떨어뜨렸다. 그 새를 본 병사들은 그것이 제우스의 징조임을 알게 되었고, 그러자 새로운 용기가 솟아올라 트로이 군과의 전투에 뛰어들었다.

그리스 병사들은 참호를 사이에 두고 적군과 싸웠는데, 그 많은 병사들 중 누구도 디오메데스보다 앞서 나갔노라고 떠벌릴 수 있는 자는 없을 터였다. 제일 앞에서 적군을 쓰러뜨리던 디오메데스가 전차를 돌려 도망가려던 아겔라오스의 등을 창으로 뚫어 쓰러뜨리자, 그 뒤를 이어 아가멤논과 메넬라오스가 달려나왔고, 그 뒤에는 전투의 열기로 달아오른 큰 아이아스와 작은 아아이스, 그리고 이도메네우스와 전쟁의 신이나 다를 바 없는 전우 메리오네스가 나섰다.

에우리필로스와 테우크로스[4]가 9번째로 왔는데, 테우크로스는 활시위를 당겨 큰 아이아스의 무적 방패 뒤에 웅크리고 앉아 있다가 아이아스가 방패를 치우면 적당한 상대에게 화살을 날리고, 상대가 쓰러지면 마치 어머니 뒤로 어린아이가 숨어드는 것처럼 다시 방패 뒤로 달려들곤 했다. 아이아스는 그런 그를 계속해서 그의 커다란 방패로 가려주었다. 그런 식으로 테우크로스가 처음 쏘아 맞힌 적군은 오르실로코스를 필두로 하여, 오르메노스, 오펠레스테스, 다이토르, 크로미오스, 그리고 리코폰테스, 아모파온, 멜라니포스였다.

아가멤논은 그의 화살 앞에 그토록 많은 적군이 쓰러지는 모습을 보고 뛸 듯이 기뻐하였다. 그리고는 그에게로 와서 칭찬해주었다.

"테우크로스, 내 마음에 드는 부하여! 너는 최고의 명장이로다! 그처럼 계속 공을 쌓는다면 그리스 인은 물론 네 부친 텔라몬에게도 희망이 되어줄 것이다! 네가 적자가 아님에도 불구하고 네 부친은 널 집에 거둬 키워주었다. 이제는 네가 멀리 계신 부친의 명성을 드높여드리거라. 내가 너에게 무엇을 해줄 것인지 말하고자 하니, 전능하신 제우스와 아테나께서 트로이 정복을 허락하신다면 너는 나 다음으로

[4] 큰 아이아스의 이복동생.

좋은 선물을 받는 영광을 누리게 될 것이다. 신탁을 받드는 청동 제단 아니면 말 한 쌍이 끄는 전차, 혹은 네 침상으로 데려갈 여자를 내려주마!"

테우크로스가 대답했다.

"영광스러운 폐하! 폐하의 격려가 필요하지 않을 만큼 저는 이미 최선을 다하고 있습니다. 저는 이미 8명에게 화살을 날렸고, 화살들은 젊은 그들의 살에 박혔습니다. 그런데 저 미친개는 도무지 맞출 도리가 없군요."

그는 이렇게 말하고는 화살 하나를 헥토르를 향해 쏘았다. 화살은 빗나갔다. 대신 프리아모스 왕의 아들 중 다른 한 명의 가슴을 명중시켰다. 그는 고르기티온이라는 용사였는데, 아이시메 출신인 모친의 이름은 카스티아네이라라고 하였고, 그녀의 아름다움은 가히 성스럽다 할 정도였다. 마치 정원에 심은 양귀비 열매가 봄날의 빗방울이나 속을 채운 씨의 무게를 못 이겨 고개를 수그리듯이, 무거운 투구를 쓴 고리기티온의 머리가 어깨 위로 떨어졌다.

테우크로스는 헥토르를 죽일 결심으로 그를 겨냥해 다시 한 번 화살을 날렸다. 그러나 전차를 모는 아르케프톨레모스의 가슴을 맞추었을 뿐이었다. 말이 놀라서 물러섰으나 그는 이미 죽은 상태였다. 헥토르로서는 울분을 참을 도리가 없는 잔인한 공격이었다. 그는 동지의 죽음을 깊이 슬퍼했지만 시체를 돌볼 여유가 없었다. 우선 가까이 있던 형제 케브리오네스[5]를 불러 말고삐를 잡아달라고 부탁했고, 그는 기꺼이 그 부탁을 받아주었다. 고삐를 넘긴 헥토르는 무시무시한 괴성을 지르며 전차에서 뛰어내려서는 테우크로스를 죽일 양으로 돌을 집어 올렸다. 헥토르가 그를 겨냥하고 다가올 때, 테우크로스도 막 날카로운 화살을 골라 시위에 재고 있었다. 그러나 헥토르가 한 걸음 빨랐다. 그가 던진 거친 돌이 활시위를 끊고 테우크로스의 목과

5) 프리아모스 왕의 사생아.

가슴 중간에 있는 급소인 쇄골을 쳤다. 그로 인해 테우크로스의 손과 손목은 못 쓰게 되었고, 무릎을 꺾고 넘어질 때 활도 그의 손에서 미끄러져 나갔다. 동생이 쓰러지는 모습을 본 아이아스는 순식간에 달려와 그를 자신의 커다란 방패로 가려주었다. 이어 동지들인 메키스테우스와 알라스토르가 고통으로 신음하는 테우크로스를 함선이 있는 곳으로 데리고 갔다.

올림포스의 제우스는 다시 한 번 트로이 인들에게 힘을 실어주었다. 그 힘을 입어 그들은 그리스 측의 참호 쪽으로 다시 밀고 들어갔는데, 그 선봉에는 당당한 모습의 헥토르가 있었다. 그는 그리스 군대의 뒤를 바싹 쫓으며 공격을 가했다. 흡사 사냥개들이 끈질기게 달라붙어, 몸부림치는 사냥감의 옆구리와 둔부를 찢어놓는 모습 같기도 했다. 마침내 그리스 병사들은 참호와 말뚝을 넘어서 후퇴하기 시작하였다. 도중에 많은 병사들이 쓰러졌으며, 더러는 함선 부근까지 내려와 숨을 헐떡였다. 그들이 애타게 신들에게 부르짖어 기도하고, 팔을 들어 서로를 불러대는 가운데 헥토르는 고르곤이나 피에 굶주린 아레스처럼 그들을 노리면서 전차를 타고 돌아다녔다.

그 애통한 광경을 보던 헤라가 아테나에게 말했다.

"부끄러운 일이구나, 전능한 제우스의 딸아! 우리가 아무 노력도 해보지 않고 그리스 인들을 저렇게 망하게 놔둘 수는 없는 일 아니냐. 보렴, 저 한 사람 손에 그리스가 완전히 파멸해버릴 판이다! 도저히 참을 수가 없구나! 저렇게 미친 놈처럼 왔다 갔다 하는 꼴이라니, 저 프리아모스 왕의 아들 헥토르가 정말로 끔찍한 짓을 저지르고 있구나!"

아테나가 그런 여신에게 말했다.

"빨리 저 미친 자를 그리스 인들이 죽여주기만을 바랄 뿐입니다. 아버지 제우스께서는 대체 무슨 생각을 하시는지 모르겠습니다. 고집을 부려 제 계획을 망쳐놓기나 하고!

제가 헤라클레스를 얼마나 많이 도와주었는지는 다 잊어버리신 모양입니다. 헤라클레스가 제우스께 도와달라고 하늘에 간청할 때면 아버지는 저를 보내셨지요. 이럴 줄 알았으면 헤라클레스가 저승문을 지키는 개를 데려오는 임무를 맡았을 때, 다시는 저승의 강을 건너오지 못하게 해버릴걸 그랬습니다.

그런데도 지금 아버지는 저를 미워하고 테티스의 말만 듣고 계십니다. 저 아래서 벌어지고 있는 일도 그 여신의 계략이죠. 그 여신이 아킬레우스에게 은혜를 내려달라고 애원한 겁니다. 그렇지만 아버지께서 절더러 빛나는 눈을 가진 내 딸아 하고 불러주실 날이 올 겁니다.

그러니 여신께서는 말을 준비하시고 저는 안에 들어가 무장을 하도록 하죠. 그리고서 빛나는 투구의 헥토르가 전장에 나타난 우리를 보고 어떤 표정을 짓는지 보도록 합시다. 장담컨대, 지금 저 함대 옆으로 트로이 군의 시체가 높이 쌓여 개와 독수리들이 그들의 살덩이와 비계로 배를 채우게 될 겁니다!"

이리해서 여신들의 여왕 헤라는 말들을 준비시켰다. 그리고 아테나는 전투를 위해 손수 만든 옷을 벗어 아버지의 궁전 바닥에다 두고 제우스의 겉옷으로 갈아입었다. 그리고 이 무서운 여신이 전사들을 무찌를 때 쓰는 무겁고 거대한 창을 들고 분노에 차 전차에 올라탔다. 헤라가 잘 훈련된 말들을 채찍으로 몰고 가자, 곧 그들이 지날 수 있도록 하늘 문이 저절로 열렸다.

한편, 이다 산에서 그들의 행동을 모두 지켜보고 있던 제우스는 굉장히 화가 났다. 그는 황금 날개의 이리스를 불러 다음과 같은 명령을 전하라고 보냈다.

"가라, 이리스. 민첩한 나의 전령아! 헤라에게 서로 마주치게 되면 큰일이 벌어질 터이니 내 앞에 나타나지 말고 돌아가라고 이르거라. 내 너에게 이르노니, 내가 그들을 보게 되면 말은 불구로 만들고 전차는 산산 조각내버릴 것이며 그들은 내던져버리고 그 위로 벼락을 던져 10년이 지나도 낫기 어려운 부상을 입힐 것이다. 그러면 아테나는 제 아비에게 맞선 결과가 어떤 것인지 알게 되리라! 헤라의 행동이나 성격에 대해서는 이미 익숙해져 있으니 그녀에 대해서는 그리 화날 것도 없다. 내 말은 뭐든지 어기는 여신이 아닌가.”

이리스는 임무를 띠고 폭풍처럼 재빠르게 산을 내려가 올림포스로 올라갔다. 거기서 하늘 문을 지난 두 여신을 만난 이리스는 문 앞에서 그들을 막고 제우스의 전갈을 전했다.

“이렇게 급히 어딜 가려 하십니까? 온전한 정신으로 하시는 일입니까? 제우스님께서 그리스 인들을 절대 돕지 말라고 명령하셨습니다. 제왕이 실행에 옮기실 위협이 어떤 것인지 들어보십시오. 그는 여신들의 말을 불구로 만들고, 전차는 박살을 낼 것이며, 아테나 여신을 던지고 번개를 내리쳐 10년이 지나도 아물지 않는 상처를 입힐 거라고 하셨습니다. 그러면 아름다운 눈을 가지신 아테나 여신께서도 아버지에게 싸움을 건 결과가 어떤지 알게 될 거라 하셨습니다. 헤라 여신님에게는 그다지 크게 화를 내지 않고 계십니다. 여신의 성품이나 행동에는 이미 익숙해졌다 하셨습니다. 언제나 자신의 일에 반대하신다고 말씀하시더이다. 그러나 그 흉측한 창을 들고 제우스께 맞선다면 아테나 여신은 부끄러움도 두려움도 모르는 못된 여신이 될 거라 하셨습니다.”

이리스는 이렇게 말을 전하고 가버리자 헤라가 입을 열었다.

“오, 맙소사. 전능한 제우스의 딸아! 언제 죽을지도 모르는 인간들 편을 드느라 제우스를 거스르지는 않는 게 좋을 성싶구나. 누가 살고 죽든 간에 그냥 내버려두자. 제우스께서 트로이와 그리스 중 어느 쪽이 옳고 적절한지 판단 내리도록 그냥 두기로 하자.”

그리고 여신은 말을 돌려 돌아갔다. 계절의 신들은 말들을 도로 풀어 여물통 앞에 묶어두고 전차는 벽에 기대어놓았다. 두 여신은 몹시 기분이 언짢은 채로 자신들의 황금 의자로 돌아가 신들의 무리 속에 섞였다.

제우스 신이 이다 산을 떠나 신들이 모여 있는 곳으로 돌아왔다. 포세이돈이 제우스의 말과 전차를 받아 잘 간수하였다. 제우스가 자신의 황금 옥좌에 착석하자, 그의 발 아래로 올림포스가 흔들렸다. 아테나와 헤라는 서로 붙어 앉아 있었는데, 그에게 말을 시키지도 무엇을 묻지도 않았다. 그들의 기분을 충분히 알고 있는 제우스가 먼저 말을 걸었다.

"아테나와 헤라, 그대들은 왜 그리 우울한 얼굴을 하고 있는가? 그토록 미워하는 트로이 군들을 죽이느라 피로해진 것 같지는 않군 그래. 무슨 일이 일어나도 내 불굴의 의지와 두 손이 있는 한 어떤 신도 나에게 저항하려 들진 않을 테니 말이야. 아마 내 말을 어기려 들었다면 전쟁터로 내려가 그 끔찍한 광경을 보기도 전에 그대들의 강인한 힘줄들이 먼저 두려움에 떨었을 테지. 내가 그대들을 벼락으로 치는 날이 온다면, 아마 그대들을 다시 올림포스로 데려올 전차 따위는 필요 없어질 것이다. 말하건대 나는 이 말을 분명히 실행에 옮길 것이야."

붙어 앉아 트로이 인을 못살게 굴 방법을 짜내고 있던 아테나와 헤라는 그 말에 툴툴거리며 불만을 표시했다. 아테나는 너무나 분했고, 아버지인 제우스에게 몹시 화가 나 있었지만 입을 다물 수밖에 없었다. 하지만 헤라는 화를 참지 못하고 분통을 터뜨렸다.

"악한 신이여, 무슨 말씀을 하고 계시는 거죠? 당신 힘이 대단하다는 건 너무나 잘 알고 있어요. 하지만 우리 모두는 저토록 고전하고 있는 그리스 용사들을 동정하지 않을 수 없어요. 그냥 두면 그들은 완전히 파멸해버리고 말 거예요!"

제우스가 대답했다.

"거만한 여왕이여, 당신이 원한다면 내일 새벽에 화가 난 제우스가 무슨 일을 할지 보여주겠소. 그 사랑스러운 두 눈으로 내가 더 많은 그리스 용사들을 죽이는 광경을 보게 될 것이오. 아킬레우스가 함대 옆에서 분연히 일어서기 전까지 헥토르는 싸움을 멈추려 하지 않을 테니 말이오. 그날에는 필시 파트로클로스의 시체를 빼앗으려고 혈투를 벌일 것이오. 그것은 운명이 결정한 일이오.

　당신이 화를 내든 말든 난 관심이 없소. 당신이 대지와 바다 끝을 넘어 이아페토스나 크로노스가 영원히 살고 있는 타르타로스로 간다고 해도 난 알 바 아니오.[6] 빛도 비치지 않고, 위안을 줄 미풍도 불어오지 않는 그곳에 간다고 해도 당신의 분노에는 신경 쓰지 않을 거요. 당신처럼 염치없는 여자는 없을 것이오."

　헤라는 남편의 말에 아무 대답도 하지 않았다. 곧이어 태양이 오케아노스 속으로 모습을 감추었고 검은 밤이 비옥한 대지 위에 드리워졌다. 트로이 인들은 날이 저무는 것이 반갑지 않았지만 그리스 인들은 기뻐 마지않았다. 그리스 인들은 어서 밤이 오기를 몇 번이나 기원하였던 것이다.

　헥토르는 시체가 널려 있지 않고 사방이 가로막히지 않은 강 근처로 병사들을 이끌었다. 거기서 회의를 소집하니, 모두들 전차에서 내려 그의 말을 듣기 위해 모였다. 헥토르는 길이 11완척이나 되는 긴 창을 쥐고 섰다. 둥그런 황금 고리 위로 청동 창날이 어스레한 빛으로 번득였다.

　"트로이와 다르다니아와 우리 동맹의 병사들이여! 나는 저 그리스 군과 저들의 배를 깡그리 없애버릴 작정이었다. 그러나 그러기에 앞서 날이 어두워졌고, 덕분에 해변에 있는 그들과 배들이 무사할 수 있게 되었다. 그러니 우리도 오늘밤만은 여기서 멈추기로 하자. 식사 준비를 하고 말들에게는 풀을 먹이도록 하라. 소와 양, 그리고 술을 가져와 우리의 노고를 달래도록 하자. 빵을 꺼내오고 장작을 모아 밤새 불을 지피도록 하라. 그래야 어둠을 이용해 적들이 도망치는 일이

6) 헤라가 타르타로스에 있는 티탄 신족을 모아 자신에게 반역을 시도하더라도 상관없다는 뜻.

없을 것이다.

공격이 없는 틈을 타서 저들이 배에 올라가게 해서는 안 된다. 누군가 배로 뛰어오르려고 하면, 화살이나 창을 날려라. 고향으로 돌아가서 두고두고 음미할 상처를 남겨주어라. 그걸 본 다른 자들이 우리 트로이와 전쟁을 벌일 엄두를 내지 못하게끔 말이다!

트로이로 전령들을 보내 젊은이와 노인들을 성벽에 배치하라고 전하라. 여자들은 집안에 불을 환히 밝혀 남자들이 전장에 있는 동안 어떤 적병도 성에 들어오지 못하게 하라고 이르라.

나의 용사들이여, 오늘은 이것으로 끝이다. 내 지시를 확실히 지키도록 하라. 내일 할 일은 내일 또 지시하겠다. 나 헥토르는 희망에 가득 차 제우스와 하늘의 신들께 기도하겠다. 운명에 좇겨 배 위로 올라갈 저 잡종개들을 이곳에서 몰아낼 수 있게 해달라고 말이다!

오늘밤에는 방어 태세에 만전을 기하도록 하라. 내일 새벽, 우리는 적들의 함선을 공격할 것이다. 디오메데스가 날 트로이 성벽으로 내던질 만큼 강한지, 아니면 내가 그를 죽여 피 묻은 갑옷을 벗겨낼 수 있는지는 내일 보면 알게 되리라! 내일 내 창에 맞서는 자의 실력이 과연 어떠한지 보게 될 것이다. 그렇지만 날이 밝으면 분명 그가 제일 먼저 쓰러질 것이며 그 다음에는 그의 많은 동지들이 그 주위에 쓰러지게 될 것임에 틀림없다. 내가 내일 그리스 인들에게 확실한 종말의 날을 가져다주고, 아테나와 아폴론처럼 영생의 신으로 사람들의 숭배를 받는다면 얼마나 좋겠는가!"

헥토르의 연설은 커다란 갈채를 받았다. 병사들은 땀을 뻘뻘 흘리고 있는 말들의 마구를 풀어주고 전차에 매두었다. 또 신속히 트로이 시내에서 소와 양들과 긴장을 풀어줄 술과 빵을 가져왔고, 장작도 수북하게 쌓았다. 이윽고 고기 익는 냄새가 바람에 실려 하늘로까지 올라갔다.

밤 내내 함선과 스카만드로스 강 사이에 피워놓은 모닥불은 빛나는 하늘의 별만큼이나 많았다. 평원 위에 너울거리는 그 많은 모닥불 주변에는 각각 50여명의 장정들이 불을 쬐며 앉아 있었다. 그리고 말들은 전차 옆에 선 채로 흰 보리와 콩을 씹어가며 영광스러운 옥좌에 앉은 새벽의 여신이 오기를 기다렸다.

IX

사절들은, 해안을 따라가면서 땅을 받치기도 하고 뒤흔들기도 하는 포세이돈 신에게 아킬레우스를 잘 설득하여 그 강한 고집을 꺾을 수 있게 해달라고 충심으로 빌었다.

트로이 군들이 경계를 게을리 하지 않고 있는 한편, 그리스 병사들은 치떨리는 패배의 몸종인 두려움에 사로잡혀 있었고 장수들은 헤어날 수 없는 실의에 빠져 있었다. 북풍과 서풍으로 인해 솟구친 검은 바닷물이 해변에 자라고 있는 해초들을 휩쓸어버리는 것과 같이, 그들의 정신은 산산이 흩어진 상태였다.

아가멤논은 극심한 정신적 고통에 짓눌려 이리저리 서성거리다가 전령들을 불러 지휘관들을 한 사람씩 불러오되, 큰소리를 내지 말라고 명령하였다. 그리고 자신도 직접 부르러 나섰다. 모인 지휘관들은 실망 가득한 모습으로 자리에 앉았다. 아가멤논 왕이 일어섰는데, 그의 볼에는 바위에서 솟아 나와 깊이 신음하듯 흐르는 개울물 같은 눈물이 흐르고 있었다. 그는 깊은 한숨을 내쉬고서 회의에 모인 사람들을 향해 입을 열었다.

"동지들이여, 그리고 영주들과 왕들이여, 제우스께서 분노의 족쇄를 채워 나를 눈멀게 하셨소. 참으로 모진 신이오! 일찍이, 튼튼한 성벽으로 둘러싸인 이 트로이를 정복하고 돌아가게 해주겠다고 약속했던 신이 무정하게도 날 속였소. 그리고 이제 그토록 많은 생명을 잃은 불명예를 인고 고향으로 돌아가라고 명하고 계시오. 그것이 수많은 도시를 무릎 꿇게 만들었으며 앞으로도 많은 도시를 정복할 전능한 신이 바라시는 바란 말이오. 그러니 거기에 이의를 제기치 말고 배를 타고 고향으로 돌아가도록 합시다. 지금으로서는 트로이 정복이란 전혀 불가능한 일이오."

그들은 잠자코 이야기를 들으면서 슬픔에 잠겨 자리를 지켰다. 한참이 지난 뒤, 드디어 디오메데스가 침묵을 깼다.

"왕이시여, 제가 먼저 대답을 올려야 하겠습니다. 저는 그 얘기가 어리석다고 말씀드리고자 합니다. 공개 회의에서는 반대할 수도 있는 법이니, 부디 제 말에 화를 내지는 마십시오. 모든 사람들이 모인 자리에서 용기 없고, 무능한데다 싸움을 피하려한다고 저를 비난하신 분은 바로 당신이십니다. 그 사실을 모르는 사람은 없을 겁니다.

신께서 당신을 큰 부자로 만들고, 영광된 홀을 내려 모든 왕들 위에 군림토록 하셨지만 용기는 주시지 않은 것 같습니다. 그러나 용기야말로 진정 강력한 힘입니다. 왕께서 말씀하신 대로 우리 백성들이 정말로 그렇게 약해 빠진 겁쟁이란 겁니까? 후퇴하는 쪽으로 마음을 정하셨다면 가십시오. 길도 있고, 해변에는 타고 갈 배들도 있습니다. 왕께서 미케네에서 갖고 온 멋진 배들 말입니다. 하지만 우리는 트로이를 완전히 파멸시킬 때까지 떠나지 않겠습니다! 다른 사람들도 가고 싶으면 가십시오. 그리운 집을 향해 노를 저으십시오. 그래도 스테넬로스와 저, 우리 둘만은 계속 싸울 것입니다. 신께서 저희를 이리로 보내시며 완수하라 하신 임무를 다할 때까지 말입니다!"

모두가 디오메데스에게 존경이 담긴 환호를 보냈다. 그러자 네스토르가 일어서며 말했다.

"디오메데스, 그대는 힘겨운 전쟁터에서 최고의 용사이며 같은 젊은이 중에서는 가장 훌륭한 조언자이기도 하오. 진정한 우리 백성이라고 한다면 그대의 말을 반박하거나 부정하지 못할 것이오. 그러나 그대의 말에는 구체적인 방법이 빠져 있소.

자, 그대는 젊고, 나이로는 내 막내아들 뻘이오. 그렇지만 그대의 말은 옳고 또 우리 왕들에게는 필요한 충고요. 그러니 그대보다 연장자인 이로서 말하건대, 내가 모든 것을 정리하리다. 내 말은 설사 아가멤논 왕이라 하더라도 무시하지 못할 것이오.

　일단 현실을 생각하도록 합시다. 밤의 순리에 맞게 행동해야 하오. 배를 채우고 경비병을 방어벽과 참호 사이에다 배치시키시오. 이것은 젊은이들이 할 일이오.

　그리고 아가멤논이여, 탁월한 왕인 당신은 나이 많은 이들을 저녁 식사에 초대하시오. 그대의 창고에는 배를 통해 들어온 술이 넘쳐나지 않소. 그들을 대접하는 것은 그대의 몫이오. 적지 않은 사람들이 모이면 그들에게서 쓸 만한 말도 많이 나올 것이오. 그중 가장 쓸모 있다고 여겨지는 충고를 받아들이시오. 적들이 바로 우리들 함대 근처에 와 있는 지금, 현명하고 바른 충고야말로 우리 모두를 위해 가장 필요한 것이오. 무수히 밝혀진 저 불꽃들을 보시오! 저걸 보고 즐거워할 자가 누가 있겠소. 우리 군이 완전히 파멸하여 흩어지느냐, 목숨을 구하느냐는 오늘밤에 결정날 것이오!"

　주의 깊게 그의 말을 경청하고 있던 모두는 지체하지 않고 움직였다. 그들은 완벽하게 무장시킨 경계병들을 보냈는데, 네스토르의 아들 트라시메데스 및 믿음직한 용사인 아스칼라포스와 이알메노스의 지휘에 따라 배치되었다. 다른 경계병들은 메리오네스와 아파레우스, 데이피로스, 그리고 리코메데스가 맡았다. 이 7명의 지휘관 아래 배속된 젊은 병사 100명은 장창으로 무장하고, 배치가 끝난 뒤에 불을 피워 저녁식사를 했다.

　한편, 아가멤논은 모든 원로들을 자신의 막사로 초대해 성찬을 베풀었다. 그들이 식사를 끝낼 무렵, 네스토르가 제일 먼저 입을 열었다. 이 위엄 있는 노인의 충고는 언제나 가장 효과적인 해결책으로 여겨졌다. 그는 공정하고 당당한 태도로, 자신의 생각을 마치 베로 천을 짜듯 조리 있고 명쾌하게 펼쳐놓았다.

　"아가멤논 왕이시여. 제가 위엄 있으신 대왕에 대한 말로 서두를 꺼내겠소이다. 또한 끝맺음도 대왕에 대한 말로 할 것이오. 이는 제우스의 영광을 입어 많은 국가들을 다스리는 분이 당신이기 때문이며, 또한 그들을 위하는 마음에서 나의 조언을 받아들일 분이기 때문이오.

무릇 모두를 위하는 마음으로 충고하는 자의 뜻을 실행함은 군주된 자의 도리이오. 다른 이가 말로 시작은 할 수 있을지라도 그 이후의 일은 온전히 대왕의 선택에 달린 것이란 말씀이오. 그러면 이제 내가 가장 최선이라고 생각되는 바를 말씀드리겠소. 대왕께서 아킬레우스의 여자 브리세이스를 빼앗아 그가 분노를 품던 날 이후로 쭉 제 가슴에 담아두었던 생각이며, 이보다 더 나은 방책을 낼 수 있는 자는 없을 것이라 생각하오.

그날 일어났던 일은 어느 누구도 바라던 바가 아니었소. 대왕의 행동을 막기 위해 내가 얼마나 강력히 반대했는지 아실 것이오. 그러나 대왕은 그 오만함으로 그의 전리품을 빼앗음으로써 신들이 영광을 내린 위대한 장군을 모욕하고 말았소. 야심한 밤이긴 하나 아킬레우스의 상한 마음을 달랠 방도를 궁리하여, 위로의 말과 성심을 다한 선물을 내려야 한다고 말씀드리는 바이오."

그러자 왕이 대답했다.

"경께서 내 분별없는 성품에 대해 옳은 말을 해주었소. 내가 생각이 짧았다는 것을 부정하지 않겠소. 제우스께서 아킬레우스를 높이시고 우리 그리스 인들에게 굴욕을 주시는 지금, 그분의 사랑과 영광을 받고 있는 그는 수천의 병사 이상으로 가치 있는 존재요. 실수로 내 야비한 욕망을 채우고자 했으니, 이제 그의 화를 가라앉히고 내 실책을 보상할 만한 것을 주고 싶소.

모두가 있는 이 자리에서 그에게 하사할 물건들을 밝히겠소. 한번도 사용한 적이 없는 세발솥 7개, 황금 10탈란톤[1], 반짝이는 가마솥

---

1) 명확한 단위는 아니나, 1탈란톤은 대략 25킬로그램에 해당된다.

20개, 그리고 경주에서 승리한 말 12필을 내놓겠소. 내 경주마들이 타온 상금만 모아도 부자라는 소리를 들을 수 있을 정도로 뛰어난 말들이오. 그리고 손재주 뛰어난 레스보스 여자 7명을 보내겠소. 레스보스를 정복했을 때 내가 골라서 데리고 있던 여자들인데, 최고의 미녀들이오. 이 여자들과 함께 브리세이스도 돌려주겠소. 내 침상에서 브리세이스를 안아본 일이 절대 없다는 것, 또 지분거린 적도 없다는 걸 엄숙히 맹세하겠소.

지금으로서는 내가 줄 것은 이게 다요. 나중에 신의 은총으로 트로이를 정복할 수 있다면 엄청난 양의 황금과 청동, 그리고 헬레네 다음 가는 트로이 미녀 20명을 줄 것이오. 그리고 그가 아르고스로 돌아가면 호화로운 생활을 하고 있는 사랑하는 나의 아들 오레스테스와 동등한 지위를 부여할 것이오. 또한 내 딸 크리소테미스, 라오디케, 이피아나사 중에서 한 사람을 고르면 아비가 딸에게 줄 수 있는 가장 많은 지참금까지 들려 시집보내겠소.

번창한 7개의 도시도 주겠소. 카르다밀레, 에노페, 초원의 히레, 성스러운 페라이, 그리고 목초지 안테이아, 아름다운 아이페이아, 포도의 고장 페다소스요. 모두 바다와 가깝고 가축들을 많이 가진 부자들이 사는 지역으로서, 백성들은 공물을 바쳐 아킬레우스를 숭배하고 또 그의 권위에 복종할 것이오.

그가 화를 풀어준다면 그에게 이 모두를 해줄 터이니, 그로 하여금 승낙케 만들어주시오. 무자비하고 양보를 모르는 성품을 지닌 자는 하데스[2]뿐만이 아니오, 그러니까 인간들에게 가장 미움 받는 신이겠지만. 하여간 나는 아킬레우스보다 위대한 왕이며 나이도 위이니 그더러 내게 져주라고 하시오."

왕의 말을 듣고 있던 네스토르가 대답하였다.

"자비하신 아가멤논 왕이시여! 왕이 아킬레우스에게 주시고자 하

---

2) 저승의 신.

는 선물들은 누구도 거절 못할 정도의 것이오. 당장 사절을 파견하도록 합시다. 내가 사람을 고르리다. 포이닉스께서 앞장서고, 큰 아이아스와 오디세우스가 함께 가도록 하시오. 또 오디오스와 에우리바테스도 따라가시오. 자, 이제 손을 씻고 경건한 침묵으로 제우스께 기도를 올리고 자비를 빌도록 합시다."

모두 그의 말에 따랐다. 전령들은 곧바로 손 씻을 물을 부어주었고, 젊은이들이 포도주 동이를 가져왔다. 그리고 정해진 방식에 따라 엄숙하게 술이 돌려졌고, 사람들은 우선 신에게 바친 뒤에 그것을 마셨다. 그리고 모두 흩어졌는데, 네스토르는 사절들, 특히 오디세우스에게 열심히 고개를 끄덕이거나 때로는 눈짓을 하면서 그 당당하기 그지없는 아킬레우스를 설득하기 위해 해야 할 말을 상세히 일러주었다.

포이닉스가 앞장서 길을 나선 사절들은, 해안을 따라가면서 땅을 받치기도 하고 뒤흔들기도 하는 포세이돈 신에게 아킬레우스를 잘 설득하여 그 강한 고집을 꺾을 수 있게 해달라고 충심으로 빌었다. 그들이 미르미돈 인들이 집결해 있는 곳에 다다랐을 때, 아킬레우스는 하프를 연주하고 있었다. 악기의 명인이 은으로 만든 그 하프는 아주 맑은 음색을 내었는데, 그가 테베에서 가져온 전리품 중 하나였다. 아킬레우스는 악기를 연주하면서 영웅과 그들의 업적을 기리는 노래를 부르고 있었다. 그의 벗 파트로클로스는 맞은편에 앉아 연주가 끝나기를 기다리고 있었다. 그 자리에 다가간 사절 두 사람 중 앞에 있던 오디세우스가 걸음을 멈추었다.

아킬레우스가 놀라움을 표시하며 악기를 손에 쥔 채로 자리에서 벌떡 일어났다. 파트로클로스도 두 방문객을 보더니 따라 일어섰다. 아킬레우스가 그들에게 인사를 건넸다.

"반갑네! 동지들을 보니 기쁘군. 보고 싶었네! 내가 좀 화가 나 있다고 해도, 자네들은 내 가장 절친한 친구가 아닌가."

그는 사절들을 안으로 들여 좋은 자리를 내주었다. 그리고 옆에 서 있던 파트로클로스에게 말했다.

"친구, 부디 큰 잔으로 준비해주게. 독한 술을 내오고, 내 지붕 아래로 찾아온 친절한 벗들에게 잔을 나눠주게."

그 말에 파트로클로스는 곧 분주하게 움직였다. 양의 어깨 부위와 염소고기, 그리고 살집 많은 돼지 등심을 불에 얹었다. 부하 아우토메돈이 고깃덩어리를 잡고 아킬레우스가 직접 고기를 잘랐으며, 그 고기를 파트로클로스가 꼬챙이에 끼웠다. 잘 구워진 고기에 소금을 뿌리고 그릇에 담아두자 빵이 담긴 바구니를 파트로클로스가 돌렸고, 아킬레우스가 나서서 고기를 대접했다.

아킬레우스는 오디세우스 맞은 편 벽에 기대앉아 음식을 먹기 전에 신들께 예의를 갖추라고 파트로클로스에게 일렀고, 그는 아직 손대지 않은 음식의 일부를 불 속에 던졌다.

모두 배부르게 먹고 나자 아이아스가 포이닉스에게 고갯짓으로 신호를 보냈는데, 그것을 눈치 챈 오디세우스가 술을 잔에 가득 채우며 아킬레우스에게 건배를 청했다.

"아킬레우스, 자네의 건강을 비네! 좋은 음식이 떨어지는 날이 없군. 아가멤논 왕의 진영에서도 그렇고, 지금 여기서도 그렇지만 정말 잘 먹고 있는 것 같네. 그렇지만 맘껏 먹고 있다고 해서 좋기만 한 것은 아니지.

우리는 지금 차마 입에 담기도 끔찍한 일을 당해 두려움에 떨고 있네. 자네가 전장에 나오느냐 안 나오느냐에 우리 군 전체의 운명이 달려 있는 것이네. 우리 함대와 병영의 방어를 위해 세워놓은 방어벽 앞에 트로이 군과 각지에서 모여든 동맹군이 진을 치고 있네. 주변 전체에 걸쳐 모닥불을 셀 수 없이 많이 피워놓고 밤에도 우리를 감시하고 있지. 저들은 우리가 얼마 버티지 못하고 배로 도망칠 거라고 믿고 있네. 제우스께서 번개를 내려 그들에게 희망적인 징조를 보여주시기도 한 탓에 헥토르는 승리감에 차서 미쳐 날뛰고 있네. 그가 그렇게 미쳐 있는 한, 천지에 두려울 게 없는 자일세. 헥토르는 지금 빨리 새벽이 오기를 기도하고 있을 거네. 우리 함대에 꽂힌 깃발을 뽑아내고 불을 질러 우리 군을 완전히 몰살시키기 위함이지.

나는 정말 두렵네. 신들께서 헥토르의 소원을 들어주어 트로이 땅에서 멸망하는 게 우리의 운명이 될까봐 두렵단 말이네. 그러니 일어서게! 적어도 몰릴 대로 몰린 우리 병사들이 불쌍하게 느껴진다면 나서야 하네. 때가 늦은 다음에는 후회해봤자 소용없네. 불행이 할퀴고 지나가면 돌이킬 수 없는 일일세. 지옥 같은 날을 보내고 있는 우리 병사들을 어떻게 구할 수 있을지 먼저 생각해주게.

그만 일어나란 말이네! 자네가 아가멤논 왕의 군대에 합류하기 위해 프티아를 떠날 때 자네 부친 펠레우스 왕께서 뭐라고 경고하셨는지 생각나나? '아테나와 헤라 여신께서 작정하신다면 승리는 너의 것이다. 그러나 너는 자만심을 눌러야 한다. 왜냐면 자비로운 마음을 지녔을 때 더 나은 일을 할 수 있기 때문이다. 시비 다툼을 피하여라. 그것은 곧 망하는 지름길이다. 이것만 지키면 남녀노소 모든 백성들이 너를 우러러 볼 것이다.' 라고 하시지 않았는가! 그게 부왕의 당부일진대, 그걸 깡그리 잊었는가? 아직도 늦지 않았으니 마음을 돌리게. 자네를 괴롭히고 있는 원한 따위는 씻어버리게나. 자네가 받아들이기만 한다면 아가멤논 왕께서 막대한 보상을 내리겠다고 하셨네."

오디세우스는 아가멤논이 회의에서 약속했던 모든 선물과 약속을 빠짐없이 전하고서 덧붙였다.

"이런데도 여전히 아가멤논 왕이 증오스럽고 그가 주는 선물마저도 밉살스럽다면, 하다못해 위기에 처해 있는 우리 병사들에게라도 동정심을 가져주게나. 그들은 마치 자네가 신인 양 떠받들고 있으니, 그들로부터 엄청난 영광을 누릴 걸세. 자네라면 헥토르를 죽일 수 있기 때문이네. 지금 헥토르는 그리스 군사 중 그 누구도 자신과 대적할 자가 없다며 큰소리를 치고 있네."

그 말을 듣고 아킬레우스가 대답하였다.

"오디세우스 왕이여! 격식을 따지지 않고 내 기분과 결심을 자네에게 밝힘세. 자네들이 그렇게 앉아 날 몰아세우는 것은 참을 수가 없네. 그리고 마음과는 달리 입으로는 딴 말을 늘어놓은 그자가 하데스의 지옥문처럼 혐오스럽네. 나의 분명한 결심을 들어보겠는가? 아가멤논 왕은 날 설득시킬 수 없네. 그건 다른 누구도 마찬가지일세.

한도 끝도 없이 전장에서 싸워본들 누구나 고마워하는 사람이 없었네. 집에서 노는 거나 하루 종일 나가서 싸우는 거나 얻는 것은 별 차이가 없었고, 용감하게 나서서 싸웠다고 해서 겁쟁이보다 더 존경받은 것도 아니었지. 도망가는 자나 싸우는 자나 어차피 죽기는 마찬가지란 말이네. 난 전장에서 목숨을 걸고 고통을 감수한 대가를 여태껏 한 번도 받은 적이 없네. 새끼에게 부지런히 먹이를 가져다주느라고 정작 자신은 돌보지 못한 어미새나 마찬가지였단 말일세.

잠 못 이루는 밤을 수없이 보내면서, 그들의 아내를 지켜주기 위해 피로 얼룩진 길고 긴 하루하루를 무수히 견디며 싸워왔네. 함대를 이끌고 가 12개의 도시를 정복했고, 육지에서는 11차례의 전투를 치렀네. 그리하여 얻은 온갖 보물과 진귀한 물건들을 아가멤논 왕 앞에 올리면 뒤에서 꾸물거리고 있던 그가 모든 것을 챙기고서 나한테는 부스러기 따위나 나눠주었네. 더군다나 다른 왕들이나 지휘관들에게는 상을 내리기도 했으면서, 유독 내 것만을 빼앗아 간 건 무슨 까닭인가! 그 여자를 옆에 끼고 맘껏 즐기라 하시게.

왜 그리스 병사들이 트로이 병사들과 싸워야 한단 말인가? 왜 군대를 끌고 이곳에 온 건가? 그 아름다운 헬레네 때문 아닌가? 이 넓디넓은 세상에 아름다운 아내를 둔 자가 아가멤논과 메넬라오스 두 사람 밖에 없다던가? 천만에! 정직하고 충실한 남자라면 모두 자기 아내를 아끼는 법, 비록 무력으로 얻은 여자라고 해도 나도 그 여인을 아꼈네. 그런데 그자가 내 손에서 여자를 빼앗아 간 걸세. 그리고 날 기만했지. 그에게 날 떠보지 말라고 하게나. 난 그를 너무나도 잘 아네. 그의 말에 넘어가는 일은 결코 없을 것이야.

오디세우스, 오히려 자네와 다른 왕들이 그의 함대들을 불길에서 구해야 할 것이네. 그는 이미 나 없이도 많은 일을 해왔네. 성벽도 세웠고, 주위에 깊은 참호도 파두었고 말뚝도 둘러 박았지. 그래봤자 헥토르를 막지 못하고 있지만!

물론, 내가 전장에 나섰다면 헥토르가 싸우려고 성에서 나올 용기를 내지는 못했을 테지. 성문이나 그 참나무 있는 곳에서 더 멀리 나오지도 못했을 걸세. 그곳에서 나와 1 대 1로 마주친 적이 있었는데, 내가 덤벼들자 그냥 도망치더군. 그러나 지금은 더 이상 헥토르와 싸울 마음이 없네.

내일은 제우스와 다른 신들에게 제물을 올리고 배를 띄울 참이네. 배에 물건들을 잔뜩 실을 생각이네. 그리고 자네들이 원한다면, 아침 일찍 내 배들이 병사들을 가득 태우고 힘차게 노 저어 가는 걸 볼 수 있을 걸세. 포세이돈께서 순항을 허락하신다면 사흘 안으로 프티아에 닿을 수 있겠지.

이 진저리나는 원정을 시작할 무렵, 나는 막대한 부를 고향에 남겨두고 떠나왔네. 여기서는 내 몫으로 남은 황금과 구리와 여자와 철을 싣고 갈 것이네. 상으로 받았던 것은 아가멤논이 빼앗어가 버렸지만 말일세.

지금 내가 한 말은 공개적인 자리에서 아가멤논에게 빠짐없이 전해서 다른 사람을 또 속이지 못하도록 해주게. 수치라고는 모르는 그 더러운 개는 내 얼굴을 똑바로 바라보지도 못할 걸세. 나를 현혹시켜 속여온 그자에게 도움이 되는 것은 말이든 행동이든 절대 하지 않을 생각이네. 달콤한 말에 다시는 속지 않을 것이네. 제우스께서 그의 지혜를 거둬 가셨으니 악마한테나 가보라고 하게. 역겨운 그의 선물

같은 건 내겐 나무쪼가리만큼의 가치도 없으니까! 그것의 10배, 20배를 준다고 해도 안 되네. 아니, 오르코메노스[3]나, 말과 전차를 거느린 군사 200명이 동시에 지나갈 수 있는 성문을 100개나 가진 테베스로 들어가는 모든 것을 준다고 해도, 바닷가의 모래알만큼이나 많고 땅 위의 먼지만큼이나 많은 보물을 준다고 해도, 내게 가한 고통을 완전히 씻기에는 모자랄 것이네!

뭐, 그의 딸을 주겠다고! 그 미모가 아프로디테와 견줄 만하고 재주는 아테나처럼 좋다고 해도 아가멤논의 딸과는 혼인하지 않을 것이네, 절대로! 나보다 훨씬 잘난 왕인 본인의 진영에서 다른 청년을 골라보라고 하게. 신들께서 내가 살아남아 고향으로 돌아가게 해주신다면 우리 부친께서 어련히 신붓감을 마련해주시지 않겠나. 헬라스나 프티아에도 많은 도시들을 다스리는 왕들의 딸이 넘쳐난다네. 그들 중에 하나를 아내로 맞을 셈이네. 내 신분에 어울리는 여자와 정식으로 혼인하여 부친에게서 물려받을 부를 누리며 살고 싶네.

평화로웠을 무렵의 신성한 트로이 시에 있던 모든 재산보다, 또 피토에 있는 아폴론 신전 안에 쌓인 보물들보다 내 생명이 더 귀하다고 생각하네. 가축이니 재물들은 힘으로 빼앗아 올 수도 있지만, 사람의 목숨이란 지나가고 나면 붙잡을 수도, 도로 빼앗아 올 수도 없는 것이니까 말이야.

은(銀)의 발을 지닌 내 어머니 테티스 여신께서 말씀하시길, 나는 두 가지 다른 운명을 지니고 있다 하셨네. 여기 머물러 트로이 시에서 싸운다면 목숨은 잃되 명성은 잃지 않을 것이고, 본국으로 돌아간다면 명예는 잃을 것이나 짧은 운명은 피할 수 있다 하셨네.

그러니 나는 우리 병사들에게 고향을 향해 노를 저어 가자고 충고할 것이네. 모든 것을 보고계시는 제우스께서 손을 들어 이 도시를 보호하고 계심이 분명하고 트로이 병사들까지 대담무쌍해진 지금,

3) 강력하고 부유하기로 이름난 도시.

자네들은 결코 트로이를 정복하지 못할 테니까 말이네.

돌아가서 다른 왕들에게 지금 나의 말을 전하게. 그건 자네의 특권일세. 그리고 함선과 군대를 구하고 싶다면 이번 계획 이상의 묘안을 짜내보라 하게. 내가 화를 풀지 않는 한, 그들이 짜낸 이번 계획은 실현되지 못할 것이니 말일세.

강요하는 것은 아니오만, 포이닉스께서는 원하신다면 여기서 자고 내일 우리와 함께 고향으로 출발해도 무방하오."

아킬레우스의 열변이 이어진 다음 그들은 잠시 침묵에 싸여 있었다. 나이든 포이닉스가 이야기를 시작했다. 배와 병사들이 염려스러운 나머지 그의 눈에는 눈물이 가득했다.

"아킬레우스. 그대가 진정 돌아가겠다고 마음을 굳혔고, 아직도 강렬한 분노에 휩싸여 우리 배들을 화염에서 구해주지 않겠다고 한다면, 내 어찌 그대와 떨어져 트로이에 혼자 남을 수 있겠나? 그대의 노부친께서 그대를 아가멤논 왕에게 보내던 날, 난 자네를 책임지라는 명령을 받았네. 당시에 아직 어렸던 그대는 남자가 자신을 드러내기 위한 전쟁이나 회의에 대해서 아는 게 없었지. 그래서 부친은 나에게 훌륭한 웅변가요, 실천력을 지닌 사람으로 가르쳐주라고 했던 것이네.

그러니 친애하는 젊은이여, 나는 그대를 떠날 수 없을 뿐더러 뒤에 혼자 남지도 않겠네. 신께서 늙어빠진 나를 미녀가 많은 헬라스에서 처음 떠나왔을 때처럼 다시 젊고 강하게 만들어주신다고 약속치 않는 이상에는 말이야.

나는 내쫓긴 몸일세. 나의 부친 아민토르와의 마찰을 피해야만 했지. 모두 부친의 첩 때문에 일어난 일이었네. 부친은 첩을 너무나 아낀 나머지 원래 부인이자 나의 모친을 모욕했네. 그리하여 모친께서는, 나더러 그 첩과 정을 통해서 그녀가 미움을 받게 만들라고 울며 간청했고, 모친의 바람에 따라 일이 벌어진 뒤에 그 사실을 알게 된 부친은 나를 저주한 나머지 복수의 여신들에게 나로 하여금 자손을 갖지 못하게 해달라 기원했네. 그리고 저승의 제우스인 하데스와 페르세포네가 그 기도를 들어주었지.

그토록 아들을 저주하는 아버지와 함께 살 수 있었겠나? 친구들과 사촌들이 나를 붙잡아두려고 양과 소, 혹은 살진 돼지들을 잡아 불에 굽고 술을 마셔댔지. 9일 동안이나 밤낮없이 불을 켜 교대로 나를 지켰지만, 10일째 되던 날 밤에 나는 방문을 부수고 나와 정원 담을 뛰어넘어버렸네. 경비병이나 하녀들의 눈을 피하는 건 아주 간단했지. 그렇게 헬라스를 떠나 꽤 먼길을 간 나는 자네의 부친 펠레우스 왕을 뵙게 되었네. 그분은 나를 흔쾌히 맞아주어서 외아들이나 후계자를 대하듯이 아껴주셨네. 그리고 나를 부자로 만들어 돌로피아 족 왕으로 세우셨으며, 또 많은 신하들까지 보내주셨지.

위대한 아킬레우스, 나는 지금의 그대를 만든 사람이네. 나는 그대를 너무나 아끼고 있네. 그대는 나 없이는 연회에 가려 들지 않았지. 어린 그대를 내 무릎에 올려놓고 음식과 술을 먹여줄 때까지는 식사에 손도 대지 않았네. 그대가 버릇없이 내 옷에 술을 쏟았던 적이 얼마나 많았는지! 그대는 언제나 말썽을 부렸고, 나는 뒤치다꺼리에 바빴는데, 정말이지 해도해도 끝이 없을 정도였네. 자식이 없어서 늘 섭섭해하던 내게 그대는 아들이나 마찬가지였네.

훌륭한 젊은이 아킬레우스여! 난 그대를 자식처럼 여기면서, 언젠가 내가 굴욕을 당하거나 파멸의 위기에 놓였을 때 나를 구해줄 거라는 소망을 품고 살았네.

아킬레우스, 그 성질 좀 누르시게! 힘이나 존귀하심에 있어서 그대를 능가하는 신들조차 노여움을 푸는데, 정작 그대가 그렇게 완고하다니! 잘못을 저지른 인간이라도 간청을 올리고 불에 태운 제물을 바치면서 간절히 기도하면 신들도 마음을 돌리지 않는가. 사죄의 여신들은 전능한 제우스의 딸들이지만, 주름투성이에 절름발이에 사팔뜨

기라고 하네. 그 몰골로 죄의 여신을 바짝 뒤따라 다니는 거지. 죄의
여신은 힘이 세고 발도 빨라 인간들의 모든 부분에 끼어들어 타락으
로 이끄는데, 사죄의 여신들이 그 뒤를 따라다니면서 우리의 죄를 씻
어주는 것이네. 그 여신들이 다가왔을 때, 만일 우리 인간이 존경을
표한다면 축복을 내리고 그의 기도를 들어주지만, 문전박대를 하거
나 고집 세게 거부한다면 오히려 죄의 여신을 붙여주어 타락하여 죄
를 짓게 하고, 또 벌을 받게 해달라고 제우스에게 부탁하는 것이네.

그러니 아킬레우스여, 사죄의 여신들을 경외심으로 맞으시게. 아
가멤논 왕이 많은 선물이나 전쟁이 끝난 뒤에 줄 다른 보상들을 약
속한 바도 없고 그대에 대한 악감정을 청산하지 못한 상태라면, 아
무리 우리 병사들이 그대의 도움을 필요로 하고 있다 해도 내 그대
에게 원한을 풀고 그들을 도와달라 부탁하지 못했을 것이네. 그러나
지금 왕께서는 당장에 주겠다는 많은 선물과 그 이상의 것을 약속하
면서, 고귀한 품성을 지녔으며 그대의 소중한 벗이기도 한 사람들을
사절로 보내셨네. 좋은 소식을 가지고 온 우리들의 발걸음을 욕되게
하지 말아주게. 설령 그대가 화낼 만한 충분한 이유가 있었다고 해
도 말이네.

과거에 분노에 사로잡혔던 영웅들의 이야기를 들어보지 못했는
가? 그들도 선물이나 진심어린 말로 화해를 청했을 때에는 받아들였
다고 하네.

옛날 얘기가 생각나는군. 새로울 것 없는 이야기이지만 그대들은
내 벗이니 그냥 말하겠네. 아이톨리아 족의 칼리돈 시를 노리고 쿠레
테스 족이 싸움을 걸어 서로 죽고 죽이던 때가 있었네. 그 전쟁은 아
르테미스 여신이 내린 재난이었지. 칼리돈의 왕인 오이네우스가 자
신의 과수원에서 수확한 햇과일을 아르테미스를 뺀 다른 신들에게만
바쳤기 때문에 기분이 상했던 것이네. 깜빡 잊었거나 실수한 것이겠
지만, 분별없는 짓이었네. 그리해서 맘이 상한 아르테미스 여신은 난

폭한 멧돼지를 한 마리 풀어 오이네우스의 과수원을 쑥대밭으로 만들었네. 과일이 주렁주렁 달린 나무들이 뿌리까지 뽑혀 아무렇게나 처박히는 꼴이 되자 오이네우스의 아들 멜레아그로스가 여러 도시에서 온 사냥꾼과 사냥개들을 이끌어 멧돼지를 잡아 죽였는데, 장정 몇으로는 상대가 안될 만큼 어마어마한 크기여서 많은 사람들이 힘을 합쳐야 그놈을 옮길 수 있었네. 그런데 여신이 그놈의 대가리와 가죽을 놓고 쿠레테스 족과 아이톨리아 족 간에 불화와 다툼이 생기게 꾸몄던 걸세.

처음에 멜레아그로스가 나서 싸우고 있는 동안에는 쿠레테스 족은 수적으로 우세했으면서도 성 외곽에서 더 이상 전진할 수가 없었네. 그런데 똑똑한 사람의 마음속에서도 분노가 자라나는 것처럼, 멜레아그로스도 분노에 사로잡히게 되었지.

어느 날 모친 알타이아에게 화가 난 그는 아내가 있는 집으로 돌아갔네. 그의 아내는 클레오파트라라는 이름의 아주 아리따운 여인이었는데, 에우에노스⁴⁾의 딸인 마르페사와 힘이 장사였던 이다스 사이에서 난 딸이었지. 이다스는 태양신 아폴론이 아내 마르페사를 데려가려 하자 그를 향해 활을 겨누었던 용사였네. 부부는 딸 클레오파트라를 '물총새' 라는 애칭으로 불렀는데, 아폴론이 어머니인 마르페사를 데려갔을 때, 마치 물총새처럼 흐느꼈다고 해서⁵⁾ 붙여진 별명이지. 자, 클레오파트라는 그렇다 치고, 하여간 멜레아그로스는 아내 곁에서 자신의 화를 달래고 있었던 거네. 외삼촌들을 죽였다고 해서 모친이 자신에게 저주를 퍼부었기 때문에 그는 몹시 화가 나 있었던 거지. 그녀는 눈물로 가슴까지 적시면서 하데스와 페르세포네의 이름을 부르며 땅을 치고 울었다네. 그리고 저승의 신들에게 아들을 저승으로 데려가버리라고 기원하자, 어둠 속을 걷는 무자비한 복수의

4) 강의 신.
5) 암컷 물총새는 짝과 떨어지면 슬픈 울음을 운다고 함.

신들이 에레보스⁶⁾에서 그녀의 기도를 들었고, 멜레아그로스가 없는 틈을 타 진격한 적군들이 성문 공격에 나섰다네. 다급해진 아이톨리아 족 원로들은 대사제를 보내어 멜레아그로스의 출전을 간청하면서 그 대신 막대한 보상을 해주기로 약속했네. 가장 기름진 땅 중에서도 포도밭과 농토가 반반씩 섞인 50에이커의 땅을 골라주기로 한 것이지. 오이네우스 왕이 직접 그의 침실까지 찾아와 문을 두드리며 진심으로 간청했고, 누이들과 어머니도 나섰지만 그는 모두 거부했네. 친한 동료들이나 친구들도 아무 소용이 없었지. 마침내 방문으로 화살이 날아와 박히고, 쿠레테스 족이 성벽을 기어올라 도시에 불을 지르기 시작하자, 마지막으로 그의 다정한 아내가 눈물로 호소하면서 도시를 휩쓸고 있는 참혹한 일들에 대해 이야기해주었네. 사람들이 죽임을 당하고, 집들이 불에 타 땅으로 내려앉고, 아녀자들과 아이들은 끌려가는 상황들 말이네. 그 비참한 이야기가 그의 마음을 온통 고통으로 채우게 되자 그는 갑옷을 입고 밖으로 나갔네. 동정심이 그의 고집을 이긴 것이지. 그리고는 백성들을 그 지옥에서 구해냈던 거네. 그렇지만 약속받았던 굉장한 보답들은 받을 수가 없었다네.

　난 그대가 그런 길을 걷지 않았으면 하네. 그대가 도우러 나서기 전에 배들에 불이 붙는다면 돌이킬 수 없는 상황이 되고 마네. 그 전에 그대가 선물을 받아들이기로 하고 나선다면 병사들은 그대를 신처럼 우러러볼 터이네. 그러나 그대가 선물을 거부하고 있다가 나중에 전장에 나선다면 병사들을 구원해준다 하더라도 많은 존경을 받기 어려울 것이네."

　이에 아킬레우스가 대답하였다.

　"포이닉스, 친애하는 어른이여. 그런 명예는 내가 원하는 바가 아니오. 나는 이제까지 제우스가 정해놓으신 운명에 따라 영광을 받아왔으며, 내가 살아 숨쉬고 움직일 수 있는 한 이 함대에서 그런 영광

6) 죽은 자가 가장 먼저 다다르는 곳으로 명계의 세 심판관이 죽은 자의 운명을 심판한다는 곳.

은 항상 나의 것이오. 내 말 잘 들으시오. 아가멤논 왕의 비위를 맞추려고 그런 비탄 섞인 말로 나를 혼란스럽게 만들지 마시오. 당신이 그를 사랑한다면 나는 당신을 증오할 것이오. 나를 괴롭히는 자에 대해 내 편에 서주어야 하는 것 아니오? 나와 같이 왕이 되어 영광을 나눠 가집시다. 말은 이들이 가서 전할 것이니 당신은 오늘밤 여기서 묵으시오. 편한 잠자리를 마련해드리리다. 고향으로 돌아갈지 여기 남을지는 내일 아침에 생각하도록 하겠소."

아킬레우스는 파트로클로스에게 고갯짓을 했다. 포이닉스의 잠자리를 살피고 나머지 사람들은 보내라는 뜻이었다. 그러자 아이아스가 말했다.

"오디세우스, 우리 이제 돌아가도록 하세. 지금으로선 여기 온 목적을 이룰 수 있을 것 같지 않네. 환영받지 못했다면 못한 대로 기다리고 있을 분들께 상황을 보고해야 할 것 같네.

하지만 자네는 사나운 성질에 무심하기까지 한 사람이군. 우정은 물론이고 우리가 얼마나 자네를 존중했는지도 잊고 있지 않나. 때로는 자기 형제나 아들을 죽인 자도 보상금을 받고 용서하는 사람이 있는데, 자네는 화해조차 불가능한 사람이군. 마음먹은 것은 좀처럼 거두는 법이 없는 신들처럼 가차 없는 그 성품이라니! 더구나 이 모든 것이 한 여자 때문에 생긴 일이란 말인가! 지금 자네에게 가장 훌륭한 7명의 여인에다 상당한 보물까지 주겠다고 하지 않는가. 제발 마음을 누그러뜨리고 동족을 어여삐 여겨주게. 우리는 자네의 지붕 아래 찾아온 손님이며 세상에서 자네와 가장 가깝고 친한 동지가 아닌가."

아킬레우스의 대답이 이어졌다.

"아이아스, 자네 말이 맞네. 그러나 그 일에 관한 기억이 되살아날 때마다 내 가슴은 분노로 터질 것 같네. 아가멤논이 모든 사람들이 보는 앞에서 나를 어떤 웃음거리로 만들었는가! 날 마치 구걸이나 하는 부랑자 취급하지 않았나!

　자, 가서 자네가 전해야 할 말을 전하게. 헥토르가 미르미돈 족의 진영까지 쳐들어와 불을 놓기 전에는 싸움일랑 잊고 있으려고 하네. 말해두겠는데, 제 아무리 헥토르라고 해도 내 막사나 함선에는 다가오지 못할 것이며 그 광폭함도 수그러들 걸세."

　사절들은 잔을 손에 쥐고 땅의 신에게 술을 바친 뒤에 오디세우스의 인솔하에 되돌아갔다. 포이닉스는 파트로클로스가 하인을 시켜 지체 없이 준비한 푹신한 잠자리에서 잠들었다. 아킬레우스는 장밋빛 뺨이 아름다운 디오메데와 함께 막사에서 잠을 잤다. 그녀는 레스보스에서 전리품으로 데려온 포르바스의 딸이었다. 파트로클로스는 막사 맞은편에서 스키로스 함락 후 아킬레우스에게서 선물받은 이피스를 데리고 갔다.

　사절들이 아가멤논의 막사에 도착하자, 거기에 있던 모든 사람들은 자리에서 일어나 그들을 향해 황금 잔을 들어올렸다. 그리고 나서 일이 어떻게 되었는지 물었다. 아가멤논 왕이 먼저 나섰다.

　"오디세우스, 말해보라. 그가 함선이 불타지 않게 막아주겠다고 하던가, 아니면 거부하던가? 그 도도한 성질은 여전하던가?"

　이에 오디세우스가 대답했다.

　"자비하신 아가멤논 왕이시여, 그의 화는 아직 진정되지 않았소. 오히려 격앙되어 대왕의 제안과 선물을 거부하였소. 지휘관들을 데리고서 군함들과 병사들을 구할 방도를 직접 생각해보라 하더이다. 또한 자신의 함대는 내일 새벽에 출발할 예정이라고 위협했소이다. 제우스께서 손을 들어 트로이를 보호하고 그 백성들에게 용기를 주고 있다면서, 트로이 함락은 이룰 수 없는 일이니 고향으로 돌아가고 충고를 하였소. 이상이 그로부터의 전언이며, 나와 같이 갔던 아이아스와 다른 2명의 사절들에게 들어도 다를 바 없을 것이오. 그러나 포이닉스께서는 아킬레우스가 권유에 따라 거기 남아 밤을 보내기로 했소. 강요하는 것은 아니지만 포이닉스께서 원한다면 내일 함께 떠나자고 하더이다.”

이 말을 들은 모두는 깜짝 놀라 아무 말도 하지 못했다. 그 이야기는 크나큰 충격이었다. 길고 긴 침묵 후에 디오메데스가 먼저 입을 열었다.

“자비하신 아가멤논 왕이시여! 애초에 아킬레우스에게 선물을 주며 부탁한 것부터가 딱한 일입니다. 가뜩이나 자만심이 가득한 그를 더욱 부추긴 꼴이 된 겁니다. 남든 떠나든 자기 좋을 대로 하라고 하십시오. 따로 신의 명령이 있거나 자기 마음이 내키면 스스로 전장에 나설 사람입니다.

모두들 충분히 먹고 잘 자두도록 합시다. 알다시피 숙면과 술과 음식은 심장과 근육을 튼튼하게 만들어주는 법이니 말입니다. 그런 다음, 어둠이 물러가고 새벽의 여신이 장밋빛 손가락을 펼치는 대로 왕께서는 병사들과 말들을 선두에서 이끌어주십시오.”

그 말에 모두가 찬성하며 마음에서 우러나오는 갈채를 보냈다. 이렇게 해서 사람들은 자신의 막사로 들어가 잠을 청했다.

X

다른 지휘관들과 왕들이 깊은 잠을 자는 동안, 그리스 군 전체를 지휘하는 총사령관으로서 막중한 임무를 어깨에 멘 아가멤논은 쉽게 잠들 수가 없었다. 때때로 깊은 한숨을 내쉴 때마다 그의 영혼도 파르르 떨렸다. 그의 가슴에는 제우스가 번갯불을 내려보낼 때나 폭우 혹은 우박이 퍼부을 때, 벌판 위로 폭설이 내릴 때, 전쟁이 게걸스런 아가리를 벌려 병사들을 삼킬 때처럼 폭풍이 불고 있었다.

트로이 측에서 밝혀놓은 무수한 모닥불과 그 병사들이 나팔이나 피리를 불면서 와자지껄하게 떠들어대는 모습을 보고 놀란 아가멤논은 눈길을 돌려 자신의 병사들과 함대를 앞에 두고 머리카락을 쥐어뜯고 괴로운 신음소리를 내며 제우스를 향해 탄식하였다.

그가 생각해낼 수 있는 일이란 고작 네스토르를 찾아 병사들을 파멸에서 구할 무슨 방책이 있나 알아보는 것뿐이었다. 침상에서 일어난 그는 옷을 걸치고 장화를 신은 다음 발치까지 내려오는 황갈색의 사자 가죽을 둘렀다. 마지막으로는 손에 창을 챙겼다.

근심으로 한숨도 자지 못한 것은 메넬라오스 왕 또한 마찬가지였다. 자신으로 인해 바다를 건너는 오랜 항해와 지루한 전쟁을 치러야만 했던 그리스 인들이 당할 일이 너무나 두려웠던 것이다. 그는 얼룩무늬 표범 가죽을 어깨에 두른 다음 청동 투구를 쓰고 창을 잡았다. 그리고 형을 깨우러 밖으로 나갔다가 마침 함대 옆에서 무장을 하고 있는 아가멤논을 발견했다. 그는 동생이 나타난 것을 보고 무척이나 반가워하였다. 메넬라오스가 형에게 말했다.

"왜 무장을 하고 계십니까? 정찰병을 보낼 생각이십니까? 하지만 그런 임무를 맡을 병사가 있을까요? 적의 동정을 살피려면 이 깊은 밤에 혼자 적진으로 들어가야 하기 때문에 아주 용기 있는 자라야 합니다."

아가멤논이 대답하였다.

"메넬라오스. 너와 내가 대책을 세워야 한다. 제우스께서 계획을 바꾸신 지금, 병사와 배를 보존할 효과적인 방책을 강구해야 해. 헥토르가 올린 제물이 우리 것보다 더 마음에 드신 모양이다. 헥토르 혼자서, 그것도 하루 사이에 우리 군을 그렇게 많이 희생시키다니! 그런 일은 이제까지 본 적도 들은 적도 없다. 신의 아들은 아니지만, 우리로서는 두고두고 원통해할 일을 해치운 자다. 그가 야기한 엄청난 혼란을 보란 말이다!

자, 되도록 빨리 가서 아이아스와 이도메네우스를 불러라. 난 네스토르를 찾아 경비병들에게 내릴 적절한 지시가 없는지 알아보마. 네스토르의 아들과 이도메네스의 동지 메리오네스가 경계병들을 지휘하고 있으니 다른 누구보다 네스토르의 말에는 잘 따를 것이다.

형의 말에 메넬라오스가 물었다.

"그러면 전 어떻게 할까요? 그들과 함께 형님을 기다릴까요, 아니면 다시 이곳으로 올까요?"

"길이 어긋나 서로 찾지 못할 수도 있으니까 그들과 함께 있거라. 이 진영에는 길이 너무 많다. 어느 쪽으로 가든 모두 깨우되, 적절한 존칭과 예의는 갖추도록 해라. 너무 고자세로 그들을 대해서는 안 된다. 우리가 솔선수범해야 한다. 제우스께서는 우리가 그런 임무를 가지고 태어나게 하셨으니까."

이렇게 해서 메넬라오스는 자리를 떴고, 아가멤논은 원로 네스토르에게 갔다. 그는 함대 근처에 있는 자기 막사 안의 푹신한 침상에서 자고 있었다. 침상 옆에는 갑옷과 방패, 투구, 그리고 몇 개의 창이 놓여 있었다. 그리고 훌륭한 허리띠도 있었는데, 자신이 늙었다고 생각하지 않는 네스토르는 군대를 이끌 때 그것을 두르곤 하였다. 그는 머리를 들고 팔꿈치로 몸을 지탱하여 일어나면서 말했다.

"모든 이가 잠든 이런 깊은 밤에 이곳을 찾은 이는 누구냐? 노새나 동료를 찾다가 잘못 들어왔느냐? 더 이상 다가오지 말고 말을 하라! 원하는 게 무엇인가?"

아가멤논 왕이 목소리를 내었다.

"고매한 네스토르! 아가멤논이오. 제우스에 의해 살아 있는 동안 영원히 고난에서 헤어 나오지 못할 운명을 받은 왕 말이오! 전투에 대한 걱정과 내 군대에 닥쳐올 위험을 걱정하느라 잠을 이룰 수가 없어서 이렇게 서성이고 있소. 적군이 두려워 미칠 지경이오. 제대로 걷기도 어려울 지경이오. 심장이 마치 살을 뚫고 튀어나올 것처럼 두근대고, 팔다리는 덜덜 떨리고 있소.

그대도 잠이 깨었으면 날 도와주시오. 나와 함께 경계병들에게 갑시다. 혹, 완전히 지쳐서 자기 임무까지 잊어먹고 있거나 잠이 들었는지 보러 갑시다. 적들이 코앞에 와 있는데, 한밤중에 기습을 당할지도 모르는 일이지 않소."

네스토르가 이렇게 말하였다.

"아가멤논 왕이시여. 나는 현명하기 이를 데 없으신 제우스께서 헥토르의 모든 바람을 들어주시지는 않으리라 확신하오. 아킬레우스가 원한을 잊고 마음을 돌리는 날에는 우리보다 더한 곤경에 빠지게 될 것이오.

어쨌거나 지금은 그대와 함께 나가보겠소. 그리고 다른 사람들도 깨우도록 합시다. 디오메데스는 창을 준비하라 하고, 오디세우스와 작은 아이아스 – 뜀박질 잘하고 단단한 체구를 가진 자 말이오. 그리고 메게스도 깨우도록 합시다. 큰 아이아스와 이도메네우스 왕을 부르는 데는 다른 누군가를 보내시오. 그들의 함대는 좀 멀리 떨어진 곳에 있으니까 말이오. 헌데 친애하는 동지 메넬라오스는, 나는 그에게 대단한 존경심을 품고 있긴 하지만 그를 책망할 수밖에 없소. 왕께서 싫어하시겠지만 그래도 말해야겠소. 그는 어째서 형에게 이 수고를 다 맡긴 채 자고 있는 거요? 우리가 이렇게 어려운 상황에 처해 있는데, 가서 사람들을 깨우는 정도의 일은 해야 하지 않겠소?"

그러자 아가멤논 왕이 그를 안심시켜 주었다.

"친애하는 분이시여. 아우를 꾸짖는 일은 다음으로 미뤄주시오. 그가 종종 게으름을 피우고 문제가 생기면 떠맡지 않으려는 성향이 있기는 하오. 하지만 그것은 불만이 있거나 성의가 없는 탓이 아니라 형인 내가 먼저 시작할 때까지 기다리기 때문이오. 그렇지만 이번에는 나보다 먼저 깨어 날 찾아왔소. 그래서 지금 그대가 꼽은 사람들을 깨우러 가 있소. 그러니 같이 나갑시다. 경계병들이 보초를 서고 있는 바깥에서 그들을 찾을 수 있을 것이오. 내가 거기서 만나자고 말해두었소."

네스토르가 대답했다.

"그렇다면 누구도 그를 책망할 수 없겠소이다. 사람들 또한 그가 명령하는 대로 따를 것이오."

말을 마친 그는 옷을 입고 장화를 신었으며, 푹신한 양털로 된 자주색 망토를 접어 어깨에 걸치고 조임쇠를 채웠다. 그리고 튼튼한 창을 집어들고 열 지어 서 있는 함선들을 따라 걸어갔다.

맨 처음에 그는 큰소리로 오디세우스를 불러 깨웠다. 밖으로 나온 오디세우스는 물었다.

"무슨 일이십니까? 왜 어두운 진영을 돌아다니시는 겁니까?"

네스토르가 대답했다.

"오디세우스, 우리 병사들이 위험에 처해 있으니 화내지 말고 우리와 함께 갑시다. 가서 우리가 후퇴해야 할지 싸워야 할지를 결정 내리는 데 조언해줄 수 있는 다른 분들을 깨웁시다."

오디세우스는 즉시 막사로 들어가 방패를 어깨에 걸쳐 메고 나와 디오메데스의 막사까지 그들을 따라갔다. 디오메데스는 무장을 한 채 밖에서 자고 있었는데, 그 주위에는 동지들도 방패를 베고 자고 있었다. 하늘을 향해 꽂혀 있는 창들에는 먼 하늘에 번쩍이는 번갯불 같은 빛이 창날에 감돌았다. 쇠가죽을 밑에 깔고 머리에는 고급 깔개를 베고 잠든 디오메데스를 발로 흔들어 깨우면서 네스토르가 꾸짖듯이 말했다.

"일어나시오, 장군! 밤새도록 자고 있을 참이오? 트로이 군이 우리 코앞에 와 있다는 걸 모르오?"

벌떡 일어난 디오메데스가 거리낌 없이 말하였다.

"노인장께선 대단한 기력을 지니셨구려! 쉬는 걸 본 적이 없소. 사람들을 깨우고 다닐 젊은이가 없어 직접 나서신 겁니까? 정말 대단하시오!"

이에 네스토르가 대답했다.

"맞는 말이오, 동지. 나에게도 뛰어난 아들들이 있고 장군들을 호출하러 다닐 병사들도 많다오. 허나 지금은 날카로운 칼날 위에 서서 우리 군이 몰락이냐 생존이냐 하는 운명을 기다리고 있는 몹시 위급한 때요. 자, 그대는 젊으니 나 대신 발 빠른 아이아스와 메게스를 깨우러 가시오!"

디오메데스는 발까지 오는 짙은 갈색의 사자 가죽을 어깨에 둘러 얹고 창을 쥐었다. 그리고 서둘러 가서 잠자고 있는 2명의 용사를 깨워 데리고 왔다.

경계병이 망을 보고 있는 외곽으로 모인 사람들은 잠자지 않고 그곳을 지키고 있던 지휘관들을 보았다. 그들은 완전 무장한 채로 눈을 부릅뜨고 있었는데, 졸음의 기미라고는 찾아볼 수 없었다. 들짐승이 언덕이나 숲 주위를 어슬렁거리는 소리나 그것을 쫓는 사냥꾼과 사냥개들 소리가 들려오는 가운데 양떼 속에서 양을 지키는 양치기개처럼 그 밤에 보초를 서고 있는 그들에게는 잠이 찾아오지 않았다. 다가오는 적들의 움직임에 귀를 기울이면서 눈은 평원을 바라보고 있었다. 네스토르는 그 모습에 아주 흡족하여 칭찬을 아끼지 않았다.

"병사들이여, 이것이야말로 경계병들이 취해야 할 자세이다. 잠깐이라도 조는 일이 없도록 하라. 만일 그러는 날에는 적군에게 승리를 주는 결과를 낳을 것이다!"

이 말과 함께 그는 참호를 건너갔고 호출되어 온 다른 장수와 지휘관들도 곧 뒤따랐다. 메리오네스와 네스토르의 아들도 따라갔다. 그들은 시체가 없는 공터에 자리잡고 앉았는데, 그 자리는 날이 어두워짐과 동시에 헥토르가 말머리를 돌려 후퇴한 바로 그 지점이었다. 모여서 잠시 이야기를 나누던 그들에게 네스토르가 말하였다.

"동지들이여. 그대들 중에 과연 적진으로 들어가는 임무를 맡을 만큼 배짱 있는 사람이 있을지 궁금하오. 적진으로 들어가면 낙오된 적군을 잡아오거나, 병사들 사이에 떠도는 소문으로 그들의 작전이 어떤 것인지 알아낼 수 있을 것이오. 우리를 패배시킨 지금, 우리의 함대 근처에 계속 눌러 있을 것인지 아니면 성으로 후퇴할 것인지를 말이오. 무사히 이 임무를 마치고 부상 없이 돌아올 수 있는 자가 있다면, 그는 좋은 평판을 얻게 될 거요. 모두가 그를 칭송할 것이며, 그에 걸맞은 보상도 받게 될 것이오. 함대를 이끄는 지휘관들은 너나 할 것 없이 그에게 새끼가 딸린 검정 암양을 선물할 텐데, 그것은 모든 병사들이 인정하는 귀한 상이오. 또한 왕들의 만찬이나 연회가 열릴 때마다 초대될 것이오."

한동안 나서는 사람이 없자 디오메데스가 나서 말을 꺼냈다.

"네스토르. 나는 당신의 충실한 부하로서 기꺼이 적진으로 들어가겠습니다. 그러나 1명을 더 붙여주신다면 용기도 갑절이 되어 안심할 수 있을 것입니다. 하나보다는 둘이 갔을 때 무엇을 해야 할지 더 잘 알 수 있습니다. 혼자서도 볼 수 있지만, 한 사람만으로는 지혜가 부족한 법입니다."

가겠다고 하는 사람은 많았다. 두 아이아스와 메리오네스가 자원했고, 네스토르의 아들도 갈 준비가 되어 있었다. 메넬라오스와 과감한 모험을 즐기는 침착한 오디세우스도 정찰에 나서겠다고 했다. 그러자 아가멤논 왕이 입을 열었다.

"디오메데스, 너야말로 내 충실한 신하다! 마음이 맞는 동지 한 사람을 골라라. 보다시피 지원자가 이토록 많으니, 이들 중에 가장 뛰어난 자를 선택하라. 존경하는 인물이라고 해서 고르지 말 것이며, 가문이 좋다거나 왕족이라는 이유로 유능한 인재를 남겨두는 일은 없도록 해라."

아가멤논은 아우인 메넬라오스가 걱정되어 그렇게 말한 것이었다. 디오메데스의 대답이 이어졌다.

"저에게 동지를 직접 선택할 수 있는 권리를 주신다면, 무슨 일에든 뛰어난 성품과 태도를 보여주는 지휘관 오디세우스 외에 또 누가 있겠습니까? 더군다나 아테나 신의 가호를 받으시는 분입니다. 그가 동행해준다면 활활 타오르는 불길 속에서라도 무사히 돌아올 수 있을 게 분명합니다. 지략을 세우는 데는 대가이시니 말입니다."

오디세우스가 그 말에 자기 의견을 밝혔다.

"디오메데스여, 너무 추켜세우진 말게. 좋든 싫든 모두들 내가 어떤 사람인지 잘 알고 있을 테니 말일세. 자네가 원한다면 함께 가세. 밤이 지나고 새벽이 가까웠네. 보게, 별들이 지고 있지 않나. 밤이 3분의 1밖에 남지 않았네. 이제 아침이 얼마 남지 않았으니 서두르도록 하세."

두 사람은 무장을 갖추었다. 디오메데스가 검을 잊고 왔으므로 트라시메세스가 그에게 검과 방패를 마련해주었다. 그는 일반 병사들이 쓰는 가죽 투구를 썼는데, 돌기나 깃털장식 등이 달려 있지 않은 것이었다. 메리오네스는 오디세우스에게 활과 화살통, 검, 그리고 가죽 투구를 건네주었다. 질긴 가죽끈으로 짠 그물과 짐승의 털로 안을 대고, 바깥은 돼지 송곳니를 촘촘하게 박은 훌륭한 투구였다.

이 귀한 투구는 아우톨리코스가 엘레온에서 아민토르의 저택을 부수고 들어가 약탈한 전리품 중 하나였는데, 몇 사람의 손을 거쳐 메리오네스에게 물려 내려온 것이었다.

이리해서 무장을 빈틈없이 갖춘 두 사람이 그 자리를 떠났다. 그들이 출발할 때, 길한 징조로 보이는 왜가리 한 마리가 그들 오른편으로 다가왔는데, 어두워서 형체는 보이지 않았지만 울음소리는 들을 수 있었다. 오디세우스는 그 징조에 기뻐하면서 아테나에게 기도를 올렸다.

"전능한 제우스의 따님이시여, 내 기도를 들으소서! 고난의 순간마다 언제나 내 편에 서 계시고, 내가 가는 곳마다 함께 있어 주신 여신이여! 지금 제게 자비를 베푸시어 적군에게 타격을 줄 만한 수훈을 세우고 무사히 귀환할 수 있도록 하소서!"

그러자 디오메데스도 이렇게 기원했다.

"제 말 또한 들어주소서! 부친 티데우스께서 테베스로 갈 때 함께 하셨던 것처럼 나와 함께 하소서! 그분을 도와 훌륭한 일을 하게 하셨듯이, 이제 저를 도우시어 안전하게 지켜주소서! 그렇게만 해주신다면 여신께 이마가 널찍하고 멍에를 쓴 적도 없고 길들여진 적도 없는 1살 된 암소를 뿔에 황금을 덧씌워 제물로 바치겠나이다."

아테나가 그 기도를 들어주어 두 사람은 병사들의 시체와 갑옷을 입은 채 죽어 넘어진 장수들과 그들이 흘린 붉은 피를 넘어 마치 맹수처럼 어둠을 뚫고 나아갔다.

한편, 트로이 측도 잠들지 않고 있었다. 헥토르는 휴식을 용납하지 않고 왕과 장수들을 소집하여 제안 한 가지를 하였다.

"나를 위해 일해줄 사람 누구인가? 보상은 넘치게 받을 것이다. 용감하게 나서는 사람에게 가장 좋은 전차 1대와 전차를 끌 말 2필을 주겠다. 더불어 아주 큰 영예도 주어질 것인 바. 적군 함대 가까이 다가가 평소대로 세심히 경비를 서고 있는지, 아니면 완전히 초주검이 되어 경계고 뭐고 달아날 궁리나 하고 있는지 알아보고 오라는 임무를 맡기고자 한다."

선뜻 말을 꺼내는 자가 없었다. 그러자 에우메데스의 아들 돌론이 나섰다. 그는 황금과 청동으로써 부자가 된 자로, 생김은 볼품없었으나 빨리 달리는 재주가 있었다. 누이만 다섯으로, 외아들인 그가 소리 높여 말했다.

"헥토르여, 저는 당신의 충복입니다. 기꺼이 적진의 정탐에 나설 준비가 되어 있으니, 이제 총지휘관으로서 아킬레우스의 전차와 말들을 제게 주겠다고 맹세해주십시오. 그렇게 해주신다면 정찰병으로서 소임을 성공적으로 마쳐 불명예를 남기지 않도록 하겠습니다. 저는 아가멤논 왕의 함선으로 곧장 갈 것입니다. 틀림없이 적들은 그곳에 모여 도망갈 것이냐 전투에 나설 것이냐를 회의하고 있을 터입니다."

그러자 헥토르가 맹세하였다.

"헤라의 주인이신 천둥의 신 제우스께서 몸소 이 서약의 증인이 되어주실 것이니, 트로이의 다른 병사들은 결코 그 말들을 몰지 못하게 할 것이며 오로지 너를 위한 상이 되게 하리라!"

결국에 가서는 지켜지지 못할 이 맹세가 돌론의 발길을 재촉했다. 어깨에 활과 화살들을 메고 회색 이리가죽으로 몸을 감쌌으며 긴털족제비 가죽으로 만든 모자를 머리에 썼다. 그리고는 날선 창을 가지고 그리스의 함선들이 있는 곳으로 향하였다.

그러나 그는 다시 돌아와 헥토르가 기다리던 소식을 전해줄 수 없게 된다. 의기양양하여 진영을 나온 돌론을 오디세우스가 먼저 발견했던 것이다.

"디오메데스, 저기 누가 다가오고 있네. 잘은 모르겠지만 적의 진영에서 나왔으니 염탐꾼이거나 죽은 자의 몸을 뒤지러 온 자일 거야. 우리 곁을 지나가게 두었다가 덮치도록 하고, 만약 날랜 놈이라면 우리 진영까지 몰고 간 다음에 자네 창으로 해결하세. 트로이 진영으로 되돌아가게 놔둬서는 안 되네."

그들은 길에서 벗어나 시체들과 함께 누웠다. 오고 있던 자는 그들을 보지 못한 채 지나갔다. 노새가 하루 동안 가는 밭고랑만큼의 거리가 벌어지자 두 사람은 재빠르게 그의 뒤를 쫓았다. 돌론은 무슨 소리가 나자 우뚝 멈춰 섰다. 헥토르가 명령을 취소하여 진영에서 자신을 다시 불러들이려고 사람을 보낸 모양이라고 생각한 그는 두 사람이 창을 날릴 수 있을 정도로 가깝게 다가온 다음에야 적인 줄을 알아챘다. 적을 알아보자마자 온힘을 다해 도망치는 돌론을 두 사람은 사슴이나 산토끼를 쫓아 숲을 내달리는 사나운 사냥개처럼 추격하였다. 디오메데스와 오디세우스에게 쫓긴 돌론은 트로이 병사들과 완전히 멀어져, 마침내 그리스의 경계병들이 보초를 서고 있는 곳까지 몰리게 되었다. 그때 아테나가 디오메데스에게 선두에 나설 수 있는 힘을 불어넣어 딴 병사에게 돌론을 쓰러뜨리는 공로를 빼앗기는 일이 없도록 도와주었다. 디오메데스는 준비하고 있던 창을 들고 외쳤다.

"서지 않으면 창을 던지겠다. 그렇게 되면 너는 목숨을 부지하지 못할 것이다."

이어 창을 던졌으나 조금 빗나가 돌론의 오른편 어깨를 스치고 땅에 꽂혔다. 멈춰선 돌론은 휘청거리면서 공포로 얼굴까지 하얗게 질리고 이빨들이 딱딱 부딪는 소리까지 났다. 그리스 병사들이 헐떡이며 달려와 그의 두 팔을 잡았다. 그러자 돌론이 갑자기 눈물을 쏟으며 울부짖었다.

"살려주십시오! 몸값을 드리겠습니다! 내 저택에는 청동과 금과 정제한 철이 많이 있습니다. 부친께서는 제가 살아서 포로가 된 걸 아신다면 후한 몸값을 선뜻 내놓으실 겁니다."

오디세우스가 대답하였다.

"두려워 마라. 죽음에 대해 걱정하지 말고 내게 사실을 말하여라. 남들이 다 자고 있는 한밤중에 혼자서 네 진영을 떠나 우리 함대 쪽으로 온 이유가 무엇이냐? 시체들을 약탈할 셈이었느냐, 아니면 헥토르가 염탐하라 보내서 온 것이냐? 그것도 아니면 그냥 네 스스로 온 것이냐?"

돌론이 부들부들 떨면서 대답하였다.

"허영심 때문입니다. 헥토르가 당신들의 진영에 숨어들어 염탐을 하고 오라고 명령하였습니다. 대가로 아킬레우스의 말들과 전차를 주겠다는 약속에 제 눈이 멀었던 것입니다."

그러자 오디세우스의 입가에 미소가 흘렀다.

"탐낼 만한 상임이 분명하구나. 아킬레우스의 말이라니! 그러나 아킬레우스를 제외한 보통사람은 몰 수도 없는 말이다. 그는 불멸의 신을 모친으로 둔 용사이다.

자, 그러면 거짓 없이 말하거라. 헥토르는 지금 어디 있느냐? 무장을 한 그의 군대와 말들은 어디 배치되어 있느냐? 경계병들과 트로이 병사들은 무엇을 하고 있느냐? 우리를 궁지로 몰아넣은 지금, 어떤 작전들을 짜고 있는지 말하여라. 우리 함선을 앞에 두고 계속 주둔할 것이냐, 아니면 성으로 퇴각할 것이냐?"

돌론이 대답하였다.

"사실대로 고해 올리겠습니다. 헥토르와 장군들은 조용한 일로스의 묘지 근처에서 회의를 하고 있습니다. 진영에 특별한 경계병은 세워놓지 않았지만 모닥불을 피워놓은 곳곳에 병사들이 깨어서 서로 망을 보고 있습니다. 동맹국의 병사들은 경계를 트로이 군에게 맡겨두고 모두 자고 있습니다."

오디세우스의 말이 이어졌다.

"그러면 동맹군은 트로이 군과 섞여서 자고 있는가 아니면 따로 있는가? 모두 말해봐라."

돌론은 순순히 따랐다.

"사실을 말씀드릴 테니 저를 믿으십시오. 바닷가 쪽에는 카리아 인과 파이오니아 궁사들. 렐레간 족, 카우코니아 족, 펠라스기 족이 배치돼 있고, 팀브레 쪽으로는 리키아 족, 미시아 족, 전차와 말들을 이끄는 프리기아 족과 메이오니아 족의 군대가 포진돼 있습니다.

그런데 왜 제게 그런 것들을 물으시는 겁니까? 트로이 진영에 잠입코자 하신다면 맨 가장자리에 레소스 왕이 지휘하는 트라키아 족의 진영이 있습니다. 트라키아 군은 최근에야 도착한 동맹군이어서 멀리 떨어져 있습니다. 레소스 왕의 백마들은 눈보다 희며, 가장 튼튼하고 좋은 말들입니다. 마치 바람처럼 달리지요. 그리고 그의 전차는 황금과 은으로 장식되어 있고, 그 자신은 황금 갑옷을 입는답니다. 대단한 볼거리지요! 인간에게는 분에 넘치는 물건들인 줄로 압니다!

이제 절 어쩌시겠습니까? 포로로 들여놓으시겠습니까, 아니면 묶어서 여기 버려두고 제 말이 맞는지 아닌지 알아보러 가시렵니까?"

돌론이 묻자 디오메데스가 인상을 찌푸리며 대답했다.

"도망칠 생각은 하지 마라. 알려준 정보는 고맙다만 네 목숨은 우리 손에 달렸다. 너를 놓아주면 돌아와서 염탐을 하거나 싸우려 들테고, 널 죽인다면 우리 군에게 더 이상 해가 안 되겠지."

돌론은 손을 들어 그에게 매달려 자비를 호소하려 했으나 디오메데스는 그럴 틈조차 주지 않고 그의 목을 쳤다. 목의 힘줄이 완전히 잘려나가자 입을 벌려 말하려 하던 모습 그대로 머리가 떨어져 땅 위에 굴렀다. 그들은 돌론에게서 가죽 모자와 이리 가죽, 활과 창 같은 것들을 거두었다. 오디세우스는 물건들을 높이 들어 전리품을 내려준 아테나에게 감사의 말을 올렸다.

"저희 감사의 뜻과 함께 이것들을 받아주십시오, 여신이여! 올림포스 신들 중에서도 당신께 제일 먼저 바치오니, 다시 한 번 저희들을 트라키아 병사들과 말들이 있는 곳으로 보내주소서!"

그는 전리품들을 나무에 걸어놓고 그 위로 나뭇가지와 잎들을 한데 묶어두어 표시를 해두었다. 돌아가는 길에 어둠 때문에 보지 못하고 그냥 지나치는 일이 없도록 하기 위함이었다.

그러고 나서 그들은 전투가 남긴 잔해들과 피웅덩이를 지나 앞으로 나아갔다. 오래 걸리지 않아 트라키아 진영에 도착하였다. 병사들은 3열을 이루고 있었는데, 병장비는 옆에 나란히 정돈해둔 채로 모두 죽은 듯 자고 있었다. 각각의 병사들은 근처에 말 2필씩을 갖고 있었는데, 레오스 왕의 자리는 그 가운데였고 말들은 전차의 손잡이에 매여져 있었다.

오디세우스의 눈에 제일 먼저 왕의 모습이 들어왔다. 그는 디오메데스에게 그쪽을 가리키며 말했다.

"저기 왕이 있군, 돌론이 죽기 전에 말한 말들도 있고. 그러니 갑옷만 입고 멍하니 있을 게 아니라 용기를 내게. 말 멍에를 풀든지 아니면 저자를 죽이게. 그럼 말은 내가 처리할 테니."

그러자 아테나에게서 힘을 얻은 디오메데스가 칼을 좌우로 휘둘러 병사들을 쳤다. 급소를 내리칠 때마다 비명과 신음소리가 났고 피가 땅을 적셨다. 양치기 없는 양이나 염소떼를 습격한 사자처럼 디오메데스는 트라키아 진영을 이리저리 휘저으며 다녔다. 그리해서 죽은 이가 12명이었다. 오디세우스는 시체에 아직 익숙지 않은 말들이 시체들을 밟을까봐 주춤거리는 일이 없도록 디오메데스가 병사들을 하나씩 해치울 때마다 그 뒤에서 시체의 다리를 잡아끌어 길을 확보했다. 이윽고 디오메데스가 13번째 희생이 될 왕에게 다가가 숨통을 끊어놓았다. 왕은 몹시 헐떡이며 거칠게 숨을 몰아쉬고 있었는데, 아테나의 배려를 받는 디오메데스야말로 그에게는 악몽이었던 것이다. 그러는 사이에 오디세우스는 말의 멍에를 풀고 고삐로 2마리를 함께 묶었다. 전차에서 채찍을 가지고 나오는 것을 잊은 탓에 대신 활로 말들을 후려쳐 밖으로 몰고 나왔다. 그리고 나서 디오메데스에게 휘파람을 불어 신호를 보냈다.

그런데 디오메데스는 당장 달려오지 않고 잠시 멈춰서 다른 대담한 일을 떠올리고 있었다. 값비싼 왕의 병장비가 들어 있는 전차를 잡아 끌고 나올까, 번쩍 들어올려 가져갈까, 아니면 트라키아 병사들을 좀 더 베야 할까, 등을 궁리하는 차에 아테나가 와서 그에게 말했다.

"지금 돌아가는 게 좋다. 다른 신들이 트로이 군을 동원시키면 쫓겨 달아나게 될 것이다."

그는 여신의 말에 복종하여 재빨리 말 등에 올라탔고, 오디세우스도 말 위에 올라 활로 말들을 몰아 그리스 함대가 있는 곳으로 내달렸다.

한편, 그 모습을 내내 보고 있었던 아폴론은 디오메데스를 돕느라 바쁜 아테나를 보고 화가 치밀어 트로이 군 진영에 내려가 히포코온을 깨웠다. 그는 레소스 왕의 친척이자 트라키아 족의 고문이었다.

잠에서 번쩍 깬 그는 말들이 모두 사라지고 병사들이 피 흘리며 신음하고 있는 광경을 보자 동지들의 이름을 부르며 울부짖었다. 그 소리에 달려온 트로이 병사들은 벌써 그 자리를 빠져나간 2명의 적군이 저질러놓은 만행을 보고 미쳐 날뛰었다.

그러는 동안 벌써 디오메데스와 오디세우스는 염탐꾼 돌론을 죽인 자리에 닿았다. 그곳에서 오디세우스는 잠시 말들을 점검했고, 디오메데스는 내려 전리품들을 챙겨 다시 말에 올랐다. 그리고 다시 말들을 재촉하자, 말들은 함대가 있는 곳을 향해 마치 새가 나는 듯이 달렸다.

제일 먼저 그들이 오는 소리를 들은 네스토르가 말하였다.

"내 동지들 아닌가, 내 귀가 바로 들은 건가? 맞는 것 같구나! 말들이 질주하는 소리가 들린다! 오디세우스와 디오메데스가 이렇게나 빨리 트로이 진영에서 돌아오는 소리라면 좋겠는데. 하지만 그 훌륭한 전사들에게 무슨 일이 일어나지 않았는지 정말 염려가 되는구나."

네스토르가 말을 마치기도 전에 바로 그 두 용사가 도착했다. 그들이 말에서 내리자, 다른 지휘관들이 따뜻하게 맞아 악수를 나누었다. 네스토르의 말이 이어졌다.

"말을 해보시게, 오디세우스! 아무리 칭찬해도 부족할 만큼 대단한 공적을 세웠소! 말들은 어디서 구한 거요? 트로이 군 진영에 정말 들어갔던 게요, 아니면 신이라도 만나 선물을 얻은 게요? 마치 빛나는 태양 같구려! 내, 전장 주변을 떠나본 적이 없고 늙어서도 뒤에 남아 기다리지 않을 사람이오만 저런 말들은 난생 처음이군. 신들의 선물이 아닌가 싶소. 그대 둘 모두 전능한 구름의 신 제우스와 그의 따님 아테나의 사랑을 받는 인물들이니 말이오."

그러자 오디세우스가 대답하였다.

"네스토르, 그 이름이 널리 알려진 왕이시여! 신들이 하시고자 한다면 이보다 더 좋은 말들을 내려주실 수 있겠지요. 하지만 이 말은 트라키아의 것들이고, 그 주인이었던 트라키아의 왕은 디오메데스의 손에 죽었습니다. 그의 옆에서 자고 있던 12명의 장수도 마찬가집니다. 그리고 우리 함선으로 접근하려던 정찰병 또한 죽었는데, 그는 헥토르가 보낸 자였습니다."

오디세우스는 뿌듯한 마음으로 껄껄 웃으며 말들을 몰고 참호를 지나갔다. 그들은 디오메데스의 진영에 다다라, 말들을 풀어 마구간에 다른 말들과 함께 매어놓고 여물을 먹였다. 오디세우스는 아테나에게 바칠 예물을 준비하기 전까지 피 묻은 돌론의 물건들을 자신의 함대 뒤쪽에 걸어두었다.

　그리고 두 사람은 바다로 들어가 정강이며 허벅지, 목덜미를 대충 씻은 다음 다시 돌로 된 욕조에 들어가 목욕을 하였다. 잘 씻은 몸에 기름을 바른 후에 그들은 저녁을 들기 위해 자리에 앉았다. 그리고 동이에 가득 담긴 향기로운 포도주를 퍼 아테나에게 바쳤다.

XI

각각의 지휘관들은 마부에게 말들을 질서정연하게 참호 근처에 배치시키라 명령했고, 전투병들은 완전히 무장하고 앞으로 전진하였다. 새벽 하늘 아래 울려퍼지는 그들의 함성은 실로 엄청났다.

새벽의 여신이 티토노스[1]의 곁에서 일어나 신들과 인간에게 빛을 선사하고 있을 무렵, 제우스는 불화의 여신에게 불길한 전쟁의 징조를 그녀의 무시무시한 손에 건네주고 그리스 함대로 가라고 일렀다.

여신은 진영의 중심부에 자리하고 있는 오디세우스의 크고 검은 배 옆으로 와 섰다. 그곳은 소리를 치면 양쪽 끝에 위치한 아이아스와 아킬레우스의 진영까지 그 소리가 닿을 수 있는 곳이었다. 여신은 거기에 서서 크고 끔찍한 소리로 전쟁을 선포하여 병사들의 마음속에 싸움을 치를 용기와 끈기를 불어넣었다. 그러자 병사들은 고향을 향한 항해보다 전쟁을 더 달콤한 것으로 여기게 되었다.

아가멤논은 군대에게 무장을 하라 명하였고, 그 자신도 무장을 갖췄다. 은 발목장식이 달린 정강이받이에 선물로 바쳐진 갑옷을 입었는데 그것은 트로이로 출정한다는 소식이 키프러스에 닿자 그곳의 키니레스가 아가멤논을 기쁘게 해주려고 바친 것이었다. 짙푸른 10개의 줄무늬에 황금 줄무늬와 주석 줄무늬가 각각 12줄과 20줄로 새겨져 있었으며, 그 양쪽에는 각각 3마리의 청룡무늬가 목 부분까지 뻗쳐 있었는데, 그 모습은 제우스가 인간에게 보이는 징조로서 구름 위에 띄워놓은 무지개 같았다. 등에는 칼을 메었는데, 빛나는 순금 손잡이에 황금 띠가 달린 칼집에 꽂혀 있었다. 그리고 정교하게 만들

---

1) 새벽의 여신 에오스의 연인. 트로이 왕 라오메돈의 아들로 프리아모스 왕과는 형제.

어진 방패를 드니 온몸이 다 가려졌다. 방패에는 10개의 청동 원이 둘러쳐진 안에 흰 주석으로 만든 20개의 돌기가 있고, 그중심부에는 푸른 유약을 바른 돌기가 하나 돋아 있었다. 또한 날카로운 눈빛의 고르곤의 무서운 얼굴과 함께 공포의 신과 두려움의 신이 새겨져 있었다. 방패에 달린 끈은 은이었는데, 그 위에는 목 하나에 대가리 3개가 갈라져 나온 채 서로 엉켜 있는 청룡이 새겨져 있었다. 머리 위에는 뿔 2개와 4개의 돌기와 말갈기 털로 만든 장식이 달린 투구를 썼는데, 갈기 털 휘날리는 모습은 사뭇 위협적이었다. 마지막으로 2자루의 창을 들자, 하늘을 향해 솟은 예리한 청동 날이 번득이며 빛났다.

그때 아테나와 헤라가 이 화려한 차림의 미케네 왕의 체면을 살려주는 의미에서 천둥을 쳐주었다.

이제 각각의 지휘관들은 마부에게 말들을 질서정연하게 참호 근처에 배치시키라 명령했고, 전투병들은 완전히 무장하고 앞으로 전진하였다. 새벽 하늘 아래 울려퍼지는 그들의 함성은 실로 엄청났다. 보병들은 앞에서, 전차들은 뒤에서 진군하였다.

많은 그리스 용사들을 저승으로 보낼 생각이었던 제우스는 그들의 머리 위로 소름끼치는 소음과 함께 핏방울들을 내려 보냈다.

그들의 맞은편, 평원의 고지대에 진을 치고 있던 트로이 군에는 총사령관 헥토르와 흠잡을 데 없는 장수 폴리다마스, 병사들이 신 이상으로 존경하는 아이네이아스, 그리고 안테노르의 세 아들인 폴리보스, 아게노르, 아카마스 등 위대한 영웅들이 어깨를 나란히 하고 있었다.

둥근 방패를 든 헥토르가 전방과 후방을 오가며 명령을 내렸다. 그는 마치 구름을 벗어나 빛을 쏘아대다가 다시 어둠 속으로 숨어버리는 불운의 별처럼, 앞으로 나왔다가는 또 병사들 틈에 묻히곤 했다. 갑옷은 마치 전능한 제우스의 번갯불처럼 번쩍였다.

양측 군대는 마치 보리나 밀 농장에서 수확을 거두는 농부들 같았다. 서로 마주보고 일렬로 서서 작물들을 낫으로 베어내는 농부들처럼 트로이 군과 그리스 군은 한 치의 양보도 없이 서로에게 달려들었다. 어느 쪽이나 한 걸음도 물러서지 않겠다는 생각으로 성난 이리들처럼 맞붙어 싸웠다.

그런 우열을 가리기가 어려운 상황을 불화의 여신은 즐겁게 지켜보고 있었다. 올림포스의 여러 신들 중에서 그녀만이 전장에 나와 있는 유일한 여신이었다. 다른 신들은 제우스가 트로이 군에게 승리를 안겨줄 생각을 하고 있는 것에 불만을 품고 있었다. 그러나 제우스는 다른 신의 생각에는 아랑곳하지 않고 홀로 자리잡고 앉아 트로이 성과 그리스 함대, 그리고 번쩍거리는 갑옷들이며 인간들이 서로 죽이는 꼴을 만족스럽게 바라보았다.

이른 새벽, 날이 밝아오는 동안에도 치열한 싸움은 이어졌고, 그에 따라 많은 병사들이 쓰러져갔다. 산에서 나무를 베던 나뭇꾼이 일에 지쳐 손에 힘이 빠지고 달콤한 빵과 요깃거리를 떠올릴 때가 되었을 무렵, 그리스 군이 엄청난 고함을 지르며 돌격하여 적군의 전열을 무너뜨렸다.

아가멤논 왕이 제일 먼저 적을 베는 용맹을 발휘하여 비에노르를 쓰러뜨렸고 그 다음으로 그의 마부 오일레우스를 죽였다. 오일레우스는 전차에서 뛰어내려 왕에게 맞서보았지만 아가멤논의 창은 가차없이 그의 투구와 이마를 뚫고 들어가 머릿속까지 박혔다. 아가멤논은 죽은 자의 겉옷까지 벗겨서 웃통이 그냥 드러난 상태로 버렸다.

다음엔 프리아모스 왕의 자손 이소스와 안티포스를 쫓았다. 둘이 한 전차 안에 타고 있었는데 서자인 이소스가 말을 몰고 적자인 안티포스가 싸움을 맡았다. 그 두 사람은 이다 산에서 양떼를 돌보다가 아킬레우스에게 잡혀 몸값을 치르고 풀려난 적이 있었다. 아가멤논 왕은 창으로 이소스의 가슴팍을 찌르고 안티포스는 귀밑 쪽을 칼로 베어 전차에서 떨어뜨렸다. 재빠르게 그들의 무장을 벗겨낸 왕은 그제야 그들이 누구인지 알아차렸다. 아킬레우스에게 잡혀 진영으로 끌려왔을 때 그들의 얼굴을 본 적이 있었던 것이다. 사슴처럼 무력해진 트로이 군 중 그 누구도 그들을 구해낼 만한 전사가 없었다. 모두 도망치는 데 바빴다.

페이산드로스와 히폴로코스도 잡혔다. 이들의 부친은 안티마코스로, 파리스에게서 돈을 받은 대가로 헬레네를 메넬라오스에게 넘겨주자는 제안을 강력하게 반대한 사람이었다. 말고삐를 놓치고 허둥대는 두 젊은이에게 맹수처럼 달려든 아가멤논에게 그들은 울부짖으며 자비를 호소하였다.

"왕이여, 목숨만 살려주십시오! 몸값은 후하게 드리겠습니다! 우리 부친은 상당한 재산을 소유하고 계시니, 제가 목숨이 붙어 당신의 포로가 됐다는 소식을 들으신다면 기꺼이 많은 양의 청동과 황금이 정제된 철을 바칠 것입니다!"

그러나 아가멤논은 애처로운 호소에 일말의 동정도 내비치지 않고 말하였다.

"네 아비는 메넬라오스가 헬레네를 돌려달라고 오디세우스와 함께 사절로 찾아갔을 때, 트로이에서 열렸던 회의에서 메넬라오스를 놓아주지 말고 죽이라고 말한 바 있다. 너희들이 그자의 아들이라면 네 아비의 부당한 폭언에 대한 대가를 치러야 할 것이다!"

이어 창으로 페이산드로스의 가슴을 찌르자 뒤로 자빠져버렸다. 그 모습을 보고 전차에서 뛰어내린 히폴로코스는 두 팔과 머리를 잘라 죽인 뒤에 그 시체를 바퀴처럼 굴려 보냈다.

아가멤논은 눌의 시체를 뒤로하고 적군의 무리 속으로 뛰어들었다. 그리고 뒤를 따르던 부하들과 함께 우왕좌왕하는 적들을 죽여 없 앴다. 말발굽이 천둥 같은 소리를 내면서 평원 위로 자욱한 흙먼지를 피워 올리는 와중에 기마병과 보병들이 맞붙어 전투를 벌였다. 아가멤논 왕은 공격을 외치면서 적군을 베고 또 베었다. 그것은 숲에서 일어난 불길이 울창한 삼림을 게걸스레 핥아대고, 바람이 휘몰아쳐 나무들 위로 그 불길이 번지면서 나무의 뿌리마저 갈가리 찢겨 쓰러지는 광경과도 같았다. 혼란에 빠진 트로이 병사들은 아가멤논 앞에서 속절없이 쓰러졌고, 주인 잃은 말들은 비어서 덜컹대는 전차들을 끌고 하릴없이 돌아다녔다. 그들의 주인들은 이미 땅 위에 쓰러져 독수리들의 맛난 식사감이 되어 있었던 것이다.

그런 와중에 헥토르의 모습은 먼지에 가려서 보이지 않았다. 제우스가 즐비한 송장들과 아비규환의 지옥을 방불케 하는 전장의 소음으로부터 그를 피신시켰던 것이다. 그러나 아가멤논은 부하들을 무섭게 재촉하여 그를 추격했다. 이들 무리는 일로스의 묘지와 평원 중앙에 있는 야생무화과 나무를 지나 성채 쪽으로 달려갔다. 아가멤논은 엄청난 고함을 지르면서 쫓고 또 쫓았는데, 거듭되는 살육으로 무쇠 같은 양손이 피로 젖은 상태였다.

트로이 병사들은 성의 서쪽 문 가까이 참나무가 서 있는 곳에 이르러서야 발을 멈추고 전열을 가다듬었다. 일부 병사들은 아직 평원 여기저기에 흩어져 합류하지 못한 상태였는데, 아가멤논은 겁에 질린 소를 사냥하는 사자처럼 뒤처진 병사들을 쫓아가 닥치는 대로 베었다. 그의 창이 허공을 가를 때마다 수많은 트로이 병사들이 전차에서 떨어졌다.

트로이의 가파른 성벽 앞에 아가멤논이 다다랐을 때, 제우스가 하늘에서 내려와 이다 산 정상 샘터 근처에 자리 잡고 앉아 천둥과 벼락을 내려 보냈다. 그리고 전령 이리스를 불러서 일렀다.

"나의 민첩한 전령아, 떠나거라. 그리고 헥토르에게 전하라. 아가멤논이 선두에 나서 광폭한 분노로 가득 차 살생을 벌이는 동안에는 병사들에게 싸움을 맡기고 뒤로 물러나 있으라고 해라. 그러다가 아가멤논이 창이나 화살에 맞아 부상을 당하거나 전차에 올라 후퇴하려 드는 순간에 내가 힘을 내려주겠으니, 그때에는 해가 져 어두워질 때까지 그리스 군을 무찔러 함선까지 몰아낼 수 있을 것이다."

바람처럼 신속하게 트로이로 날아가 전차 안에 있는 헥토르를 발견한 이리스는 그 옆에 내려앉아 제우스의 말을 그대로 전하였다.

제우스의 전갈을 듣고 전차에서 내린 헥토르는 창 2자루를 손에 쥐고 휘둘러 부하들을 집결시켰고, 두루 다니면서 전투를 독려했다. 그리하여 전열을 갖춘 트로이 군은 전차를 몰아 세차게 밀려들어오는 그리스 군에 맞붙었다. 양측이 팽팽하게 맞서면서 전투는 새로운 국면으로 접어들었다.

아가멤논은 여전히 선두에 있었다. 그와 첫 번째로 맞선 이는 안테노르의 아들 이피다마스였다. 그는 기름지고 양이 많은 트라케에서 외조부 키세우스의 손에 의해 자랐다. 키세우스는 이피다마스가 장성하자 자신의 딸과 혼인시켜 곁에 잡아두려 했지만, 전투가 벌어진다는 소문을 들은 이피다마스는 신방을 빠져나와 12척의 함선을 이끌고 떠나 페르코테에 배들을 남겨두고 육로를 통하여 트로이로 온 바 있었다. 그리하여 이날 아가멤논과 정면으로 맞서는 데에 이르게 된 것이다.

두 사람이 마주서자 아가멤논이 먼저 창을 던졌다. 그러나 그의 창은 빗맞았고, 이어 이피다마스가 온힘을 실어 그의 갑옷 아래쪽을 찔렀다. 하지만 창 끝은 은이 박혀 있는 허리띠를 뚫고 들어가지 못하고 납덩이처럼 휘어지고 말았다. 그러자 그 창을 아가멤논이 엄청난 힘으로 잡아당겨 뺏고는 검으로 목을 베어 죽여버렸다.

이피다마스는 그렇게 쓰러져 갑옷 안에서 잠드는 불행을 맞았다. 새로 맞은 신부를 두고 먼 타향으로 떠나와 그녀에게서 작은 위안조차 맛보지 못한 채 종족을 위해 싸우다 최후를 맞이했던 것이다. 신부를 맞기 위해 들인 재산만 해도 100마리의 소를 주고서도 나중에 양과 염소 천마리 더 주리라고 약속했을 정도였다. 그렇지만 아가멤

206

논에게 멋진 갑옷까지 빼앗기는 꼴을 당해야 했다.

이 광경을 이피다마스의 큰형 코온이 보게 되었다. 친동생이 죽는 모습을 본 그의 눈에 슬픔의 빛이 가득 찼다. 그는 아가멤논의 눈에 띄지 않게 다가가 그의 팔뚝을 찔렀다. 하지만 팔뚝의 살이 찢겼어도 아가멤논은 잠깐 몸을 떨었을 뿐, 곧바로 창을 들고 코온에게 달려들었다. 코온은 아우의 다리를 질질 끌고 가면서 다른 사람에게 도움을 청했다. 하지만 달려든 아가멤논이 시체를 끌고 있는 그의 방패 아래쪽을 찔러 죽이고는 목을 잘라 동생의 시체 위로 던졌다. 안테노르의 두 아들은 그렇게 최후를 맞아 저승으로 내려갔다.

상처에서 뜨거운 피가 흘러나오고 있었지만 아가멤논은 창과 검, 그리고 커다란 돌을 들고 전쟁터를 누비고 다녔다. 그러다가 피가 멈추고 상처가 마르기 시작하자 심한 고통을 느끼기 시작했다. 헤라의 딸인 에일레이투이아[2]가 산모에게 내리는 극심한 고통과도 같은 아픔이 그를 관통하였다. 그는 괴로워하며 자신의 전차에 올라 큰소리로 외쳤다.

"동지들이여! 왕들과 지휘관들이여! 그대들이 우리 함선의 방어를 위해 싸워주기 바라오. 제우스께서 오늘은 나로 하여금 그대들과 끝까지 싸우도록 허락지 않으셨소!"

격렬한 고통 속에서 그는 마부에게 진영으로 말을 돌리라고 명령했다. 마부가 채찍을 휘두르자 말은 가슴에 땀을 흘리면서 흙먼지 속을 달려 부상당한 왕을 안전하게 모셨다.

아가멤논이 후퇴하는 모습을 본 헥토르는 병사들을 향해 목청껏 외쳤다.

"트로이와 리키아, 그리고 다르다니아 병사들이여! 싸워라! 용기를 내고 온 신경을 모아 싸우라! 저들의 왕이 도망치고 있다! 최고사령관이 가버렸다! 제우스께서 내게 승리를 주셨노라! 적진을 향해 돌진

2) 출산의 신.

하여 적들을 쳐부수고 승리를 쟁취하자!"

사냥꾼이 멧돼지나 사자를 모느라 사냥개들을 다그치듯이 헥토르는 트로이 군을 강하게 밀어붙였다. 헥토르는 자신이 마치 아레스로 변한 양 병사들에게 힘과 용기를 새롭게 불어넣어주었다. 선봉장으로 나선 그는 조용한 바다를 휩쓸어 파도를 일으키는 강렬한 태풍과도 같이 싸움에 뛰어들었다. 신이 헥토르에게 승리를 약속한 가운데, 혼을 빼놓는 그의 맹공격으로 말미암아 아사이오스를 필두로 아우토노오스, 오피테스, 돌롭스, 오펠티오스, 아겔라오스, 아이심노스, 오로스, 그리고 용감한 히포노오스가 잇달아 죽어갔다. 그가 벤 이들은 하나같이 지휘관급 장수들이었다. 그 외에도 엄청난 수의 병사가 목숨을 잃었다. 마치 구름들을 밀어내는 세찬 서풍 때문에 일어난 큰 파도와도 같은 기세였다. 그리하여 헥토르가 쳐서 떨어뜨린 병사들의 머리만으로도 산을 이루었다.

그리스 인들에게 철저한 파멸이자 절망적인 상태가 이어졌다. 참패한 그들은 자신들의 함대로 몰렸다. 그러나 오디세우스만은 제외였다. 그는 디오메데스를 불렀다.

"디오메데스! 자네와 내가 왜 이러고 있는 건가? 싸우는 법을 잊어버리기라도 했단 말인가? 꾸물거리지 말고 이리와 날 도와주게. 헥토르가 아군의 함선을 장악하게 되면, 그야말로 커다란 수치일세."

그 말에 디오메데스가 대답했다.

"물론 끝까지 돕겠소. 그러나 그대 또한 제우스께서 그들로써 우리를 후려치려고 작정한 이상에는 어쩔 도리가 없지 않겠소."

그러면서도 말을 마치자마자 창을 던져 팀브라이오스를 전차에서 떨어뜨렸다. 오디세우스도 그 옆에서 말을 몰던 몰리온을 같은 방법으로 해치웠다. 이들을 싸움터에서 제거한 두 전사는 시체를 내버려두고 적진 한가운데로 미친 듯이 들어가 마치 궁지에 몰린 2마리의 멧돼지들이 사냥개들을 향해 화풀이를 하듯이 닥치는 대로 적을 죽였다. 그들이 헥토르를 향해 뛰쳐나가자, 덕분에 그리스 병사들은 숨을 돌릴 수 있게 되었다.

다음으로 이 두 전사는 또 다른 전차를 습격하여 히포다모스와 히페이로코스를 죽였다. 그들은 종족 가운데서는 최고의 용사였으며, 위대한 점술가이며 예언자인 메롭스의 아들들이었다. 목숨이 위험하니 출전하지 말라 당부한 아버지를 뿌리치고 나간 그들은 끝내 죽음의 운명에 몰려 오디세우스의 손에 갑옷이 벗겨지는 꼴을 당했다.

이다 산 위에서 살육이 거듭되는 모양을 보던 제우스는 이제 전세가 균형을 이루도록 그리스의 편을 들어주고 있었다.

디오메데스는 다음으로 말을 끄는 부하를 뒤에 두고 뛰쳐나온 파이온의 아들 아가스트로포스의 엉치뼈에 일격을 가했다. 그 모습에 헥토르가 고함을 지르며 디오메데스를 향해 돌진해 왔다. 두려워진 디오메데스는 동지들을 불렀다.

"이제 우리 차례인가! 우리의 파멸 ─ 헥토르가 다가오고 있다. 여기 서서 저자를 막도록 하자!"

그는 이 말과 함께 자세를 잡고 창을 날렸다. 그리고는 명중시켰다. 머리를 겨냥해 날린 창이 투구에 맞았다. 하지만 태양신 아폴론이 준 선물인 3겹짜리 투구를 뚫고 들어갈 수는 없었다. 그래도 공격에 놀란 헥토르는 병사들 무리 속으로 달아났다. 정신이 혼미해져 한 손으로 땅을 짚고 끓어앉은 그는 디오메데스가 땅에 꽂혀 있는 창을 되찾으러 가는 사이에 정신을 차려 다시 자신의 전차에 올라탐으로써 목숨은 건질 수 있었다.

창을 다시 찾아든 디오메데스가 그의 뒤를 쫓으며 외쳤다.

"또 달아나느냐, 이 망할 녀석아! 이번엔 좋은 기회였는데, 아폴론이 또 널 살렸구나. 전쟁터에 나서기 전에 항상 아폴론께 기도를 드리나 보지? 나를 도울 신도 있을 테니 다음에 다시 만나면 완전히 끝장내주마. 지금은 다른 놈을 찾아보겠다."

그리고 나서 그는 죽은 아가스트로포스의 무장과 방패를 걷어내기 시작했다. 그가 시체의 투구를 벗기는 순간, 일로스의 무덤 쪽에 있던 파리스가 그를 보게 되었다. 묘지 기둥 뒤에서 활과 화살로 무장하고 있던 파리스는 화살을 재어 날렸다. 그리고 화살은 디오메데스를 정확히 맞추었다. 화살은 무릎을 꿇고 있던 디오메데스의 오른 발바닥을 뚫고 땅에 박혔다. 기둥 뒤에 숨어 있던 파리스가 나와 기쁨에 차서 크게 웃으며 소리쳤다.

"명중이로군! 이번에는 제대로 맞췄어! 화살이 뱃속을 찔러 네 목숨을 끝장내었더라면 좋았을 것을! 그러면 사자를 앞에 둔 양떼들처럼 벌벌 떨고 있는 내 백성들이 이 고충에서 조금이라도 빨리 벗어날 수 있었을 텐데 말이다!"

그러나 디오메데스는 의외로 차분하게 대꾸했다.

"숨어서 화살을 쏘다니! 남의 아내를 훔쳐 달아난 짓이나 다를 바가 없지 않으냐. 예쁘장한 고수머리에 여자나 밝히는 놈아! 활과 화살에 의존하지 말고 제대로 나서서 사내답게 싸워봐라. 이번에는 내 발을 스친 것뿐이니 으스댈 것 없다! 나로서는 계집이나 꼬마에게서 맞은 것이나 다를 바가 없다. 네 화살 따위는 하찮은 겁쟁이한테나 통할 솜씨다. 물론 내 화살이라면 좀 다를 거다. 한번 맞았다 하면 피로 땅을 적시면서 그 몸뚱이가 썩어갈 테니까! 그리하면 그의 아내는 눈물을 흘리고 자식들은 고아가 되겠지. 그때엔 여자들보다도 독수리들이 너를 더 좋아할 것이다!"

그가 이렇게 말하고 있을 때, 오디세우스가 다가와 그를 보호하기 위해 막아섰다. 디오메데스는 그 뒤에 앉아 발에 박힌 화살을 뽑아냈다. 끔찍스런 통증이 일었다. 화살을 뽑은 그는 전차에 올라 마부에게 함선이 있는 곳으로 돌아가자고 말했다.

그 통에 오디세우스는 혼자 남겨지게 되었다. 다른 병사들도 그 옆에 서서 돕기를 두려워하고 있었던 것이다. 그렇지만 불굴의 정신력

210

을 가진 그는 스스로에게 말하였다.

"큰일났군. 이제 나는 어떻게 될 것인가? 겁을 먹고 도망가는 꼴을 보일 수는 없다. 그러나 혼자 붙잡혀 포로가 되는 것은 더욱 좋지 않다. 아니, 이런 고민을 해본들 무슨 소용이 있나. 전투에서 꽁무니를 빼는 것은 비겁자뿐이다. 용사라면 자리를 지키고 서서 살든지 죽든지 결판을 내야 한다."

그가 이런 생각에 골몰하고 있을 때, 트로이 군들이 떼지어 몰려와 그를 에워쌌다. 사냥개와 사냥꾼의 무리가 숲 속에서 뛰어나온 짐승을 사방에서 몰아대는 것과 마찬가지로 그들은 전후좌우에서 오디세우스를 노리고 다가왔다. 위기에 몰린 짐승은 숲 속에서 하얀 송곳니를 갈면서 나오게 되는데, 사냥꾼들은 그 소리를 듣고 점점 더 포위망을 좁히게 된다. 그리고 곧 목숨을 건 짐승의 반격에 부딪치게 되는 법이다. 그처럼 오디세우스를 둘러싼 트로이 병사들도 결국에는 화를 자초하는 꼴이 되고 만다.

오디세우스는 먼저 창을 들고 데이오피테스에게 달려들어 어깨에 상처를 입혔고, 이어서 토온과 엔노모스를 죽인 다음에 케르시다마스가 전차에서 내려오는 틈을 타 창으로 가슴을 찔렀다. 굴러 떨어져 땅을 움켜쥔 자세로 숨을 거둔 그를 내버려두고 다음으로 소코스의 형이자 히파소스의 아들인 카롭스에게 부상을 입히니, 소코스가 혈육을 돕기 위해 달려와 부르짖었다.

"오디세우스! 병술과 전투의 대가라고 그 명성이 자자한 자여! 오늘은 당신이 히파소스의 아들들을 죽여 갑옷을 벗겼다고 자랑하는 날이 되거나, 아니면 내 창에 목숨이 끊어지는 날이 될 것이다."

그는 이 말과 함께 그의 방패를 쳤다. 묵직한 창이 방패를 뚫고 허리띠를 지나 옆구리 살을 찢어놓았다. 그러나 아테나는 창이 더 이상 깊이 들어가게끔 놔두지 않았다. 오디세우스는 그것이 치명적인 부상이 아님을 알아채고 뒤로 물러나 말했다.

"어리석도다. 잠시 나를 막을 수는 있을지 몰라도 어차피 너는 바로 오늘, 바로 여기서 죽게 될 게 분명하다. 내 창이 널 쓰러뜨릴 것이니, 난 승리를 얻고 네 영혼은 저승으로 떨어지리라."

상대는 이미 몸을 돌려 도망치고 있었다. 오디세우스가 그의 심장을 겨냥해 등에 창을 날렸다. 소코스는 푹 하고 앞으로 쓰러졌고, 오디세우스는 승리감에 차 부르짖었다.

"소코스! 죽음이 네게 너무 빨리 찾아왔구나. 네 부모는 네 눈조차 감겨주지 못하리니! 시체를 뜯어먹는 새들이 네 주위에서 날개를 파닥거리며 살점들을 갈가리 찢어 헤쳐놓겠지. 그러나 내가 죽을 때는 병사들이 영광된 장례를 치러줄 것이다."

그제야 자신의 몸과 방패를 한꺼번에 꿴 소코스의 창을 뽑아낸 오디세우스는 피가 흘러나오는 모양을 보자 새삼 고통스러웠다. 트로이 군은 피 흘리는 오디세우스를 보고 서로를 불러모으더니 한꺼번에 그 앞으로 몰려왔다. 뒷걸음질치기 시작한 오디세우스는 고함을 쳐 도움을 요청했다. 가능한 한 크게 목청을 돋워 3번을 소리쳤다. 구조를 요청하는 그의 목소리를 3번이나 들은 메넬라오스가 옆자리의 아이아스에게 말했다.

"아이아스! 오디세우스의 목소리가 내 귓전에 울리고 있다! 적들이 혼자 있는 그를 덮치고 있는 것 같다. 이 혼잡을 뚫고 가 그를 구해야 한다. 적진에서 홀로 무슨 일을 당했을까 염려된다. 그처럼 중요한 인물이 없어지면 아군의 사기가 크게 떨어질 것이다."

이들이 오디세우스를 위해 달려오는 사이, 트로이 군은 상처 입은 수사슴을 둘러싼 흉측한 자칼처럼 그를 위협하고 있었다.

숲에서 종종 볼 수 있는 광경인데, 화살을 맞은 사슴은 따뜻한 피가 흐르는 동안만큼은 다리가 꽤나 민첩하게 움직여주어서 사냥꾼과 적절한 거리를 유지하며 도망칠 수 있다. 그러나 상처를 더 이상 감당할 수 없는 지경에 이르면 썩은 고기를 탐내는 자칼이 그 살을 찢고 뼈를 씹게 되는 것이다. 그러다가 굶주린 사자에게 운이 닿아 그 자리에 나타나면 사자가 사슴을 독차지하게 된다.

그렇게 많은 숫자의 트로이 병사들이 오디세우스를 괴롭히고 있는 가운데, 이 그리스 용사는 창을 불쑥불쑥 내밀어 그들을 막아내고 있었다. 그 자리에 아이아스가 그의 탑처럼 커다란 방패를 높이 들어올리며 다가와 그의 옆에 섰다. 그 모습에 놀란 트로이 군은 그만 도망쳐버렸다. 이에 메넬라오스가 오디세우스의 손을 잡아 전차가 있는 곳으로 데려갔다.

그러는 동안에 아이아스는 말들과 병사들을 베면서 적의 무리를 휘저어놓았다. 마치 폭우가 쏟아진 다음에 홍수가 나 산에서 쏟아져 내려온 물줄기가 바짝 마른 참나무와 소나무들을 휩쓸어 온갖 잡동사니들과 함께 바다로 쓸어내리는 모습 같았다. 그 와중에 프리아모스 왕의 서자인 도리클로스가 죽었고 판도코스, 리산드로스, 피라소스와 필라르테스는 부상을 당했다.

헥토르는 미처 그 소식을 듣지 못하고 있었다. 그는 전쟁터의 왼편, 스카만드로스 강둑 부근에서 적들을 물리치고 있던 중이었기 때문이다. 그곳에서는 그리스 병사들이 떼죽음을 당하고 있었으며, 네스토르와 이도메네우스가 있는 곳에서도 엄청난 함성이 들려오고 있었다. 헥토르는 현란한 창 솜씨를 보이는 동시에 말들을 능숙하게 몰아 전장을 휩쓸고 다녀 그리스 병사들을 갈팡질팡하게 만들었다.

그럼에도 불구하고 파리스가 화살로 마카온의 어깨를 뚫어 그의 활약을 막지만 않았다면 그리스 군사들은 결코 무너지지 않았을 것이다. 마카온은 위대한 의원 아스클레피오스[3]의 아들이었다. 그가 화살에 맞자 살기가 오른 그리스 군도 적군에게 마카온을 빼앗길까 봐 두려워졌다.

"네스토르 왕이시여! 전차에 오르시어 가능한 한 빨리 마카온을 함

3) 그리스 신화에서는 의술의 신.

선으로 데려가십시오. 의원 하나가 많은 사람의 몫을 하는 법입니다. 그는 박힌 활을 뽑아내고 약초를 써서 상처를 치료하는 중요한 사람입니다."

이도메네우스의 말에 네스토르가 신속하게 전차에 올랐고, 이어 마카온도 함께 올라탔다. 말들은 주저 없이 힘차게 달렸다.

한편, 헥토르와 한 전차 안에 타고 있던 케브리오네스는 쫓기는 아군을 보고 말했다.

"헥토르, 저희는 여기에서 놈들을 보기 좋게 무찌르고 있지만 다른 병사와 말들은 아이아스 때문에 엉망진창으로 밀리고 있습니다. 어깨에 멘 커다란 방패로 익히 그를 알아볼 수 있습니다. 아군이 가장 어려움을 당하고 있는 곳으로 저희가 가야 합니다."

헥토르가 채찍을 휘둘렀고 전차는 양쪽 병사들을 가르며 힘차게 달렸다. 전차 바퀴가 방패와 시체들을 뭉개자 바퀴 축이 피에 흠뻑 젖었고, 말발굽과 바퀴에 튀어 오른 피로 마차 손잡이가 흥건해졌다. 헥토르는 무리 속으로 뚫고 들어가 적병을 흩어놓았다. 엄청난 혼란을 몰고 온 그의 창은 그리스 병사들을 조금도 용서치 않았다. 그는 창과 검, 돌덩이를 가지고 전장을 온통 휘젓고 다녔지만 아이아스와 맞서려 하지는 않았다.

한편 제우스는 아이아스에게 후퇴할 마음을 불어넣었다. 그로인해 갑자기 겁이 난 아이아스는 자리에 서서 커다란 방패를 등 쪽으로 돌려놓고 천천히 뒤로 물러났다. 들짐승처럼 주위를 살피고 또 살피며 한발 한발 조심스럽게 동지들이 있는 쪽으로 걸음을 옮겼다.

이리하여 가축을 보호하기 위해 불침번을 서고 있던 개들과 농부들에게 쫓겨 소떼를 두고 물러나는 사자처럼, 자신의 의지와는 상관없이 적들을 앞에 두고 후퇴해 가는 아이아스 또한 아쉽기 그지없었지만 후방이 염려되기도 했다.

아이아스의 뒤를 쫓는 트로이 병사들은 그의 방패 가운데를 창으로 건드려보았지만 아이아스는 이따금씩 몸을 돌려 공격자들을 몰아내면서 계속 후방으로 나아갔다. 그것은 아이들이 내려치는 막대기에도 아랑곳하지 않고 밭에 들어가 곡물들을 먹어치우는 고집 센 나귀와도 같았다.

아이아스는 돌아가는 동안에도 트로이 병사들을 쓰러뜨려 그리스 함대로 가는 길목을 막아냈다. 그의 커다란 방패는 억센 적군의 팔이 날린 창들로 이미 벌집이 되어 있었고, 끝내 피맛을 보려고 날아오는 다른 창들은 아이아스가 딛고 서 있는 땅 위로 수없이 떨어져 꽂혔다.

빗발치듯 쏟아지는 창 속에서 후퇴를 감행하고 있는 그를 돕기 위해 에우리필로스가 달려왔다. 그는 아이아스 옆에 서서 창으로 아피사온을 쓰러뜨렸다. 간이 찔려 죽은 그의 갑옷을 에우리필로스가 막 벗기기 시작했을 때, 파리스가 그 광경을 보고 당장에 활을 들어 쐈다. 화살은 에우리필로스의 우측 허벅지에 맞고 부러졌다. 중상을 입은 다리를 질질 끌며 그는 비명을 질렀다.

"동지들이여! 적에 맞서시오! 여기 아이아스가 홀로 고전하고 있소! 저러다간 창에 맞아 죽을 것이오! 맞서서 그를 엄호하시오! 아이아스를 호위해주시오!"

그러자 병사들이 부상당한 그의 주위로 몰려들었다. 오른 무릎을 굽히고 모여 앉아 방패로 어깨를 가려 벽을 만들고 창은 앞쪽으로 비스듬히 겨눠 적과 맞설 태세를 갖추었다. 아이아스도 그리로 달려와서는 뒤로 돌아가 그들 곁에 섰다. 이리하여 그들은 그 지점에 버티고 서서 맹렬하게 싸웠다. 그러는 사이에 네스토르의 말들은 땀을 비오듯 흘리며 주인과 마카온을 진영으로 이끌고 있었다.

자신의 커다란 함선 고물 위에서 이 한탄스러운 전투 광경을 지켜보던 아킬레우스는 전차를 타고 달려오는 사람이 누구인지 깨닫자 파트로클로스를 고함쳐 불렀다. 그 소리에 막사에서 파트로클로스가 나왔다. 파트로클로스는 건장한 용사이긴 했으나, 그에게 그것은 재앙의 시작이었다. 그가 물었다.

"왜 부르셨습니까. 시킬 일이라도 있습니까?"

아킬레우스가 대답했다.

"내 절친한 벗이여! 이제 곧 절박한 위기에 처한 그리스 군이 내게 무릎을 꿇고 애원할 것이네. 친애하는 파트로클로스, 서둘러 네스토르에게 가게. 그가 전투에서 부상당한 이를 데려오고 있는데 그가 누구인지 물어보게. 뒷모습을 보니 마카온 같긴 한데, 말들이 너무 빠른 탓인지 얼굴은 못 보았네."

그러자 파트로클로스는 즉시 막사로 달려갔다.

네스토르와 마카온이 탄 전차는 무사히 막사에 도착했다. 에우리메돈에게 말을 맡긴 그들은 바닷바람으로 땀을 식히려고 바닷가에 섰다. 그들이 막사 안으로 들어가 앉자 헤카메데가 뜨거운 우유에 술을 탄 음료를 내놓았다. 그녀는 테네도스를 함락시킨 아킬레우스가 네스토르의 출중한 지혜에 대한 경의의 뜻과 함께 유용한 조언을 해주었던 것에 대한 감사의 표시로 준 여인이었다.

헤카메데는 그들 앞에 푸른색 유약을 칠한 다리의 빛나는 식탁을 놓고 술에 곁들이기 위한 양파를 담은 청동 바구니와 진하지 않은 꿀, 보릿가루를 갖다 놓았다. 그리고 마지막으로 황금 손잡이가 달린 훌륭한 술잔을 놓았다. 그것은 그녀 부친의 물건으로서, 손잡이가 4개나 달렸는데 각각의 측면에는 모이를 쪼는 비둘기의 형상이 새겨져 있었으며 그 밑으로 2개의 받침대가 있었다. 술이 가득 찼을 때는 잔을 옮기기가 힘들 정도로 무거운 잔이었지만 늙은 네스토르는 어렵지 않게 잔을 들어올렸다.

헤카메데는 그 잔에 포도주와 우유를 섞고 염소젖으로 만든 치즈를 갈아 넣었다. 그리고 보릿가루도 뿌렸다. 그런 다음 그녀는 그들에게 잔을 권했다. 그들은 그 음료로 타는 듯한 목을 축였다.

그들이 편안하게 이야기를 나누고 있을 때, 파트로클로스가 문간에 모습을 드러냈다. 네스토르가 벌떡 일어나 그를 맞아들이고 자리를 내주었으나 그는 거절하였다.

"사양하겠습니다. 거역할 수 없는 다혈질의 아킬레우스가 저를 이리로 보내어 당신이 데리고 온 부상자가 누구인지 알아보라고 하셨습니다. 이제 지체 높으신 마카온 님이라는 걸 내 눈으로 확인했으니 그만 가서 아킬레우스에게 보고해야겠습니다. 존경하는 네스토르 왕께서도 그의 성격은 익히 알고 계실 터이니 양해해주십시오."

네스토르가 대답하였다.

"그게 사실인가? 웬일로 아킬레우스가 부상자에 관심을 가지는 건가? 아군 전체가 곤경에 빠진 판국이란 걸 모른단 말인가. 최고의 전사들이 부상당해 누워 있는 형편이다! 디오메데스가 활을 맞았고, 오디세우스는 창에 찔렸으며 아가멤논 왕도 마찬가지이다. 그리고 여기, 내가 전장에서 바로 구출해 온 이분도 화살에 맞았다. 그런데도 용감한 아킬레우스는 동정을 베풀 줄 모르고 있다. 해변에 늘어선 배들이 모두 불타고 우리가 전멸하기를 기다리고 있단 말인가.

아, 내 기력도 예전 같지 않다. 엘리스와 우리 백성들이 소 때문에 싸움을 벌였던 그때처럼 내가 젊고 강하다면 얼마나 좋겠는가! 그때 나는 히페이로코스의 아들이자 용감한 엘리스 출신의 용사 이티모네우스를 해치웠지.

우리는 그 시골 마을에서 상당한 전리품을 챙겼는데, 50무리의 소떼와 그만큼의 양떼와 돼지떼와 염소떼, 그리고 150마리의 말을 가져갔다네. 말들은 모두 암말로서, 그중 많은 수가 새끼를 배고 있었지. 우리는 밤에 그 가축들을 몰고 필로스로 되돌아갔는데, 부친은 전쟁에 처음 참가한 풋내기였던 내가 엄청난 전리품들을 가져온 걸 보시고 대단히 기뻐했지. 아침이 되자 전령들을 통해 엘리스 때문에 손해를 본 사람들을 모아서 전리품을 나누어주었네. 필리아 백성들은 예전부터 많은 괴롭힘을 당했는데, 헤라클레스가 왔을 때는 훌륭한 전사들이 많이 목숨을 잃기도 했지. 부친 넬레우스의 12명 아들 중에 나만 남고 그때 모두 죽었을 정도니까.

부왕은 이전에 경주를 벌이기 위해 보낸 마차와 경주에서 승리한 말 4필을 엘리스로 보냈다가 엘리스의 왕에게 빼앗긴 적이 있었기 때문에 그 대가로 소와 양 300마리를 몰이꾼과 함께 고르셨지.

일을 마무리 지은 우리는 도시 곳곳에서 제물을 올렸는데, 그로부터 사흘 뒤에 에페이아 인들이 병사와 전차들로 병력을 갖추고 다시 왔던 거네. 세드게토운이라는 도시를 점령할 속셈으로 그 주변에 포진한 거지.

그들이 평원을 지나올 무렵, 아테나께서 올림포스에서 한밤중에 달려와 우리에게 무장을 갖추고 필로스 전역에서 병사를 소집하라고 이르셨고, 백성들은 기꺼이 싸움에 나섰네. 부왕께서는 전투를 모르는 나는 나서지 말라고 하면서 말들까지 감춰버렸지만, 나는 그에 지지 않고 보병으로 참전하여 오히려 기마병들보다 많은 공을 세웠네.

에페이아 인들이 도시를 포위하고 있는 가운데 우리 군은 제우스와 포세이돈과 아테나에게 제물을 바친 뒤에 해가 뜨자마자 전투에 뛰어들었네. 그때 전차를 몰고 달리던 물리오스라는 장수를 내가 해치우고 그의 말들을 빼앗았는데, 그는 약초나 약재에 대해서는 모르는 것이 없는 아우게이아스 왕의 맏사위이자 지휘관이었지. 그가 쓰러지는 걸 보자 에페이아 군은 놀라 흩어졌고, 나는 천둥과 폭풍처럼 그들을 휩쓸어 50대의 전차를 빼앗았네. 전차 한 대에 딸린 2명씩의 적군들도 내 창에 찔려 흙을 물고 죽어갔지. 또 악토르[4]의 풋내기 아들들도 없애려고 했는데, 그들의 아버지인 포세이돈[5]이 그들을 구름 속에 숨겨 전쟁터 밖으로 빼돌리는 통에 목숨을 부지할 수 있었

---

4) 엘리스의 왕 아우게이아스의 동생.
5) 포세이돈이 악토르로 변해 그의 아내 몰리오네와 동침하여 생긴 자식들임.

던 거네.

그 즈음 제우스께서 우리 필리아 인들에게 승리의 징표를 보내주
셨네. 그리하여 우리 군은 평원에서 그들을 죽이며 알리시온 언덕까
지 추격해 갔네. 그런데 거기서 아테나가 아군을 말리고 나섰기 때문
에 내가 마지막으로 1명을 더 죽이고 난 후에 우리 군은 필로스로 귀
환했지. 그 승리에 대해 사람들은 신들 중에는 제우스에게 감사를 드
렸고, 인간들 중에서는 나 네스토르에게 고마움을 표시했다네.

난 그런 존재였네. 그건 내가 지금 살아 있는 것만큼이나 명백한
진실일세. 그러나 아킬레우스의 용맹은 그저 자기 혼자만의 것일 뿐
이네. 그나마 우리 군이 모조리 몰살되어 버린다면 그에게는 후회만
이 남을 테지.

내, 자네에게 한마디하겠네. 자네 부친 메노이티오스께서 그대에
게 아킬레우스와 동행하라 하실 때 뭐라 당부하셨는가? 그때 오디세
우스와 함께 있었던 나는 그분의 말을 모두 들을 수 있었네. 각지에
서 군대를 모아 온 우리는 펠레우스의 왕궁에서 그대가 메노이티오
스, 아킬레우스와 함께 있는 것을 보았네. 제물을 올리느라 분주한
가운데 나와 오디세우스는 문간에 서 있는데, 우리를 본 아킬레우스
가 벌떡 일어나 반갑게 맞아들여 자리를 정해주고 예를 갖춰 손님으
로서 대접해주었지. 식사를 마신 뒤에 우리가 참전을 제안했더니 그
대와 아킬레우스 모두 망설이지 않고 승낙해주었지 않았나. 사람들
은 그들에게 많은 조언을 해주는 가운데, 특히 펠레우스 왕께서는
아들 아킬레우스에게 언제나 전장에서 선봉에 설 것이며 동시에 최
고의 장수가 되라 훈계했고, 그대에게는 부친이 이렇게 말하였던 기
억이 나네.

'아들아, 아킬레우스는 너의 상관이며 너보다 강하다. 그렇다고 해
서 네가 충고를 아껴서는 안 된다. 그가 해야 할 바를 분명히 일러주
어야 한다. 자기 자신을 위해서라도 그는 네 말을 들을 것이다.'

그렇게 말한 부친의 분부를 그대는 모두 잊어버렸는가. 지금이라도 아킬레우스에게 그때의 일을 상기시켜 보게나. 운이 좋아 그대의 설득에 아킬레우스가 마음을 움직일지 누가 알겠는가. 신념을 가진 벗이 있다는 것은 축복받은 일일세. 만일 아킬레우스의 품위 있는 모친에게서 어떤 신탁을 들었기 때문에 주저하고 있는 거라면, 하다 못해 자네라도 출전케 해달라고 해보게나. 그의 갑옷을 빌려 입고 나서면 트로이 군이 그대를 아킬레우스로 착각하여 우리 군에게 숨 돌릴 틈이라도 줄지 모르는 일 아니겠는가. 지금 우리 병사들은 쉴 새도 없이 지옥 같은 죽음의 전장에서 싸워왔네. 그러나 그대의 군사는 혈기왕성하니 이미 지친 적군을 트로이로 밀어낼 수도 있을 걸세."

네스토르의 이야기를 들은 파트로클로스는 묵묵히 그 자리를 떴다. 그는 돌아가던 길에 오디세우스의 함선 부근을 지나다가 에우리필로스를 만나게 되었는데, 그는 장딴지에 화살을 맞아 절뚝이며 걷고 있었다. 머리와 어깻죽지는 온통 땀에 젖어 있었고, 상당한 부상으로 보이는 그 상처에서는 아직도 피가 흐르고 있었다. 하지만 그는 여전히 기개가 높았다. 그 모습이 안쓰러워 파트로클로스가 말했다.

"애처로운 지휘관들과 왕자들이여, 멀리 타국에 와 죽게 되다니! 트로이의 개들에게 당신들의 살덩이를 먹여야 한다는 말이오! 친애하는 에우리필로스, 말해보시오. 그 잔인무도한 헥토르를 물리칠 수 있을 것 같소? 아니면 그의 손에 우리 모두가 끝장날 것 같소?"

그 물음에 부상당한 용사는 대답하였다.

"지금으로서는 어쩔 도리가 없소. 적들이 곧 우리 함대에 들이닥칠 것이오. 용장들은 벌써 부상당해 누운 처지요. 일부는 활에 맞고, 또 창에 찔린 이들도 있소. 그런데 적군은 오히려 힘을 얻어가는 것 같소. 허나 싸움에 나서지 않았던 그대는 다르오. 내 배까지 날 좀 데려다 주시오. 그리고 박힌 화살을 빼낸 다음 따뜻한 물로 피를 닦고 약초를 발라주시오. 아킬레우스가 케이론에게서 전수받은 그 좋은 재주를 그대도 익히지 않았소. 케이론에게 축복이 있기를! 우리 편에 의원이 둘 있지만 마카온은 부상을 입고 돌아온 것 같고, 또 다른 1명인 포달레이리오스[6]는 지금 전장에 나가 있소!"

그러자 파트로클로스가 말했다.

"내가 어쩌면 좋겠소? 네스토르의 전언을 가지고 아킬레우스에게 급히 돌아가는 길이지만, 그래도 이렇게 어려움에 처한 당신을 버려 두고 갈 수는 없겠소."

그는 에우리필로스를 부축하여 그의 진영까지 데려갔다. 그들이 오는 모습을 본 부하들이 가죽을 깔아 누울 자리를 마련하였다. 파트로클로스는 그 위에 부상자를 눕히고 화살을 뽑고 따스한 물로 씻어 준 다음 약초 뿌리를 손으로 으깨어 발랐다. 쓰디쓴 그 약초 덕분에 통증이 사라지고 흐르던 피도 멈추어 상처가 아물기 시작했다.

6) 마카온의 형제.

XII

*공격하는 자들은 방벽을 돌파하여 함선까지 쳐들어갈 수 있을 정도로 강하지 못했고,
방어하는 자들은 방벽에서 적군을 밀어낼 수 없는 팽팽한 상황이었다.*

파트로클로스가 환자를 돌보고 있는 사이에도 전투는 그치지 않아 참호마저 더 이상 트로이 군을 막지 못하는 상태로 치닫고 있었다. 그리스 인들이 함대를 보호하기 위해 파놓은 그 참호는 방어벽까지 더해 쌓았지만, 마땅히 올렸어야 할 신들에 대한 제사로 허락을 받지 않고 만들어졌기에 그리 긴 운명을 지닌 것이 아니었다. 그 벽은 헥토르가 살아 있고 아킬레우스가 분노를 누그러뜨리지 않은 동안에만, 또 트로이가 건재한 동안에만 존재할 수 있는 것이었다.

트로이의 용장들이 죽고 또한 많은 그리스 군들이 죽임을 당한 끝에, 전쟁이 시작된 지 10년째가 되던 해에 살아남은 자들이 트로이를 정복하고, 마침내 그리스 군이 배를 타고 떠난 뒤에 포세이돈과 아폴론이 그 벽을 부수리라 결심하게 되는 것이다. 그들은 방패와 투구, 그리고 용사들의 시체가 쌓여 함께 흐르는 레소스, 헵타포로스, 카레소스, 로디오스, 그레니코스 그리고 아이세포스와 스카만드로스, 시모에이스 등, 이다 산을 근원으로 하여 바다로 이어지는 강들의 물줄기를 한데로 모았다. 그리고 9일 동안 그 합쳐진 물줄기가 홍수를 이루어 그리스 인들이 돌과 나무로 힘들게 만든 그것들을 휩쓸어버렸다. 물이 불어 오른 바다는 그 모든 것을 삼켜버렸고, 삼지창을 사용해 물길을 바꾸었던 포세이돈은 헬레스폰트 해변을 다시 평평하게 다져 모래로 덮어버렸다. 방어벽을 다 허물고 난 뒤에 신은

강의 물줄기를 원래대로 되돌려놓았다.

그러나 그것은 어디까지나 미래에 일어날 일이었다. 지금은 튼튼하게 세워진 방어벽 주변에서 전투와 혼란이 빚어지고, 창과 돌들이 엇갈려 날아다니고 있는 것이다. 제우스의 채찍에 쫓긴 그리스 인들은 그들의 함대가 있는 곳까지 몰려 오도가도 못하는 상태에서 공포를 몰고 다니는 헥토르로 인해 떨고 있었다. 그는 전장에서 여전히 태풍처럼 맹렬한 기세로 싸우고 있었던 것이다.

사냥개와 인간들에게 둘러싸인 사자나 산돼지를 보면 알 수 있듯이, 포위된 짐승은 끝내는 절망적인 분노로 인해 몸을 돌려 덤비게 마련이다. 공포나 두려움을 잃어버리고 위협을 가하지만, 그 무모한 용기에 대한 대가는 결국 죽음일 수밖에 없다.

자신의 운명을 모르는 헥토르도 그와 같았다. 그는 전열을 정비하여 참호를 건너가라고 병사들을 독려하였다. 그러나 만만치 않은 폭을 지닌 참호를 보고 겁을 먹은 말들은 그 가장자리에 멈춰 서서 울음소리만 높일 뿐 뛰어넘으려 들지 않았다. 참호의 둑은 가파르고, 그 주위에는 적의 접근을 막기 위해 끝이 뾰족하고 튼튼한 말뚝까지 많이 박아놓았기 때문에 뛰어넘기는 무리였다. 전차를 모는 말은 도저히 그 안을 거쳐 넘어갈 수가 없었고 보병들만 열심히 넘어갔다.

이때, 폴리다마스가 헥토르에게 다가와 말했다.

"우리의 총사령관이시여! 참호 쪽으로 말들을 모는 것은 미친 짓이요 불가능한 일입니다. 말뚝이 박혀 있는데다 위로는 방어벽이 버티고 있습니다. 전차가 들어가기에는 폭이 너무 좁아서 싸울 수도 없고 들어가본댓자 부상만 입을 것입니다. 적군의 파멸이 천둥의 신 제우스의 뜻이라면 어떻게 하든 저 그리스 인들이 이곳에서 굴욕적인 죽음을 맞이하겠지만, 만일에 그들이 반격에 나서 저 참호에 우리 군이 갇히게 된다면 성으로 파견할 전령 하나 남기지 못하고 모두 몰살당하고 말 것입니다.

부디 제 충언을 뿌리치지 마십시오. 전차들을 참호 주변에 배치시킨 뒤에 총사령관께서는 보병들에게 공격 명령을 내리십시오. 그리스 병사들이 죽을 운명이라면 그 공격을 버텨내지 못할 것입니다.”

헥토르에게도 이 충고는 일리 있게 들렸다. 그는 무장을 풀지 않은 채 전차에서 뛰어내렸고, 다른 이들도 그에 따랐다. 헥토르는 전차를 참호 부근에 대기시켜 놓으라고 지시한 뒤에 병사들은 5개 부대로 재편성하여 각각의 지휘관들의 명령에 따르도록 했다.

헥토르와 폴리다마스는 가장 숫자가 많고 최고의 장수들로 이루어진 부대를 이끌었다. 그들은 결단코 방어벽을 뚫어 함대를 공격하겠다는 의지로 충만해 있었다. 부대의 3번째 서열은 헥토르의 배다른 형제 케브리오네스가 맡았다.

그 다음 부대는 파리스와 알카토오스, 아게노르가 지휘했고, 프리아모스 왕의 두 아들 헬레노스와 데이포보스가 아시오스를 부하로 두고 3번째 부대를 맡았다. 4번째 부대는 안키세스[1]의 아들 아이네이아스와 안테노르의 두 아들 아르켈로코스, 아카마스가 이끌었다. 둘 다 역전의 용사였다.

사르페돈은 동맹군 부대를 지휘했는데, 그 자신이 무리 중에 가장 뛰어난 전사였으므로 나머지 병사들 중에서 가장 뛰어나다고 여겨지는 글라우코스와 아스테로파이오스를 부지휘관으로 택했다.

각 부대는 모두 방패를 앞세우고 일렬로 바싹 붙어 방패의 벽을 만든 다음 한 발자국도 뒤로 물러서지 않겠다는 각오로 적진을 향해 진군하였다.

그러나 폴리다마스의 이 같은 전술에 따르지 않는 유일한 자가 있었으니, 히르타코스의 아들 아시오스였다. 그는 전차를 뒤에 남겨두지 않고 그냥 몰고 진군하였다. 그 어리석은 오판으로 인해 그는 개선장군이 되어 돌아가는 대신 창에 맞아 떨어지는 비극적인 운명을

1) 트로이의 왕자이자 아프로디테의 연인.

자초한다.

그는 그리스 진영의 좌측을 노리고 있었다. 그쪽에는 병사들이 드나드는 통로가 있었는데, 가서 보니 문이 그냥 열려 있었던 것이다. 혹시 아군 중 누군가가 급하게 도망쳐 들어올 경우를 대비하여 활짝 열어놓은 채로 병사들이 지키고 있는 상태였다. 아시오스와 그의 지휘에 따르는 병사들은 어리석게도 함대로 뛰어드는 자신들을 막을 자가 아무도 없을 거라고 믿고 함성을 올리며 달려갔다. 그러나 그곳에는 2명의 최고 장수가 지키고 있었다. 무시무시한 라피타이 족 전사인 폴리포이테스와 레온테우스가 그들이었다.

마치 땅속 깊이 뿌리를 박고 1년 내내 비바람에 맞서는 참나무처럼 우뚝 선 두 용사는 아시오스의 공격을 기다렸다. 트로이 측에서는 아시오스 왕을 필두로 하여 이아메노스, 오레스테스, 아시오스의 아들 아다마스, 토온, 그리고 오이노마오스를 중심으로 쇠가죽 방패를 높이 들고 방어벽을 향해 돌격해 왔다.

벽 뒤에서 병사들에게 방어 태세를 갖추라고 명령하던 폴리포이테스와 레온테우스는 아군이 트로이 병사들에게 무참히 당하는 꼴을 보자 그대로 문밖으로 뛰쳐나갔다. 그들은 마치 인간들과 사냥개떼에게 대드는 한 쌍의 멧돼지 같았다. 트로이 군이 창을 날릴 때마다 그리스 병사들의 갑옷 가슴팍에 날아와 부딪치는 소리가 연신 덜거덕덜거덕 하고 울렸다. 자신들의 힘과 방어벽 위에 있는 아군의 힘을 믿은 그리스 군은 필사적으로 대항했다. 방어벽 위에 있는 그리스 병사들은 큰 돌멩이로 적을 공격했는데, 그 돌덩이들이 먹구름을 몰고 온 거친 광풍이 휘몰아치면서 억수같이 내리는 우박처럼 쏟아져 내렸다. 트로이 군도 돌로 맞서서, 양측을 오가는 무수한 돌들에 난타당한 투구나 방패들이 뗑뗑 하는 건조한 금속음을 냈다.

아시오스가 자신의 넓적다리를 내리치며 불평하였다.

"제우스여, 분명히 말하건대 당신은 거짓말쟁이입니다! 그리스 병사가 우리를 막아낼 수 있을 만큼 용감할 리가 없지 않습니까! 적들은 산속 오솔길에 집을 짓고 사는 말벌이나 꿀벌이나 마찬가지입니다. 사냥꾼들이 다가오면 애벌레들을 지키기 위해 자리를 떠나지 않는 벌처럼 저 두 사람은 죽기 살기로 문을 지킬 모양입니다."

하지만 애초에 헥토르에게 승리의 영광을 주려고 마음먹고 있던 제우스는 그의 말을 무시해버렸다.

다른 부대에서는 다른 쪽의 입구를 공격하고 있었다. 돌을 쌓아 만든 방어벽 여기저기에서 불길이 솟아올랐지만 그리스 병사들은 필사적으로 적들을 막아냈다. 그리스를 편드는 신들에게는 가슴 아픈 광경이 아닐 수 없었다.

한편, 두 라피타이 족 용사들의 선전은 계속되고 있었다. 폴리포이테스는 다마소스의 투구로 창을 날려 두개골을 쪼개고 골을 흩어버렸다. 다음으로는 필론과 오르메노스를 죽였다. 레온테우스는 히포마코스의 허리띠를 창으로 꿰뚫었다. 그리고는 검을 빼어 적의 무리 가운데 뛰어들어 안티파테스와 정면으로 맞붙어 쓰러뜨렸다. 그 다음으로 메논, 이아메노스, 오레스테스를 연이어 처치하였다.

이 두 사람이 시체에서 갑옷을 벗기고 있을 때, 헥토르가 이끄는 부대는 참호 가장자리에 머물러 있었다. 가장 규모가 크며 최고의 전사들이 모여 있어서 방어벽을 돌파하고 그리스의 배에 불을 지르겠다는 의지 또한 어느 부대보다도 강했지만 실제로는 전진하지 못하고 주춤거릴 따름이었다. 그들이 막 참호를 건너가려는 순간에 좌측 위로 높이 날던 독수리 한 마리가 발톱에 산 뱀을 움켜쥐고 날다가 포기하지 않고 버둥대는 뱀에게 앞가슴을 물려 뱀을 떨어뜨리는 광경을 보았기 때문이었다. 날카로운 아픔을 느낀 독수리는 비명을 지르며 바람과 함께 날아가버렸고 뱀은 헥토르의 부대 안에 떨어졌다. 트로이 병사들은 뱀이 그들 한가운데서 몸을 뒤트는 모습을 보고 그만 두려움에 사로잡혔다. 그리고 그것이 제우스가 내려보낸 어떤 징조일 거라고 믿었다. 그러자 폴리다마스가 나서서 말했다.

"총사령관이여, 당신은 회의에서 내가 좋은 충고를 할 때마다 흠을 잡았습니다. 어떤 경우든 간에 다른 견해는 허용되지 않았고, 오로지 당신만을 지지해야 했습니다. 그런 줄 알지만 지금 또다시 내가 최선이라고 생각하는 방법을 말씀드릴까 합니다.

그리스 병사와 함대를 공격하기 위해 진격하지 말라는 것입니다. 이 징조가 우리를 위한 것이 분명한 이상, 그와 똑같은 결말이 올 것입니다. 독수리는 결국 뱀을 떨어뜨려 새끼들에게 가져다 주지 못했습니다. 마찬가지로 우리가 저 벽을 부수고 적들을 몰아친다고 해도 나중에는 갔던 길을 도로 물러 나오게 될 것입니다. 그리고 적지 않은 아군이 뒤에 남아 싸우다 죽게 될 것입니다. 미래를 보는 능력이 조금이라도 있는 자라면 누구나 지금의 이 징조를 그렇게 해석할 것입니다."

헥토르는 그의 말에 이맛살을 찌푸리며 말했다.

"마음에 들지 않는 소리군! 더 좋은 얘기도 있을 텐데, 그런 말밖에 못한단 말인가! 지금 얘기를 진정으로 한 거라면 넌 제정신이 아닌 게 틀림없다. 제우스의 명령 따위는 잊으라는 얘기냐? 신이 내게 한 약속을 무시하란 말이냐? 네 충고란 게 기껏 날아다니는 날짐승에게 의지하란 것인가! 그것들이 태양이 뜨는 동쪽으로 날든, 아니면 해가 지는 컴컴한 서편을 향해 날든 간에, 난 새 따위에는 관심이 없다. 인간과 신을 모두 다스리시는 전능하신 제우스의 뜻에 따르는 것이 현명할 터이다. 새를 가지고 점을 친다면 분명히 고향과 조국을 위해서 싸워야 한다고 나올 것이다.

싸워라! 어째서 전투를 두려워하느냐. 우리 모두가 전사하는 판국이 되더라도 넌 죽을 걱정이 없겠구나. 애초에 너에게는 전쟁터에서 버티고 싸울 만한 용기가 없으니 말이다. 그러나 또다시 네가 임무를 피하려 하거나 다른 이를 설득하려 들면 그 자리에서 없애버리겠다.

여기 내 창이 가만히 있지 않을 것이다!"

말을 마친 헥토르가 선봉에 나서자 부하들이 사기 등등하여 함성을 올리며 그 뒤를 따랐다. 때맞춰 제우스가 이다 산에서 먼지바람을 일으켜 그리스 인들의 얼굴을 쳤다. 바람에 그리스 진영이 혼란한 틈을 타서 제우스가 헥토르에게 내린 예언과 자신들의 힘을 믿은 트로이 군이 방어벽에 맹공을 퍼부었다. 쌓아올린 돌들을 허물고, 외벽을 부쉈다. 벽을 받치기 위해 땅속에 깊이 박아놓은 버팀목들은 지레를 사용해 뽑아버렸다. 트로이 군은 곧 벽을 돌파할 수 있을 것이라고 믿었다. 그러나 그리스 병사들도 호락호락 길을 내주지는 않았다. 그들은 방패를 들어 새로운 벽을 쌓았고, 적군이 벽을 기어오르려 할 때마다 공격을 퍼부었다.

큰 아이아스와 작은 아이아스는 구석구석을 다니며 성벽 위에 있는 병사들에게 공격을 멈추지 말라고 격려하였다. 자신을 잃은 병사를 만나면 좋은 말로 달래기도 하고 때로는 엄하게 꾸짖기도 하였다.

"나의 동지들이여, 우리 모두에게는 각자 해야 할 일이 있다. 최고의 전사나, 중간 계급의 전사, 그리고 그 이하의 병사들이 모두 같을 수는 없겠지만 적의 함성에 등을 보이는 사람이 1명도 있어서는 안된다. 전원 전진하라! 서로를 격려하며 나아가라! 올림포스의 제우스께서 천둥과 번개로 우리를 도우시어 적들을 몰아낼 수 있게 해주시리니!"

그들은 이렇게 외치면서 전선을 따라다니며 아군의 사기를 북돋웠다. 그러는 동안에도 양쪽이 서로를 노리고 던진 돌들이 하늘을 가득 메웠다. 그것은 마치 어느 겨울날에 온 세상을 덮어버릴 듯이 내리는 폭설과도 같았다.

만일 제우스가 소떼에게 사자를 보냄과 같이 자신의 아들인 사르페돈을 보내지 않았다면 트로이 군의 방어벽 돌파는 결코 이루어지지 않았으리라. 사르페돈은 청동과 쇠가죽과 황금 철사로 만든 방패로 몸을 가리고 창 2자루를 손에 쥔 채 앞으로 나아갔다.

마치 오랫동안 굶주린 사자가 양 우리로 넘어 들어가 양고기를 맛보려하는 모습과 흡사했다. 가축을 보호하기 위해 창을 쥔 양치기들이 개들을 앞세우고 나타나더라도 사자는 공격을 시도해보기 전에는 절대 물러서지 않는 법이다. 양떼 속에서 한 마리를 붙잡는 게 빠를지, 아니면 목동이 던진 창이 빠를지, 시도해보기 전에는 모르는 일이기 때문이다.

그와 같은 생각을 품은 사르페돈이 동지인 글라우코스에게 말했다.

"글라우코스, 우리의 술잔에는 늘 술이 넘쳤고, 많은 재산을 차지하여 신과 같은 대접을 받아오지 않았던가? 크산토스 강기슭에 있는 비옥한 영토와 과수원, 밀밭들은 또 무엇 때문이겠나? 그런 영화를 누렸으니 이제 우리는 이 불바다 같은 전쟁터에서 트로이 군의 선봉에 서야 하네. 그러면 전열 속의 용감한 병사들은 이렇게 말하겠지. '우리 왕들과 통치자들은 비열한 인간이 아니었다! 최고급 고기와 포도주를 차지하지만 그래도 강해서 언제나 선두에서 싸우지 않는가!' 우리가 꾸물거려선 안 되네. 이 전투에서 살아남는 게 불로장생을 보장받을 수 있는 일이라고 한다면 내가 이렇게 나서지 않을 걸세. 아니, 영예를 얻겠다고 자네가 나서려 한다면 내가 막아섰을 것이네. 그러나 우리는 어차피 죽을 운명이네. 인간으로서는 도망치거나 피할 수 없는 운명이란 말일세. 자, 나가세! 적에게 영예를 넘겨주던가, 아니면 우리가 받던가, 둘 중 하나가 아니겠나!"

글라우코스의 결의도 그에게 뒤질 것이 없었다. 그리해서 이 두 사람은 병사를 이끌어 앞으로 나아갔다. 그쪽 방벽을 책임지고 있던 메네스테우스는 당당하게 나오는 그들의 모습에 지레 겁을 먹었다. 그리하여 도와줄 사람이 있나 살펴보니, 마침 근처 진영에서 도착한 테우크로스와 두 아이아스가 눈에 들어왔다. 그러나 투구와 방패, 문들이 부딪쳐내는 소음으로 가득 차 있어서 그들에게는 메네스테우스의 목소리가 들리지 않았다. 굳게 잠긴 성문들 위로 트로이 군이 기어오르기 시작했다. 다급해진 메네스테우스는 전령을 불러 말하였다.

"가거라, 토오테스. 뛰어가서 아이아스를 불러와라. 둘 다 부를 수 있으면 그게 최상이다. 와주지 않는다면 우리는 금세 전멸할 것이다. 경험해봐서 아는 것인데, 저들은 정말 무서운 용사들이다. 저쪽이 힘들다면 큰 아이아스만이라도 모셔오도록 해라. 아, 그리고 활 공격을 위해 테우크로스도 함께 데려오거라."

전령은 성벽을 따라가서 그들에게 재빨리 말을 전달하였다.

전갈을 들은 큰 아이아스는 신속히 준비를 갖추면서 군더더기 말을 붙이지 않고 작은 아이아스에게 이렇게 일렀다.

"아이아스와 리코메데스, 자네 둘은 여기 남아 명령을 내리게. 나는 저기로 가서 메네스테우스를 도울 테니. 내 할 일이 끝나는 대로 곧 옴세."

그는 아우 테우크로스와 함께 지체 없이 출발했다. 활은 판디온이 가지고 갔다. 메네스테우스가 있는 성벽 꼭대기로 그들이 도착했을 때는 벌써 강렬한 태풍처럼 외벽을 오르는 리키아 족 장수들을 막느라고 병사들이 안간힘을 쓰는 중이었다.

큰 아이아스와 테우크로스가 전투에 합류하자 큰 소란이 일었다. 아이아스는 먼저 외벽 안쪽에 쌓아둔 돌무더기에서 울퉁불퉁하고 모난 큰 돌덩이를 집었다. 요즘이라면 최고의 장사라도 두 손으로 쉽사리 들어올릴 수 없을 만한 돌이었지만, 아이아스는 그것을 번쩍 들어 사르페돈의 전우 에피클레스를 향해 내던졌다. 그 돌에 뿔 달린 투구가 박살나고, 두개골이 깨진 에피클레스는 숨이 끊어진 채 외벽에서 거꾸로 떨어졌다.

함께 벽을 오르던 글라우코스도 위험했다. 테우크로스가 드러난 그의 어깨를 노리고 화살을 날려 그의 활약을 막았다. 부상을 당한 글라우코스는 재빨리 후퇴하여 몸을 피했다. 적들이 자신의 부상을 떠벌리지 못하게 하기 위함이었다. 그런 모습을 본 사르페돈은 가슴 깊이 애통해하면서도 전투를 소홀히 하지 않았다. 그의 창은 테스토르의 아들 알크마온을 찔렀다. 창에 꿰인 알크마온의 몸뚱이는 창을 당기는 대로 따라오다가 갑옷 소리를 내며 땅에 쓰러졌다. 그리고 나서 사르페돈이 외벽을 잡아 억센 힘으로 끌어당기자 널찍한 구멍이 뚫렸다. 많은 병사들이 쳐들어올 수 있는 통로가 확보된 것이었다. 그때, 아이아스와 테우크로스가 사르페돈을 공격했다. 먼저 테우크로스가 화살을 날렸지만 아들을 염려한 제우스의 도움으로 가슴팍에 늘어져 있는 방패 끈을 맞추는 데 그쳤다. 다음으로 아이아스가 그에게 달려들어 창으로 방패를 쑤셨다. 방패를 뚫지는 못했지만 사르페돈의 진격을 막기에는 충분했다. 사르페돈은 비틀거리며 뒤로 물러섰다. 그렇지만 싸움터를 떠날 생각은 없었다. 여전히 승리를 갈망하며 그는 몸을 돌려 고함쳤다.

"병사들이여, 어째서 꾸물대는가? 아무리 내가 강해도 혼자 힘으로 성벽을 돌파하여 길을 만들 수는 없지 않은가! 날 따르라! 우리의 힘을 모을수록 승리는 가까워진다!"

트로이 병사들은 위대한 지도자의 질책에 부끄러움을 느끼고 전에 없이 힘을 내 거세게 밀어닥쳤다.

그 방벽 너머에서는 그리스 병사들이 필사적인 몸부림으로 병력을 재정비하고 있었다. 공격하는 자들은 방벽을 돌파하여 함선까지 쳐들어갈 수 있을 정도로 강하지 못했고, 방어하는 자들은 방벽에서 적군을 밀어낼 수 없는 팽팽한 상황이었다. 양쪽 군대는 방벽을 사이에 두고 갈라서서 서로의 방패를 후려갈겼다. 그러다가 누가 돌아서서 등을 보이기라도 하면, 엄청난 창 세례가 방패를 뚫고 들어와 부상을 입혔다. 방벽과 외벽 이곳저곳이 트로이와 그리스의 병사들이 흘린 피로 붉게 물들어 있었다.

그래도 그리스 군은 더 이상 밀리지 않았다. 정직한 여인이 자식들에게 먹이기 위한 하루 품삯을 챙기기 위해 저울로 양털을 달아보는 것처럼, 어느 한쪽으로 기울어짐 없이 팽팽한 접전이 계속되었다.

그 균형은 마침내 제우스가 헥토르의 손을 들어줌으로써 깨졌다. 제일 먼저 그리스 군의 방벽 안으로 뛰어든 헥토르는 우렁찬 목소리로 자신의 병사들을 향해 외쳤다.

"전진하라, 트로이의 병사들이여! 방벽을 무너뜨리고 함대에 불을 지르라!"

이 소리를 들은 병사들이 순식간에 한 덩어리가 되어 벽을 향해 돌격하더니 창을 손에 쥐고 기어오르기 시작하였다.

명령을 내린 헥토르는 성문 앞에서 아래는 두텁고 위로 갈수록 뾰족한 돌을 하나 주워 들었다. 지금은 힘세다는 장정 둘이 나서도 수레에 싣기조차 힘들 것을 헥토르는 혼자서 가볍게 다루었다. 제우스의 도움으로 양치기가 한 손으로 양털을 나르는 것처럼 수월하게 돌을 들어올린 그는 그것을 문으로 가지고 갔다. 튼튼하고 높게 지어진 문짝에는 2개의 빗장이 단단히 질러져 있었다. 그 앞에 선 헥토르는 빗장 한가운데로 돌을 내던졌다. 그러자 문에 달린 경첩이 양쪽 모두 박살나고 문짝과 빗장이 부러지면서 문이 양쪽으로 쫙 벌어졌다.

헥토르는 제일 먼저 안으로 뛰어들어갔다. 밤처럼 어두운 얼굴에 눈빛은 이글거렸다. 번쩍이는 갑옷에 2자루의 창을 양손에 쥔 채였다. 살아 있는 누구라도 그의 발걸음을 막을 수 없었을 터였다. 그가 몸을 돌려 병사들에게 전진하라고 호령하자, 일부는 성벽을 타고, 또 일부는 성문을 통해 쏟아져 들어갔다. 혼란과 아우성이 끊이지 않는 가운데 결국 그리스 병사들은 함선으로 도망을 쳤다.

XIII

제우스는 아킬레우스의 영광을 되찾아주기 위해 헥토르와 토로이의
승리를 가져다주고 싶어했지만, 그렇다고 해서 그리스 군이 몰살당하는 것은 원치 않았다.

헥토르와 트로이 군을 그리스 함대까지 진격하게 해준 제우스는 그들이 피 튀기는 싸움 속에서 끝나지 않을 괴로움을 맛보도록 내버려두었다. 그리고 날카롭게 빛나는 눈을 돌려 트라키아 족 기마병들, 백병전에 능한 미시아 족, 말젖을 먹는 오만한 히페몰고이 족, 여러 종족 중에서 가장 점잖은 아비오이 족을 주시했다. 감히 자신의 말을 어기고 다른 신들이 트로이 군이나 그리스 군을 도우려 들지 않을 거라고 믿었고, 충분히 트로이 군이 우세한 상태였으므로 다른 곳으로 관심을 돌렸던 것이다.

그러나 포세이돈은 그들에게서 시선을 거두지 않고 있었다. 그는 바다에서 나와 사모트라케 섬의 꼭대기로 올라갔다. 거기서는 이다 산과 함께 트로이와 그리스의 함대까지 다 눈에 들어왔다. 전투를 바라보던 그는 놀람과 동시에 패배로 치닫는 그리스 군에 대한 동정심을 느꼈다. 그리고 제우스에게 깊은 반감을 품게 되었다.

그는 큰 걸음으로 땅에 내려왔다. 지진의 신 포세이돈이 발을 내딛을 때마다 언덕과 숲이 흔들렸다. 그가 네 걸음을 내딛자 목표지인 아이가이 해에 닿았다. 아이가이의 깊은 바다에는 그의 신전이 있었는데, 그 궁은 전체가 번쩍이는 황금으로 이루어진 영원불멸의 장소였다. 거기서 그는 청동 말굽의 말들을 전차에 매었다. 나는 듯이 날랜 그 말들은 갈기 털이 황금색이었다. 자신 역시 황금 옷을 입고 황금으로 번쩍이는 채찍을 쥐고 전차에 올랐다. 그리고는 파도 위를 넘어 길을 떠났다. 주인을 알아본 심해의 괴물들은 그를 둘러싸고 사방으로 뛰어다녔고, 바닷물이 반기며 그의 앞에서 갈라져 길을 열어주었다. 말들 또한 재빨리 날아올랐기에 청동의 차축에는 물 한 방울 묻지 않았다. 말들은 물 위로 달려 포세이돈을 그리스 함대가 있는 곳에 데려다 주었다.

바다 깊은 곳의 거대한 동굴에 자리한 마구간에 말들을 매고 암브로시아를 먹인 포세이돈은 다른 아무도 말을 풀지 못하게 황금 족쇄를 채워두었다. 그런 뒤에 그리스 군 진영을 찾아갔다.

그러는 동안에도 활활 타오르는 불길이 바람을 일으키는 듯한 기세로 트로이 병사들은 헥토르를 뒤를 따라 진격하고 있었다. 한 덩어리로 뭉쳐 포효하는 그들은 이제 그리스 함대를 차지하고 적을 무릎 꿇게 할 수 있으리라고 믿었다. 그러나 땅을 떠받치고 있으며, 또 뒤흔들기도 하는 신 포세이돈이 바다에서 나와 그리스 군에게 용기를 불어넣기 위해 도착해 있는 줄은 모르고 있었다. 포세이돈은 큰 목소리를 지닌 예언자 칼카스의 모습을 하고 나타나 먼저 굽힐 줄 모르는 강인한 기백을 지닌 몇몇 장수들에게 말했다.

"2명의 아이아스여! 그대들이 조국을 구해야 하오. 싸워 물리치시오. 도망칠 생각일랑 마시오! 트로이 군이 방벽을 타넘으려 한다면 그냥 넘으라고 하시오. 넘어왔다고 해도 아군은 그들을 막을 수 있을 것이오. 다만, 전능한 제우스의 아들이라고 떠벌리는 그 헥토르가 미친 듯이 치고 들어오는 이곳이 걱정이오. 하지만 두 용사가 적을 흔들림 없이 막아 보임으로써 병사들에게 용기를 준다면 헥토르를 함대에서 몰아낼 수 있을 것이오. 설령 올림포스의 제왕께서 직접 그를 인도하신다고 해도 말이오."

포세이돈은 그렇게 말하고서 지팡이로 두 사람을 가볍게 두드려 용기를 불어넣고 팔다리를 가볍게 만들어주었다. 그리고는 절벽 위

공중에서 맴돌다가 먹이를 쫓아 쏜살같이 하강하는 매처럼 눈 깜짝할 사이에 그 자리에서 사라졌다.

빠른 다리를 가진 작은 아이아스가 신을 알아보고 말했다.

"그는 새점을 치는 칼카스가 아니었네. 올림포스의 신들 중 한 명이 그의 모습으로 나타나 우리를 격려한 걸세! 그가 떠날 때 발과 다리를 움직이는 모습을 보고 금세 알아차렸네. 신들의 정체는 금방 드러나기 마련이지. 그가 우리더러 싸우라 했고, 나 또한 그 어느 때보다 힘껏 싸우고 싶네. 아래에서 내 다리들이 움직이기 시작하고 팔은 자기 멋대로 위로 치솟고 있단 말이네."

그러자 큰 아이아스가 대답했다.

"동감이네! 손이 벌써 창을 찾아 쥐고 있지 않은가. 심장이 뛰고 두 발이 움직이고 있다네. 미쳐 날뛰는 헥토르를 나 혼자서라도 대적할 준비가 돼 있네!"

사기충천한 두 사람이 이야기를 나누는 중에 포세이돈은 지친 병사들이 휴식을 취하고 있던 후방에 가 있었다. 배 부근에 누운 병사들은 힘겹고 어려운 전투로 인해 완전히 기력이 소진해 있었다. 방벽 위로 적군들이 우글대는 광경은 차라리 잔인한 고통이었다. 그 모습을 보아야 하는 병사들의 눈에는 눈물이 고였다. 파멸을 피할 수 있다는 희망은 더 이상 찾을 수 없었던 것이다.

포세이돈이 재빨리 그 병사들 사이를 누비며 재결집시키기 시작했다. 테우크로스를 시작으로 하여 레이토스, 페넬레오스, 토아스, 데이피로스, 메리오네스, 안틸로코스 등, 지휘관들을 찾아간 신은 가차없고 혹독한 꾸지람으로 채찍질했다.

"부끄럽지도 않은가! 애와 그대들이 다른 게 무엇인가! 함대를 방어할 자는 그대들 뿐이라 믿고 있는데, 이 꼴로 싸움을 피하려 든다면 패배는 이미 결정난 것이나 다름없지 않은가!

나는 전에는 결코 볼 수 없었던 놀라운 광경을 지금 보고 있다. 트

로이 군이 우리 함대로 달려드는 모습 말이다! 이전의 트로이 병사들
은 겁이 나 도망치는 새끼 사슴 같은 존재였다. 야수들의 먹잇감일뿐
이었다. 질겁을 해서 도망이나 치는, 전투에 임할 배짱이라고는 하나
없는 겁쟁이들에 지나지 않았단 말이다! 그들은 감히 우리의 강인한
손아귀와 불굴의 정신력에 맞설 수 없었다.

그런데 지금 그들이 자신들의 도시를 뒤로하고 우리 진영 한가운
데로 쳐들어와 싸우고 있지 않은가! 이 모두 무능한 지휘관들이 탓이
고, 나태한 병사들 때문이다. 설령 아킬레우스를 모욕한 잘못이 아가
멤논 왕에게 있다고 할지라도, 전투는 우리의 의무이다. 우리는 싸워
서 반드시 배를 지켜야 한다!

자, 이제 잘못을 깨달아야 한다. 덕을 갖춘 사람이라면 지적을 받
았을 때 받아들일 줄 알아야 하는 법. 우리의 의무를 저버려서는 안
된다. 더군다나 그대들은 군대에서도 으뜸가는 용사 아닌가! 그래서
나는 더욱 화가 난다. 행동하지 않는 그대들이여! 그 태만함은 곧 최
악의 결과를 부를 것이다. 우리 앞에 엄청난 도전이 도래했으니, 가
슴속 깊이 참회하고 부끄럽게 여기라! 영웅 헥토르가 성문과 빗장을
부수고 지금 우리 배를 앞에 두고 전투를 벌이고 있단 말이다!"

포세이돈의 강렬한 연설에 병사들이 다시 힘을 얻어 2명의 아이아
스를 중심으로 모였다. 전쟁의 신들조차 그들을 무력하다고 깎아 내
릴 수 없을 가장 뛰어난 장수들이 트로이 군을 맞았다. 창과 창, 방패
와 방패가 격돌하고, 병사가 병사를 치고, 투구와 투구가 맞부딪쳤
다. 투구 위로 솟은 갈기 장식과 뿔들마저 서로 다툴 정도로 가깝게
엉켰다. 양편에서 들이대는 창들은 마치 베틀 위에서 씨실과 날실이
엮이는 것 같았다. 전사들은 한 발자국도 밀리지 않고 미친 듯이 싸
웠다.

거기에 벼랑 끝에서 떨어져 이리저리 부딪치면서 무서운 기세로
굴러가는 바위처럼 헥토르가 부하들을 이끌고 닥쳐왔다. 헥토르는

위협적으로 살육을 감행하면서 그리스의 막사와 함대들 사이를 가로질러 바닷가까지 쳐들어갈 기세였다. 이윽고 두 아이아스를 중심으로 하는 군대와 맞닥뜨리게 되었다. 그리스 병사들은 물러서지 않고 트로이 군과 맞섰고, 창과 검을 휘둘러 헥토르를 후퇴시켰다.

비틀거리며 물러나던 헥토르는 날카로운 목소리로 트로이 군에게 이렇게 외쳤다.

"트로이와 리키아의 군대여, 다르다니아의 전사들이여! 자리를 지켜라! 저렇게 인간 성벽을 이룬다고 해도 내 앞길을 그리 오래 막아서지 못할 것이다! 신들의 제왕이 나를 보내셨으니, 그들은 내 창 앞에 굴복하리라!"

그 말에 트로이 병사들은 용기가 샘솟는 것을 느꼈다. 이어서 프리아모스 왕의 아들 데이포보스가 길고 커다란 방패로 몸을 막으며 자신감에 차 앞으로 나섰다. 그러자 메리오네스가 창을 날렸다. 그러나 쇠가죽 방패에만 맞았을 뿐, 뚫기도 전에 창날이 부러지고 말았다. 데이포보스가 미리 방패를 몸에서 멀리 밀어 잡은 덕분이었다. 창이 부러져 승리를 놓친 사실에 실망한 메리오네스는 다른 창을 가지러 막사로 돌아갔다.

비명과 고함 소리에 파묻혀 전투가 계속되었다. 첫 번째로 나서서 헥토르의 병사를 해치운 사람은 테우크로스였다. 그 상대는 프리아모스 왕의 사위 임브리오스로, 그를 친아들처럼 아끼는 프리아모스 왕과 함께 살면서 전투에서 많은 활약을 한 용사였다. 테우크로스가 그의 귀밑에 창을 쑤셔 박았다가 다시 뽑아내자 산꼭대기에서 무성한 물푸레나무 한 그루가 쓰러지는 모습처럼 갑옷 소리를 내며 쓰러졌다. 테우크로스가 전리품인 갑옷을 벗기려고 다가섰을 때, 헥토르가 그를 향해 창을 던졌다. 그러나 헥토르에게서 눈을 떼지 않았던 테우크로스는 살짝 몸을 비켜 창을 피했고, 날아간 창은 마침 전장으로 뛰어들고 있던 암피마코스의 가슴에 박혀 그를 쓰러뜨렸다. 암피마코스는 악토르의 손자이며 크테아토스의 아들이었다. 헥토르가 그의 머리에서 투구를 벗겨내려고 앞으로 나아왔을 때, 이번에는 아이아스가 그를 노리고 창을 던졌다. 하지만 머리에서 발끝까지 철통같이 무장을 한 헥토르에게는 어디 한군데 빈틈이 없었다. 아이아스의 창은 그의 방패 위 돌기에 부딪쳐 튕겨져 나왔다. 그래도 그의 창 공격이 가한 묵직한 충격은 헥토르를 두 시체가 있는 장소에서 밀어내는 데 충분했고, 그 틈을 이용해 그리스 병사들이 시체들을 끌어갔다. 암피마코스의 주검은 아테나이 족인 스티키오스와 메네스테우스에 의해 후방으로 옮겨졌고, 임브리오스의 시체는 큰 아이아스와 또 다른 아이아스가 가지고 가 마치 사나운 개떼들에게서 염소를 빼앗아 무성한 수풀 위에 끌어다 놓은 한 쌍의 사자처럼 전리품을 챙겼다. 그런 다음에 암피마코스의 죽음에 대한 복수로 시체의 머리통을 잘라 빙빙 돌리더니 마치 공이라도 되는 것처럼 그것을 트로이 진영으로 던져버렸다. 그 머리는 헥토르의 발치까지 날아가서 떼굴떼굴 구르다가 흙 위에서 멈췄다.

암피마코스는 포세이돈의 손자이기도 했으므로 그의 죽음은 포세이돈의 화를 불렀다. 그는 트로이 군을 곤경에 빠뜨리고자 그리스 진영을 휘젓고 다니며 병사들을 자극했다. 허벅다리에 부상을 입고 실려 온 친구를 만나고 오던 이도메네우스도 포세이돈과 마주쳤다. 그는 의원들에게 친구를 맡기고 다시 전투에 나가기 위해 막사로 가려는 참이었다. 포세이돈이 토아스의 목소리를 빌어 그에게 말을 걸었는데, 토아스는 백성들에게서 존경받는 칼리돈의 왕이었다.

"이도메네우스, 크레테의 왕이여! 그대가 트로이를 두고 했던 호언 장담은 어디로 갔소? 하늘로 꺼져버리기라도 했단 말이오?"

백발이 성성한 이도메네우스가 대답하였다.

"누구를 탓할 일은 아니오. 우리는 전사요. 두려움도 없고, 비겁하지도 않소. 주눅 들거나 꽁무니를 빼지도 않소. 하지만 제우스께서는 우리가 아르고스에서 멀리 떨어진 이곳에서 이름도 없이 사라지기를 바라고 있는 모양이니 어쩌겠소. 그래도 당신은 의지가 굳으니 계속 병사들을 독려해주시오."

토아스로 변한 포세이돈이 말하였다.

"이도메네우스, 오늘 여기서 싸움을 그만두려는 자가 있다면, 그자 야말로 영원히 고향 땅을 밟지 못하게 해달라고 빌겠소. 여기서 개의 먹이나 되라고 하시오! 자, 어서 무기를 잡고 날 따라오시오. 우리가 얼마나 힘이 될지 나서봅시다. 미약한 힘을 가진 자들이라 할지라도 뭉치면 큰 힘이 되는 것이오. 우리 둘이 최고의 군대에 대항해 싸울 수 있다는 걸 보여줍시다!"

그렇게 말하고 신은 다시 혼잡한 전쟁터로 돌아가 인간들 틈에 섞였다. 이도메네우스는 막사에서 무장을 갖추고 창 2자루를 챙겼다. 번쩍이는 갑옷을 입고 성큼성큼 걸어 나오니, 마치 저 높은 하늘에서 번갯불이 비치는 것 같았다. 그의 부하 메리오네스가 막사에서 나오는 그와 마주쳤다. 그도 창을 가지러 오는 중이었다. 이도메네우스가 말했다.

"메리오네스, 어째서 전쟁터를 떠난 거냐? 자네의 빠른 다리를 이런 일에나 쓰면 되겠는가? 혹, 부상이라도 입었느냐? 화살이 박혀 고통스러운가? 그것도 아니면 내게 전할 말이라도 있어서 온 거냐? 난 막사에 남아 빈둥거릴 생각이 없어. 분명히 말하는데 나는 싸우고 싶단 말이다."

그러자 메리오네스가 대답하였다.

"아닙니다, 창이 있으면 하나 가져갈까 해서 왔을 뿐입니다. 데이 포보스의 방패를 뚫다가 부러뜨리고 말았습니다."

"창 때문이라고? 내 막사에 1자루가 아니라 20자루나 세워놓은 걸 볼 수 있을 거다. 트로이 군의 시체에서 챙겨둔 것이지. 난 가까운 곳에 있는 적은 그냥 두고 보지 않는 사람 아닌가. 그래서 창이며 방패,

그리고 빛나는 갑옷들이 무수히 쌓여 있지!"

그 말에 메리오네우스도 말했다.

"저도 그렇습니다! 제 배와 막사에도 트로이 군의 창들이 수북합니다! 그런데 여기서 너무 멀군요. 저 또한 임무를 잊지 않고 있습니다. 저는 전투가 벌어진다면 항상 제일 앞에 섰습니다. 다른 병사들이야 저를 보지 못했을 수도 있겠지만, 당신은 잘 알고 계실 겁니다."

이도메네우스의 대답이 이어졌다.

"자네의 용맹은 나도 익히 알고 있다. 그건 더 말할 나위도 없이 사실이지. 병사들이란 매복을 하면 용기 있는지 없는지 금방 드러나게 마련이야. 겁쟁이들은 얼굴색이 붉으락푸르락하고 차분하게 앉아 있지도 못하거든. 안절부절못하고, 심장은 펄떡펄떡 뛰고, 죽는 게 두려워 턱을 덜덜 떨지. 그렇지만 용감한 자들은 얼굴색 하나 변하지 않아. 두렵기는커녕 오히려 적이 빨리 나타나기를 바라지. 자네는 그런 용사야. 만일 자네가 싸우다가 창이나 화살에 맞는다면, 필시 가슴이나 배가 될 거다. 달아나다가 목이나 등에 화살을 맞는 자들과는 다르니까 말이야!

자, 여기서 애들처럼 떠들지 말고 가자. 이러다간 병사들이 우릴 원망하겠다. 빨리 들어가서 창을 꺼내 와."

재빨리 움직여 창을 집을 든 메리오네스는 사기가 충천하여 이도메네우스를 따라갔다.

인류에게 있어서는 역병과도 같은 존재인 아레스가 전장으로 행군할 때는 두려움의 신[1]을 대동한다. 두려움의 신은 전투를 앞둔 용사들을 위협하는 무적의 존재로서, 이 아버지와 아들은 이편저편을 오가다가 결국 어느 한쪽에 승리를 안겨준다. 이도메네우스와 메리오네스도 마치 그들처럼 머리부터 발끝까지 무장을 하고 전장으로 나아갔다.

1) 아레스와 아프로디테 사이에서 난 아들로, '두려움'과 '공포'가 있다.

240

메리오네스가 말했다.

"어느 쪽으로 가는 게 좋겠습니까? 오른쪽, 아니면 가운데? 그것도 아니면 왼쪽으로 갈까요? 아무래도 왼쪽의 전장이 우리의 도움을 가장 필요로 할 것 같습니다만."

"가운데에는 다른 용사들이 있다. 두 아이아스와 활의 명수이며 백병전에도 뛰어난 테우크로스가 있으니, 그들이 헥토르가 지쳐 나가떨어질 때까지 괴롭혀 줄 거야. 그들을 때려눕히고 함대로 다가와 배들을 불태우고 싶겠지만, 헥토르가 아무리 강하다고 해도 그건 안 될 거다. 제우스가 배에 불덩어리를 내리지 않는 이상에는 말이다. 신이 아니라 빵을 먹고 사는 인간이라면 큰 아이아스가 1명도 남기지 않고 모조리 죽일 것이다. 창이나 돌에 맞아 뼈가 부러지는 사고만 당하지 않는다면, 접전을 벌여 적군을 쓰러뜨리는 데는 백전백승의 아킬레우스조차 그를 이길 수 없을걸. 그러니 우리는 왼쪽으로 가도록 하자. 우리가 명예를 얻을 수 있을지, 아니면 오히려 적군에게 넘겨 줘야 할지는 금방 판가름 날 거다."

이렇게 해서 그들은 왼편의 싸움터로 이동했다. 번쩍이는 갑옷을 착용하고 나타난 이도메네우스와 그의 동지를 본 트로이 군은 서로 신호를 주고받으며 한군데에서 똘똘 뭉쳐 그들을 향해 돌격해 들어왔다. 마치 폭풍을 몰고 온 바람이 길 위를 잔뜩 뒤덮고 있는 먼지를 때려 소용돌이를 일으키는 것 같은 광경이었다. 창들이 곤두설 때마다 병사들이 죽었고, 번쩍이는 갑옷과 투구, 그리고 방패가 서로 난잡하게 엉켜 병사들의 눈을 부시게 만들었다. 그러한 혼전을 아무 동정심 없이 바라볼 수 있는 사람이라면 아마도 그의 심장은 엄청나게 단단한 강철로 만들어진 것이리라.

이것이 크로노스의 두 아들[2]의 의견 차이가 가져온 참사였다. 제우스는 아킬레우스의 영광을 되찾아주기 위해 헥토르와 트로이의 승리

2) 포세이돈과 제우스.

를 가져다주고 싶어했지만, 그렇다고 해서 그리스 군이 몰살당하는 것은 원치 않았다.

포세이돈은 그리스 편에 서 있었다. 그리스 인들을 가엽게 여겼을 뿐 아니라 제우스에게 반감을 품고 있었기 때문에 바다에서 몰래 빠져나와 그들을 도왔다. 제우스의 아우로서 드러내놓고 그리스를 돕지는 않았지만 인간의 형상으로 은밀히 나타나 끊임없이 그들의 사기를 북돋워주었다.

이렇게 두 신이 양 진영을 두고 억센 힘으로 밀고 당기는 전쟁의 줄다리기를 하는 사이에 많은 인간들이 무릎을 꺾고 쓰러져갔다.

그 가운데, 이도메네우스가 병사들에게 자신을 따르라고 외치면서 트로이 군에게 달려들어 그들을 뒤로 후퇴시키고 그 자신은 오트리오네우스를 해치웠다. 오트리오네우스는 카베소스에 사는 자로서, 프리아모스 왕에게 그의 딸들 중에서 가장 미모가 뛰어난 카산드라와 혼인시켜 주기를 청하면서 혼인 선물 대신에 군대를 이끌고 와서 위대한 공을 세워 보이겠다고 약속한 사람이었다. 프리아모스 왕은 그에게 딸을 주겠다는 서약을 했지만, 거들먹거리며 앞으로 나오던 그는 그만 나이 많은 이도메네우스가 날린 창에 배를 맞고 쓰러져버린 것이다.

"오트리오네우스! 축하하는 바이다. 네가 진정 프리아모스와 한 약속 때문에 이렇게 분투한 것이라면 우리 제안도 들어보거라. 네가 우리를 도와 트로이를 정복하게 해준다면 아가멤논 왕의 딸들 중에 가장 아름다운 여자를 네 아내로 주마. 자, 우리의 함선으로 가서 서약을 맺도록 하자. 더구나 우리는 혼인 선물에는 별 욕심이 없다! 이런 제안을 받다니, 넌 정말 세상에서 가장 운이 좋은 사내 아니겠는가."

그렇게 말한 이도메네우스는 오트리오네우스의 다리를 잡아 질질 끌고 갔다. 그러자 아시오스가 그를 보호하고자 다가왔다. 그는 자신의 전차를 뒤에 두고 있었는데, 말의 콧김이 그의 어깨에 떨어질 정도로 바싹 붙어 있었다. 아시오스는 이도메네우스를 쓰러뜨리겠다는 단단한 각오로 나섰지만, 이도메네우스가 더 빨랐다. 이도메네우스의 창이 아시오스의 턱 아래 목줄기를 뚫었고, 아시오스는 배의 돛대를 만들기 위해 벤 커다란 나무처럼 쿵 하는 소리를 내며 쓰러지고 말았다. 자신의 전차 앞에 쓰러져 이미 피로 질척해진 땅을 움켜쥐며 신음하는 그 모습에 뒤에 서 있던 마부는 넋이 나가 말을 돌려 달아날 생각조차 못하고 있었다. 그 틈을 놓치지 않고 안틸로코스가 마부의 갑옷과 배를 한꺼번에 꿰뚫어버렸고, 그 또한 헐떡거리며 마차에서 굴러 땅에 쓰러졌다. 말들은 안틸로코스가 몰고 갔다.

이번에는 데이포보스가 아시오스의 죽음을 복수하기 위해 다가와 이도메네우스에게 창을 던졌다. 그러나 이미 상대를 주시하고 있던 이도메네우스는 방패로 몸을 가리고 웅크려 앉아 창을 피했다. 그의 커다란 쇠가죽 방패는 8자 모양처럼 가운데가 잘록한 것이었다. 창은 건조한 소리를 내며 방패를 스쳐지나갔지만, 아주 헛된 것은 아니었다. 뒤에 있던 힙세노르의 간을 찔러 쓰러뜨렸기 때문이었다. 데이포보스는 기뻐 날뛰며 기묘한 목소리로 부르짖었다.

"아시오스의 원수를 갚았다! 지옥문의 파수꾼 하데스에게 가는 길동무를 만들어줬으니 아이오스도 기뻐하리라!"

그의 자랑은 그리스 병사들에게는 쓰라린 아픔이었다. 특히 아시오스를 죽인 안틸로코스에게는 더욱 그랬다. 그래서 그는 동지를 버려두지 않고 달려나가 방패로 막아주었다. 안틸로코스가 엄호하는 동안 2명의 다른 동지가 신음하고 있는 그를 떠안아 배로 데리고 갔는데, 그들은 메키스테우스와 알라스토르였다.

이도메네우스는 자신이 죽든가, 아니면 적들을 저승에 보내겠다고 더욱 사납게 날뛰었다. 그의 손에 아이시에테스 왕의 아들 알카토오스도 죽었다. 그의 처는 안키세스 왕의 장녀 히포다메이아로, 부모에게는 사랑받는 딸이었으며 또래 여자들 중에서는 미모나 지성 그리고 손재주에서 비할 바 없이 뛰어난 여자였다. 그 여인이 신랑으로 맞은 트로이 최고의 사내가 이도메네우스의 손에 떨어진 것이었다. 포세이돈이 눈을 어지럽게 만들고 몸을 묶어놓아 알카토오스가 꼼짝도 하지 못하고 전쟁터에서 우뚝 서 있는 틈을 노려 이도메네우스가 창을 찔러 그동안 그의 목숨을 지켜주었던 청동갑옷을 뚫었다. 불쾌한 금속성 소리와 함께 창 끝이 심장을 찔렀고 알카토오스는 쓰러졌다. 심장이 헐떡일 때마다 창 끝이 부들부들 떨렸지만 오래가지 않아 그것도 멈추었다.

이도메네우스는 괴성에 가까운 소리를 지르며 기뻐했다.

"우리 용사 하나에 너희 셋이 죽었으니, 이걸 공평한 거래라고 해도 좋겠느냐? 데이포보스야, 모두 네 허풍의 결과다. 자, 이제 네가 직접 덤벼보거라. 제우스의 자손이 어떻게 너를 대적하는지 보여주겠다! 제우스께서 처음에 미노스를 낳아 크레테의 파수꾼이 되게 하셨고, 미노스께서는 데우칼리온을 낳으셨으며, 데우칼리온께서는 나를 낳아 크레테의 왕으로 세워주셨다. 그리고 지금 그런 내가 너와 네 아비 그리고 네 백성의 종말을 보려고 바다 건너 여기 와 있는 것이다!"

데이포보스는 혼자 맞서야 할지 되돌아가서 누군가를 더 데려와야 할지를 망설였다. 아무래도 아이네이아스를 찾는 것이 최선일 듯 싶었다. 아이네이아스는 프리아모스 왕에게 오랜 불만을 품고 있었는데, 왕이 자신의 공적에 맞는 합당한 대우를 해주지 않는다고 생각했기 때문이었다.

데이포보스는 조용히 그에게 자신의 마음을 털어놓았다.

"아이네이아스, 고귀한 이여! 낭신이 피붙이에 대해 일말의 애정이라도 있다면 지금 그걸 증명해주시오. 당신의 사돈을 구해주시오! 나와 함께 가서 그를 구합시다! 그는 어릴 때부터 당신을 키워준 사람이지 않소. 이도메네우스가 방금 그를 죽였단 말이오."

이 소식을 들은 아이네이아스의 마음이 움직였다. 분노에 휩싸인 그는 이도메네우스를 향해 달려들었다. 그렇다고 해서 이도메네우스는 철모르는 어린애처럼 도망가지 않았다. 그는 땅을 딛고 서서, 마치 인적 드문 산길에서 멧돼지가 등의 털을 빳빳이 곤두세우고 눈에 불똥을 튀기고 이를 갈면서 사냥꾼들이 떼지어 몰려오기를 기다리는 것 같은 모습으로 아이네이아스를 기다렸다.

창을 손에 쥔 이도메네우스는 주위를 둘러보더니 목청껏 소리쳤다.

"여기네, 동지들! 날 도와주게. 여긴 나 혼자일세. 아이네이아스가 엄청난 속도로 달려오고 있네! 그는 무서운 자야, 보기 드문 전사지. 젊은데다가 무엇보다도 힘이 장사라고. 내가 저자와 나이만 같아도 누가 이기든 간에 알아서 했을 테지만 말이네!"

다른 전우들이 지체 없이 달려와서 방패를 내려 어깨를 가리고 이도메네우스 옆에 섰다. 아이네이아스도 자신의 동지인 다른 지휘관을 불렀고, 그 지휘관을 따라 다른 병사들이 모였다.

이리하여 알카토오스의 주검을 둘러싸고 장창을 든 자들 간의 전투가 벌어졌다. 그들의 청동 갑옷이 서로 부딪쳐 요란한 소리를 내는 가운데, 양편의 최고 전사인 아이네이아스와 이도메네우스가 질풍노도처럼 서로에게 달려들었다. 먼저 창을 날린 건 아이네이아스였지만 상대의 움직임에서 눈을 떼지 않았던 이도메네우스는 그것을 날쌔게 피했다. 엄청난 속도로 날아온 창은 목표를 맞추지 못한 채 땅에 꽂혀 그 끝을 파르르 떨었다. 와중에 이도메네우스의 창은 오이노마오스의 갑옷을 뚫었고, 그는 내장을 쏟아내며 쓰러져서 흙을 움켜쥐었다. 이도메네우스는 박힌 창을 당겨 뽑아냈지만 너무나 많은 무기들이 날아오는 통에 갑옷을 벗길 틈은 없었다. 이제 그의 무릎과 발목은 기력이 다해 뜻대로 움직여주지 않아서 자신이 던진 창을 찾아오거나 몸을 피할 수도 없을 지경이 되었다. 가까스로 버티고 서서 자기 몸을 방어하고 있기는 했으나, 민첩하게 몸을 돌려 그 위험에서 빠져나갈 힘은 없었다. 그가 힘들게 움직여 피하려고 하자 그에게 맹렬한 분노를 품고 있던 데이포보스가 다시 한 번 창을 날렸다. 창은 또 빗나갔지만 아스칼라포스의 어깨에 박혀 그를 땅에 쓰러뜨렸다. 아스칼라포스는 아레스의 아들이었는데, 신은 아들이 그렇게 되었는지도 모르고 있었다. 아레스는 인간들의 전투에 참여하지 말라는 제우스의 뜻에 따라 다른 신들과 마찬가지로 올림포스의 황금 구름 아래에 있었던 것이다.

이번에는 아스칼라포스의 주검을 둘러싼 작은 충돌이 생겼다. 그의 투구를 잡아채는 데이포보스를 노려 메리오네스가 던진 창이 그의 팔뚝 위쪽을 관통했다. 손에 들었던 투구가 둔탁한 소리를 내며 다시 땅에 떨어졌다. 메리오네스는 지체 없이 날쌔게 그에게 달려들어 팔에서 창을 빼내 뒤로 물러났다. 데이포보스의 형제인 폴리테스가 달려와 그를 부축하여 위기에서 구해내 전차가 대기하고 있는 후방으로 데려갔다. 그리고 상처에서 피를 흘리며 고통스러워하는 데이포보스를 도시로 데려갔다.

한편, 칼레토르의 아들 아파레우스가 맞은편에 있는 것을 본 아이네이아스는 그의 목을 겨냥해 창을 날렸다. 곧바로 아파레우스의 고개가 한쪽으로 꺾이더니 머리에서 투구가 떨어졌고, 죽음이 그의 영혼을 빼앗아 갔다.

때를 노리고 있던 안틸로코스는 토아스가 등을 보이자마자 창으로 공격했다. 목 부근의 핏줄이 잘린 그는 땅에 엎어져 동지들을 향해 두 손을 뻗쳐 도움을 청했지만, 안틸로코스가 바로 달려와 커다란 방패로 몸을 가린 채 그의 목숨을 끊고 갑옷을 벗겼다. 트로이 군이 사방에서 몰려와 안틸로코스의 방패를 찔러댔지만 안틸로코스의 몸에는 해를 입힐 수가 없었다. 그도 그럴 것이 포세이돈이 늙은 네스토르의 아들인 안틸로코스를 빗발치는 창들로부터 보호해주었기 때문이다. 안틸로코스는 적에게서 끊임없이 시달리면서도 찌르고 베느라 쉴 틈 없었다. 그는 언제든 창을 던지고 덤빌 수 있는 만반의 준비가 되어 있는 전사였다.

이에 아시오스의 아들 아다마스가 안틸로코스에게 다가와 방패 한가운데를 찔렀다. 그러나 이번에도 푸른 머리칼의 신 포세이돈이 안틸로코스의 생명을 아껴 그 창을 꺾어버렸다. 창은 두 동강나, 한쪽은 말뚝처럼 방패에 박히고 또 다른 한쪽은 땅으로 떨어졌다. 창이 부러진 아다마스는 목숨을 부지하려고 무리 속으로 물러났다. 그러자 이번에는 메리오네스가 그를 따라잡아 배꼽과 사타구니 사이를 창으로 쑤시니, 그것은 전쟁의 모든 것을 감당해야 하는 비참한 인간에게 가장 끔찍스런 고통을 주는 상처였다. 몸을 꺾으며 고통에 몸부림을 치는 아다마스의 모습은 밧줄에 묶인 황소가 억지로 끌려가는 것과도 같았다. 그는 조금 더 몸을 뒤틀며 헐떡이다가, 메리오네스가 다가와 창을 뽑자 숨을 거두었다.

헬레노스는 트라케에서 가져온 거대한 검으로 데이피로스의 관자놀이를 베고 투구를 쳐 쓰러뜨렸다. 땅에 굴러다니던 투구를 병사들 중 하나가 집어들었을 무렵에는 이미 그 투구의 주인은 숨져 있었다.

그 모습을 본 메넬라오스는 화가 치밀었다. 그는 고함을 지르며 헬레노스에게 도전하였다. 그가 창을 겨누는 순간, 헬레노스도 활시위를 당겼다. 주인의 손을 떠난 화살은 그러나 메넬라오스가 입은 갑옷의 가슴받이에 맞고 튕겨 날아가버렸다. 반면에 메넬라오스의 창은 활을 쥐고 있던 헬레노스의 손을 활을 함께 꿰뚫어놓았다. 헬레노스는 손에 박힌 창을 질질 끌며 동지들이 있는 쪽으로 달아났다. 그를 맞은 아게노르는 지체 없이 창을 뽑은 다음 부하가 투석기(投石器)에 감으려고 갖고 있던 양털 끈으로 손을 묶어주었다.

이번에는 페이산드로스가 메넬라오스를 노렸다. 두 사람은 거리를 좁혀 다가갔다. 메넬라오스가 먼저 창을 던졌지만 빗나갔고 페이산드로스의 창은 메넬라오스의 방패에 꽂혔다. 창은 방패의 축받이[3]를 우지끈 부러뜨렸지만 뚫고 나가지는 못했다. 페이산드로스는 승리를 자신했지만 메넬라오스는 오히려 검을 빼들고 덤벼들었다. 페이산드로스도 방패 밑에서 올리브 나무로 만든 자루가 달린 도끼를 꺼내들었다. 휘두른 도끼가 상대의 투구 장식을 침과 동시에 메넬라오스의 칼끝이 상대의 미간을 쪼개놓았다. 뼈는 으스러지고, 두 눈알이 피를 철철 흘리며 땅으로 떨어졌다. 페이산드로스가 허리를 꺾고 쓰러지자 메넬라오스는 한쪽 발로 그의 가슴팍을 짓밟고는 갑옷을 벗겼다. 그는 승리감에 벅차 부르짖었다.

"너희 뻔뻔스러운 트로이 병사들아! 너희들은 바로 이런 꼴로 죽어갈 것이다! 내게 온갖 모욕을 주고서도 아직 모자르단 말이냐. 더러운 개들 같으니! 손님을 극진히 맞는 집을 보호하시는 제우스의 분노를 두려워하지 않았으니 그분께서 너희 도시를 완전히 멸망시키실 것이다. 손님으로 맞은 나를 배신하여 내 아내와 재산을 도둑질해 가더니, 이제는 우리 함선에 불을 지르고 우리 병사들을 깡그리 죽이려 들다니! 그렇게는 안 될 것이다.

오, 제우스여! 신과 인간을 통틀어 가장 지혜로운 분이 당신이라고 하니, 이 참상 또한 당신에게서 비롯된 것입니다! 당신이 이 광폭한 트로이 군에게 베푸신 영광을 보십시오. 이자들은 막을 수도 없이 미쳐 날뛰고 있으며 싸움에 지치지도 않습니다. 잠도, 사랑도, 노래하고 노는 일도 충분히 즐기고 나면 싫증내기 마련이거늘, 이자들은 전투가 물리지도 않는 모양입니다!"

말을 마친 그는 시체의 갑옷을 벗겨 동료들에게 넘겨주고 다시 전선으로 뛰어들었다.

그 후, 또 다른 적군 하르팔리온이 그에게 덤벼들었다. 그는 필라이메네스 왕의 아들로, 부친과 함께 참전하였으나 결코 고향으로 살

---

3) 방패의 중심부를 고정시키는 기구.

아 돌아가지 못할 운명이었다. 하르팔리온은 거의 맞닿을 정도로 접근하여 메넬라오스를 공격했지만 방패에 막혀 성공하지 못하자 주위를 경계하며 동료들 사이로 물러나 숨으려 했다. 그러나 메리오네스가 몸을 돌린 그에게 화살을 쏘아 오른편 엉덩이를 맞추었다. 화살이 방광과 뼈를 꿰뚫자 하르팔리온은 그 자리에서 주저앉아 동지들의 품에 안겨 숨을 거두었다. 벌레처럼 땅에 누워버린 그는 붉은 피를 땅 위로 쏟아내었다. 동족들이 슬퍼하며 그를 도시로 데려갔고, 부친 또한 서럽게 울면서 그 뒤를 따랐다. 아들의 죽음에 대한 보상은 어디에서도 받을 수 없었다.

그러나 그의 죽음은 하르팔리온의 친구였던 파리스의 마음을 움직였다. 그는 복수심에 불타 화살을 날렸다. 코린트 출신으로 예언자 폴리이도스의 아들이자 용사인 에우케노르를 겨냥한 것이었는데, 그는 부자인데다 용감하기까지 했다. 그는 고향을 떠나기 전에 이미 자신의 운명을 알고 있었다. 늙은 그의 부친 폴리이도스가 누차 말하기를, 집에서 몹쓸 병으로 죽지 않는다면 전장에서 트로이 군의 손에 쓰러질 것이라고 했던 것이다. 그래서 그는 질병과 무거운 벌금[4]이라는 두 가지 재앙을 피하기 위해 싸움에 나섰던 것이지만, 파리스가 쏜 화살에 의해 귀밑 턱뼈 부근을 맞고 즉사하고 말았다.

전투는 활활 타오르는 불길 같은 기세로 이어졌다. 그러나 헥토르는 함대 왼편에서는 자신의 군대가 패배하고 있다는 사실을 몰랐다. 포세이돈의 힘과 격려에 힘입어 그리스 병사들이 승리하고 있음을 알 리 없는 헥토르는 처음에 있던 자리인 방벽 부근에서 더 나아가지 못하고 있었다. 그곳은 아이아스와 프로테실라오스의 함대가 나란히 정렬해 있는 해변 근방으로서, 방벽이 가장 낮아 보병과 전차들이 한데 뒤엉켜 가장 치열한 전투를 벌이고 있었다.

그리스 측에서는 보이오티아 족과 이오니아 족, 로크리아 족, 프티

4) 참전을 거부할 시에는 벌금이 부과됨.

아 족, 그리고 강인한 에페이아 족이 싸우고 있었는데 불 같은 헥토르의 기세 때문에 함대들을 방어하기 위해 무진 애를 써야 했다. 그들은 헥토르를 물리칠 수도 없고, 그렇다고 해서 그에게서 도망칠 수도 없는 지경이었다. 그 용맹스럽다는 아테나이 인들도 손을 쓰지 못하기는 마찬가지였다. 아테나이 족을 지휘하고 있는 장수는 페테오스의 아들 메네스테우스였는데, 그를 페이다스와 스티키오스, 그리고 기운 센 비아스가 보필했다. 에페이아 족은 필레우스의 아들 메게스와 암피온 그리고 드라키오스의 휘하에 있었다. 프티아 족은 메돈과 포다르케스가 이끌었다. 메돈은 오일레우스 왕의 서자이면서 작은 아이아스와는 형제간이었다. 이 두 지휘관이 이끄는 프티아 족은 이날 트로이 측의 보이오티아 족과 달라붙어 전투에 임하고 있었다.

한편, 두 아이아스는 한 쌍이 되어 땀을 흘리며 쟁기를 끄는 소들처럼 나란히 붙어 싸우고 있었다. 큰 아이아스를 따르는 적지 않은 숫자의 용사들은 자신들의 지휘관이 지쳐서 땀이라도 흘리고 있으면 그 커다란 방패를 잠시 맡아 들어주기도 하였다. 그런데 배짱 두둑한 작은 아이아스를 따르는 동족은 한 사람도 없었다. 왜냐하면 로크리아 족은 청동 투구나 방패가 없었고 창도 없어 접전에는 부적합한 군대였기 때문이다. 그들의 무기는 활과 투석기였는데, 이것들로 뒤쪽에서 연신 공격을 해대면서 트로이 군의 전열과 사기를 빼앗고 있었다.

급기야 트로이 군은 적의 진영과 함대를 앞에 두고 후퇴해야 하는 굴욕을 무릅써야 할 처지에 놓이게 되었다. 이때 폴리다마스가 자신의 대담무쌍한 총사령관에게 다시 한 번 충고하였다.

"헥토르님, 당신은 완고한 성품이어서 누구의 말에도 설복당하지 않는 분이십니다. 그러나 신께서 이 전장에 있는 모두를 능가하는 힘을 주셨다고 해도 한 사람이 모든 것을 다 가진 것은 아닙니다. 신은 어떤 이에게는 힘을 주고, 또 다른 이에게는 지혜를 주십니다. 그리고 자신의 능력을 잘 알고 있는 사람은 많은 사람들에게 이득을 줄 수 있는 법입니다.

제가 최선이라고 생각하는 방책을 아뢰겠습니다. 지금 곳곳에서 치열한 전투가 벌어지고 있습니다. 어쩌면 태만한 자도 있을지 모르나, 방벽을 넘어온 대부분의 병사들은 지금 함대 주변 여기저기에 흩어져 힘들지만 굳세게 싸우고 있습니다. 이제는 장수들을 모두 불러 대책을 논의해야 할 때입니다. 신의 계시를 믿고 함대 안으로 뛰어들어야 할지, 아니면 아직 여유가 있을 때 후퇴해야 할지를 결정해야 합니다.

저는 그리스 군이 어제의 패배를 앙갚음할까 두렵습니다. 전투에 만족을 모르는 아킬레우스가 아직 저쪽 편에 있고, 그가 이 전투에서 완전히 물러난 것 같지는 않기 때문입니다."

그의 말에 수긍이 간 헥토르가 대답하였다.

"좋은 충고이다. 내가 전선에 나가 지휘관들을 모으겠으니, 그들이 도착하면 네가 여기에 대기시켜 두도록 하라. 나도 곧 돌아오겠다."

그는 우뚝 솟아오른 산봉우리처럼 무리 속을 지나갔다. 그리고는 소리쳐서 장수들을 불렀고, 그 소리를 들은 장수들은 폴리다마스가 있는 곳으로 모였다. 그러나 데이포보스, 헬레노스, 아다마스와 아시오스는 찾을 수가 없었다. 그들 중 둘은 주검이 되어 누워 있고, 또 둘은 부상을 입고 성안으로 후송되어 있었던 것이다.

헥토르는 대신 다른 장수 하나를 찾을 수 있었는데, 전장 왼편에서 군사들을 지휘하고 있던 파리스였다. 다가간 헥토르는 그를 엄하게 꾸짖었다.

"빌어먹을 녀석아! 생긴 것만 번드르한 겁쟁이야, 여자에만 정신 팔린 미친놈아! 영웅 데이포보스와 헬레노스 왕자, 그리고 아시오스의 아들 아다마스와 히르타코스의 아들 아시오스를 어떻게 한 거냐? 오트리오네우스는 또 어찌된 거냐? 이제 트로이의 드높은 성은 끝장이다! 완전히 파괴될 게 뻔하단 말이다!"

그러자 파리스가 대답하였다.

"형님, 무고한 사람을 책망하지 마십시오. 전투에서 물러난 적이 한 번 있지만, 지금은 아닙니다. 전 그렇게 나약하게 태어나지 않았습니다. 맹세코, 형님께서 함대 공격을 개시한 이후 저도 쉬지 않고 싸웠습니다. 형님께서 찾으시는 그들은 데이포보스와 헬레노스를 제외하고 모두 죽었습니다.

원하는 바를 명령만 내리십시오. 성심껏 따르겠습니다. 병사들 또한 있는 힘을 다할 것입니다. 하지만 아무리 노력한다 해도 자기가 가진 한계를 뛰어넘어 싸울 수는 없지 않겠습니까?"

파리스의 말에 형의 마음을 누그러졌다. 두 사람은 함께 가장 치열한 접전이 벌어지고 있는 전장으로 향했다. 그 주위에는 케브리오네스와 폴리다마스, 팔케스와 오르타이오스, 영웅 폴리페테스와 팔미스, 아스카니오스와 모리스 등이 있었다. 이중 히포티온의 두 아들 아스카니오스와 모리스는 바로 어제 아침 아스카니아에서 지원군으로 도착한 이들이었다.

그때 제우스가 그들에게 전의를 불어넣었다. 흔들림 없이 전열을 갖춰 청동을 번쩍이며 나아가는 병사들의 모습은 마치 폭풍을 받은 파도가 앞서거니 뒤서거니 높이 치솟는 것 같았다. 그 대열 제일 앞에는 헥토르가 있었다. 마치 인간의 악을 수호하는 군신 아레스와 같은 모습이었다. 두꺼운 쇠가죽에 청동을 입힌 방패, 관자놀이까지 가리는 빛나는 투구를 갖추고 나아가면서 혹 파고들 곳이 없는지 순간순간 적군에게 공격을 가했다. 그러나 그리스 병사들은 도무지 흔들리지 않았다.

그러던 중 아이아스가 나와 헥토르에게 도전하였다.

"더 가까이 와보시지 그러나. 우리에게 겁을 주려는 모양인데, 소용없는 짓이다. 제우스께서 내리신 가혹한 벌 앞에서 자존심이 꺾인 바 있긴 해도, 애초에 우리 그리스 인들은 전투에 능한 용사들이다. 우리 함대를 파괴하려는 게 너희의 목적이겠지만, 우리 군은 너희들을 막을 충분한 병력을 갖추고 있다. 내가 말해두겠는데, 너희들의 그 고매한 도시는 반드시 우리 손에 의해 함락된다. 그리고 헥토르, 너는 머지않아 제우스와 모든 신께 말들이 매보다 더 빨리 달려 도망칠 수 있기를 기도하게 될 것이다."

이때 독수리 한 마리가 그의 오른편에서 나타나 창공을 높이 날았다. 그 상서로운 징조에 고무된 그리스 군들은 크게 환호성을 올렸다. 그러자 헥토르가 말했다.

"말도 안 되는 소리 집어치워라! 허풍이나 떠는 작자 같으니! 오늘은 이 자리에서 너희 그리스 인들이 남김 없이 파멸할 것임이 분명하다. 그로써 나는 전능하신 제우스와 헤라 여신의 자손으로서 아테나와 아폴론 신처럼 인간들의 경배를 받게 될 것이다.

네가 감히 내 장창에 맞선다면 내 창으로 백합처럼 흰 네 살가죽을 벗겨주마. 그리고 너희 배 옆에 버려져 트로이에서 썩은 시체를 먹고 사는 개들과 매의 먹이가 될 것이다!"

말을 마친 헥토르가 앞장서자 지휘관들이 환호하며 뒤따랐고, 뒤에 있던 나머지 병사들도 거센 함성을 올렸다. 그리스 측도 이에 지지 않고 환성을 지르면서 트로이 전사들과 대적할 준비를 갖추었다. 양쪽 군대가 내지르는 함성은 제우스가 있는 저 웅장한 하늘에까지 울려퍼졌다.

XIV

이다 산 시냇가에 앉아 있는 제우스도 보였는데, 여신에게는 밉살스럽기 그지없는 모습이었다.
어떻게 하면 그를 속일 수 있을까 하고 궁리하기 시작한 여신은 이내 그럴듯한 방법을 떠올렸다.

막사에 남아 술을 마시는 중에도 네스토르는 밖에서 들리는 함성
을 놓치지 않았다. 그는 퉁명스러운 목소리로 부상자에게 말했다.

"마카온, 일이 어떻게 되어가고 있는 것 같소? 젊은 병사들의 고함
이 더 크게 들려오고 있소. 그대는 여기 앉아 헤카메데가 데운 물로
상처를 닦아낼 때까지 술잔이나 비우고 계시오. 난 좀 둘러보고 오리
다."

그는 막사 안에 있는 아들 트라시메데스의 방패를 집어들고[1] 날카
로운 창을 하나 골라 들고 나갔다. 그러나 멀리 갈 것도 없이 밖으로
나오자마자 처참한 꼴을 충분히 볼 수 있었다. 방어벽은 무너져 내리
고 병사들은 참혹한 꼴로 트로이 군에게 쫓기고 있었던 것이다. 거대
한 해일을 앞두고 일렁이는 바다처럼 네스토르의 마음은 심하게 갈
등하고 있었다. 당장에 그들과 한 덩어리가 되어 싸워야 할지, 아니
면 아가멤논을 찾아야 할지 결정을 내려야 했다.

결국 그는 아가멤논을 찾기로 결심하고 검과 방패가 부딪쳐 요란
한 소리를 내고 병사들이 청동 갑옷을 덜걱거리며 서로를 죽이고 있
는 그곳을 빠져나갔다.

네스토르는 얼마 가지 않아 자기 쪽으로 다가오고 있는 디오메데
스와 오디세우스, 그리고 아가멤논 왕을 만났다. 그들은 함대 쪽으로

1) 네스토르의 방패는 아들이 가져갔으므로.

오고 있었는데, 그들의 함대는 전장에서 멀리 떨어진 해변가에 있었기 때문이었다. 그리스 군은 맨 처음에 도착한 함대들을 마른 지대로 끌어올려놓고, 그 배들의 고물 아래로 방어벽을 만들어놓았다. 그러나 모든 배들을 다 댈 수 있을 만큼 해변이 넓지 않은데다가 막사를 만들기에도 공간이 너무 부족했기 때문에 나중에 온 다른 배들은 열을 지어 바다에 대놓았다. 그렇게 했는데도 만(灣) 하나가 꽉 들어찰 정도로 배가 많았다.

그들은 창을 지팡이 삼아 짚고 전투 상황을 점검하기 위해 함께 다가오고 있었다. 그들의 마음도 참담하긴 마찬가지였다. 그러다 늙은 네스토르를 만나게 되자 그들은 깜짝 놀랐다. 아가멤논 왕이 먼저 입을 열었다.

"네스토르, 왜 전장을 떠나 이곳에 있는 것이오? 그 무서운 헥토르의 허풍이 실현되기라도 할까봐 두렵소. 배를 불태우고 그리스 군을 몰살시키기 전에는 결코 트로이 성으로 돌아가지 않겠다고 장담한 것 말이오. 그는 분명히 부하들에게 그렇게 말했소. 그리고 그 말대로 되고 있지 않소. 우리 병사들은 아킬레우스와 마찬가지로 내게 원한을 품고 자신들의 함대를 지키려는 싸움조차 피하려 하고 있단 말이오!"

네스토르가 대답하였다.

"그렇소이다. 그 사실을 우리는 두 눈으로 명백히 보고 있소이다. 이건 제우스라 할지라도 되돌릴 수 없을 것이오. 함대와 아군을 방어할 수 있는 요새로 믿었던 방어벽은 이미 파괴됐소. 눈을 크게 뜨고 보시오. 아군이 어디까지 밀려났는지조차 모를 지경이 아니오? 온통 뒤섞여 죽어가고 있소. 그 울부짖는 소리가 하늘에 닿을 정도요. 쉴 틈도, 휴전도 없소. 이 사태를 개선하기 위해 우리가 뭘 할 수 있을지 고민해봅시다. 부상을 입은 우리는 이제 전투에 뛰어들 수는 없을 것이오."

아가멤논이 말했다.

"네스토르! 우리가 쌓은 방어벽도, 그렇게 땀 흘려 파놓은 참호도 쓸모없게 되었소. 그것들이 끝까지 함대와 군사들을 지켜주기를 바랐건만! 제우스는 그리스 군이 이 먼 타향에서 이름도 없이 사라지기를 바라고 있음이 틀림없소. 제우스께서는 저들은 마치 신처럼 높여주고 있으면서 우리의 정신과 손은 묶어놓고 있소.

이제 내 생각은 이렇소. 바다와 가까운 곳에 자리한 배들을 모두 물에 띄워놓읍시다. 그리고 축복받은 밤이 오기를 기다리는 것이오. 그래서 트로이 군이 공격을 멈췄을 때를 이용하여 이 곤경에서 빠져나가는 게 상책이오. 밤을 틈타 도망친다 해서 부끄러울 것은 없소. 내일 붙잡히는 것보다는 도망치는 게 더 낫다는 말이오."

그러자 오디세우스가 불만스러운 표정으로 말했다.

"아가멤논 왕이여, 그게 말이나 됩니까! 어떻게 그런 말을 할 수 있단 말씀입니까! 왕께서는 우리 대신 한심한 겁쟁이들이나 몇 부대 맡아 지휘하시는 게 좋겠습니다. 우리가 목숨을 걸고 그토록 힘든 역경을 헤쳐온 게 기껏 그런 식으로 트로이를 떠나기 위함이었단 말입니까! 말 함부로 하지 마십시오. 행여 그런 말이 우리 병사들의 귀에 들어가지 않도록 하십시오. 아무리 막강한 권력을 가진 왕이라고 해도 제대로 된 생각을 가진 사람이라면 할 수 없을 말입니다.

도대체 너무나 어리석은 얘기입니다! 전투가 한창일 때 배를 띄운다는 건 적들의 소원을 들어주자는 것이나 다름없습니다. 우리가 깨끗이 파멸하길 바라는 겁니까? 배가 바다에 뜨면 우리 병사들은 거기에만 신경을 쓰다가 결국 배를 향해 도망쳐버리고 말 겁니다. 총사령관이시여, 지금 왕의 계획은 아군 모두를 망치는 것입니다!"

그러자 아가멤논이 대답하였다.

"오디세우스! 그대의 매서운 힐책이 내 가슴을 찢는구나! 그대들이 원치 않는다면 나 역시 배를 띄우라 하지 않겠다. 누군가 좀 더 나은 대책을 내준다면 얼마나 기쁘겠는가."

그러자 디오메데스가 나섰다.

"멀리 찾지 않으셔도 됩니다. 왕께서 경청할 준비가 되어 있으시고, 또 이 모임에서 가장 나이가 어린 제가 나서는 것이 불쾌하지 않으시다면 말입니다. 어리긴 하지만 저 또한 티데우스 왕의 아들이며, 플레우론과 칼리돈의 왕이신 포르테우스의 후손이기도 합니다. 그러니 행여 출신이 비천하다고 제 말을 깎아내리지는 마십시오.

일단, 우리 모두 전장으로 가야 합니다! 부상을 입었다고 해도 그래야 합니다. 물론 전열에 나설 수는 없을 것입니다. 그렇게 하면 부상에 또 부상을 입고 말 테니까요. 그렇지만 병사들을 모으고 그들을 격려할 수는 있을 것입니다."

모두 그 말에 고개를 끄덕였다. 그리고 아가멤논 왕이 전장을 향해 앞장섰다.

한편, 그들이 전장으로 가는 것을 본 포세이돈은 늙은 영감의 모습으로 변해 그 뒤를 쫓아갔다. 그리고 아가멤논의 오른손을 잡고 이렇게 말했다.

"고매하신 이여, 이제 그 냉혹한 아킬레우스가 아군이 피를 흘리며 패하는 모습을 보면서 좋아라 하고 있겠구려. 분별이라고는 조금도 없는 자이니 말이오. 그런 자는 신의 저주나 받고, 그 명예는 땅바닥에나 처박히라고 하시구려. 하지만 신들이 그대나 군사들에게 화를 내고 있는 건 아니라오. 조금만 기다려보구려. 저 트로이의 왕과 지휘관들이 먼지를 날리면서 성으로 내뺄 테니!"

말을 마친 노인은 귀청을 찢을 듯한 고함을 내지르고 어디론가 사라졌다. 대지를 뒤흔드는 신 포세이돈이 가슴에서부터 끌어올린 그 소리는 9천, 아니 1만의 장정이 내는 고함소리와 맞먹었다. 그 소리를 들은 그리스 병사들은 다시 사기가 올라 싸우고자 하는 의욕이 일어났다. 결코 패배하지 않으리라 결의를 다졌다.

헤라 또한 올림포스 정상에 앉아 아래를 내려다보고 있었다. 자신의 혈육이자, 동시에 남편 제우스의 혈육이기도 한 포세이돈을 여신은 금세 알아보았다. 그리고 전장에서 바쁘게 움직이고 있는 그를 보고 흐뭇해하였다. 이다 산 시냇가에 앉아 있는 제우스도 보였는데, 여신에게는 밉살스럽기 그지없는 모습이었다. 어떻게 하면 그를 속일 수 있을까 하고 궁리하기 시작한 여신은 이내 그럴듯한 방법을 떠올렸다.

여신은 먼저 자기 방으로 돌아갔다. 아들 헤파이스토스가 만들어 준 그 방의 문은 특별한 자물쇠로 잠겨 있어 다른 신들은 열 수가 없었다. 방에 들어온 여신은 암브로시아로 목욕하여 아름답고 보드라운 몸을 깨끗이 한 뒤에 향내가 나는 신성한 기름을 발랐다. 그리고 기름을 휘저어 그 향기가 제우스의 궁전은 물론 하늘과 땅까지 퍼지게 하였다. 여신은 또 빛나는 머리를 곱게 빗어 길게 땋아 늘어뜨렸다. 이어 아테나가 아름다운 무늬를 수놓아 만들어준 옷을 걸쳤는데, 그 옷은 미끄러질 듯 부드러웠고 기분 좋은 향기가 풍겼다. 가슴에는 황금브로치를 꽂고, 허리는 100개의 술 장식이 달린 허리띠로 조이고, 예쁘장한 귀에는 3개의 자줏빛 물방울 장식이 붙은 우아하고 섬세한 귀고리를 달았다. 끝으로 머리 위에 곱고도 눈부시게 빛나는 새 베일을 쓰고 발에는 맵시 있는 신발을 신었다.

치장을 마친 여신은 방에서 나와 아프로디테를 비밀리에 불러서 부탁했다.

"귀여운 아가, 부탁 좀 들어주겠니? 내가 그리스 인들을 편든다고 해서 내게 아직 화가 나 있느냐? 그렇다고 해서 내 부탁을 거절하지는 않겠지?"

아프로디테가 대답하였다.

"자비로운 여왕이시여, 원하시는 걸 말씀하세요. 제가 할 수 있는 일이라면 성심껏 해드리겠습니다."

그러자 교활한 헤라가 말했다.

"사랑과 욕망을 부르는 네 마력을 나눠주었으면 좋겠다. 그것으로 너는 인간 사내들과 신들을 유혹하지 않니? 나는 땅 끝까지 가서 신들의 아버지인 오케아노스[2]와 어머니인 테티스[3]를 만나 뵈려고 한다. 그들은 나를 레아[4]에게서 데려다 키워주고 보살펴주셨단다. 제우스가 아버지 크로노스를 땅과 수확이 없는 바다 밑으로 떠밀어냈을 때 말이야. 그들을 찾아가서 두 분 사이에 쌓인 오랜 앙금을 풀어주고 싶구나. 두 분은 오랫동안의 다툼으로 잠자리와 식사를 같이 하지 않고 있거든. 내가 전처럼 금실 좋은 사이로 만들어준다면 그분들도 날 영원히 사랑하고 아껴주시지 않겠니?"

아프로디테가 미소를 지으면서 말했다.

"그런 부탁이라면 거절할 수가 없지요. 거절해서도 안 될 테고요. 당신은 전능하신 제우스의 부인이시니까요."

그렇게 말하면서 아프로디테는 가슴에서 수 놓은 가죽띠를 꺼내었다. 여신의 모든 매력은 거기서 나오는 것이었다. 사랑과 욕망, 연인들의 구애의 속삭임, 현명한 자의 마음을 현혹시키는 달콤한 말들이 들어 있었다. 그녀는 그것을 헤라의 손에 건네주면서 말했다.

"여기 있으니 가슴에 넣어두세요. 뭘 원하시든 이루어질 거예요."

헤라는 두 눈에 웃음을 띠면서 그것을 옷섶 안에 넣어두었다.

아프로디테는 자신의 거처로 돌아갔고, 헤라는 올림포스 정상에서 뛰어내려 단숨에 산과 바다를 넘어 렘노스 섬으로 갔다.

거기서 여신은 잠의 신 히프노스를 만나 손을 잡고 부탁했다.

---

2) 우라노스와 가이아의 아들. 대지의 끝을 둘러싸고 흐르는 강의 신으로 대지 서쪽 끝에서 누이 테티스와 함께 살며 올림포스에는 왕래하지 않는다. 약 6천 명의 자식을 두었는데 모두 바다나 하천의 신이다.

3) 아킬레우스의 어머니와는 다른 여신.

4) 크로노스의 부인. 하데스, 포세이돈, 헤라, 데메테르, 헤스티아의 어머니로 올림포스 신들의 어머니라 부름.

"히프노스여, 당신이야말로 모든 신과 인간의 왕이에요. 전에도 제 부탁을 들어주셨지만, 한 번만 더 내 말을 들어주세요. 평생을 두고 은혜는 잊지 않겠어요. 내가 제우스의 품에 안겨 눕자마자 모든 것을 꿰뚫어 보는 날카로운 그의 눈에 졸음이 쏟아지게 해주세요. 그렇게 만 해주면 황금으로 만든, 영원히 변치 않는 옥좌를 드리겠어요. 내 아들인 헤파이스토스가 온 재능을 다해 당신이 술을 즐길 때 그 예민 한 발을 올려놓고 쉴 수 있도록 발판까지 달아놓을 거예요."

그러자 잠의 신이 대답하였다.

"가장 자비하시고 영예로운 여왕이여! 다른 신들은 쉽게 잠재울 수 있습니다. 모든 신들의 아버지인 오케아노스도 어렵지 않지요. 그러 나 제우스는 안 됩니다. 그가 내게 명령을 하지 않는 이상에는 말입 니다.

지난번 여신의 부탁을 들어주었다가 배운 바가 있습니다. 제우스의 패기만만한 아들[5]이 트로이를 정벌하자, 그를 미워한 당신이 제우스 를 잠재우고 헤라클레스를 멀리 보내버렸지요. 당신의 부탁대로 내 가 제우스를 잠재웠다가, 나중에 잠에서 깨어난 제우스에게 신들이 얼마나 혼났는 줄 아십니까? 그중에서도 특히 나를 찾아다니셨는데, 만약 잡혔더라면 바다에 처박았을 겁니다. 신과 인간을 잠잠하게 만 들 수 있는 밤의 여신이 날 구해주지 않았다면 말입니다. 제우스께서 도 밤의 여신을 화나게 만들고 싶지는 않았기 때문에 마음을 가라앉 혔던 겁니다. 그런데 지금 또 제게 그런 일을 부탁하시다니요!"

그러자 헤라가 다시 부탁했다.

"잠의 신이여, 뭐가 그리 걱정인 거죠? 그때는 아들 문제였으니까 그랬던 거지요. 트로이 사람들 때문에 신들에게 화를 내지는 않을 거 예요. 자, 내가 젊은 파시테아[6]를 보내줄 테니 그녀를 아내로 맞도록

5) 헤라클레스.
6) 미와 우아함의 여신 중 한 명.

하세요."

잠의 신은 그 말을 듣자 기뻐하면서 말했다.

"그렇다면 좋습니다. 신성한 스틱스 강과 크로노스와 함께 지하에 있는 신들을 증인으로 세우고 맹세하십시오. 내가 늘 사모하던 파시테아를 주겠다고 명예를 걸고 서약하십시오!"

헤라는 그의 요구대로 티탄 족이라 불리는 신들의 이름으로 맹세하였다.

맹세를 마친 두 신은 안개 속을 빠르게 지나 이다 산으로 향하였다. 잠의 신은 제우스의 눈에 띄지 않도록 휘파람 소리처럼 우는 새로 변해 안개에 덮인 하늘을 찌를 정도로 커다란 전나무에 앉아 잎사귀 속에 몸을 감추고 기회를 엿보았다.

헤라는 이다 산 정상 가르가로스[7]로 신속하게 걸어갔는데, 제우스는 금방 그녀의 모습을 알아보았다. 순간, 제우스의 마음에는 여신에 대한 애정이 넘쳐흘렀다. 처음 그녀를 품을 때와 같은 사랑이 솟고, 부모 몰래 사랑을 나누었던 그때로 돌아간 듯한 기분이 들었다.

자리에서 일어나 제우스가 그녀의 앞에 서서 말했다.

"헤라, 어딜 그렇게 바삐 가고 있소? 전차와 말도 없이 무슨 일로 여기까지 온 것이오?"

그러자 꾀 많은 여신이 대답하였다.

"땅 끝에 좀 가보려고요. 신들의 아버지 오케아노스와 어머니 테티스를 찾아가 화해시켜드릴 생각이에요. 그곳에 가기 전에 내가 말도 없이 올림포스를 떠났다고 당신이 화를 낼까봐 찾아왔어요."

"헤라, 거긴 천천히 가도록 하시오. 그보다는 우리 함께 사랑을 나누며 즐거운 시간을 보내도록 합시다. 여신이나 인간 여인들 중에 이토록 내 마음을 사로잡고 격정에 휘말리게 한 이는 없었소. 내게 지혜가 뛰어난 페이리토오스를 낳아준 이크시온의 아내에게 마음을 빼

7) 제우스와 헤라의 혼인식이 이뤄졌던 곳.

앗겼을 때도, 페르세우스를 낳아준 아크리시오스의 아름다운 딸 다나에와 사랑에 빠졌을 때도 이 정도는 아니었소. 미노스와 라다만티스를 낳아준 포이닉스의 딸과도 이렇지 않았고, 또 사람들에게 사랑받는 디오니소스와 힘센 헤라클레스를 낳아준 세멜레와 테베스의 알크메네도 이렇지 않았소. 심지어 이전의 당신마저도 지금처럼 나를 열렬하고 달콤한 욕망의 포로로 만든 적이 없다오."

그러자 교활한 여왕이 말했다.

"말도 안 되는 소리예요. 이렇게 남들에게 다 보이는 산 정상에서 사랑을 나누자고요? 우리가 누워 있는 걸 본 신들이 소문이라도 퍼뜨리면 어쩌려고요. 우린 너무 부끄러워서 올림포스로 돌아가지도 못할 거예요. 정말로 당신이 원하신다면 헤파이스토스가 튼튼하게 문을 달아 지어준 제 방으로 가세요. 당신이 그토록 원하신다면 거기서 함께 눕도록 하지요."

구름을 모으는 신 제우스가 이렇게 대답하였다.

"헤라, 신이나 인간들이 볼까봐 걱정할 필요는 없소. 내가 우리 주위에 황금 구름을 두르리다. 그러면 가장 밝다는 헬리오스의 태양도 꿰뚫어 보지 못할 거요."

제우스는 이렇게 말하면서 아내를 팔에 안았다. 그들 밑으로 성스러운 대지가 갓 자라나는 잔디로 뒤덮인 자리를 마련해주었다. 땅 위에는 이슬 맺힌 클로버며 크로커스[8]와 부드러운 히야신스가 가득 깔려 있었다. 그들이 그 위에 눕자 멋진 황금 구름이 두 신을 가렸고, 구름에서는 반짝이는 이슬이 방울져 떨어졌다.

산 정상에서 신의 제왕이 아내를 껴안고 잠과 사랑에 빠져 누워 있는 동안에 잠의 신은 포세이돈에게 전할 소식을 가지고 신속하게 그리스 함대로 달려갔다.

"포세이돈이여! 이제 마음대로 하셔도 됩니다. 제우스께서 잠든 틈

8) 사프란의 일종. 보라색, 흰색, 노란색 꽃이 핀다.

을 타서 그리스 인들을 도와 승리를 안겨주십시오! 헤라 여신께서 그를 유혹하여 동침했고, 제가 그를 달콤한 잠에 빠뜨렸습니다."

그 말에 지체 없이 포세이돈은 최전방으로 뛰어들어 외쳤다.

"여기를 보라, 병사들이여! 헥토르가 우리를 쓰러뜨리게 놔둘 참인가? 그가 우리 함대와 승리를 동시에 차지하게 할 것이냐! 화가 난 아킬레우스가 나서지 않아 힘이 들긴 하지만, 우리가 모든 힘을 다한다면 아킬레우스를 그리 아쉬워하지 않아도 될 것이다.

내가 하는 말을 명심하고 그대로 행하라. 우리 진영에서 가장 크고 좋은 방패를 들고, 가장 빛나는 투구를 써라. 그리고 가장 긴 창을 가지고 진격하라! 내가 너희를 이끌 것이니, 헥토르도 내 공격을 받고 버텨내지 못할 것이다. 용맹한 전사들이여, 작은 방패일랑 약한 병사에게 넘겨주고 더 큰 것을 들어라!"

포세이돈의 격려에 힘입어 디오메데스와 아가멤논 왕은 부상을 무릅쓰고 직접 나서서 병사를 집결시키고 무기를 바꾸라고 지시를 내렸다. 용감한 병사는 무기도 좋은 것으로 고르고, 볼품없는 무기는 좀 더 못한 병사들에게 주었다. 철저하게 무장을 갖춘 병사들은 길고 날선 무시무시한 검을 든 포세이돈의 뒤를 따라 나섰다.

트로이 측도 헥토르에 의해 병사들이 재정렬되었다. 트로이 병사들이 물밀 듯이 그리스 진영과 함대로 밀어닥치자, 이에 맞서는 함성이 귀청을 찢을 듯 울려퍼졌다. 사납게 휘몰아치는 북동풍에 파도가 육지를 덮치는 소리도, 불길이 숲과 계곡을 모조리 태우는 소리도, 또 성난 바람을 만난 나무들이 아우성을 치는 소리도 그리스 군과 트로이 군이 내지르는 함성보다 요란스럽지는 않으리라. 악을 쓰고 고함을 질러가며 양쪽 병사들은 죽기 살기로 서로에게 달려들었다.

헥토르가 마침 자신을 향해 몸을 돌린 큰 아이아스의 정면에 창을 날렸다. 창은 빗나가지 않았다. 그러나 방패 끈과 검을 매는 끈이 가슴팍에서 교차되는 곳을 맞추는 바람에 아이아스는 부상을 면할 수 있었다. 헥토르는 자신의 공격이 수포로 돌아간 것을 보고 분해하면서 안전을 위해 뒤로 물러났다. 헥토르가 물러나자 아이아스가 커다란 돌을 들었다. 마침 그 주변에는 배를 정박시키는 데 쓰던 돌덩이들이 널려 있었는데, 그 돌을 높이 들어 헥토르를 향해 던진 것이다. 돌은 방패를 넘어 헥토르의 목 아래 부분을 강타했다. 그 충격에 의해 헥토르는 팽이처럼 핑그르르 돌더니 땅에 풀썩 쓰러졌다. 마치 번개 맞은 나무가 뿌리를 허옇게 드러내고 쓰러져 지독한 유황 냄새를 풍기는 모습과도 같았다. 그의 손에서 창이 빠져나가고, 투구와 방패도 쓰러진 몸뚱이 위로 떨어졌다. 쓰러지는 갑옷 소리가 철커덩 하고 주위에 울렸다.

그때를 놓치지 않으려고 그리스 병사들이 헥토르를 노리고 달려들었다. 그러나 트로이의 장수들 – 폴리다마스, 아이네이아스, 아게노르, 사르페돈, 글라우코스가 지체 없이 헥토르를 에워쌌기 때문에 아무도 그를 건드릴 수가 없었다. 그 외의 장수들까지 달려와 방패로 막아주는 가운데, 동료들의 손에 의해 전차에 실린 헥토르는 괴로운 신음을 토해내며 후방으로 보내졌다.

전쟁터를 빠져나와 크산토스 강 얕은 물가에 다다른 동료들은 잠시 전차를 세우고 헥토르를 땅에 누이고 물을 끼얹었다. 그러자 의식이 돌아와 눈을 뜬 헥토르는 무릎을 꿇고 앉았는데, 이내 피를 토하고서 다시 쓰러져 정신을 잃었다. 그만큼 돌에 맞은 충격이 컸던 것이다.

헥토르가 물러나는 것을 본 그리스 군은 더욱 열화와 같은 공격을 퍼부었다. 발 빠른 작은 아이아스가 튀어나와 사트니오스에게 달려들었다. 그는 물의 요정을 어머니로 하여 태어난 용사였다. 아이아스가 그의 옆구리를 찔러 쓰러뜨리자 이번에는 그의 시체를 둘러싸고 장수들 간의 전투가 벌어졌다. 먼저 시체를 지키려고 나선 트로이의 폴리다마스가 프로토에노르의 어깨를 찔러 쓰러뜨렸다. 의기양양해진 폴리다마스가 외쳤다.

"보아라! 판토오스의 아들인 나의 굳센 손은 창 한 자루도 헛되이 하지 않는다! 그리스 녀석 몸뚱이에 박힌 창은 저승에 내려갈 때 지팡이로나 쓰라고 하라!"

그 말은 그리스 병사들, 특히 프로토에노르가 쓰러질 때 곁에 있었던 큰 아이아스를 격분하게 만들었다. 물러나려는 폴리다마스를 노려 아이아스가 단숨에 창을 던졌다. 하지만 창을 맞은 것은 살짝 피한 폴리다마스가 아니라 안테노르의 아들 아르켈로코스였다. 창은 그의 척추 윗부분을 뚫고 들어가 머리와 목을 잇는 힘줄을 끊어버렸다. 그리하여 무릎이 땅에 닿기도 전에 그의 코와 입이 먼저 흙을 물었다.

그러자 큰 아이아스가 목청껏 외쳤다.

"폴리다마스! 잠시 궁리한 뒤에 정직하게 대답해봐라. 프로토에노르의 목숨의 대가로 이자 하나론 모자르다고 생각지 않느냐? 물론 이자의 가문도 평범해 보이지는 않는군. 안테노르의 형제이거나 아들인 게 틀림없을 것 같다. 정말 닮았군 그래."

잘 알면서 일부러 비아냥대는 그 소리는 트로이 병사들을 자극시켰다. 이번에는 아카마스가 자기 형의 시체를 끌어가려고 하는 그리스 측의 프로마코스를 창으로 찔렀다. 그리고는 아카마스가 의기 양양하게 소리쳤다.

"너희 그리스 녀석들은 뒤에 숨어서 활이나 쏘는 주제에 큰소리만 잘 치는구나! 우리만 이런 슬픔을 당할 수는 없다. 너희들 중 몇몇도 이 자리에서 죽어 넘어질 것이다. 프로마코스가 누워 있는 것을 보라! 내 창이 그를 쓰러뜨렸다. 내 형의 피 값을 치른 것이다. 가족의 복수는 남은 친족이 반드시 갚아야 하는 법이다."

아카마스의 말에 화가 치민 페넬레오스가 즉각 아카마스를 노리고 돌진했다. 그러나 아카마스가 그의 공격을 기다리지 않고 다른 데로 가버리자, 일리오네우스에게 공격을 돌렸다. 헤르메스[9]의 총애를 받아 많은 가축을 소유한 포르바스의 외아들인 일리오네우스의 눈알을 페넬레오스가 창으로 쑤시자 창 끝이 목덜미로 튀어나왔다. 일리오네우스가 양팔을 쭉 뻗으면서 주저앉자 칼을 뺀 페넬레오스가 단칼에 목을 쳤다. 창이 눈에 꽂힌 채로, 일리오네우스의 머리가 투구와 함께 땅에 떨어졌다. 그러자 페넬레오스는 긴 줄기 끝에 붙은 양귀비꽃 같은 꼴이 된 그의 머리통을 트로이 군에게 높이 쳐들어 보여주면서 우쭐하여 외쳤다.

"부디 은혜받은 일리오네우스의 아비에게 장례식을 준비하라고 전하거라. 물론 프로마코스의 아내에게도 마찬가지다. 다른 그리스 인들이 트로이를 떠나 고향으로 간 뒤에도 그녀는 남편을 다시 만나는 기쁨을 누리지 못할 것이다."

트로이 군은 이 말을 듣고 몸을 떨었다. 그들은 살아남을 방도를 찾아보려고 주위를 두리번거렸다.

전세가 뒤집히기 시작했다. 밀리던 그리스 병사들이 적들의 피 묻은 전리품들을 차지했다. 큰 아이아스는 미시아 족 지휘관 히르티오스를 처치하였고, 안틸로코스는 팔케스와 메르메로스를, 메리오네스는 모리스와 힙포티온을 각각 무찔렀다. 테우크로스가 프로토온과 페리페테스를 쓰러뜨렸고, 아가멤논은 히페레노르 왕의 옆구리를 찔러 즉사시켰다. 그 싸움에서 작은 아이아스가 누구보다 많은 적을 죽였는데, 워낙 그의 발이 빨랐기 때문이었다. 무서워 도망가는 자들을 그처럼 빠르게 추적하여 잡아내는 사람은 아무도 없었다.

---

9) 부와 행운의 신이기도 함.

XV

힘을 되찾은 헥토르가 이끄는 트로이 군은 하나가 되어 전진했다. 그들의 선봉에는 어깨에 구름을 두른 태양신 아폴론이 무시무시하게 생긴 아이기스를 들고 서 있었다.

트로이 군은 적에게 밀려 많은 희생자를 남겨두고 말뚝으로 둘러싸인 참호를 넘어 후퇴하였다. 전차가 대기하고 있는 곳까지 물러난 그들은 두려움 때문에 얼굴이 백지장처럼 질려 있었다.

그 즈음 이다 산의 제우스가 헤라 곁에서 잠이 깨었다. 벌떡 몸을 일으킨 그가 전투가 벌어지고 있는 곳을 내려다보니, 그리스 군이 트로이 군을 몰아내고 있는 광경과 그 속에 끼어 있는 포세이돈이 보였다. 그리고 헥토르가 동지들에게 둘러싸여 평원 위에 누워 피를 토하며 괴롭게 숨을 몰아쉬면서 정신을 잃어가고 있었다. 가벼운 부상이 아니었던 것이다.

그 꼴을 본 제우스는 속이 상해 헤라에게 화를 내었다.

"이 또한 당신이 꾸민 사악한 계략 아닌가! 당신의 속임수 때문에 헥토르는 전장 밖으로 나갔고 트로이의 병사들은 패주하고 있소. 이런 일을 꾸몄으니 나한테 두들겨 맞게 되더라도 할 말이 없을 거요. 내가 전에 당신 발에 큰 돌덩이를 매달고 두 손에는 누구도 끊을 수 없는 황금 사슬을 감아 구름에 매달아놓았던 일이 기억나지 않소? 다른 신들은 분개하여 당신을 풀어주고 싶어했지만, 그렇게 되지는 않았소. 그런 자는 내가 땅으로 내던져버렸으니까! 당신의 계략에 헤라클레스와 내가 얼마나 애를 먹었는지 모르오. 왜 지금 그때 일을 꺼내느냐 하면, 다시는 날 속일 생각을 하지 말란 뜻이오. 이번에 날

유혹하여 속인 대가가 무엇일지는 곧 알게 될 거요!"

제우스의 말에 헤라는 떨면서 항변하였다.

"대지와 하늘과 스틱스 강과, 또한 당신의 성스러운 머리와 내가 결코 가볍게 입에 담지 않는 우리의 신방을 걸고 맹세하겠어요. 포세이돈이 그리스를 도운 건 저하고 상관없는 일이에요! 아마 그리스 인들이 자기네 함대까지 몰려 고생하는 걸 보고 불쌍한 마음이 들어서 나선 걸 거예요. 포세이돈이 그럴 줄 알았다면 오히려 내가 나서서 말렸을 거예요. 제우스의 뜻을 거스르지 말라고 말예요."

제우스가 그 말에 미소 지으며 대답하였다.

"정말 당신이 그렇게 나와 같은 생각을 품고 있다면 포세이돈도 마음을 돌려 우리 뜻에 따를 것이오. 자, 당신의 말이 진실이라면 어서 이리스와 아폴론을 이리로 불러오시오.

이리스를 통해 포세이돈에게 전쟁에서 손을 떼고 어서 돌아가라는 전갈을 보내도록 하겠소. 그리고 아폴론에게는 헥토르에게 다시 용기를 불어넣고 고통을 잊게 만들어 전장으로 다시 돌려보내라는 임무를 주겠소. 그러면 다시 그리스 군이 궁지에 몰려 아킬레우스의 함대로 몰려가게 될 것이오. 그렇게 되면 그는 절친한 친구인 파트로클로스를 앞세울 터이고, 그는 내 아들 사르페돈을 포함한 많은 트로이 군을 쓰러뜨리겠지만 결국에는 트로이의 성벽 아래서 헥토르의 손에 죽을 것이오. 그쯤 되면 아킬레우스가 나서서 헥토르를 없애 파트로클로스의 원한을 씻어주겠지.

아킬레우스의 어머니 테티스가 부탁한 바를 들어주기로 했으니, 그의 명예가 회복되기 전에는 그 어떤 누구도 그리스 군을 돕는 걸 허락지 않을 것이오. 그것이 이루어진 다음에는 물론 아테나의 계획대로 그리스 군이 트로이를 차지하게 만들어줄 테니 그리 아시오."

헤라는 남편의 말을 감히 거역할 수 없었다. 넓은 세상을 여행하고 돌아와 지난 일을 회상할 때 사람의 마음은 세상 이곳저곳을 순식간에 돌아다니는데, 이다 산을 떠난 헤라는 마치 그러한 회상만큼이나 빠르게 올림포스로 날아갔다.

제우스의 궁전에 모여 있다가 헤라가 들어오는 것을 본 신들은 자리에서 일어나 환영의 뜻으로 잔을 들어올렸다. 하지만 여신은 다른 신들의 잔은 본 척도 안하고 테미스[1]의 것만 받아들였다. 그녀가 맨 먼저 달려 나와 자신을 맞아주었고 허물없이 인사를 건넸기 때문이었다.

"여신님, 언짢아 보이네요. 당신의 왕께서 겁을 주셨나 보군요."

헤라가 대답하였다.

"묻지 마세요. 그가 몰인정한 폭군이란 건 당신도 잘 알잖아요? 앉아서 식사나 합시다. 그가 무슨 사악한 일을 꾸미고 있는지 듣는다면, 신이든 인간이든 썩 기분이 좋지 않을 거예요. 물론 어떤 신은 그래도 아무렇지 않겠지만."

헤라는 이렇게 말하면서 자리에 앉았다.

신들은 그 말에 불안해졌다. 헤라의 입은 웃고 있었지만 검은 눈썹 위 이마 주위에는 따스함이 없었다. 그녀는 화난 목소리로 말했다.

"제우스에게 반항하려는 생각은 어리석은 거예요. 우리가 아무리 힘이나 말로 그를 막으려 들어도, 그는 홀로 앉아 거들떠보지도 않죠. 사실 그는 우리 중에서 가장 강한 게 사실이에요. 그러니까 혹시 제우스가 어떤 심술궂은 선물을 안기더라도 그냥 참는 게 좋을 거예요. 벌써 아레스 앞에 재앙 꾸러미가 하나 마련되어 있어요. 아레스가 아끼는 아스칼라포스가 전장에서 죽었어요. 아레스가 아들이라고 부르는 인간이죠."

그 말에 아레스가 손바닥으로 허벅지를 내리치며 어두운 소리로 부르짖었다.

"올림포스의 신들이여, 말리지 마시오. 난 바로 그리스 인들에게

[1] 질서와 예언의 여신.

아들의 죽음을 갚아주러 가겠소![2] 제우스의 벼락에 맞아 피에 젖은 흙 위에 다른 시체들과 눕게 되는 한이 있더라도 난 갈 것이오. 자, 공포와 두려움아, 그리고 나의 말들아, 준비하여라!"

그는 그렇게 외치고 무장을 갖추었다.

트로이에서 벌어지는 인간들의 전쟁보다 더 해롭고 위험한 싸움이 제우스와 신들 간에 벌어질 판이었다. 그래서 아테나는 이 평화스러운 신들의 거처에 닥칠 재난을 막고자 문을 박차고 나가 아레스를 쫓아갔다. 그리고는 그의 투구와 어깨에 걸친 방패를 잡아 벗기고 손에서 창까지 빼앗아버렸다. 그리고 가차 없이 그를 꾸짖었다.

"정신 나갔나! 이런 짓을 하는 걸 보니 미친 게로군! 분별력도 자존심도 없단 말야? 말귀를 못 알아듣겠어? 헤라 여신이 직접 전해준 제우스의 말을 이해하지 못하겠냐고! 지금 나섰다가는 네가 오히려 비참한 꼴을 당하고 돌아올 게 뻔해. 제우스의 말을 어겼다가는 그가 트로이는 제쳐두고 올림포스로 쳐들어와서 죄가 있든 없든 간에 한 명씩 차례로 우릴 벌할 거야. 아들 일은 잊어버려. 그자보다 강하고 용감한 전사들도 많이 죽었어, 앞으로도 계속 죽어갈 거고. 인간들을 모두 구할 수는 없는 일이잖아."

아테나는 여전히 화가 가라앉지 않은 그를 끌어당겨 제자리에 앉혔다.

한편 헤라는 아폴론과 신들의 전령인 이리스를 밖으로 불러내 조용히 일렀다.

"제우스께서 최대한 빨리 이다 산으로 오라고 분부하셨다. 거기로 가서 너희의 주인이 명하시는 대로 하거라!"

헤라는 자기 자리로 돌아가 앉고, 둘은 지체 없이 이다 산으로 날아갔다. 도착하니 향기로운 구름 위에 앉아 있는 제우스가 눈에 들

---

2) 아스칼라포스는 그리스 군으로 참전하여 전사했으므로 트로이에 복수를 하겠다는 것이 옳지만 아레스는 맹목적으로 트로이 편을 들고 있다.

어왔다. 그들이 제우스 앞으로 다가가자, 제우스는 자기의 부름에 즉각 복종했다는 사실에 흐뭇해하면서 먼저 이리스에게 전할 말을 일러주었다.

"민첩한 나의 전령 이리스여, 떠나거라! 포세이돈에게 내 말을 빠짐없이 전하라. 그에게 싸움을 멈추고 전장을 떠나 올림포스나 바다로 돌아가라고 해라. 내 말에 복종치 않으려거든, 나와 맞설 수 있을 만큼 자신이 강한지 잘 따져보라고 하여라. 또 내가 그를 훨씬 능가한다는 사실과 더불어 그의 형이라는 사실도 깨우쳐주거라. 감히, 모든 신이 두려워하는 나와 대등하다고 믿는 모양이다."

명령에 따라 북풍에 날리는 눈보라처럼 날쌔게 트로이로 날아간 이리스는 포세이돈 곁에 다다라 제우스의 말을 그대로 전하였다.

전갈을 들은 포세이돈은 화가 나서 대꾸하였다.

"뭐야! 그가 아무리 강하다고 해도 그렇지, 그건 폭군들이나 입에 담는 말이다! 피차 동등한 신분인 나에게 힘으로 복종을 강요하겠다는 것이냐! 제우스와 나, 그리고 저승을 통치하는 하데스는 형제다. 온 천지를 세 구역으로 나눠 서로의 영역을 가지기로 한 것이다. 제비를 뽑아 난 바다로 갔고, 하데스는 음울한 어둠 속으로, 그리고 제우스는 구름 속에 있는 널찍한 하늘 위로 간 것이다. 그리고 대지와 올림포스는 공통의 영역으로 남겨두었다. 그런데 나에게 명령을 하다니! 자기가 맡은 영역에서나 마음껏 즐기라고 해라. 내가 마치 멸시받아 마땅한 존재인 양 힘으로 위협할 생각은 하지 말라고 전하거라. 자기 아들딸들이나 야단치고 겁주라고 하여라. 싫든 좋든 그들은 아버지의 말에 복종해야 할 테니까."

그러자 이리스가 말하였다.

"땅을 지탱하고 계시는 푸른 머리칼의 신이여. 지금 말씀하신 것이 제 주인께 전해야 할 대답이십니까? 너무 완고하고 딱딱한 말씀 아닙니까? 당신의 고귀한 천성은 그리 완고하지 않은 줄 압니다. 더구나 복수의 신들이 항상 제우스의 시중을 들고 있다는 걸 아시지 않습니까?"

포세이돈이 대답하였다.

"이리스, 친애하는 여신이여. 그대 말이 참으로 옳다. 말을 전하는 전령들이란 무엇이 바람직한 일인지를 알아야 하는 법이다. 제우스와 동등한 몫을 가진 나를 그가 그렇게 꾸짖는다면 나의 가슴에 깊고 깊은 상처가 남는다. 그렇지만 화가 날지언정 양보하겠다.

하지만 한 가지 경고하겠다. 제우스가 나를 비롯한 여러 신의 뜻과는 반대로 그리스 인들에게 트로이 정복을 허락하지 않는다면, 우리 둘 사이에는 무엇으로도 치유될 수 없는 금이 갈 것이다."

이 말을 남기고 포세이돈은 전장을 떠나 바다로 뛰어들어갔다. 그리스 군에게는 그의 빈자리가 매우 컸다.

제우스는 이번에는 아폴론에게 이렇게 지시하였다.

"태양의 신이여, 너는 헥토르에게 가거라. 포세이돈이 내 분노 어린 경고를 듣고 바다 속으로 사라졌다. 그러지 않았다면 우리 싸우는 소리가 지하에 사는 크로노스에게까지 들렸을 거다. 그가 내 손을 피하기로 결심한 것은 나는 물론 그에게도 바람직한 일이었다. 안 그랬다간 땀깨나 흘렸을 거다.

자, 이 아이기스[3]를 가지고 가서 그리스 병사들 위로 흔들어 그들을 쫓아내거라. 활의 신이여, 너의 임무는 헥토르를 보살피는 것이다. 그리스 인들이 헬레스폰트 강 아래로 밀려날 때까지 그의 힘과 용기를 북돋워주거라. 그런 뒤에 내가 그리스 병사들의 패배를 어루만져줄 것이다."

아폴론은 날짐승 중에서도 가장 날랜 매처럼 이다 산을 내려가 헥토르 곁에 내려섰다. 제우스의 힘을 받은 그는 이미 의식을 되찾고 일어나 앉아 있었다. 주변의 동지들을 알아보았고, 헐떡이며 진땀을

3) 제우스와 아테나의 방패.

흘리지도 않았다. 아폴론이 그에게 말하였다.

"헥토르, 왜 여기서 무기력하게 앉아 적군에게 밀리고 있는 건가? 무슨 어려움에라도 빠져 있단 말이냐?"

헥토르가 아직 완전히 정신이 돌아오지 않은 상태에서 대답했다.

"신이시여, 내 앞에서 그런 질문을 하고 있는 당신은 대체 누구십니까? 아이아스가 제 동지들을 죽이고 있는 나를 돌덩이로 쳐 전장에서 몰아냈다는 걸 모르십니까? 오늘 난 저승에 가는 줄로만 알았습니다."

아폴론이 대답하였다.

"힘을 내거라. 제우스께서 그대를 도우라고 보낸 내가 누군지 모르겠느냐. 나는 태양의 신이며, 황금의 검을 지닌 아폴론이다. 그대와 그대 도시의 오랜 수호자이기도 하지.

자, 이제 모든 전차들에게 적의 함대를 향해 돌진하라는 명령을 내리도록 하라. 먼저 내가 나서서 그리스 군 가운데로 그대의 말들이 달릴 수 있도록 길을 열어놓겠다."

헥토르는 새로운 활기로 가득 차 올랐다. 마치 구유에서 여물을 양껏 먹고 고삐를 끊어버린 종마가 당당하게 암말들이 모여 있는 초원을 향해 달려가는 모습과도 같았다. 헥토르가 다시 굳세어진 무릎과 다리로 신의 명령에 따라 부하들을 지휘하느라 분주하게 움직이기 시작했다.

여태껏 떼를 지어 검과 창으로 적을 추격하던 그리스 병사들은 헥토르가 다시 선두에 나서 군대를 정렬시키는 모습을 보자 두려워진 나머지 심장이 발꿈치까지 내려앉았다.

그들 중에서 아이톨리아 족 최고의 전사이자 창의 달인인 토아스가 일어나 말했다. 그는 백병전에 뛰어남은 물론이고 그리스 전체를 통틀어 가장 토론에 뛰어난 젊은이였다. 그가 침착한 태도로 외쳤다.

"맹세컨대 지금 내 눈으로 보고 있는 것은 기적임에 틀림없습니다!

도망쳤던 헥토르가 다시 일어났단 말입니다! 우리는 진심으로 그가 죽었길 기대했습니다. 큰 아이아스가 분명 그를 죽였을 터입니다! 그런데 도대체 어떤 신이 그를 되살려놓았단 말입니까. 저자는 무수한 우리 병사를 죽였고, 앞으로도 그럴 것입니다. 아무래도 천둥을 내리는 신 제우스의 손길이 작용하고 있는 것 같습니다. 그렇지 않고서야 저렇게 힘이 넘치는 선봉장으로 다시 나타날 리가 없습니다!

우리가 어찌 해야 할지, 내 말을 잘 들어주십시오. 주력 부대는 함선 쪽으로 퇴각해야 합니다. 그러기 위해서는 최고의 전사들을 선발하여 그와 맞서게 하는 한편 나머지 병사들은 창을 던져 적들을 막아야 합니다. 아무리 그가 거칠 것이 없다 한들 감히 우리들 속으로 뛰어들 만큼 대담하지는 않을 것입니다.”

그의 의견에 따라 아이아스와 이도메네우스, 테우크로스와 메리오네스, 그리고 메게스와 그의 부하들은 헥토르에 대항할 전사들을 모았고, 군의 주요 병력은 후방으로 퇴각하기 시작하였다.

힘을 되찾은 헥토르가 이끄는 트로이 군은 하나가 되어 전진했다. 그들의 선봉에는 어깨에 구름을 두른 태양신 아폴론이 무시무시하게 생긴 아이기스를 들고 서 있었다. 아이기스는 헤파이스토스가 인간들을 겁주기 위해 제우스에게 만들어준 방패였다. 아폴론은 그 제우스의 방패를 들고 그들의 선두에 섰던 것이다.

그리스 전사들 또한 한데 뭉쳐 적들을 맞으니, 양 진영에서 엄청난 함성이 터져 나왔다. 활시위에서는 화살들이 날아가고, 억센 팔들이 창을 던졌다. 그중 어떤 것은 젊은 용사들의 몸에 맞기도 했지만, 대다수는 살덩이의 맛을 보지도 못하고 피에 굶주린 채 땅에 떨어져 꽂혔다.

그래도 아폴론이 아이기스를 가만히 들고만 있는 동안에는 양쪽 진영의 창들이 서로 목표물을 맞춰 병사들을 쓰러뜨렸다. 그러다가 아폴론이 그리스 측을 향해 엄청난 고함 소리와 함께 아이기스를 흔들어 그리스 병사들의 마음에 두려움을 불어넣자 그들은 그만 싸울 용기를 잃고 말았다. 캄캄한 한밤중에 양치기가 자리를 비운 사이를 틈타 습격한 한 쌍의 짐승에게 쫓기는 소나 양의 무리처럼 그리스 병사들은 공포에 질려 달아났다.

그리하여 전투가 사방으로 흩어지면서 곳곳에서 살상이 벌어졌다. 헥토르는 보이오티아 족 지휘관인 스티키오스와 아르케실라오스를 죽였다. 아이네이아스는 메돈과 이아소스를 죽여 갑옷을 벗겼다. 폴리다마스는 메키스테우스를, 폴리테스는 에키오스를, 아게노르는 클로니오스를 저승으로 보냈다. 파리스는 도망치는 데이오코스를 뒤쪽에서 찔렀는데 창이 그의 어깨를 뚫었다. 이들이 죽은 자의 갑옷을 벗기고 있는 사이, 그리스 병사들은 참호와 말뚝을 넘어 사방으로 흩어져 방어벽 뒤로 도망쳤다.

헥토르가 장수들에게 우렁찬 목소리로 외쳤다.

"전리품은 그냥 놔두고 우선 함대로 진격하라. 함대로 가지 않고 다른 곳에서 꾸물대는 자가 보이면 내가 그 자리에서 죽여버리겠다! 그런 녀석의 시체는 가족들이 합당한 장례도 치를 수 없게 성벽 아래에 버려 개들에게 먹이겠다!"

그가 말을 마치고 어깨 위로 채찍을 들어올려 말을 후려갈기며 병사들을 부르자 모두 환호로 대답했다. 병사들은 무시무시한 함성을 지르며 전진했다. 그들 앞에서는 아폴론이 발로 가볍게 땅을 밀어 참호를 메워 넓은 길을 만들어주었고, 방어벽도 아이의 모래성을 허물어버리는 것처럼 간단하게 쓰러뜨려버렸다. 그리하여 모든 장애물이 사라지자 트로이 병사들은 일거에 밀어닥쳤다.

아폴론에 의해 너무나 간단하게 땀과 노고의 산물을 잃어버린 그리스 병사들은 그들의 배가 있는 곳까지 물러나 서로 하소연하기도 하고 양손을 들어 신들에게 진심으로 기원하기도 하였다. 그들 중에서도 네스토르는 가장 열렬하게 기도를 올렸다.

"제우스여! 우리 중 누구의 것이든 간에 아르고스에서 제물을 바치며 무사귀환을 빌었음을 기억하신다면 이 잔인한 날로부터 저희를 구하시어 우리들이 트로이 인들에게 정복당하지 않도록 해주소서!"

가장 지혜로운 신 제우스가 늙은 네스토르의 기도를 들었다는 표시로 천둥을 크게 울려주었다. 하지만 트로이 군은 제우스의 천둥소리를 듣고 더욱 미친 듯이 공격을 가해 왔다. 거대한 파도가 뱃전을 삼켜버리듯이, 트로이 군도 그처럼 무너진 방어벽 위를 뒤덮어버렸다. 그리고는 손에 손에 창을 쥐고 말을 몰아 함대로 쳐들어왔다. 트로이 군은 전차에서, 그리스 군은 배 위로 기어올라가 긴 장대를 무기 삼아 싸웠다.

전투가 방어벽 너머에서 이루어지는 동안에는 에우리필로스의 상처를 돌봐주던 파트로클로스였으나, 이제 트로이 군이 물밀 듯이 몰려들어오고 아군의 비명이 귀에 들릴 지경이 되자 괴로운 신음을 토해내며 낙담한 목소리로 동지에게 말했다.

"에우리필로스, 자네와 함께 있어줄 사람이 필요하긴 하지만 난 더 이상 여기에 머무를 수가 없겠네. 전투가 돌아가는 상황이 심상치 않은 것 같네. 자네 부하가 시중을 들어줄 테니, 나는 빨리 아킬레우스에게 가서 참전을 권해보아야 하겠네. 운이 좋아 그를 설득할 수 있을지도 모르지 않은가. 벗의 충고를 받아들여 좋은 결론이 나는 때가 왕왕 있으니 말일세."

그렇게 말한 그는 전속력으로 달려갔다.

그리스 군은 적들 앞을 굳건히 막고 있었다. 적의 수가 많은 것은 아니었지만 그들을 물리쳐버릴 수는 없었다. 또한 트로이 군들도 상대편 전열을 뚫고 막사나 함대로 쳐들어갈 수가 없었다. 전세는 팽팽한 균형을 이루고 있어서, 마치 솜씨 좋은 목수가 널빤지를 켤 때 팽팽하게 당겨진 먹줄과 같았다.

이곳저곳에서 전투가 벌어지고 있었는데, 헥토르는 아이아스의 함대 맞은편 쪽에 있었다. 두 장수 모두 치열한 싸움을 벌였지만 어느 한쪽도 다른 한쪽을 밀어낼 수는 없었다. 배에 불을 지르려고 헥토르의 사촌인 칼레토르가 횃불을 가져오자 아이아스가 그를 창으로 쓰러뜨렸다. 자신의 사촌이 배 옆 바닥에 쓰러진 것을 본 헥토르가 소리쳤다.

"트로이와 리키아의 군사들이여! 용감한 다르다니아 군이여! 아무리 힘들어도 물러서지 말라. 배 사이에 쓰러져 있는 칼레토르를 구하여라. 그냥 두면 적군이 그의 갑옷을 가져갈 것이다!"

헥토르는 이렇게 말하고 나서 아이아스에게 창을 던졌다. 하지만 창은 아이아스 대신 그의 부하 리코프론을 맞추었다. 아이아스 옆에 서 있던 그는 관자놀이에 창을 맞고 배에서 땅으로 떨어졌다. 아이아스는 부들부들 떨면서 형제에게 말했다.

"쉬지 말고 싸워라, 테우크로스! 우리에게 있어 부모만큼이나 가까웠던 충복이자 친구였던 리코프론이 죽었다. 헥토르가 그를 죽였단 말이다! 네 죽음의 화살은 어디에 있느냐, 태양신 아폴론이 준 활은 어디 있느냔 말이다!"

테우크로스는 이 말을 듣자마자 활과 화살통을 들고 뛰어올라가 침입자들을 향해 연이어 시위를 당겼다. 페이세노르의 아들이자 폴리다마스의 친구인 클레이토스가 그 화살에 맞았다. 헥토르의 신임을 얻으려고 전투가 가장 치열하게 벌어지는 곳으로 말을 몰아갔다가, 그 누구의 도움도 받지 못하고 공격을 당한 것이다. 화살은 그의 목덜미에 꽂혔고, 그는 전차에서 굴러 떨어져 죽었다. 빈 전차를 덜걱거리며 몰고 가던 말들은 폴리다마스가 잡아 아스티노오스에게 맡겨두고는 자신은 다시 싸움터로 되돌아갔다.

테우크로스는 다음으로 헥토르를 노리고 시위를 당겼다. 그 전사를 맞출 수 있었다면 전투가 완전히 종식될 수도 있었으리라. 그러나 제우스가 전장에서 눈을 떼지 않고 헥토르를 보호하고 있었기에 그에게 승리의 기회는 오지 않았다. 그가 헥토르를 향해 활을 당기는 순간, 활시위가 끊어져버리고 말았던 것이다. 그는 활을 떨어뜨렸고, 화살은 어디론가 날아가버렸다. 테우크로스는 부르르 떨면서 형제에게 말했다.

"제길! 형님, 신께서 이렇게 훼방을 놓을 수 있단 말입니까! 오늘 아침에 이 많은 화살들을 위해 새로 갈아놓은 시위를 끊어버리다니요!"

아이아스가 대답하였다.

"지체할 틈이 없다. 신께서 심술을 부려 활시위를 끊어버렸으니, 그건 놔두고 장창과 방패를 들고 싸우거라. 그리고 다른 병사들을 독려하여 전투로 이끌어라. 저들에게 우리 배를 빼앗기는 한이 있더라도 그만한 대가를 치르게 해야 되지 않겠느냐. 우리의 임무를 잊지 마라!"

그 말에 테우크로스는 활을 막사 안에다 치워놓고 쇠가죽을 4겹으로 댄 방패를 둘러메었다. 그리고 좋은 투구와 날선 창을 갖추고 재빨리 아이아스의 곁으로 달려갔다.

헥토르 또한 활이 어떻게 되었는지를 보았다. 더욱 의기양양해진 그는 큰소리로 외쳤다.

"트로이 군이여! 리키아 군이여! 그리고 용감무쌍한 다르다니아 동지들이여! 우리는 지금 적들의 함대까지 들어와 있다! 용사가 되어라. 의무를 잊지 말고 싸워라! 한 장수의 화살이 무용지물이 된 것을 보았는가! 제우스의 막강한 손이 누구를 승리자로 만들고, 또 누구를 무력하게 만들려고 하는지 쉽게 판단할 수 있을 것이다. 신은 적들의 용기를 앗아 가 우리를 돕고 계신다.

한 사람도 빠짐없이 함대를 공격하라! 누군가 활에 맞거나 창에 찔린다면 그냥 놔두어라. 사내대장부가 조국을 위해 싸우다 죽는 일은 불명예스러운 게 아니다. 그의 죽음으로 그리스 군이 우리 땅에서 물러난다면 적어도 그의 아내와 자식과 집과 재산은 안전할 것이다."

그의 말은 모두에게 힘을 주었다. 한편 아이아스는 자신의 동지들에게 이렇게 말하며 사기를 북돋웠다.

"부끄럽도다, 그리스 인들이여! 저들을 함대에서 몰아내지 못한다면 우리는 다 함께 죽어야 한다. 헥토르가 우리 배를 빼앗으면 걸어서 고향으로 돌아가겠는가. 그가 병사들에게 배를 모조리 불태우라고 명령하는 것을 듣지 못했는가? 여기는 전쟁터지 무도회가 열리는 곳이 아니다! 적과 1 대 1로 맞붙는 것 외엔 더 나은 방법이나 계획 따위는 있을 수 없다. 꾸물거리다가 죽임을 당하느니 차라리 지금 목숨을 바쳐 끝장을 내는 게 더 나을 것이다. 저렇게 보잘것없는 족속들 손에 밀려 허우적대느니 말이다!"

이때 헥토르는 스포키아 족 장수이자 페리메데스의 아들 스케디오스를 죽였고, 반면 아이아스는 안테노르의 아들이자 보병 지휘관인 라오다마스를 없앴다. 폴리다마스는 오토스를 쓰러뜨렸는데, 그는 메게스의 친구였다. 메게스가 뒤늦게 달려들었지만 폴리다마스는 그의 밑으로 빠져나와 메게스의 창을 피했다. 메게스는 그를 놓친 대신 크로이스모스의 가슴을 노리고 창을 날렸고, 그가 쓰러지자 갑옷을 벗기기 시작했는데, 그때를 창의 명수인 돌롭스가 덮쳐 왔다. 돌롭스의 창은 메게스의 방패 가운데를 기세 좋게 뚫기는 했으나, 메게스는 단단한 갑옷 덕분에 목숨을 건질 수 있었다. 반격에 나선 메게스는 돌롭스의 투구를 찔렀지만, 장식을 떨어뜨리는 데 그쳤다. 두 사람이 서로 승리를 노리고 있을 때, 메넬라오스가 도우러 와주었다. 그는 몰래 돌롭스의 뒤로 다가가 어깨를 찔렀다. 창에 힘을 넣자 가슴까지 뚫고 나왔고, 돌롭스가 얼굴을 땅에 박고 쓰러지자 두 사람이 서로 달려들어 전리품을 챙겼다.

이때, 헥토르가 친족들을 불러모았다. 그리고 가장 먼저 멜라니포스를 꾸짖었다. 그는 이미 많은 무공을 세웠으며, 프리아모스 왕은 그를 친자식처럼 대해주고 있었다.

"이 꼴이 뭔가, 멜라니포스? 친족인 돌롭스가 죽는 걸 보고도 아무 느낌이 없단 말이냐? 저들이 그의 갑옷에 손을 대고 있는 게 보이지 않느냐? 날 따르라! 더 이상 멀찍이 보고 있을 수는 없다. 싸워서 저들을 없애야 한다. 그러지 않으면 저들이 트로이를 차지하고 우리 모두를 파멸시키고 말 것이다!"

그러는 동안 큰 아이아스는 병사들을 독려하고 있었다.

"너희들은 사나이다. 전우들이 너희의 모습과 행동을 어찌 여길지 생각해보아라! 명예를 알고, 조금이라도 수치를 안다면 우리 모두 살 기회를 얻을 것이나, 도망치는 자에겐 명예도 구원도 없을 것이다!"

그의 훈계에 사기가 높아진 그리스 병사들은 함대 주위에 창으로 울타리를 세워 공격에 대비하였다. 이에 제우스는 트로이 군의 전의를 부추겨 그곳을 공격하게 만들었다.

방어벽이 완성되자 메넬라오스가 안틸로코스를 불러 말했다.

"안틸로코스! 자네는 우리 중에 가장 젊다. 그리고 이 싸움터에서 자네보다 발이 빠르고 힘이 센 사람은 없다. 바깥으로 뛰어내려 공격에 나서보지 않겠나."

그 말에 안틸로코스는 맨 앞으로 나가 주위를 둘러보다가 창을 던졌다. 창을 피하려고 트로이 병사들이 모두 뒤로 물러났는데, 반대로 그때 마침 전장으로 들어서던 멜라니포스의 가슴에 창이 박히고 말았다. 땅에 쓰러진 멜라니포스의 무장을 벗기려고 안틸로코스가 달려들었다. 그런데 그 모습을 본 헥토르가 그를 막으려고 달려왔다. 안틸로코스는 외따로 떨어진 사냥개를 처치한 산짐승이 사냥꾼들이 오기 전에 재빨리 도망치는 것처럼 지체 없이 그 자리에서 달아났다. 그 뒤를 헥토르와 트로이 병사들이 괴성을 지르고 악마처럼 공격을 퍼부으면서 따라왔지만 빠른 다리를 자랑하는 안틸로코스는 무사히 아군의 진영으로 되돌아올 수 있었다.

그러는 동안에도 트로이 군은 탐욕스러운 사자들처럼 제우스의 뜻을 실현시키기 위해 배를 향해 돌진하고 있었다. 트로이 군을 격려하고 그리스 군의 용기를 빼앗은 제우스는 어서 너울거리는 불꽃 속에서 함선들이 불타오르길 기대했다. 그리고 그렇게 된 다음에는 다시 전세를 돌려 트로이 인들을 함대로부터 몰아내고 그리스 인들에게 승리를 안겨줄 계획이었다.

그런 목적으로 제우스에 의해 부추김당한 헥토르는 창을 휘두르며 다니는 아레스나 울창한 숲을 태우는 산불만큼 광폭해져 있었다. 입에 거품을 물고, 두 눈은 짙은 눈썹 아래서 빛났으며, 관자놀이 언저리에서는 투구가 거칠게 흔들렸다. 제우스가 그를 도와 적들의 무리 가운데에서도 홀로 싸울 수 있는 영광과 명예를 내렸기 때문이었다. 그는 몰랐지만, 그것은 그의 목숨이 얼마 남아 있지 않다는 의미이기도 했다. 아테나가 아킬레우스를 데려올 순간이 점점 다가오고 있던 것이다.

단단하게 전열을 갖춘 적군을 본 헥토르는 대열을 무너뜨려보려고 여러 번 끈덕지게 시도해보았지만 틈을 만들 수가 없었다. 그리스 군은 마치 성벽을 이루는 거대한 바윗덩어리나, 혹은 거센 바람이나 파도에도 끄떡하지 않는 바닷가의 절벽처럼 꿈쩍도 하지 않았다. 그래도 구름 높이까지 솟아오른 파도와 거센 돌풍이 몰아치면 죽음을 눈앞에 둔 선원들이 공포에 몸을 떠는 것과 마찬가지로 헥토르의 불덩어리 같은 기세는 그리스 병사들의 마음을 두려움에 갈가리 찢어놓기에 충분했다.

마침내 가축들을 휘저어놓는 사자와도 같은 헥토르와 그를 돕는 제우스 앞에서 그리스 병사들이 도망치기 시작했다. 단 한 사람, 페리페테스만은 도망칠 수가 없었다. 에우리스테우스 왕의 지시를 헤라클레스에게 전달하던 코프레우스의 아들인 그는, 빠르기로나 힘으로나 모든 면에서 아버지를 능가하는 아들이었다. 또한 머리 좋기로도 미케네 족 중 으뜸이었다. 하지만 그 모든 것은 헥토르의 승리를 한층 자랑스럽게 만들어주는 데 보탬이 되었을 따름이다. 페리페테스는 발까지 닿는 기다란 자신의 방패에 걸려 쓰러졌고, 그때를 놓치지 않고 달려온 헥토르가 그의 가슴에 창을 박아 넣어 죽였던 것이다. 그의 동지들이 바로 뒤에 있었음에도 불구하고, 너무나 두려운 나머지 그를 돕기 위한 어떤 행동도 할 수가 없었다.

이제 그리스 군은 배들 사이까지 밀리게 되었다. 적은 계속 밀려들어왔고 그리스 병사들은 맨 앞줄의 배는 포기해야 할 상황에까지 이르렀다. 그나마 흩어지지 않고 한데 모여 있을 수 있는 것도 굴욕과 공포 때문이었다. 네스토르가 나서 모두에게 요청하였다.

"동지들이여!" 그가 부르짖었다.

"사나이답게 행동하라! 체면이 있지 않은가. 아내와 자식, 재산, 그리고 죽었거나 살아 있는 부모를 잊지 말도록 하라. 멀리 떨어져 있는 그들을 생각하면서 굳건히 버텨, 두려움에 빠지지 말라!"

이렇게 그가 병사들을 다독이는 동안 아테나가 그들의 시야를 가리고 있던 자욱한 안개를 흩어버렸다. 그러자 모든 전장이 밝아지면서 적군과 아군이 한눈에 들어왔다. 일부는 멀리서, 또 일부는 배 근처에서 싸우고 있는 중이었다.

큰 아이아스는 다른 장수들과는 달리 해전(海戰)에서 쓰는 길이 22완척[4]짜리 장창을 들고 갑판 위를 오가며 싸우고 있었다. 긴 다리로 이 갑판에서 저 갑판으로 건너다니는 모습은 4필의 달리는 말을 노련하게 다루며 이 말에서 저 말로 곡예 하듯 갈아타는 승마술의 명인 같았다. 쉴 새 없이 싸우면서 아이아스는 부하들에게 고함쳤다.

"각자의 함대와 진영을 지켜라!"

헥토르 또한 병사들 틈에 안주하고 있지 않았다. 갈색 독수리가 강가에서 먹이를 먹고 있는 새를 습격하듯 배를 공격했는데, 제우스가

4) 약 10미터.

그 막강한 손으로 그를 돕고 있었다.

똑같이 사력을 다해 싸우고 있기는 했지만, 각 진영에 속한 병사들의 마음은 전혀 달랐다. 그리스 측은 몰살당하게 될까봐 두려웠고, 트로이 측은 조만간에 배를 불사르고 적군을 깡그리 죽일 수 있으리라고 기대하고 있었던 것이다.

헥토르가 드디어 배의 고물에 올랐다. 훌륭한 그 배는 프로테실라오스가 타고 온 함선으로, 결국 주인을 다시 고향으로 실어줄 수 없게 되었다. 그리스와 트로이의 군사들은 그 배를 차지하기 위해 치열한 싸움을 벌였다. 싸움은 백병전이 되어 창을 던지거나 활을 쏘는 대신 도끼나 자귀와 칼, 짧은 창 같은 무기들을 동원하여 뒤엉켜 싸웠다. 병사들의 손이나 어깨 끈에서 빠져나온 무기들이 땅 위로 떨어졌고 핏물이 강을 이루어 흘렀다. 헥토르는 고물에 붙은 장식물을 잡고 부하들에게 명령했다.

"불을 질러라! 모두 함께 함성을 올려라! 제우스께서 가장 값진 승리의 날을 내려주셨다! 하늘의 뜻을 거역하고 트로이에 와 우리를 그토록 혹독한 고난에 몰아넣었던 배들을 우리에게 주셨다. 우리가 겪은 어려움은 비겁한 원로들이 내가 함선들을 공격하자고 했을 때 반대했던 탓이다. 모든 것을 보시는 신 제우스께서 그때는 우리를 바보로 만드셨지만 지금은 사기를 불어넣어주시며 직접 우리를 지휘하고 계신다!"

트로이 측의 공세는 더욱 격렬해졌고, 아이아스도 더 이상 배겨낼 도리가 없었다. 그는 죽음을 각오하면서 뒤로 조금 물러나 불을 들고 배에 오르려는 적군을 창으로 밀어냈다. 그러면서 쉬지 않고 소리를 질렀다.

"나의 동지들이여! 용사들이여! 진정한 전쟁의 아들들이여! 자신의 용기를 증명해보라! 임무를 망각하지 말라! 지금 누가 우리를 돕겠는가. 우리의 죽음을 막아줄 견고한 성벽이라도 있다고 믿는 건가! 우리의 눈앞에는 지금 적군이 몰려오고 있고 뒤에는 바다가 막고 있다. 가차 없는 공격만이 우리의 살길이다. 전쟁이란 무자비한 것이다!"

　그는 횃불을 가지고 다가오는 적군을 향해 쉬지 않고 날카로운 창을 찔러댔다. 그 배 주변에서만 아이아스는 12명의 적에게 부상을 입혔다.

XVI

헥토르는 기회를 놓치지 않고 다가가 파트로클로스의 배를 창으로 찔렀다. 창이 관통하자,
그리스 병사들이 경악하는 가운데 파트로클로스가 둔중한 소리와 함께 쓰러졌다.

함선들을 둘러싼 전투가 계속되는 와중에 파트로클로스가 볼 위로 눈물을 흘리면서 아킬레우스 앞에 나타났다. 진심에서 흘리는 그 눈물은 마치 산속 바위 위를 흐르는 냇물 같았다. 그 모습에 마음이 불편해진 아킬레우스가 물었다.

"나의 벗 파트로클로스, 어째서 아이처럼 울고 있는가? 엄마의 앞치마를 잡아당기면서 떼를 쓰는 어린 소녀처럼 울고 있군. 부하들이나 내게 전할 새로운 전갈이라도 있나? 고향에서 나쁜 소식이라도 받았는가? 우리 부친이나 자네 부친 모두 잘 계시는 걸로 아는데, 혹시 그분들이 작고하셨다는 소식이라도 들어온 거라면 정말 슬픈 일이 될 테지. 그것도 아니면 무차별적으로 쓰러지는 병사들이 안타까워서 그러는 건가? 하지만 그것은 날 함부로 대한 그들 잘못 탓이네. 자, 숨기지 말고 털어놔보게. 우리 같이 알고 있어야지."

그러자 파트로클로스가 신음하며 대답하였다.

"우리를 구원할 아킬레우스여, 내 말에 화내지 마십시오! 엄청난 불행이 우리 군에 닥쳐왔습니다! 최고의 용사들이 활이나 창에 부상을 당해 저기 함선들 사이 어딘가에 누워 있습니다. 디오메데스, 오디세우스, 그리고 아가멤논 왕도 부상당했습니다. 에우리필로스 또한 허벅지에 화살이 박히는 상처를 입었습니다. 의원들이 온갖 약초를 동원해서 부상자들을 치료하고 있지만, 당신만은 치료할 수 없을 겁니다. 당신이 품고 있는 원한이 나에게는 미치지 않기를! 지금 우리 군을 파멸에서 구하지 않는다면, 당신의 용기가 누구에게 무슨 이익이 되겠습니까. 당신은 정말 모진 사람입니다. 당신의 아버지는 펠레우스가 아닙니다. 테티스 역시 당신의 어머니가 아닙니다. 당신은 푸른 바다와 험한 바위의 아들입니다. 딱딱하게 굳은 심장을 가진 사람이란 말입니다!

당신 어머니가 말한, 제우스의 신탁이 걱정스러워 그러는 거라면 나와 우리 미르미돈 족이라도 출전하면 일말의 희망이라도 있을지 알아보도록 합시다. 내 어깨에 당신의 갑옷을 두르면 트로이 군은 아마 당신인 줄로 착각할 겁니다. 그러면 우리 불쌍한 병사들이 잠시 숨을 돌릴 수 있겠지요. 지치지 않은 우리가 전장에 합류하면 이미 힘이 빠진 적군들을 훨씬 쉽게 몰아낼 수 있을 겁니다!"

그는 그렇게 간청하였다. 그러나 그는 자신의 간청으로 인해 죽음과 파멸이 예정될 줄은 모르고 있었다.

화가 난 아킬레우스는 대답하였다.

"무슨 말을 하는 건가! 난 신탁 같은 건 안중에도 없네. 나는 다만 강한 권력을 지녔다고 해서 자기와 동등한 신분을 지닌 사람의 것을 약탈해 가는 왕이 있다는 사실이 슬플 뿐이다. 그 일로 나는 상심하고 고통을 받았다. 군대가 내 몫으로 준 그 여자는 내가 점령한 도시에서 내 부하들의 힘으로 얻은 상이었단 말이다. 그런 여자를 아가멤논 왕이 내 손에서 빼앗아 간 거네! 날 무슨 떠돌이 취급하지 않았는가 말일세!

아니, 지나간 일을 들추진 않겠네. 영원히 원한을 품고 지낼 수는 없겠지. 그래도 내 함대 앞까지 전쟁의 불길이 다가오기 전까지는 원한을 잊지 않으려 하네. 그러니 자네가 가게. 내 갑옷을 입고 용사들을 전장으로 이끌게. 이제 적들이 우리 군을 마치 구름처럼 삼켜버려 우리 병사들이 바다까지 밀려간 것 같으니 말일세. 빛나는 내 투구가 보이지 않는다고 트로이 군이 우쭐대고 있겠지. 아가멤논 왕이 날 그렇게 대우하지만 않았더라도 저 참호가 적들의 시체로 메워졌을 텐데, 오히려 지금 저들이 우리 진영 앞까지 와서 싸우고 있다니! 손에 창을 들고 거세게 달려드는 디오메데스도 보이지 않는군. 아가멤논 왕의 그 밉살스런 머리통에서 나오는 고함 소리가 안 들리는 대신 헥토르가 명령을 내리는 소리는 가까운 곳에서 들려오고 트로이 군의 함성이 평원 전체에 퍼졌네. 조만간 그들이 그리스 군을 파멸시키고 말 테지.

자, 파트로클로스! 괜찮으니 그들을 때려눕히도록 하게. 그들에게서 우리 함대를 안전하게 보존해주게나. 그러나 지금 내가 하는 말을 잘 기억하게. 그래야 자네가 나를 대신하여 승리와 영예를 얻을 수 있을 것이네. 그렇게 되면 저들이 그 귀여운 여자를 나에게 도로 돌려주면서 상당한 선물까지 곁들여 보낼지도 모르지.

자네는 배에서 트로이 군을 밀어내는 즉시 돌아와야 하네. 설령 제우스가 승리의 기회를 주더라도 나 없이 자네 힘만으로 전투를 계속할 생각은 하지 말게. 싸움이나 승리에 마음이 들떠 병사들을 트로이의 성벽까지 이끌고 가서는 안 되네. 그것은 내 명예를 도둑질하는 일일 뿐만 아니라, 필시 신의 간섭을 부를 것이기 때문일세. 아폴론이 트로이 인들을 특별히 아끼고 있으니까 말이네. 평원을 폐허로 만드는 건 다른 이들에게 맡기고 자네는 곧바로 귀환해야 한다는 것을 잊지 말게.

오, 제우스와 아테나여, 그리고 아폴론이여! 트로이 군과 그리스 군 중 누구도 살아남지 못하고 우리만 남는다면 트로이의 성스러운 왕권을 우리가 차지하게 해주십시오!"

한편, 아이아스는 한계에 이르고 있었다. 그를 짓눌러오는 2가지 힘이 있었는데, 하나는 제우스의 계획이었고 다른 하나는 트로이 군이 무수히 던져대는 창과 화살들이었다. 그것들이 청동 투구와 투구

장식을 때릴 때마다 요란한 소리를 내는 가운데, 무거운 방패를 너무 오래 들고 있었던 탓에 왼쪽 어깨까지 아팠다. 숨이 턱턱 막히고 온몸에서 땀을 비처럼 흘렸다. 아무리 주위를 둘러보아도 재앙만이 보일 따름이었지만 아이아스는 물러서려 하지 않았다.

그때 헥토르가 다가와 칼로 아이아스의 창을 후려쳤다. 창날 부분이 잘려 날아가 아이아스는 나무로 된 창자루만 휘두르는 꼴이 되었다. 그로써 제우스의 뜻이 어디에 있는지 깨달은 아이아스는 몸을 떨며 헥토르의 손이 닿지 않는 곳으로 물러났다. 그 틈에 트로이 병사들이 배 위로 불덩이를 던졌고, 일단 고물에 불이 붙자 순식간에 배 전체가 타오르기 시작했다.

그 모습을 본 아킬레우스가 무릎을 탁 치고서 외쳤다.

"파트로클로스! 서두르게, 말을 타고 어서 떠나야 해! 불길이 배들을 휩쓸고 있네! 저들에게 배를 빼앗긴다면 어떻게 고향에 돌아갈지 걱정되는군. 어서 무장을 갖추게. 병사들은 내가 부를 테니!"

파트로클로스는 지체 없이 은 장식이 달린 정강이받이와 별무늬가 박혀 있는 갑옷을 입었다. 어깨에는 은으로 된 손잡이가 있는 청동날 검과 커다란 방패를 메었다. 머리에는 투구를 썼는데, 위에 달린 깃 장식이 도전적으로 흔들렸다. 그것들은 모두 아킬레우스의 것이었다. 손아귀에 딱 맞는 투창도 2자루 들었는데, 그것만은 아킬레우스의 것이 아니었다. 아킬레우스의 크고 무거운 창을 다룰 수 있는 사람은 그리스 군 전체에서 아킬레우스 단 한 사람뿐이었기 때문이다.

파트로클로스는 전차의 말을 아우토메돈에게 맡겼다. 아킬레우스를 빼면 그 누구보다 뛰어나다고 판단했을 뿐만 아니라 전장에서 충실하게 자신의 부름에 응하리라고 믿었기 때문이었다. 아우토메돈은 바람처럼 빠른 밤색 말 크산토스와 얼룩무늬 말 발리오스에 마구를 씌웠다. 질풍과 서풍을 부모로 두고 태어난 이 불사(不死)의 말에 더하여, 비길 데 없이 날랜 인간의 말인 페다소스를 예비로 준비했다.

이 말은 아킬레우스가 함락시킨 테베에서 가져온 것이었다.

그러는 동안 아킬레우스는 병사들을 무장시켜 전열을 갖추어놓았다. 병사들은 사슴을 잡아먹으려고 나선 굶주린 늑대 무리 같았다.

그 난폭한 짐승들은 숲 속에서 뿔이 달린 커다란 사슴을 잡아 아가리에 피를 뚝뚝 흘리면서 갈가리 찢어놓고서는 떼를 지어 시냇가로가 날렵하고 기다란 혓바닥으로 물을 핥는다. 그럴 때면 핏덩어리가입에서 새어나오곤 하는데, 그런 뒤에는 뱃속이 가득 찼으면서도 더욱 사나와지곤 한다.

미르미돈의 지휘관들은 전투를 앞두고 그렇게 파트로클로스의 주변에서 법석을 떨었다. 아킬레우스가 트로이로 끌고 온 함대는 모두 50척. 배마다 각각 50명의 건장한 장정들이 딸려 있었으며, 아킬레우스 휘하 5명의 지휘관들이 그들을 지휘했다.

제 1부대는 눈부신 갑옷을 입은 메네스티오스가 맡았다. 그의 실제 아버지는 강의 신 스페르케이오스였다. 제 2부대는 호전적인 에우도로스가 이끌었다. 그는 폴리멜레[1]라는 어여쁜 처녀에 반한 헤르메스 사이에서 난 자식으로, 늙은 필로스가 친부모와 같은 사랑과 정성으로 키운 아이였다. 제 3부대는 미르미돈 족 중에서 파트로클로스 다음으로 뛰어난 창 솜씨를 지닌 페이산드로스가 맡았다. 제 4부대는 포이닉스, 제 5부대는 알키메돈의 휘하에 들었다.

아킬레우스가 도열한 부대 앞에서 준엄한 목소리로 명령을 내렸다.

"병사들이여! 내가 분노에 차 있는 동안 그대들이 적군에게 뱉었던 위협과 불평을 생각하라. 또한 그대들은 말하지 않았던가. '무쇠 심장을 가진 사람! 어머니의 젖에서 분노만을 빨아 먹었나 보군. 원하지도 않았는데 우릴 여기다 묶어두다니! 그 독약 같은 원한을 품고 있으려면 차라리 노를 저어서 고향으로 돌아가게나 해주지!' 그대들

[1] 아르테미스의 시녀이자 요정.

이 몰려와 나에게 그렇게 말하지 않았던가! 이제 그대들이 그토록 열망하던 전투가 시작되려 하고 있다. 굳은 각오로 나아가라!"

격려의 말을 들은 병사들은 투구와 방패가 서로 맞닿을 정도로 촘촘히 좁혀 섰다. 마치 네모난 돌들을 붙여 벽을 만드는 것처럼, 방패는 방패끼리, 투구는 투구끼리 그리고 사람끼리도 서로 붙어 전열을 갖추었다. 전투 태세를 갖춘 전열 앞에서는 파트로클로스와 아우토메돈이 몸은 둘이되 마음은 하나를 이루어 군대를 이끌고 나아갔다.

아킬레우스는 자신의 막사로 돌아와 화려한 조각으로 장식된 상자를 열었다. 테티스가 그를 위해 가져온 그 상자 속에는 속옷과 함께 양모로 된 깔개나 바람막이 외투들이 가득했다. 그리고 정교한 솜씨로 만든 잔이 하나 들어 있는데, 아킬레우스만이 쓰는 술잔이었다. 신들이라 할지라도 하늘의 제왕인 제우스 외에는 그 술잔으로 술을 받는 영예를 누릴 수 없었다. 잔을 꺼낸 아킬레우스는 먼저 유황으로 닦은 다음 깨끗한 물에 씻고서 자기 손도 씻었다. 그리고 포도주를 부어들고 마당 한가운데에 서서 하늘을 우러러 술을 올렸다. 그러면서 간절한 기도를 올렸다.

"오, 제왕이신 제우스여! 신께서는 제 기도를 들어주시어 그리스인들을 호되게 치셨습니다. 그러니 이번에도 은혜를 베풀어주소서. 저는 함대와 함께 이곳에 남지만, 저의 벗은 병사들을 이끌고 전장으로 갔습니다. 모든 것을 보시는 제우스여! 그에게 승리를 안겨주소서. 그에게 용기를 주시어 헥토르로 하여금 아킬레우스의 부하가 혼자서도 얼마나 강한 힘을 보여주는지 깨닫게 하여 주옵소서! 하오나 그가 함대에서 트로이 인들을 몰아내는 대로, 몸이든 갑옷이든 다치는 일 없이 용맹스런 부하들과 함께 돌아오게 해주십시오."

그의 기도를 빠짐없이 내려다본 가장 현명한 신 제우스는 반은 들어주고 반은 저버렸다.

아킬레우스는 술을 바치고 기도를 한 뒤에 막사로 돌아가 술잔을 다시 넣어두고 밖에 나와 섰다. 전투를 직접 보고 싶었기 때문이다.

성난 말벌들이 벌집에서 쏟아져 나오듯이, 파트로클로스와 그의 군대는 엄청난 소리를 내며 트로이 군과 마주칠 때까지 진군을 멈추지 않았다. 그들의 지휘관 파트로클로스가 목청껏 소리쳤다.

"미르미돈 족이여! 아킬레우스를 따르는 전사들이여! 용기를 내라! 너희 안의 용맹을 깨우라! 아킬레우스께 영광을 바치자! 그는 최고의 전사이시며 그의 군대는 대적할 자가 없다! 최고의 전사를 업신여긴 아가멤논 왕으로 하여금 자신의 눈먼 광기를 깨닫게 하자!"

사기백배한 병사들은 떼를 지어 트로이 군에게 달려들었다. 그들이 내지르는 함성은 함대 부근에 널리 울려퍼졌다.

빛나는 갑옷으로 무장한 파트로클로스와 그 부하들을 보고 놀란 트로이 군의 전열이 무너지기 시작했다. 아킬레우스가 묵은 감정을 벗어던지고 전장에 나섰다고 믿은 그들은 죽음을 당하기 전에 어떻게든 도망쳐야겠다는 생각에 주변을 두리번댔다.

파트로클로스는 먼저 프로테실라오스의 함선 고물 부근에서 격투를 벌이고 있는 적들에게 창을 던져 피라이크메스를 맞추었다. 창은 전차 부대를 끌고 온 파이오니아 족의 지휘관인 그의 오른편 어깨를 뚫어 쓰러뜨렸다. 장수를 잃은 파이오니아 족 병사들은 당황한 나머지 사방으로 흩어져 도망을 쳤다. 적들을 쫓아낸 파트로클로스는 배에 붙은 불을 껐다. 트로이 병사들이 반쯤 타다 만 배를 두고 극도의 혼란에 빠져 꽁무니를 빼자, 밀려났던 그리스 군이 무서운 함성을 지르며 배로 다시 몰려들어왔다.

불이 꺼져 자욱했던 연기가 잦아들자 제우스가 두꺼운 구름들을 물리친 것처럼 하늘에서 빛이 쏟아져 내렸다. 그리스 병사들은 잠시 한숨을 돌렸지만, 아직 전쟁이 끝난 것은 아니었다. 트로이 군이 배에서 밀려나기는 했지만 질서를 잃고 정신없이 도망치는 지경에 이른 것은 아니었다.

전투가 이곳저곳으로 분산되어 곳곳에서 싸움이 벌어졌다.

파트로클로스는 도망치려고 등을 돌린 아레일리코스의 허벅다리를 창으로 찔렀다. 창날에 뼈가 부러진 아레일리코스는 땅에 얼굴을 박고 쓰러졌다.

메넬라오스는 방패 위로 드러난 토아스의 가슴을 공격하여 쓰러뜨렸다.

암피클로스는 메게스에게 덤벼들었다. 하지만 메게스가 오히려 그보다 빨리 창을 던졌고, 두툼한 장딴지에 창을 맞아 힘줄이 잘려나간 암피클로스는 목숨을 잃었다.

네스토르의 두 아들도 각자 적수들을 해치웠다. 안틸로코스가 먼저 아팀니오스의 옆구리를 창으로 공격하여 죽이자 그의 형 마리스가 시체를 빼앗기지 않으려고 달려나와 안틸로코스를 공격했다. 그때 네스토르의 또 다른 아들 트라시메데스가 재빨리 끼어들어 마리스의 팔을 잘라 죽여버렸다. 이리해서 네스토르의 아들들이 아미소다로스의 장한 두 아들을 저승으로 보냈던 것이다. 아미소다로스는 파괴를 일삼는 괴물 키메라를 키웠던 사람이었다.

작은 아이아스는 군중 속에서 어찌할 줄을 모르고 있던 클레오불로스에게 덤벼들어 그를 산 채로 잡았지만 곧바로 칼로 목을 쳤고, 클레오불로스는 더운피로 칼을 물들이며 죽었다.

페넬레오스와 리콘은 동시에 서로에게 창을 던졌지만 둘 다 빗나가고 말았다. 그러자 이어 칼을 빼내들고 서로에게 달려들었는데, 리콘이 먼저 상대방의 투구에 달린 뿔을 베었지만 그만 칼이 부러지고 말았다. 그러자 페넬레오스가 그의 귀밑 목을 쳤다. 깊숙이 박힌 칼날 때문에 리콘의 머리는 반대편 살가죽에 간신히 붙어 있는 꼴이 되고 말았다.

메리오네스는 달려가 전차에 오르려는 아카마스를 붙잡아 우측 어깨를 뚫어 죽였다.

이도메네우스는 에리마스의 입속에 창을 찔러 넣었다. 창 끝은 뼈를 으스러뜨리며 뒤통수로 뚫고 나왔고 이빨은 뽑혀져 나갔다. 그러자 두 눈이 피로 물들고, 코와 한껏 벌어진 그의 입에서 피가 솟구쳐 흘러내렸다. 이내 어두운 죽음의 구름이 그의 몸뚱이를 덮었다.

이렇게 그리스 측 지휘관들이 상대를 쓰러뜨리는 동안에 나머지 병사들도 적군에게 맹렬히 덤벼들었다. 마치 길을 잘못 든 양떼를 공격하는 이리들처럼 달려드는 그리스 병사들 앞에서 적군은 이전의 용맹했던 자신을 잊어버리고 오직 달아나야겠다는 생각에만 사로잡히게 되었다.

반드시 헥토르를 해치우겠다고 마음먹은 큰 아이아스는 그에게 치명적인 일격을 가하려고 틈을 노리고 있었다. 그렇지만 전투의 온갖 수법에 정통한 헥토르는 쇠가죽 방패로 넓은 어깨를 가리고 쌩쌩 소리내는 화살과 둔탁한 소리를 내며 날아오는 창들에 대한 경계를 잠시도 게을리 하지 않고 있었다. 그는 이제 전세가 기울어 승리가 멀어졌음을 잘 알고 있었지만 단호히 버티고 서서 전우들을 구해냈다.

급기야 트로이 군이 무너지기 시작했다. 헥토르의 전차는 참호를 넘어 도망치려고 발버둥치는 병사들을 뒤로하고 거칠게 달렸지만, 여러 전차들이 참호를 넘지 못하고 부서져 주인 잃은 말만 달려나갔다. 거기에 파트로클로스가 "죽여라, 죽여라!" 하고 고함치며 추격해 오니, 대열에서 떨어져 나간 트로이 병사들은 큰 혼란에 빠졌다. 파트로클로스가 군데군데 병사들이 무리 지어 있는 곳으로 전차를 몰고 쳐들어갈 때마다 전차를 몰던 트로이 병사들은 땅으로 떨어지고 전차는 뒤집어졌다. 파트로클로스의 날쌘 말들은 참호를 곧장 뛰어넘어 앞으로 앞으로 내달렸다. "헥토르를 끝장내라!" 그것은 파트로클로스의 염원이 담긴 부르짖음이었다. 그의 유일한 목표는 헥토르를 쓰러뜨리는 일이었다. 하지만 헥토르는 훨씬 앞서 달리고 있었다.

달리던 파트로클로스는 패하고 달아나는 트로이 병사들의 앞을 가로지르고 들어가 그들을 다시 함대 쪽으로 몰아세웠다. 많은 아군의 희생을 앙갚음하기 위하여 그들을 몰살시킬 작정이었다. 파트로클로스는 먼저 방패 옆으로 가슴이 드러난 프로노오스를 창으로 찔러 죽였다. 다음으로 공포에 짓눌려 고삐를 놓치고 전차 안에서 쭈그리고 앉아 있는 테스토르를 향해 돌진했다. 그 옆까지 달려온 파트로클로스는 우측 턱에 창을 쑤셔 박았고, 낚시꾼이 낚싯바늘에 걸려든 월척을 낚는 것처럼 창 자루를 당겨 테스토르를 끌어당겨다가 땅바닥에 동댕이쳐버렸다. 그때 에릴라오스가 돌진해 왔지만 파트로클로스가 내리친 돌에 머리를 맞아 투구 속의 머리통이 깨져 쓰러졌다. 그 뒤에도 파트로클로스는 에리마스, 암포테로스, 에팔테스, 틀레폴레모스, 에키오스, 피리스, 이페우스, 에우이포스, 폴리멜로스를 잇달아 죽였다. 부하들의 죽음을 본 리키아 족의 사르페돈이 호통을 쳤다.

"리키아 인들이여! 어디로 도망가려는 것이냐? 부끄럽지도 않은가, 늠름하게 행동하여라! 앞에 놓인 모든 것들을 쓸어버리는 저자는 내가 상대하겠다!"

그리고 무장한 그대로 전차에서 뛰어내렸다. 파트로클로스는 그런 그를 보고 똑같이 전차에서 내려왔다. 그들은 험준한 바위 위로 매 2마리가 날카로운 소리를 내며 발톱과 부리를 세워 싸우는 것처럼 소리를 지르며 서로를 향해 돌진했다. 이때 그걸 본 제우스가 헤라에게 말했다.

"내가 인간들 중에 가장 사랑하는 사르페돈이 파트로클로스의 손에 죽게 되었군. 슬픈 일이오! 내가 어쩌면 좋겠소? 살아 있을 때 전장에서 빼내 본국으로 돌려보내야겠소, 아니면 그냥 파트로클로스의 손으로 죽여야겠소?"

헤라가 대답하였다.

"그런 말씀하지 마세요. 죽을 운명을 지닌 인간을 살리고 싶다니요. 내키는 대로 하신다고 해도 막을 자는 없겠지만, 다른 신들이 찬

성하리라고 생각하진 마세요. 생각 좀 해보세요. 사르페돈을 살려 고
향으로 돌려보낸다면, 다른 신들도 자기 아들을 전장에서 빼내고 싶
어 할 거예요. 그들도 아들을 사랑하긴 마찬가지니까요. 많은 신의
아들들이 이 전투에서 싸우고 있는데, 당신이 그런 행동을 한다면 신
들의 원성을 사게 될 거예요.

　그를 아끼고 불쌍히 여기신다면 그냥 파트로클로스가 죽이게 놔두
세요. 목숨이 끊어진 뒤에 죽음의 신과 잠의 신을 시켜 그를 고향으
로 돌려보내도록 하세요. 그러면 나중에 그의 가족들과 친구들이 무
덤과 기둥을 만들어 그의 영예에 걸맞은 장사를 지내줄 거예요. 그건
죽은 자의 명예니까요.”

　그 말이 옳았으므로 제우스도 동의했다. 다만 멀리 고향에서 떠나
와 트로이 땅에서 목숨을 잃을 운명에 놓인 자신의 아들을 기리기 위
해 핏물 방울을 내리게 하였다.

　그러는 동안에 가깝게 다가온 파트로클로스가 사르페돈의 부하 트
라시멜로스의 하복부를 찔러 쓰러뜨렸다. 이에 사르페돈이 그에게
창을 던졌지만 빗나가, 그의 예비 말인 페다소스의 우측 어깨부위를
맞추었다. 말은 땅을 구르며 울부짖으면서 죽어갔다. 그 통에 다른
두 말까지 놀라 고삐가 서로 얽히고 말았다. 그러자 아우토메돈이 칼
을 뽑아 페다소스의 줄을 잘라버리고 두 말들을 진정시켰다.

　이제 두 전사가 맞붙게 되었다. 먼저 사르페돈이 창을 던졌지만 파
트로클로스의 왼쪽 어깨 위로 빗나갔다. 파트로클로스도 그에 맞서
창을 던졌다. 그 창은 고동치는 심장을 싸고 있는 횡격막을 어김없이
맞추었다. 그리하여 강한 심장을 지닌 사르페돈은 큰 나무처럼 쓰러
져 피에 젖은 흙을 꽉 움켜쥐고 고통스럽게 신음하다가 동지의 이름
을 불렀다.

　“글라우코스, 꾸물댈 시간이 없다! 너는 용맹한 전사다. 창을 휘둘
러 너의 용맹을 보여다오! 이 무시무시한 전장을 너의 뜻대로 휘저어

라! 먼저 최고의 전사들을 나를 위해 싸우게 하고 너 스스로도 창을 들고 싸워라. 그리스 인들이 내 갑옷을 벗겨 간다면 그것은 우리 평생의 수치요 불명예로 남을 것이다. 굳건히 맞서라!"

그가 이렇게 말하고 있을 때, 죽음이 다가와 그의 두 눈과 콧구멍을 덮었다. 파트로클로스가 그의 가슴에 한쪽 발을 올려놓고 박혀 있던 창을 뽑자 횡격막까지 따라나왔다. 사르페돈의 생명을 창과 함께 뽑아낸 셈이었다. 파트로클로스의 부하들은, 주인을 잃은 전차를 끌고 달아나버리기 전에 거칠게 숨을 몰아쉬는 사르페돈의 말들을 잡아갔다.

사르페돈의 마지막 말을 들은 글라우코스는 비통함을 금할 수 없었다. 어찌할 수 없는 슬픔이 그의 가슴을 짓눌러왔다. 그러나 테우크로스의 화살에 맞은 상처의 통증이 심했다. 그는 아폴론에게 소리 높여 기도했다.

"신이시여! 고통당하는 인간의 기도를 들으시는 분이시여! 심한 상처를 입은 제 팔은 아프지 않은 곳이 없고 피가 마를 새 없이 흐르고 있습니다. 제 어깨는 힘이 빠져 창을 제대로 들고 적과 싸울 수조차 없습니다. 제우스의 아들이자 으뜸가는 명장 사르페돈이 살해당하였습니다. 제우스께서 자신의 아들을 못 본 척 하였습니다. 당신께 간청드리오니, 제 상처를 낫게 해주시고 고통을 덜어 힘을 주소서. 그리하여 동지들과 함께 싸워 시신을 찾아올 수 있게 하소서!"

아폴론이 그의 기도를 들었다. 순식간에 그는 통증을 멈추게 하고 상처에서 흐르던 피를 거둬 갔으며 힘을 불어넣어주었다. 글라우코스는 신이 자신의 기도를 이토록 신속하게 들어준 데 대해 깊이 감사하였다.

상처가 나은 글라우코스는 먼저 리키아 족의 지휘관들을 내보낸 뒤에 자신은 서둘러 트로이 편으로 가서 폴리다마스와 아게노르, 아이네이아스와 헥토르를 향해 말했다.

"헥토르 왕이여! 동맹군의 존재는 아주 잊으신 겁니까! 저들은 집과 친구들을 남겨두고 당신을 위해 전장에 나가 있습니다. 그런데 그들을 돕지 않겠다는 겁니까? 사르페돈께서 돌아가셨습니다! 창으로는 리키아 족에서 으뜸이요, 강한 팔과 공명정대함으로 백성들을 다스렸던 그분을 청동으로 무장한 아레스가 파트로클로스의 창을 이용하여 쓰러뜨렸습니다! 우리 편에 서주십시오! 저들이 그의 갑옷을 벗기고 시체를 학대하는 꼴을 보고만 있을 겁니까? 그들은 우리가 죽인 그리스 병사들에 대한 앙갚음을 하려 하고 있습니다!"

트로이의 장수들은 참기 어려운 슬픔에 몸을 떨었다. 글라우코스는 이방인이긴 했지만 트로이를 지켜내는 데 큰 역할을 했으며, 전장에서는 병사들의 영웅이었다. 그리하여 트로이 병사들은 복수심에 불타는 헥토르의 지휘 아래 전속력으로 적진을 향해 진격하였다.

그동안 그리스 군은 파트로클로스의 응원에 힘입어 다시 전투 준비를 가다듬고 있었다. 파트로클로스는 당장에 전장에 뛰어들 준비가 되어 있는 두 아이아스를 부르는 것으로 말문을 열었다.

"자, 텔라몬의 아들이여! 그리고 빠른 다리를 가진 이여! 적을 공격하시오. 힘껏 싸우시오, 아니, 그보다 더욱 힘을 내 싸우시오! 아군의 방어벽을 가장 먼저 뛰어넘었던 사르페돈을 쓰러뜨렸소. 자, 따라오시오. 그의 시체에다 분풀이를 하고 두 어깨에서 갑옷을 벗겨냅시다. 그자의 동지들이 시체를 지키려고 나서거든 창을 던져 공격하시오!"

그것은 그들도 바라던 바였다. 트로이와 리키아 병사들, 그에 맞서는 미르미돈과 아카이아 병사들이 서로 충돌하였다. 무기들이 부딪치고, 서로가 서로를 죽이는 그 광경 위로 제우스가 불길한 어둠을 드리워 자기 아들의 시체를 사이에 두고 벌어지는 혼란과 싸움을 더욱 무시무시하고 절망적인 것으로 만들었다.

처음에는 트로이 측이 그리스 측을 밀어내었다. 미르미돈의 용사한 사람이 쓰러졌기 때문이었다. 그는 아킬레우스를 보좌하도록 여신 테티스가 딸려 보낸 에페이게우스 왕자였다. 죽은 사르페돈의 시체를 잡고 있던 그를 헥토르가 커다란 돌로 머리를 내리쳐 죽여버렸던 것이다.

동지의 불행을 참지 못한 파트로클로스가 마치 한 마리의 매처럼 튀어나왔다. 전우의 복수를 위해 돌진한 파트로클로스는 돌로 스테넬라오스의 목을 쳐 힘줄을 찢어놓았다.

그러자 이번에는 헥토르를 비롯한 트로이 측 병사들이 뒤로 물러났다. 한 장정이 던진 창이 날아가 떨어질 만한 거리까지 후퇴하는 와중에 글라우코스가 제일 먼저 몸을 되돌려 바티클레스에게 반격을 가했다. 미르미돈 족 중에서 손꼽히는 부자로 알려진 바티클레스가 글라우코스를 다 잡았다고 생각한 찰나, 글라우코스가 갑자기 몸을 돌려 그의 가슴을 창으로 찔러 죽였던 것이다. 그리스 측이 장수를 잃고 분노하는 가운데 트로이 군은 기뻐하며 그 시체 주위로 모여들었다.

그렇지만 그리스 측은 조금도 위축되지 않았다. 메리오네스가 제우스의 사제로서 존경받는 오네토르의 아들 라오고노스의 턱과 귀 사이를 찔러 즉사시켰다. 그러자 이번에는 트로이 측의 아이네이아스가 메리오네스를 겨냥해 창을 날렸다. 그러나 메리오네스 침착하게 창을 보다가 몸을 굽혀 피했다. 땅에 꽂힌 창 끝이 떨리다가 멈추자, 아이네이아스는 분통을 터뜨렸다.

"메리오네스, 잘도 춤추는구나! 내 창이 명중하기만 했다면 네 춤을 영원히 멈추게 만들었을 텐데."

그러자 메리오네스가 대답하였다.

"아이네이아스. 너는 싸우는 법을 알고 있다! 그러나 스스로를 지키고자 하는 모든 사람을 죽일 수는 없을 것이다. 너 또한 결국 죽을 운명을 지닌 인간에 지나지 않는다. 만일 내가 너를 쳤다면 너의 강한 두 손은 어떻게 되었겠는가? 넌 내게 승리를 안겨줬을 것이고, 네

혼은 저승으로 갔을 것이다!"

그러자 파트로클로스가 메리오네스를 꾸짖었다.

"어째서 그런 언쟁으로 시간을 낭비하고 있는 것이오! 그렇게 비아냥거린다고 해서 트로이 군이 시체를 두고 물러나는 것은 아니오. 그러는 동안에도 많은 병사들이 쓰러지고 있소. 말은 토론을 할 때에나 유용한 것이고, 전시에는 행동이 운명을 결정하는 것이오. 그러니 더이상 말다툼하지 말고 싸우시오!"

이렇게 파트로클로스는 그를 격렬한 전쟁터로 내몰았다. 칼과 창들이 청동이나 쇠가죽 방패 위를 찌르고 내리치는 소리는, 멀리서 들으면 마치 나무꾼이 숲 속에서 도끼질을 하는 소리 같았다. 이제 사르페돈의 시체는 머리에서 발끝까지 피와 흙이 묻고 창으로 인해 만신창이가 되어 그를 잘 아는 사람이라도 알아볼 수 없을 정도가 되어버렸다. 봄날 농장 뜰에서 갓 짠 우유통에 몰려와 윙윙거리는 파리떼처럼 병사들은 그의 시체를 둘러싼 싸움을 멈추려 하지 않았다.

그 모든 광경을 제우스는 빠짐없이 지켜보고 있었다. 그리고 파트로클로스가 맞을 잔혹한 죽음에 대해 곰곰이 생각하였다. 슬슬 헥토르로 하여금 사르페돈의 시체가 있는 저 자리에서 그를 죽여 갑옷을 벗기게끔 할 것인지, 아니면 파트로클로스가 좀 더 많은 적을 죽일 때까지 기다려 줄지를 궁리하고 있었던 것이다. 그러다가 파트로클로스가 좀 더 많은 적을 죽여 헥토르를 도시 성벽으로 쫓아내게 해주는 편이 낫겠다고 결론을 내렸다.

그래서 우선 헥토르의 용기를 꺾어놓았다. 전차에 올라탄 헥토르는 말을 돌리면서 트로이 군에게 후퇴하라고 소리쳤다. 이미 용감한 리키아 인들마저 더 버티지 못하고 후퇴하기 시작했다. 벌써 그들은 심장이 뚫린 채 땅에서 구르는 자신들의 왕과 그 위로 산처럼 덧쌓여가는 시체들을 보고 전의를 잃은 상태였다. 반면에, 그리스 병사들은 사르페돈의 빛나는 갑옷을 벗겨냈고 파트로클로스는 그것을 함대로 보냈다.

그제서야 제우스가 아폴론에게 말했다.

"서둘러라, 태양의 신이여. 사르페돈을 저기서 데려다가 먼저 검은 피를 닦아주고 멀리 옮겨 강물에 몸을 씻은 뒤에 그 몸에 암브로시아를 바르고 닳지 않는 옷을 입혀주거라. 그리고 발 빠른 짐꾼인 잠의 신과 죽음의 신에게 넘겨주면 그들이 그를 축복받은 나라 리키아에 내려놓을 것이다. 그러면 그의 친구와 친족들이 무덤을 세워주고 기둥을 만들어 마지막 의식을 치러줄 테지."

아폴론은 아버지의 명령을 그대로 실행하였다.

한편, 파트로클로스는 아우토메돈에게 지시하여 트로이와 리키아 군의 추격에 나섰다. 욕심에 분별을 잃었던 것이다. 만일 아킬레우스의 주의에 따랐다면 그는 캄캄한 죽음을 피할 수 있었으리라. 그러나 제우스의 뜻은 인간의 의지보다 강한 법. 제우스가 그의 마음속에 배짱을 불어넣었던 것이다.

파트로클로스가 여러 장수들을 죽이는 가운데 그의 용기에 힘입은 그리스 군은 폭풍 같은 기세로 전진을 멈추지 않았다. 당장이라도 트로이 성을 함락시킬 듯 달려들었다. 그러나 아폴론이 성벽 위에 있었다. 파트로클로스는 성벽 모퉁이로 3번이나 기어올라갔지만 그때마다 아폴론이 그를 밀어냈다. 그가 인간의 한계를 넘어 4번째로 시도하려 들자 아폴론은 그에게 호통을 쳤다.

"물러서라, 파트로클로스! 도도한 트로이는 네 창이나, 혹은 너보다 뛰어난 아킬레우스의 창에도 무너지지 않을 운명을 지니고 있다."

그 말에 파트로클로스는 아폴론에 대한 두려움을 품고 멀리 물러났다.

한편 서쪽 성문에서 말들을 멈춘 헥토르는 전장으로 되돌아갈지, 아니면 군대를 성안으로 피신시킬지를 망설이고 있었다. 한참 고민하고 있을 때 아폴론이 건장한 용사 아시오스의 모습으로 변하여 그 옆에 나타났다. 아시오스는 헥토르의 외삼촌이기도 했다.

"헥토르, 어인 일로 전장을 떠나왔느냐. 내가 너만큼 강했다면 이러고 있지 않았을 것이다. 후퇴한 것을 후회하게 될 거야. 서둘러서 파트로클로스를 공격하면 그를 처치할 수 있다. 아폴론이 너에게 승리를 주실 거란 말이다!"

아폴론이 혼잡 속으로 모습을 감춘 후, 헥토르는 전장으로 되돌아 가기로 마음을 굳혔다. 아폴론은 그리스 인들을 공격하게 부추기는 한편, 트로이 군이 그들을 물리칠 수 있게 돕고 있었다. 헥토르는 다른 적들을 놔두고 단독으로 파트로클로스를 향해 전차를 달렸다. 파트로클로스는 전차에서 뛰어내려 창을 왼손에 옮겨 들고 오른손에 날카롭게 빛나는 돌을 집어들었는데 손아귀에 꽉 들어찰 정도의 크기였다. 그는 적군을 피하는 대신에 온힘을 다해 돌을 던졌다. 돌은 빗나가지 않고 헥토르의 전차를 모는 케브리오네스의 이마를 강타했다. 돌이 살을 짓뭉개고 미간으로 파고 들어가 뼈를 부쉈고, 눈알이 튀어나와 흙 위로 떨어졌다. 전차 바깥으로 굴러 떨어지는 케브리오네스의 모습을 보고 파트로클로스가 비웃으며 말하였다.

"저런, 잘도 구르는군! 곤두박질도 정말 잘 치는 걸! 저자가 바다에서 잠수를 한다면 성게를 많이 따서 배고픈 이들을 많이 구제했을 텐데. 육지에서도 저렇게 멋지게 뛰어내리는 걸로 보면 바다에서도 날씨에 상관없이 멋지게 뛰어들 게 틀림없어. 트로이에도 잠수를 하는 자들이 있다는 건 몰랐군."

그리고는 사자처럼 케브리오네스에게 달려들었다. 그러자 헥토르도 전차에서 뛰어내려 달려와 시신을 사이에 두고 2마리의 사자처럼 싸웠다. 둘 다 서로를 찢어발겨주겠다는 각오였다. 헥토르가 시체의 머리를 부여잡으면 파트로클로스는 시체 다리를 잡아당겼다. 그들의 주변에서도 트로이와 그리스 병사들이 서로 죽고 죽이는 혼전을 벌였다. 날카로운 창들이 수없이 떨어지고 활을 떠난 화살들이 허공을 갈랐으며, 엄청나게 많은 돌들이 날아와 방패를 때리는 가운데, 죽은 케브리오네스는 그 먼지 속에서 기마병으로서의 기상도 잊은 채 누워 있었다.

해가 하늘 가운데 떠 있는 동안 벌어지던 싸움은 해가 기울기 시작하면서 서서히 그리스 쪽이 우세해졌다. 끝내 그리스 군들이 케브리오네스의 주검을 끌고 가 갑옷을 벗겼고, 파트로클로스는 무시무시한 소리를 지르며 트로이 군에게 3번에 걸친 공격을 가하여 9명의 적을 죽였다.

그러나 4번째로 질풍노도와 같은 공격을 나선 순간, 아폴론이 나섰다. 안개 속에 숨은 신은 파트로클로스 모르게 다가와 그의 뒤에 섰다. 그리고 노기 띤 눈알을 부라리며 손바닥으로 그의 등을 후려갈겼다. 투구가 벗겨져 땅에 굴러 투구 장식이 피와 흙에 잠겼다. 그 투구는 신의 혈통을 지닌 자, 즉, 아킬레우스의 이마와 눈썹을 가리우고 있을 때에는 절대로 더럽혀질 수 없는 것이었다. 다만, 제우스는 죽음이 임박한 헥토르에게는 그 투구를 쓰도록 허락한다.

파트로클로스가 쥐고 있던 강하고 두툼한 날이 달린 거대한 창이 부러졌다. 가죽 띠로 맨 방패가 어깨에서 떨어지고, 갑옷이 신의 손에 의해 그의 몸에서 벗겨졌다. 그런데도 정신이 혼미해진 그는 무릎에 힘이 빠진 채 우두커니 서 있을 따름이었다.

그때 뒤에서 날아온 창이 그의 어깨를 맞추었다. 판토오스의 아들 에우포르보스가 던진 것으로, 또래 장정들 중에서는 창 솜씨와 기마술, 달리기에서 가장 뛰어난 용사였다. 그는 이제까지 20명의 적을 전차에서 떨어뜨렸지만 파트로클로스를 죽일 수는 없었다. 무방비로 서 있다고는 해도 감히 파트로클로스에게 덤빌 수 없었던 에우포르보스는 창을 뽑아 다시 병사들 속으로 물러났다. 하지만 신이 가한 타격에 더해 에우포르보스의 창까지 맞은 파트로클로스는 더 이상 버티기 힘들었다. 안전하게 동지들 사이로 물러나야겠다는 생각이 들었다.

그러나 부상을 입고 후퇴하려는 모습을 본 헥토르는 기회를 놓치지 않고 다가가 파트로클로스의 배를 창으로 찔렀다. 창이 관통하자, 그리스 병사들이 경악하는 가운데 파트로클로스가 둔중한 소리와 함께 쓰러졌다. 많은 적을 무찔렀던 메노이티오스의 아들 파트로클로스가 헥토르의 손에 떨어지고 만 것이다. 헥토르는 거리낌 없이 자신의 승리를 자랑하였다.

"파트로클로스, 우리의 도시를 네가 정복할 수 있다고 여겼느냐! 우리의 여인들에게서 자유를 빼앗아 너희 나라로 데려갈 수 있으리라 여겼느냐 말이다! 어리석은 녀석! 내 창 솜씨는 용맹스런 트로이 군사들 중에서 모르는 사람이 없다. 내가 그들을 파멸에서 지켜냈기 때문이다.

불쌍한 녀석 같으니, 너는 이곳에서 독수리 밥이 될 것이다. 훌륭한 전사라는 아킬레우스가 네게 무슨 도움이 되었느냐! 자기는 뒤에 남으면서, 너에게는 '헥토르의 피 묻은 옷을 벗겨 오기 전에는 돌아오지 말라'고 했을 테지. 그리고 넌 그렇게 할 수 있으리라 믿었을 테고. 그걸 믿을 정도로 넌 어리석으니까 말이다!"

파트로클로스는 반쯤 의식을 잃은 상태에서 대답하였다.

"네 오만방자함도 이번으로 끝일 것이다. 너는 제우스와 아폴론의 도움으로 이겼다. 그건 누구나 할 수 있는 일이다. 그들이 직접 내 갑옷을 벗기지만 않았다면 너 따위는 20명이 덤빈다 해도 그 자리에서 모조리 베어버렸을 것이다. 나를 죽인 것은 잔인한 운명과 아폴론이다. 그리고 인간 중에서는 에우포르보스다. 넌 3번째에 불과하다. 한 가지만 말해둘 테니, 잘 새겨 들어라. 너도 살날이 얼마 남지 않았다. 이미 죽음과 운명이 네 옆에 와 있다. 아이아코스의 자손 아킬레우스가 널 쓰러뜨릴 것이다."

그가 이 말을 하는 동안에 죽음의 그늘이 그를 덮쳐왔다. 육체를 떠난 그의 넋은 용기와 힘을 남긴 채 자신의 운명을 애통해하면서 저승으로 내려갔다. 그가 이미 시체가 되었음에도 불구하고 헥토르는 굳이 대답하였다.

"내 죽음이 확실하다니, 그게 무슨 말이냐! 아킬레우스가 아무리 여신의 아들이라고 해도 내 창에 죽지 않는다고 누가 그러더냐! 그가 먼저 죽을지도 모르는 일이 아닌가!"

말을 마친 그는 한쪽 발로 시체를 밟아 창을 뽑았다. 그리고는 즉시 창을 들고 파트로클로스의 전차를 모는 아우토메돈에게 달려갔다. 헥토르는 그 역시 죽이려 들었지만 전차는 이미 멀찌감치 멀어진 뒤였다. 그 전차를 끄는 그 불사의 말들은 신이 아킬레우스의 부친 펠레우스에게 선물한 것이었다.

XVII

시체를 뺏고 빼앗는 광경은 그야말로 잔혹한 것이 아닐 수 없었다.
그것은 전쟁의 신인 아레스나 아테나의 분노를 채우기에도 부족함을 느낄 수 없을 정도로 처절했다.

메넬라오스는 파트로클로스의 죽음을 놓치지 않고 목격하였다. 그는 즉시 시체를 지키려 달려왔다. 창을 수평으로 겨누고 방패로 앞을 막아 공격을 해오는 누구라도 쓰러뜨리겠다는 자세를 취했다. 그리고 또 한 사람, 영웅이 쓰러지는 것을 본 에우포르보스가 메넬라오스에게 가서 말했다.

"메넬라오스, 물러가라! 시체와 전리품을 두고 물러나란 말이다! 그를 처음 찌른 것은 나다. 트로이 군이나 동맹의 다른 누구도 아닌 내가 제일 먼저였단 말이다. 그러니 내게 승리를 주지 않는다면 너를 죽여버리겠다. 목숨이 아쉽지 않느냐!"

그 말에 화가 치민 메넬라오스가 외쳤다.

"하늘의 주인이신 제우스여! 이 얼마나 추한 허영이요 자랑입니까! 사자나 멧돼지도 이처럼 오만방자하지는 않을 것입니다. 가장 야단스럽게 잘난 척을 하는 멧돼지라고 해도 저 판토오스의 아들들[1]보다는 나을 겁니다!

전에 히페레노르가 나를 업신여기고 덤볐다가 결국에는 제 발로 돌아가 아내와 부모를 기쁘게 해줄 수 없는 꼴이 된 걸 아느냐! 네가 또 나에게 맞선다면 너의 그 거만한 태도 또한 완전히 지워주마. 경고컨대, 당장 이 자리에서 꺼져라. 내 근처에는 얼씬거리지도 않는

---

1) 에우포르보스, 히페레노르, 폴리다마스.

게 좋을 것이다. 그렇지 않으면 후회하게 만들어주겠다. 일단 당하고
나면 바보들도 배우는 바가 있는 법이니까!"

에우포르보스는 그 말은 들은 척도 안 하고 대꾸하였다.

"메넬라오스, 너야말로 형의 피 값을 톡톡히 치러야 할 것이다. 네
가 어떻게 이 자리에서 형수를 과부로 만들고 우리 부모에게 슬픔과
탄식을 안겨준 사실을 떠벌릴 수 있단 말이냐! 내가 네 대가리와 갑
옷을 가져가 부모님을 조금이라도 위로해드려야겠다. 이 말싸움은
이제 죽느냐 사느냐를 가르는 격투가 될 것이다!"

말을 마침과 동시에 메넬라오스의 방패를 찔렀다. 그러나 창은 방
패를 뚫지 못한 채 창 끝이 구부러지고 말았다. 그러나 메넬라오스의
창은 달랐다. 제우스에게 기도를 드린 그는 뒤로 물러나려는 에우포
르보스의 목 아랫부분을 있는 힘을 다해 찔렀다. 창날은 목을 꿰뚫었
고, 에우포르보스가 덜커덩 하는 갑옷 소리와 함께 쓰러졌다. 금줄과
은줄로 꼼꼼하게 땋아 올린 미와 우아의 여신들의 머리처럼 아름다
운 그의 머리칼이 핏물에 젖었다. 땅에 누운 그는, 물 많은 어떤 이의
정원에서 높이 자라다가 갑자기 폭풍을 만나 뿌리째 뽑혀 쓰러진 올
리브 나무처럼 누워 있었다. 이윽고 그를 죽인 메넬라오스가 그의 갑
옷을 벗었다.

힘이 넘치는 사자가 암소를 잡아먹을 때, 개들과 목동들은 그 광경
을 보면서도 무서워서 소리만 지를 뿐 감히 다가올 생각은 못하기 마
련이다. 마치 그처럼 어떤 적병도 감히 메넬라오스에게 다가서지 못
하였다. 때문에 메넬라오스는 별로 힘들이지 않고 전리품을 챙길 수
있을 터였다. 그런데 태양신 아폴론은 그것이 아까웠다. 그래서 신은
멘테스로 모습을 바꾸어 헥토르에게 말했다.

"헥토르, 아킬레우스의 불멸의 말들을 쫓아가봤자 어차피 잡을 수
없소. 더구나 인간은 그 말들을 몰기도 어렵다오. 그 말들은 여신에
게서 태어난 아킬레우스만을 위한 것이란 말이오. 당신이 헛되이 그

말들을 쫓는 동안에 메넬라오스가 최고의 용사 에우포르보스를 죽였소."

말을 마치고는 혼잡한 무리 속으로 돌아가 사라져버렸다. 얘기를 듣고 화가 나 주위를 둘러보던 헥토르는 금세 메넬라오스를 발견할 수 있었다. 아직 상처에서 피를 내뿜고 있는 시체에서 갑옷을 벗기고 있는 중이었다. 헥토르는 고함을 지르면서 메넬라오스를 향해 불길처럼 내달렸다.

그 소리를 들은 메넬라오스가 생각했다.

'어떻게 할까? 나만 살자고 전리품과 파트로클로스를 버리고 간다면 우리 병사들이 나를 우습게 보겠지? 명예를 지키자고 나 홀로 여기서 헥토르와 트로이 군과 맞선다면 포위당할 게 뻔해.

아니, 그럴 수는 없지. 그건 말도 안 되는 소리야. 신이 돕는 자에게 맞서는 것은 하늘에 도전하는 것이고, 그렇게 되면 재앙만이 닥칠 뿐이다. 그러니 내가 헥토르 앞에서 물러나더라도 우리 병사들이 날 미워하지는 않을 거야. 만약 힘센 아이아스가 곁에 있었다면 신의 섭리를 조금 거스르는 한이 있더라도 창을 던져 아킬레우스를 위하여 시체를 거둬볼 수도 있을 텐데……. 그럴 수만 있다면, 그거야말로 이 고약한 상황에서 취할 수 있는 최선의 선택일 텐데.'

메넬라오스가 이런 궁리를 하는 동안에도 헥토르와 트로이 군은 거침없이 다가왔다. 메넬라오스는 시체를 몇 번이나 돌아보면서 주춤주춤 부하들이 보이는 곳까지 물러났다. 그리고 그곳에서 주위를 살피니, 전장의 왼쪽 구역에서 아폴론에 대해 겁을 먹고 있는 병사들을 재정렬시키고 있는 아이아스를 찾을 수 있었다. 메넬라오스는 그에게 뛰어가 말했다.

"아이아스! 이리 오시오. 지금 당장 파트로클로스에게 갑시다! 그는 죽었소. 그리고 갑옷도 벌써 헥토르에게 빼앗겼소. 하지만 아킬레우스에게 그 시체라도 전해주어야 하지 않겠소?"

그 말에 마음이 움직인 아이아스는 메넬라오스와 함께 병사들을 뚫고 나아갔다. 헥토르는 벌써 시체의 머리를 잘라내고 몸통은 시체를 뜯어먹고 사는 개들에게 던져주리라고 마음먹고 있었다. 그때, 아이아스가 돌로 만든 성벽을 연상시키는 커다란 방패를 들고 다가왔다. 헥토르는 재빨리 물러나 전차에 올라타고, 갑옷은 부하를 시켜 성으로 보냈다. 두고두고 자랑거리로 삼을 생각에서였다.

아이아스가 그 널따란 방패로 시체를 가리고 섰다. 사냥꾼들에게서 새끼들을 보호하려는 사자처럼 파트로클로스의 시체를 지켰던 것이다. 그 옆에는 메넬라오스가 걱정스런 표정으로 서 있었다.

그때 글라우코스는 꾸물거린다는 이유로 얼굴을 찌푸리며 헥토르를 책망하고 있었다.

"왕이여, 그대는 얼굴은 잘생겼지만 전사로서의 자질은 부족한 것 같소. 당신은 이름만 높았지 평범한 겁쟁이에 지나지 않는단 말이오! 이제부터는 자네와 트로이 인들로만 이 땅을 구할 방도를 고민해보도록 하시오. 이 끝나지 않을 전투에서 아무리 싸워본들 제대로 된 감사조차 받지 못하고 있으니, 우리 리키아 인들도 더 이상 당신을 위해 싸우려 들지 않을 거요. 사르페돈을 저렇게 몰인정하게 내버려두는데, 하물며 평범한 병사들이야 무얼 기대할 수 있겠소. 자네의 벗이자 동지였던 사르페돈을 적들이 약탈하고 조롱하도록 내버려두다니! 살아 있는 동안 당신과 트로이를 위해 적잖은 일을 한 그를 지금 저 개떼들에게서 구해낼 용기도 없지 않은가 말이오.

리키아 인들이 내 말을 듣고 고향으로 돌아가버린다면 그것은 트로이의 몰락을 뜻하는 것이 될 것이오. 트로이 군이 진정으로 대담무쌍하고 어디에도 굴하지 않는 용기를 지닌 군대라면 지금 당장 파트로클로스의 시체를 이리로 끌고 올 수 있을 거요. 그리고 그 시체를 끌고 성으로 가져갈 수 있다면 사르페돈의 갑옷과 시신으로 교환할 수도 있을 것이오. 최고의 전사이자 파트로클로스의 상관인 아킬레우스는 기꺼이 그렇게 할 사람이오. 그런데 당신은 아이아스에게 덤벼 시체를 빼앗아 올 생각은 하지 않고 있소! 그의 눈을 피하고, 싸우려 들지도 않고 있소. 당신이 그보다 나약하기 때문 아니오!"

화가 난 헥토르는 그를 노려보며 말했다.

"글라우코스, 네가 어떻게 그런 괘씸한 말을 하는 것이냐! 나는 네가 리키아에서 가장 똑똑한 자라고 생각했다. 근데 지금 그 말을 들으니 너의 지혜는 별것 아닌 모양이다. 내가 저 괴물 같은 아이아스에게 덤비지 않는다고 했나? 난 싸움이나 말발굽이 두려워 이러고 있는 게 아니다. 전능하신 제우스의 뜻은, 때로는 가장 강한 자를 굴복시켜 승리를 빼앗기도 하고 때로는 다시 일으켜 전쟁터로 이끌기도 하는 것이다. 자, 이리 와서 내 옆에 서서 좀 보란 말이다! 내가 네 말대로 겁을 먹고 있는지, 아니면 파트로클로스의 시체를 지키려는 포악한 그리스 장수를 몇 명이나 죽이는지, 잘 봐라!"

그리고 목청을 높여 트로이 군을 불렀다.

"트로이와 리키아의 군사들이여! 용감한 다르다니아 군이여! 사내답게 싸우자! 맡은 바 임무를 다하라! 내가 파트로클로스를 죽여 벗긴 아킬레우스의 갑옷을 입고 돌아올 때까지 죽을 힘을 다해 싸워라!"

헥토르는 말을 마치자마자 최대한으로 빨리 달려 갑옷을 성으로 가지고 가고 있는 병사들을 쫓아갔다. 그리 오래 걸리지 않아 그들을 찾아낸 헥토르는 입고 있던 것은 병사들에게 주고 영원히 닳지 않는 아킬레우스의 갑옷으로 그 자리에서 갈아입었다. 그 갑옷은 천상의 존재들이 그의 부친에게 선사한 것으로, 부친이 노쇠하자 아들에게 물려주었던 것이다. 아킬레우스 또한 충분히 나이를 먹을 때까지 입지 않고 둘 정도로 갑옷을 아꼈다.

아킬레우스의 갑옷을 입는 모습을 본 제우스는 고개를 저으며 혼잣말을 하였다.

"가엾군! 자신의 죽음이 가까워진 것은 모르고 썩지 않는 갑옷을 차려입고 있구나. 그래, 그것은 보는 이의 오금을 저리게 만드는 무적의 전사의 것이지. 그런데 그의 점잖으면서도 강한 동지를 벤 너는 잔인하게도 그 어깨와 머리에서 갑옷을 벗겨냈구나. 그래도 난 네 두 팔에 위대한 힘을 내려줄 것이다. 그것은 네가 이 전쟁터에서 결코 살아 돌아갈 수도 없고, 그 갑옷을 네 아내 안드로마케에게 가져다 줄 수도 없는 운명에 대한 보상이다."

이 말을 하면서 제우스는 자신의 검은 눈썹을 올렸다 내렸다. 헥토르의 몸에 갑옷이 꼭 들어맞게 되자 공포의 아레스가 그에게로 들어가 사지 구석구석을 힘과 용기로 가득 채웠다. 고함을 지르면서 헥토르가 동맹군에게 돌아오니, 병사들은 위대한 아킬레우스의 빛나는 갑옷을 입은 그를 보게 되었다. 헥토르는 메스틀레스, 글라우코스, 메돈, 테르실로코스, 아스테로파이오스, 데이세노르, 히포토오스, 포르키스, 크로미오스 그리고 새로 점을 치는 예언자 엔노모스를 앞에 두고 딱 부러지게 말했다.

"내 말을 들으시오. 각지에서 출동해준 나의 동맹들이여! 내가 애초에 그대들의 도시로 전령을 보내 지원을 요청한 이유는 단지 많은 병사들을 모으기 위함이 아니었소. 나는 그대들의 자비로 트로이의 여인과 아이들을 침략자들로부터 구하고자 했던 것이오. 그래서 나는 우리 백성들의 물자와 식량을 거둬 그대들에게 공급하고, 또 그대들 모두를 만족시키려 노력하였소. 그렇다면 그대들은 각자의 전선으로 나아가 죽음이든 삶이든 감수해야 하는 것이 전쟁터의 관례요!

이제, 저 아이아스를 물리치고 파트로클로스의 시체를 성으로 끌고 오는 용사는 나와 동등한 전리품을 차지하게 될 것이오!"

많은 사람들이 무리를 이루어 창을 들고 그리스 군에게로 곧장 행군하여 갔다. 그들은 어리석게도 아이아스에게서 죽은 자를 금세 끌어낼 수 있을 거라고 믿었다. 그러나 그들 중 대부분은 아이아스에 의해 쓰러졌다. 하지만 끝내 아이아스는 동지에게 말했다.

"동지여, 우린 여기서 시간을 낭비하고 있는 거요. 우리 둘만의 힘으로 무사히 빠져나갈 수 있을 것 같지 않소. 곧 개나 독수리들의 저녁식사가 될 파트로클로스보다는 당장에 나나 당신의 머리가 땅에 떨어질까봐 걱정이 되오. 우리 주변으로 구름처럼 몰려오는 적들에 헥토르까지 직접 나섰으니 우리만으로는 분명 무사할 수 없을 것이오. 그러니 아군 중에 유능한 전사를 큰소리로 불러보시오."

그러자 메넬라오스는 분명하고 큰소리로 도움을 구했다.

"지휘관과 왕들이여! 아가멤논과 메넬라오스의 만찬에서 술을 즐겼던 귀빈들이여! 지금 이 주변은 치열한 전투가 벌어지고 있어 모두들 어디 있는지 도무지 알 도리가 없소. 내가 그대들의 이름을 일일이 부르지 못하더라도 모두들 이리로 와주시오! 파트로클로스를 저 개들의 장난감으로 준다면, 그것은 그대들의 수치요!"

빠른 다리를 지닌 작은 아이아스가 그의 목소리를 듣고 제일 먼저 달려왔다. 그 다음으로 이도메네우스와 그의 전우 메리오네스가 도착했다. 그리고 그 외에도 일일이 열거할 수 없을 정도로 많은 전사들이 도우러 달려왔다.

트로이 군들도 강어귀에서 불어난 물이 큰 파도와 부딪쳐내는 듯한 우렁찬 함성을 올리며 공격해 왔다. 그에 맞서서 그리스 군은 청동 방패로 방어막을 치고 단호하고 결연한 의지를 보이며 시체를 둘러쌌다. 제우스도 이번에는 그리스 군을 도와 그들의 빛나는 투구를 두터운 구름으로 가려주었다. 생전에 한 번도 심기를 건드린 적이 없는 파트로클로스가 트로이의 개들에게 험한 꼴까지 당하는 것은 원하는 바가 아니었기 때문이다.

트로이 군이 그리스 군을 압박해오자, 그리스 군은 시체를 두고 뒤로 밀렸다. 그러나 후퇴하는 그들 중 누구도 부상을 입는 일은 없었다. 트로이 군은 적을 모두 없애버리고 싶었지만 뜻을 이루지 못하고 대신 시체를 끌고 가기 시작했다. 그러나 큰 아이아스가 있는 그리스 군이 전열을 되찾는 데에는 그리 오랜 시간이 필요하지 않았다. 그리스 군에서 아킬레우스 다음으로 뛰어난 용장인 그는 마치 사냥꾼을 쫓아버리는 성난 멧돼지처럼 병사들 사이를 오가며 그들을 지휘하였다. 이렇게 하여 아이아스는 파트로클로스의 시체 주변에 몰려와 있던 트로이 군을 흩어버렸다.

그 와중에 헥토르의 신임을 노린 히포토오스가 가죽끈으로 파트로클로스의 발목을 묶어 끌고 가기 시작했다. 그러나 이내 저항할 수 없는 공격이 가해졌다. 큰 아이아스가 그를 덮쳤던 것이다. 그의 커다란 창은 그의 투구를 뚫고 들어가 골수를 밀어내면서 반대편으로 튀어나왔다. 히포토오스는 끌고 가던 파트로클로스의 다리를 떨구고 그 위에 엎어져 죽었다. 머나먼 타국에서 아이아스에 의해 죽은 그의 생애는 짧기 그지없었고, 부모의 은혜 또한 결코 갚을 수 없게 되었던 것이다.

그때 헥토르가 아이아스를 향해 창을 던졌다. 하지만 이미 충분히 대비하고 있던 아이아스는 옆으로 비켜 창을 피했다. 창은 파노페우스의 왕이며, 포키아 족의 명장인 스케디오스의 쇄골 아래를 찔러 쓰러뜨리고 말았다.

트로이 측의 포르키스가 히포토오스를 지키려 나섰다. 그렇지만 곧 큰 아이아스의 창은 그의 배를 찔렀고, 갑옷을 뚫은 창 끝은 창자를 쏟아내었다. 포르키스가 흙을 움켜쥐며 땅에 쓰러지는 모습을 본 헥토르와 최전방에 있던 장수들은 물러날 수밖에 없었다. 그리스 군은 승리의 환호성을 올리며 포이키스와 히포토오스의 사체를 끌어다가 무장을 벗겨내었다.

또다시 전세가 기울어 이번에는 트로이 군이 성벽까지 쫓기는 처지가 되었다. 제우스의 뜻을 거슬러 그리스 군이 자신들의 힘과 용기만으로 트로이를 정복할 기세였다. 여기서 아폴론이 나섰다. 신은 아이네이아스 집안의 충실한 전령인 늙은 페리파스로 변해 말했다.

"아이네이아스 님, 신은 지금 우리 편입니다. 적들이 젊은 혈기와 숫자를 믿고 제우스의 뜻에 반하여 쳐들어오고 있습니다. 하지만 제우스께서는 저희의 승리를 원하고 있습니다. 그럼에도 불구하고 아이네이아스 님은 도망이나 치다가 싸움다운 싸움은 해보지도 않으실 겁니까!"

아이네이아스는 그것이 아폴론임을 한눈에 알아차렸다. 그래서 헥토르를 불러 말하였다.

"헥토르를 비롯한 지휘관들이여, 트로이 군과 그 동맹군이여! 우리가 두드려 맞은 겁쟁이처럼 성으로 쫓겨간다면 이는 진정 치욕입니다! 지금 어느 신께서 제게 오셔서 말씀하시기를, 전투를 주관하시는 제우스께서는 여전히 우리 편에 서 계시다고 했습니다.

공격합시다! 얌전히 파트로클로스의 시체를 내줄 수는 없는 일입니다!"

이렇게 아이네이아스가 선봉에 나서 적진으로 돌진하자, 도망치던 다른 병사들도 몸을 돌려 그리스 군에 맞섰다. 아이네이아스는 레오크리토스를 쓰러뜨렸는데, 그러자 레오크리토스의 동지인 리코메데스가 시체 곁으로 달려와 창을 던졌다. 그 창은 아피사온의 간을 찔러 그를 죽였다. 그는 파이오니아 출신으로 그들 종족 가운데서는 아스테로파이오스 다음가는 명장이었다. 아스테로파이오스는 즉시 친구를 잃은 보복에 나섰다. 그는 앞으로 뛰어나오며 공격을 했지만 방패들이 파트로클로스의 시체를 울타리처럼 둘러싸고 있었으므로 아무 성과도 올릴 수가 없었다. 그 방패 진용은 아이아스의 지휘하에 짜여진 것으로, 모든 병사가 뒤로 움직이거나 앞으로 움직이는 일 없이 시체를 빈틈없이 둘러싸고 있다가 공격이 가능한 기회가 보이면 명령에 따라 창으로 공격을 가했다. 비범한 용장의 뛰어난 전술로 인하여 적군은 하나 둘 연이어 쓰러지면서 피로 땅을 적셨다. 그렇다고 해서 그리스 군의 희생이 없는 것은 아니었다. 밀집 대형으로 서로를 방어했기 때문에 희생자 수가 적기는 했지만 유혈을 피할 도리는 없었다.

그 맹렬한 전투는 햇빛도 달빛도 없는 속에서 벌어지고 있었다. 제우스가 보낸 두터운 구름이 파트로클로스와 전투를 벌이고 있는 곳 전부를 가리고 있었던 것이다. 그러나 그 외의 다른 병사들은 구름 한 점 없는 하늘 아래 탁 트인 곳에서 보다 여유를 가지고 싸우고 있었다. 잠시 짬을 내어 쉬기도 했고, 양 진영이 상당한 간격을 두고 대치하고 있었기 때문에 상대편이 날리는 창이나 화살을 피하기도 쉬웠다. 오직 가운데에서 전투를 벌이고 있는 전사들만이 참혹한 싸움과 구름으로 인해 모든 힘을 써버린 상태였다.

한편, 트라시메데스와 안틸로코스는 아직도 파트로클로스의 죽음을 모르고 있는 상태였다. 네스토르의 명령에 따라 후방에서 전쟁터의 즐비한 송장들과 아군이 뒤섞여서 싸우고 있는 모습을 지켜보고 있던 그들은 파트로클로스가 최전선에서 싸우고 있을 거라고 믿고 있었다.

그렇지만 실제로는 이미 죽은 파트로클로스의 시체를 지키기 위해 그리스 측 전사들이 필사적인 투쟁을 벌이는 중이었다. 시체를 둘러싼 좁은 공간에서 밀고 당기며 싸우느라고 그들의 무릎과 다리, 손과 발, 어디라고 할 것 없이 땀으로 범벅이 되었다. 트로이 군은 트로이 성 쪽으로, 그리스 군은 함대가 있는 쪽으로 시체를 뺏고 빼앗는 광경은 그야말로 잔혹한 것이 아닐 수 없었다. 그것은 전쟁의 신인 아레스나 아테나의 분노를 채우기에도 부족함을 느낄 수 없을 정도로 처절했다.

그의 벗 아킬레우스 또한 친구가 죽었으리라고는 꿈에도 생각하지 않고 있었다. 자기가 곁에 있든 없든 간에 파트로클로스가 정말로 트로이 성을 공격하는 일은 없으리라 믿었다. 여신인 그의 모친은 제우스 몰래 미래에 대한 이야기를 해주곤 했지만, 지금 그에게 닥쳐올 불행, 즉, 가장 절친한 친구의 죽음에 대해서는 아무것도 말해준 바가 없었다.

아킬레우스가 있는 곳에서 멀리 떨어진, 시체를 둘러싼 전장에서는 양측 병사들이 외치는 소리가 오고 갔다.

"전우들이여! 우리가 명예를 저버리고 물러남으로써 트로이 군이 시체를 끌어가도록 내버려두는 일 따위는 절대 없을 것이오! 그런 꼴을 당하느니, 차라리 검은 땅이 우리를 삼켜버리는 게 나을 거요."

트로이 측에서는 외쳤다.

"동지들! 누구도 포기해서는 안 되오. 우리 모두 이 시체 위에서 죽어 엎어질 운명을 맞더라도 포기하지 마시오!"

이렇게 그들은 서로를 부추기며 싸움을 계속했다. 무기가 부딪치는 소리가 공기를 뚫고 청동 빛으로 물든 하늘까지 울렸다.

후방에서는 아킬레우스의 말들이 저희들을 이끌던 사람이 헥토르의 피에 물든 창에 의해 죽었음을 깨닫고 흐느껴 울고 있었다. 이에 아우토메돈이 채찍으로 말들을 때려보기도 하고 욕을 퍼붓기도 하고 달래보기도 했지만 말들은 꼼짝도 하려 들지 않았다. 함대를 향해 가지도, 그렇다고 전장을 향해 나아가려고도 하지 않고, 뒤에 연결된 전차와 함께 꼼짝도 않고 서서 묘지에 세워둔 비석 마냥 멈춰 서 있던 것이다. 말들은 고개를 땅까지 축 늘어뜨리고 훌륭한 사람을 잃은 슬픔으로 뜨거운 눈물을 흘렸다.

말들이 침통해하는 모습에 마음이 불편해진 제우스는 고개를 흔들며 이렇게 혼잣말을 하였다.

"가엾은 짐승들이로군. 어째서 죽지도 늙지도 않는 너희를 죽음을 피할 수 없는 인간에게 주었던가! 대지 위에 숨쉬고 움직이는 모든 피조물 중에서 인간처럼 불행한 존재가 없다고 생각했기 때문이었지. 하지만 헥토르는 너희들과 그 멋진 전차를 몰 수 없을 것이다. 그건 내가 참을 수 없지. 갑옷을 손에 넣은 녀석이 허영에 차 거들먹거리는 것으로 충분해.

너희들의 무릎과 정신에 힘을 넣어주겠으니 아우토메돈을 함대로 데려가주려무나. 이제부터 내가 트로이 군으로 하여금 그리스 병사들을 죽이며 함대가 있는 곳까지 밀고 들어가게 할 테니 말이다. 그런 뒤에 해가 지고 나면 성스러운 어둠이 찾아들 거다."

제우스가 기운을 불어넣어주자 말들은 갈기를 휘둘러 먼지를 털어내고 재빠르게 전차를 끌고 전장으로 달렸다. 슬픔에 찬 아우토메돈은 독수리가 거위들을 덮치듯이 트로이 군을 공격했다. 그러나 적들을 쉽게 따돌리기는 하면서도 막상 자신이 쫓던 적은 1명도 죽일 수가 없었다. 성스러운 전차에 혼자 타서 날랜 말들을 몰면서 동시에 창 공격까지 할 수는 없었기 때문이다.

그러다가 알키메돈이 전차 뒤에서 그를 불렀다.

"아우토메돈! 신께서 자네의 지각을 뺏어 가시고 대신 헛된 생각이라도 넣으셨단 말인가. 전선에 나가서 홀로 트로이 군과 맞서다니! 자네 동지는 벌써 죽지 않았는가."

아우토메돈이 대답하였다.

"알키메돈, 자네는 나를 위해 신이 내린 사람이야! 군 전체를 통틀어 이 성난 말들을 다룰 수 있는 사람은 하늘에서 내린 파트로클로스밖에는 없네. 그런데 그는 이제 가고 없으니, 자네가 이리로 와서 채찍과 고삐를 쥐게. 난 내려서 싸우겠네."

그는 이렇게 말하면서 전차에서 뛰어내렸다. 알키메돈은 자기를 반겨 맞는 전차에 올라가 채찍과 고삐를 넘겨받았다. 그 모습을 본 헥토르는 아이네이아스를 불러 말했다.

"아이네이아스! 갑자기 아킬레우스의 말들이 전장에 나타났다. 그런데 마부들이 신통치 않군. 네가 날 도와준다면 저 말들을 차지할 수 있을 것 같다. 저 마부들은 감히 너와 나를 이길 수 없을 테니 말이다."

그래서 두 사람은 질 좋은 가죽에 두껍게 금속으로 입힌 믿음직스
런 방패를 들어올리고 함께 나아갔다. 크로미오스와 아레토스도 합
류했다. 그들은 적의 마부를 죽이고 그 훌륭한 말들을 뺏어 몰고 올
수 있으리라 자신하고 있었다. 그러나 그들은 피를 흘리며 아우토메
돈에게 죽을 운명이었다.

아우토메돈 또한 제우스가 자신을 도울 거라고 믿고 자신감에 차
있었다. 그의 성실한 동지에게 몸을 돌려 말했다.

"알키메돈! 말들을 내게서 너무 멀리 떨어뜨려놓지 말게. 말들의
입김을 내 등으로 느낄 수 있을 거리를 지켜주게. 헥토르는 우리 둘
을 모두 죽여 말들을 손에 넣어 우리 군을 패배시키거나 자신이 죽기
전까지는 단념하지 않을 걸세."

그리고 그는 두 명의 아이아스와 메넬라오스를 불렀다.

"두 아이아스여! 그리고 메넬라오스여! 휘하에 있는 뛰어난 용사들
이 있거든 죽은 자는 그들에게 맡겨두고 여기 목숨이 붙어 있는 두
사람을 도와주시오! 트로이 군들 중에서 가장 위험한 전사인 헥토르
와 아이네이아스가 우리를 노리고 있습니다!

그러나 모든 것은 신들의 자비에 달려 있으니, 내가 창을 던지면
하늘의 주인께서 결정하시리라!"

그리고 창을 던지자 아레토스의 방패와 허리띠를 뚫고 배에 들어
가 박혔다. 날선 도끼로 머리를 맞은 황소가 풀썩 뛰어올랐다가 쓰러
지는 것처럼 아레토스는 펄쩍 뛰더니 뒤로 자빠져버렸다. 날카로운
창날이 창자에 박힌 채, 더 이상 움직이지 않았다.

이번에는 헥토르가 아우토메돈을 향해 창을 던졌다. 하지만 아우
토메돈은 날아오는 창을 끝까지 살피다가 몸을 앞으로 숙였다. 창은
그 위를 지나 땅에 꽂혀 부르르 떨다 멈추었다. 이때 부름을 받고 달
려온 큰 아이아스와 작은 아이아스가 그들 사이에 끼어들지 않았다

면 두 사람은 검을 뽑아들고 싸움을 벌였으리라. 두 아이아스가 지원
하러 오자 헥토르와 아이네이아스, 그리고 크로미오스는 서둘러 죽
은 아레토스를 자리에 버려둔 채 물러났다. 아우토메돈은 재빨리 죽
은 자의 갑옷을 벗기고 우쭐하여 말하였다.

"그래도 친구를 잃은 슬픔이 조금 가라앉는군. 내가 죽인 적은 훨
씬 보잘것없는 자이긴 하지만!"

그리고 피 묻은 전리품을 전차에 싣고 다리와 팔이 온통 피범벅이
된 채로 자기도 올라탔다.

그러는 동안에도 파트로클로스를 차지하기 위한 분투는 더욱 잔혹
하고 더욱 필사적으로 변해갔다. 제우스는 아테나를 내려보내 그리
스 측을 돕게 하였다. 여신은 무시무시한 구름으로 몸을 감쌌는데,
그 구름은 제우스가 전쟁의 징조로 무지개 주위에 퍼뜨려놓은 구름
같기도 했고, 땅에서 일하는 인간의 일손을 멈추게 하고 근심케 만드
는 으스스한 폭풍의 구름 같기도 하였다. 구름으로 감싼 여신은 단숨
에 그리스 군의 무리 속으로 들어가 한 사람 한 사람에게 전투를 독
려하였다. 그러다가 마침 근처에 있던 메넬라오스를 보고는 포이닉
스의 모습으로 다가가 말했다.

"메넬라오스! 아킬레우스의 위대한 친구가 트로이 성벽 아래에서
개들에게 뜯긴다면 그건 우리의 수치요. 용기를 내시오. 병사들을 싸
움터로 내보내시오!"

메넬라오스가 대답하였다.

"아버지와 같으신 포이닉스, 존경하옵는 원로여! 제게 힘을 주어
적들의 공격을 물리치게 해달라고 아테나께 부탁해주십시오. 그렇게
만 해준다면 기꺼이 버티고 서서 파트로클로스의 주검을 지키겠습니
다. 그의 죽음에 나 또한 크게 낙담해 있습니다. 그런데 지금 헥토르
가 불길 같은 기세로 병사들을 죽이고 있으니, 어떻게 하면 좋겠습니
까. 제우스께서는 그에게 승리를 약속한 것입니다!"

아테나 여신은 메넬라오스가 자신에게 먼저 청원하는 모습에 만족해하면서 그의 등과 무릎을 강건하게 만들고 마음속 깊은 곳에는 체체파리[2]와 같은 배짱을 넣어주었다. 아무리 쫓아도 목숨을 걸고 사람의 피를 빨아먹으려고 달려드는 체체파리의 대담함으로 가득 찬 메넬라오스는 시체를 가로막고 서서 트로이 군을 향해 창을 날렸다. 그 속에는 포데스라는 전사가 있었다. 그는 부자인데다가 용감했으며, 헥토르가 누구보다 아끼는 친구이기도 했다. 창은 도망가려는 그 포데스의 배를 꿰뚫었다. 포데스는 쓰러졌고, 메넬라오스가 그 시체를 끌고 가버렸다.

그러자 이번에는 아폴론이 자신이 맡은 역할을 하였다. 신은 헥토르의 귀빈인 아시오스의 아들인 파이놉스의 모습으로 나타나 말했다.

"헥토르여, 지금 저 변변찮은 창잡이 메넬라오스에게서 도망친다면 어떤 병사가 당신을 보고 두려워하겠습니까. 그가 방금 당신의 진정한 벗이자 군인이었던 포데스를 죽여 끌고 가지 않습니까!"

그 말을 듣고 울화가 치민 헥토르가 앞으로 나갔다. 그와 동시에 제우스가 전투의 형세를 바꾸어놓았다. 두껍고 짙은 구름이 이다 산을 뒤덮고 번개 불빛이 번쩍이고 천둥소리가 나더니 산들이 진동하였다. 제우스가 화려하게 빛나는 방패 아이기스를 들어올려 그리스군 쪽으로 흔들자 그들은 혼란에 빠졌고, 트로이 쪽이 우세해지기 시작하였다.

페넬레오스도 뒤로 슬슬 뒷걸음질을 치기 시작했는데, 가까이 다가온 폴리다마스의 창에 그만 한쪽 어깨뼈가 잘려나갔다.

다음에는 헥토르가 알렉트리온의 아들 레이토스의 손목을 찔러 못 쓰게 만들었다. 창을 쓸 수 없게 된 레이토스가 주위를 살피며 서둘러 도망치는 것을 헥토르가 추격하였는데, 그 틈을 노려 이도메네우스가 헥토르의 가슴에 창을 날렸다. 그러나 갑옷에 맞은 창은 목 부

2) 흡혈 파리로, 그 이름은 '소를 죽이는 파리'라는 뜻.

분이 부러지고 말았고, 그 모습을 본 트로이 군은 함성을 올렸다.

함대에서부터 마차 없이 걸어 온 이도메네우스는 창을 잃고 목숨이 위태로운 지경이 되었다. 다행히 구원의 손길이 가까운 곳이 있었다. 메리오네스의 부하인 코이라노스가 모는 전차가 가까운 곳에 있었던 것이다. 이도메네우스가 그의 전차에 올라선 순간, 헥토르가 창을 날렸다. 창은 노리던 목표를 놓쳤지만 대신 코이라노스의 귀밑으로 들어가 혀를 찢고 이빨을 부수며 뚫고 나왔다. 코이라노스가 말고삐를 놓치고 떨어지자 메리오네스가 허리를 굽혀 고삐를 주워 건네며 말했다.

"어서 함선으로 가시오! 우리가 지고 있는 게 보이지 않소!"

이도메네우스는 그의 말대로 채찍을 휘둘러 그곳을 떠났다. 코이라노스는 그를 살렸지만 자신의 목숨은 잃고 말았던 것이다.

아이아스와 메넬라오스 또한 자신들의 승리가 멀어져 가는 것을 보았다. 아이아스가 말했다.

"제기랄! 바보 천치라도 제우스가 적들을 돕고 있다는 걸 알 수 있을 거요. 실력이 있든 없든 간에 저들이 창을 던지면 전부 명중하지 않소! 우리가 던진 것들은 모두 빗맞아 땅에 박히는데 말이오. 자, 이젠 우리 자신을 보살필 때요. 어떻게 하는 것이 가장 좋겠소? 시체를 가지고 돌아갈 수만 있다면 모두들 우릴 반기겠지만, 사실 우리는 저 무적의 헥토르를 막아내기 힘든 상태요. 그가 곧 우리 함대로 쳐들어올 거요.

누군가가 당장이라도 아킬레우스에게 알려야 하오. 그는 가장 아끼는 벗이 죽었다는 소식도 아직 듣지 못했을 거요. 하지만 대체 누굴 보내야 하겠소. 안개가 말과 사람들 모두 삼켜버린 형국이니!

오, 제우스여! 저희를 이 안개에서 풀어주옵소서! 우리의 죽음이 정녕 당신의 기쁨이거든 차라리 밝은 데서 죽게 하소서!"

그의 눈물을 머금은 기도에 마음이 움직인 제우스는 순식간에 안개와 먼지를 걷어내고 그 위로 태양빛을 비추어 전장을 훤히 드러내보였다.

"메넬라오스, 어서 찾아보시오! 안틸로코스가 아직 살아있는 게 보이거든 그를 아킬레우스에게 보내 최고의 친구가 죽었다고 전하라 하시오."

아이아스의 말에 메넬라오스가 대답했다.

"조심하게! 자네들은 고매한 파트로클로스를 포기하면 안 되네. 불쌍한 친구, 그는 살아 있는 동안 친절하고 유쾌한 사람이었네."

그리고 파트로클로스의 시체를 남겨두어야 하는 것을 못내 안쓰러워하면서도 주변에 대해 충분히 경계하면서 자리를 떠났다.

메넬라오스는 마치 먹이를 노리는 독수리처럼 안틸로코스 찾아 날카로운 눈빛으로 둘러보았다. 그리고 왼편 저 멀리에서 병사들을 그러모으고 있는 그를 발견하고는 지체 없이 다가가 외쳤다.

"안틸로코스! 자네에게 반갑지 않은 소식을 전하게 되어 유감이네. 신께서 우리를 저버리고 있다는 건 자네도 이미 잘 알겠지만, 거기에 더해 우리는 크나큰 손실을 입었네. 파트로클로스가 전사했다네. 그러니 자네가 속히 아킬레우스에게 전하시게. 그러면 그래도 시체는 구할 수 있을 테니 말일세. 헥토르가 빼앗아 간 목숨이나 갑옷은 이제 달려와야 어쩔 도리는 없을 테지만."

안틸로코스는 그 말에 깜짝 놀랐다. 눈에는 눈물이 가득 차 올랐고 목이 메어 말을 잇지 못하였다. 그래도 메넬라오스의 말에 따라 무기와 갑옷을 자신을 따라 전장으로 말을 몰았던 라오도코스에게 건네주고 전속력으로 전장을 벗어났다.

이리해서 그가 이끌던 필리아 족은 지휘관 없이 뒤에 남겨졌다. 곤경에 처한 그들에게는 다른 지휘관이 필요했지만, 메넬라오스도 거기 남아 지휘를 맡을 처지가 아니었다. 그는 트라시메데스에게 이 임무를 맡기고 다시 파트로클로스의 시체를 지키러 달려갔다. 금세 아이아스가 있는 곳으로 돌아온 메넬라오스는 말했다.

"자네가 말한 안틸로코스를 아킬레우스에게 보냈네. 그렇지만 아킬레우스가 여기로 와줄 것 같은가? 헥토르에 대한 분노야 엄청나겠지만, 갑옷도 없이 맨몸으로 전투를 할 수는 없지 않겠나. 그러니 우리는 나름대로 최선을 다해야 하네. 과연 시체와 우리 모두의 목숨을 구할 수 있을지 한 번 해보세."

이 말에 아이아스가 대답하였다.

"맞는 말이오. 빨리 움직입시다! 당신과 메리오네스는 시체를 들어 뒤로 옮겨놓으시오. 우리는 헥토르와 나머지 적군들로부터 당신들의 뒤를 엄호하겠소. 우리는 이름만 같은 게 아니라 마음도 통한다오. 또 서로의 옆을 지키면서 적과 싸우는 데에도 익숙하오."

이리하여 두 사람이 시체를 들자, 그 모습을 본 트로이 병사들이 고함을 지르며 개떼처럼 몰려왔다. 하지만 주인을 믿고 멧돼지를 쫓던 개들이 성난 멧돼지가 몸을 되돌려 맞서면 허둥지둥 달아나는 것처럼 용맹한 두 아이아스가 그들을 향해 몸을 돌리면 그때마다 움찔하면서 누구 한 사람 감히 나서서 싸우려 들지 않았다.

그렇게 네 용사들은 시체를 함선이 있는 곳까지 운반해 갔다. 노새처럼 땀에 흠뻑 젖어서도 끈질기게 임무를 다하는 메넬라오스와 메리오네스, 그리고 굳건한 산처럼 그들을 막아주는 두 아이아스, 그들이 가는 곳곳마다 그 주변은 말과 병사들이 뒤엉켜 싸우느라고 엄청난 소란이 일어났다.

그들을 쫓는 헥토르와 아이네이아스의 힘 또한 막강했다. 그들 앞에 서게 된 그리스 병사들은 싸우는 법마저 잊고 절망적인 비명을 지르며 도망치기에 바빴다. 그리스 병사들이 패주한 참호 주변에는 훌륭한 창이며 방패들이 무수히 떨어져 있거나 버려져 있었다. 단 한순간의 평화도 없이 전투가 벌어진 흔적이었다.

XVIII

*아킬레우스도 자리에서 일어섰다. 아테나가 널찍한 그의 양 어깨를 아이기스로 가려주고,
머리는 황금빛 안개로 둘렀으며, 몸에서는 뜨거운 백열광이 빛나도록 해주었다.*

전투가 활활 타오르는 불꽃 같은 기세로 계속되고 있는 동안, 안
틸로코스는 최대한의 속력으로 아킬레우스에게 달려가는 중이었다.
한편, 아킬레우스는 초조한 모습으로 배 앞에 서서 전장에서 무슨 큰
일이 벌어진 건 아닐까 하고 근심하면서 혼자 중얼거리고 있었다.

"아니, 이게 뭐지? 우리 병사들이 다시 밀려오고 있지 않은가. 어
머님께서 일전에 말씀하신 대로 신께서 나에게 받아들이기 어려운
고통을 주시려는 걸까? 어머니는 내가 살아 있는 동안에 미르미돈
족 최고의 용사가 전사할 거라고 하셨지. 그렇다면 파트로클로스가
죽은 걸까? 고집 센 녀석 같으니! 불만 끄면 헥토르와 대결하지 말고
바로 돌아오라고 그렇게 일렀건만!"

이러한 생각들이 그의 마음을 스치고 있을 때 안틸로코스가 도착
했다. 슬픈 소식을 전하는 그의 볼에는 눈물이 흐르고 있었다.

"나쁜 소식입니다! 좋지 않은 소식을 가져오게 돼 마음이 아픕니
다. 파트로클로스가 전사했습니다. 아군이 시체를 찾기 위해 싸우고
있습니다만, 이미 투구와 갑옷을 잃은 상태여서 가져올 것은 시신뿐
입니다. 갑옷은 헥토르가 차지했다고 합니다!"

그 소식에 슬픔이 구름처럼 아킬레우스를 엄습했다. 그가 두 손으
로 흙을 쥐어 올려 머리에 쏟았다. 잘생긴 그의 얼굴이 흙으로 더럽
혀졌고, 향내 나는 옷은 먼지투성이가 되었다. 산 같은 체구가 머리

칼을 쥐어뜯으며 땅 위에 엎어졌다. 그와 파트로클로스가 포로로 데려온 여인들 또한 그 소식에 반쯤 정신이 나간 채 아킬레우스가 있는 곳으로 와 가슴을 치며 통곡하였다. 안틸로코스는 아킬레우스가 애통해하며 괴로워하는 동안에 그의 두 손을 부여잡고 옆에서 함께 울었는데, 혹시 아킬레우스가 자신의 목에 칼을 들이대지나 않을까 걱정스러웠기 때문이었다.

그의 자비로운 모친 테티스 또한 깊은 바다 속에서 늙은 아버지의 곁에 있다가 아들의 처절한 울음소리를 들었다. 여신이 날카롭게 비명을 지르자 많은 네레이드[1]들이 그녀의 주위로 모여들어 함께 가슴을 두드리며 울었다.

"자매들, 내 말을 들어봐요. 그러면 내가 슬퍼하는 이유를 알 거예요. 나는 고귀한 아들을 둔 불행한 어미예요. 나는 강하고 나무랄 데 없는 사랑스러운 아들을 낳았어요. 그 아이는 영웅 중에 영웅이지요. 나무처럼 쑥쑥 자란 아이는 트로이를 정복하기 위해 나갔어요. 하지만 그 애는 제 아버지의 집으로 영영 오지 못할 거예요. 살아서 햇빛을 보는 동안에 아들이 가진 거라고는 슬픔뿐인데, 그런 아들을 위해 할 수 있는 일이 아무것도 없군요. 그래도 나의 사랑하는 아들을 보러가야겠어요. 가서, 그 전쟁터에서 무슨 일이 생겼는지 얘기라도 들어봐야겠어요."

여신이 동굴을 떠나자, 자매들도 함께 눈물을 흘리면서 물길을 지나 트로이로 갔다. 한 명씩 차례로 뭍에 발을 내딛었는데, 그곳은 미르미돈 인들이 함선을 대놓은 곳에서 멀지 않은 해변이었다. 이내 신음하고 있는 아킬레우스를 발견한 여신은 그의 머리를 가슴에 안고 비통하게 울며 물었다.

"아들아, 왜 울고 있는 거냐? 무슨 곤경에 빠져서 그러는지 숨기지 말고 말해보렴. 제우스께서 너의 바람을 들어주셔서, 지금 네가 빠진

---

1) 바다의 요정. 테티스와 마찬가지로 네레우스의 딸들이다.

군대가 함대 부근에서 엎치락뒤치락하며 쩔쩔매고 있지 않느냐."

그러자 아킬레우스는 깊은 고통 속에서 말했다.

"맞습니다, 어머니. 올림포스의 신이 모두 저를 위해 해주신 일이죠. 그러나 제 사랑하는 벗이 죽은 이제, 그런 게 무슨 의미가 있겠습니까? 저는 그 누구보다도 파트로클로스를 제 생명처럼 아꼈습니다. 그런데 그를 잃었단 말입니다! 내 갑옷과 투구도 헥토르의 수중에 들어가고 말았습니다! 신께서 어머님을 지상으로 시집보내던 날에 아버지께 내린 그 아름답고 경이로운 것들 말입니다.

어머님은 그냥 불멸의 요정들인 자매들과 지내시고 아버지는 그냥 인간 여인을 아내로 맞아, 제가 태어나지 않았더라면 얼마나 좋았을까요! 이제 자식의 죽음으로 인해 어머님께 엄청난 슬픔을 안겨드리게 되었습니다. 어머님께서는 절 다시 살리지 못하실 겁니다. 이제 저도 인간들의 세상에 남아 있을 생각이 없습니다. 물론 그 전에 제 창으로 헥토르에게서 파트로클로스의 죽음에 대한 대가는 받아낼 것입니다!"

그러자 테티스가 눈물을 흘리며 대답하였다.

"아들아, 네 목숨이 얼마 남지 않은 모양이구나. 헥토르 다음에는 너의 최후가 오게 되어 있단다."

그러자 아킬레우스가 분통을 터트렸다.

"차라리 빨리 죽고 싶습니다! 벗이 죽었는데 아무 도움도 못 되었단 말입니다. 고향 땅을 멀리 두고 죽어간 친구를 지켜주지 못했습니다! 파트로클로스는 물론이고 다른 동지들에게 아무 희망도 주지 못했습니다. 헥토르의 손에서 수많은 이들이 죽어가고 있는 판국에 천하에 둘도 없는 저 같은 용사가 이렇게 배 옆에 앉아 대지의 짐이나 되고 있다니!

오, 하늘 위고 땅 위고 간에 저 분쟁이 완전히 그치기를! 어떤 인격자라도 화나게 만드는 분노 또한 그치기를!

그러나 이제 지난 일은 묻어두어야겠습니다. 그 소중한 목숨을 앗아 간 살인자 헥토르를 찾으러 가겠습니다! 제우스와 모든 신들이 마련한 운명이라면 달게 받겠습니다. 제우스께서 가장 귀하게 여기셨던 헤라클레스조차도 자신의 운명을 피하지 않았습니다. 저도 그렇게 하겠습니다.

하지만 그 전에 영예로운 명성을 얻고자 합니다! 제가 빠진 전쟁터와 그렇지 않은 전쟁터가 얼마나 다른지 깨닫게 해주겠습니다. 트로이와 다르다니아 여자들의 보드러운 뺨에 눈물이 흐르고 한탄하게 만들겠습니다! 어머님께서 저를 사랑하시는 줄은 잘 알지만, 저를 막을 생각은 하지 마십시오."

"아들아, 네 말이 옳다. 절망의 구렁텅이에서 죽음에 직면한 동지들을 구하겠다는데 막을 도리가 없구나. 그런데 네 갑옷은 지금 헥토르가 입고 잘난 척하고 있지 않으냐, 죽음이 다가왔으니 그리 오래 가지는 못하겠지만. 어쨌거나 내가 내일 해뜰 무렵 새 갑옷을 얻어 돌아올 때까지만은 기다려다오."

그리고 몸을 돌린 여신은 자매들에게 이렇게 말했다.

"자, 자매들은 아버지에게로 가서 이 모든 일을 얘기해주세요. 나는 이제부터 올림포스로 가서 헤파이스토스가 내 아들을 위한 새 갑옷을 만들어줄 수 있는지를 알아봐야겠어요."

이리해서 요정들은 다시 바다 속으로 뛰어들어갔고, 테티스는 올림포스로 출발하였다.

한편, 그리스 군의 패주는 계속되고 있었다. 무시무시한 소리를 지르며 따라오는 헥토르에게 쫓겨 함대가 있는 바다까지 몰리게 되었다. 모든 것을 태워버릴 기세로 타오르는 불길처럼 말들과 부하들을 몰고 헥토르가 달려드는 통에 파트로클로스의 시신 또한 쉽사리 가져갈 수 없었다. 헥토르는 무려 3번이나 시체의 발을 잡아 끌어당겼지만 메넬라오스와 메리오네스가 맞서 3번 모두 물리쳤다. 그래도 헥토르는 포기하지 않고 부하들에게 호통을 치면서 한 발짝도 물러서려 하지 않았다. 불굴의 두 용사가 아무리 애를 써도 헥토르를 시신에서 떼어놓을 정도로 겁을 줄 수는 없었다. 아마도 이리스가 아킬레우스에게 헤라 여신의 말을 전하지 않았다면 결국에는 헥토르가 이겨 시체를 끌어갔을 것이다.

"일어나라, 펠레우스의 아들이여! 그들에게 그대의 공포를 보여주거라! 가서 파트로클로스를 도우라! 그의 시신을 두고 다투면서 살육이 거듭되고 있지 않느냐. 아마 헥토르는 그의 머리를 잘라내 말뚝에 걸어놓으려 할 것이다. 거기 누워 있지 말고 몸을 일으키라! 트로이의 개들이 파트로클로스를 뜯어먹도록 놔둔다는 건 부끄러운 일이다. 시체가 엉망으로 난도질당한다면 너에겐 치욕뿐이다!"

전갈을 들은 아킬레우스가 물었다.

"여신이여, 어느 분이 당신에게 이 말을 전하라 시키셨습니까?"

"우리의 인자하신 헤라 여신께서 보내셨다. 제우스 님이나 올림포스의 다른 신들은 모르는 일이다."

"제가 무슨 수로 저 북새통으로 들어간단 말씀입니까? 내 무장이 저자들의 손에 들어갔기 때문에 제 모친께서는 내일 새로운 것을 가져오기 전까지는 전투에 나가지 말라고 하셨습니다. 큰 아이아스의 저 커다란 방패 말고는 내가 쓸 무기도 없는데, 그나마 그는 지금 전방에 나가 파트로클로스를 지키느라 싸우고 있을 겁니다."

그러자 이리스가 말하였다.

"그것은 나도 잘 알고 있다. 그러니 그냥 참호 쪽으로 가 그대의 모습을 드러내기만 하라. 트로이 군은 그것만으로도 놀라 잠잠해질 것이다."

이리스가 일을 마치고 떠나자 아킬레우스도 자리에서 일어섰다. 아테나가 널찍한 그의 양 어깨를 아이기스로 가려주고, 머리는 황금빛 안개로 둘렀으며, 몸에서는 뜨거운 백열광이 빛나도록 해주었다.

공격을 당하는 도시가 밤이 되어 세상에 도움을 청하기 위해 피워 올리는 봉화처럼, 방어벽 밖으로 나가 참호 부근에 선 아킬레우스의 머리에서도 그런 빛이 뻗쳐 하늘까지 비추었다. 그는 어머니의 엄한 충고를 명심하여 전쟁터에는 들어가지 않고 그 자리에 서서 함성을 질렀는데, 저 먼 곳에 있던 아테나 여신도 소리를 더하여 주었다.

아킬레우스의 목소리가 도시를 포위한 대군의 나팔소리처럼 크고도 분명하게 울리자 트로이 군 사이에서는 큰 소란이 일어났다. 병사들은 기겁했고, 말들은 불길한 징조를 느끼고 방향을 돌려 달아났으며, 전차병들은 아테나가 밝혀놓은 무시무시한 광채가 아킬레우스의 머리에서 뻗어나오는 광경을 보고 기가 질렸다. 아킬레우스가 참호 가장자리에 서서 3번 함성을 울리자 그때마다 트로이 군과 그들의 동맹군들은 놀라 어쩔 줄을 몰라했다. 최고의 전사로 꼽히는 12명이 전차에 탄 채 아군의 창에 찔려 죽을 정도로 혼란스러웠다.

그 틈을 이용하여 그리스 군은 파트로클로스의 시신을 혼잡 속에서 끌어내 들것에 눕혔다. 그제야 그의 동지들이 주위에 둘러서서 애도할 수 있었으며, 아킬레우스 또한 충실한 친구가 잔인한 상처들에 의해 벌집이 된 채 들것 위에 누운 모습을 보고 뜨거운 눈물을 흘렸다. 무사귀환을 기다리며 전차와 말까지 주어 전장으로 보냈건만, 이런 꼴로 돌아올 줄이야!

태양은 아직 기운이 남은 채로 헤라 여신 때문에 마지못해 오케아노스의 물속으로 가라앉았고 그리스 인들은 사투에서 물러나 휴식을 얻을 수 있게 되었다.

트로이 군 또한 전장에서 벗어났다. 말들의 멍에는 풀어주었지만 저녁식사도 거른 채 서둘러 회의를 소집하여 자리에 선 채로 토론을 벌였다. 아무도 자리에 앉으려는 사람이 없었는데, 모두가 그토록 오랜 기간동안 전장에 나오지 않았던 아킬레우스가 모습을 드러낸 데 대하여 당황해 어찌할 바를 몰랐던 것이다.

폴리다마스가 맨 처음으로 말을 꺼냈다. 헥토르의 절친한 친구인 그야말로 자초지종을 차분하게 바라볼 수 있는 유일한 사람이었다. 헥토르와 폴리다마스는 같은 날 밤에 태어났는데, 한 사람은 전쟁터에서, 다른 한 사람은 토론장에서 뛰어났다.

"동지들! 지금 주위를 잘 살펴보시오. 우리는 성에서 너무 멀리 나와 있소. 적진 앞의 평원에서 밤을 보내서는 안 될 일이오. 아킬레우스와 아가멤논 왕이 서로 반목하는 동안에는 저들의 함대 근처에서 잠을 청하는 것이 즐거웠소. 그러나 이제는 아킬레우스가 두렵소. 광폭한 그의 성질로 볼 때, 이 평원에 나오는 것으로는 만족하지 않을 것이오. 그의 관심사는 우리의 성과 여자들이오. 그러니 성으로 퇴각하도록 합시다.

틀림이 없는 얘기니, 내 말을 잘 들으시오. 해가 짐으로써 그의 추격을 피할 수 있었던 것은 축복이었소. 그러나 내일 무장을 갖추고 그가 출격하여 이 자리에 있는 우리를 발견한다면, 많은 사람들이 그가 어떤 인물인지 깨닫게 될 것이오. 우리 중 대다수는 개나 독수리의 밥이 될 것이고, 도망치는 자는 트로이의 성안에서나 한숨을 돌릴 수 있을 거요. 이런 일들이 실제로 일어나지 않기만을 빌 따름이오!

안타깝겠지만, 동지들이 내 제안에 따라 병력을 다시 모아 성문들을 잘 막는다면 도시는 안전할 거라 확신하오. 내일 새벽부터는 무장을 하고 성벽 주위를 경계해야 하오. 우리가 성에서 싸운다면 훨씬 유리할 것이오. 그는 공연히 말을 몰고 성 주변을 돌아다니다가 끝내 배가 있는 곳으로 되돌아갈 게 틀림없소. 그의 성미로 보건대 무리한 공격은 하지 않을 것이고, 결코 성을 차지할 수 없을 것이오. 결국엔 개들이 그의 시체를 게걸스럽게 먹어치우게 되겠지요."

헥토르가 인상을 찌푸리며 말했다.

"자네 의견은 마음에 들지 않는군. 돌아가 성안에서 웅크리고 있자고? 이미 충분히 성벽 안에 갇혀 있지 않았는가? 한때는 프리아모스 왕의 도시를 두고 황금과 청동의 보고라고 일컫던 때가 있었다. 그러나 제우스께서 진노하신 이후로 많은 보물들을 팔아 먹거나 프리기아 혹은 메이오니아로 빠져나가버렸다.

어리석은 자 같으니! 그 따위 의견은 더 이상 내놓지 말아라. 지금은 신들의 제왕께서 내게 승리를 허락하여 그리스 군을 바다로 밀어 버릴 참이 아닌가! 우리 트로이 군 중에서 자네의 말을 들을 병사는 한 사람도 없을 것이다. 내가 그러라고 두지도 않을 것이고!

자, 모두들 내 지시에 따르시오. 먼저 각자의 진영으로 돌아가 제대로 된 식사를 하고 경계를 서시오. 모두 깨어 있어야 하오. 병사 중에 재물에 대해 집착하는 자가 있거든 그로 하여금 물건들을 거두어 동료들과 나눠 갖게 하시오. 적에게 주느니 그들끼리 즐기는 게 나으니 말이오.

내일 새벽이 오면 우리는 무장을 갖추고 함대에 대공습을 가할 것이오. 아킬레우스가 정말로 함대 근처에 나타난다면 불리한 전세를 자초하게 될 거요. 나는 전쟁터에서 최소한 등은 보이지 않겠소! 이기든 지든 상관없이 그에게 맞설 것이오. 전쟁의 신은 정정당당한 싸움을 구경하시게 될 거요. 때로는 죽이려고 마음먹은 자가 먼저 죽음을 당하기도 하는 법이오!"

어리석은 트로이 군은 헥토르의 발언에 환호하였다. 아테나 여신이 그들의 판단력을 앗아 갔기 때문이었다. 헥토르의 충고는 불길한 것이었지만 모두들 그를 칭송했고, 옳은 조언을 한 폴리다마스는 아무도 칭찬하지 않았던 것이다.

그리스 군 측에서는 밤새 파트로클로스의 죽음을 슬퍼하였다. 아킬레우스가 먼저 무수한 적군을 살해했던 두 손을 친구의 가슴에 얹고 울었다. 사냥꾼들에게 새끼들을 도둑맞은 사자가 가슴에 쓰디쓴 노여움을 안고 약탈자의 자취를 더듬으며 새끼를 찾아 헤매는 모습처럼 분노하면서 탄식하였다.

"내가 너무 어리석었다. 내 집에서 고매하신 메노이티오스 앞에서 한 말은 무엇이란 말인가! 나는 그의 아들이 트로이를 정복하고 많은 전리품을 챙겨 영광스럽게 돌아오도록 하겠다고 하지 않았던가. 그러나 제우스께서는 인간들의 계획을 다 이뤄주지 않는구나. 우리는 이곳 트로이에서 피를 흘리며 죽도록 운명지어진 것이란 말인가! 이곳의 땅이 나를 덮을 것이니, 아버지나 어머니는 나를 다시 반겨줄 수 없으리라.

파트로클로스, 자네가 먼저 지하로 내려가고 내가 남았으니 자네를 죽인 헥토르의 갑옷과 머리통을 이곳으로 가져오기 전엔 자네를 땅에 묻지 않겠다. 그리고 자네를 화장시키기 전에 자네 죽음에 대한 앙갚음으로 트로이 고귀한 젊은이 12명의 모가지를 칠 것이다. 그때까진 이대로 배 옆에 누워있도록 하게나. 자네와 내가 부유한 도시들을 무수히 정복했을 때 장창과 힘으로 데려온 트로이와 다르다니아의 여인들이 자네를 둘러싸고 밤낮으로 슬피 울어줄 것이다."

그런 후에 그는 커다란 가마솥에 물을 끓여 친구의 시체에 묻은 피를 닦아내라고 명령하였다. 부하들은 명령에 따라 장작불로 물을 끓여 시체를 씻어내고 기름을 바른 뒤에 상처에 9년 묵은 고약을 발랐다. 그리고는 관에다 눕혀 천으로 머리부터 발끝까지를 감쌌고, 그 위를 다시 흰 천으로 덮었다.

그러는 동안 천상의 신들은 낮 동안의 일에 대해 이야기를 나누고 있었다. 제우스가 헤라에게 말했다.

"그래, 기어이 당신 뜻을 이루게 되었군. 아킬레우스를 나서게 만들었으니 말이오. 혹자는 저 긴 머리칼의 그리스 인들이 당신 자식들인 줄 알겠군 그래."

헤라가 이에 대꾸하였다.

"제우스이시여, 무슨 말씀을! 하찮은 인간도 때로는 남을 돕기도 하는 거예요. 나는 혈통도 뛰어나고, 하늘의 왕인 당신의 아내예요.

여신 중에서 최고의 영광을 누리고 있는 내가 그리스를 도와 트로이 군에게 재앙을 내리면 안 된다는 법이 있나요?"

이즈음 테티스는 헤파이스토스의 저택에 당도하였다. 별처럼 반짝이며 영원히 닳지 않는 청동의 저택은 다른 신의 집들 중에서도 가장 훌륭했는데, 다리를 저는 헤파이스토스가 손수 지은 것이었다.

여신은 여러 개의 풀무 사이를 바쁘게 오가며 땀을 흘리고 있는 그를 발견했다. 그는 자신의 방의 벽 둘레에 세워놓을 20개의 세 발 달린 솥을 만들고 있는 중이었다. 그 솥은 바닥에 황금 바퀴를 달아놓아서 신들이 잔치를 벌일 때면 그곳으로 스스로 굴러갔다가 잔치가 끝나면 제자리로 돌아오는 신기한 물건이었다. 솥은 거의 완성 단계에 이르러 손잡이를 다는 일만 남겨두고 있었다.

마무리를 위해 못을 벼리고 있을 때 테티스가 들어오자, 카리스가 먼저 그녀를 발견하고는 베일을 펄럭이며 달려 나왔다. 절름발이 신의 아내인 아름다운 카리스는 손님의 손을 반갑게 잡고 말했다.

"테티스 님, 이렇게 화려하게 차려입으시고 누추한 저희 집에 어인 일로 오셨나요. 이렇게 만나뵈니 기뻐요. 오랜만에 와주셨네요. 들어오셔서 뭘 좀 드셔야지요."

카리스는 테티스를 안으로 맞아들여 아름다운 무늬가 아로새겨져 있고 은을 박아 넣은 의자에 앉게 한 뒤에 남편을 불렀다.

"여보! 이리로 좀 와보세요. 테티스 님께서 오셨어요!"

그러자 절름발이 신이 대답했다.

"내가 존경하고 사랑하는 여신께서 내 집에 오셨군요. 내가 절름발이라고 어머니가 날 던졌을 때 에우리노메와 테티스 님께서 날 따뜻하게 돌봐주시지 않았다면 나는 정말 큰 고통을 겪었을 겁니다.

당신도 에우리노메 님을 알 거요. 밀물과 썰물의 신 오케아노스의 따님이지. 나는 9년 동안 그 집에 머물면서 브로치와 팔찌와 목걸이 같은 걸 많이 만들었는데, 그때 날 구한 테티스와 에우리노메 님 말고는 내가 있는 곳을 신도 인간도 몰랐었다오.

그런데 지금 사랑스럽고 예쁜 머리칼의 테티스 님이 내 집에 오시다니! 내, 테티스 님을 위해서라면 뭐든 해드리리다! 생명의 은인에게 보답을 해야지요.

당신은 어서 여신께 먹고 마실 것 좀 내드리시오. 그동안에 나는 풀무와 연장들을 좀 치우고 오겠소."

최고의 솜씨를 지닌 대장장이는 절뚝거리며 걸어가 연장들을 모두 모아 은으로 만든 궤짝에 넣고 해면으로 얼굴과 팔 그리고 단단한 목과 털이 잔뜩 난 가슴팍을 문질러 닦은 뒤에 웃옷을 차려입고 굵은 지팡이와 하녀들의 도움을 받으면서 자리로 돌아왔다. 하녀들은 모두 황금으로 만들어졌는데, 살아 있는 소녀들과 똑같았다. 생각할 줄도 알았고 말도 할 줄 알았으며 실을 잣거나 베를 짤 줄도 알았다. 그들의 부축을 받아 테티스 옆에 놓인 의자에 털썩 앉은 헤파이스토스는 말을 건네었다.

"아름다운 테티스 님. 이 초라한 집에 무슨 일로 오셨습니까? 뵙게 되어 기쁩니다만, 오랜만에 찾아오신 이유가 있으시겠지요? 원하시는 게 있으면 말씀하십시오. 제가 할 수 있는 일이라면 기쁘게 해드리겠습니다."

그러자 테티스는 눈물을 흘리면서 말하였다.

"헤파이스토스, 올림포스에 나처럼 괴로운 여신이 있던가요? 제우스께서는 많은 여신들 중에서 하필 날 골라 비참한 일을 겪게 하셨지요. 그가 나를 펠레우스라는 인간에게 주셔서 내 뜻과는 상관없이 인간과 잠자리를 해야 했답니다. 그이는 지금 자신의 저택에서 노쇠하여 누워 있는데, 사실은 그것보다 더한 걱정이 있답니다. 제가 그와의 사이에서 아들을 하나 낳아 키웠는데, 영웅 중에 영웅이 되었지요. 그렇지만 나의 아들은 결코 아버지의 집으로 돌아오지 못할 운명이랍니다."

이어서 아가멤논이 아킬레우스를 모욕한 일부터 파트로클로스의 죽음까지 이야기해주었다.

"그래서 당신께 간청을 드리러 온 거랍니다. 제 아들에게 창과 투구, 그리고 발목까지 가려주는 정강이받이와 갑옷 1벌을 만들어주시렵니까? 헥토르가 모두 뺏어가 버렸답니다."

헤파이스토스가 대답하였다.

"그런 일일랑 걱정하지 마시고 용기를 내십시오. 보는 이마다 놀라움을 금치 못할 최고의 무장을 아드님께 만들어드리지요. 그 끔찍한 종말이 그에게 다가올 때 제가 죽음에서 아드님을 구해낼 수 있다면 얼마나 좋겠습니까!"

그는 즉시 자리에서 일어나 대장간으로 가 풀무들에게 일을 시작하라고 명령하였다. 20개의 풀무들은 강하거나 약하게, 정확한 세기로 용광로에 바람을 불어넣었다. 거기에 놋쇠와 주석, 귀한 금과 은을 녹여 큰 모루에 얹고 망치로 때렸다.

맨 처음 헤파이스토스는 널따랗고 튼튼한 방패의 모양을 뜬 다음 전체를 아름다운 무늬로 장식하였다. 방패의 둘레에는 빛나는 3겹의 테를 둘렀고 은으로 만든 끈을 달았다. 방패 안쪽에는 5겹의 쇠가죽을 대었는데, 그곳에도 절묘한 솜씨로 그림들을 그려 넣었다. 먼저 하늘과 땅과 바다와 해와 달 외에 여러 별자리들을 새겼고, 인간들의 번화한 두 도시도 새겼다. 한 도시는 즐거운 혼인 잔치를 벌이는 모습과 죽은 사내의 피 값을 두고 재판을 벌이는 모습으로 그려졌고, 또 다른 도시는 빛나는 갑옷을 입고 성을 포위한 2개의 부대와 그에 맞서 성안 병사들이 피를 흘리며 싸우는 모습으로 그려졌다.

그리고 기름진 땅과 그것을 가는 농부들을 새겼는데, 황금으로 만든 그림인데도 마치 진짜 흙처럼 보일 만큼 정교한 솜씨였다. 거기에는 풍성한 수확을 거두는 일꾼들과 탐스럽게 영근 포도를 수확하는 소년 소녀들의 기쁜 모습이 함께 들어가 있었다.

헤파이스토스는 또한 협곡에 자리한 아름다운 목장의 하얀 양떼와 그에 따른 오두막도 새겼는데, 소를 잡아먹는 사자와 그것을 쫓는 목동과 사냥개도 그려져 있었다.

무도회장도 새겨 넣었다. 멋지고 젊은 사내들과 귀한 처녀들이 곱게 차려입고 원을 지어 경쾌하게 춤추는 모습에 하프를 뜯는 음유시인과 원 가운데서 분위기를 돋구는 두 곡예사까지 그려 넣어두었다.

마지막으로 방패의 맨 가장자리에는 거대한 오케아노스 강을 새겨 둘렀다.

이렇게 방패를 만들고 난 뒤 헤파이스토스는 불꽃보다 더 밝게 빛나는 갑옷을 만들었고, 그 다음에는 황금 장식이 달린 튼튼한 투구를 만들었으며, 유연성을 지닌 주석으로 정강이받이까지 만들었다.

모든 것을 완성한 절름발이 신이 무장을 테티스 앞에 가져오자, 여신은 아들에게 줄 그 빛나는 장비들을 품고 눈 덮인 올림포스를 떠나 마치 매처럼 빠르게 땅으로 내려갔다.

XIX

*병사들의 발걸음에 땅이 울렸다. 그 한가운데에 아킬레우스가 참기 어려운 슬픔을
가슴속 깊이 묻어두고 헤파이스토스가 만들어준 장비로 무장을 하고 있었다.*

노르스름한 빛의 옷을 입은 새벽이 오케아노스의 물줄기 위로 떠
올라 하늘과 땅에 빛을 던질 무렵 테티스는 아들에게 줄 귀한 선물을
들고 그리스 군 진영으로 갔다.

여전히 아킬레우스는 파트로클로스의 시체를 팔에 안고 흐느끼고
있었고, 그의 동지들 또한 그 주위에서 슬퍼하고 있었다. 여신은 아
들의 손을 꽉 잡으며 말했다.

"아들아! 슬프겠지만 그는 이제 죽었고, 그것은 신의 뜻이란다. 자,
헤파이스토스에게서 받은 이 훌륭한 선물들을 받거라. 얼마나 정교
한지 보렴. 인간 중에 이런 것을 입어본 자는 한 사람도 없을 거야."

여신은 덜거덕 소리를 내며 그것들을 아킬레우스 앞에 내려놓았
다. 그 무장을 본 사람들은 두려움에 뒤로 물러났지만, 아킬레우스는
오히려 복수심이 솟아올라 속에서 불이라도 난 듯 눈까지 이글거렸
다. 그러나 신이 마련한 그 영예로운 선물들은 기쁘게 두 손에 받아
들었다.

잠시 기쁨을 만끽한 아킬레우스는 마음속에 담아두었던 말을 털어
놓았다.

"어머니, 이것들은 정말 불멸의 신이 만든 것이로군요. 정녕 인간
으로서는 만들 수 없는 것들입니다. 지금 즉시 전장에 나갈 준비를
하겠습니다. 그런데 파트로클로스의 상처에 파리떼들이 몰릴까봐 걱

정입니다. 생명을 잃은 몸에 벌레들이 생겨 시체가 썩어갈 겁니다.”

이에 테티스가 대답하였다.

“그건 걱정하지 말거라. 전장에 널린 시체로 배를 불리는 그 무지 막지한 파리들이 가까이하지 못하도록 하겠다. 그가 여기서 1년을 누워 있게 된다고 해도, 지금보다 더 좋아질 망정 그 살은 썩지 않을 것이다.

지금 네가 해야 할 일은 왕들을 소집하여 아가멤논 왕에 대해 품고 있는 적의를 거두었음을 선언하는 것이다. 그런 뒤에 속히 무장을 갖추고 너의 용맹을 되찾거라!”

여신은 이렇게 이르고 나서 죽은 자의 콧구멍에다 신들이 마시는 붉은 넥타와 암브로시아를 떨어뜨렸다.

어머니의 말에 새로운 용기가 솟은 아킬레우스는 해변을 따라 걸어가며 우렁찬 목소리로 그리스 왕족들의 이름을 불렀다. 그러자 배 안에서 나오는 일이 없는 키잡이와 식사를 담당하는 급사들까지 회의장으로 모여들었다. 그중에는 용맹스런 전사 디오메데스와 오디세우스도 있었는데, 그들은 미처 상처가 아물지 않아 창을 지팡이 삼아 절뚝거리며 다가와서 맨 앞자리에 앉았다. 그들 다음으로 아가멤논 왕이 나왔는데, 그 또한 안테노르의 아들 코온에게 입은 상처로 아직 고통스러워하고 있었다.

회의 장소가 사람들로 다 차자 아킬레우스가 일어나서 말했다.

“아가멤논 왕이여, 당신과 내가 여자 하나 때문에 영혼을 갉아먹는 불화에 빠졌던 결과로 무엇을 얻었소. 차라리 아르테미스가 그 여자를 화살로 쏘아버렸으면 좋았을 것을! 내가 리르네소스를 정복했던 바로 그날에 그 여자를 죽였다면 흙을 깨물고 죽어가야 했던 그 용맹한 장수들은 무사했을 거요. 헥토르와 트로이 군에게 좋은 것을 모두 빼앗긴 이제, 그리스 인들은 당신과 나의 반목을 두고두고 잊지 못할 것이오.

그러나 이미 지나간 일은 꺼내지 맙시다. 슬픔을 잊고 감정을 누르겠소. 그 길밖에는 없기 때문이오. 그러니 나는 여기 이 자리에서 원한을 씻을 것이며, 앞으로 화를 내는 일도 없을 것이오. 그러니 속히 군대로 하여금 전투 준비를 갖추라 명령하시오. 내가 나섰는데도 적군이 겁없이 우리 함대 곁에서 밤을 보내려 할지 알아보고 싶소. 아마 대다수의 적들은 우리의 창에서 도망칠 수만 있다면 기꺼이 무릎을 꿇고자 할 것이오!"

모인 사람들은 아킬레우스가 원한을 풀 거라는 말에 기뻐하였다. 그러자 아가멤논 왕이 앞으로 나서지 않고 앉은 채로 입을 열었다.

"동지들이여, 나의 용사들이여……."

그가 여기까지 말했을 때, "모두 당신 탓이오!"라는 고함 소리들에 말이 끊겼다.

"동지들! 누군가 말하려 나섰으면 귀를 기울여주는 게 옳은 일이다. 이렇게 중간에 끼어든다면 아무리 훌륭한 웅변가라도 말을 하기 어려울 것이다."

그러나 오히려 더 소란스러워졌다.

"이렇게 소란스러워서야 어떻게 입을 열겠고, 어떻게 들을 수 있겠는가. 나는 지금 아킬레우스에게 말하려 한다. 그에게 해명하고 싶은 게 있으니 나머지 사람들은 부디 내 말을 잘 들어주기 바란다.

여러 사람들이 날 책망하지만, 난 잘못이 없다! 제우스와 운명의 여신과 어둠 속을 걸어 다니는 복수의 여신들 때문이란 말이다. 모두 그들의 탓이다! 그들이 우리 중에 특히 내 마음에 그런 광적인 분노를 불어넣는 바람에 아킬레우스의 전리품을 빼앗는 잘못을 저지른 것이다. 신께서 하는 일을 내가 어쩌겠는가! 제우스의 맏딸 아테[1]에게 저주 있기를! 그 여신은 땅을 밟지 않아 보드라운 발로 사람들의 머리를 밟고 다니며 모두를 멍청이로 만든다고 한다. 심지어 인간과

1) 파멸과 악운의 여신. 판단력을 흐리게 하여 실수하게 만드는 여신이라 함.

신들의 제왕인 제우스조차 분별을 잃은 적이 있다.

그날은 알크메네가 성벽으로 둘러싸여 있는 테베스에서 막강한 헤라클레스를 낳으려 할 때였다. 제우스는 신들이 모인 앞에서 자랑을 했다.

'모든 신들은 들으라! 출산의 여신이 오늘 한 아이를 빛으로 인도할 것이다. 그는 내 피와 혈통을 이어받은 아이이며 그 주변의 백성들을 다스리게 될 것이다.'

그러자 교활한 계략을 가지고 있던 헤라 여신이 말했다.

'그 정도로는 믿을 수가 없어요. 그러니 오늘 여인의 다리 사이에서 나오는 아이가 당신의 핏줄이고 혈통이며 장차 그 지역 주변을 다스리게 될 거라는 굳은 맹세를 하세요.'

기쁨에 눈이 멀어 그녀의 계략을 눈치채지 못한 제우스께서는 신성한 서약을 하였다. 서약을 마치자 화살처럼 빠르게 아르고스로 내려간 헤라 여신은 아이를 밴지 7달밖에 안 되는 페르세우스의 아들 스테넬로스의 아내에게 가 아이가 일찍 나오게 하였다. 그리고 출산의 여신을 막아 알크메네의 출산을 늦춘 다음에 제우스에게로 돌아가 말했다.

'제우스여, 전할 말이 있어요. 당신이 말한 대로 아이가 태어났어요. 스테넬로스의 아들 에우리스테우스예요. 서약에 따라 그는 당신 자손으로서 아르고스 백성을 다스리게 될 거예요.'

제우스께서는 헤라 여신의 계략에 마음의 상처를 입은 나머지 모든 이의 마음을 눈멀게 하는 아테를 다시는 올림포스와 하늘에 들이지 않겠다고 엄숙히 맹세하고서 아테의 머리채를 잡아 인간의 땅으로 내던졌던 것이다. 그 후로도 제우스께서는 아들 헤라클레스가 치욕과 고생을 감수하는 모습을 볼 때마다 아테를 원망했다고 한다.

내게도 그와 같은 일이 일어났던 것이다. 헥토르가 아군을 유린하는 모습을 볼 때마다 나는 속임수의 여신 아테를 잊을 수가 없었다.

그러니 이제 나의 과오를 바로잡고자 한다. 그 대가로 어떤 값이라도 치르겠다.

그러니 바라건대, 아킬레우스여, 전장으로 가주시오! 군대를 전장으로 이끌어주시오! 값진 물건들은 얼마든지 있고, 전에 오디세우스를 통해 약속한 모든 것을 줄 준비가 되어 있소. 원한다면 시종들을 시켜 지금 당장이라도 가져오라고 할 테니, 만족할 만큼 충분한지 보시오."

그러자 아킬레우스가 대답하였다.

"아가멤논 왕이여. 보물은 당신 것이오. 내게 주고 싶으면 주어도 좋고, 당신이 보관하겠다면 그래도 좋소. 지금 당장은 전투를 생각할 때요. 큰 싸움을 앞둔 이때 잡담이나 하며 낭비할 시간이 없소. 나 아킬레우스가 다시 전장으로 나가 트로이 군을 무찌르는 광경을 보여줘야 할 때요. 모두들 나와 함께 싸우도록 합시다!"

오디세우스가 화답하였다.

"아킬레우스, 서두르지 말게. 자네의 힘은 잘 알지만, 그렇다고 병사들을 굶겨서 전장으로 내몰아서는 안 되네. 일단 싸움이 시작되면 길어질 걸세. 신께서 양쪽 모두에 전의를 불어넣으실 테니 말이네. 그러니 먼저 병사들에게 식사를 하고 술을 마시라고 지시하게. 새벽부터 해질녘까지 빈 위장으로 싸울 수 있는 병사가 있겠는가. 아무리 전의가 불타오른다고 해도 자기도 모르는 사이에 팔다리가 점점 무거워지고 허기와 갈증이 찾아와 휘청대기 마련이네. 하지만 술과 음식을 배불리 먹은 자는 하루 종일 버틸 수 있지. 심장은 튼튼하고 사지는 전장을 떠날 때까지 끄떡없단 말이네. 그러니 병사들에게 해산하여 식사를 하라고 하게나.

하지만 그에 앞서 아기멤논 왕이 약속한 보물들을 이곳으로 가져오게 하여 모두에게 보이고, 또 자네의 마음도 달래는 것이 좋을 것이네. 또한 왕으로 하여금 모든 이들 앞에서 절대로 자네의 여자와 관계한 일이 없음을 맹세토록 하고, 자네는 자비한 마음으로 용서를 하시게. 마지막으로, 왕이 자네의 지위에 걸맞는 진수성찬을 차려 막사로 초대하면 그에 응하여 서로의 관계를 회복시키는 것이 좋을 것 같네.

왕이시여! 이번 일을 계기로 앞으로는 보다 공정해지시길 바라오. 왕이라고 해도 지난 잘못을 보상하려는 것은 절대 부끄러운 일이 아니오."

그러자 아가멤논 왕이 대답하였다.

"오디세우스여, 그렇게 말해주니 기쁘다. 너의 말은 모두 사실이다. 난 당장이라도 맹세를 할 준비가 되어 있을뿐더러, 그거야말로 내가 바라던 바다. 허나, 선물을 이 앞으로 가져올 때까지 잠시만 기다리도록 하라.

오디세우스, 젊은 왕자들 중에 최고의 전사를 골라 내가 전에 약속한 보배들과 여자들을 내 함대에서 가져와주게. 내 전령 탈티비오스는 제우스와 아폴론에게 바칠 제물로 돼지를 찾아올 것이다."

그러자 아킬레우스가 즉시 대답하였다.

"아가멤논 왕이여, 그 일은 뒤로 미루는 게 좋겠소. 전투가 잠시 중단되거나, 아니면 내 마음의 고통이 잦아든 다음이 좋겠소. 지금 전장에는 병사들이 난도질당한 채 누워 있소. 제우스가 헥토르에게 승리를 가져다주는 동안 그가 죽인 병사들이오. 그런데 어찌 저녁을 들 수 있겠소! 식사는 제쳐두고 싸워야 하오! 해가 질 무렵이면 우리의 명예를 깨끗이 회복한 뒤에 성찬을 즐길 수 있을 것이오. 난 그 이전에는 음식 한 조각 술 한 방울도 목구멍으로 넘길 수 없을 듯하오. 내 친구가 만신창이로 죽어 막사에 누워 있고 그 주위에서 내 동지들이 슬퍼하고 있는 이때에 어찌 식사니 보물이니 하는 따위에 관심을 두겠소. 오직 죽음과 피, 그리고 병사들의 고통스런 신음소리만이 내 맘에 가득한 것이오!"

그러자 오디세우스가 말했다.

"아킬레우스 왕자여, 그대는 우리 그리스 인 중에서 가장 훌륭한 사람이네. 나보다 더 강하고 더 용감하지. 그러나 지혜는 내가 더 앞설 것이네. 내가 나이도 더 많고, 그만큼 경험도 많으니 말이네. 그러니 내 말에 따라주게.

위장이란 몹쓸 불평꾼이라서 음식이 들어가지 않으면 시체 묻을 힘조차 나지 않는 것이네. 하루하루 너무나 많은 병사들이 쓰러져가는 와중에 아무도 쉴 틈을 얻을 수 없었네. 마음을 굳게 먹도록 하게. 죽은 자를 위한 눈물을 흘릴 때가 아니네. 전쟁의 공포에서 살아남은 이들은 먹고 마시는 일을 잊어서는 안 되네. 그래야 기운을 차려 갑옷을 입고도 지치는 일 없이 적들과 싸울 수 있네.

자, 이제 얘기는 끝났소. 먹고 마신 뒤에 한 사람도 빠짐없이 진군하여 적들을 상대로 싸우도록 합시다!"

이 말이 끝나기가 무섭게 행동이 이어졌다. 오디세우스는 네스토르의 두 아들과 메게스, 토아스, 메리오네스, 리코메데스, 멜라니포스를 불러 아가멤논 왕의 막사로 가 약속했던 모든 것을 챙겨 돌아왔다. 그리고 보물들을 군중들 앞에 펼쳐놓자 아가멤논이 일어섰다. 그에 맞춰 탈티비오스가 돼지를 가지고 오자 아가멤논이 단검을 빼들어 먼저 돼지털을 잘라내 제우스께 기도를 드렸다.

"신들 중에 가장 위대하고 높으신 분이여, 우리의 증인이 되어주소서. 땅과 태양, 그리고 지하에서 거짓 맹세를 하는 모든 인간을 벌주시는 복수의 신들이여, 증인이 되어주소서. 나는 이 브리세이스에게 맹세코 손을 댄 적이 없으며 침실로 들이려는 생각도 품어본 적이 없나이다. 제 말 중에 거짓이 있거든, 거짓 맹세하는 자에게 내리시는 온갖 괴로움을 제게 내리소서."

그리고 돼지의 모가지를 베었고, 머리는 물고기 밥으로 탈티비오스에 의해 깊은 바다에 던져졌다.

아킬레우스가 일어서더니 말하였다.

"오, 하늘의 주인이신 제우스여. 당신께서 인간에게 내리신 어리석음이 너무 큽니다! 그렇지 않았다면 아가멤논 왕과 저의 불화도 없었을 것을!

자, 모두들 가서 식사를 하시오. 그리고 나서 함께 싸웁시다."

이렇게 병사들은 해산하였고, 아킬레우스의 부하들은 보물을 막사 안으로 옮기고 선물로 받은 여자들이 머물 곳도 마련해주었다. 또 말들은 마부들에 의해 다른 말들과 함께 마구간에 넣어졌다.

아프로디테와 견줄 만한 미모의 브리세이스도 아킬레우스의 막사에 들어섰다. 그런데 창에 뚫리고 찢긴 파트로클로스를 보자마자 비명을 올리며 시체 위로 몸을 던지더니 가슴을 쥐어뜯고 가냘픈 목과 그 사랑스러운 얼굴을 스스로 할퀴며 통곡하는 것이었다.

"파트로클로스 님! 비참한 제가 가장 소중히 여겼던 분! 이곳을 떠날 때만해도 살아 계셨는데, 이제 돌아와 죽은 당신을 보게 될 줄이야! 어째서 내 인생은 이렇게 끝도 없는 괴로움의 연속인가요. 남편은 성벽 앞에서 창에 찔려 죽었고, 세 오라버니들도 죽었는데! 내 남편을 죽인 아킬레우스 왕자님이 미네스 왕의 도시를 정복했을 때, 당신은 내게 울지 말라 하면서 아킬레우스의 아내로 혼인하게 될 거라고 약속하셨지요. 그리고 미르미돈 족의 땅에서 혼인 잔치를 열어주겠노라고 하셨지요. 그토록 친절하셨던 당신의 죽음 앞에서 제가 어찌 울음을 그칠 수 있겠습니까!"

그녀가 울자 다른 여자들도 함께 눈물을 흘렸다. 보이는 바로는 파트로클로스 때문이었지만, 실제로는 박복한 자신들의 운명 때문이기도 했다.

아킬레우스 주변에서는 원로들이 둥글게 앉아 그에게 음식을 권했지만 그는 굳이 거절했다.

"동지들, 간청하건대 내게 먹고 마실 것을 권하지 마시오. 나는 지금 너무나 큰 슬픔에 잠겨 있소. 그러니 해가 질 때까지 그냥 있을 것이오."

그 말에 대부분은 흩어졌지만 오디세우스, 네스토르, 이도메네우스, 그리고 늙은 포이닉스가 남아서 그를 위로해주려고 애를 썼다. 그렇지만 그의 슬픔은 피비린내 나는 전쟁터의 아가리 속으로 뛰어들기 전에는 결코 가라앉을 수 없는 것이었다. 도저히 슬픔을 잊을 수가 없었던지 아킬레우스는 한숨을 쉬며 말했다.

"매정하게 그렇게 죽어버리다니! 모두들 전장으로 바쁘게 뛰어가는 와중에도 자네는 나를 위해 직접 맛있는 식사를 준비해주었지. 그런 자네가 참혹한 꼴로 누워 있는데, 어찌 저 음식과 술에 손을 댈 생각이 나겠나.

자네가 너무 그립군. 이 이상 어떤 재난이 닥칠 수 있겠나. 부친이 돌아가셨다는 소식을 듣게 되더라도 이보다 큰 불행은 아닐 걸세. 아마 지금쯤 부친께서는 아들인 내가 그리워 눈물을 흘리고 계실 테지. 그런데 난 그 지긋지긋한 헬레네 때문에 트로이 군과 싸우느라고 이면 타국에 와 있으니!

아니, 내 사랑하는 아들 네오프톨레모스가 죽었다는 소식이 들리더라도 이보다 더 하진 않을 거야. 아니, 아들이 아직 살아 있다면 말일세. 타향에서 죽는 건 나 혼자로 족하다고 생각했네. 자네는 프티아로 돌아갈 수 있기를 바랬지. 그래서 나의 아들에게 내 재산과 하인들과 그리고 품위 있는 저택을 구경시켜 주기를 원했네.

아버지는 어쩌면 벌써 돌아가셨을지도 모르겠군. 그렇지 않더라도 아무 낙도 없이 그저 내가 전사했다는 불행한 소식이나 기다리면서 목숨만 부지하고 계실 테지."

아킬레우스가 그렇게 중얼거리면서 눈물을 흘리자, 나이든 다른 이들도 고향에 남긴 이들을 떠올리며 함께 한탄하였다.

그것은 제우스에게도 안쓰럽기 짝이 없는 광경이었다. 그는 평소대로 아테나에게 거침없이 말하였다.

"내 딸아. 너의 영웅을 내팽개친 거냐? 아킬레우스가 먹지도 마시지도 않고 친구의 죽음을 슬퍼하고 있지 않느냐. 가서 넥타와 암브로시아를 그의 가슴에 떨어뜨려주고 오거라. 굶주리는 일이 없게 말이다."

아테나로서도 원하던 바였다. 여신은 긴 날개가 달린 하피[2]처럼 날카로운 소리를 내며 하늘에서 뛰어내렸다. 그리스 인들이 전투를 준비하는 가운데 여신은 귀한 암브로시아를 아킬레우스의 가슴에 떨어뜨려주어 굶주림의 고통을 면하게 해주었다. 그리고는 바로 위대한 아버지 제우스의 저택으로 돌아왔다.

모든 준비를 마친 그리스 인들이 병영에서 쏟아져 나왔다. 빛나는 투구에 돌기 달린 방패와 튼튼한 갑옷, 단단한 나무로 만든 창을 갖춘 그들의 광채가 하늘을 덮었다. 금속들의 번쩍임으로 대지는 생기에 넘쳤고, 병사들의 발걸음에 땅이 울렸다. 그 한가운데에서 아킬레우스가 참기 어려운 슬픔을 가슴속 깊이 묻어두고 헤파이스토스가 만들어준 장비로 무장을 하고 있었다. 적들을 향한 증오로 가득 찬 그는 정강이받이와 갑옷을 입고 은으로 장식된 검을 어깨에 둘러맨 다음 거대한 방패를 들었다. 방패는 마치 또 하나의 달처럼 그 자리를 빛으로 가득 채웠다. 그런 후에 별처럼 빛나면서 견고한 투구를 머리 위에 얹었다.

무장을 갖춘 아킬레우스는 갑옷이 몸에 맞는지, 팔다리를 움직이는 데 지장이 없는지를 확인하기 위해 이리저리 몸을 움직여보았다. 무장들은 거치적거리기는커녕 오히려 날개처럼 그를 공중에 띄우기라도 할 것처럼 보였다. 끝으로 그는 부친의 창을 들어올렸다. 길고도 육중한 그 창을 휘두를 수 있는 자는 아킬레우스 외에 없었다. 그 창은 케이론이 그의 부친에게 마련해준 것이었다.

2) 머리와 가슴은 여자이지만 새의 발톱과 날개를 가진 존재.

아우토메돈과 알키모스가 말과 전차를 준비했다. 아우토메돈이 채찍을 손에 들고 전차에 뛰어오르자, 황금빛으로 번쩍이는 태양 같은 모습으로 함께 올라탄 아킬레우스가 부친의 말들에게 말을 걸었다.

"너희는 발이 빠르기로 유명한 말들이다. 우리가 충분히 싸운 다음에는 주인을 안전하게 모실 수 있는 길을 찾아내거라! 파트로클로스처럼 죽게 내버려둬서는 안 된다."

그러자 적갈색 말이 갑자기 갈기 털이 땅에 닿을 정도로 그에게 고개를 숙이더니 인간의 목소리로 말을 하였다.

"이번에는 반드시 주인님을 구해내겠습니다. 그러나 당신의 마지막 날이 다가오고 있는 것은 저희의 탓이 아닙니다. 위대한 한 신과 저항할 수 없는 운명의 신 때문이지요.

전에도 저희들이 굼떠서 트로이 군이 파트로클로스 님의 갑옷을 찢은 게 아닙니다. 제우스께서 그를 죽이고 헥토르에게 승리를 주신 겁니다. 우리는 바람 중에서도 가장 가볍다는 서풍처럼 빨리 달릴 수 있지만, 신과 인간에 의해 쓰러지는 것이 당신의 운명입니다."

말은 거기서 이야기를 그쳤다. 복수의 여신들이 그 말을 막았던 것이다. 그러자 아킬레우스가 노기 띤 음성으로 대답하였다.

"네가 어째서 나의 죽음을 예언하는 것이냐! 새삼 그럴 필요 없다. 먼 타향에서 최후를 맞는 것이 내 운명임은 이미 잘 알고 있다. 그렇지만 그전에 나는 트로이 군이 전쟁이라면 신물이 난다고 할 때까지 그들을 쫓을 것이다!"

말을 마치자마자 아킬레우스는 고함을 지르며 자신의 말들을 몰아 전방으로 내달렸다.

XX

자신의 젊은 목숨을 구할 수 있을까 싶어 달려와 아킬레우스의 무릎을 잡았다. 그러나 그는 어리석었다. 아킬레우스의 마음에는 어떤 자비나 친절도 없이, 오직 광기만 가득했던 것이다.

아킬레우스의 합류로 또다시 전의를 불태우는 그리스 군을 평원의 높은 지대를 차지한 트로이 군이 기다리고 있는 동안, 제우스는 여신 테미스에게 지시를 내려 신들을 올림포스 산으로 모았다. 여신이 하늘과 땅을 바쁘게 돌아다니며 그의 명령을 전하자 작은 강의 신과 골짜기나 샘터에서 사는 요정들까지 올림포스로 모였다. 모든 신들이 제우스의 궁전에 있는 회의장에 모여 앉았다. 윤이 나는 돌로 만들어진 그곳은 헤파이스토스가 신들의 모임을 위해 세심하게 지은 것이었다.

포세이돈까지 바다에서 나와 다른 신들과 함께 제우스가 무슨 의도로 소집시켰는지 궁금해하였다.

"성미 사나운 천둥 번개의 신이여, 무슨 일로 신들을 부른 것이오? 저 전쟁이 걱정스러워 그러는 거요? 트로이와 그리스의 전쟁의 불길이 우리에게까지 다가오는 건 분명하오만."

제우스가 대답하였다.

"포세이돈, 내 마음을 읽었군. 그럼, 내가 왜 그대들을 불러들였는지도 알 것이오. 저들이 서로를 죽이는 모습에 마음이 쓰이오. 그래도 나는 이 자리를 지키며 그냥 구경이나 할 생각이오. 하지만 나머지 신들은 그리스든 트로이든 간에 마음이 내키는 곳에 합류하여 그들을 도와도 좋소. 아킬레우스가 나선 이상, 신들의 도움이라도 없다면 트로이 군은 한 순간도 버티지 못할 것이기 때문이오! 친구의 죽음으로 말미암아 화가 난 아킬레우스가 운명을 넘어 트로이를 쑥대밭으로 만들지 않을까 염려되오."

　제우스의 선언은 전투를 파멸로 몰아넣기에 충분했다. 신들은 저마다 전장의 양편을 향해 떠났다. 헤라와 아테나, 포세이돈 및 간교한 계략의 명수이며 행운을 가져다주는 신 헤르메스는 그리스 진영으로 갔고, 거기에 더하여 헤파이스토스까지 다리를 절룩이면서도 민첩하게 움직였다. 위엄 있는 투구를 쓴 아레스와 긴 머리를 휘날리는 태양신 아폴론, 궁술의 여신 아르테미스와 레토, 크산토스, 그리고 미소의 아프로디테는 트로이 편으로 갔다.

　아킬레우스가 오랜 침묵을 깨고 모습을 드러내 전쟁의 신처럼 번득이는 갑옷을 입고 전장을 휩쓰는 것을 본 트로이 군이 놀라 무릎을 덜덜 떠는 틈에 그리스 군은 한동안 그들을 거침없이 무찔러 나갔다. 이때 신들이 전장에 모습을 드러냈다. 종족들을 분열시키는 막강한 침략자인 불화의 신이 돌아다니고, 아테나는 방어벽과 해변을 오고 가면서 함성을 지르며 병사들의 사기를 돋구었다. 먹구름처럼 시커먼 아레스 또한 아테나에 맞서 바쁘게 오가며 함성을 질러 트로이 병사들을 독려하였다.

　신과 인간의 제왕 제우스는 높은 곳에 앉아 무시무시한 천둥을 내려보내고, 포세이돈이 대지와 산을 흔드니, 이다 산 전체가 흔들리고 트로이 성과 그리스 함대가 진동하였다. 그 통에 지하의 왕 하데스가 놀라 권좌에서 벌떡 일어나, 땅을 찢어 신들이 혐오하고 두려워하는 지하의 집들이 드러나게 해서는 안 된다고 포세이돈에게 소리쳤다.

　아폴론은 날개 달린 자신의 화살을 들고 포세이돈에게 맞섰으며, 아레스는 아테나를 노려보았다. 헤라는 황금 화살들을 가지고 아르테미스와 대적하였고, 레토는 헤르메스와 힘으로 맞붙었다. 헤파이스토스 앞에는, 신들은 크산토스라 부르고 인간들은 스카만드로스라 일컫는 깊은 강의 신이 있었다. 이렇게 신들까지 서로 다투면서 인간들의 전투는 더욱 참혹하고 치열해져갔다.

그 혼잡한 틈에서 아킬레우스는 노리던 헥토르의 모습을 찾고 있었다. 헥토르의 피로 탐욕스런 전쟁의 신을 배불리고 싶었던 것이다. 그러나 아폴론은 아킬레우스에 맞설 용사로 아이네이아스를 점찍었다. 신은 리카온의 목소리와 모습을 빌어 말했다.

"아이네이아스, 술잔을 들며 우리 트로이의 왕자들에게 했던 호언장담은 다 어디로 간 것이오? 아킬레우스와 1 대 1로 맞붙겠노라고 약속하지 않았소."

그러자 아이네이아스가 대답하였다.

"리카온 왕자! 내가 가장 두려워하는 일인 줄 잘 알면서 어찌 나더러 저 오만한 자를 무찌르라고 하는 거요! 난 전에도 그와 싸운 적이 있소. 그가 리르네소스와 페다소스를 공격했을 때 나를 이다 산에서 쫓아냈던 것이오. 제우스께서 내 다리에 힘을 내리지 않으셨다면 아마 아킬레우스와 아테나 앞에서 쓰러졌을 거요. 아테나 여신이 항상 그를 지켜주면서 트로이와 렐레간의 사람들을 죽이게 했으니까 말이오. 신이 항상 그를 지켜주시기 때문에 보통 사람은 그와 대적해서는 안 되오.

신의 힘을 빌지 않더라도 아킬레우스는 한 번 던진 창은 빗나가는 법이 없을 정도로 뛰어난 전사요. 그래도 만일 신께서 공정한 기회만 주신다면 나도 맞서볼 생각이 있소. 설령 그의 온몸이 견고한 청동으로 만들어졌다고 해도 말이오."

그 말을 듣고 아폴론이 말하였다.

"직접 신들께 기도해보시오. 당신 또한 평범한 인간은 아니잖소. 제우스의 따님인 아프로디테가 당신의 모친이라고 들었소. 아킬레우스는 그보다 서열이 낮은 신에게서 태어났소.

지금 바로 무기를 들고 가 아킬레우스와 맞서시오. 그가 한심한 저주나 위협을 하더라도 두려워할 것 없소."

이 말에 아이네이아스는 새로운 용기가 솟아 아킬레우스를 찾으러 나섰다. 그 모습을 본 헤라는 지체 없이 같은 편에 선 신들을 불러 말하였다.

"자, 포세이돈과 아테나, 우리가 뭘 하면 좋을까? 아폴론의 부추김을 받아 아이네이아스가 완전 무장을 하고 아킬레우스를 찾아 나섰군. 그렇다면 우리도 아킬레우스를 도와야지. 불멸의 존재들 중에서도 가장 유능한 신들이 자기편에 서 있음을 보여주어서 그가 힘과 냉정을 잃지 않도록 해줘야 해. 말로만 떠드는 다른 신들과는 달리 우리는 아킬레우스를 위험에서 구하기 위해 전장으로 내려온 거라고. 나중 일이야 태어날 때 정해진 운명에 따른 일이겠지만, 일단은 우리가 나서야 해."

그러자 포세이돈이 반대했다.

"헤라 여신이여, 그 말은 옳지 않소. 좀 침착해지시오. 난 신들이 서로 싸우는 건 원치 않소. 이 전쟁은 어디까지나 인간들의 문제니 우리는 좀 물러나 지켜봐야 하오. 물론, 아레스나 아폴론이 끼어들어 아킬레우스의 앞을 막거나 싸우지 못하게 방해한다면, 그때는 우리도 적극적으로 나서야 할 거요. 그렇게 된다면 필시 그들은 우리의 막강한 손에 의해 올림포스로 쫓겨갈 것이오!"

말을 마친 포세이돈은 폐허가 된 높은 성벽 위로 신들을 안내했다. 그것은 헤라클레스를 위해서 트로이 사람들이 쌓은 성으로, 바다에서 올라와 육지를 황폐하게 만들곤 하던 바다 괴물을 퇴치하기 위해 아테나의 도움을 받아 지은 것이었다. 신들은 그곳에서 두꺼운 안개로 몸을 숨겼다.

반면 아레스와 아폴론 등은 칼리콜로네 산의 꼭대기에 있었다. 양측의 신들은 서로의 행동을 주시하고 있었을 뿐, 직접적으로 충돌할 마음은 없었던 것이다.

평원에서는 말과 병사들이 북새통을 이루고 있었다. 갑옷들이 번쩍거리고 땅이 울렸다. 양측 군대가 대치하고 있는 곳으로 2명의 전사가 뛰어나왔다. 바로 아이네이아스와 아킬레우스였다.

아이네이아스가 방어 자세를 취하면서 먼저 전차에서 내렸다. 무거운 투구가 머리 위에서 들썩이도록 날카로운 창을 휘두르면서도 방패로는 빈틈없이 가슴을 가렸다. 아킬레우스가 그에 맞서 앞으로 나아갔다. 상처 입은 사자가 분노와 흥분으로 사냥꾼에게 맞서는 모습 같았다. 그들이 일정한 거리까지 가까워졌을 때 아킬레우스가 먼저 말했다.

"아이네이아스, 어째서 이렇게 앞으로 나온 것이냐? 나와 싸우겠다는 건가? 트로이의 병사들 중에서 왕의 영예를 얻는 영웅이 되고 싶은가? 그러나 설령 네가 날 죽인다고 해도 프리아모스 왕은 그런 특권을 내려주지 않을 것이다. 그에게는 아들들이 있고, 그 자신도 아직 건재하니 말이다. 혹시 날 죽여준다면 네게 비옥한 땅이라도 하사하겠다고 하더냐? 하지만 그것도 네가 생각하는 것처럼 쉬운 일은 아닐 거다.

전에 내 창을 피해 도망쳤던 일이 생각나느냐! 뒤도 안 돌아보고 얼마나 빨리 도망치던지! 너는 리르네소스로 달아나버렸지만, 너를 쫓아간 나는 아테나와 제우스의 덕분으로 그 도시를 정복했다. 그때는 제우스와 다른 신들이 너를 구해주셨지만 이번에도 신들이 널 구해줄 거라는 기대는 하지 말아라. 나와 맞서지 말고 전열로 돌아가거라. 그러지 않으면 이번엔 정말 큰일을 당할 것이다."

그러자 아이네이아스가 대답하였다.

"그런 말로 나를 겁줄 수 있다고 생각하지 말거라, 아킬레우스. 나 또한 남을 조롱하거나 독설을 퍼부을 수 있다. 우린 서로의 가문에 대해서 알고 있다. 선친들의 이름도 알고 그 자손들에 얽힌 일들도 알고 있다. 사람들은 고명한 펠레우스가 네 부친이라 하고 모친은 바다의 귀한 따님이신 테티스라고 한다. 나로 말하면, 자랑스럽게도 고귀한 안키세스와 아프로디테의 아들이다. 양 집안 중 어느 한쪽은 오늘 아들을 잃고 애도하게 될 것이다. 다시 말하건대, 너의 그런 유치한 말들로 우리의 대결을 피할 수는 없다.

허나 내 혈통에 대해 좀 더 알고 싶다면 못 일러줄 것도 없지."

그리고 트로이가 세워지기 전인 제우스의 자손 다르다노스에서부터 몇 대에 걸친 화려한 가계를 자랑한 다음 덧붙였다.

"내 자랑스러운 가계는 이러하다. 자, 아이처럼 전쟁터 한가운데서서 떠드는 일은 이제 이쯤 해두기로 하자. 서로에 대해 퍼부을 저주의 말은 산만큼, 큰 배를 가라앉힐 만큼 많다! 혀란 지칠 줄 모르는 달리기 선수와도 같은가 하면 사방천지에서 무한정 자라면서 열매를 맺는 농작물과도 같은 것이다. 그런데 왜 우리가 거리 한복판에서 서로 주절대면서 서로의 마음에 생채기를 내는 아낙들처럼 저주의 말을 주고받아야 하는 것이냐. 이미 전투를 결심한 내가 네 말을 들었다고 해서 돌아서겠는가. 자, 어서 나와서 우리의 기개를 서로 확인해보도록 하자!"

아이네이아스가 자신의 훌륭한 창을 아킬레우스의 무시무시한 방패에 겨누어 던졌다. 창날은 요란한 소리를 내면서 부딪쳤다. 아킬레우스는 아이네이아스의 창이 방패를 뚫고 들어올 거라고 생각하여 일부러 방패를 몸에서 떨어뜨려 잡았는데, 아킬레우스조차 인간이 영광된 신의 선물을 능가할 수 없다는 사실을 미처 모르고 있었기 때문이었다. 아이네이아스의 그 예리한 창마저 신이 준 황금 방패를 뚫을 수는 없었던 것이다.

다음으로 아킬레우스가 창을 던졌다. 창은 방패의 가장 얇은 쪽 – 바깥 테두리를 맞추었다. 튼튼한 펠리아의 나무로 만든 창이 소리를 내며 방패를 뚫자, 아이네이아스는 재빨리 방패를 위로 올려 들면서 몸을 낮췄다. 창은 방패의 가죽을 찢고 그의 등 위로 지나 땅에 꽂혔다. 창을 피하기는 했지만, 팔꿈치에 상처가 난 것을 본 아이네이아스는 눈앞이 아찔하고 몸이 덜덜 떨렸다. 아킬레우스는 지체 없이 검을 빼어들고 고함을 지르며 그를 향해 달려들었다. 이에 맞서 아이네이아스는 커다란 돌을 집어 올렸다. 요즘의 장정 2명이 들어도 옮길 수 없을 정도의 크기였으나 아이네이아스는 가볍게 다루었다. 아이네이아스는 그 돌로 아킬레우스의 투구나 방패를 내리칠 생각이었지만, 그래봤자 결국에는 아킬레우스가 칼로 그를 죽이는 결과로 흐를 터였다. 이때 포세이돈이 나서 다른 신들에게 말했다.

"저 용감한 아이네이아스가 불쌍하지 않소? 아폴론의 말을 들은 대가로 곧 죽어 저승에 갈 것이니 말이오. 그렇다고 아폴론이 구해줄 것 같지도 않소. 어찌하여 저 무고하고 가엾은 자가 불만을 품은 어떤 신 때문에 고통을 당해야 한단 말이오. 아이네이아스는 항상 우리 신들에게 가장 좋은 제물을 바쳐왔소.

저리 두지 말고, 우리가 저자를 구해줍시다. 아킬레우스가 저자를 죽이면 제우스도 화를 낼 것이오. 제우스가 인간 여자에게서 낳은 어떤 아들보다 다르다노스를 사랑했으니, 그의 대가 끊기는 일은 없을 것이오. 더구나 프리아모스 가문을 밉게 보기 시작했으니, 결국엔 아이네이아스가 트로이의 군주가 될 것이고 또 그의 아들과 손자가 대를 이을 것이란 말이오."

이에 헤라가 대답하였다.

"지진의 신이시여. 살리든지 죽이든지 마음대로 해요. 하지만 나와 아테나는 천상의 모든 신들 앞에서 맹세했어요. 트로이 군을 돕는 일에는 손가락 하나도 까딱하지 않겠다고. 트로이가 저 기세등등한 그리스 인들에 의해 깡그리 타버린다 해도 말이에요."

그러자 포세이돈은 둘을 떠나 전장을 뚫고 아이네이아스와 아킬레우스가 대결하고 있는 곳으로 가서 아킬레우스의 눈앞에 안개를 뿌렸다. 그리고 아이네이아스의 방패에서 창을 뽑아 아킬레우스의 발 아래로 돌려주고는 아이네이아스를 들어 공중으로 날려버렸다. 뜻하지 않게 싸움터 한복판에서 빠져나오게 된 아이네이아스는 병사와 말들을 넘어 전장의 변두리, 즉 카우코니아 족이 출전을 준비하고 있던 곳에 떨어졌다.

그곳까지 함께 온 포세이돈이 아이네이아스에게 말했다.

"아이네이아스, 어떤 신이 너에게 미친 듯 날뛰는 불굴의 아킬레우스와 싸우라고 했느냐! 그는 너보다 더 많은 신들의 총애를 받고 있으며, 너보다 더 뛰어난 전사이다. 정해진 수명을 다 살지도 못하고 저승에 가고 싶지 않거든 아킬레우스만 보이면 뒤로 물러나 있으란 말이다. 물론, 아킬레우스가 죽은 뒤에는 당당하게 앞에 나서도 좋다. 그를 제외한 어떤 적들도 그대를 해치지 못할 테니까."

말을 남긴 포세이돈은 그를 떠나 아킬레우스에게 돌아가 그 눈을 가렸던 안개를 흩어버렸다. 그러자 아킬레우스는 눈을 크게 뜨고 잔뜩 화가 나 중얼거렸다.

"빌어먹을, 이럴 수가 있나! 내 창이 여기 되돌아와 있고 죽이려던 자는 흔적도 없이 사라지다니! 아이네이아스가 하늘에 동지를 두고 있는 게 틀림없어. 그의 자랑이 모두 허풍이라고 생각했는데 그게 아닌 모양이군. 지옥에나 처박힐 녀석 같으니! 이번엔 운 좋게 죽음을 피했지만, 그래도 다시는 나에게 맞서려 들지 못하겠지.

좋다! 병사들을 모아 또 다른 트로이 놈들을 노리도록 하자."

아킬레우스는 병사들을 불러모았다.

"용감한 그리스 병사여, 더 이상 기다릴 것 없다. 맞붙어 싸우라! 아무리 강한 나라고 해도 적군 전체를 쓰러뜨릴 수는 없는 법! 아레스나 아테나도 그렇게는 못할 것이다!

모두들 함께 싸우자! 내 능력이 닿는 한, 한 순간도 쉬지 않고 싸울 것을 맹세한다. 적진을 뚫고 나아가 내 창이 닿는 곳의 모든 적들에게 불행을 맛보게 해줄 것이다!"

아킬레우스가 병사들의 사기를 북돋우고 있을 때, 헥토르 또한 트로이 병사들을 모아 아킬레우스와 대결하겠다고 선언하고 있었다.

"용맹스런 병사들이여! 아킬레우스 따위는 겁내지 말라! 말이 무기가 될 수 있다면, 난 불멸의 신과도 싸울 수 있다. 아킬레우스라고 해도 자신이 말한 모든 것을 결코 이룰 수 없을 것이다. 내가 그와 대결하겠다. 그의 두 손이 불길 같고 그의 정신이 강철같이 번뜩인다 해도 물러나지 않겠다!"

헥토르의 열렬한 호소를 들은 트로이 군은 창을 치켜들고 적들을 맞기 위해 나아갔다. 곧 양측에서 전쟁의 함성이 일면서 혼란한 전투가 시작되었다. 그러자 아폴론이 헥토르의 곁에 나타나 말했다.

"헥토르. 아직 혼자 나서서 아킬레우스와 싸워서는 안 된다. 괜히 앞으로 나섰다가 아킬레우스의 창이나 칼에 맞지 않도록 주의해야 할 것이다!"

이 말을 들은 헥토르는 놀라 병사들 속으로 들어갔다.

한편 아킬레우스는 무시무시한 고함과 함께 트로이 군을 공격했다. 강력한 부대를 이끌던 이피티온이 그에 의해 쓰러졌다. 나이아드[1]를 어머니로 둔 이피티온은 아킬레우스에게 곧장 돌진해왔지만 이내 아킬레우스에 의해 머리통이 둘로 쪼개져 비명 속에 죽었던 것이다.

"거기 누워버렸구나, 오트린테우스의 아들 이피티온아! 네 아비의 영지에 있는 기가이아 호숫가에서 태어난 네가 죽을 곳은 이곳이었나 보다."

어둠이 이피티온의 눈을 덮자, 그리스 군이 이끄는 전차의 바퀴가 그의 몸뚱이를 찢어놓았다. 아킬레우스는 이어서 대담무쌍한 안테노르의 아들 데몰레온을 쓰러뜨렸다. 창으로 투구를 찌르자 투구는 힘없이 뚫렸고, 관자놀이를 관통해 들어간 창날은 골을 흩어놓았다. 그 모습에 히포다마스가 전차에서 뛰어내려 도망쳤지만 이내 아킬레우

---

[1] 물의 요정.

스의 창이 그의 등을 뚫어버렸다. 제물로 바쳐진 황소가 끌려갈 때 울부짖는 것과 같은 소리를 내며 히포다마스는 죽어갔다.

그 다음으로 아킬레우스는 프리아모스 왕의 아들 폴리도로스를 쫓아갔다. 그의 부친은 가장 사랑스러운 이 막내아들을 전장에 내보내지 않으려 했지만, 빠른 다리를 자랑하던 그는 젊은이의 허영심으로 재주를 뽐내려고 나섰다가 죽게 되었다. 달려가는 그의 뒤를 아킬레우스의 창이 맞춘 것이었다. 창 끝은 허리띠와 갑옷의 사이를 뚫고 들어가 위장을 찢고 배 밖으로 나왔다.

동생이 비명을 지르며 무릎을 꿇고 쓰러져 창자를 움켜쥔 모습을 본 헥토르의 눈길이 사나워졌다. 그는 더 이상 몸을 사리지 않고 불같은 기세로 아킬레우스를 향해 창을 겨냥하며 나왔다. 그를 발견한 아킬레우스 또한 단박에 뛰쳐나와 도전적으로 외쳤다.

"다른 누구보다 내 가슴을 고통으로 꿰뚫어놓은 자가 가까이 왔구나! 내 소중한 벗을 죽인 자! 더 이상 병사들 틈에 숨어들지 말라!"

그리고는 험상궂은 표정으로 덧붙였다.

"더 가까이 와라. 죽여주마!"

헥토르가 대담무쌍하게 받아쳤다.

"아킬레우스, 내가 어린애처럼 그 따위 말에 떨 것 같으냐. 네가 나보다 강하다는 건 나도 안다. 하지만 싸움의 결과는 신의 결정에 달린 것! 너의 힘이 나보다 강하다 할지라도 창이 있는 한 너의 목숨을 빼앗을 수 있다. 내 창 또한 날카로운 날을 지니고 있으니 말이다!"

헥토르가 먼저 창을 날렸다. 그러나 그 순간에 아테나 여신이 훅하고 입김을 불어 날아가는 방향을 바꾸어버리자 오히려 헥토르의 발밑에 떨어졌다. 때를 놓치지 않고 아킬레우스는 미친 듯이 고함치며 달려들었다. 그런데 이번에는 아폴론이 가볍게 그를 낚아채 안개로 앞을 가려버렸다. 아킬레우스는 3번이나 헥토르를 노리고 달려들었지만 창은 그저 안개만 칠 따름이었다. 4번이나 공격을 시도했지

356

만 끝내 허탕을 친 아킬레우스는 성이 날대로 나 거칠게 내뱉었다.

"망할 자식! 용케 죽음을 피했군. 또 아폴론의 도움을 받은 것이냐! 필시 전장에 나갈 때마다 아폴론에게 기도를 올린 덕분이겠지. 내게 도 도움을 줄 신이 있다면, 다음엔 기필코 끝장내주마. 그동안 난 다 른 상대를 골라보마."

말을 마친 아킬레우스는 드리옵스의 목을 꿰뚫어 발 아래에 버려 두고, 이어 건장하고 힘센 필레토르의 아들 데무코스의 무릎에 창을 날려 꺾은 다음에 칼로 숨통을 끊어놓았다. 또 비아스의 두 아들 라 오고노스와 다르다노스를 전차에서 떨어뜨렸는데, 한 명은 창으로, 또 한 명은 칼을 써 죽였다.

알라스토르의 아들 트로스가 혹시 자비를 빌면 자신의 젊은 목숨 을 구할 수 있을까 싶어 달려와 아킬레우스의 무릎을 잡았다. 그러나 그는 어리석었다. 아킬레우스의 마음에는 어떤 자비나 친절도 없이, 오직 광기만 가득했던 것이다. 트로스가 무릎을 잡는 순간에 아킬레 우스의 칼은 그의 간을 베었고, 그는 끝내 피로 가슴을 적시며 죽어 갔다.

아킬레우스는 멈추지 않고 물리오스를 찔렀다. 한쪽 귀로 들어간 창이 맞은편으로 머리를 뚫고 나왔다. 이어서 칼로 에케클로스의 머 리를 단숨에 날려버리고, 다시 창을 써서 데우칼리온의 팔꿈치 힘줄 을 잘라버렸다. 데우칼리온이 축 늘어진 팔로 다가오는 죽음을 볼 새 도 없이 아킬레우스의 칼이 날아와 그의 투구와 머리를 한꺼번에 날 려버렸고, 그는 척추에서 골수를 뿜어내며 쓰러졌다.

아킬레우스의 다음 상대는 페이로스의 아들인 트라키아 족 리그모 스였다. 몸통 한가운데에 창이 박힌 그대로 그는 전차에서 굴러 떨어 져 죽었고, 말머리를 돌리려던 마부 또한 등에 창을 맞고 굴러 떨어 져 죽어서 말들만이 달아날 수 있었다.

아킬레우스는 쉬지 않고 적들을 죽였다. 바짝 마른 계곡을 핥아대며 산 위로 번지는 산불처럼 격렬하게 전장을 휩쓸며 눈에 들어오는 모든 적들을 죽여 땅에 피의 강을 만들었다. 아킬레우스가 탄 전차 아래로 말발굽이 시체와 망가진 방패들을 밟고 지나갔다. 전차의 바퀴 축은 피로 젖었으며, 난간은 달리는 말발굽과 바퀴에서 튄 피로 흥건하였다. 그래도 아킬레우스의 피로 물든 억센 두 손은 쉬지 않고 적들을 죽여 나갔다.

XXI

혼란스러운 전장의 소음 속에 뛰어든 신들은 높은 하늘까지 시끄러워질 정도로 거칠게 싸웠다.
이다 산에 앉은 제우스는 사뭇 재밌다는 듯이 신들의 싸움을 내려다보고 있었다.

크산토스 강의 얕은 물가까지 적을 몰고 간 아킬레우스는 트로이 군을 둘로 갈라버렸다. 한쪽은 도시로 향하는 평원 쪽으로 몰려갔는데, 그곳은 그리스 군이 헥토르의 맹렬한 습격으로 인해 크게 패했던 장소이기도 했다. 헤라 여신은 아킬레우스에게 쫓겨 달아나는 트로이 군을 방해할 셈으로 그들 앞에 두터운 안개를 펼쳐놓았다.

다른 한쪽은 강물 속으로 떼지어 뛰어들었다. 무서운 소리를 내며 소용돌이치는 물길 속으로 몸을 던지는 병사들의 소리가 강둑을 따라 울려퍼졌다. 병사들은 물속에서 엎치락뒤치락 헤엄을 치며 고함을 지르기도 하고 비명을 올리기도 했다. 깊은 소리를 내며 회오리치는 물속에 뒤엉켜 들어간 말과 인간이 빚어내는 혼란은 갑작스런 불을 만나 물속에 뛰어든 메뚜기떼 같았다.

아킬레우스는 강둑에 있는 나무에 창을 기대놓고 물속에 뛰어들어 칼을 좌우로 휘둘러댔다. 칼로 내리치는 곳마다 애처로운 비명이 터져 나왔고, 강은 피바다로 변해갔다. 트로이 군은 괴물 같은 고래를 피해 도망치는 물고기들처럼 강둑 아래로 떼지어 몰려갔다. 아킬레우스는 팔이 아플 때까지 그들을 베었다. 그러다가 파트로클로스의 죽음에 대한 대가로 12명의 젊은이를 산 채로 잡아 그들의 허리띠로 손을 뒤로 묶어 함대로 보낸 뒤에 다시 살육을 시작했다.

그런 와중에 프리아모스 왕의 맏아들 리카온이 강에서 빠져나가려는 것이 눈에 들어왔다. 아킬레우스는 전에도 야간 습격에서 그를 잡은 적이 있었다. 전차 난간을 만들 야생 무화과나무의 가지들을 잘라내기 위해 아버지의 과수원에 나와 있던 그에게 아킬레우스가 갑작스런 재앙으로 나타났던 것이다. 그때 아킬레우스는 리카온을 바다 너머 렘노스에 보내 이아손 왕의 아들 에우네오스의 값비싼 은 술동이와 바꾸었고, 그곳에서 마침 손님으로 왔던 임브로스의 에에티온이 또 엄청난 값을 지불하고 그를 아리스베로 보냈는데, 그곳에서 고국으로 돌아왔던 것이다. 렘노스에서 돌아온 리카온은 11일 동안 친구들과 어울려 놀았는데, 12일째 되는 날에 신은 다시 그를 아킬레우스의 손에 돌려보낸 것이었다.

리카온은 도망치느라고 벌써 창과 방패, 투구를 모두 벗어던져 무방비 상태였다. 그를 한눈에 알아본 아킬레우스는 우뚝 서서 화가 난 채로 이런 생각을 하였다.

'아니! 내 눈앞에서 기적이 일어났군! 다음에는 내가 죽인 트로이 병사들이 무덤에서 벌떡 일어나는 꼴을 볼지도 모르겠군. 여기 이 녀석은 분명 내가 렘노스에 팔았었는데! 넓은 바다도 이놈은 막질 못했단 말인가. 그렇다면 좋다, 내 창 맛을 보여주지. 녀석이 이번에도 저승에서 살아 돌아올지, 아니면 다른 강한 전사들처럼 땅에 묻힐지 확인해보자.'

부들부들 떨며 자비를 바라고 있던 리카온은 아킬레우스가 창을 높이 들어올리자마자 달려왔다. 그 바람에 창은 어깨 위로 빗나가 땅에 꽂혔다. 리카온은 한 손으로 아킬레우스의 무릎을 껴안고 다른 손으로는 창을 꼭 붙잡고서 간청했다.

"아킬레우스 왕자님, 원하옵건대 자비를 베풀어 저를 살려주십시오! 고귀한 왕자시여, 저는 충실한 탄원자이며, 탄원자의 말은 존중해주셔야 합니다![1] 당신이 저를 잡아가 황소 100마리의 값어치를 받

1) 고대 그리스에서는 탄원하는 사람은 해쳐서는 안 된다는 불문율이 있었다고 함.

고 렘노스에 팔아넘겼고, 나중에 그것의 3배나 되는 값을 치르고서 모진 고생 끝에 고향으로 돌아온 지 고작 12일이 되는 날입니다. 그런데 잔인한 운명이 다시 저를 당신에게 보낸 겁니다! 제가 제우스님의 미움을 산 게 틀림없습니다. 그렇지 않고서야 어떻게 또다시 당신에게 저를 준단 말입니까! 어머니께서 저를 낳으시던 날 제 생이 짧고 슬픈 것임을 아시기만 했더라도! 페다소스 시를 다스리던 렐레간 족의 덕망 있는 왕 알테스의 따님으로서 프리아모스 왕의 부인 중 1명인 모친은 아들 둘을 두었는데, 그중 한 사람인 폴리도로스는 이미 전장에서 날카로운 창에 죽었고, 이번에는 불운이 나를 당신 앞에 데려다 놓았습니다. 아무래도 당신의 손에서 빠져나갈 수 없을 것 같으니, 두 아들 모두가 당신 손에 죽을 운명인 모양입니다.

하지만 제 말 좀 들어보십시오. 저를 죽이지 마십시오. 저는 그토록 강하고 다감했던 당신의 절친한 친구를 살해한 헥토르와는 친형제도 아니란 말입니다!"

그러나 그런 말에 마음이 가라앉을 아킬레우스가 아니었다.

"바보 같은 녀석! 몸값 얘기 따위는 꺼내지 말아라! 파트로클로스가 죽지 않았다면 내게도 다소의 자비심이 남아 있었을지 모른다. 그때는 많은 트로이 병사들을 몸값을 받고 되돌려 보내주었으니 말이다. 그렇지만 지금은 내 손안에 들어온 어떤 자도 죽음을 피할 수 없다. 특히 프리아모스 왕의 아들은 살려줄 수 없다! 이제 넌 죽어줘야겠다. 왜 그렇게 우는 거냐? 너보다 훨씬 나은 파트로클로스도 죽었다. 나를 봐라! 건장하고 훌륭한 전사로 보이지 않는가? 나의 부친은 용사였으며, 모친은 여신이다. 그러나 이러한 나 또한 죽을 운명이 다가오고 있다. 아침이 될지 저녁이 될지, 혹은 한낮이 될지 모르지만, 그날은 분명히 올 것이다. 아마 전장에서 날아온 화살에 맞거나 창에 찔려 죽을 테지."

그 말에 젊은이의 다리는 무너져 내렸고 심장은 벌써 멈춘 듯했다.

그는 창에서 손을 떼고 두 손을 뻗친 채 털썩 주저앉았다. 칼을 뽑은 아킬레우스는 리카온의 목에 칼자루까지 깊숙이 찔러 넣었다. 리카온이 쓰러지자 흘러나온 피가 땅에 스며들었다. 아킬레우스는 그의 다리를 잡아끌고 가 강물에다 던져버리면서 내뱉었다.

"거기서 물고기들과 함께 누워 있거라. 그것들이 마음껏 네 상처에서 피를 핥을 것이다. 너의 어미가 널 건져내 눈물을 흘려줄 수 없을 테지만, 스카만드로스의 소용돌이가 너를 넓고 깊은 심연으로 데려가면 너의 하얀 살덩이를 먹으려고 검은 물결 아래서 고기들이 펄떡거리며 올라올 거다. 우리가 성스러운 트로이 성에 쳐들어가 도망치는 너희들을 끝까지 베어버릴 때까지 그런 비참한 죽음이 이어질 것이다. 은빛 소용돌이를 일으키며 깊게 흐르는 이 강에 너희들은 오랜 세월동안 무수히 많은 소와 말을 제물로 바쳤겠지만, 강의 신도 너희를 도울 수는 없다. 내 친구의 피와, 내가 전장에서 떠나 있는 동안 너희들이 죽인 우리 병사들의 죽음에 대한 대가를 치를 때까지 너희들은 계속하여 죽을 것이다!"

이에 슬슬 화가 난 강의 신 스카만드로스가 아킬레우스의 만행을 막고 트로이 군을 파멸에서 구해낼 방법을 궁리하기 시작하였다. 그러는 동안에도 아킬레우스는 아스테로파이오스를 공격하고 있었다. 그는 악시오스 강의 신과 아케사메노스의 맏딸인 페리보이아 사이에서 난 펠레곤의 아들이었다. 아킬레우스가 그에게 달려들자 상대는 2자루의 창을 들고 강에서 나왔다. 아킬레우스가 강물에서 무자비하게 병사들을 살해한 것을 보고 분노한 크산토스 강의 신이 아스테로파이오스에게 힘을 불어넣어주었던 것이다.

"감히 거기서 나와 내게 맞서는 너는 누구냐? 어느 집안 출신이냐? 내 분노에 대항하는 아들을 둔 부모는 불행할 것이다!"

아킬레우스의 물음에 아스테로파이오스가 대답했다.

"내 가족에 대해 알고 싶은가, 펠레우스의 아들이여! 난 멀리 파이

오니아에서 내 종족의 지도자로 왔다. 트로이에 도착한 지 10일이
되었고, 내 집안은 악시오스 강의 신에서 비롯되어 창으로 유명한 펠
레곤으로 이어진다. 난 그 펠레곤의 아들이다. 자, 용맹한 아킬레우
스여, 한번 겨루어보자!"

아킬레우스가 창을 들자, 아스테로파이오스는 2자루 창을 동시에
던졌다. 그는 양손잡이였던 것이다. 창 1자루는 방패에 맞았으나, 신
의 선물인 황금을 뚫을 수는 없었다. 또 다른 창은 아킬레우스의 오
른 팔뚝을 가볍게 스쳐 피를 내는 데 그치고서 더 많은 피를 갈망하
며 땅을 쳤다. 다음에는 아킬레우스가 창을 던졌으나, 빗나가서 강둑
에 꽂히고 말았다. 아스테로파이오스가 그 창을 뽑아내려고 몇 번이
나 흔들어보았지만 뜻대로 되지 않자 아예 부러뜨려버리려고 했다.
그렇게 창을 가지고 씨름하는 동안 달려든 아킬레우스가 칼로 그의
배를 가르자 창자가 쏟아져 나왔다. 헐떡이며 쓰러진 그의 가슴팍을
무릎으로 짓누르고 갑옷을 벗겨내면서 승리감에 찬 아킬레우스는 외
쳤다.

"그렇게 누워 있거라! 아무리 강의 신의 자손이라 할지라도 제우스
의 후손을 이길 수는 없는 법이다. 제우스께서는 바다로 흘러드는 모
든 강들보다 강력하신 분이시고, 그분의 후손은 강 하나보다는 강한
것이다! 누가 제우스께 맞서겠느냐. 모든 강과 바다, 그리고 샘과 깊
은 우물들의 근원인 오케아노스 강의 신조차 전능하신 제우스가 분
노하여 하늘에서 던지는 번개와 천둥소리를 두려워한단 말이다!"

그리고 시체는 강가에 내버려두고 강둑에 박힌 창을 뺐다. 곧 뱀
장어들과 고기들이 시체에 달려들어 콩팥을 갉고 찢어놓았다.

지휘관이 아킬레우스의 검을 맞고 쓰러지는 걸 본 트로이 측 파이
오니아 군은 아킬레우스를 피하기 위해 황급히 강을 따라 도망쳤다.
그들을 쫓는 동안에도 아킬레우스는 테르실로코스, 미돈, 아스티필
로스, 므네소스, 트라시오스, 아이니오스, 오펠레스테스를 죽였다.

그의 살육에 분노한 강의 신이 더 참지 못하고 인간의 형상을 하고 깊은 소용돌이에서 아킬레우스를 불렀다.

"아킬레우스! 그대는 너무나 강하고 너무나 공격적이구나. 신들이 그대를 돕기 때문이겠지. 하지만 설령 제우스께서 트로이 군을 몰살시키라고 허락하셨다 하더라도 내 물줄기를 떠나 평원에서 죽이도록 하라. 내 침상까지 시체들로 차버려 숨이 막힌다. 더 이상 시체들을 바다로 흘려보낼 수 없는 지경인데도 그대는 살상을 멈추지 않는구나. 부디 이제는 끝내도록 하라. 내가 괴롭도다!"

그러자 아킬레우스가 대답하였다.

"강의 신 스카만드로스시여, 바라시는 바는 잘 알겠으나 저로서는 트로이 성안으로 적들을 몰아넣고 헥토르와 힘을 겨뤄보기 전까지는 살상을 그칠 수가 없습니다."

이에 아폴론을 떠올린 강의 신이 큰소리로 말하였다.

"은으로 만든 활의 신이여. 확신컨대, 당신은 성스러운 부친의 명령을 실행하는 데 게을리 하고 있는 것이오! 제우스께서 평원이 어둠에 싸일 때까지는 트로이 군을 도우라고 하지 않았소!"

훌쩍 강으로 뛰어든 아킬레우스는 다시 트로이 군을 맹렬하게 뒤쫓았다. 그러자 강물이 격렬하게 그를 덮쳤다. 물결은, 요동치면서 시체더미들을 마른땅으로 밀어내는 한편 아직 숨이 붙어 있는 이들은 안전하게 깊은 소용돌이 속에 숨겨주었다. 또 큰 파도를 만들어 아킬레우스를 온통 감싸고돌며 방패를 때리고, 제대로 서 있을 수 없게 그의 몸을 때렸다. 아킬레우스는 키 큰 느릅나무 한 그루를 붙잡았지만 나무마저 강둑에서 뿌리째 뽑혀 나와 물속으로 떨어지고 말았다. 그래도 나뭇가지들이 물결을 막아준 덕분에 간신히 강에서 기어 나온 아킬레우스는 두려움에 질려 최대한 빨리 평원으로 달아났다. 그래도 강의 신은 멈추려 하지 않고 거대하고 시커먼 얼굴로 으르렁거리며 그의 뒤를 쫓았다. 아킬레우스를 막아 트로이 군을 구하고자 했던 것이다. 그러나 아킬레우스는 날아다니는 짐승 중에 가장 날래고 강하다는 한 마리 검은 독수리처럼 물을 따돌렸다. 강이 뒤에서 천둥 같은 소리를 내며 쫓아왔지만 요란한 갑옷 소리를 내면서도 아킬레우스는 그에 앞서 달려갔다. 하지만 정원사가 정원에 개울물을 끌어댈 때, 바닥에 깔린 자갈들을 뒤집어엎으면서 경사를 따라 빠르게 흘러가는 것처럼 강의 신도 재빨리 아킬레우스의 발자국을 따라잡았다. 아킬레우스의 발이 빠르다고는 하지만 신은 인간보다 강한 존재였다. 아킬레우스가 달리기를 멈추고 아직도 쫓아오는지 확인해보려고 뒤를 돌아볼 때마다 강의 신이 일으킨 거대한 물결이 그의 어깨를 때렸다. 아킬레우스는 당황하여 펄쩍펄쩍 뛰어올라 물결을 피해보았지만, 강은 그의 발 아래 땅을 가차 없이 침범하면서 다리의 힘을 빼놓았다.

그러자 아킬레우스가 하늘을 올려다보며 한탄하였다.

"제우스여! 나를 불쌍히 여겨 이 강물에서 구해주려 나서는 신이 아무도 없단 말입니까! 이후에 어떤 일이 벌어질지 모르지만, 하늘의 어떤 신보다 저에게 거짓말을 한 제 어머니를 탓할 것입니다. 어머니께서는 제가 트로이 성벽 아래서 아폴론의 날랜 화살에 맞아 죽을 것이라고 말씀하셨습니다. 하지만 차라리 헥토르가 저를 죽였으면 좋겠습니다. 그는 그래도 이 지역에서 나고 자란 최고의 전사입니다! 한 용감한 전사가 누군가를 죽이면, 죽임을 당한 자 또한 용감한 전사인 것입니다. 그런데 지금 저는 강물에 빠져 불명예스러운 죽음을 맞을 운명에 놓여 있습니다. 돼지치기가 겨울에 급류 위를 건너려다가 물에 빠진 꼴처럼 말입니다!"

그러자 포세이돈과 아테나가 각각 사람의 모습을 취하여 나타나 그의 손을 잡고 용기를 북돋워주었다. 먼저 포세이돈이 입을 열었다.

"그렇게 움츠러들 것 없다, 아킬레우스. 두려워하지 말라. 제우스의 허락을 받아 그대를 돕고자 하는 두 신이 여기 있다. 나 포세이돈과 아테나 말이다. 강물에 휩쓸려 죽는 것은 너의 운명이 아니다. 강은 곧 멈출 것임은 그대도 잘 알고 있을 터이다.

이제, 그대가 듣고자 한다면 우리가 유용한 충고를 하나 해주겠다. 남은 트로이 군이 성안으로 들어갈 때까지 그들을 몰아 세우라. 그러나 헥토르를 죽이고 난 뒤에는 곧바로 함대로 돌아오도록 하라. 그렇게만 한다면 우리가 그대에게 승리를 약속하겠다."

아킬레우스는 그 충고를 듣고 한층 용기가 솟아 평원을 가로질러 나아갔다. 평원 전체는 이미 물로 뒤덮여 갑옷과 무기, 그리고 한창 나이에 목숨을 잃은 병사들의 시체가 둥둥 떠다니고 있었다. 아테나에게서 충분히 버텨낼 수 있는 힘을 얻은 아킬레우스는 무릎을 높이 들어 흐르는 물살을 헤치고 나갔다.

그렇지만 스카만드로스로서는 아킬레우스에 대한 분노를 삭일 수가 없었다. 거대한 물결을 일으킨 그는 큰소리로 시모에이스 강을 불렀다.

"형제여! 아킬레우스는 지나치게 강하니, 우리가 함께 그를 막아보자. 그냥 둔다면 저자가 트로이 군을 몰아내고 도시를 정복해버릴 것이다! 어서 도와다오! 샘에서 물줄기를 끌어내고 급류를 총동원하여 홍수를 일으키거라. 나무와 돌들을 모두 쓸어내고 뒤섞어버려라! 신이라도 된 양 거들먹거리며 전장을 휩쓸고 있는 저 난폭한 인간을 멈추게 해야 한다! 내 맹세컨대 그가 지닌 힘이나 저 훌륭한 무장은 곧 아무 쓸모없이 진흙 속에 묻힐 것이다. 저자를 모래로 덮고 그 위로 자갈들을 쌓아주겠다! 그의 전우들은 진창 속에서 그의 뼈도 찾지 못할 것이니, 여기가 그의 무덤이 되는 것이다. 그리스 군이 그의 장례를 치를 때는 무덤을 세울 필요조차 없으리라!"

그리고 스카만드로스는 또다시 강력한 힘을 지닌 엄청난 크기의 파도를 일으켜 시체와 피가 한데 엉켜 거품을 일으키며 소용돌이치는 물결을 아킬레우스의 머리 위에 퍼붓고자 했다. 헤라가 그 위험한 지경을 보고 헤파이스토스를 불렀다.

"일어나라. 내 아들아! 어서 강의 신을 막아 아킬레우스를 도와줘라. 네가 화염을 일으키면 내가 바다에서 서풍과 거센 돌풍을 거느린 남동풍을 불러와 그 불길로 시체와 갑옷들을 몽땅 태우겠다. 너는 강둑의 나무들을 태우고 강을 불로 덮어라. 간청이나 저주에 마음이 흔들려서는 안 된다. 그만하라는 나의 목소리가 들리기 전까지는 멈추지 말아라."

헤파이스토스는 그 말에 따라 즉시 무서운 불을 일으켰다. 화염은 먼저 평원을 휩쓸어 아킬레우스가 죽인 시체 무더기들을 태워 없앴다. 이어서 평원에 고여 있던 물을 다 말려버리자 불길을 강 쪽으로 돌려 강둑의 나무와 풀들을 모조리 태워버렸다. 그 다음에 헤파이스토스가 물 쪽으로 불꽃이 실린 광풍을 보내자 뱀장어와 물고기들이 그 엄청난 재난에 몸부림치며 어쩔 줄 몰라 했다. 이제 화염에 벌겋게 데인 강의 신이 부르짖었다.

"헤파이스토스! 살아 있는 신이라면 그대에게 대적할 자 없음을 아는데 불길에 타고 있는 내가 어찌 그대에게 맞설 수 있겠소? 그만 다툽시다! 아킬레우스더러 트로이 군을 도시에서 몰아내고 끝장 내버리라 하시오. 그들의 전쟁이야 어떻게 되든 나하곤 상관이 없소!"

이미 강물은 동판 위에서 지글거리는 돼지비계처럼 부글거리고 있었다. 강물이 끓어오르고 있었지만 헤파이스토스의 불바람 공격 때문에 강의 신은 흘러갈 생각도 못하고 있었다. 이제는 헤라에게 호소할 수밖에 없었다.

"헤라 여신이여, 왜 당신의 아들이 날 괴롭히는 것이오? 다른 많은 강 중에서 왜 나를 못살게 구는 것이오? 다른 강들도 트로이 군을 돕지 않았소이까. 이제 당신이 그만하라고 하면 트로이를 돕지 않겠소. 그러니 당신의 아들 좀 말려주시오. 그리스 군이 성에 불을 질러 몽땅 태워버린다고 해도 트로이 군을 돕지 않겠다고 당신 앞에서 맹세하겠소!"

그러자 헤라가 즉시 헤파이스토스를 불렀다.

"그만하거라, 내 장한 아들아! 인간 때문에 불멸의 신을 이렇게 애를 먹이는 건 옳지 않다."

그 말에 헤파이스토스는 화염을 죽였고, 강물은 전처럼 강둑 사이로 흘러갔다.

헤라가 강의 신을 제압해놓고 싸움을 멈추었지만, 다른 신들은 여전히 상대편을 적대시하고 있었다. 혼란스러운 전장의 소음 속에 뛰어든 신들은 높은 하늘까지 시끄러워질 정도로 거칠게 싸웠다. 이다산에 앉은 제우스는 사뭇 재밌다는 듯이 신들의 싸움을 내려다보고 있었다.

신들의 싸움은 방패 뚫기의 명수인 아레스가 창을 들고 나서 아테나를 덮치는 데서 본격적으로 시작되었다.

"이 버러지 같은 것아! 그 뻔뻔하고 불같은 성깔로 신들을 서로 다투게 만들다니! 네가 디오메데스를 풀어놓아 남들이 다 보는 앞에서 그의 창을 이용해 내 귀한 살을 찢어놓았겠다! 네가 한 짓에 대한 대가를 지금 치르게 해주마!"

욕설을 퍼부으면서 아레스가 창으로 아테나의 아이기스를 찔렀다. 그것은 제우스 천둥번개도 막을 수 있는 가공할 만한 방패였다. 아테나는 뒤로 물러서서 땅에서 시커멓고 거칠며 커다란 돌을 집어들어 아레스의 목에 던졌다. 돌을 맞은 아레스는 요란한 갑옷소리를 내면서 머리를 땅에 박고 맥없이 쓰러졌다. 그의 쓰러진 몸은 7루드[2]의 땅을 차지할 정도로 거대하였다. 승리감에 싸인 아테나는 이렇게 속마음을 털어놓았다.

"바보 천치 같으니! 제가 내 상대가 될 줄 알았냐? 내가 너보다 훨씬 세다는 걸 아직 모르고 있었다니! 이걸로 트로이 편을 든다고 너

2) 약 300평.

를 저주한 너의 어머니[3]를 만족시켜드릴 수 있을지도 모르겠군. 내 말하건대, 네 어머니는 정말 화가 나 있단 말야!"

그리고 잠시 눈을 딴 데로 돌렸는데, 그 틈을 타 아프로디테가 반쯤 정신을 잃고 신음하고 있는 아레스를 도와 일으켜주었다. 그 모습을 본 헤라가 아테나를 불렀다.

"저길 봐라, 아테나! 보란 말이다, 전능한 제우스의 딸아! 저 못된 것이 다시 나타나서 전 인류에게 재앙을 주는 아레스를 전장 밖으로 끌어내려 하고 있다! 그녀를 쫓아라!"

그 말에 신이 난 아테나는 아프로디테에게 돌진해 손바닥으로 그녀의 가슴을 밀치자 아레스와 한 덩어리가 되어 땅에 굴렀다.

"트로이를 돕는 자들도 아레스를 도우려 한 아프로디테처럼 무모해서 내게 덤볐다면 얼마나 좋을까. 그랬다면 우리는 벌써 트로이 성을 정복해버렸을 텐데!"

아테나의 말에 헤라가 미소를 지었다.

한편, 아폴론과 대치하고 있던 포세이돈은 이렇게 말했다.

"아폴론! 다른 신들이 시작했으니 우리도 한바탕 해야 하지 않겠나. 싸워보지도 않고 올림포스로 돌아간다는 것은 수치스런 일이다. 네가 시작해봐라. 나처럼 경험 많은 어른이 먼저 시작하는 건 공정하지 않은 일이지. 바보 같으니! 도대체 네 머리 속에 지각이라는 게 남아 있기는 한 것이냐? 제우스의 명령에 따라 우리가 1년 동안 라오메돈의 머슴살이를 했던 때[4] 우리가 트로이에서 얼마나 고생했는지 잊었단 말이냐? 내 일은 트로이를 누구도 정복할 수 없는 요새로 만들기 위해 그 주위를 성벽으로 둘러싸는 것이었고, 네 일은 이다 산기슭에서 소떼를 돌보는 일이었다. 그런데 삯을 받을 즐거운 날이 되었

---

3) 헤라 여신.
4) 포세이돈과 아폴론, 헤라, 아테나가 공모하여 제우스를 공중에 매달아놓으려고 반란을 일으켰다가 오히려 이러한 벌을 받았다고 함.

을 때, 그자는 한 푼도 주지 않고 오히려 우리를 꽁꽁 묶어 먼 섬에다 팔아버릴 거라고 협박하지 않았느냐! 우리 귀를 잘라버리겠다고 위협하기도 했지. 너도 알 듯이 그자는 약속을 지키지 않고 우리를 실망시켰다. 그런데 지금 그의 백성들에게 이토록 친절하게 은혜를 베풀고 있다니! 우리와 함께 여자와 아이를 막론하고 완전히 파멸시키기 위해 온힘을 기울여도 시원치 않은 판국에 말이다."

그러자 아폴론이 대답하였다.

"대지를 뒤흔드는 신이여. 내가 정말 인간을 위해서 싸울 작정이라면 당신이 나를 미쳤다고 말해도 어쩔 도리가 없습니다. 저들은 불쌍한 족속들입니다. 마치 숲 속의 나뭇잎들 같은 존재입니다. 당신도 아시다시피 한창 자랐다가는 때가 되면 시들어 사라집니다.

자, 인간들은 저희들끼리 싸우라고 하고 우리는 물러나 있읍시다."

말을 마친 그는 먼저 몸을 돌려 자리를 떠났다. 아버지의 형제인 포세이돈과 싸운다는 것이 부끄럽게 느껴졌기 때문이었다. 그러나 야생짐승의 여주인인 그의 쌍둥이 여동생 아르테미스는 그를 직설적인 말로 호되게 나무랐다.

"그래서 이렇게 도망을 쳤다고? 포세이돈에게 아무 대가 없이 승리를 줬단 말이야? 정말 어처구니없는 바보로군! 활은 어디다 쓰려고 가지고 다니는 건데? 아버지와 다른 가족들이 모여 있을 때, 다시는 내 앞에서 포세이돈에게 맞설 수 있다고 허풍떨지 마!"

아폴론은 아무 대답도 하지 않았다. 대신 헤라가 아르테미스를 엄하게 꾸짖었다.

"이 무모한 암캐 같으니라고! 감히 내게 맞서겠다는 거냐? 네가 그활로 다른 여자들은 쉽게 죽이는지 모르지만, 내 분노와 맞서기는 그리 녹록지 않을 것이다. 제우스께서 너를 여인 중에 사자처럼 강인하게 만들어 무엇을 죽여도 좋다고 허락했지만, 네 솜씨는 산에 가서나 발휘하도록 해라. 맹수나 사슴이나 잡으란 말이다. 너보다 강한 자들을 건드리지 말아라. 그래도 싸움이 뭔지 알고 싶다면, 내가 너보다 얼마나 강한지를 깨닫게 해주마!"

말을 마친 헤라는 왼손으로 아르테미스의 양 손목을 한데 모아 꼼짝 못하게 움켜쥐더니 남은 오른손으로 어깨에 멘 활을 벗겨 그것으로 안간힘을 쓰는 아르테미스의 뺨을 쳤다. 화살통에 든 화살들이 우수수 땅에 쏟아질 정도로 몸부림을 쳐서 간신히 풀려난 아르테미스는 땅에 버려진 화살들은 그대로 두고 흐느끼면서 달아났다.

다른 곳에서는 헤르메스가 레토를 상대하고 있었다.

"레토. 나는 당신과 싸우고 싶지 않습니다. 제우스의 아내인 당신과 싸운다는 것은 위험하니 말입니다! 모든 가족들 앞에서 나를 때려 눕혔다고 해도 좋습니다."

그 말에 레토는 땅에 아무렇게나 널려 있는 딸의 화살만 주워들고 자리를 떠났다. 한편, 제우스에게 달려간 아르테미스는 아버지의 무릎에 몸을 던졌다. 그녀는 옷자락을 들먹거리며 울었다. 여신의 아버지는 인자하게 웃으며 그녀를 가까이 잡아당겼다. 그리고는 물었다.

"내 딸아! 천상의 어느 누가 너에게 심한 대우를 했느냐?"

"아버지의 아내 헤라 여신이 저를 때리셨답니다. 그 하얗고 예쁜 손으로요! 그녀가 우리 가족을 다투게 만든 거예요!"

이런 일이 벌어지고 있을 때, 태양신 아폴론은 트로이 성으로 들어갔다. 그는 그리스 군이 정해진 때가 되기도 전에 그곳을 장악할까봐 걱정이 되었다. 다른 신들은 화가 나거나 혹은 승리감에 젖어 제우스가 있는 곳에 벌써 돌아가 있었다. 그렇지만 아킬레우스는 여전히 파괴와 재앙을 불러일으키며 사람이든 말이든 가리지 않고 닥치는 대로 죽이고 있었다.

그때 성벽 위에 서 있던 늙은 프리아모스 왕은 느닷없이 나타난 아킬레우스가 트로이 군을 쓸어버리고 있는데도 아무도 나서서 손을 쓰지 못하는 광경을 보고 있었다. 왕은 크게 신음하며 성벽에서 내려와서 문지기들을 불러 지시했다.

"우리 병사들이 들어올 때까지 성문들을 활짝 열어놓고 기다리도록 하라. 그러다가 아킬레우스에게 쫓겨 온 아군이 안으로 안전하게 들어오는 즉시 성문을 굳게 잠가라. 저 파괴자까지 성안으로 돌진해 올까 두렵구나."

문지기들이 자물쇠를 풀고 성문을 열어젖혔다. 그에 맞추어 트로이 군을 돕기 위해 아폴론이 뛰어나가 병사들을 맞았다. 먼지를 뒤집어쓰고 타는 듯한 갈증을 느끼면서 병사들은 성문을 향해 달려왔다. 그리고 그 뒤를 광기와 승리를 향한 갈망으로 가득 찬 아킬레우스가 창을 휘두르며 바짝 따라오고 있었다.

만일 태양신 아폴론만 아니었다면 그대로 그리스 군이 트로이 시를 정복했을지도 모른다. 그러나 그곳에 용감한 전사가 있었으니, 그는 안테노르의 충실한 아들 아게노르였다. 아폴론은 아게노르에게 용기를 북돋워주었고, 죽음의 무거운 두 손에서 그를 구해내기 위해 참나무에 기댄 채 몸은 안개로 감싸 숨긴 다음 그의 곁에 섰다. 하지만 아게노르는 아킬레우스가 오는 모습을 보는 것만으로도 크게 당황하여 그 자리에 우뚝 서고 말았다. 심장이 요동치는 가운데 스스로에게 말했다.

"내게 재앙이 닥쳐오고 있구나! 아킬레우스 앞에서 겁에 질려 쫓기는 자들과 함께 나도 도망쳐봤자 결국 붙잡혀 비겁한 내 목이 잘리겠지. 허둥지둥 달아나고 있는 저들과는 다른 방향으로 달아나 이다 산 기슭이나 수풀 아래에 숨으면 어떨까? 밤이 되면 강가에서 땀을 식히고 성으로 돌아올 수 있을 거야. 아니, 쓸데없는 생각이다! 내가 다른 곳으로 간 걸 금방 알아차리고 그 빠른 발로 따라잡을걸. 그렇게 되면 죽음을 피할 수가 없지. 왜냐하면 그는 살아 있는 그 누구보다 강하니까. 그럼 여기서 그와 맞선다면 어떻게 될까? 그를 벨 수 있지 않을까? 아킬레우스 또한 목숨은 하나다. 아무리 제우스가 그에게 승리를 안겨준다고 해도 그 또한 죽을 운명 아닌가!"

　속으로 그런 생각들을 하면서 그는 아킬레우스를 기다렸다. 아킬레우스와의 일전을 굳게 결심한 그는 창에 맞고서도 사냥개들을 두려워하지 않고 죽기까지 맞붙어 싸우는 표범처럼 용맹했다. 더 이상 도망칠 생각은 하지 않았다. 그는 방패를 세워 자세를 취하고는 큰소리로 외쳤다.

　"아킬레우스, 넌 오늘 우리 트로이 시를 정복하고 싶은 모양이지만 아직 멀었다. 트로이를 차지하기 전에 맛보아야 할 고통이 아직 많이 남아 있단 말이다! 성안에는 많은 병사들이 있으며, 그들은 모두 강한 전사들이다. 우리는 아내와 자식을 위해 성을 방어할 것이고, 너는 이곳에서 최후를 맞이할 것이다. 네가 아무리 대담하고 엄청난 존재라 하더라도 말이다."

　말을 마친 아게노르는 창을 던졌다. 창은 뎅그렁하고 큰소리를 내며 아킬레우스의 정강이받이를 때렸다. 창이 위대한 신의 걸작품을 뚫지 못하고 퉁겨져 나갔던 것이다. 아킬레우스가 반격에 나서자, 아폴론은 재빨리 안개로 아게노르를 싸서 전장을 벗어난 조용한 곳으로 데리고 갔다. 그리고 아폴론 자신이 아게노르로 변신하여 아킬레우스를 전장에서 떼어놓았다. 지척에 나타난 아게노르를 본 아킬레우스는 쉬지 않고 그에게 달려들었지만 도무지 잡을 수가 없었다. 아게노르로 모습을 바꾼 아폴론은 잡힐 듯 말 듯 하면서 아킬레우스를 스카만드로스 강까지 유인했고, 그 틈을 이용해 트로이 병사들은 가까스로 성안에 들어올 수 있었다. 이내 성은 병사들로 가득 찼는데, 다른 사람을 기다리거나 전우의 생사를 알아볼 여유를 가진 사람은 아무도 없었다. 오직 발 빠른 자들만이 자기 목숨을 건지기 위해 허겁지겁 성안으로 쏟아져 들어올 따름이었다.

XXII

"사자와 인간은 휴전할 수 없으며, 이리와 양은 친구가 될 수 없는 법이다. 마찬가지로 너와 나 사이에는 온정이란 있을 수 없다. 둘 중 하나가 쓰러져 피로 아레스를 배불리기 전에는 휴전도 없다."

패주해 성안으로 들어온 전사들은 겁먹은 새끼 사슴들처럼 한데 모여 성벽에 기대앉아 땀을 식히고 갈증을 가라앉혔다. 한편, 그리스 군은 성벽 근처까지 다가와 방패를 어깨에 걸고 대열을 재정비하였다. 그러나 서쪽 성문 앞에는 아직도 헥토르가 남아 있었다. 운명의 족쇄가 그를 단단히 잡아매고 있었던 것이다.

그 즈음 아게노르로 모습을 바꾸었던 아폴론이 끈질기게 쫓아오는 아킬레우스에게 본모습을 드러내었다.

"아킬레우스, 한낱 인간인 네가 불멸의 신을 추격하여 어쩌겠다는 것이냐. 내가 신인 줄 모르고 그렇게 사납게 달려들었느냐? 트로이 군을 무찌르는 데 정신이 없더니, 이젠 그들에 대한 관심을 잃은 모양이구나. 봐라, 그들은 모두 성안으로 들어갔는데 그대만 여기서 헤매고 있지 않으냐. 어차피 그대는 나를 죽일 수 없다. 내게 있어 죽음이란 없으니까."

성난 아킬레우스가 대답했다.

"날 바보로 만들었군! 나를 성벽에서 이곳으로 유인해내다니! 난 더 많은 적들이 흙을 물고 죽을 수 있게 만들 수 있었는데, 당신이 그들의 목숨을 구하고 내게서 승리를 빼앗은 것이오. 복수가 두렵지 않은 당신으로서는 쉬운 일이겠지! 내게 그럴 힘만 있다면 당신에게 앙갚음을 해주겠소."

그리고 그는 승리한 경주마가 전력을 다해 전차를 끌고 평원 위를 달리는 것처럼 화가 난 채 거만한 몸짓으로 가버렸다.

아킬레우스가 빠르게 달려오는 모습은 늙은 프리아모스 왕의 눈에 가장 먼저 들어왔다. 가을의 캄캄한 밤에 뜬 무수한 별들 중에서 가장 밝은 빛을 발하는 시리우스처럼, 갑옷이 그의 가슴팍에서 찬연히 빛났다. 오리온 좌에서 가장 밝게 빛나는 시리우스를 사람들은 재앙의 징조로 여기고 있었다.

노인은 두 손으로 머리를 후려치며 괴로운 신음을 토해냈다. 그리고는 큰소리로 아들을 불렀다. 그러나 그 아들은 아킬레우스와 1 대 1로 맞붙겠다는 결심으로 성문 앞에 서서 꿈쩍도 하지 않고 있었다.

"헥토르! 내 사랑하는 아들아! 동지도 없이 혼자서 그에게 덤비지 말거라. 그러다가는 죽음의 운명이 금방 네게 닥칠 것이다! 그렇게 고집 피우지 말란 말이다! 아킬레우스는 너보다 강한 전사이다.

오, 신들이 저 아이를 나만큼만 아껴주셨으면 좋으련만! 만일 그렇다면 길바닥에 누운 아킬레우스의 시체를 독수리와 개들이 뜯게 되고, 이 지독한 마음의 고통도 사라질 텐데. 저자는 훌륭한 내 아들들을 이미 많이 빼앗았다. 그들을 죽이기도 하고 먼 섬에 팔아먹기도 했다. 지금도 내 두 아들의 모습이 보이질 않는구나. 리카온과 폴리도로스는 어디에 있느냐! 만일 적진에 잡혀 있다면 금과 청동은 충분하니 몸값을 주고 데려오겠지만, 만일 그 아이들이 이미 죽어 저승에 있다면 그 어미와 아비인 나는 슬픔에 잠길 것이다.

그래도 헥토르 너만 아킬레우스의 손에 죽지 않는다면 나머지 가족들의 슬픔은 그리 오래가지 않을 것이다. 아들아! 이 성안으로 들어와 백성들을 구하여라. 목숨이란 소중한 것이다. 아킬레우스에게 네 목숨과 영예를 줄 셈이냐! 이 아비도 불쌍히 여겨다오. 내 비록 늙었지만 정신이 혼미할 정도는 아니고, 불행이 당연하게 여겨지는 나이도 아니다. 그런데 하늘의 주인이신 제우스께서는 정말 내가 비참한 노년을 맞아 죽기를 바라는 모양이다. 오랫동안 살아오면서 많은 재난을 보아왔고 아들들은 죽고 딸들은 노예로 끌려갔으며 내 성은 약탈당했다. 어린아이들은 성난 적군들에 의해 땅에 내던져졌고, 며느리들은 그리스 군에게 끌려갔지. 그리고 나도 끝내 잘리거나 뚫려서 개들이 게걸스레 뜯어먹히게 될 것이다. 바로 내가 식탁 아래로 손수 먹여 길렀던 경비견들이 미쳐 날뛰며 내 피를 핥아 포식한 다음 늘 앉아 망을 보곤 하던 문간에 드러눕겠지. 전장에서 죽는다는 건 젊은이들에게는 어색할 게 없다. 어떤 식으로 죽던 모든 것이 명예로운 법이다. 허나 백발이 성성하고 수염마저 희게 변해버린 노인이 죽어 벌거숭이 채로 개들에게 뜯기는 것은 인간이 당할 수 있는 가장 가련한 광경인 것이야."

노인은 이 말을 하면서 백발을 쥐어뜯었지만 헥토르는 막무가내였다. 헥토르의 모친도 흐느끼면서 그곳에 서 있었다. 옷섶을 열어 젖가슴을 드러낸 그녀는 눈물을 흘리며 가슴속에 담아두었던 말을 부르짖었다.

"오, 나의 아들 헥토르야. 이 젖으로 너를 키우고 달랜 이 어미를 불쌍히 여겨다오! 너에 대한 나의 사랑을 봐서라도 이 성안으로 들어와 저 끔찍한 자를 막아주려무나. 그렇게 밖에 나가 그의 앞에 설 것까지야 없지 않니? 저자의 손에 네가 죽는다면 난 너를 관에 눕히지도, 널 위해 슬퍼할 수도 없는 처지가 될 거다. 네 소중한 처도 그렇게 될 테지. 우리는 뿔뿔이 헤어지게 될 거고, 개들이 적의 진영에 있는 너의 시체를 뜯게 될 거야!"

부모의 눈물어린 호소도 그의 거만한 영혼을 움직일 수는 없었다. 그는 흔들림 없이 버티고 서서 그의 가공할 적수가 오기를 기다렸다. 독기와 증오를 잔뜩 품고서, 굴에서 똬리를 틀고 있는 산 뱀처럼 사그라지지 않는 열정으로 무장한 헥토르는 방패를 성벽에 기대놓은 채 자리를 지킬 따름이었다. 그러나 마음속으로는 깊은 동요를 느끼고 있었다.

'어쩌면 좋단 말인가. 성안으로 후퇴하면 제일 먼저 폴리다마스가
혹독히 비난하겠지. 아킬레우스가 분기했던 그 악몽 같던 밤에 군사
들을 성안으로 이끌고 들어가야 한다는 그의 충고를 들었더라면 좋
았을 것을! 내 성급함 때문에 병사들이 죽었으니 백성들 볼 낯이 없
구나. 어떤 천한 백성들은 이렇게 말할지도 모르지. 헥토르는 자신의
힘을 과신한 나머지 우리를 모두 파멸시켰다고. 그런 말을 들으니 그
와 맞서 사생결단을 내는 게 낫다. 그자를 죽여 승리를 안고 돌아가
거나 성문 앞에서 영광스럽게 죽어야 한다.

아니, 방패와 투구를 내려놓고 창은 벽에 기대둔 채로 혼자 그를
찾아가 헬레나와 트로이에서 가져온 그녀의 재산 모두를 돌려주겠다
고 약속할까? 이 전쟁의 화근이었던 그 여자를 아르고스의 왕족들에
게 내주고 우리 성안에 있는 보물을 정직하게 반으로 나눠주겠다고
하면 어떨까? 과연 그렇게 하면 해결될까? 혹시 날 보자마자 얘기를
하기도 전에 일말의 동정심도 없이 죽인다면? 내 갑옷을 벗겨 벌거
숭이로 만든 다음 여자처럼 죽일 텐데?

아니, 애인에게 속삭이듯 이런 공상이나 떠올리고 있을 때가 아니
다. 차라리 빨리 시작되었으면 좋겠군. 올림포스의 신들께서 우리 둘
중에 과연 누구를 승자로 만들지 알고 싶다.'

헥토르가 선 채로 깊은 생각에 잠겨 있을 사이에 아킬레우스가 전
쟁의 신 아레스처럼 오른 어깨 위로 무시무시한 창을 휘두르며 다가
오고 있었다. 그의 몸 위에서는 갑옷이 마치 이글거리는 불꽃이나 솟
아오르는 태양처럼 빛났다. 그 모습에 헥토르는 몸이 떨려왔다. 그가
더 버티지 못하고 도망치려는 때에 아킬레우스가 펄쩍 뛰어 공격해
왔다. 헥토르가 트로이 성벽 아래를 따라 재빨리 도망치자 겁먹은 비
둘기를 굶주린 매가 쫓아가는 것처럼 아킬레우스가 추격에 나섰다.
짐마차들이 오가는 통로를 따라 성벽에서 점점 멀어져간 그들은 소

용돌이치는 스카만드로스 강의 상류까지 올라갔다. 그곳에는 강의 근원이 되는 샘이 2개 있었는데, 한 샘은 불 위에서 끓고 있는 물처럼 수증기가 솟아올랐고, 다른 하나는 여름에도 눈이나 얼음처럼 차가운 샘이었다. 또 그 부근에는 그리스 군이 침공해 오기 이전의 평화로웠던 시기에 트로이의 아낙이나 소녀들이 옷가지들을 빨던, 돌로 정리해놓은 연못이 있었다.

도망치는 강한 전사의 뒤를 더 강한 자가 쫓아 그곳까지 올라갔다. 둘은 있는 힘을 다해 뛰었다. 그도 그럴 것이, 그 경주는 짐승 한 마리나 쇠가죽 방패 따위를 걸고 달리는 시합이 아니라 헥토르의 목숨이 우승 상품이었던 것이다. 그들은 트로이 성의 둘레를 무려 3번이나 돌았다.

모든 신들이 그 광경을 보고 있는 가운데 신과 인간의 주인이 큰소리로 말했다.

"이런, 내가 아끼는 자가 쫓기고 있군! 이다 산 정상과 트로이 성에서 그리도 많은 소들을 제물로 바친 헥토르였는데, 마음이 편치 않구나. 신들이여, 어찌 생각하는가? 그를 죽음에서 구하는 것이 좋겠는가, 아니면 아킬레우스가 그를 쓰러뜨리게 놔두는 것이 좋겠는가."

아름다운 눈을 지닌 아테나가 대답하였다.

"무슨 말씀이십니까. 그건 이미 오래 전에 운명지어진 일 아닙니까! 그를 살리시겠다니요? 뜻하는 대로 하신다고 해도 어쩔 도리는 없겠지만, 저희 모두는 찬성할 수 없습니다."

그러자 제우스가 말하였다.

"잊어버리거라, 귀여운 아테나야. 진심으로 한 말은 아니었다. 나는 네게 다정한 아비가 되고 싶구나. 더 이상 기다릴 것 없이 원하는 바대로 하거라."

이미 충분히 준비를 갖추고 있던 아테나는 빠르게 지상으로 내려갔다.

아킬레우스는 조금의 틈도 허용하지 않고 맹렬하게 헥토르를 쫓고 있었다. 수사슴을 모는 끈질긴 사냥개처럼 아킬레우스는 헥토르를 놓치지 않았다. 혹시 동지들이 성벽 위에서 공격을 퍼부어 자신을 도와주지 않을까 하고 기대하면서 헥토르가 성문을 향해 달려가면 지름길로 치고 들어온 아킬레우스가 그 앞을 막아 다시 평원 쪽으로 내몰았다. 도망치는 사람을 잡을 수도 없고, 쫓기는 사람 또한 달아날 수 없는, 마치 꿈속의 추격 같았다. 아폴론이 마지막으로 헥토르를 도와 그의 곁에서 힘을 주고 다리가 빨리 움직이도록 해주지 않았다면, 그렇게 오랫동안 아킬레우스의 날랜 추격을 피할 수 없었으리라. 또한 아킬레우스는 부하들 중 아무도 헥토르에게 무기를 날려서는 안 된다고 말해둠으로써 명예를 빼앗기는 일이 없도록 하였던 것이다.

그러나 그들이 4번째로 그 2개의 샘에 왔을 때, 제우스는 마침내 황금 저울을 들어 두 운명을 저울질하였다. 하나는 아킬레우스, 다른 하나는 헥토르의 것이었다. 그가 저울을 들어올리자 헥토르의 운명이 저승을 향해 가라앉았다. 그로써 마지막까지 지켜주던 아폴론도 헥토르의 곁을 떠나갔다.

바로 그때 올림포스에서 내려온 아테나가 아킬레우스 옆으로 와 말했다.

"이제 그대가 이길 것이다. 헥토르의 용기가 아무리 만족을 모른다지만, 이제는 그를 처치해서 그리스 군에 위대한 승리를 안겨주도록 하자. 그에겐 이제 도망칠 기회가 없다. 화가 난 아폴론이 전능한 제우스 앞에서 뒹굴며 떼를 쓴다고 해도 이젠 끝이다. 자, 이제 좀 쉬면서 숨을 고르도록 해라. 내가 헥토르에게 가서 그대와 맞붙으라고 설득할 테니."

쉬라는 말에 아킬레우스는 기뻐하면서 창에 기대섰다.

이제 아테나는 데이포보스의 모습과 음성을 빌어 헥토르에게 건너가 간단히 말하였다.

"아킬레우스 때문에 고생이 많으시오, 형님. 이렇게 성을 뱅뱅 돌며 끝까지 따라올 줄이야! 이쯤에서 그자와 맞서 싸웁시다."

그러자 헥토르가 대답하였다.

"오, 데이포보스야. 난 모든 형제들 중에서 언제나 너를 가장 사랑했다! 그런데 지금은 그 이상으로 너를 존경하게 되는구나. 모두들 성안에 있는데 나를 위해 이렇게 밖으로 달려와주다니!"

데이포보스로 변한 아테나가 말하였다.

"형님. 부모님이며 친구들이 제게 성안에 머물러 있으라고 빌고 또 간청하더군요. 아킬레우스를 너무도 두려워하기 때문이었습니다. 그렇지만 저는 형님을 저버릴 수 없었습니다. 그러니 이제 둘이 함께 창을 아끼지 말고 공격합시다! 저자가 우리 둘을 죽여 피 묻은 전리품을 벗겨 가지고 갈지, 아니면 형님의 창이 그를 쓰러뜨릴지, 한번 확인해봅시다!"

가짜 데이포보스와 함께 아킬레우스에게 다가간 헥토르가 말했다.

"펠레우스의 아들이여, 더 이상 도망치지 않겠다. 성을 3번이나 돌면서 너의 공격을 피하려 했지만, 이제는 내 마음이 죽음이냐 삶이냐에 개의치 않고 너와 정면으로 맞서라고 하고 있다. 그러나 대결에 앞서 서로 맹세를 하도록 하자. 우리의 합의에 대해서는 신들이 가장 좋은 증인이요 감시자가 되어줄 것이다. 제우스께서 내게 힘을 주셔서 네 목숨을 빼앗게 되거든 네 시체에 어떤 비열한 짓도 하지 않겠다. 네 갑옷은 취하겠지만 너의 시체는 네 동료들에게 돌려주겠다. 너 또한 그리 하겠다고 맹세하라."

그 말에 아킬레우스가 인상을 쓰면서 말하였다.

"헥토르! 난 너에 대한 원한이 있으니 거래하자는 말은 말아라. 사자와 인간은 휴전할 수 없으며, 이리와 양은 친구가 될 수 없는 법이다. 마찬가지로 너와 나 사이에는 온정이란 있을 수 없다. 둘 중 하나

380

가 쓰러져 피로 아레스를 배불리기 전에는 휴전도 없다. 너는 이제 가진 용기를 모두 끌어 모아 용감무쌍한 전사가 되어야 할 것이다. 이젠 도망칠 수 없다. 이번에야말로 아테나께서 내 창을 빌어 너를 쓰러뜨릴 터이니, 네가 죽인 동지들의 희생을 한꺼번에 갚아주겠다!"

말을 마침과 동시에 아킬레우스가 창을 던졌다. 그러나 창이 날아오는 것을 본 헥토르는 몸을 낮춰 피했고, 창은 뒤로 날아가 땅에 박혔다. 아테나가 그것을 뽑아 아킬레우스에게 도로 돌려주었다. 그 모습을 보지 못한 헥토르가 말했다.

"빗나갔구나! 위대한 아킬레우스여! 이제 보니 제우스에게서 내 운명에 대한 얘기는 다 듣지 못한 모양이구나. 너는 단지 나를 겁주려고 속임수나 꾸며대는 수다쟁이에 지나지 않는다. 네 창이 내 등에 꽂히도록 달아나지는 않을 것이다. 정면으로 맞설 테니 그것이 신의 뜻이거든 내 가슴을 찔러보거라. 그러나 그 전에 네가 내 창을 피할 수 있는지 보도록 하자. 이 창이 네 몸 깊숙이 박혀들기를 기원하노라! 네가 죽는다면 트로이 인에게 전쟁은 훨씬 쉬워질 것이다. 너야말로 우리에게 가장 위협적인 존재였으니 말이다."

말을 마친 헥토르는 창을 들어 던졌고, 상대의 방패 중심부를 정통으로 맞추었다. 그러나 방패를 뚫지 못하고 튀어나가 떨어져버렸다. 공격이 실패로 돌아가자 헥토르는 곤경에 빠지게 되었다. 2번째로 던질 창이 없었던 것이다. 데이포보스에게 또 다른 창을 달라고 외쳤지만 동생은 거기에 없었다. 망연자실하여 서 있던 헥토르는 뒤늦게 사태를 파악하고 울부짖었다.

"이제 끝장이다! 신들이 날 죽음으로 부르신 것이 사실이란 말인가. 데이포보스가 내 곁에 있다고 생각했는데, 사실은 성에 남아 있었구나. 죽음이 가까웠으니 늦출 수도 없고 도망갈 수도 없다. 이 모든 일이 여태껏 나를 보호해주었던 아폴론과 제우스가 원하던 바란 말인가! 최후가 다가왔으니, 이제는 공격도 해보지도 않고 불명예스럽게 죽는 것만은 피하게 해달라고 기도해야겠구나. 그러나 죽기 전에 후손들이 기릴 만한 큰일을 해내리라!"

그리고 옆구리에서 강하고 날선 검을 뽑았다. 힘을 모은 헥토르는 마치 독수리가 구름 위로 날아올라 양이나 공포에 떨고 있는 토끼를 습격하는 모습처럼 뛰쳐나갔다. 그러자 분노에 찬 아킬레우스도 그를 맞아 빛나는 방패로 가슴을 가리고 나섰다. 번쩍이는 투구 위에서는 두터운 황금 장식이 휘날리고, 오른손에는 그 거대한 창을 들었는데, 그 모습은 캄캄한 밤을 가장 밝게 비치는 별처럼 빛났다. 아킬레우스는 무자비한 공격을 가하기 좋을 법한 부분을 찾기 위해서 상대를 세밀히 뜯어보았다. 헥토르는 파트로클로스의 시체에서 벗겨낸 훌륭한 갑옷으로 몸을 잘 감싸고 있었지만 쇄골과 목이 이어지는 부분에 빈틈이 보였다. 찔리면 즉사하는 급소였다. 아킬레우스가 그곳을 겨냥하여 창을 찌르자 부드러운 목이 뚫렸다. 헥토르는 땅 위에 쓰러졌고, 아킬레우스는 승리감에 부르짖었다.

"헥토르! 파트로클로스의 시체를 벗길 때 분명 네 자신은 안전할 거라고 믿었겠지! 멀리 있는 나는 조금도 개의치 않고 말이다. 천치 같으니! 하지만 파트로클로스보다 강한 자가 복수를 노리고 있었다! 이제 너는 독수리와 개들이 뜯어먹을 것이고, 파트로클로스는 고국에서 정중히 장사 치러질 것이다!"

그러자 아직 숨통이 끊기지 않은 헥토르가 대답하였다.

"무릎 꿇어 너의 동정심에 호소하고 네 양친을 빌어 간청하겠다. 날 네 함대에 내다버려 개에게 뜯기는 일이 없게 해다오. 내 부모가 몸값으로 황금이며 보물을 충분히 내놓을 터이니 내 몸은 집으로 보내다오. 그리하여 전우와 가족들이 화장시킬 수 있게 해다오. 그것은 죽은 자의 당연한 권리가 아닌가."

아킬레우스는 분노하여 얼굴을 찌푸리고 말했다.

"망할 자식! 내게 무릎 꿇을 필요도 없고, 감히 양친을 들먹이지도 마라! 죽고 싶은 놈이 아니라면 감히 그 누구도 네 머리통을 개들에게서 떼어놓지 못할 것이다. 10배, 20배, 아니 헤아릴 수 없을 정도의 몸값을 가져오고 거기에 더 많은 것을 약속한다고 해도 안 된다. 프리아모스 왕이 네 무게만큼의 금을 가져온다고 해도 네 어미가 널 관에 넣어 애도하게 해줄 수는 없다. 시체를 먹는 개들과 새들이 널 씹어 먹어줄 것이다! 네가 나에게 저지른 짓을 생각하면 널 갈가리 찢어 날로 먹어도 시원치 않다!"

헥토르는 죽어가면서 대답하였다.

"그래, 나도 너를 잘 안다. 무슨 일이 일어날지 예상이 되는구나. 철의 심장을 가진 널 설득할 수는 없겠지. 그러나 잘 기억해두거라. 네가 아무리 강하다 하더라도 파리스와 아폴론이 서쪽 성문에서 널 치는 날, 나로 인하여 신의 분노가 네게 내릴 수도 있음을."

그렇게 말하는 동안 죽음의 그림자가 그를 에워쌌고 영혼은 육신을 떠나 저승으로 내려갔다. 자신의 용기와 힘에 마지막 작별을 고하며 헥토르는 자신의 운명을 애통해하였다. 그가 이미 죽어 듣지 못하게 되었음에도 불구하고 아킬레우스는 또다시 말했다.

"거기 누워 죽어라! 그것이 언제가 됐든, 제우스와 다른 신들의 뜻이 그렇다면 나는 내 운명을 받아들이겠다."

그는 시체에서 창을 뽑아 옆에 놓고 갑옷을 벗겼다. 그러자 다른 그리스 병사들이 몰려와 빙 둘러섰다. 헥토르의 귀족다운 풍채와 모습을 바라본 그들은 잠시 탄복하였지만, 이내 시체를 쿡쿡 찌르기 시작했다. 때리고 찌르면서 그들은 서로 말했다.

"하하하! 저번에 횃불로 우리 배를 불태울 때보다는 온순해지셨는걸!"

아킬레우스는 전리품을 다 벗긴 후에 병사들에게 돌아서서 노골적으로 말했다.

"병사들, 그리고 그리스의 왕들과 지휘관들이여. 보다시피 신께서 내게 이자를 죽이도록 허락해주셨소. 이자는 다른 모든 트로이 병사들을 합친 것 이상으로 막대한 피해를 입힌 자요. 이제 성을 에워싸고 전투 준비를 하면서 그들의 동정을 살펴봅시다. 헥토르가 죽었으니 성을 떠날 것인지, 아니면 그가 없는 상황에서도 여전히 맞서려 할 것인지 말이오.

아니, 잠깐! 내가 무슨 말을 하고 있는 것인가! 파트로클로스가 묻히지도 못하고, 슬퍼해주는 사람도 없이 누워 있지 않은가!

먼저 그를 추모해야 마땅할 것이다. 난 살아 움직이는 동안에는 결코 파트로클로스 생각을 떨쳐버릴 수가 없을 것이오! 하데스의 궁전에 있는 자들은 자신이 죽은 것조차 잊는다지만, 나는 그곳에 가서도 나의 벗을 기억할 것이오.

자, 전사들이여. 일단은 승리의 찬가를 부르며 이자를 끌고 우리들의 함대로 돌아가도록 하자. 우리는 큰 승리를 거두었다. 트로이 백성들이 신처럼 떠받드는 헥토르를 죽인 것이다!"

그리고 헥토르의 시체에 모욕을 가할 준비를 하였다. 헥토르의 양쪽 뒤꿈치를 꿰어 가죽끈으로 한데 묶어 전차에 단단히 고정시켜 머리는 땅에 닿아 끌리게 해놓고 벗겨낸 무장은 전차에 실은 아킬레우스는 말에 채찍을 가해 나는 듯이 달렸다. 시체는 전차 뒤에 매달려 끌려가면서 먼지가 일고, 헥토르의 검은 머리칼은 사방으로 뻗쳤다. 제우스는 헥토르의 머리를 적군들의 손에 내주어 조국 땅에서 유린당하도록 했던 것이다. 그의 머리가 흙투성이가 되어가는 모습을 본 그의 모친은 쓰고 있던 베일을 던져버리고 머리칼을 쥐어뜯으며 서럽게 통곡하였다. 그의 부친도 비통해하였으며 병사들 또한 울부짖었다. 높이 솟은 트로이 성 전체가 타버려 재가 된 것처럼 모든 이가 애통해하였다.

끝내 발작을 일으킨 프리아모스 왕은 성문 밖으로 뛰쳐나가려 들

어서 사람들이 달려들어 붙잡아야만 했다. 거름더미 위에서 몸부림
치던 왕은 동지들의 이름을 하나하나 불러가며 호소하였다.

"됐다, 너희들이 날 아끼고 있음은 모르는 바 아니나 날 내버려둬
라. 저 가공할 폭군에게 간청하게 해다오! 그의 동지들이 보는 앞에
서는 그도 수치를 알 것이니, 이 노인을 동정해줄지도 모르지 않느
냐. 그래, 그도 나 같은 아비가 있을 게다. 펠레우스가 그를 낳아 트
로이의 멸망을 불러오도록 키웠지! 아킬레우스는 젊은 내 아들들을
너무도 많이 죽였다! 그들의 죽음도 가슴이 아프지만, 헥토르를 잃은
슬픔에 비할 바는 아니다. 그 슬픔으로 말미암아 나는 무덤에 가게
될 것이다. 차라리 내 팔에 안겨 죽었다면 좋았을 것을! 그랬다면 그
를 낳은 비운의 어미나 아비인 내가 더 이상 슬퍼할 수 없을 때까지
애도하고 울어줄 수라도 있었을 텐데."

그의 통곡에 모든 사람들도 비탄에 잠겼다. 헥토르의 어머니 헤카
베 주위의 여자들도 슬픔에 빠져 있었다.

"아들아, 이 어미는 쓸쓸하구나. 너까지 죽은 마당에, 이 슬픔을 안
고 어찌 살란 말이냐? 이 도시에서 넌 언제나 내 자랑거리였고, 백성
들에게는 축복이었다. 그들은 너를 신성한 존재로 여겨주었지. 살아
있는 동안에 그들에게 큰 영광을 안겨다 주었던 네가 이제 죽음을 맞
았구나."

그러나 헥토르의 아내는 아직 남편에 대한 소식을 듣지 못한 채였
다. 전령이 헥토르가 성문 바깥에 남아 있다는 사실을 알려주지 않
던 것이다. 그녀는 저택에서 베를 짜느라고 바삐 움직이고 있었는데,
널따란 자줏빛 천에다 앙증맞은 꽃무늬를 수놓고 있는 중이었다. 그
녀는 하인들을 불러 불에 솥을 올려 남편이 전투에서 돌아오면 따뜻
한 물로 목욕을 할 수 있게 하라고 지시했다. 가엾은 그녀는 남편이
벌써 아킬레우스의 두 손과 아테나의 뜻에 의해 목욕과는 거리가 먼
곳으로 가버렸음을 모르고 있었다.

그러나 오래 지나지 않아 성벽에서 들려오는 애도와 통곡 소리에 그녀는 온몸을 떨며 베틀에서 손을 놓고 쓰러졌다. 그리고 하녀들을 불렀다.

"여기다. 너희 둘은 나와 함께 가서 무슨 일이 일어났는지 알아보도록 하자. 저건 내 고귀하신 시어머님의 목소리 아니냐! 걱정이 되어 못 견디겠다. 근데 무릎이 돌처럼 굳어버렸구나! 왕의 아들들에게 무슨 재앙이 닥친 모양이다. 제발 그런 말들이 내 귀에 들어오지 않기를! 그 아킬레우스가 내 남편을 베어 평원으로 끌고 갔을까 두렵구나! 아, 언제나 남편을 사로잡고 있던 그 독과 같은 자만심을 아킬레우스가 끝장내버리지는 않았는지 모르겠다. 남편은 병사들 속에 묻혀 있기보다는 늘 선봉에 섰고, 용기에 있어서는 누구에게도 뒤지지 않는 사람이었다."

그녀는 떨리는 가슴에 실성한 여자처럼 뛰쳐나갔고 하녀들은 그 뒤를 따라갔다. 성벽 위에 모인 병사들 쪽으로 간 그녀는 주변을 살피다가 성벽 앞에서 끌려가고 있는 남편을 보게 되었다. 전속력으로 달리는 말들이 그리스 진영으로 그를 끌고 가고 있었던 것이다. 말들은 자신이 무슨 짓을 하고 있는지, 무심할 따름이었다. 그 모습에 눈앞이 캄캄해진 그녀는 기절하여 뒤로 쓰러졌다. 관이며, 머리장식, 베일 등 머리에 얹혀 있던 것들이 바닥에 떨어졌다. 특히 그 베일은 헥토르가 결혼의 대가로 막대한 값을 지불하고 그녀를 에에티온 왕의 궁에서 데려오던 날 아프로디테가 선물한 것이다.

헥토르의 누이들이 달려와 죽을 듯한 절망으로 정신을 잃은 그녀의 손을 잡아주었다.

의식이 돌아오자 그녀는 흐느끼면서 부르짖었다.

"오, 헥토르! 이렇게 비참할 수가! 우리는 이렇게 비참하게 될 운명을 안고 태어난 건가요? 차라리 태어나지 말 것! 이제 당신은 저 깊은 땅 아래 하데스의 궁으로 가시고, 미망인이 된 나만 우리들의 집에서 깊은 비탄 속에 남겨졌어요. 우리 아들은 아직 어린애에 지나지 않는데! 우리 아이가 이 비참한 전쟁에서 살아남는다 하여도 그 애에게 남겨진 거라곤 고난과 슬픔뿐일 거예요. 침략자들이 그에게서 땅을 빼앗아 갈 테니까요.

고아는 친구도 없는 법이죠. 우리 애는 항상 고개를 숙이고 볼은 눈물로 축축하게 젖은 채 아버지의 옛 친구들에게 구걸이나 하겠죠. 이 사람 저 사람 찾아가 옷자락을 부여잡고 말예요. 누군가 동정을 베푼다면 잔을 입에 대주며 마른 입술이야 축여주겠지만 마시게 해주진 않을 거예요. 부모가 다 살아 있는 아이들은 우리 애를 때리고 욕하면서 식탁에서 밀어내겠죠. '꺼져! 네 아버지는 우리하곤 식사도 한 번 한 적이 없어'라고 하면서요. 그러면 아이는 울면서 과부가 된 어미에게 달려올 거예요. 그래요, 우리 아스티아낙스 말이에요. 아버지의 무릎에 올라앉아 기름진 음식에 살진 양고기만 먹었던 아이가 말이에요! 배불리 먹고 졸려서 더 놀기가 싫어지면 푹신한 침상에 누워 유모의 팔에 안긴 채 아주 편안히 자곤 했지요.

그러나 이제 아버지를 잃었으니 아이는 엄청난 고통을 겪게 되겠죠. 당신 혼자서 성문과 성벽을 지켰다고 해서 성안 사람들은 우리 아이를 정답게 불러주었지요. 그러나 이제 당신은 당신 부모와 멀리 떨어진 적진에 끌려갔군요. 개들이 실컷 배를 채우고 나면 벌레가 들끓으며 당신 살을 파먹겠죠. 하녀들이 만들어놓은 아름답고 보드라운 옷들이 집에 있는데, 당신은 지금 벌거벗은 채로 있네요. 이제 준비한 것들을 다 불태워야겠어요. 입고 누워보지도 못할 당신에게는 어차피 소용없는 물건들이 되었으니까요. 그게 차라리 트로이 백성들의 눈앞에서 당신의 명예를 살리는 일이 될 거예요."

말하는 동안에도 눈물은 하염없이 흘렀고, 다른 여인들도 그녀를 따라 애통해하였다.

XXIII

아비가 그 아들의 뼈를 묻으면서 애통해하듯, 아킬레우스도 파트로클로스의 뼈를 태우며 탄식하였다.
그리고 애달픈 울음과 한숨을 토해내면서 밤새 장작불 근처를 비틀비틀 오갔다.

트로이 군이 도시 안에서 이렇게 슬퍼하고 있는 사이, 그리스 군은 함대로 돌아가고 있었다. 대부분은 각자의 함대로 흩어졌으나, 아킬레우스는 미르미돈 족을 해산시키기에 앞서 말했다.

"내 용감한 전사들아, 너희의 말들은 오늘 훌륭하게 맡은 바 역할을 다 해주었다. 그러나 아직 멍에를 풀 때가 아니다. 말과 전차를 몰고 가 파트로클로스에게 조의를 표하도록 하자. 그것이 죽은 자가 누려야 할 마땅한 영예이다. 애도함으로써 우리 자신 또한 위로한 뒤에 마구를 풀고 식사를 들도록 하자."

말을 마친 아킬레우스는 큰소리로 울면서 앞장서서 시신 주위를 3번 돌았다. 그의 어머니 테티스도 그들과 함께 슬퍼하였다. 그들의 눈물은 모래사장을 적셨으며 갑옷까지 축축해졌다. 그들은 그토록 죽은 용사를 간절히 그리워했던 것이다. 아킬레우스는 수많은 사람을 죽인 두 손을 충실한 친구의 가슴에 얹고 탄식하였다.

"잘 가게, 파트로클로스. 그곳이 죽음의 궁전이라 할지라도! 난 약속했던 것을 모두 지키고 있네. 내가 헥토르를 여기로 끌고 와 개들의 먹이로 삼겠다고 했지? 그리고 자네를 화장시키기에 앞서 트로이의 훌륭한 젊은이 12명의 목을 자를 거라고 했지? 자네를 죽인 대가로 말이야."

이어 아킬레우스는 헥토르의 시체를 아주 잔인하게 모욕하였다.

파트로클로스가 누워 있는 관 옆에서 헥토르의 얼굴을 땅에 처박아 뻗쳐놓았던 것이다.

그런 다음에야 모두는 무장을 벗고 거친 울음을 울고 있는 말들의 마구를 풀어준 뒤에 아킬레우스의 함대 옆쪽에 자리를 잡았다. 거기서 아킬레우스는 성대한 장례식 성찬을 마련하였다. 소와 양과 염소들을 잡고, 송곳니 달린 살진 멧돼지들도 통째로 불에 구워졌다. 그러자 죽은 자의 주변 땅에는 잔에 담을 만큼 많은 피가 흘렀다.

그동안 그리스 군의 지도자들은 아킬레우스를 아가멤논 왕 앞으로 데려갔다. 친구로 인해 깊은 슬픔에 잠겨 있는 아킬레우스를 설득하여 데려가기란 그리 쉬운 일이 아니었다. 국왕 아가멤논의 막사에서는 먼저 가마솥에 물을 끓여 피로 더럽혀진 아킬레우스의 몸을 씻으라는 지시가 내려졌지만 아킬레우스는 딱 잘라 거절하면서 이렇게 맹세하였다.

"가장 위대하고 높으신 제우스께 맹세컨대 싫다! 파트로클로스의 장례를 치러 무덤을 세워주고 내 머리칼을 자르기 전에는[1] 내 머리에 깨끗한 물을 대서는 안 된다! 내가 살아 있는 자들 가운데 있는 한 이 같은 슬픔은 다시없을 터이다. 지금은 그간 멀리하던 식사를 하는 것으로 만족하도록 하라.

아가멤논 왕이여, 내일은 장작을 모아 죽은 자를 어둠으로 내려보내기 위한 합당한 절차를 마련해야 할 것이오. 화장을 마친 뒤에는 병사들이 본연의 임무로 돌아갈 수 있을 것이오."

사람들은 그 말에 따라 식사를 준비하고 모두 부족함 없이 들었다. 배불리 먹은 뒤에 다른 이들은 모두 쉬러 물러갔지만 아킬레우스만은 바다소리가 들리는 해변에 동족의 병사들과 함께 누웠다. 파도가 해변 위를 쓸어내리는 동안, 그는 무거운 신음소리를 내뱉다가 잠이 들었다. 그의 강한 팔다리도 오랜 시간 트로이 시를 돌며 헥토르를

[1] 애도의 표시로 머리칼을 잘라 바치는 풍습이 있었음.

쫓느라 피로에 지쳤던 터라 달고 깊은 잠이 마음속의 슬픔까지 달래주었다.

잠 속에서 불운한 파트로클로스의 넋이 그를 찾아왔다. 키며 옷이며 생전의 그와 똑같았고, 목소리며 다정한 두 눈까지 그대로였다. 그 영령은 아킬레우스의 머리 쪽에 서서 말했다.

"아킬레우스, 잠들었습니까? 자느라고 나를 잊은 겁니까. 내가 살아 있을 때는 그러지 않았는데, 죽고 나니 무심해진 건가요? 어서 날 장사 지내 저승 문을 지날 수 있게 해주십시오. 다른 망령들이 저승의 강 너머로 나를 받아들여주지 않아 하데스의 궁 앞에서 방황하고 있습니다. 부디 나를 떠나게 해주십시오.

다른 동지들은 제쳐두고 단 둘이서 의논하던 일은 이제 없을 겁니다. 내가 태어나던 날 정해졌던 잔인한 운명이 벌써 나를 집어삼켜버렸습니다. 그리고 당신 또한 감당해야 할 운명이 있으니, 이 장엄한 성벽 앞에서 죽어가야 할 것입니다.

들어주시겠다면, 한 가지 더 부탁드리고 싶습니다. 내 뼈를 당신의 것 옆에 묻어주십시오. 내가 주사위 놀이를 하다가 어리석게도 충동적으로 암피다마스의 아들을 죽였던 날, 벌을 피하기 위해 메노이티오스께서 당신의 집으로 데려간 이후로 당신과 함께 자란 것처럼 말입니다. 그 후에도 당신의 부친 펠레우스께서는 나를 궁에서 키워주시며 당신을 모시게 하였습니다. 그러니 당신의 뼈가 담긴 단지에 내 뼈도 함께 넣어주십시오. 당신의 인자하신 모친께서 당신에게 주셨던 손잡이 2개가 달린 그 황금 단지 안에 말입니다."

아킬레우스는 대답하였다.

"내가 아끼는 벗이여, 왜 내게 와서 이런저런 부탁을 하는 건가? 물론 자네의 말대로 할 거네. 그보다, 이리 가까이 와보게. 단 한순간만이라도 서로를 부둥켜안고 실컷 울면서 마음을 달래보세."

그리고 팔을 뻗었으나 만질 수가 없었다. 영혼은 마치 연기처럼 흔들거리더니 땅속으로 사라져버렸다. 놀란 아킬레우스는 벌떡 일어나서 무겁게 입을 열었다.

"그렇군, 하데스의 궁에도 비록 생명은 없다고는 하나 영혼과 혼령이 있는 거로군.

불운한 파트로클로스의 영혼이 내 곁에 와서 슬퍼하고 애통해하며 부탁을 했다. 그 혼령은 정말 살아 있을 적 모습 그대로였다."

주위에 있던 사람들은 그의 말을 듣고 모두 애통해하였다. 그들이 애도하는 동안 새벽의 여신이 빛의 손가락을 보이기 시작했다. 아가멤논 왕은 메리오네스에게 지시를 내려 모든 막사에서 노새와 병사들을 내보내 장작을 모아오게끔 하였다. 병사들은 도끼와 밧줄을 준비하고 노새를 몰아 나갔는데, 그것도 쉽지 않은 여정이었다. 오르막길과 내리막길도 있었고 길에서 벗어나기도 하는가 하면 길이 엇갈리기도 하였다. 이다 산기슭에 도달한 그들은 부지런히 도끼질을 하여 큰 나무들을 쓰러뜨렸다. 다른 병사들이 나무를 쪼개고 묶어서 노새에 실으면, 노새들은 발굽으로 땅을 파며 평지를 지나 덤불을 뚫고 평원을 걸어갔다. 젊은 병사들 또한 모두 메리오네스의 명령에 따라 통나무를 지고 내려와 해변에 가지런히 쌓았다. 그곳은 아킬레우스가 파트로클로스와 자신을 위한 커다란 무덤을 만들 장소였다.

장작 마련을 마친 병사들이 모두 자리를 잡고 앉자 아킬레우스가 미르미돈 족에게 무장을 하고 전차를 준비할 것을 지시하였다. 전차가 앞서 나가는 가운데 수많은 보병들이 그 뒤를 따랐다. 그 행렬 한가운데에는 동지들이 파트로클로스의 시신을 운구하였다. 시신 위에는 동지들이 잘라 바친 머리칼이 마치 수의처럼 덮여 있었고, 아킬레우스는 뒤에서 그의 머리를 받쳐 흠잡을 데 없었던 자신의 벗을 장례식으로 인도하였다.

아킬레우스가 정해진 장소에 도착하자 사람들은 시체를 내려놓고 장작을 높이 쌓았다. 아킬레우스 또한 장작더미에서 멀리 떨어진 곳에서 치렁치렁한 황금빛 머리를 잘랐다. 아킬레우스는 어두운 바닷물을 뚫어지게 바라보면서 마음을 담아 말했다.

"오, 스페르케이오스 강의 신이여! 제 머리칼은 당신을 위한 것이 아니었습니다![2] 제가 고향으로 돌아가면 머리칼과 함께 흠 없는 50마리의 양을 당신의 제단이 있는 강물에 바치겠다고 한 부친의 서약은 헛된 것이 되었습니다. 당신께서 그의 기대를 저버려 제가 고향으로 돌아가지 못하게 되었으니, 이제 이것을 용사 파트로클로스에게 주려합니다."

말을 마친 그는 머리카락을 사랑하는 벗의 손에 놓아주었다. 그 자리에 참석한 모든 사람들은 진심으로 슬퍼하며 눈물을 흘리기 시작했다. 한낮이 되어도 울고 있을 그들을 보고 아킬레우스가 아가멤논 왕에게 다가가 말했다.

"아가멤논 왕이여, 당신은 최고의 권위를 가진 우리의 군주이시오. 그러니 명령을 내리십시오. 슬퍼할 시간은 앞으로도 충분하니, 지금은 저들을 여기서 해산시키시고 식사를 준비하라고 지시하십시오. 나머지 절차는 망자와 가까운 이들이 맡을 몫이니, 지휘관들만 남으라고 해주십시오."

아가멤논 왕은 그 말에 따라 병사들을 물러가게 하였다. 장례식에 남은 사람들은 사방 100걸음의 넓이로 장작을 쌓고 그 위에 시신을 올렸다. 그리고 그 앞에서 양과 소들을 잡아 가죽을 벗겨 아킬레우스가 기름덩어리만 떼어내 망자의 머리에서 발끝까지를 덮고, 시신 주위에는 고기들을 쌓았다. 또한 꿀과 기름이 든 항아리들은 관에 비스듬히 기대놓았다. 또한 아킬레우스가 직접 4마리의 말을 들어 장작 위에 올려놓았고 파트로클로스가 기르던 9마리의 개들 중 2마리도 죽여 시체 옆에 놓았다. 그를 위해 잡아온 트로이 젊은이 12명의 목

---

2) 남자가 성년이 되면 고향의 강에 머리칼을 잘라 바치는 풍습이 있는데, 트로이로 파병될 때만해도 아킬레우스는 성인이 아니었다.

또한 가차 없이 베어놓았다. 그런 모든 준비가 끝난 뒤에 그것들을 태워버릴 냉혹한 불을 놓았다. 그리고 슬프게 부르짖으며 친구의 이름을 불렀다.

"파트로클로스! 비록 저승으로 가는 길이지만 잘 가게. 보게나, 내가 전에 다짐했던 것들은 모두 지켰네. 트로이가 낳은 12명의 고귀한 젊은이들도 자네 주위에서 타고 있네. 하지만 헥토르는 불에 태우지 않을 것이네. 개들에게 먹이로 줄 걸세."

그러나 아킬레우스의 그런 위협은 지켜지지 않았다. 제우스의 딸 아프로디테가 밤낮으로 개들을 쫓아내 주변에 개들이 오지 않았던 것이다. 또한 여신은 장미로 만든 암브로시아 기름으로 시체를 씻어 끌려 다녀도 살이 찢기지 않도록 만들어놓았다. 또한 태양신 아폴론은 하늘에서 검은 구름을 끌어와 햇빛 때문에 팔다리의 힘줄과 살갗이 너무 빨리 썩지 않도록 가려주었다.

그런데 화장을 위한 장작불이 세차게 타오르지 않았다. 난감해하던 아킬레우스는 연기만 피어오르는 장작더미에서 조금 떨어진 곳으로 나와 북풍과 서풍의 신에게 나중에 좋은 제물을 바치겠으니 바람을 불어넣어 장작불을 돋구고 시신을 태워달라고 자신의 황금 술잔 가득히 술을 담아 바치면서 간청하였다.

그의 기도를 들은 것은 신들의 전령 이리스였다. 서풍의 신 저택에서 벌인 잔치에 모인 바람의 신들이 성찬을 즐기고 있을 때, 이리스가 날아와 문간에 서자 모든 바람의 신들이 반갑게 일어나 반겼다.

"이리 와서 제 곁에 앉으시지요!"

그러나 전령은 말하였다.

"미안하지만, 앉을 수 없습니다. 오케아노스에게 가는 길이니까요. 아이티오피아에서 우리 신들을 위해 장엄한 제물을 바치고 있는데 저도 가서 맛보고 싶거든요. 그런데 지금 아킬레우스가 북풍과 서풍께 기도를 드리면서 와주시면 많은 제물을 바치겠다고 약속하더군요. 두 분이 장작이 잘 타도록 도와주기를 바라고 있는데, 거기에는 파트로클로스가 누워 있고 모두들 그 주위에서 애도하고 있습니다."

말을 전한 여신은 날아갔다. 바람들은 법석을 떨면서 자리에서 일어나 난폭한 구름을 몰고 나갔다. 그들은 대양을 덮쳐 휘몰아치는 광풍으로 큰 물결을 일으킨 다음 트로이 해안가로 가서 장작에 불이 오를 때까지 바람을 불어넣었다. 바람들이 불어대는 동안, 아킬레우스는 밤새도록 황금의 술동이에서 황금 술잔으로 술을 퍼 땅이 흠뻑 젖도록 술을 바치면서 가엾은 파트로클로스의 혼을 달랬다. 부모를 남겨두고 갓 혼인한 아들이 죽었을 때 아비가 그 아들의 뼈를 묻으면서 애통해하듯, 아킬레우스도 파트로클로스의 뼈를 태우며 탄식하였다. 그리고 애달픈 울음과 한숨을 토해내면서 밤새 장작불 근처를 비틀비틀 오갔다.

마침내 새벽에 뜨는 별이 나타나 곧 햇빛이 대지 위에 퍼질 것임을 알려주었고, 아킬레우스 뒤에 펼쳐진 바다 너머에서는 새벽이 노란색 망토를 펼치기 시작할 즈음이 되자 불꽃이 사그라졌다. 그리고 파도가 일며 바다가 으르렁대는 사이에 할 일을 마친 바람들은 트라키아 만을 건너 자신의 집으로 돌아갔다. 완전히 지친 아킬레우스는 장작불이 타던 곳에서 물러나 맥없이 땅에 쓰러졌다. 곧 잠이 찾아와 그를 평안 속에 잠들게 하였다.

얼마 지나지 않아 사람들이 아가멤논 왕과 함께 다가왔다. 그들이 내는 시끌벅적한 소리에 잠이 깬 아킬레우스는 일어나 앉아 말했다.

"아가멤논 왕이여, 그리고 그 밖에 영주들이여. 우선 술을 부어 불기가 남은 장작을 모두 식히시오. 그 다음에 다른 것들과 섞이지 않도록 주의해서 파트로클로스의 뼈를 수습하도록 하시오. 그는 가운데에서 똑바로 눕혀놓았고, 다른 시체들은 말과 함께 그 주변에 둘러놓았으니 알아보기 쉬울 것이오. 그의 뼈를 비계 2겹으로 싸서 황금단지 안에 보관해두어야 하오. 내가 저승에 갈 때까지 말이오. 그를 위해서 높은 무덤을 만들 필요는 없소. 그저 남부끄럽지 않을 정도면 되오. 나중에 내가 죽으면 남은 당신들이 커다란 무덤을 만들면 될 것이오."

그의 지시에 따라 사람들은 재를 식히고, 눈물을 흘리며 너그러웠던 동료의 뼈를 모아 비계로 감싸 단지에 넣었다. 단지는 아마천으로 덮어 막사 안에 안전하게 보관되었고, 화장한 자리는 둥그렇게 석판을 둘러 바깥 경계를 표시한 다음 무덤을 만들기 위해 흙을 퍼 넣었다.

마무리를 한 그들이 자리를 떠나려 하자, 아킬레우스가 불러 세워 앉힌 뒤에 파트로클로스를 기리기 위한 경주에 내놓을 상을 가져오게 하였다. 1등상에는 손재주 좋은 여자 1명과 손잡이가 달려 있는 큰 세 발 솥. 2등상은 길들이지 않았으며 새끼를 밴 6살짜리 암말. 3등은 한 번도 쓰지 않아 흰빛이 도는 가마솥. 4등은 금괴 2개. 5등은 손잡이가 달린 새 냄비가 준비되어 있었다.

"모두 들으시오. 여기 전차 경주자들에게 상이 준비되어 있소. 이번 경기가 다른 누구를 기리기 위한 것이었다면 포세이돈이 준 내 말들이 1등을 했을 것이오. 그러나 나와 내 말들은 출전하지 않겠다는 것을 밝혀두겠소. 고귀한 주인을 잃고 먼지투성이가 되어 있는 말들을 보시오. 그들의 주인 파트로클로스는 친절한 사람이었소. 그가 얼마나 자주 말들의 갈기를 깨끗한 물로 씻겨주고 기름을 부어주었던지! 그러니 깊은 시름에 잠긴 나의 말들 외에 자신의 말과 전차를 가진 사람은 누구나 출전해도 좋소."

아킬레우스의 말에 선수들이 나섰다. 첫 번째로 말 다루는 솜씨가 뛰어나기로 소문난 에우멜로스가 나섰다. 그 다음으로 디오메데스가 나섰는데, 그는 아이네이아스에게서 뺏은 트로스의 두 말을 몰았다. 또 메넬라오스가 아가멤논의 암말과 자신의 말을 한 쌍으로 만들어 지원하였다. 아가멤논의 암말은 부유한 에케폴로스가 전쟁에 나가는 대신에 편안히 집에 있고 싶어 선물한 것으로, 특히 경주에 뛰어났다. 안틸로코스가 4번째로 한 쌍의 필로스 산 말을 끌고 나왔다. 그가 출전 준비를 하고 있을 때, 아버지인 네스토르가 잔소리를 했다.

"안틸로코스, 제우스와 포세이돈께서는 네가 아주 어릴 적에 호의를 베푸셔서 승마술의 모든 것을 가르쳐주셨다. 그러니 너를 새삼 가르쳐야 할 건 없을 거다. 반환점을 도는 법 같은 건 잘 알고 있을 테니 말이다. 다른 사람의 말에 비해 네 말들이 느린 것들이어서 걱정이 되지만 말 다루는 법을 너보다 잘 알지는 않을 거다. 그러니 아들아, 가능한 모든 기술을 동원하거라. 힘만 믿지 않는 나무꾼의 요령과 바람을 타는 키잡이들의 기술이 있듯이 효과적인 비법으로 다른 기수들을 제압하여라.

모든 것을 말과 마차에 맡겨버리는 자도 있다. 방향을 돌릴 때 충분히 주의를 기울이지 않아서 말들이 정해진 길을 달리지 못하는 경우도 있다. 요령을 터득한 사람이라도 좋지 않은 말을 몰아야 하는 때가 있지만 그럴 때 그는 반환점을 똑바로 보면서 길 안쪽으로 바싹 붙여 돈다. 고삐를 적당히 조정하면서 앞서가는 기수를 지켜보는 것이다.

자, 이제 표지를 알려주마. 그걸 못 보고 지나치면 안 된다. 길을 돌아가면 한 길 정도 크기의 나무 그루터기가 있을 것이다. 참나무인지 전나무인지는 모르겠는데, 비가 와도 썩지 않더구나. 2개의 흰 돌을 그 그루터기 양쪽에 놓아 표시를 해놓았는데, 그 주변 땅은 말들이 다니기에 좋은 곳이다. 오래 전에 죽은 어떤 이가 표시해놓은 것이거나 이정표를 삼으려고 만들어놓은 것일 수도 있는데, 하여간에 아킬레우스가 그것을 경기의 반환점으로 정해놓았다. 표시에 전차를 바싹 붙여 돌도록 해라. 전차가 도는 안쪽으로 너는 몸을 가볍게 기울이고, 반환점 바깥쪽에 있는 말에게는 고삐를 풀어주면서 채찍질을 가해라. 반환점 쪽에 있는 말은 거의 표지를 스칠 정도로 붙여 몰아서 바퀴 축이 흰 돌을 살짝 건드리다시피 해야 되는데, 돌에 부딪쳐 전차를 망가뜨리고 말을 다치는 일이 생기지 않도록 주의해야 한다. 그런 꼴이 되면 너에겐 망신이고 다른 사람들에게는 웃음거리가 될 테니 말이다.

아들아, 침착하고 신중해야 한다. 네가 반환점을 선두로 돈다면 살아 있는 그 누구도 너를 따라잡거나 추월할 수 없을 것이다. 설사 그가 아드라스토스의 성스러운 경주용 종마 아리온을 몰고 있거나, 이 지역에서 난 혈통 좋은 라오메돈의 말을 몬다고 해도 말이다."

아들에게 경주의 요모조모를 설명한 다음에 네스토르는 자기 자리로 돌아갔다.

그리고 5번째 주자로 메리오네스가 있었다.

그들이 출발 준비를 끝내고 전차에 오르자 아킬레우스가 제비를 뽑았다. 안틸로코스가 첫번째, 다음으로 에우멜로스, 그 뒤로 메넬라오스, 메리오네스, 마지막으로 디오메데스 순이었다. 주자들이 나란히 서자 아킬레우스가 평원 멀리 보이는 반환점을 알려주었다. 그는 부하 포이닉스를 심판으로 세워 주자들이 달리는 것을 감시하고 경주 진행 상황을 보고하도록 하였다.

주자들이 동시에 출발하였다. 말들을 채찍으로 내려치고 고삐를 조종하면서 맹렬하게 소리를 지르며 달려나갔다. 함선들을 뒤로하고 달리는 말들의 갈기는 바람에 나부끼고 발밑에서는 먼지가 구름처럼 일었다. 전차는 조용히 달리다가 가끔은 돌에 부딪혀 높이 솟아오르기도 했다. 기수들은 전차 안에서 기대에 부푼 가슴으로 말들에게 소리를 쳤고, 말들은 땅 위를 나르듯이 질주하였다.

반환점을 돌아와 바다 쪽으로 방향을 돌리려는 순간, 말들은 저마다 기지를 발휘하여 속력을 올렸다. 순식간에 에우멜로스의 암말들이 선두를 차지하였고, 바로 뒤에서 디오메데스가 모는 트로스의 말들이 뒤따라왔다. 너무나 바싹 붙어서 디오메데스의 말들이 고개를 숙이면 그 숨결이 에우멜로스의 등과 어깨를 덮힐 정도였다.

만약에 아폴론만 나서지 않았더라면 그대로 디오메데스가 추월하여 우승을 했거나, 적어도 무승부가 되었으리라. 그런데 결정적인 순간에 아폴론은 디오메데스의 채찍을 쳐 그의 손에서 떨어뜨려버렸던 것이다. 에우멜로스의 전차는 더욱 속도를 높여 멀어져가는데, 자신의 말들은 채찍이 없어 느려지는 것을 본 디오메데스는 분해서 눈물이 가득 고였다.

하지만 아폴론의 책략도 아테나의 감시를 벗어날 수는 없었다. 여신은 디오메데스에게 채찍을 주워 돌려주고 말들을 재촉하는 한편으로 에우멜로스를 따라가 전차의 멍에를 꺾어버렸다. 그 바람에 에우멜로스의 말들은 경주로를 벗어났고 기수는 바퀴 위로 굴러 떨어져 팔꿈치와 입, 코가 까지고 이마에는 멍이 들었다. 숨이 막혀 말도 내뱉을 수가 없었지만 눈에는 눈물이 차 올랐다.

디오메데스는 자기 말들을 잘 제어하면서 다른 주자들을 따돌려 한참을 앞서 달리게 되었다. 아테나의 덕분이었다. 그 뒤에는 메넬라오스가 추격해 왔고, 세 번째로는 안틸로코스가 달리고 있었다.

"달려라! 낭비할 시간이 없다! 선두에 있는 말들을 따라잡으라곤 하지 않겠다. 아테나가 힘을 불어넣어 승리하게 돕고 있으니 말이다. 그렇지만 메넬라오스의 말에게 질 수는 없다. 그 얼마나 부끄러운 일이냐! 암말 하나가 두 종마를 이기다니! 내 용감한 말들이 어째서 뒷전에서 달리고 있단 말이냐? 이 따위로 하면 마구간에 넣고 먹이를 주지 않을 테다! 좋은 성적을 내지 못한다면 아버지는 당장에 너희들의 목을 베어버릴 거다!

쫓아라, 속력을 더 내란 말이다! 내가 어떻게 할지는 알고 있겠지? 좁은 길에서 그를 앞질러버리면 어쩔 수 없을 것이다."

안틸로코스의 고함에 적잖이 겁을 먹은 말들은 잠시나마 속력을 높였고, 곧 좁은 길로 들어섰다. 그 길은 협곡에 난 길로서, 양쪽 편에는 겨울에 일어났던 홍수로 인해 길이 망가져 구덩이가 파여 있었다. 메넬라오스는 누가 자신을 추월할까봐 길 한가운데서 말을 몰았다. 그러나 안틸로코스는 길 가장자리로 달려 그 뒤를 쫓았다. 메넬라오스는 가슴이 덜컥 내려앉아서 그에게 이렇게 외쳤다.

"안틸로코스, 너무 무모하다! 말들을 세워! 이 길은 좁아서 자네가 지나갈 길이 없다. 내 전차와 부딪쳐 우리 둘 다 죽일 셈이냐!"

그러나 안틸로코스는 채찍만 부지런히 놀렸고, 그의 말들도 못 들은 척 더욱 빨리 달렸다. 거리가 점점 좁혀지는가 싶더니 끝내 메넬라오스는 추월당하고 말았다. 오히려 좁은 길에서 안틸로코스와 충돌하여 전차가 뒤집혀 전차에서 떨어질까봐 겁이 난 메넬라오스가 말을 세우고 화가 나 소리쳤다.

"안틸로코스, 비열한 속임수다! 빌어먹을! 안틸로코스가 언제나 공정한 시합을 하는 사람이라고 누가 그랬느냐! 말도 안 되는 소리다! 정정당당한 경기를 했다는 맹세를 하기 전에는 상을 주면 안 된다!"

그리고 나서 말들을 다시 재촉하였다.

"자, 이제 꾸물거릴 틈이 없다! 어정쩡하게 서 있지 말란 말이다! 저 말들은 이미 나이를 먹어 너희들의 다리나 관절처럼 튼튼하지 못하다!"

말들이 그 말의 뜻을 깨닫고 속력을 내 경쟁자를 따라잡았다.

군중들은 말들이 언제 오나 보려고 앞을 내다보고 있었다. 곧 먼지 구름을 잔뜩 일으키며 말들이 나는 듯이 달려오는 모습을 처음 발견한 것은, 다른 사람들과 멀리 떨어진 높은 곳에 앉아 있던 크레타의 왕자 이도메네우스였다.

디오메데스의 목소리가 들려왔지만, 말은 다른 것임을 확인한 그는 벌떡 일어나 구경꾼들에게 외쳤다.

"여러분! 내가 말들을 보았소. 당신들에게도 보이오? 그런데 뭔가 사고가 난 게 틀림없소. 암말이 반환점에서 분명히 선두를 달리고 있는 걸 보았는데, 전차는 지금 보이지 않고 있소. 평원 전체를 자세히 둘러봤지만, 아마 기수가 고삐를 놓쳤거나 말들을 통제하지 못해서 반환점을 도는데 실패하여 전차가 부서지고 말들이 제멋대로 도망간 모양이오. 일어나서 보시오. 정확하지는 않으나 제일 앞서 달려오는 주자는 아이톨리아의 왕자 디오메데스인 것 같소."

그러자 작은 아이아스가 경멸하듯 비웃으며 말했다.

"평소대로 말이 많으시군, 이도메네우스. 저건 에우멜로스의 암말들이오. 당신은 그리 눈이 좋지 않은 것 같소. 그러면서도 말은 참 많구려. 윗사람들 앞에서 너무 말이 많은 것은 좋지 않소. 아까 앞섰던 그 암말들이 지금도 제일 앞이고, 에우멜로스가 고삐를 잘 쥐고 있지 않소."

그 말을 듣고 이도메네우스는 화가 나 대꾸하였다.

"싸움으로 말하자면 당신이 최고지만, 싸움 아닌 다른 면에서는 분별력이 모자른 당신을 쉽게 누를 수 있소. 당신은 고집불통이오! 누가 제일 먼저 오고 있는지 세 발 달린 솥이나 가마솥을 걸고 내기해봅시다. 심판은 아가멤논 왕이 맡을 것이오! 값을 치르고 난 뒤에는 뭔가 깨닫는 바가 있을 것이오."

그러자 작은 아이아스가 발끈하여 반박하려 했지만 아킬레우스가 나서서 그들을 말렸다.

"이도메네우스, 아이아스. 두 사람 다 그렇게 서로를 모욕하지 마시오. 다른 사람이 그런 행동을 하면 먼저 나서서 꾸짖어야 할 분들 아니오. 자리에 앉아서 지켜봅시다. 곧 누가 1등이고 그 뒤는 누구인지 모든 사람이 알 수 있을 것이오."

그가 이렇게 말할 때, 한껏 속력을 올려 디오메데스가 달려오고 있었다. 그는 채찍을 어깨 위로 올렸다가 연신 내려쳤고, 말들은 있는 힘을 다해 힘차게 달렸다. 말들은 먼지를 기수에게 차 올리면서 황금과 주석으로 만든 전차를 끌었는데, 워낙 빨리 달려서 가벼운 먼지만을 일으켰을 뿐 땅에 바퀴 자국이 거의 나지 않을 정도였다.

결국 디오메데스가 1등으로 들어왔다. 그가 전차를 세우고 채찍을 내려놓자, 스테넬로스가 재빨리 달려 나와 상을 거머쥐고는 목과 가슴에서 땀을 비오듯 흘리는 말들을 풀어 주었다. 상품들은 그의 동지들의 손에 맡겨졌다.

2위로는 메넬라오스를 따돌린 안틸로코스가 들어왔다. 실력이라기보다는 술수를 써서 메넬라오스를 따돌렸던 것인데, 아가멤논 왕의 암말이 최선을 다해준 덕분에 메넬라오스도 말과 마차 사이 정도의 거리로 바싹 간격을 좁힐 수 있었다. 만약 경주 거리가 더 길었다면 틀림없이 안틸로코스를 추월하여 승리하였을 것이다.

메리오네스는 창을 던지면 닿을 만한 거리를 두고 메넬라오스 뒤를 따르고 있었다. 그의 말들은 가장 느렸고, 그 자신도 제일 뒤떨어지는 기수였기 때문이다.

마차가 부서진 에우멜로스는 꼴찌가 되었다. 전차를 끌고 말들을 몰면서 오는 그 모습에 측은해진 아킬레우스는 숨김없이 감정을 털어놓았다.

"최고의 전사가 맨 뒤에서 오고 있군. 그러나 그에게 걸맞은 상을 줍시다. 디오메데스는 1등상을, 그에게는 2등상을 주겠소."

그러자 사람들은 환호성을 올렸다. 모든 이들의 승락을 얻어 2등상인 암말을 주려고 할 때 안틸로코스가 항변하였다.

"아킬레우스, 그건 나를 몹시 불쾌하게 만드는 처사요. 내게서 상을 빼앗아 가려는 것 아닌가 말이오. 그가 뛰어난 사람임에도 불구하고 그의 말들과 전차가 재난을 당했다고 해서 2등 상을 준다는 건 말이 안 되오. 그가 하늘에 간청했다면 절대 꼴찌로 들어오지 않았을 거요. 그를 동정해서 우정을 표시하고 싶다면, 당신의 막사에는 다른 물건들이 수북하지 않소. 금과 청동, 양과 말, 그리고 여자들도 있소. 그것들 중에서 골라 더 큰 상을 내리는 건 좋지만, 나는 2등상인 암말을 포기하지 않겠소. 누구라도 그걸 차지하겠다고 나서면 나와 겨뤄야 할 것이오."

아킬레우스는 그 말에 미소를 지었다. 안틸로코스는 그의 좋은 벗이었던 것이다.

"좋네, 안틸로코스. 나에게 에우멜로스에게 줄 상으로 다른 것을 내놓으라고 한다면, 그렇게 하겠네. 그에게는 내가 아스테로파이오스에게서 벗겨 온 주석 박힌 청동 갑옷을 상으로 주겠네. 그에게는 귀한 물건이 될 걸세!"

아킬레우스는 이렇게 말하고 아우토메돈에게 막사에서 그것을 가져오라고 지시했다. 아우토메돈에게서 갑옷을 받은 에우멜로스는 대단히 만족하였다.

그러자 이번에는 메넬라오스가 화를 냈다. 안틸로코스를 용서할 수 없었기 때문이었다. 전령이 메넬라오스에게 발언권을 주고 군중을 조용히 시켰다.

"안틸로코스, 자네는 늘 공평한 경기를 하는 사람이었다. 근데 이번에 무슨 짓을 한 건가. 별로 좋지 못한 말과 자네의 전차를 가지고 내 말들을 막고 나의 명예에 먹칠을 하지 않았나!

여러분께 호소하는 바요, 공평하게 우리 둘을 판단해주시오. 이 메넬라오스가 지위와 권력을 이용하여 안틸로코스에게 거짓을 강요하고 암말을 빼앗았다는 말이 나오지 않게 해주시오. 아니면 내가 직접 이 문제를 마무리짓겠소. 내 판결은 공정할 것이니 아무도 나를 탓할 사람이 없으리라 여기오.

이쪽으로 오게, 안틸로코스. 그리고 관례에 따르게나. 전차와 말 앞에 서서, 경주에서 썼던 채찍을 들고 말 위에 손을 얹고 포세이돈 앞에서 맹세해보게. 자네가 악의적인 고의로 내 전차를 추월하지 않았노라고."

그 말에 정정당당한 경기를 펼친다는 안틸로코스가 이렇게 대답을 하였다.

"메넬라오스 왕이시여, 훨씬 손아래 사람인 절 좀 봐주십시오. 당신은 저보다 나이도 많고 또 훨씬 뛰어나신 분 아닙니까. 젊은 사람들은 언제나 도를 지나치기 쉽다는 걸 아실 겁니다. 너무 급하고 경솔하기 이를 데 없지요. 그러니 부디 절 용서하십시오. 저의 상품은 기꺼이 포기하겠습니다. 그 외에도 제게 더 큰 것을 요구하신다면, 내 평생 동안 당신의 호의를 잃고 또 하늘의 법도를 거스르느니 당장이라도 마련해 올리겠습니다."

그런 후에 암말을 끌고 나와 메넬라오스에게 넘겨주었다. 그러자 메넬라오스의 마음도 빽빽하게 들어찬 옥수수 밭에서 옥수수 알이 이슬을 머금고 알차지는 것처럼 훈훈해졌다. 그래서 그는 솔직하게 털어놓았다.

"안틸로코스, 나도 기꺼이 화를 풀겠네. 자네도 고집쟁이거나 무책임한 자는 아니니 말이네. 이번엔 자네의 혈기가 지혜를 지나치게 앞섰나 보이. 다음 번에는 자네보다 윗사람을 꾀로 이기려 들지는 말게. 그간 자네가 나를 위해 너무 많은 고충을 겪었고, 또 열심히 도와준 것을 생각하여 사과를 받도록 하겠네. 또 내 것인 암말은 선물로 자네에게 줄 테니, 여기 있는 사람들도 내 성미가 그렇게 모질고 포악하지 않다는 걸 알아줄 것이네."

이렇게 말하면서 안틸로코스의 친구 노에몬에게 암말을 주어 끌고 가도록 하고는 자신은 3등상인 가마솥을 가져갔다.

메리오네스는 4번째로 들어왔으므로 금괴 2덩이를 받았는데, 5등상인 손잡이가 달린 냄비가 남게 되었다. 아킬레우스는 그것을 들고 네스토르에게 다가가 말했다.

"받으시오, 덕망 높으신 왕이여. 당신도 무얼 하나 받으셔야 할 것입니다. 파트로클로스의 장례식을 기리는 선물로 받아주십시오. 이제 이 세상에서는 그를 다시 볼 수 없으실 테니 말입니다. 이 상은 거저 드리는 것이니, 상을 받았다고 권투나 레슬링을 하지 않으셔도 됩니다. 창던지기 같은 다른 경기도 필요 없습니다. 이제는 나이가 많으시니 말입니다."

그러면서 상품을 노인의 손에 건네자 네스토르는 기쁘게 받더니 소박한 말로 대답했다.

"그래그래, 정말 옳은 말이네. 내 관절이나 다리는 예전 같지 않고 팔도 쉽사리 뻗을 수 없네. 에피아 족들이 아마린케우스 왕을 버프라시온에서 매장할 때, 그의 아들이 왕을 기리기 위해 상을 내걸던 때처럼 젊고 펄펄했으면 좋으련만. 그때엔 에피아 족이나 필리아 족 중에 내 적수가 될 만한 사람이 없었지. 아이톨리아 족도 마찬가지였고! 권투 시합에서는 내가 에놉스의 아들 클리토메데스를 때려눕혔고, 레슬링에선 내게 맞섰던 플레우론의 안카이오스를 이겼네. 달리기에서도 실력이 뛰어났던 이피클로스를 제쳤고, 창으로는 필레우스와 폴리도로스를 이겼었지. 그런데 전차 경주에서만 졌었네. 악토르의 아들 둘[3]이 나를 제압했던 걸세. 가장 큰 상이 걸려있었기 때문에 그들은 몹시 승리를 탐냈는데, 쌍둥이인 그들은 한 사람이 고삐를 잡고 다른 한 사람은 채찍으로 말들을 호령했던 거지[4].

아, 그때는 여러 영웅들 중에서도 돋보이는 사람이었지. 하지만 이제는 젊은 사람들의 때가 왔으니, 그런 경기들은 그들에게 맡겨야겠네.

자, 얼른 가보게. 다른 이들처럼 경기로써 당신의 벗을 영광되게 하시게나. 이것은 고맙게 받으리다. 당신이 나를 애정 어린 동지로 기억해주고, 또 내가 받아 마땅할 영예를 잊지 않고 챙겨주니 내 마음은 기쁘기 한량없네. 신들께서 자네가 소망하는 보상을 내려주시기를!"

---

3) 포세이돈이 악토르의 아내와 관계해 낳은 아들들.
4) 2 대 1이었으므로 공평하지 않은 경기였다는 뜻.

아킬레우스는 위엄 있는 노인의 칭찬을 듣고서 구경꾼들을 지나 자기 자리로 돌아왔다.

다음 순서로, 권투 경기에 걸린 상품들을 선보였다. 승리자에게 줄 상품은 끈기 있는 노새였는데, 난 지 6년 된 길들이지 않은 것이었다. 난 지 6년이 되었다면 길들이기 가장 힘든 나이였다. 패자에게 돌아갈 상품은 손잡이 2개 달린 술잔이었다.

아킬레우스가 자리에서 일어나 말했다.

"여러분, 상품들을 걸고 싸울 2명의 최고 전사들을 초청하는 바이오. 아폴론에게서 힘을 받아 만인이 보는 앞에서 더 오래 버틴 자는 이 힘센 노새를 끌고 갈 것이고 패자는 이 술잔을 가져갈 것이오."

즉시 한 건장한 장수가 앞으로 나왔다. 파노페우스의 아들인 에페이오스였는데, 그는 훌륭한 싸움꾼이었다. 그는 노새에다 한쪽 손을 얹고 말했다.

"술잔을 원하는 사람이거든 나오시오! 그러나 노새를 원한다면, 아무도 가져가지 못할 것이오. 권투에서는 나를 이길 자가 없으니 말이오. 선언컨대 나는 최고의 싸움꾼이오. 전장에서는 실력이 부족하긴 하지만, 한 사람이 모든 면에 있어서 최고가 될 수는 없지 않겠소?

나오시오! 살이 터지고 뼈가 부러지도록 두들겨주겠소. 친구나 친지들을 무더기로 데려와야 할 거요. 나에게 맞아 쓰러지면 옮겨줄 사람이 필요할 테니까 말이오."

그 말에 침묵을 지키는 사람들 사이에서 마침내 한 사람이 나섰다. 뛰어난 전사 에우리알로스였다. 그는 오이디푸스의 장례를 추모하는 경기에서 카드메이아 족을 모두 패배시켰다는 탈라오스의 손자이자 메키스테우스의 아들이었다. 디오메데스가 그의 출전 준비를 도왔다. 허리띠를 채우고, 좋은 쇠가죽 끈이 달린 장갑을 주면서 운을 빌어주었다.

준비를 마친 두 사람이 경기장으로 들어가 주먹을 들어올렸다. 곧

바로 굳센 주먹이 오고가고 치고 피하는 경기에 돌입했는데, 선수들의 이 갈리는 소리가 들릴 정도였으며 그들의 몸뚱이는 땀으로 범벅이 되었다.

에우리알로스는 방심하지 않고 틈을 노렸지만 오히려 에페이오스가 그의 턱에 한방 터뜨리자 더 오래 버틸 수가 없었다. 발이 땅에서 완전히 떨어져 허공에 떴는데, 바닷가 얕은 물가에서 자라는 해초에서 푸드덕 하고 뛰어올랐다가 다시 깊은 물속으로 사라지는 큰 물고기 같았다.

에우리알로스가 쓰러지자, 그래도 아량을 지닌 승자가 그를 일으켜 세워주었다. 이어서 대기하고 있던 에우리알로스의 친구들이 고개를 돌려 입에 고인 핏물을 뱉어내는 그를 질질 끌어 데리고 갔다. 친구들은 반쯤 정신을 잃은 그를 데려갔다가 상품으로 걸린 잔을 받기 위해 다시 돌아왔다.

지체 없이 아킬레우스는 3번째 경기인 레슬링에 걸 상품을 소개하였다. 승자에게는 커다란 세 발 솥이 걸렸는데, 구경꾼들이 보기에는 황소 12마리의 가치를 지닌 물건이었다. 패한 사람을 위해서는 손재주 뛰어난 여자를 내놓았는데, 황소 4마리 정도의 값이었다.

"이 상을 걸고 대결할 사람은 나서주시오."

그러자 큰 아이아스가 일어났다. 또 손해는 절대 보지 않는다는 오디세우스도 나섰는데, 그는 경기의 모든 기술을 꿰고 있는 사람이었다.

준비를 마치고 경기장에 들어선 두 사람은 억센 팔로 서로를 꽉 움켜잡았는데, 마치 높은 지붕을 받치기 위해 맞대어 놓은 2개의 기둥 같은 모습이었다. 억센 손아귀로 서로를 잡아챌 때마다 등에서는 삐걱거리는 소리가 났다. 땀방울이 송글송글 맺히고, 갈비뼈와 어깨 부근에 있는 옷자락이 피로 붉게 물들기 시작했다. 격투를 벌였지만 오디세우스는 상대를 쓰러뜨릴 수가 없었고, 아이아스 또한 마찬가지였다.

구경꾼들이 점차 싫증을 느끼자 아이아스가 상대에게 말했다.

"결코 지지 않는 오디세우스! 날 들어올리지 않겠다면 내가 자네를 들어올리겠네. 나머지는 제우스께 맡기세!"

이 말과 동시에 그는 번쩍 들어올리려 했다. 그러나 그 기술을 간파한 오디세우스는 오히려 상대의 무릎 뒤를 걸어 뒤로 자빠뜨리고는 그 가슴 위로 몸을 던졌다. 그 기술에 모두가 놀라워하는 가운데, 기회를 잡은 오디세우스가 아이아스를 들어올리려 했지만 땅에서 살짝 들어올리는 데 그쳤다. 다시 맞붙으려는 두 사람을 아킬레우스가 일어서 막았다.

"그 정도면 됐소. 그만 힘을 빼시오. 둘 모두 승리자로 하겠소. 똑같이 상을 받고, 다음 경기를 진행하도록 합시다."

기꺼이 동의한 두 사람은 먼지를 닦아낸 다음 옷을 입었다.

아킬레우스는 달리기 경주에 내걸 상을 가지고 나왔다. 그것은 6되들이 술동이로, 정교하게 은을 세공하여 만든 아름다운 것이었다. 그도 그럴 것이 그 술동이는 시돈의 명인들이 만든 작품으로서, 에우네오스가 리카온의 몸값으로 파트로클로스에게 내준 값비싼 것이었다. 아킬레우스는 그것을 1등상으로 정하고, 2등상으로는 덩치가 크고 살진 소를, 꼴찌에게는 금괴의 반절을 주기로 하였다.

"이 상을 두고 달릴 자가 있으면 지원하시오."

달음질의 명수 작은 아이아스가 일어섰고, 오디세우스와 안틸로코스도 일어섰다. 안틸로코스는 젊은 또래 중에서는 가장 발이 빨랐다. 그들이 일렬로 줄지어 서자, 아킬레우스가 결승점을 가리켰다. 시작부터 모두 기세 좋게 출발했지만, 얼마 지나지 않아 아이아스가 저만치 앞섰고 오디세우스가 그 뒤를 따라 붙는 형국이 되었다. 그 간격은 베를 짜는 여인이 베틀 북을 당겼을 때 북과 가슴과의 거리와 비슷할 정도로 바싹 붙은 것이었다.

오디세우스는 일어난 먼지가 가라앉을 새도 없이 발을 놀려 아이아스의 발걸음을 쫓아, 오디세우스의 숨결이 달리는 그의 머리에 닿을 정도였다. 구경꾼들은 오디세우스의 노력에 성원을 보냈지만, 더 이상은 무리였다. 거의 한계에 다다른 오디세우스는 마음속으로 아테나에게 기도했다.

"여신이여, 제 기도를 들으소서. 당신의 도움으로 제 발이 더욱 빨라지게 해주소서!"

아테나가 그 기도에 응답하여 그의 발과 손을 날렵하게 해주었다. 그리고 세 주자가 결승점에 이르렀을 즈음, 아테나는 아이아스의 발을 걸어 넘어뜨렸다. 마침 그곳은 아킬레우스가 파트로클로스를 기리기 위하여 짐승들을 잡았던 곳으로 그 찌꺼기들로 뒤덮인 곳이었다. 그 위로 넘어진 아이아스는 입과 콧구멍에 그 오물들이 잔뜩 처박히는 꼴을 당하게 되었다. 이리해서 오디세우스가 제일 먼저 들어와 은으로 만든 술동이를 번쩍 들어올렸고, 아이아스는 황소를 갖게 되었다. 아이아스가 황소의 뿔을 잡고 서서 입안에 든 오물을 뱉어내며 투덜거렸다.

"제길, 아테나 여신이 날 넘어뜨렸다고! 여신은 마치 어머니처럼 옆에 붙어 오디세우스를 돕는단 말이야!"

그 말에 모두들 웃음을 터뜨렸다. 안틸로코스도 웃으면서 꼴찌 상을 가져가며 말했다.

"동지들. 모두들 잘 알겠지만, 다시 한 번 말씀드리겠소. 신들은 나이 든 자를 예우한다는 격언이 사실인 것 같소. 아이아스는 나보다는 다소 조금 나이가 많은 정도지만 오디세우스는 노령에 접어든 세대이시오. 이번 경기는, 사람들이 흔히 말하는 노익장이었소. 그렇지만 달리기 경주에서는 누구든 그를 이기기 힘들 것이오. 아킬레우스라면 예외겠지만 말이오."

그는 이렇게 아킬레우스에 대한 칭찬으로 말을 맺었고, 아킬레우스는 이렇게 화답하였다.

"고맙네, 안틸로코스. 사려 깊은 자네의 말은 보상을 받을 것이네. 약속한 상에다 금괴 반쪽을 더 얹어주겠네."

그러면서 손위에 금덩이를 얹어주자 안틸로코스는 흡족해하며 받았다.

그 다음으로, 아킬레우스는 파트로클로스가 전장에서 획득한 사르페돈의 무장을 가져왔다. 장창과 방패와 투구였다.

"2명의 우수한 전사들이 이것을 놓고 싸울 것이오. 무장을 하고 우리 앞에서 창으로 겨루시오. 누구의 창이 됐든 처음으로 갑옷을 뚫고 피를 내는 사람에게는 내가 아스테로파이오스에게서 빼앗은 은을 박아 넣은 트라키아의 검을 주겠소. 그리고 이 무장을 함께 나눠 갖는 것으로 하겠소. 이 경기가 끝난 뒤에는 먹고 즐길 음식이 마련될 것이오."

이 제안에 큰 아이아스와 디오메데스가 일어났다. 둘 다 뒤쪽에서 무장을 한 뒤 앞으로 나와 서로를 노려보며 대면하였는데, 그 모습만으로도 모든 사람들이 감탄할 만한 광경이었다. 간격을 좁혀 다가선 그들은 3번 격돌하고 또 3번을 싸웠는데, 아이아스가 먼저 상대의 둥근 방패를 찔렀다. 그러나 갑옷 때문에 살갗은 뚫지 못하였다. 그러나 디오메데스는 아이아스의 거대한 방패 위를 노려 목을 연거푸 그었다. 그러자 구경꾼들은 아이아스가 걱정된 나머지 그만하라고 소리 지르면서 상을 어서 나눠 가지라고 소리쳤다.

아킬레우스는 칼집과 함께 검을 디오메데스에게 선사했다.

아킬레우스는 다시 다듬어지지 않은 쇳덩어리를 꺼내왔다. 용사 에에티온이 쓰던 것을, 그를 죽이고 나서 다른 전리품들과 함께 챙겨 온 것이었다. 아킬레우스가 일어서서 말하였다.

"이 상을 놓고 경쟁을 벌일 사람은 일어서시오. 누구든 5년 동안 사용할 수 있는 철을 확보할 수 있소. 이것만 가진다면 양치기든 농부든 간에 철을 구하러 도시를 찾는 일은 없을 것이오."

이 도전에 불굴의 용사 폴리포이테스가 일어났고, 신과 맞먹을 힘을 지닌 레온테우스, 큰 아이아스, 그리고 에페이오스가 일어났다. 일렬로 선 그들 중에 먼저 에페이오스가 쇳덩어리를 들어올려 머리 위로 빙빙 돌리다 던지자 구경꾼들이 왁자지껄하게 웃었다. 다음으로 아레스의 진정한 후손인 레온테우스가 던졌고, 3번째로 아이아스가 들어 던졌는데, 그가 던진 것이 앞서 두 사람의 것보다 멀리 나갔다. 마지막으로 폴리포이테스가 쇳덩어리를 들어 던졌는데, 그것이 앞서 던진 모든 경쟁자들이 던진 길이를 훌쩍 넘어 멀리 날아갔다. 사람들은 큰 환성을 올렸고, 그의 동지들이 자리에서 일어나 상품을 막사로 옮겼다.

이어서 아킬레우스는 활쏘기 경기를 위해 푸른빛 도는 철[5]로 만든 10개의 양날 도끼와 외날 도끼 10개를 내왔다. 표적은 멀리 떨어진 모래사장에 세운 돛대 꼭대기에 다리를 묶어놓은 비둘기였다.

"누구든 비둘기를 맞추는 사람이 양날 도끼를 차지할 것이고, 표적은 맞추지 못했지만 끈을 명중시킨 사람은 외날 도끼를 받을 것이오."

그러자 테우크로스과 메리오네스가 나섰고, 제비를 뽑아 테우크로스가 먼저 쏘게 되었다. 그는 즉시 화살을 날렸는데, 첫배로 낳은 양을 신께 바치겠다고 맹세하는 것을 잊고 말았다. 그것을 괘씸하게 여긴 아폴론은 그가 비둘기를 맞추지 못하게 하였다. 그의 화살이 빗맞아 발을 묶었던 끈을 끊자 새는 하늘로 날아오르고, 끈은 환호성을 올리는 군중 속으로 떨어졌다.

그러자 테우크로스가 겨냥하고 있는 동안 미리 화살을 준비해 손에 쥐고 있었던 메리오네스가 재빨리 그의 손에서 활을 낚아채고서는 활의 신 아폴론에게 제물을 맹세하였다. 멀리 구름 속으로 날아가

5) 담금질을 한 강철.

는 새를 포착한 메리오네스는 새가 빙빙 돌 때를 노려 날개 아래를 겨냥해 화살을 쏘았다. 화살은 목표를 꿰뚫고 다시 그의 발 아래로 떨어져 땅에 꽂혔고, 새는 날개를 축 늘어뜨리고 머리를 숙인 채 돛대 위에 내려앉았다. 곧 숨이 끊어진 새가 돛대에서 떨어지니, 모든 사람들이 메리오네스의 활 솜씨를 놀라워하였다. 메리오네스는 10개의 양날 도끼를, 테우크로스는 외날 도끼를 탔다.

아킬레우스는 다시 장창 한 자루와 가마솥을 가지고 나왔다. 꽃무늬 장식이 있는 그 솥은 소 한 마리와 맞먹는 가치가 있었다. 그러자 창던지기를 할 지원자들이 앞으로 나섰다. 아가멤논 왕과 메리오네스였다. 그러나 아킬레우스는 말했다.

"왕이여, 우리는 모든 이의 위에 계신 당신이 얼마나 높은지 알고 있으며, 또 당신의 월등한 힘과 창 솜씨에 대해서도 알고 있습니다. 그러니 부디 이 상을 그냥 가져가십시오. 그리고 허락해주신다면 창은 메리오네스에게 주겠습니다."

아가멤논 왕이 승낙하였으므로, 솥은 왕의 전령 탈티비오스의 손으로 가고 창은 메리오네스에게 주어졌다.

XXIV

*프리아모스 왕은 조용히 아킬레우스에게 다가가 그의 무릎을 잡고
자신의 아들들을 그토록 많이 죽인 그 끔찍한 살인자의 손에다 입을 맞추었다.*

모임은 끝나고 사람들은 모두 각자의 함대로 흩어졌다. 모두가
식사와 편안한 잠을 청하러 갔지만 너무도 사랑했던 친구를 떠올리
며 눈물을 흘리는 아킬레우스에게는 모든 것을 잊게 해주는 잠조차
찾아와주지 않았다. 그는 자리에 누워 파트로클로스의 인격과 고상
한 성품에 대해서 생각했다. 둘이 함께 얼마나 많은 일을 해냈으며,
얼마나 많은 고생을 했고, 병사들을 이끌고 나갔던 전투는 또한 얼마
나 많았던가. 그들은 험난한 바다도 수없이 함께 건넜다. 아킬레우
스는 갖가지 일들이 떠올라 뜨거운 눈물을 흘리면서 모로 누웠다가
바로 누웠다가 때로는 엎어져 눕기도 해보았지만 잠을 이룰 수가 없
었다. 그러다가 끝내 잠자리에서 일어나 멍한 정신으로 바닷가를 정
처 없이 거닐었다.

　바다 위로 새벽의 여명이 떠오르는 것을 아킬레우스는 놓친 적이
없었다. 날이 밝기 시작하면 그는 전차 뒤에 헥토르의 시체를 묶어
끌고서 파트로클로스의 무덤 주위를 3번 돌고 나서 막사로 돌아와
쉬곤 했다. 흙에 얼굴을 박고 늘어진 헥토르의 시체는 밖에 내버려둔
채였다. 그래도 헥토르를 가엾게 여긴 아폴론은 자신의 황금 망토로
시체를 싸서 끌려 다녀도 살이 찢어지거나 더러워지지 않게 해주었
다.

　아킬레우스가 화풀이로 헥토르의 시체를 마구 다루자, 그 비참한

꼴을 보고 마음이 상한 신들 사이에서 헤르메스를 보내 시체를 훔쳐 오자는 얘기가 나왔고, 대부분의 신들이 이에 찬성하였다. 그러나 헤라와 포세이돈, 아테나만은 반대하였다. 그들은 파리스의 분별없는 행동 탓에 생긴 트로이와 프리아모스 왕, 그리고 그의 백성들에 대한 미움을 여전히 풀지 않고 있었다. 파리스는 여신들이 그의 목장에 왔을 때, 자신의 파멸을 가져오고야 말 정욕을 선사한 아프로디테만을 칭송하여 나머지 여신들에게 모욕을 주었던 것이다.

그러나 12번째 새벽이 되자 빛의 신 아폴론이 드디어 입을 열었다.

"그대들은 너무 냉혹하오. 헥토르가 당신들을 위해 소와 염소를 수없이 바치지 않았소. 그런데 그의 시체나마 아내와 아버지에게 돌려보내 장례식을 치르게 해주자는 정도도 눈감아 줄 수 없단 말이오? 당신들이 도우려 하는 저 미친 아킬레우스는 마음속에 품위나 온정이라고는 하나도 없는 인간이오! 사자처럼 야만스럽소. 동정심을 모두 잃은 그의 마음에는 인간의 미덕인 동시에 해가 되기도 하는 수치심이란 조금도 없소. 형제나 자식처럼 사랑하는 이를 잃은 사람이 한둘이오? 그래도 모두 눈물을 흘리며 애도하는 데 그치기 마련이오. 왜냐하면 운명의 여신들이 인간에게 인내하는 힘을 주기 때문이오. 그러나 저자는 고귀한 헥토르를 죽이고 난 뒤에도 성이 안 풀려 전차에 묶어 동지의 무덤가를 끌고 다니고 있소. 그건 옳지도 않을뿐더러 체면을 아는 자의 행동도 아니오. 아무리 용감하다고 해도 우리 신들의 노여움을 사서는 안 될 것이오. 자신의 분에 못 이겨 저렇게 모욕을 주다니, 몰지각한 자요!"

이 말에 화가 난 헤라가 반박하였다.

"아킬레우스와 헥토르를 동급의 인물로 본다면 모두 맞는 말일 수 있겠지요. 하지만 헥토르는 인간 여자의 젖을 먹고 자랐고, 아킬레우스는 여신 테티스를 모친으로 둔 인물이에요. 내가 그녀를 키워 신들이 아끼는 인간에게 시집보냈지요. 여기 있는 다른 신들도 그 결혼식에 참석하지 않았던가요? 아폴론 당신도 하프를 가져왔었지요. 그런 당신이 저 미천한 인간을 편들고 있으니, 누가 당신을 믿을 수 있겠어요!"

이즈음에 제우스가 끼어들었다.

"헤라, 그리 깐깐하게 굴지 마시오. 저 둘의 신분이 같지는 않지만 헥토르는 트로이의 어떤 인간보다 신들이 아끼는 자요. 적어도 난 그렇게 여기고 있소. 왜냐하면 내 제단에는 성찬이나 술, 맛있는 고기 냄새가 끊인 적이 없었으니 말이오.

그러나 시체를 훔쳐 오는 일은 불가능한 일이니 그만두시오. 아킬레우스 몰래 헥토르를 데려올 수는 없소. 그의 모친 테티스가 밤낮으로 지키고 있단 말이오.

이럴 것이 아니라 신들 중에 누군가가 내려가 테티스를 이리로 불러오시오. 그러면 내가 아킬레우스는 프리아모스의 몸값을 받아들여 헥토르의 시신을 돌려줘야 한다고 충고하겠소."

이 말이 떨어지자마자 폭풍처럼 빠른 발의 이리스가 전갈을 갖고 출발하였다. 사모트라케와 임브로스 중간 지점에서 여신은 풍덩 하고 바다 깊숙이 뛰어들었다. 마치 욕심 많은 고기들에게 죽음을 가져오는 뿔미끼를 달고 납으로 만들어진 낚시추가 가라앉는 것처럼.

바다에 들어간 이리스는 동굴 안에서 다른 님프들에 둘러싸여 있는 테티스를 발견하였다. 여신은 트로이에서 죽게 될 운명을 지닌 아들 일로 슬퍼하고 있었다.

"일어나세요, 테티스. 가장 현명한 신 제우스께서 보자고 하십니다."

이리스의 말에 은발의 테티스가 대답하였다.

"그토록 위대한 신께서 왜 저를 부르시는 건가요? 내 마음이 이렇게 끝나지 않을 슬픔에 잠겨 있는데, 불멸의 신들 앞에 모습을 드러낸다는 게 부끄럽군요. 그러나 가야지요. 그의 말은 하나도 헛된 것이 없으니까요."

이리해서 여신은 더 이상 어두울 수 없을 만큼 검은 베일을 쓰고 이리스를 따라갔다. 그러자 물이 그들 앞에서 길을 열어주었다. 그들은 해변으로 나와 하늘로 빠르게 올라갔다.

하늘로 올라온 그들은 제우스가 신들에게 둘러싸여 회의를 열고 있는 것을 보았다. 아버지 제우스 옆자리에 앉았던 아테나가 테티스에게 자리를 양보했다. 헤라는 황금 잔을 손에 쥐어주며 부드러운 말로 환영을 표시했고 테티스는 잔을 비운 다음 다시 잔을 돌려주었다.

하늘과 인간의 제왕이 입을 열었다.

"테티스 여신이여. 치유될 수 없는 슬픔으로 몹시 비통할 텐데 잘 와주었소. 그런 줄 잘 알면서도 군이 당신을 부르러 보낸 이유를 말하겠소.

9일 동안 우리는 헥토르의 시체와 아킬레우스의 일로 언쟁을 벌여왔소. 헤르메스를 시켜 시체를 훔쳐 오기를 바라는 신들이 있지만, 나는 당신의 존중과 호의를 앞으로도 잃고 싶지 않소. 그래서 당신 아들의 명망을 한층 더 높여줄 제안을 하고자 하오.

이제 그리스 군의 진영으로 곧장 가 아들에게 신들이 화가 나 있으며, 그중에서도 나의 진노가 가장 크다고 전하시오. 모든 것이 분풀이를 하려고 헥토르의 시체를 돌려주지 않기 때문이라고 얘기해주시오. 아킬레우스가 나를 두려워하여 헥토르를 보내주었으면 하오. 이제 나는 이리스를 프리아모스 왕에게 보내 그리스 진영을 찾아가 아들에 대한 몸값을 지불하라고 일러두겠소. 그는 충분한 보물을 가져올 것이니, 아킬레우스의 마음도 풀어질 것이오."

테티스는 서둘러 아들의 막사로 내려갔다. 동지들이 식사 준비에 바쁜 가운데, 아킬레우스는 흐느끼며 신음하고 있었다.

테티스는 아들의 곁에 앉아 머리를 어루만지면서 말했다.

"내 말을 들거라, 제우스의 전갈을 가져왔단다. 그분께서 말씀하시길, 신들이 너 때문에 화가 났다고 한다. 특히 제우스께서 많이 화가 나셨단다. 네가 터무니없는 분노를 품고 헥토르의 시체를 보내주지 않기 때문이라는구나. 이제 몸값을 수락하고 시신을 넘겨주거라."

그러자 아킬레우스가 대답하였다.

"올림포스의 신께서 친히 명령하신 거라면, 누군가가 이리로 와 몸값을 놓고 가져가라고 하십시오."

그리고 어머니와 아들은 마음을 터놓고 오랫동안 진지한 대화를 나누었다.

그와 동시에 제우스는 이리스를 트로이로 파견하였다.

"떠나거라, 재빠른 내 전령아! 서둘러 트로이로 가거라. 프리아모스 왕에게 그리스 진영으로 아킬레우스의 마음을 녹일 만한 충분한 보물을 들고 가라고 일러라. 반드시 혼자라야 하며, 다른 트로이 인은 함께 가서는 안 된다고 해라. 전령 한 사람쯤은 그의 시중을 들어도 좋겠지만, 나이가 지긋한 사람으로 골라 노새와 마차를 끌고 가라고 해라. 그렇게 하면 헥토르의 시체를 가져올 수 있을 것이다.

목숨을 잃을까봐 두렵거나 다른 걱정이 있다면 내가 헤르메스를 안내자로 보내 아킬레우스에게로 안전하게 인도해주마. 신이 안내한다면 아킬레우스나 다른 누구도 그를 해치지 못할 것이다. 아킬레우스는 어리석지 않으며 또 신께 불경한 인간도 아니니, 탄원하는 사람은 정중하게 대할 것이다."

폭풍처럼 빠르게 트로이로 내려간 이리스는 슬픔과 탄식에 빠진 프리아모스 왕을 찾아냈다. 부친을 둘러싸고 궁전 뜰에 앉은 아들들도 눈물에 옷이 젖도록 울고 있었다. 늙은 왕은 그 한가운데에 앉아 더러운 머리와 목을 한 채 망토로 몸을 감싸고 있었다. 자기 손으로 땅에서 진흙이나 오물들을 퍼올려 묻혔기 때문이었다. 또한 궁 안에서는 딸들과 며느리들이 적들의 손에 쓰러진 용감한 전사들을 추모하며 흐느끼고 있었다.

이리스가 프리아모스 왕에게 다가가자 그가 몸을 발작적으로 심하게 떨었다. 여신이 그에게 조용히 말하였다.

"두려워하지 말라, 다르다노스의 후손 프리아모스여. 하나도 걱정할 것이 없다. 나는 진심으로 너에게 좋은 소식을 가지고 왔다. 나는 그대를 어여삐 여기시는 제우스가 보낸 전령이다."

이어서 여신은 제우스의 말을 그대로 전한 뒤에 가버렸다.

늙은 왕은 즉시 노새가 끄는 마차를 준비하되, 짐 싣는 칸을 달아놓으라고 지시했다. 그리고 마차가 준비되는 동안 보물을 보관해놓는 방으로 갔다. 은은한 향이 풍기는 삼나무로 천장을 두른 그곳은 왕이 값진 물건들을 보관해두는 곳이었다.

프리아모스는 아내 왕비를 불러 말했다.

"헤카베, 놀랄 일이 있소! 제우스가 보낸 전령이 날더러 그리스 진영에 가 아들의 몸값을 주라고 했다오! 아킬레우스의 마음을 돌릴 만큼의 보물을 가져가면 아들을 돌려준다고 했소. 어찌 생각하오? 난 어서 그리스의 진영을 찾아가고 싶소."

헤카베는 날카로운 비명을 지르더니 말했다.

"오, 가엾기도 해라! 당신의 지혜는 어디로 가버린 거죠? 한때 당신의 왕국뿐만 아니라 다른 나라에서조차 지혜롭기로 소문이 났던 분 아니십니까. 어떻게 적의 함대에 혼자 가겠다는 생각을 하신단 말입니까. 당신의 장한 아들들을 그렇게 많이 죽이고 갑옷을 벗겨간 자를 마주 대하러 가겠다니요. 아킬레우스는 무자비한 야만인이에요! 그가 당신을 본다면 절대 동정하거나 자비를 베풀지 않을 거예요. 그냥 왕궁에 머물면서 애도하도록 해요. 헥토르는 그 잔혹한 자의 막사에서 개들의 먹이가 되게 운명 지어진 거예요. 아, 난 그자의 간을 씹어먹어도 시원치 않을 것 같아요! 그렇게라도 하면 내 한이 풀릴까요? 그자가 죽인 내 아들은 겁쟁이가 아니었어요. 트로이 백성을 지키기 위해 맞선 거란 말이에요!"

늙은 국왕이 대답하였다.

"날 붙잡지는 마시오. 당신까지 불길한 징조를 던지지 마시오. 그래봤자 날 설득할 수 없을 것이오. 만약 사제나, 점성술사나 혹은 예언자와 같은 한낱 인간들이 조언한 것이라면 이 일을 피했을 것이오. 그러나 난 내 귀로 신의 목소리를 들었고, 또 내 눈으로 직접 보았소! 그러니 나는 갈 것이고, 신의 말은 헛되지 않을 것이오. 적들의 진영에서 죽는 게 내 운명이라면 기꺼이 따르겠소. 내가 그토록 바란 대로 아들을 팔에 안고 슬퍼할 수만 있다면, 그 자리에서 날 죽인대도 상관없소!"

그리고 나서 왕은 궤짝을 열어 12벌의 눈부신 옷과 망토, 또 그만큼의 모피와 흰 천, 웃옷들을 꺼내었다. 또 황금 덩어리 10개와 2개의 빛나는 세 발 솥, 4개의 가마솥, 그리고 트라키아 사절에게서 선물로 받은 훌륭한 술잔을 꺼냈다. 그것은 아주 귀중한 보물이었지만, 왕은 아까워하는 기색을 보이지 않았다. 아들을 되찾아 오고 싶은 마음이 그만큼 강했기 때문이었다. 마지막으로 그는 복도에 있던 이들을 엄하게 꾸짖어 모두 쫓아내었다.

"썩 나가거라! 여기서 거치적거리지 말란 말이다! 제우스께서 내게 재앙을 내려 가장 훌륭한 내 아들을 잃었으니, 너희들도 곧 알게 될 것이다. 헥토르가 죽었으니, 그리스 군들은 더욱 손쉽게 너희들을 죽일 수 있게 되었다.

오, 이 도시가 황폐해지고 내 눈앞에서 정복당하는 꼴을 보기 전에 저승으로 내려갔으면!"

그는 지팡이를 가지고 그들을 밖으로 몰아내면서 아들들을 소리쳐 불렀다. 궁 안에는 9명의 아들들이 남아 있었는데, 헬레노스, 파리스, 아가톤, 팜몬, 안티포노스, 폴리테스, 데이포보스, 히포토오스, 그리고 디오스였다.

"이 쓸모없는 녀석들아, 꾸물대지 말거라! 너희들은 수치다, 비굴

한 것들아! 너희들이 헥토르 대신에 죽었더라면 좋았을 것을! 트로이의 광활한 땅덩어리에서 가장 특별한 아들들을 두었건만 이제 한 사람도 남지 않았다니, 이런 불행이 어디 있을까!

메스트로는 이 세상에 두기엔 너무 아까운 아들이었고, 트로일로스는 전차병으로 이름을 날렸으며, 또 헥토르는 땅으로 내려온 천상의 존재 같았다. 그런 아들들은 전장에서 모두 죽고 어리석은 녀석들만 남았구나.

속임수나 쓰고 잔재주나 부리는 놈들, 무도회장에서나 영웅이 되는 놈들, 남을 시켜서 이웃의 소나 양을 훔치는 놈들아! 빨리 마차를 준비시키고 이것들을 실어라. 나는 길을 떠나야 한다."

아버지의 분노에 어안이 벙벙해진 아들들은 시킨 대로 노새와 새 수레 1대를 꺼내 차비를 갖추고 헥토르의 몸값이 될 귀한 물건들을 가져와 실었다. 수레를 끌 노새들은 미시아 족이 프리아모스 왕에게 선물한 것이었고, 왕이 탈것으로는 왕이 직접 먹여 기른 말 2마리와 마차가 준비되었다.

프리아모스와 전령은 준비가 진행되는 동안에 앞으로 어떻게 행동해야 할지 궁리하고 있었다. 그때 크게 낙심한 헤카베가 오른손에 황금 술잔을 들고 다가왔다. 그들이 떠나기 전에 신에게 술을 올리게끔 하려는 것이었다. 왕비는 마차 앞에 서서는 말했다.

"받으세요. 그리고 하늘의 주인이신 제우스께 술을 올리고 무사히 돌아올 수 있게 해달라고 비세요. 제 반대에도 불구하고 굳이 가시겠다니, 제우스께 기도하세요. 트로이 전체를 굽어보시는 분이니까요. 그리고 당신의 오른편으로 새 1마리를 보내달라고 하세요. 제우스가 새들 중에 가장 사랑하는, 가장 강하고 빠른 전령을 말예요. 그래서 당신이 그리스 진영으로 가는 길을 잃지 않도록 해달라고 하세요. 만일 제우스께서 전령을 보내주시지 않는다면 어떻게 해서든지 당신을 막겠어요. 아무리 가겠다고 하셔도 말이에요."

그러자 국왕 프리아모스가 대답하였다.

"왕비, 당신의 요청을 거절하지 않겠소. 제우스께 자비를 구하는 것은 옳은 일이니 말이오."

시녀에게 깨끗한 물을 준비시킨 늙은 국왕은 손을 씻고 아내에게서 술잔을 받아 궁 안뜰 바닥에다 술을 부은 다음 하늘을 우러러 간청하였다.

"오, 하늘의 주인이신 제우스여, 가장 영광되며 강력하신 이다 산의 옥좌여! 아킬레우스가 제게 동정과 친절을 베풀게 하시고, 제게 새 중에서 가장 강력하고 당신이 가장 아끼시는 전령을 보내주시어 내 오른편에 날게 하소서. 그리하여 그것을 따라 안심하고 그리스 진영으로 가게 하소서!"

그의 기도를 들은 제우스는 바로 새들 가운데 가장 확실한 징조로 일컬어지는 검정 독수리 한 마리를 보냈다. 날개를 쫙 펴면 어느 부자의 보물창고의 문 넓이만큼이나 길었다. 오른쪽에서 나는 그 새가 눈에 들어오자 프리아모스 왕과 모든 이들은 마음이 차분해졌다.

늙은 왕은 서둘러 마차에 올라 성문을 빠져나갔다. 수레를 끄는 노새들은 전령인 이다이오스가 몰았고, 왕은 그 뒤를 따랐다. 그들이 성을 빠져나갈 때, 일가친척들은 마치 그가 죽으러 가는 사람인 양 울면서 그 뒤를 따랐다. 그러나 그들이 성을 벗어나 평원으로 내려가자마자 아들과 사위들까지 모두 돌아갔다.

평원 위에 나타난 늙은 국왕을 불쌍히 여긴 제우스가 아들 헤르메스에게 말했다.

"헤르메스. 넌 항상 인간과 사귀기를 바라고, 네가 좋아하는 사람과 얘기를 나누고 싶어하지 않았느냐. 가거라. 가서 프리아모스를 그리스 진영으로 안내해주어라. 아킬레우스 앞에 도착하기까지는 다른 누구도 그를 보지 못하게 해야 한다."

헤르메스는 기꺼이 그 말에 따랐다. 바다와 육지를 가리지 않고 바람처럼 빠르게 데려다 주며 닳지도 않는 황금 신을 신고, 인간을 잠에 빠지게 하거나 깨울 수 있는 지팡이를 든 신은 트로이로 날아갔다. 거기서 그는 입 주위에 솜털이 돋기 시작하여 한창 매력을 발하는 젊은 왕자로 모습을 바꿨다.

한편, 일로스의 거대한 무덤을 지난 왕의 일행은 날이 어두워졌으므로 짐승들에게 물을 먹이기 위해 강가에서 걸음을 멈추었다. 그때 그리 멀지 않은 곳에서 헤르메스를 발견한 이다이오스가 주인에게 말했다.

"조심하십시오, 폐하! 이제부터 조심해야 합니다. 저기 웬 사내가 보입니다! 저자가 우리를 갈기갈기 찢어놓지는 않을까요? 어서, 마차를 몰아 이 자리를 뜨셔야 합니다. 그러지 않으면 저자의 무릎을 잡고 살려달라고 빌게 될 겁니다."

노인 또한 정신이 하나도 없고 겁이 나 죽을 지경이었다. 온몸에 소름이 돋는 걸 느끼면서 멍하니 서 있는 노인에게 행운의 전달자인 헤르메스가 다가와서 손을 잡아주었다.

"노인장, 말과 노새를 끌고 모두 잠든 어두운 밤에 홀로 어딜 가시는 겁니까? 당신의 적인 광폭하고 악한 그리스 병사를 만날까 두렵지도 않습니까? 캄캄한 밤을 틈타 이 많은 물건들을 싣고 가는 당신을 그들 중 누가 보기라도 한다면, 그 다음엔 무슨 짓을 하겠습니까? 당신은 젊지 않고, 싸움을 막기에는 저 부하도 너무 늙었습니다. 그러나 저는 해를 끼칠 사람이 아닙니다. 당신을 지켜드리지요. 당신을 보니 제 부친이 생각나는군요."

그러자 늙은 왕이 말했다.

"자네가 말이 맞네, 젊은이. 나 같은 사람에게도 손을 뻗쳐주시는 신이 계셔서 자네 같은 나그네를 내게 보내주셨군. 자네의 준수한 용모와 체격을 보아하니 정말 좋은 사람 같군. 무례하고 거친 구석도 없는 걸 보니 가문 좋은 집안의 자제인 것이 틀림없네."

헤르메스가 대답하였다.

"옳은 말씀입니다. 묻고 싶은 게 있는데, 이 진귀한 물건들을 어딘가 안전하게 보관하려고 나선 건가요? 아니면, 모든 이들 중에 가장 위대한 전사 헥토르가 죽었으니 무서워져서 성스러운 트로이를 버리고 떠나시는 건가요? 당신의 아들은 전장에서 결코 머뭇거리는 법이 없는 사람이었지요."

그러자 늙은 왕이 물었다.

"그런데 고매한 젊은이, 자네는 대체 누군가? 어느 집안 자제이지? 내 불쌍한 아들이 죽은 걸 어찌 그렇게 잘 아는가!"

헤르메스가 대답하였다.

"저를 떠보려 하시는군요, 그 훌륭한 헥토르에 관해 물으시다니요. 영광스런 전장에서 그분을 뵌 적이 있습니다. 그리스 군을 그들의 함대로 밀어붙일 때, 적진을 온통 쑥대밭으로 만들어놓으셨지요! 저희는 그저 경탄의 눈으로 바라볼 따름이었습니다. 그때는 아킬레우스가 아가멤논 왕에게 원한을 품고 있던 터라, 저희는 싸울 수 없었지요. 미르미돈 족인 저는 그의 부하로, 같은 배를 타고 건너왔거든요.

제 부친은 폴릭토르라고 하시는데, 부자이고 꼭 노인 정도의 연세이지요. 저 말고도 6명의 아들을 두셨는데 저는 그중 막내입니다. 아들 중에서 누가 참전할 것인지 제비를 뽑았는데, 제가 뽑혔지요. 저는 막 평원을 향해 나아가던 중이었습니다. 내일 그리스 병사들이 전쟁을 벌일 것이기 때문이지요. 빈둥거리는 데 싫증이 난 그들은 왕들도 막을 수가 없답니다."

그러자 국왕 프리아모스가 말했다.

"자네가 진정 펠레우스의 아들 아킬레우스의 부하라면 사실을 말해주게. 내 아들이 아직 그곳에 있는가? 아니면 벌써 아킬레우스가 시체를 조각내 개들에게 던져주었는가?"

헤르메스가 대답하였다.

"노인장, 개나 독수리는 아직 그의 시체를 건드리지 못했습니다. 전처럼 아킬레우스의 배 옆에 누워 있지요. 벌써 12일째 누워 있었지만 썩지도 않았고 전장에 있는 다른 시체들처럼 벌레가 슬지도 않더군요. 아킬레우스가 매일 새벽마다 마차에 매달아 죽은 친구의 무덤 주위를 끌고 다니는데도 몸에 상처 하나 없습니다. 시체에 피가 깨끗이 닦여져 있고 어디 한군데 역겨운 곳도 없는 상태로 누워 있는 걸 보신다면 아마 크게 놀라실 겁니다. 그를 찌른 사람이 그렇게 많았지만 그 상처들도 모두 아물었지요. 비록 당신 아들이 죽기는 했지만 신들께서 잘 보살펴주고 계시는 겁니다."

이 말을 들은 왕은 기뻐하며 대답하였다.

"젊은이, 내 죽은 아들은 올림포스의 신들을 결코 소홀히 대한 적이 없었지. 그래서 신들께서도 그를 기억해주시는 것일 게야. 부디 내가 주는 이 조촐한 잔을 받고, 날 지켜 아킬레우스의 막사를 찾을 수 있게 인도해주시게."

헤르메스가 말하였다.

"저를 떠보시려는 겁니까? 아킬레우스 몰래 선물을 받으라니, 그럴 수는 없지요. 그는 제게 어려운 분입니다. 그를 속인다면 큰 양심의 가책을 느낄 것이고, 안 좋은 일이 생길지도 모릅니다. 그렇지만 당신은 제가 책임지겠습니다. 바다와 육지를 건너 그리스까지 가야 하는 한이 있더라도 당신을 잘 인도해드리지요. 당신의 안내자인 나를 멸시하거나 혹은 당신을 공격해 올 이는 아무도 없을 것입니다."

그리고 행운의 전달자인 신은 마차에 뛰어올라 채찍과 고삐를 쥐고 말과 노새에게 힘을 불어넣었다. 이리해서 그들은 그리스 군의 방어벽과 참호가 있는 곳에 닿을 때까지 쉬지 않고 나아갔다. 경계병들은 그때 저녁식사 준비로 몹시 바빴는데, 헤르메스가 그들을 모두 잠들게 한 뒤에 빗장을 내리고 문을 열어 프리아모스 왕과 귀중한 짐을 실은 수레를 안으로 들여보냈다.

드디어 그들은 아킬레우스의 막사 앞에 도착했다. 그곳은 지휘관을 위해 부하들이 지어놓은 높다란 건물이었다. 초지에서 모아들인 갈대로 푹신하게 지붕을 엮었고, 벽은 전나무판자로 세웠다. 앞에는 굵직한 말뚝을 둘러 박은 넓은 뜰이 있었으며, 문은 전나무 빗장으로 고정되어 있었다. 그 빗장을 제자리로 밀어놓으려면 장정 3명이 필요했고, 또 당겨서 여는 데에도 3명이 있어야 했지만, 아킬레우스는 혼자서 가볍게 다룰 수 있었다. 이때는 헤르메스가 마차에서 뛰어내려 빗장을 내리고 문을 열어 늙은 왕과 선물들을 들여보냈다.

그 모든 여정을 마친 뒤에 그가 말했다.

"노인이여, 말해둘 것이 있다. 나는 헤르메스이며, 불멸의 신이다. 내 아버지가 나를 그대의 안내자로 이리로 보내셨다. 그러나 이제 나는 돌아가야 할 때이다. 아킬레우스 앞에서까지 내 모습을 드러낼 수는 없는 일이다. 그대는 안으로 들어가서 그의 무릎을 붙잡고 그의 부모나 자식의 이름을 빌어 그의 마음을 움직여보도록 하라."

헤르메스는 바로 자리를 떠 올림포스로 돌아갔다.

마차에서 내린 프리아모스 왕은 전령에게 자리에 남아 말과 노새를 잘 지키라고 이르고는 막사 쪽으로 걸어갔다. 안에는 아우토메돈과 알키모스의 시중을 받는 아킬레우스가 있었다. 막 식사를 마친 그들은 프리아모스 왕이 들어온 것을 눈치채지 못하고 있었다.

프리아모스 왕은 조용히 아킬레우스에게 다가가 그의 무릎을 잡고 자신의 아들들을 그토록 많이 죽인 그 끔찍한 살인자의 손에다 입을 맞추었다.

아킬레우스는 놀라 프리아모스 왕을 바라보았고, 시중들고 있던 두 사람 또한 어리둥절하여 서로를 쳐다보았다.

프리아모스는 애원했다.

"당신의 부친을 생각해보시오, 고귀하신 아킬레우스 왕자여. 나처럼 살날이 얼마 남지 않은 그 노인을 말이오. 혹시 주변 사람들이 그를 괴롭히는 일이 있더라도 이제 그를 곤궁이나 죽음에서 구해줄 사람은 한 사람도 없을 것이오. 그래도 당신이 살아 있다는 소식을 듣는 동안만큼은 기쁜 마음을 품고 트로이에서 귀환할 사랑하는 아들을 볼 날만을 매일매일 기다릴 것이오.

허나 내 처지는 비참하기 이를 데 없다오. 나는 넓은 트로이 땅에서 가장 뛰어난 아들들을 두고 있었는데, 이제 아무도 남아 있지 않소. 그리스 군이 오기 전엔 50명의 아들이 있었소. 19명은 한 어미에게서 난 자식들이고, 나머지는 왕실의 여인들에게서 난 자식들이오. 그들 대부분이 전장에서 쓰러졌고, 우리의 보호자였던 내 아들 헥토르마저 당신이 죽였소. 난 지금 그 아이를 위해 당신의 막사를 찾아온 거요. 시신을 거둬 가기 위해서 말이오. 후한 몸값을 가져왔다오. 아킬레우스여, 신을 두려워하고 나를 동정해주시오. 당신의 부친을 생각해서라도 말이오. 나는 그보다 더 동정받아 마땅한 처지요. 난 세상에 누구도 겪지 못했을 일들을 참고 견디고 있지 않소. 아들을 살해한 이에게 매달려 애원하고 있지 않으냐 말이오."

그의 애원으로 인해 부친을 떠올리게 된 아킬레우스는 마음이 괴로웠다. 아킬레우스는 노인의 손을 잡아 가볍게 밀어내고, 두 사람은 각자 죽은 사람을 생각하면서 흐느꼈다. 한 사람은 아킬레우스의 발치에서 엎드려 있는 헥토르를 위해, 다른 한 사람은 아버지와 파트로클로스를 위해 울었다.

실컷 울어 괴로움이 가시고 다시 몸을 움직일 수 있을 정도가 되자, 아킬레우스는 먼저 일어나 노인을 일으켜주었다. 그리고 그의 하얗게 세어버린 머리칼과 수염에 연민을 느끼며 마음을 열었다.

"가엾은 양반, 당신의 마음은 진정 많은 슬픔들에 젖어 있군요. 어떻게 혼자 우리 진영으로 왔습니까? 어떻게 당신의 고귀한 아들들을 죽인 나와 만날 생각을 하였단 말입니까? 당신의 심장은 강철로 만들어졌나 보군요.

이제 이리 와 앉으십시오. 슬픔으로 꽁꽁 얼어붙어 있는다 해서 얻을 수 있는 건 아무것도 없으니 우리 슬픔은 당분간 접어두기로 합시다. 그것은 신들이 불쌍한 인간들을 위해 정해놓으신 순리입니다. 우리의 삶은 온통 슬픔뿐이지만, 그렇게 만든 신들은 아무 고통도 받지 않고 있지요.

제우스는 2개의 선물 단지를 가지고 있다고 합니다. 하나에는 선한 것, 다른 하나에는 악한 것이 들어 있다더군요. 신께서는 그걸 섞어서 주기 때문에, 우리 인간은 좋은 것을 받을 때도 있는가 하면 나쁜 것을 받기도 하지요. 신에게서 나쁜 것을 받으면, 인간은 조롱을 당하거나 따돌림을 받아 사무치는 고통을 안고 대지 위를 떠돌아다니면서 신과 인간 양쪽 모두로부터 명예를 잃게 됩니다.

나의 부친 펠레우스가 그랬습니다. 신들은 그분이 미르미돈 족의 왕으로서 영광스럽게 태어나게 해주셨습니다. 또 인간이었음에도 불구하고 여신을 그의 아내로 주었습니다. 그렇지만 좋은 것만 주신 것은 아니었습니다. 그의 왕궁에는 다른 왕손들이 생기지 않았고, 유일하게 있는 아들은 아버지보다 먼저 생을 마감할 운명을 가지고 태어났던 것입니다. 지금 그는 늙어가고 있으나, 아들인 나는 그를 보살펴드릴 수가 없습니다. 내 조국에서 멀리 떠나와 여기 트로이에서 당신과 당신 자식들에게 재앙을 내리고 있으니 말입니다.

노인이여, 당신 또한 걱정 없는 한때를 보냈다고 들었습니다. 마카르에 속하는 레스보스 내륙 지방과 프리기아의 고지대, 그리고 끝없는 헬레스폰트 해를 낀 지역까지 소유한 당신은 부와 자식들에 있어서 최고였다고 하더군요. 그런데 그 이후로 천상의 주인들께서는 당신에게 이런 재난을 내려 당신의 도시를 둘러싸고 전투와 살육만이 자행될 따름입니다. 그렇지만 견디십시오. 아들을 위해 슬퍼한다고 해야 얻을 건 하나도 없으니 마음을 편히 가지십시오. 이젠 아들을 살릴 수도 없을뿐더러, 아마 그 전에 또 다른 불행이 당신을 덮치게 될 것입니다."

그러자 늙은 국왕이 대답하기를,

"친절한 왕자여, 헥토르가 저곳에 버려져 누운 동안에는 날더러 앉으라고 권하지 마시오. 부디 내가 가져온 많은 보물을 몸값으로 받아주시고 빨리 그를 돌려주시오. 먼저 나를 살려주셨으니, 당신도 살아서 보물들을 즐기다가 고국으로 가시길 비오."

그랬더니 아킬레우스가 얼굴을 찌푸리면서 말하였다.

"노인, 더 이상 조르지 마시오. 헥토르를 풀어준다고 하지 않았습니까. 제우스가 여신인 나의 모친을 통해 전갈을 보내서, 어떤 신이 당신을 내 진영으로 인도했다는 것까지 나는 잘 알고 있습니다. 한낱 인간이었다면 감히 이 가운데로 들어오지 못했을 겁니다. 아무리 젊고 강한 용사라 해도 경계병을 피할 수 없을 것이며, 빗장을 쉽게 움직일 수도 없었을 테니까요.

그러니 비탄에 잠긴 날 자극하여 화를 돋구지 마십시오. 안 그러면 탄원자라 할지라도 살려두지 않겠습니다. 그것이 제우스의 명령을 거역하는 죄가 된다고 할지라도 말입니다!"

노인은 그만 겁이 나서 입을 다물었다.

말을 마친 아킬레우스는 사자처럼 뛰쳐나갔고, 아우토메돈과 알키모스가 뒤를 따라갔다. 그들은 아킬레우스가 파트로클로스 다음으로 신뢰하는 부하들이었다. 부하들은 말과 노새의 마구를 푼 뒤 왕의 전령을 안으로 들여 앉게 하였다. 그리고 난 다음 몸값이 든 꾸러미를 수레에서 내려 시체를 싸매는데 쓸 흰 천 2장과 웃옷 한 벌을 빼고는 모두 꺼냈다.

아킬레우스는 여자들을 불러 헥토르의 시체를 씻고 기름을 발라주라고 지시하면서 프리아모스 왕에게 보이지 않도록 먼저 시체를 치우라고 일러두었다. 그가 아들을 보면 슬픔이 별안간 분노로 변해 터져버릴지도 모르는 일이었고, 그렇게 되면 그것이 자신을 자극하여 제우스의 명을 거역하고 그를 죽여버리는 결과를 낳을까봐 두려웠기 때문이었다.

여자들은 지시에 따라 시체를 닦고 기름을 부은 뒤 옷을 입혀 다시 흰 천으로 감쌌다. 아킬레우스가 직접 시체를 들어 관에 눕혔고, 두 부하는 그것을 노새가 끄는 수레에 실어주었다. 그런 뒤에 아킬레우스는 큰소리로 울부짖으며 잃어버린 친구의 이름을 불렀다.

"내게 화내지 말게, 파트로클로스! 저승에 있는 자네가 헥토르를 그의 부친에게 돌려주었다는 얘기를 듣더라도 말이네. 그의 부친이 상당한 몸값을 치렀고, 자네도 이 몸값에서 합당한 몫을 받을 걸세."

아킬레우스는 막사로 돌아가서 방금 전과 같이 맞은편 벽에 놓여 있던 의자에 앉았다. 그리고는 프리아모스 왕에게 말하였다.

"당신이 요구한대로, 아들은 이제 자유입니다. 그는 지금 관에 누워 있고, 새벽이 되면 돌아가는 길에 그를 직접 볼 수 있을 것입니다. 그러나 일단은 저녁식사를 들도록 합시다.

아름다운 니오베도 자신의 저택에서 12명의 자식을 잃은 뒤에 먹을 생각을 했다고 합니다. 니오베가 여신 레토보다 자식들이 훨씬 많다고 자랑한 탓이지요. 결국 아폴론이 은 활로 아들 6명을 죽였고, 활의 여신인 아르테미스가 딸 6명을 죽였습니다. 레토 여신의 둘밖에 안 되는 자식들이 12명 모두를 없앤 겁니다.

그들은 핏물에 젖어 누운 채 9일 동안 버려졌는데, 제우스께서 사람들을 돌로 만들어놓았기에 아무도 그들을 묻어줄 사람이 없었기 때문입니다. 그러다가 10일째 되던 날이 되어서야 신들이 그들을 묻어주었던 겁니다. 그렇지만 그런 슬픔 속에서 울다 지치자 니오베도 음식 생각을 했다고 합니다.

지금 그녀는 돌이 되어 아름다운 시필로스 산 바위들 틈 어딘가에 끼어 있는데, 그곳은 신성한 님프들의 잠자리라고 합니다. 그곳에서 신들이 자신에게 내린 슬픔에 대해 깊이 생각하고 있다고 하더군요.

그러니 존귀하신 왕이여, 이제 먹도록 합시다. 눈물은 나중에 아들을 트로이로 데려갈 때 다시 흘려도 되지 않겠습니까? 아들로 인해 눈물이 마를 날이 없을 것이니 말입니다."

그리고 자리에서 일어난 아킬레우스는 흰 양을 한 마리 잡았다. 부하들이 그 가죽을 벗기고 고기를 잘라 꼬챙이에 끼워 구워 식탁에 차려놓았다. 아우토메돈은 빵이 든 바구니를 가져왔고 아킬레우스가 손수 고기를 나누어주었다.

그들이 양껏 먹고 마셨을 즈음에야 프리아모스 왕은 아킬레우스의 수려한 용모와 체격이 눈에 들어왔다. 과연 천상에서 내려온 신과 같은 모습이었던 것이다. 아킬레우스 또한 상대를 바라보고서, 노인의 품위 있는 이목구비와 말솜씨에 감탄하였다. 한참동안 서로를 쳐다보던 중에 늙은 왕이 먼저 입을 열었다.

"왕자여, 나를 어서 침상에 들게 해주시오. 이제 조용히 누워 잠을 청하고 쉬어야겠소. 내 아들이 당신 손에 죽은 뒤로 한숨도 자지 못했다오. 아들을 애도하면서 끝도 없는 내 슬픔에 대해 생각하느라 궁전 안뜰 퇴비더미에서 뒤척이며 지냈소. 지금 처음으로 음식 맛도 보고 술도 넘긴 거요."

아킬레우스는 즉시 현관 바깥쪽에 잠자리를 마련하라 지시를 내리고, 자줏빛의 고급 깔개와 담요를 덮고, 양털로 짠 옷을 갖다주라고 덧붙였다. 여자들이 횃불을 들고 두 사람의 잠자리를 준비하러 간 다음에 아킬레우스가 가볍게 몇 마디를 건넸다.

"노인이여, 당신께서는 밖에서 주무셔야 합니다. 본영에서 고문관이 올지도 모르니까요. 그들은 늘상 이곳에 와서 나라의 일을 의논합니다. 그러니 그들이 한밤중에 여기 있는 당신을 보기라도 한다면 당장 아가멤논 왕에게 보고하려 들 것이고, 그렇게 되면 아들을 돌려주기 어려울 수도 있습니다.

그리고 한 가지 여쭐 것이 있으니 대답해주십시오. 장례식은 며칠이나 치를 생각이십니까? 그동안만큼은 내가 여기 머물면서 병사들을 움직이지 않도록 하겠습니다."

그러자 트로이의 왕이 대답하였다.

"당신께서 기꺼이 헥토르를 위한 장례식을 허락하여 주시겠다면 깊이 감사드리겠소. 우리가 지금 어떤 꼴로 성안에 머물러 있는지는 잘 아실 거요. 산에서 장작을 얻으려면 먼 길을 가야하는데, 모두들 밖에 나가는 걸 두려워하고 있소.

지금 예정으로는 왕궁에서 9일 동안 애도하고 10일째에 그를 묻어 백성들에게 성찬을 베풀 것이며 11일째에 무덤을 세울 생각이오. 그리고 그 다음날에는 전투를 할 것이오. 꼭 그래야 한다면 말이오."

아킬레우스가 대답하였다.

"존귀하신 왕이여, 당신의 뜻대로 될 것입니다. 당신이 말한 기간 동안에는 전투를 멈추겠습니다."

말을 마친 아킬레우스는 노인이 겁먹지 않도록 그의 오른 손목을 잡고 그와 전령이 잠을 청할 현관으로 안내해주었다. 그리고 아킬레우스도 막사 한 곳에 누웠다. 옆자리에는 사랑스러운 브리세이스가 있었다.

그날 밤은 천상과 지상의 모든 이들은 깊이 잠들었지만 헤르메스만은 예외였다. 그는 프리아모스를 어떻게 하면 그리스 진영에서 정문을 지키고 있는 경계병 눈에 뜨이지 않게 돌려보낼 수 있을지를 궁리하느라 잠을 이룰 수 없었던 것이다. 그는 노인의 침상 옆에 서서 말했다.

"노인장! 아킬레우스가 목숨을 살려주었다고 하나, 이렇게 적진 한가운데서 자고 있다니! 무슨 일이 일어나도 괜찮단 말인가. 이제 당신은 아들을 돌려받았고, 엄청난 몸값도 지불했다. 그렇지만 아가멤논이나 다른 병사들이 그대를 보는 날에는 그대의 아들들이 그대를 산 채로 다시 찾아가기 위해 3배의 몸값을 치러야 할 것이다."

이 말을 들은 노인은 공포에 질려 전령을 깨웠다. 그리고 헤르메스는 말과 노새에 마구를 채워 신속하게 그리스 진영을 떠났는데, 아무도 그들을 보지는 못하였다.

그들이 크산토스 강 여울에 다다랐을 때야 비로소 헤르메스는 둘만 남겨두고 올림포스로 돌아갔다.

새벽이 노란 옷자락을 대지 위로 펼치기 시작할 무렵, 두 사람은 한탄하며 말과 죽은 이의 시신을 실은 수레를 끄는 노새와 함께 성으로 향했다. 아무도 그들이 오는 줄 몰랐지만, 성벽에 올라가 있던 카산드라만은 마차에 탄 아버지를 보았다. 그녀는 울면서 도시 전체가 듣도록 크게 외쳤다.

"이리 와보세요! 헥토르가 보일 겁니다! 생전에 전장에서 돌아오는 그를 반겼던 백성이라면 와서 보십시오. 그는 성과 나라 전체의 큰 기쁨이지 않았습니까!"

뒤이어 견딜 수 없는 큰 슬픔이 모두의 가슴에 밀려왔다. 남녀 할 것 없이 한 사람도 빠짐없이 모두 성문으로 무리를 지어 나와 망자를 맞았다. 헥토르의 아내와 그의 모친이 머리를 쥐어뜯으며 제일 앞서 마차로 달려가 죽은 자의 머리를 팔로 감싸 안았다. 다른 사람들은 주위에 둘러선 채로 흐느꼈다. 그렇게 하루 종일 움직이지 않을 모양을 본 국왕이 마차 안에서 외쳤다.

"노새가 갈 길을 열어라. 궁으로 그를 옮긴 다음에도 슬퍼할 시간은 충분하다."

마차가 지날 길이 다시 열리고, 헥토르는 궁전으로 옮겨졌다. 시신 옆에는 곡소리를 할 조문객들이 자리하여, 그들이 구슬픈 곡조를 먼저 부르면 다른 여자들은 입을 모아 통곡하였다.

안드로마케는 흰 팔을 둘러 죽은 용사의 머리를 껴안고 애도의 말을 건넸다.

"여보, 이렇게 젊은데 생을 마감하셨군요. 나만 이 궁에 남겨두신

채로요! 우리 애가 아직 저렇게 어린데, 정말이지 비참한 아비와 어
미군요! 아마 우리 아이는 어른이 될 때까지 살아남지도 못할 거예
요. 어른이 되기 전에 도시가 완전히 파멸하고 말 테니까요. 우리의
보호자, 우리의 유일한 구원자, 아내와 아이들을 지켜주셨던 당신이
돌아가셨으니 말이에요. 아이와 저는 적들의 배에 실려 가겠죠.

아들아! 너도 비참한 일을 당할 그곳에 나와 함께 가야 한단다. 무
자비한 주인 밑에서 힘든 일을 해야 할 거야. 아니면, 적들이 헥토르
가 죽인 자기 형제나 아버지, 혹은 아들에 대한 복수라면서 네 팔을
잡아 성벽에다 던져 고통스럽게 죽일지도 모른단다. 너의 아버지 손
에 죽어간 사람이 많으니까 말이다. 아버지는 전장에서 적들에게만
큼은 절대 인자하지 않으셨단다. 그리고 바로 그 때문에 온 백성들이
추모하는 거란다.

당신, 당신은 형언할 수 없는 슬픔과 고통을 부모님께 선사하셨어
요. 하지만 헥토르, 제일 잔인한 슬픔을 감당해야 하는 건 그 누구도
아닌 저일 거예요. 당신은 마지막 순간에 제게 팔을 뻗어주지도 않으
셨고, 내가 밤낮 없이 눈물로 기억할 소중한 말 한마디 남겨주지 않
았어요!"

안드로마케의 말에 여자들이 함께 소리 내어 울었다. 그 다음으로
는 헤카베가 눈물을 흘리면서 애도의 말을 하였다.

"헥토르, 내 자식들 중에 가장 사랑하고 소중했던 아들! 살아 있을
때 신들이 그렇게 사랑하시더니 죽어서도 잘 보살펴주셨구나. 아킬
레우스가 잡아다가 바다 건너 팔아버린 아들들도 있지. 사모스에 1
명, 임브로스에 1명, 또 더운 렘노스 같은 곳으로도 보냈단다. 그리
고 넌 날카로운 창으로 찔러 죽인 것도 모자라 마차에 매달아 끌고
자기 친구의 무덤 주위를 다녔던 거다! 그런다고 죽은 자기 친구가
무덤에서 살아 돌아온 것도 아닌데 말이다! 그런데 그렇게 험한 꼴을
당하고서도 너는 이렇게 아침 이슬처럼, 마치 아폴론이 신성한 화살

로 죽인 사람처럼 상하지 않은 채로 누워 있구나!"

헤카베가 눈물을 흘리면서 말하자 모든 여자들은 오랫동안 소리 내어 울부짖었다.

헬레네가 3번째로 나서서 말하였다.

"헥토르시여, 제가 모든 시숙들 중에 가장 사랑하고 아끼던 분! 제가 먼저 죽었어야 마땅할 것을! 남편 파리스에 이끌려 조국을 떠나와 이리로 온 지 20년이 지났습니다. 그동안 저는 당신에게서 몰인정하거나 무례한 말 한마디 들어본 적이 없습니다. 오히려 당신의 형제나 누이, 형수나 제수, 혹은 시어머님께서 저를 책망하실 때면 그들을 말려주셨지요. 그 친절한 마음과 다정한 말씀으로 말이에요. 시아버님은 언제나 친아버지처럼 다정하게 대해주셨지만, 다른 사람들은 저를 끔찍하게 싫어하지요. 자상했던 당신을 위해 울고, 또 불쌍한 제 자신 때문에 웁니다. 트로이 어디를 가든 그토록 사려 깊고 인정 많은 분은 없을 것입니다."

그녀가 이렇게 울면서 말하자 사람들은 더 큰소리를 내어 오래 울었다.

마지막으로 늙은 프리아모스 왕이 말하였다.

"자, 백성들이여, 나무를 성으로 가져오라. 적이 잠복해 있을까봐 두려워할 것 없다. 아킬레우스가 나와 헤어지면서 약속하기를, 12일째 되는 날까지 아무런 공격도 하지 않겠다고 하였다."

그 말에 사람들은 도끼와 노새를 맨 수레를 가지고 성 앞에 모였다. 그리고 9일 동안 많은 나무를 모았고, 10일째 되는 날이 밝자마자 눈물을 흘리며 영웅 헥토르의 시신을 준비된 장작더미에 눕히고 불을 붙였다.

다음날 새벽이 안개 사이로 분홍빛 손가락을 내밀 때, 사람들은 헥토르를 화장한 곳에 다시 모여 불기가 남은 구석구석에 포도주를 부어 불을 껐다. 그리고 헥토르의 형제와 동지들이 나서 볼 위로 뜨거

운 눈물을 흘리며 뼈를 수습하였다. 뼈는 황금 상자에 담겼고, 상자
는 부드러운 자줏빛 천으로 감싸 땅에 묻은 다음 그 위로 커다란 돌
들을 올리고 신속히 무덤을 쌓아올렸다. 그러는 동안에 다른 장정들
은 그리스 군의 공격에 대비하여 망을 보았다.

　모든 절차를 마친 사람들은 성으로 돌아갔다. 그리고 성의 모든 백
성들이 국왕인 프리아모스가 베푸는 성대한 잔치에 모였다.

　헥토르의 장례는 그렇게 마무리되었다.

에필로그

장례식을 위한 휴전이 끝난 뒤에도 격렬한 전투는 벌어지지 않았다. 복수를 이룬 아킬레우스는 전쟁에 의욕을 잃은 듯하였고, 헥토르를 잃은 트로이 군 또한 공격에 나설 엄두를 내지 못하고 있었던 것이다.

그래도 트로이 인들에게는 마지막 희망이 남아 있었다. 아테나의 신전에 모셔진 '팔라디온'이라는 보물과 아마존과 아이티오피아에서 올 새로운 지원군들이 그것이었다.

팔라디온은 아테나 여신이 실수로 죽인 친구 팔라스를 애도하기 위해 만든 나무 조각으로서, 그것이 있는 동안에는 트로이가 멸망하지 않으리라는 예언이 있었다.

교착 상태에 빠진 전쟁에 전기를 마련하기 위하여 오디세우스는 신전에서 그 보물을 훔쳐내 트로이 백성들의 사기를 떨어뜨려야겠다고 결심한다. 어떻게 경비가 삼엄한 트로이 성안의 신전으로 들어갈까를 궁리하던 오디세우스는 거지로 행색을 바꾸어 동료들은 물론 아가멤논 왕까지 감쪽같이 속여 트로이 성안으로 들어서는 데 성공한다.

그러나 신전으로 가는 길에 헬레네에게 들키고 만다. 한때 그의 청혼까지 받은 바 있었던 헬레네는 비록 거지 행색을 하고 있었지만 오디세우스를 쉽게 알아봤다. 그녀가 경비병들을 부른다면 오디세우스는 다시는 자기 배로 돌아갈 수 없을 터였다. 하지만 헬레네는 오히려 신전에 들어가는 것을 도와준다. 덕분에 오디세우스는 팔라디온을 훔쳐 나오는 데 성공하고, 보물을 잃은 트로이 백성들의 사기는 그의 계획대로 땅에 떨어진다.

이제 트로이에 남은 희망은 아마존의 여왕 펜티시레이아가 이끄는 여인 부대와 그 뒤를 이어 도착할 아이티오피아의 멤논이 끄는 검은 군대뿐이었다. 과연 그들은 약속대로 트로이 성에 도착하였고, 또한 용맹하게 싸웠지만 전쟁의 신과도 같은 아킬레우스를 이길 도리는 없었다.

지칠 줄 모르는 아킬레우스에게 이제 남은 것은 트로이 성의 함락밖에 없는 것 같았다. 그러나 신들은 아직 트로이의 멸망을 바라지 않고 있었다.

성문 돌파를 시도하는 아킬레우스를 향해 성문 위에서 파리스가 활을 당겼다. 그리고 그 화살을 아폴론이 이끈다. 화살은 신이 선물한 무장으로도 가려지지 않은 발뒤꿈치에 명중하였다. 그 부분은 여신 테티스가 아들을 불사신으로 만들고자 저승의 강물에 담글 때 손에 쥔 부분이라서 죽음이 파고들 수 있는 유일한 곳이기도 했다.

어디서 날아온지도 모르는 화살에 맞은 아킬레우스는 비틀거리다 쓰러졌다. 그렇지만 곧바로 다시 일어나 소리쳤다.

"숨어서 활이나 쏘는 비겁한 녀석아! 어디 있느냐, 당장 이리와 창과 칼을 가지고 내 앞에 서라!"

말을 마치고는 발뒤꿈치에서 거침없이 화살을 뽑았다. 피가 솟구치는 와중에도 아킬레우스는 미친 듯이 창을 휘둘렀다. 그러다가 마침내 힘이 다한 그는 우뚝 멈춰 서서 창에 몸을 기대고 섰다. 그리고 서서히 쓰러졌다. 신의 선물인 갑옷이 땅을 치는 소리가 요란했다.

아킬레우스가 쓰러진 뒤에도 적군들은 감히 다가갈 엄두를 내지 못했다. 그 모습은 마치 죽어가는 사자를 바라보고 있는 사냥꾼 같았

다. 그의 넋이 완전히 몸을 떠나 저승으로 향한 것을 확신한 다음에
야 주검과 무장을 차지하기 위해 트로이 병사들이 몰려들었는데, 그
리스 군에서도 가만히 보고만 있을 수는 없는 일이었다.

아킬레우스의 시신을 둘러싼 전투는 치열했지만, 끝내 오디세우스
가 시신을 들쳐 업고 달리게 된다. 이미 부상을 입은 오디세우스를
큰 아이아스와 그의 부하들이 엄호를 하여 무사히 함대로 돌아오게
돕는다.

또다시 영웅의 장례가 준비되었다. 살아남은 그리스 장수들과 여
신 테티스 및 그녀의 자매들이 애도의 노래를 부르는 가운데 아킬레
우스의 화장이 치러졌다. 그의 재는 파트로클로스가 원하던 대로 한
데 섞여 무덤에 놓았다.

이어 관례대로 아킬레우스를 추모하는 경기가 열렸다. 각 경기마
다 여신의 귀한 물건들이 상품으로 주어졌다. 그리고 마지막에 아킬
레우스의 어머니 테티스가 말했다.

"아들의 무장을 가장 용감한 전사에게 주도록 하겠습니다. 트로이
에 치욕을 당하지 않고 명예로운 장례를 치를 수 있게 해준 용사가
이것을 차지하도록 하십시오."

이 말을 끝으로 슬픔과 자매들과 함께 테티스는 깊은 바다 속으로
되돌아갔다.

그 찬란한 무장을 두고 오디세우스와 큰 아이아스는 서로의 공을
다투었다. 그러자 네스토르가 제안하였다.

"두 사람 중 한 사람이 무장을 차지한다면, 그렇지 못한 사람은 몹
시 속이 상할 것이오. 더구나 그런 판단을 우리가 내린다면 우리를
전과 같은 동지로 대하기 어려울지도 모르오. 그러니 두 사람 중 한
사람을 골라야만 한다면 우리 진영에 몸값이 지불되기를 기다리는
트로이의 포로들에게 심판을 맡기기로 합시다."

그 현명한 의견에 모두 찬성하여 트로이의 포로들이 회의장으로

불려 나왔다. 그들을 앞에 두고 오디세우스와 아이아스가 연설로써
자웅을 가리기로 하였다. 그런데 그 모습을 보다가 갑자기 장난기가
발동한 미치광이 신 디오니소스가 아이아스를 취하게 만들어버렸다.
그리하여 아이아스는 오디세우스를 비겁하며 연약하고 잔꾀만 부린
다는 둥 횡설수설하고 만다.

그와 반대로 오디세우스는 논리 있고 부드럽게 연설하였다. 트로
이의 포로들이 오디세우스를 더 용감한 용사라고 뽑은 것은 당연한
결과였다. 그 결과 앞에 아이아스의 얼굴이 어두워졌다. 아무 말도
하지 않고 우뚝 서 있는 그를 전우들이 끌다시피 하여 회의장에서 데
리고 나갔다.

디오니소스의 장난은 그치지 않았다. 신이 불어넣은 광기에 사로
잡힌 아이아스는 오디세우스를 죽이겠다고 칼을 들고 나갔다가 식량
으로 쓰기 위한 양떼를 만나자 죄 없는 짐승들을 무차별로 죽이기 시
작했다.

미쳐 날뛰던 그에게도 새벽과 함께 제정신이 돌아왔다. 주변에는
자신이 죽인 양들의 시체가 즐비했다. 그 꼴이 너무나도 창피했던 아
이아스는 칼을 땅에 거꾸로 꼽고 그 위로 몸을 던져 스스로 목숨을
끊었다.

강력한 장수들을 연이어 잃은 그리스 군은 이제 트로이 정복이 더
욱 어려워졌음을 깨달았다. 암담해진 아가멤논 왕은 예언자 칼카스
에게 조언을 구한다.

"렘노스 섬에 버리고 온 필록테테스를 데려와야 합니다. 신들의 말
씀에 따르면 그 없이는 트로이를 정복할 수 없다고 합니다."

그 예언에 따라 디오메데스와 오디세우스가 그를 데리러 가기 위
해 배를 띄웠다. 그런데 섬에 도착하자마자 고통과 절망을 이기지 못
하고 질러대는 필록테테스의 비명소리가 들려왔다. 그 비명소리를
따라간 두 사람은 처참하게 말라 활과 화살을 든 채 바닷가에 누워서

고통의 비명을 질러대는 필록테테스를 만날 수 있었는데, 그의 발에서는 아직도 독이 뚝뚝 흐르고 있었다. 그를 찾아 온 두 사람은 사과와 치료를 약속하면서 트로이 전쟁에 참전할 것을 설득하고, 필록테테스는 그들의 배에 올라 트로이로 향한다.

필록테테스는 처음 배에 오를 때만 해도 들것에 실려 갔을 정도였지만, 적절한 치료에 좋은 음식을 취하자 빠르게 건강을 되찾았다. 또한 아가멤논 왕도 여자와 말과 솥을 내려 사과의 뜻을 전하였다.

드디어 필록테테스가 전장에 나가는 날이 되었다. 어떤 용사들은 독을 쓰는 것은 비겁하다고 하였지만, 동료들에게 버림받고 10년 동안을 홀로 한을 품고 있던 필록테테스에게 그런 말 따위는 허울에 불과했다.

그날의 전투에서 그리스 군은 트로이 성벽 밑까지 밀어닥쳤고, 성벽 위에 서서 아래를 향해 화살을 날리는 파리스가 필록테테스의 눈에 들어왔다.

"네가 영웅 아킬레우스를 죽였다는 자냐. 꽤 솜씨가 있는 모양이다만, 나에게도 헤라클레스가 쓰던 활과 그에 걸맞은 실력이 있다!"

곧바로 화살 하나를 날렸다. 화살은 활시위가 떨림을 멈추기도 전에 성 위로 빠르게 날아올라왔지만, 파리스의 손등을 스치는 데 그쳤다. 그러나 빗맞았다고 안심한 파리스의 생각은 오산이었다. 화살에는 필록테테스의 상처에서 흐르던 독이 묻혀 있었고, 그 맹독은 심장이 3번 뛰는 동안에 급속하게 몸 구석구석으로 퍼졌다. 도저히 어쩔 도리가 없는 고통이 불길처럼 파리스의 온몸을 휘감았다. 고통에 비명을 지르고 떨어진 파리스는 곧바로 의사들의 치료를 받았지만 조금도 고통을 덜 수가 없었다. 고통 속에 새벽을 맞자 파리스가 소리쳤다.

"이제 희망은 단 하나뿐이다. 나를 이다 산속의 요정 오이노네에게 데려다 다오."

병사들이 그를 들것에다 싣고 가파른 숲길을 올랐다. 그곳은 파리스 자신이 한때는 애인을 만나러 자주 오가던 길이자, 지난 10년 동안 한번도 들르지 않았던 길이기도 했다. 들것에 실린 파리스가 오이노네의 동굴 앞에 이르렀을 때, 조용히 부르는 슬픈 노랫소리가 흘러 나오고 있었다.

"오이노네, 내가 왔어. 당신의 파리스가 왔어."

그 목소리를 듣고 동굴 입구로 나온 오이노네는 은빛의 달처럼 창백하여 예전의 요정다운 싱싱한 아름다움은 찾아볼 수 없었다.

파리스는 애걸했다.

"오이노네, 내 잘못이 아냐! 운명의 여신이 날 헬레네에게 이끈 거야. 당신을 버린 건 내 뜻이 아니었다고.

아, 차라리 헬레네를 만나기 전에 당신 품안에서 죽었으면 좋았을 텐데……. 제발, 우리가 전에 나누던 사랑을 봐서라도 날 이 고통에서 건져줘!"

"당신이 헬레네에게 반해 날 버린 지 꽤 오랜 세월이 지났어요. 나보다 더 아름다운 헬레네가 나보다 더 잘 당신을 돌볼 수 있을 거예요. 헬레네에게 가서 고통을 없애달라고 하세요."

버림받았던 요정의 대답은 죽음처럼 싸늘했다. 하지만 그 말이 오이노네의 진심은 아니었다. 자신을 버렸음에도 불구하고, 그녀는 여전히 파리스를 사랑하고 있었던 것이다. 자신이 당한 고통이 있으니 파리스도 잠시 고통을 맛보는 게 좋으리라는 생각이었을 뿐, 꿈에도 사랑하는 이의 죽음을 바라고 있지는 않았다.

매정하게 등을 돌려 동굴로 들어간 오이노네였지만 오래 지나지 않아 눈물을 닦고 파리스가 더 위독해지기 전에 해독을 해주려고 다시 동굴 밖으로 나왔다. 그러나 이미 실망한 파리스는 들것에 실려 산을 내려가는 중이었고, 다 내려가기도 전에 고통 속에서 숨이 끊어졌다.

성에 돌아온 파리스의 시신은 도착하자마자 화장이 거행되었다. 높은 장작이 피워 올리는 불길과 연기는 애타게 숲을 헤매며 파리스를 찾아 헤매던 오이노네의 눈에까지 들어왔다.

"이건 아냐! 다시 그이를 보낼 수는 없어!"

오이노네는 떡갈나무 잎들에 눈물을 흩뿌리며 가파르고 어두운 숲속을 정신없이 헤치고 내려가 단숨에 성으로 내달렸다. 그리고 파리스의 시신을 태우기 위해 한창 오른 불길 속에 두려움 없이 몸을 던졌다. 사람들이 놀라는 가운데, 오이노네는 화염 속에도 파리스 곁으로 다가가 두 팔로 사랑하는 이의 몸을 껴안았다.

트로이 사람들은 그 둘의 재를 하나로 모아 무덤을 만들어주었고, 숲의 요정들은 그 무덤 위에 두 그루의 찔레장미를 심어주었다. 두 장미는 서로의 가지에 의지하면서 천천히 무덤을 덮어갔다.

전쟁의 원인을 만들었던 파리스가 그렇게 죽은 뒤에도 전쟁은 멈추지 않았다. 헬레네를 이미 며느리로 인정한 트로이 왕가에서는 그녀를 그리스 군에게 보내 처참한 죽음을 당하게 할 수는 없다고 생각했다. 또한 트로이의 튼튼한 성벽을 믿었다.

다시 지루한 전쟁이 이어지려 할 때, 아테나의 도움으로 오디세우스가 기발한 작전을 생각해낸다.

"목마를 만듭시다. 나무로 아주 거대하게 만들되 속은 텅 비게 만들어야 하오. 그리고 그 속에 우리 군 최고의 용사를 선별하여 숨겨두고, 나머지 군대는 함선을 타고 고향으로 철수하는 척하는 것이오."

그 전진에 들어갈 용사들을 이끌 지휘관으로 오디세우스와 메넬라오스, 디오메데스가 목마 속에 숨기로 한다.

절묘한 작전이었지만, 트로이 인들이 목마를 태워버리기라도 하는 날에는 그곳에서 모두 숯덩이가 되어버릴 것이고, 성안에 들어가서도 트로이 병사들에게 에워싸여 비참한 죽음을 당할 수도 있는 위험한 작전이었다. 어두운 목마 속에 함께 웅크리고 앉은 메넬라오스는 함께 죽을지도 모르는 오디세우스에게 제안한다.

"이 지혜로 트로이 성을 함락시키고, 또한 내가 살아남고 그대가 살아남는다면, 내가 다스리는 스파르타의 도시 중 하나를 그대에게 드리리다. 모욕하려는 생각은 아니지만, 그대가 다스리는 이타카는 험한 바위들로 가득한 작은 나라 아니오. 나와 가깝고도 풍요한 도시에 살면서 때때로 나를 도와주시오."

그러나 오디세우스는 자신의 고국을 버릴 생각이 없었다.

"고마운 말씀이오. 하지만 우리 둘 다 살아남는다면 그때 내가 다른 전리품을 요구하겠소. 당신이라면 꼭 줄 수 있는 것을 달라고 할 테니, 그때 내 바람을 저버리지 말아주시오."

메넬라오스는 제우스 앞에 어떤 것이든 주겠다고 맹세하고 함께 밤을 기다렸다.

결국 트로이 인들은 속임수에 넘어갔다. 자신들을 최후로 몰아넣을지도 모르고 승리감에 취해 목마를 성안에 끌어놓고 축제를 즐긴 트로이 인들은, 밤이 되자 목마 속에서 나온 그리스 용사들에 의해 잠을 자던 채로 몰살당했다.

프리아모스 왕은 트로이를 구해달라고 신들에게 마지막 기원을 드리다가 제단에서 목숨을 잃었고, 다른 왕족들은 힘없는 비둘기처럼 왕궁의 안뜰에서 목숨을 잃었으며, 난공불락을 자랑하던 트로이 성은 불길에 휩싸였다.

그때 번화한 성을 휘감은 화염보다 더 불타는 복수심으로 왕궁을 헤집고 다니는 사람이 있었으니, 그는 헬레네를 찾으려는 메넬라오스였다. 마침내 메넬라오스는 마지막으로 살아남은 데이포보스 왕자의 거처로 뛰어들었다. 그곳에 헬레네가 있으리라 짐작했던 것인데, 뛰어들어간 그곳에는 죽은 데이포보스와 오디세우스가 기다리고 있었다. 불타오르는 트로이 성을 배경으로 선 오디세우스의 손과 팔 또한 핏물에 거무죽죽하게 물들어 있었다.

"여기 있지 않소? 필시 헬레네가 여기 있을 것이오! 혹시 그대가 숨기고 있는 것은 아니겠지?!"

오디세우스가 그 말에는 대답하지 않고 물었다.

"오늘 아침의 맹세를 기억하시오? 내가 요구하는 전리품을 반드시 주겠다고 하지 않았소."

"제우스 앞의 맹세를 어떻게 잊겠소. 반드시 지켜질 것이오. 그러나 지금은 그것보다 급한 일이 있소!"

메넬라오스의 대답에 오디세우스가 말했다.

"나에게 헬레네의 목숨을 주시오. 나는 헬레네에게 목숨을 빚진 바 있소. 팔라디온을 훔치러 들어왔을 때, 헬레네가 도와주지 않았더라면 트로이 성이 불타는 일도 없었을 것이고 그대와 내가 이곳을 정복하는 일도 없었을 것이오. 나는 빚진 목숨을 갚고 싶소."

불에 타 언제 무너질지도 모르는 방안에 우뚝 선 메넬라오스는 맹세와 복수 사이에서 고민하였다. 그때, 방 너머에서 숨을 죽이고 숨어 있던 헬레네가 뛰쳐나와 메넬라오스 앞에 무릎을 꿇었다. 그 아름다운 금발로 비에 젖은 남편의 발을 덮으며 말 없이 애원하였다.

자신이 당한 치욕을 떠올리며 메넬라오스는 그 위로 칼을 내리치고 싶었다. 하지만 그의 앞에 서 있는 오디세우스와의 약속을 저버릴 수는 없었다. 칼을 내려놓으며 아름다운 헬레네의 하얀 팔을 보자니, 치욕과 미움이 이전에 행복했던 추억에게 자리를 물려주고 떠나는 것 같았다.

새벽 여신의 손길이 트로이 성의 재들을 마지막으로 쓰다듬어줄 무렵, 오랜 전쟁도 막을 내리고 있었다. 병사들의 시체는 묵묵히 개와 독수리를 기다리고 있었고, 목숨을 건진 트로이의 여자들은 그리스의 배에 실렸다. 그 가운데에는 헥토르의 아내 안드로마케도 끼어 있었다. 그러나 안드로마케의 품안에 그의 어린 아들은 안겨 있지 않았다. 아들을 기다리는 치욕적인 운명에 절망한 어머니가 성벽 밑으로 던져 죽었던 것이다. 트로이 성에 있던 여인들 중에 목숨과 명예를 모두 건진 것은 메넬라오스의 용서를 받고 다시 왕비가 되어 배에 오른 헬레네뿐이었다.

반목을 부르는 황금의 사과에서 비롯된 오랜 전쟁은, 숱한 영웅들과 강과 들을 메울 정도로 수많은 시체들을 과거의 일로 돌리면서 끝을 맺었다.

처절하고도 긴 전쟁을 마치고 기쁨에 차 고향으로 돌아가는 배들이 바다에 뜬 뒤에도, 오디세우스처럼 숱한 고생을 한 뒤에야 고국에 돌아갈 수 있었던 영웅이 있는가 하면, 돌아가는 길에 난파선에서 살아남았다고 잘난척하다가 포세이돈의 미움을 사 익사하는 바람에 끝내 고향 땅을 밟지 못한 작은 아이아스와 같은 용사도 있었다. 또한 고국으로 돌아온 첫날에, 남편이 전쟁에 나가 있는 동안 원수 가문의 사내와 간음을 저지른 아내의 손에 죽임을 당하는 아가멤논 왕과 같은 이도 있었으니, 그 모두가 신들이 인간 앞에 정해놓은 순리였다.

지은이

호메로스 *Homeros*

「일리아드」와「오디세이아」를 지은 것으로 알려진 소아시아 이오니아 태생의
방랑 가인(歌人).
활동 시기는 기원전 8세기 말로 추정되고 있는데,
「일리아드」가 과연 그가 혼자 만든 작품인지, 혹은 호메로스라는 개인이
실제로 존재했는지 조차 명확하게 밝혀져 있지 않다.

로즈 *W. H. D. Rouse*

고대 그리스에 관한 한 20세기 최고 전문가 중 한 사람.
영국 캠브리지 대학의 퍼스 스쿨(Perse School)에서 26년간 학장으로
지내면서 그리스어와 라틴어를 대중화시키는 데 큰 공을 세웠다.
문헌을 통한 고전 문학 연구뿐만이 아니라 그리스를 실제로 여행하며
광범위한 지식을 쌓은 것으로도 유명한 학자인 그는
'일리아드 – 아킬레스 이야기(The Iliad ; The Story of Achilles)' 외에도
'오디세이 – 오디세우스 이야기(The Odyssey ; The Story of Odysseus)',
'플라톤의 위대한 담론(Great Dialogue of Plato)' 등
다수의 그리스 문학과 철학서를 번역하여 내놓았다.

옮긴이

김주애

인천대학교 영어영문학과 졸업.
영어잡지사 편집부를 거쳐 번역가로 활동 중.

The Iliad : The Story of Achilles
by Homer, W. H. D. Rouse

트로이

초판 1쇄 발행 2004년 6월 11일

지은이 호메로스, 로즈
옮긴이 김주애
디자인 조희정
편집 윤덕주, 윤남희
영업 김정열, 최진호
발행 (주)엔북

(주)엔북

우) 110-280 서울 종로구 원서동 228 볼재빌딩 7층
http://www.nbook.seoul.kr
전화 02-745-1815~6
팩스 02-745-1011
메일 goodbook@nbook.seoul.kr

신고 제300-2003-161
ISBN 89-89683-27-0 03840

값 16,000원

가혹한 시간

THE
TERRIBLE
HOURS

피터 마스 지음 박승철 옮김

제2차 세계대전의 전운이 감돌던 어느 날
미국의 최신예 잠수함 「스쿼러스」가 북대서양 속으로 침몰한다.
…기적적인 33명의 생존.
그러나 변덕스런 날씨,얼음처럼 차가운 수온,
그리고 이제까지 누구도 구조된 적이 없는 깊은 바닷속에 갇힌
그들에게 잠수함은 차라리 강철로 만든 관이었다.
과연 「스쿼러스」는 바닷속 무덤에서 다시 떠오를 수 있을 것인가!
최악의 상황 … 하지만 그 중심에는 절대 포기하지 않는 한 사나이가 있었다.

뉴욕 타임즈 베스트셀러로 선정된 걸작 논픽션!

"이 구조작전에 뛰어들기에 앞서 심호흡을 하라." – 라이프 –

"스릴 … 숨을 쉴 수조차 없는 박력." – 워싱턴 포스트 –

"해군의 영웅을 그린 흥미진진한 이야기." – AP통신 –

"꼼짝할 수가 없었다." – 보스턴 글로브 –

"흥미진진하다." – 뉴욕타임스 북리뷰 –

"서스펜스로 가득하다." – 시카고 트리뷴 –

"손에 땀을 쥐게 한다." –퍼블리셔스 위크리–

"공포, 용기, 영웅심으로 가득한 긴장감 넘치는 이야기 …
나는 도저히 책을 내려놓을 수가 없었다." – 톰 브로코(NBC 앵커) –

「가혹한 시간」
값 8,500원

할리우드 비즈니스

할리우드에서는 어떻게 영화로 돈을 벌고 있는가!

- 영화 한 편으로 얼마나 벌까?
- 놓칠 수 없는 2차 시장
- 할리우드 영화의 원료
- 어벤드가 뭔지 몰라요?
- 목소리 큰 사람이 이긴다
- 실화도 복잡하다
- 「샘의 아들」 법
- 속편은 계속된다
- 만화를 우습게 보지 마라
- 죽은 사람 얼굴도 돈
- 10편 중 1편만 뜨면 된다
- 할리우드에 순수익이란 없다
- 패자부활전은 가정에서
- 인터넷으로 바뀔까?
- 코 묻은 돈도 만만치 않다
- TV가 만드는 시장
- 콘텐츠냐 미디어냐
- 리스크 헷지의 새로운 형태
- 제작비 마련의 실제
- 해외로 나간다
- 영화 투자가 세금 절약으로
- 융자의 필수품
- 할리우드의 복덕방

할리우드 비즈니스
값 8,000원